KB265231

스물일곱, 내 청춘이 수상하다

스물일곱,
내 청춘이 수상하다

펴 낸 날 | 2005년 9월 10일 초판 1쇄
            2005년 10월 20일 초판 2쇄

지 은 이 | 캐롤라인 황
옮 긴 이 | 박무영
그 린 이 | 이영운
펴 낸 이 | 이태권
펴 낸 곳 | 소담출판사
            서울시 성북구 성북동 178-2 (우)136-020
            전화 | 745-8566~7 팩스 | 747-3238
            e-mail | sodam@dreamsodam.co.kr
            등록번호 | 제2-42호(1979년 11월 14일)
기획 편집 | 이장선 심지연 김상은
미   술 | 이성희 김지혜
본 부 장 | 홍순형
영   업 | 박종천 장순찬 이도림
관   리 | 이영욱 안찬숙 장명자 윤은정

ISBN 89-7381-853-8 03840
● 책 가격은 뒤표지에 있습니다

www.dreamsodam.co.kr

스물일곱, 내 청춘이 수상하다

캐롤라인 황 지음 | 박무영 옮김

소담출판사

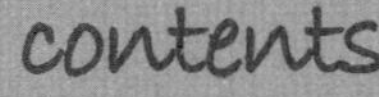

contents

작가의 말
작가의 말

작가의 말

가족이나 친구들, 직장 동료, 그리고 선생님에 이르기까지 이제까지 내가 만나온 모든 사람들을 생각해볼 때, 나야말로 진정한 행운아가 아닌가 하는 생각이 든다.

특히 내가 아는 사람들 가운데 제일 강인하고 용감한 분이신 우리 부모님 수잔 황과 데이비드 황께 가장 큰 감사의 말을 전하고 싶다. 더불어 소설을 쓴다는, 매우 '덜 2세대적인' 작업을 해나가는 데 크나큰 관심과 절대적인 격려를 보내준 오빠 켈리 황과 남동생 찰스 황, 그리고 여동생 크리스티나 황에게도 진한 고마움을 표하고 싶다.

언제나 보이지 않는 곳에서 이러한 내 꿈의 원동력이 되어준 특별한 에이전트 샌드라 디크스트라, 열정과 통찰력, 또 현명함을 두루 갖추어 주위를 환히 밝혀주었던 편집자 트레나 키팅, 귀중한 조언들로 용기를 북돋아준 모린 브래디와 척 와츠텔, E.L. 닥터로, 그리고 친절한 배려를 보여준 멜리사 해멀에게도 넘치는 사랑을 보낸다.

또한 맛있는 파스타와 파이어 아일랜드에서의 신나는 주말, 기술적인 조언 등 여러 방면에 걸쳐 큰 도움이 되어준 나의 소중한 친구 빈센트 샌티요와 마크 맨조니, 내게 도움이 필요할 때면 언제고 발 벗고 나서준 나의 해변가 동지 사브리나 웨버스테터, 시간을 아끼지 않고 언제라도 말 상대가 되어주었던 학구파 프리랜서 MP 던리베이, 그리고 끈기와 인내가 무엇인가를 보여준 나의 공식적인 사진작가 존 스막에게도 말할 수 없는 감사를 표하고 싶다.

더불어 이 책을 쓰는 과정에서 내게 힘을 불어넣고 도움을 주신, 또한 날 고용해주셨던 많은 분들께도 깊은 감사의 인사와 박수를 보내드리고 싶다.

마지막으로, 내 첫 번째 독자이자 두 번째 아이디어 뱅크, 그리고 가장 친한 친구인 줄리 크레이머에게 특별한 고마움의 말을 남기지 않을 수 없다. 그녀는 따뜻한 마음과 유쾌한 유머 감각으로 내가 내 마음속에 살고 있는 나비를 쫓아갈 수 있도록 한없이 격려하고 또 위로해주었으니까.

캐롤라인 황 Caroline Hwang

나는 문득 지금 지고 있는
꽃들이야말로 자신의 생에서 가장 아름다운 '한창때'를
보내고 있다는 사실을 깨달았다.

Chapter 1

"애 진저야, 너 거기 있는 거냐, 없는 거냐?"

우리 엄마가 원래 엉뚱한 소리를 잘하는 사람이긴 하지만, 그 점을 감안하더라도 이건 모녀간의 대화를 시작하는 인사말 치고는 어쩐지 좀 이상하다 싶다. 전화벨이 하도 울려대는 바람에 나는 샤워도 서둘러 짧게 끝내야만 했다. 타월을 몸에 단단히 동여매면서 나는 급히 화장실을 나섰다.

"월요일 아침 8시 반에 집이 아니면 대체 제가 어디에 있겠어요?"

〈아 라 모드(A la Mode)〉 잡지사의 일개 패션 어시스턴트인 나는 앞으로 30분 안에 회사에 출근해 있어야 할 처지다. 한 가지, 나의 상사는 나와 제일 친한 대학동창 샘이고, 그녀는 11시가 넘어서나 출근을 할 것이라는 점만 조금 특이할 뿐이다.

"그럼 전화를 빨리빨리 받아야 할 거 아니냐? 전화를 몇 통이나 한 줄 아니? 집에 아무도 없는 줄 알고 걱정했잖니!"

엄마는 계속해서 소리를 질러댔다. 그런 엄마의 잔소리와 함께 미친 듯이 빵빵 울려대는 경적 소리가 수화기 너머로 들려왔다. 그런데 가만히 들어보니 열려 있는 창문을 통해 지금 수화기에서 나는 것과 똑같은 소리가 들려오고 있는 게 아닌가! 왜 엄마가 길바닥에서 전화를 하고 있는 거지? 이른 아침부터 집 앞에서 대체 뭘 하고 계신 거냐고? 궁금한 나머지 창문 쪽으로 서둘러 달려가는데 아직 젖어 있는 머리가 내 얼굴을 세게 때려왔다. 그때 창문 바로 아래로 보이는 보도 위, 바로 그곳에서 엄마의 검은 머리와 밝은 녹색의 샤넬 정장이 단번에 시야로 들어왔다.

"엄마? 어머, 왜 여기 있어요? 밀워키는 어쩌고……. 혹시 무슨 일 있는 거야? 뭐 잘못된 일이라도 있어요?"

"밀워키엔 아무 일 없다."

"그럼 어쩐 일로 여기 뉴욕까지 오신 거예요?" 나는 다소 안도하는 목소리로 물었다.

"네 인생을 바꿔주러 왔지!" 엄마가 여전히 서툰 영어로, 그렇지만 큰 소리로 나를 향해 외쳤다. 예상치 못한 대답에 놀란 나는 그만 피식 웃어버리고 말았다.

"그래, 제 인생을 어떻게 바꿔주실 건데요?"

"괜찮은 한국남자 하나를 신랑감으로 엮어주고 갈 참이지."

"뭐……, 뭐라고요?"

이렇게 대답한 것은 물론 엄마의 말을 못 알아들었기 때문이 아니었다. 그건 단지 '언젠가는 맞닥치게 될 것'이라고 예상은 해왔지만, 그래도 그 일이 이렇게 일찍, 그리고 이렇게 갑작스레 찾아올 줄은 몰랐기에 놀라서 나도 모르게 튀어나온 대답이었을 뿐이다.

혼기가 꽉 찬 미혼의 딸을 가진 한국의 어머니들이 '전문직을 가진 한국인 사윗감'을 원한다는 것은 전 세계적으로도 널리 공인된 사실이다. 이에 대해서는 논쟁의 여지가 없을뿐더러 이러한 경향은 유전적으로도 면면히 이어져 내려온 것이기 때문에, 내가 나이 스물일곱을 먹도록 이제껏 그 그물에 걸려들지 않고 이만큼 버텨온 것도 어떻게 보면 기적이라 부를 만한 것이었다.

"문 열어라." 엄마가 말했다.

글로리아 스타이넘(Gloria Steinem, 미국의 저명한 페미니스트─역주)만큼이나 남편감에는 영 관심이 없었던 나는 '결혼하라'는 엄마의 소원에 항상 반기를 들고 싶었다. 하지만 내게 중매를 서주려는 엄마의 끈질긴 시도에 굴복하는 일은 나로서는 결국 피할 수 없는 일이었다. 대학원에 다니던 시절에도 엄마는 내게 맞선을 주선해주지 못해 안달이었지만, 그 당시만 해도 남자에 대해 생각하기에는 너무 바쁘다는 핑계를 대며 그런 엄마의 청을 물리치곤 했었다. 사실 그건 100퍼센트 거짓말만은 아니었다. 비록 공부 때문에 바빴던 것은 절대 아니었긴 했지만. 그 대신 내 논문 지도교수에게 둘러댈 핑곗거리를 생각해낸다거나, 자기들이 쓴 리포트에 대해 나와 같이 토론해보길 원하는 말 많은 신입생들을 피해 다닌다거나, 또는 입학원서에 '영어 교수가 되고 싶다'고 썼던 내 말을 그대로 믿어주는 바람에 결국엔 날 그 꼴(!)로 만들어버리는 데 혁혁한 공을 세운 입학처 사람들에게 탓 아닌 탓을 해대며 돌아다니느라 바빴던 시절이긴 했지만 말이다.

매디슨을 떠나고 나서 몇 달 후쯤인가, 그때까지만 해도 엄마가 소개시켜준 남자를 내치는 일 따위는 그리 어려운 게 아니었다. 그렇지만 지금으로선 이렇다 할 핑곗거리도, 보호막이 되어줄 만한 그 어떤 것도 없는 형편인 것이다. '팜므 파탈'에 관한 내 논문은 출판되지도 않았을 뿐만 아니라 때려치운 지도 벌써 14개월이나 지났고, 이제 맨해튼에서 생활한 지도 거의 1년이 다 되어가건만 난 아직도 삶의 다음 단계라 할 수 있는 '인생의 제2안'을 세우지 못하고 있는 상태였다. 임시변통으로 구한 지금의 일도 여러모로 힘들기만 하고 말이다. 무엇보다 중요한 건 내가 저녁 시간이나 주말에는 딱히 할 일이 없다는 것을 엄마가 너무나 잘 알고 있다는 사실이었다.

거의 떨어뜨리다시피 수화기를 내려놓은 나는 엄마를 곧장 건물 안으로 들어오게 해선 안 된다는 생각에 재빨리 벽으로 달려가 아래층 현관문과 연결된 버튼을 일단 홀딩시켜두었다. 그러고 나서 복도 쪽을 휙 살펴보니 책을 넣은 상자들이 벽면에 아무렇게나 죽 세워져 있는 게 눈에 들어왔다. 예전에 이삿짐센터 직원들이 쌓아둔 상태 그대로였다. 침대 위는 마구 놓여진 베개와 구겨진 시트로 아주 엉망이었다. 옷가지와 구두, 각종 잡지들은 마치 카펫인 양 마룻바닥을 뒤덮거나 기다란 중고 소파 위를 화려하게 장식하고 있었다. 게다가 빈 맥주병들은 휴가를 마치고 난 다음날의 군인들처럼 죄다 이리저리 널브러진 채 부엌 식탁 위를 장악하고 있었다. 뭐, 어느 정도의 너저분한 모습에 엄마가 그리 놀라거나 하지는 않으시겠지만 한 가지, 담뱃재가 그득 쌓인 맥주병들이 뒹구는 장면만은 엄마의 강심장마저 벌렁거리게 만들 것이 분명해 보였다.

그렇지만 내게 주어진 시간은 얼마 되지 않는 듯했다. 나는 재빨리 머리를 굴려보았다. 현재 나는 엘리베이터가 없는 아파트의 4층에 살고 있으며, 우리 엄마는 나이가 쉰아홉이나 되긴 했지만 아직도 정정하다 못해 아주 팔팔한 상태였다. 결국, 마음만 먹으면 엄마는 여기까지 단숨에 올라올 수 있을지도 모르는 일이었다. 다급한 마음에 나는 근처에 있던 쇼핑백 하나를 집어들어 식탁 위에 있던 것들을 모조리 쓸어 담기 시작했다. 맥주병 깨지는 소리가 어찌 들으면 상큼하리만치 크고 청명하게 들려왔다. 맥주병과 함께 쇼핑백 안으로 같이 묻혀 들어간 접시 하나를 꺼내려고 팔을 집어넣는 순간, 다시 전화벨이 울려댔다.

"진저야, 너 사는 데가 대체 몇 층이냐? 사실 아까 그걸 몰라서 전화한 거였는데."

엄마한테 호수를 알려준 나는 버튼을 눌러 아래층 현관문을 여는 대신 쇼핑백을 든 채 재빨리 아파트 문을 열고 나갔다. 그리고 복도를 지나 아파트 주민용 쓰레기 처리장까지 단숨에 달려갔다. 충분히 재활용이 가능한 병들을 쓰레기 매립지로 보내버리는 것은 안됐지만, 상황이 이렇듯 급박하게 돌아갈 때에는 지구 환경보다는 우선 내 목숨 하나 부지하는 편이 더 중요하지 않겠는가?

엄마는 술도 담배도 절대 허락지 않는 사람이었고, 나는 이런 '숙녀답지 못한' 내 행동들에 대해 엄마와 격렬한 토론 따위를 나누고 싶은 마음이 전혀 없다. 그리고 사실 지금처럼 그냥 아무것도 모른 채 어둠 속에서 사는 편이 엄마로서도 훨씬 마음 편할 거라는 내 나름대로의 판단도 들고 말이다. 그러고 보니 이건 내가 인생을 살아가면서 거의 예외 없이 고수해온 원칙이기도 하다.

"엄마, 열렸어요?" 나는 손등으로 이마에 맺힌 땀을 닦으며 인터폰을 통해 물었다.

커튼도 없는 창문을 통해 들어오는 여름 햇볕은 마치 집 안을 견디기 힘든 찜통으로 만들기 위해 최선의 노력을 다하고 있는 것처럼 느껴졌다.

"안 열린다. 아직 부저 소리도 못 들었고."

"어, 거 참 이상하네? 다시 한 번 해볼게요."

그렇게 해서 번 시간 동안 나는 재빨리 환풍기를 틀어 돌려대며, 엄마가 노크를 할 때쯤에는 집안의 퀴퀴한 공기가 어느 정도 창문 밖으로 빠져나간 후이길 기도했다.

나는 문을 활짝 열어젖혔다. 계단을 올라오느라 얼굴이 벌겋게 상기되긴 했지만, 엄마는 언제나 그랬듯 건강해 보이는 모습이었다. 짧지만 잔뜩 부풀려놓은 엄마의 헤어스타일은 비쩍 마른 몸에 완벽하게 차려입은 정장 차림과 대비되어 가분수처럼 머리만 크게 강조되어 있었다. 그런 엄마의 모습은 영락없는 '한국의 레이건 여사'였다. 엄마 손으로부터 여행 가방을 대신 받아든 나는 잠시 비틀거려야만 했다. 가방의 무게가 예상치 못했을 정도로 엄청났기 때문이다.

"곧 일 나가야 하는데……." 나는 오랜만에 보는 엄마에게 이런 식의 말로 인사를 대신했다.

"나도 널 봐서 기쁘구나."

엄마는 까치발을 하고는 내 뺨에 키스를 했다. (하이힐을 신었음에도 엄마는 나보다 15센티미터나 작았다.) 잠시 나는 방금 전의 무뚝뚝했던 인사를 스스로 책망하며 엄마 목에 두 팔을 둘러 한 번 안아 드리려고 했지만, 엄마는 "얘는, 몸이 다 젖었잖니." 하며 내 팔을 뿌리쳐버렸다.

엄마는 내 몸을 한 바퀴 휘 둘러보더니 곧 집 안으로 들어섰다. 나는 흘러내리는 타월을 추켜올리면서 엄마를 뒤따라 들어갔다. 그리고 한동안 엄마 뒤쪽에 멀뚱하게 서 있었다. 갑자기 무슨 말을 해야 할지, 뭘 해야 할지 도무지 떠오르지가 않아 난 그저 체중을 이쪽저쪽 발로 옮기며 주춤대고 있어야만 했다. 그 상태에서 확실한 거라곤 내가 먼저 미래의 신랑감에 대해 말을 꺼낼 일은 절대 없을 거라는 한 가지 사실뿐이었다.

나를 시집보내고야 말겠다는 엄마의 끈질긴 노력도 노력이거니와, 이 가상의 남편감은 무조건 '한국사람' 이어야 한다는 엄마의 요구 조건은 그 중에서도 특히 더 괴로운 것이었다. 이제껏 살면서 데이트를 하고픈 마음이 드는 아시아계 남자를 단 한 번도 만나보질 못했는데, 하물며 여생을 함께해야 할 반려자는 말할 것도 없지 않은가! 엄마는 내가 예전에 데이트했던 '아시아인이 아닌 남자' 들에 대해 모르는 것은 물론, 나의 이런 인종차별적(!)인 기호에 대해서도 역시 감감한 상태였다. (그렇다고 데이트했던 그들과 그리 오랫동안 사귀었던 것도 아니었다. 물론 그들에게도 미리 내가 오래 연애할 만한 상대가 아니란 사실을 확실히 못 박았었고 말이다.)

내가 그런 방면에 대해 엄마한테 절대로 말을 꺼낼 수 없는 건 다 나름의 이유가 있었다. 오빠 조지가 엄마의 완강한 반대에도 불구하고 엄마의 뜻을 거역하며 결국 백인 여자랑 결혼을 해버렸기 때문이다. 그때 엄마는 오빠와 똑같은 방법으로 나까지 잃을 수는 없다면서, 나에게 '엄마 말에 전적으로 따르겠다' 는 약속까지 단단히 받아냈을 정도로 심한 충격을 받은 상태였다. 사실 엄마와 그런 맹세를 했을 당시 내 나이는 고작 열넷이었으므로 그 약속이 무슨 대단한 법적 효력까지 가지기는 어렵다는 것 정도는 우리 둘 다 잘 알고 있었다. 그렇지만 당시 나는 엄마의 전부라 할 수 있었다. 내가 네 살 되던 해, 아빠라는 사람은 우리 가족을 버리고 떠나버렸기 때문이다.

엄마는 나더러 옆으로 비키라는 손짓을 했다. 창문을 통해 들어오는 기다란 트라이앵글 모양의 햇빛을 받으며 엄마는 아파트 구석구석을 탐색하기 시작했다. 이 아파트로 들어올 당시 나는 엄마의 도움 없이 혼자 이사를 해보겠다며 부득부득 우겼고, 결국엔 그렇게 했던 터라 엄마가 이 집안을 구경하는 것은 이번이 처음이었다. 쏟아져 들어오는 햇빛 때문에 엄마는 눈을 가늘게 떴고, 그러자 엄마 눈가에 자글자글한 주름들이 확연히 드러났다. 그렇게 쳐다보고 있자니 그동안 엄마의 등도 좀 더 굽은 것 같고 또 얼굴은 약간 지친 듯 느껴지기도 했다. 마치 내가 중간에 학교를 때려치웠을 때, 나더러 당장 매디슨을 떠나 잠시 동안 엄마 집에 와 있으라며 생난리를 치던 바로 그때의 모습처럼 말이다. 그 당시 나는 사실 캠퍼스에 좀 더 머무르면서 내 인생의 다음 단계에 대해 충분히 생각할 시간을 가지려고 마음먹고 있던 참이었다. 그렇지만 공식적인 학교 프로그램이 끝난 첫 번째 토요일 아침, 엄마는 한 무리의 이삿짐센터 직원들을 이끌고 이미 문 앞에 나타나 있었다.

엄마는 천천히 고개를 저으며 혀를 끌끌 차기 시작했다.

"쯧쯧……. 돼지우리가 따로 없구나." 엄마가 다시 어설픈 영어로 말을 꺼냈다.

부동산 중개업 일을 하고 있는 엄마는 매달 이 집에 비싼 집세를 내면서 사느니 차라리 밀워키에 집을 한 채 사서 다달이 갚아나가는 편이 훨씬 나을 것이라고 늘 이야기하곤 했다.

"얘는 정말, 이것보단 훨씬 낫게 살 수 있을 텐데도……."

"내 월급으론 어림없죠."

그도 그럴 것이, 현재 나는 엄마로부터 집세는 물론 식비와 각종 관리비, 게다가 이런저런 잡비에 이르기까지 아주 폭넓은 신세를 지고 있는 형편이었기 때문이다. 패션 어시스턴트라는 직업은 보통 대졸자들이 받는 임금의 평균치에도 못 미치는 벌이밖에는 안 되는 까닭에 어쩔 수 없이 이렇게 그냥 평균 이하의 생활을 할 수밖에 없는 상황이었다.

"그래, 네 월급으론 어림도 없지." 엄마는 발꿈치를 들어올려 내 뺨을 세게 잡아당기며 말했다. 생각보다 꽤 아팠다. 그러고 나서 엄마는 "그렇지만 의사 월급으로는…… 가능하고도 남지." 라고 말하며 얼굴에 슬쩍 미소를 띠었다.

‘드디어 올 것이 왔구나’ 나는 아픈 뺨을 문지르며 생각했다.

“엄마가 너한테 딱 어울리는 의사를 하나 구해놨다.” 엄마는 마치 자동차 영업 사원처럼 허세를 부리는 말투로 말했다. 그것은 열 달쯤 전, 내게 신랑감을 소개 해주겠다던 때와 똑같은 어조였다. 물론 당시엔 그런 말에 별로 놀라지도 않았 다. 그때 나는 대학원을 졸업하기만 하면 엄마가 바로 작업(?)에 착수하리라는 것을 이미 예상하고 있던 터였기 때문이다. 가능하면 대학원에서 오래 버티기 위해 안간힘을 썼던 것도 바로 그 때문이었다.

당시 그 신랑감 이야기는 전화 통화로 진행되었다. 그때 엄마는 나를 달래듯 이렇게 말했었다.

“진저야, 너더러 지금 오하이오까지 걸어가라는 게 아니잖니. 비행기 값은 엄 마가 대주마. 그냥 한 번 만나보기나 하렴. 새 옷도 하나 사줄 테니, 응?”

엄마는 누군지도 모를 그 남자와 내가 일단 한 번 만나기만 하면 곧바로 사랑 에 빠져버릴 거라 여기는 모양이었다.

“인물도 훤하고 엔지니어인데다, 무엇보다도 둘째아들이란다.”

참고로, 우리 아빠는 집안의 장남이셨다.

“태어난 순서가 무슨 상관이래요.” 시간을 벌 요량으로 나는 이렇게 대답했었다.

누구를 만나기에는 요즘 내 기분이 너무 밑바닥이라고 둘러대는 건 엄마 귀엔 분명 어설픈 변명 정도로 들릴 것이 틀림없었다. 그래도 좌우지간, 엄마도 내가 나름대로 잘 살아나가기 위해 애쓰고 있다는 사실 정도는 알고 있는 터였다.

나는 언제나 엄마에게는 즐겁고 밝은 모습만을 보이려고 노력했지만, 보통 일 주일에 한두 번씩 예고 없이 전화를 하는 엄마는 어떻게 알았는지 꼭 내가 숙취 로 고생하고 있을 때나 잠만 퍼 자고 있을 때, 혹은 생리대 광고 따위에 감동받아 있을 때 같은 경우에만 귀신같이 골라 전화를 해오곤 했다. 지금까지 내 인생에 서 이뤄낸 것이 얼마 없다는 것을 느끼는 데서 오는 적지 않은 자괴감과 당황스 러움을 감추어보려 나름대로 노력은 했지만, 이따금씩 진실은 그렇게 새어나가 곤 했던 것이다.

“무슨 상관이냐고? 당연히 상관이 있지! 장남은 부모를 모시고 살아야 한단 말 이야. 네가 보기엔 엄마가 네 신랑감의 직업에만 관심이 있는 것 같지? 하지만 엄마는 그런 모든 면들까지 두루두루 고려를 하고 있단 말이야."

엄마가 손가락으로 머리를 톡톡 두드리며 고민하는 모습이 충분히 상상되고도 남았다.

"그러니까 네가 이 엄마를 믿어줘야지. 엄마는 언제나 너한테 최고만을 얻어주기 위해 노력하잖니."

"그렇지만 그 남자는 오하이오 주에 산다잖아요!" 나는 뭔가 도망갈 구멍이 생겼다는 사실에 혼자 깊이 감사하며 불쑥 이렇게 내뱉었다. 그리고 내게 선을 보여줄 만한 아들을 둔 엄마의 한국 지인들의 네트워크가 대부분 중서부 쪽에 한정되어 있다는 사실을 떠올리며 곧바로 이렇게 덧붙였다.

"난 이사 같은 건 하지 않을 거예요. 이제 막 뉴욕에 발을 붙인 상태인걸. 그러니 이런 상황에서 그렇게 멀리 사는 사람을 만난다 한들, 뭘 어쩌겠어요?"

그런데 놀라운 사실은, 엄마가 그때 더 이상 싸움을 진행시키지 않은 채 조용히 손을 들었고 비행기 티켓도 곧장 취소해버렸다는 것이었다. 그 당시 나는 엄마가 나를 배려했다거나 무슨 페어플레이 정신에 입각해서 그렇게 물러난 게 아니라, 내게 자립할 시간을 좀 더 주어 뭔가를 성취하게 함으로써 아들을 가진 한국인 엄마들로 하여금 내가 자기 자식들에게 어울리는 '손색없는' 며느릿감이라 생각하도록 만들려는 처사라 내 나름대로 판단해버렸었다.

그렇지만 그런 내 생각은 결국 빗나간 것이었다. 아니 어쩌면 내가 시간을 너무 끌었던 것인지도 모르겠다. 어쨌든 지금 이 시각, 지저분한 내 아파트에 이렇게 엄마가 와 있다는 것이야말로 내가 당면한 진정한 현실이니까. 나는 마치 구원의 손길이라도 기다리는 듯 하늘을 올려다보았다.

"엄마한테 뭐 할 말 없니?"

"어떤 말요?" 나는 내키지 않는 듯이 물었다.

"글쎄다, 고맙다는 말 정도는 어떠냐?" 엄마는 여전히 미소를 잃지 않으며 어깨를 으쓱해 보였다.

"아직 그 사람을 만나보지도 않았는데요?"

"그래, 그럼 일단 만나볼 마음은 있는 거지?"

"엄마, 그건 이따가 얘기하도록 하죠. 저 지금 일하러 가야 해요."

엄마가 얼굴을 찌푸렸다.

"하지만 어찌되었건 이것만은 잊지 마라. 네 한창때도 이제 거의 다 저물어가고 있다는 걸."

"저물어요? 뭐, 당장 앞으로 여덟 시간 안에?"

엄마가 말한 저 한국 속담 비슷한 말은 그간 상당히 자주 들어왔기 때문에 영어로 들으니 오히려 더 어색하게 느껴질 정도였다. 이번에는 내가 평소 해왔던 것처럼 '문화적인 뉘앙스를 잘 이해하지 못하는 척' 하며 그냥 넘어갈 수가 없었다. 사실 나는 우리 잡지사, 특히 패션부에서 가장 나이가 많은 어시스턴트다. 나이가 바로 내 아래인 직원과도 네 살이나 차이가 나니까. 나와 동갑인 직원들은 샘처럼 대부분 벌써 책임 편집자의 자리에 앉아 있었다.

"엄마 마음 상하게 만들지 마라." 미간을 찌푸리며 엄마가 말했다.

"엄마가 별로 좋지 않은 타이밍에 오신 것 같아요. 먼저 연락을 하고 오셨어야 했는데."

"그랬으면 넌 분명 바쁘다는 핑계로 오지 말라고 했을 거다."

엄마 말이 맞기는 하다.

"그런데 왜 그렇게 이른 시간에 비행기를 타신 거예요?"

엄마는 갑자기 코를 찡긋하며 입을 한쪽으로 실룩거렸다.

"아냐. 사실 도착은 어제 했지."

"정말요? 그럼 잠은? 어디서 주무셨는데요?"

엄마가 비행기로 이 먼 곳까지 날아와서 제일 먼저 찾은 사람이 내가 아니라니……. 그 사실이 갑작스레 마음에 상처로 다가오는 듯 느껴졌다.

"오 여사네 집." 엄마가 대답했다.

"그 집안은 네가 어렸을 적에 뉴저지로 이사를 갔지. 우리랑 피크닉도 자주 가곤 했는데……. 기억하니, 오 여사라고?"

나는 고개를 끄덕였다. 오 여사 아줌마는 목소리가 크고 잘 웃는 사람이었다. 그 집 아저씨랑 우리 아빠는 같은 박사 과정을 밟았다. 그러고 보니 오 여사 아줌마 댁에 아들이 하나 있었던 게 기억났다.

"그 집 아들 이름이 밥(Bob) 아니었나?"

오빠와 나는 그의 이름을 부르며 깔깔거리곤 했었다. 그의 이름 '밥 오(Bob Oh)' 는 내가 아는 몇 안 되는 한국 욕 중 하나인 '바보' 로 들렸기 때문이었다.

엄마는 힘차게 고개를 끄덕였다.

"밥, 그래 걔가 바비 맞다. 지금은 의사 선생님이 되었단다. 뉴저지에 살고. 그뿐이냐, 제 아버지를 닮아 아주 훤칠하니 잘생겼단다."

"혹시……. 엄마가 방금 얘기했던 의사가 바로 그 바비 오빠인 거예요?"

엄마는 다시금 고개를 끄덕였다. 엄만 최근에야 그 집안과 다시 연락하고 지내기 시작한 게 분명했다. 그렇지 않았다면 엄마는 그 오하이오에 사는 남자 대신 바비랑 나를 연결해주려고 진작부터 애썼을 게 분명하다. 옛 친구들과 연락을 취하는 데 있어 큰 동기를 부여하는 것 가운데 '나이 꽉 찬 미혼 딸' 만한 것도 아마 별로 없으리라. 엄마가 내 결혼을 위해 또 얼마나 많은 당신 친구들의 연락처들을 뒤져보았을까를 생각하니 갑자기 몸서리가 쳐졌다.

"내 생각엔 엄마가 여기까지 오느라 괜히 돈만 낭비하신 것 같네요. 그 사람과 내가 서로의 마음에 들지 정말 의문이거든."

"그런 말 마라. 그건 아무도 모르는 일이니까."

아빠가 떠나고 엄마가 일을 시작하던 해 여름, 나는 자주 오 여사네 집에 가서 오후 시간을 보내곤 했다. 아무도 없을 때에는 바비와 같이 놀기도 했지만, 그 애는 언제나 내가 들고 간 인형에만 지대한 관심을 보이곤 했다. 게다가 이따금씩 더럽게 코를 파기도 했다.

"전 안다고요."

내 말에 엄마는 뭔가를 말하려고 입을 열었다가는 이내 그냥 다물어버렸다. 대신 엄마는 머리를 절레절레 흔들며 이렇게 말했다.

"그렇다고 하더라도 이번 여행은 분명 쓸데없는 돈 낭비는 아닐 거다. 엄마는 너한테 신랑감을 구해줄 때까지 여기 계속 머물러 있을 작정이니까."

나는 당연히 엄마가 곧 커다란 웃음과 함께 윙크를 하며 '농담이었다' 하는 사인을 보낼 것이라 생각하며 잠시 기다렸다. 그렇지만 내가 기다리는 그 사인을, 엄마는 결코 보내지 않았다. 나는 고개를 돌려 엄마의 여행 가방을 쳐다보았다. 부동산 회사의 사장은 바로 우리 엄마다. 그러므로 엄마는 본인이 원하는 대로 언제까지고 휴가를 낼 수가 있는 것이다.

나는 입술을 꽉 깨물고는 나지막한 목소리로 물었다.

"대체 몇 명의 남자들이 대기하고 있는 거죠?"

내 물음에 엄마는 아예 나와 눈을 마주치지 않으려고 했다.

"엄마!"

"이 얘기는 나중에 하자. 네 말대로 너도 출근해야 하니까."

엄마는 내 허리춤에 팔을 두르더니 내 어깨 바로 아래쪽에 키스를 했다. 엄마 키가 닿는 게 바로 그쯤이었으니까.

"아니, 지금 얘기해요."

"아니다. 나중에 하자. 자, 얼른 나갈 준비해야지."

엄마는 화장실 쪽으로 내 등을 떠밀기 시작했다. 버티려고 애써봤지만 엄마를 힘으로 이기기엔 역부족인 듯했다. 그렇게 실랑이를 벌이던 중, 엄마가 갑자기 내 몸을 마구 간질이기 시작했다. 역시 엄마는 내가 간지럼을 타는 부위들을 너무도 잘 알고 있었다.

Chapter 2

사무실보다는 차라리 디너파티에 더 어울릴 법한 검은색의 긴 나르시스코 로드리게스 의상을 입고, 나는 회사에 딱 한 시간 지각 출근을 했다. 우리 회사에서는 다른 어시스턴트도 다들 지나치게 튀는 복장으로 회사에 출근을 하곤 한다. 이렇게 차려입은 채 대중 교통수단을 이용해 이 재미없고 무료한 직장까지 온다는 사실이 어찌 보면 때로는 우리를 즐겁게 만들어주기도 하는 것 같다. 안내 데스크의 직원들은 자기 책상에 편안히 처박혀 앉아서 회사에 전화를 해대는 사람들을 이런 저런 내선번호로 연결시켜주고 있었다. 이제 약 한 시간 정도 후면 샘을 비롯해 여러 책임 편집자들이 몰려올 것이다.

이 잡지사에 지금보다 훨씬 더 잘 어울릴 만한 이름을 붙여보라고 한다면 그건 분명 '쓰레기통' 정도가 되지 않을까 싶다. 사람들의 두뇌와 시간은 물론 책상 위의 화분까지, 이 모두가 사무실의 답답한 사방 벽 안에 갇혀 속절없이 허비되어가기 때문이다. 글로시 출판사의 핵심이라 할 수 있는 〈아 라 모드〉 잡지사는 예나 지금이나 젊은 여성들이 취미 삼아 다니며, 미래의 신랑감들이 자신들에게 완전한 믿음을 불어넣어줄 때까지 대기하는 하나의 거대한 대합실과도 같은 곳이었다. 초창기의 상부 여성 조직이 이제 그들의 손녀들로 대체된 지금에도, 아이비리그 출신자들이 자신들이 받은 교육과 재능을 다른 여성들의 머리를 꾸미고 옷을 입혀 남자들을 유혹하도록 돕는 데 필사적으로 사용하고 있긴 매한가지였다. 다르게 표현하자면, 이곳에서 여성들이 일하기 시작한 지는 벌써 40여 년이 지났고 직원들은 효율적으로 업무를 보는 데 잘 적응이 되었지만 정작 그 핵심적인 일만은 변하지 않았다는 뜻이다.

스스로 생각해봤을 때 내가 특별히 어딘가 모자란 사람은 아닌 것 같다. 그러나 그간 샘에게 제안했던 이런 저런 자잘한 아이디어들을 제외하고는 정작 잡지의 핵심적인 내용에 있어 나는 아무런 기여도 하지 못하는 형편이다. 기껏 내가 하는 일이래야 일간지나 유럽판 잡지들을 훑으며 최신 패션 경향을 살펴보는 정도랄까. 사실 내 이름은 발행인란에 올라가지도 못하는 형편이다.

패션부 복도 쪽으로 몸을 돌린 나는 공기 중에 떠도는, 여느 때와는 뭔가 다른 기운을 즉시 감지할 수 있었다. 사람들은 마치 지금 이 월요일 아침 커피 타임에 나누는 이야기들이 지난 주말 동안 일어난 자신들의 이야기보다 훨씬 더 흥미진진한 듯 한껏 열을 올리며 떠들어대고 있었다. 그 중 카피라이터 한 명이 나와 심하게 부딪힐 뻔했다. 그녀는 "미안해요."라고 말을 건네며 그제야 비로소 나와 눈을 맞췄다. 여기서 일하는 다른 대부분의 여자들과 마찬가지로 그녀 역시 금발에 젓가락같이 가느다란 몸매를 가지고 있었다. 나는 그녀가 누구인지 한눈에 알아볼 수 있었다. 그녀는 특집 기사부로부터 과제물을 가져오곤 하는 페이지였다. 페이지는 자신이 작성하는 의상 기사들에 대한 질문들을 정기적으로 물어왔고, 샘은 나를 그녀의 사무실로 보내 그에 대한 답변을 대신 하게끔 했다. 그러나 내가 자기를 위해 타이핑해온 기사들을 읽기에는, 그녀는 항상 너무도 정신없어 보였다.

나는 복도를 지나 서둘러 창문도 없고, 문도 없는 나의 공간으로 향했다. 그곳은 다코타 웨스트와 함께 공유하는 곳이기도 하다. 지금은 어시스턴트 일을 해 온 지도 거의 2년이 다 되어 그렇지 않지만, 처음에 다코타는 내게 무척 쌀쌀맞게 대하곤 했다. 하지만 내가 자신의 경쟁자가 아니라는 사실을 이해하게 되고, 또 샘과 내가 얼마나 친한 친구 사이인지를 알게 된 이후로 그녀는 나와 사무실 동지로서 편하게 지내고 있다. 하지만 그렇다고는 해도 사위 사냥을 위한 우리 엄마의 갑작스러운 방문 같은 일에 대해 얘기한다거나 그에 대해 도움을 요청할 정도로 친한 사이는 아니었다. 다코타와 나는 예전에 샘플 세일을 할 때 세일즈를 함께 벌인 적이 있었고, 요즘 들어서는 직원들의 생일이나 약혼 축하 파티 등 매달 대회의실에서 열리는 각종 기념 이벤트 때마다 샘과 내 옆에 그녀가 와서 서 있곤 했다.

내가 미처 아침 인사를 건네기도 전에, 다코타는 한쪽 귀에 수화기를 붙인 채로 자신의 입술에 손가락을 갖다 대며 내게 조용히 하라는 시늉을 했다. 그런 상태로 몇 분인가 더 통화 내용에 귀를 기울인 후에야 그녀는 수화기를 살짝 내려놓았다. 전화기를 흘끗 보니 다코타 상사의 전화 라인들 중 하나에 아직도 빨간 불빛이 남아 그 라인이 여전히 통화 중이라는 것을 알 수가 있었다.

오늘 그녀는 자주색과 흰색의 바둑판 무늬가 들어간 빈티지 트리제르 슈트를 입고 무릎까지 오는 빨간색 니삭스에 에나멜 가죽 소재의 메리제인 슈즈를 신고 있었다. 모델처럼 크고 늘씬한 몸매에 직접 염색한 세련된 헤어스타일의 다코타라면 그 정도쯤의 의상, 아니 그보다 더 파격적인 그 어떤 옷차림이라도 무난히 잘 소화해내고도 남을 것 같았다.

다코타가 계속 승진에서 누락되는 것이 그녀의 노력이나 열정이 부족하기 때문이라고 할 수는 없었다. 아무리 봐도 다코타의 어시스턴트 생활은 도무지 결판이 날 것 같지가 않은데, 그것은 그녀의 상사가 바로 어시스턴트를 거의 노예처럼 부려먹는 사람이기 때문이었다. 다코타의 상사는 커피를 나르거나 복사를 하는 등 어떤 일도 시켜먹을 수 있다고 생각하며 그녀를 항상 무시했다. 샨탈 루이스가 바로 그 문제의 책임 편집자다. 샨탈은 심지어 촬영장에 단 한 번도 다코타를 데리고 나간 적이 없었다.

"낸이 해고당했대." 다코타가 눈을 부릅뜨며 마치 침실에서 속닥이는 듯한 낮은 목소리로 말했다. 낸은 패션부 부장이었다.

"그리고 내 생각엔 저 마녀가 그 자리를 차지할 것 같아." 다코타는 머리로 샨탈의 닫힌 사무실 문을 가리키며 말했다.

"내가 출근했을 때도 이미 들어와 있었거든."

패션부에서 같은 책임 편집자 서열에 있는 동료가 자기를 제치고 먼저 승진했다는 소식을 샘이 듣는다면 분명 엄청 흥분해 길길이 날뛸 것이란 불 보듯 뻔한 일이다. 샘은 주로 패션쇼나 전시실 등에 다니며 마케팅을 담당하고, 샨탈은 카메라 앞에 서는 모델들에게 의상을 입히거나 스타일링을 맡는 등 서로 조금 다른 영역을 책임지고 있긴 했지만, 이 회사 안에서 두 사람은 둘도 없는 라이벌이었다. 오죽하면 발행인란의 같은 줄에 올라간 두 사람의 이름 중 알파벳 순서에 따라 샨탈의 이름이 자기 이름보다 앞쪽에 나온다는 사실에 화가 난 샘이 법적인 절차를 통해 자신의 성을 '스태어'에서 엄마의 처녀 때 성이었던 '쿠퍼'로 바꿀지를 진지하게 고민하기까지 했을까. 만일 샘이 그렇게 했다면 죄 없는 다코타는 시청 등지를 쫓아다니며 샨탈의 이름을 AAA 정도로 바꾸는 작업을 도왔어야 했을 것이다. 참고로 다코타는 고등학교 때 잘 나가던 체스 챔피언이었다.

나는 샘에게 전화를 걸기 위해 책상 쪽으로 달려갔다. 회사 건물에 도착하기 전에 누구보다도 내가 먼저 샘에게 경고를 해주어야만 했기 때문이다. 어쩌면 지금 우리 층 직원 중 누군가가 밖에서 담배를 피우며 샘의 이야기를 하고 있을지도 모를 일이다. 아니 어쩌면 일개 사단쯤 되는 수의 인간들이 모여 출근하는 샘을 쳐다보며 비아냥거리고 있을지도 모른다. 언젠가 저널리스트들이 '샤덴프로이데(Schadenfreude, 남이 잘못되는 것에 대해 좋아하고 기뻐하는 심리를 표출하는 것-역주)'라는 말이 글로시 출판사에서 나오는 잡지들에 과도하게 남용된 단어 중 하나라고 지적한 적이 있었는데, 이곳에서 일하는 직원들을 보고 있자면 그 말에 수긍이 가고도 남는다.

나는 샘의 집으로 전화를 해야 할지 아니면 휴대전화로 연락하는 것이 좋을지를 판단하기 위해 벽에 걸린 시계를 올려다보았다. 그러는 사이, 어느새 질끈 땋아 올린 머리채를 양 옆으로 흔들어대며 씩씩한 걸음걸이로 들어오고 있는 샘의 모습이 유리벽을 통해 시야에 들어왔다. 그녀의 얼굴은 이미 잔뜩 찌푸려져 있었다. 그 표정을 보는 순간 '아, 한발 늦었구나' 하는 생각이 뇌리를 스쳤다.

미국에서 아홉 번째 가는 갑부집의 무남독녀로 자라온 샘은 좌절이란 단어에 익숙하지 않은 사람이다. 그녀의 아버지인 그레이엄 스태어 씨는 미국에서 가장 큰 벤처캐피털 펀드 회사인 SDM사의 이니셜 'S'를 대표하는 사람이었다. 그렇지만 샘은 대학에 들어가기 전 여름, 자신의 이니셜이 화려하게 새겨진 고급스러운 편지를 보냈을 때 그걸 받아든 내가 놀라며 마음속으로 상상했었던 것만큼 철없는 응석받이나 버릇없는 부잣집 아가씨는 아니었다. 매디슨에서 4년 내내 룸메이트로 지내는 동안, 그녀의 지난 남자친구들을 포함하여 우리는 어느 누구보다도 더 많은 시간을 함께했다. 아버지의 두 번째 부인이자 전 비서였던 자기 어머니를 쏙 빼다 박은 듯한 외모를 지닌 샘이었지만, 그녀의 성격은 낙농업에 종사하던 농부의 아들이었던 자기 아버지와 더 많이 닮아 있었다. 그러기에 샘은 이번과 같은 자신의 패배를 더더욱 용납하려 들지 않을 것이다.

"여기서 뭐해?" 누가 나보다 먼저 그녀와 통화했는지를 내심 궁금해 하면서 내가 물었다.

"음, 여기가 내 일터잖아. 왜?" 샘은 내 쪽을 보며 장난치듯 대꾸했지만 그녀의 시선은 사실 내 귀 뒤쪽을 향해 있었다.

나는 혹시 지금 샨탈이 동굴 같은 자기 사무실에서 기어 나온 것인지 궁금해져 뒤를 돌아다보았다. 사실 샨탈과 나는 한 번도 긴 대화를 나누어본 적이 없는 사이였다. 곰곰이 생각해보면, 우리가 한 번에 일곱 단어 이상의 말을 해본 적이 있었나 하는 의심이 들 정도다. 아마도 가장 길었던 대화라고 해봐야 "혹시 쓸모없는 내 비서 못 봤어?" "아뇨, 못 봤는데요." 하는 정도가 전부였으리라.

샨탈은 잡지에 쓰이는 사진 촬영 일 때문에 사무실에 있기보다는 외근을 나갈 때가 더 많았고, 사무실에 들어와 있을 때에도 항상 문을 굳게 닫아놓곤 했다. 그래서 내가 그녀에 관해 아는 것은 거의 샘이나 다코타에게서 듣는 것이 전부라고 할 수 있었다. 샘이 말하길, 샨탈이 책임 편집자의 자리를 꿰차며 이 잡지사에 처음 발을 들였을 때에는, 말을 한 마디 할 때마다 세련된 프랑스어 악센트를 구사했었다고 한다. 그러던 중 그 멋진 악센트의 사용을 중지하게 된 건, 다름 아닌 새로 고용된 다코타가 샨탈의 어머니에게서 온 음성 메시지를 그 부서의 다른 모든 이들에게 전송시켰을 때부터였다고 한다. 샨탈의 어머니가 남긴 음성 메시지는 롱아일랜드에서 온 것으로 아주 정확하고도 전형적인 영어식 발음이었다고 한다. 다코타는 샨탈에게 '맹세코 실수였을 뿐'이라고 변명했지만, 그 후 둘의 관계는 다시는 회복되지 못했다.

요즘 다코타는 사람들에게 '샨탈은 레즈비언'이란 소문을 좋아라 하며 퍼뜨리고 다니는데, 이것이 그저 우리끼리 나누는 농담의 수준을 넘어 이제는 승승장구하는 패션 편집자에게 해가 될 만한 모략의 수준으로까지 번지게 되어버렸다. 그리하여 최근에 사람들은 샨탈을 보면 "역시 같은 여자끼리 옷을 입히다 보니…… 쯧쯧." 하며 뒤에서 쑥덕거리곤 했다.

"좋은 아침!"

샘이 애써 밝은 목소리로 샨탈에게 인사를 건넸다. 그러나 샨탈은 고개만 까닥하는 것으로 답례를 대신하며 다코타의 책상 위에 큰 소리를 내며 파일을 잔뜩 내려놓았다. 그러고는 머리 꼭대기의 구정물 색깔 같은 칙칙한 금발 컬들을 다듬으며 다시 자기 사무실로 들어가 버렸다. 웬일인지 문까지 열어둔 채로 말이다.

샘의 미소가 잠시 일그러졌다. 그러나 금세 원래의 표정으로 돌아온 샘은 고갯짓으로 내게 자신의 사무실로 들어오라는 신호를 보냈다. 나는 이내 머리를 끄덕여 보였다. 샨탈의 열린 사무실 문을 등지고 있는 다코타는 그런 우리를 보며 상당히 괴로운 표정을 지어 보였다. 그것은 내가 햄버거나 파스트라미 샌드위치를 한입 베어 물을 때 자신은 그저 앞에 놓인 샐러드나 깨작거리면서 부러운 듯 날 바라보며 짓던 바로 그 표정이었다. 다코타는 평소 새 모이만큼 먹으면서 항상 배고파했는데 지금 그녀의 기다란 얼굴에 나타난 표정은 배고픔에서라기보다는 분명 우리들의 대화에 낄 수 없다는 데에서 느끼는 고통 같은 것이었다. 그런 다코타를 향해 샘은 입 모양으로 "잠시만." 하고 짧게 말했다.

"재미있지 않아?" 샘은 내가 그녀의 책상 맞은편에 채 자리를 잡고 앉기도 전에 날 향해 물었다.

"샨탈에게는 내가 엄청 위협스러운 존재인가 봐. 봤지? 나한테는 인사도 제대로 안 하는 거."

“재미있다고? 그렇지만 샨탈은 이번 새……."

오, 그랬다. 샘은 아직 그 사실을 모르고 있는 것이다! 그래, 어차피 아무도 없는 자기 사무실에서 나를 통해 소식을 접하는 편이 훨씬 나을 테니 어쩌면 다행인지도 모른다. 요즘 샘과 나는 주말이나 저녁 때 얼굴을 마주하는 일이 예전보다 적어졌다. 그건 낮 시간 내내 회사에서 서로의 얼굴을 보기 때문이기도 했고, 또 한편으로는 샘의 어릴 적 친구들이 내게는 어쩐지 좀 가식적이고 잘난 척하는 것으로 느껴져 최근 그런 모임에는 같이 어울리길 내가 꺼려했기 때문이기도 하다. 하지만 나는 언제나 그녀에게 있어 직장 동료 이상의 존재라고 굳게 믿고 있었다.

“할 말이 있어, 샘." 나는 발로 살짝 사무실 문을 닫으며 말했다.

“대체 무슨 일인데……?"

“잠깐만." 나는 우선 진정하라는 듯이 조용히 말문을 열었다. 샘과 다코타가 설령 많이 가까워졌다고 해도 샘은 분명 자신의 분노 섞인 울음소리를 다코타가 듣게 되는 걸 원하지 않을 것이기 때문이었다.

어쩌면 뭐 그리 대단한 일이 아닐는지도 모르지만, 나는 이러한 소용돌이 속에서 샘의 손을 잡아주는 것만으로도 그녀에게 뭔가 작은 보답이라도 하고 있는 듯한 느낌이 들었다. 그런 면에선 지금 내게 주어진 기회가 어쩌면 다행이라는 생각마저 들었다. 최근 샘은 학교를 그만둔 내 우울함을 쫓아내주었고, 그녀가 아니었더라면 오는 데 몇 년은 족히 걸렸을 이곳 뉴욕으로 날 데려와줬을 뿐 아니라 지금 있는 아파트를 임대 계약할 당시 보증인을 요구하는 집주인 앞에서 연대서명까지 흔쾌히 해주었다. 물론 그 점에 대해 내가 무척이나 고맙게 생각하고 있음은 물론이다. 하지만 때로는 어쩐지 우리들의 이런 ‘동등치 않은’ 관계가 약간은 불편하고 좀처럼 익숙지 않게 느껴지는 것만은 어쩔 수가 없었다. 대학 시절, 우리는 똑같이 서로를 돕는 보완적인 관계였기 때문이다.

리포트 작성에 빛을 발하던 내 재능은 최고의 파티장만을 물색해내는 그녀의 천부적 소질에 대한 충분한 답례가 되곤 했다. 샘은 내게 벼락치기가 아닌 꾸준한 공부의 중요성에 대해 설파하거나 평소 교수들과 친하게 지내며 그들의 방을 자주 찾아가라는 등의 유용한 조언을 많이 해주었고, 나는 그녀에게 축구경기 보는 법을 설명해주거나 캠퍼스 근처의 바에서 그 주의 ID가 없다는 이유로 입장을 허가받지 못할 때 그녀를 위해 고등학교 동창의 언니에게서 어렵게 운전면허증을 얻어다 빌려주곤 했었다.

그래, 어쩌면 나는 조금씩 지쳐가고 있는 건지도 모르겠다. 우리 둘이 동갑내기임에도, 또 내가 공부를 좀 더 많이 했음에도 나는 여전히 샘의 프로젝트 가운데 일부이며 그녀의 부하 직원일 뿐이라는 현실에 말이다.

샘은 담배를 하나 꺼내들었다. 본래 회사 건물 안은 모두 금연 구역이다. 가끔 통풍구를 통해 새어나오는 담배 냄새에 사람들이 불만을 토로할 때, 샘은 그건 절대 자기가 피운 것이 아니라며 발뺌을 하곤 했다. 하지만 어느 누구도 그것에 대해 편집장인 헬레나 보일에게 감히 이르거나 따지러 가지는 못했다.

"샨탈이 말이지." 나는 샘이 내미는 담배를 보고 고개를 저으며 말을 이었다.

"……이제부터 우리의 새로운 보스가 될 것 같아. 이건 바로 오늘 아침에 일어난 일이고."

담배를 빨고 있던 샘은 갑자기 숨이 막힌 듯 캑캑거렸다. 그녀는 책상 의자를 뒤로 빼며 몸을 앞으로 구부렸다. 그녀의 어깨가 살짝 떨리고 있었다. 그렇지만 내가 상상했던 것과는 달리, 그녀는 숨을 고르고 있는 것이 아니었다. 지금 샘은 킬킬대며 웃고 있었다.

"미안!" 숨을 가다듬으며 샘이 말했다.

"사실 난 지금 좀 다른 얘길 기대하고 있었거든."

"지금 농담하는 거 아니야, 샘."

"아까 네가 문을 닫는 모습을 보면서, 난 '아, 얘가 혹시 임신했단 얘기를 털어놓으려는 게 아닐까' 하고 생각했었거든."

나는 눈썹을 찡그려 보였다. 샘은 어쩌자고 그런 말도 안 되는 상상을 했던 것일까. 매디슨을 떠난 이후로 난 남자를 만나본 일도 없는데 말이다.

"낸 브랜이 해고됐어." 내가 조용히 말을 던지자 그제야 샘은 웃음을 멈추었다.

샘은 들고 있던 담배를 비벼 *끄고*는 〈포스트〉지의 가십난을 펼쳐 내게 들이밀며 말했다.

"낸은 해고된 게 아니야. 스스로 그만둔 거지. 바로 이걸 읽고 난 직후에 말이야."

샘이 지금 무슨 이야기를 하고 있는 건지 알아내는 데는 생각보다 시간이 꽤 걸렸다. 그녀가 내게 보여주려는 기사는 지면의 귀퉁이 쪽에 아주 조그맣게 자리 잡고 있었기 때문이다.

'글로시 사의 패션부장은 과연 핑크 슬립(pink slip, '해고 통지서'를 뜻하는 말—역주)을 받게 될 것인가? (물론 우린 지금 속옷에 대해 얘기하고 있는 것이 아니다!) 우리의 은밀한 내부 정보가 그와 관련된 운을 드러내주고 있으며……'

"참나!" 나는 신문을 내려놓으면서 말했다.

"낸이 이런 미끼에 걸려들다니, 믿을 수가 없군."

낸이 제아무리 성질 급한 사람이고, 또 자신이 회사를 나가는 것이야말로 편집장인 헬레나가 원하는 바라는 사실을 스스로도 잘 알고 있긴 했지만 그렇게 갑작스레 제 발로 걸어 나간다는 것은 그저 고용 계약 위반과 퇴직금 박탈을 의미할 뿐이었다.

"이유도 설명하지 않은 쓰레기 기사일 뿐이었잖아."

"이유야 기사를 쓴 오 헨리가 다 알려주고 있잖니. 바로 가판대 판매율이 떨어진다는 사실 말이야."

표지 모델을 고르는 일은 아트 디렉터가 맡고 있었지만 그들을 스타일링하고 표지 전체를 꾸미는 일에 대한 책임은 패션 디렉터인 낸과 같은 패션부장에게 있었다.

"그래도 이건 여전히 쓰레기 기사일 뿐인데……"

그녀는 잠깐 나를 쳐다보더니 곧 조심스레 입술을 축이며 말을 꺼냈다.

"샨탈이랑 나랑 당분간 공동 패션부장 자리를 맡게 될 거 같아."

샘의 얼굴에 미소가 퍼지기 전까지, 난 멍하니 그녀의 눈을 들여다보고 있었다.

"어머머, 세상에! 얘, 축하한다, 축하해!" 나는 자리에서 폴짝폴짝 뛰며 말했다.

"헬이 우리 두 사람 중 누가 더 이 일에 적합한지를 알아내겠다며 우리에게 한 달씩의 기회를 줬어."

우리끼리는 편집장인 헬레나를 모두 '헬(hell, '지옥'을 의미함—역주)'이란 귀여운(?) 애칭으로 부르곤 했지만, 그 애칭을 헬레나 앞에서 직접 부를 수 있는 사람이란 우리 회사에선 샘 하나밖에 없었다.

"헬은 샨탈에게도 공평한 기회를 주기 위해서라고 말했지만, 내가 보기엔 꽤히 내 아까운 시간만 낭비하는 것 같아.”

“겨우 한 달인데 그거 가지고 뭘 그래? 금방 지나갈 거야. 그건 그렇고 어디, 한 번 안아나 보자, 우리 새로운 패션부장님!”

나는 샘을 꼭 껴안았다. 그녀는 항상 자기 아빠가 처음 1백만 달러를 만들었던 나이인 서른이 되기 전에 편집장이 되겠노라고 큰소리를 치곤 했다. 그리고 지금, 그녀는 그 목표 지점에 이렇게 성큼 다가서고 있는 것이다. 세상에 점차 자신의 이름을 알리면서!

나란 사람은 아직도 진정한 내 일을 찾아내지 못해 이렇게 빌빌거리며 헤매고 있는데 말이다. 우리 엄마도 나름대로 성공한 여성의 반열에 드는 사람이긴 하지만, 나는 엄마와 나 자신을 비교하는 것을 그리 좋아하는 편은 아니다. 아빠가 우리를 떠난 뒤 엄마가 입문한 부동산업은 생계의 수단이었을 뿐 진정한 자기계발을 위한 직업은 아니었기 때문이다. 엄마는 대학에도 들어가긴 했었지만 어설픈 영어 실력 때문에 할 수 없이 처음 기대했던 바를 접어야만 했고, 그런 이유 때문에 부동산업 말고는 다른 것을 선택할 기회를 거의 박탈당한 상태였다. 아무튼 그 때문에 엄마는 사무실 근무 같은 일을 해볼 기회는 없었지만, 만일 가게 뒷방이나 레스토랑 부엌에서만 열심히 일을 했다 해도 결국 한국인들 사이에서 고개를 높이 들고 다닐 정도는 되었을 것이다. 물론 그런 가게나 레스토랑이 엄마의 소유라고 가정할 때 하는 말이지만…….

어찌되었건 샘은 내 둘도 없는 친구다. 상대적으로 내 처지가 약간 안쓰러워 보이지 않는 것은 아니지만, 그래도 나의 가장 친한 친구인 샘의 일이 잘 풀려가는 걸 보니 기분이 더없이 좋았다. 사실 대학원에서부터 흔들리기 시작한 내 입지는 갈수록 점점 더 꼬여가는 것처럼만 느껴졌다. 게다가 최근 다시 엄마가 벌이기 시작한 내 신랑감 사냥은, 나를 점점 더 정신없고 비참한 상황으로 몰아가고 있었다.

그때 종이 뭉치를 꺼내들며 샘이 말했다.

“오케이, 이제 둘 다 일하러 갈 시간이야. 헬이 아이디어 미팅을 하자는 데…….”

나는 샘의 말을 가로 막으며 말했다.

"샘, 지금 내 생각만 하겠다는 건 아니지만……. 이번 인사 이동이 나한테 미치게 될 영향은 뭘까?"

샘은 자신의 손목시계를 흔들어 보이면서 말을 계속했다.

"30분 안에 미팅 시작인데."

"내 말은, 헬이 네 자리를 다른 사람으로 대체한다면, 나도 진급이 되는 걸까?"

"진급?"

샘이 펜을 내려놓으며 내 얼굴을 쳐다보았다.

"진저 네가 언제부터 그런 거에 집착하기 시작했을까?"

"엄마가 온 뒤로." 나는 크게 숨을 내쉬며 고백하듯 말했다.

"나한테 남편감을 구해주시겠단다, 글쎄."

그 말에 샘은 메모지철을 한쪽으로 밀어놓으며 지금부터 내 말을 좀 더 경청하겠다는 듯한 자세를 취했다. 우리 엄마의 기대치와 한국남자들에 대한 내 감정에 관해서라면, 그녀는 그런 내 고민을 누구보다도 잘 이해하고 있는 사람이었다.

나는 오늘 아침에 있었던 일을 샘에게 자세히 털어놓았다. 오래된 친구와 그렇게 내 사정 이야기를 함께 나누고 있자니 왠지 모를 카타르시스와 함께, 어쩐지 내가 좀 '덜' 이상한 사람인 것처럼 느껴져 어느 정도 안심이 되기도 했다. 거꾸로 내가 그녀를 돕겠노라 생각했던 것은 내 머릿속에서 벌써 잊혀져가고 있는 듯했다.

"내 생각엔 이제 너희 어머니께 모든 걸 털어놓을 때가 된 것 같아." 의자를 뒤로 젖혀 앉으며 샘이 말했다.

"그럴 수 없다는 거 너도 잘 알잖아. 엄마에게 또 상처를 줄 순……."

"모르지. 어머니가 미리 아셨다면 진작 포기하셨을지도."

"아니, 그렇진 않아."

우리 엄마에게 한국인이 아닌 사람과 결혼한다는 일은 마치 제인 오스틴에게 자기보다 낮은 신분의 사람과 결혼하라는 것과도 맞먹는 일이었다. 다시 말해, 신에 대한 모독죄 같은 것이라고나 할까.

"아니면, 그냥 아직 준비가 안 됐다고 말씀드려봐."

"그건 아무 득도 안 돼. 엄마는 오랜 연륜으로 뭉쳐진 당신의 말이 항상 옳다고 믿으시거든."

엄마는 내가 대학원에 간 것은 큰 실수였다고 말해왔다. 당시 엄마가 했던 말을 그대로 전하자면 이렇다. "아니, 미국 땅에서 누가 한국인더러 영어를 가르치라고 하겠니?"

"그런데, 대체 뭐가 그리 급하시다니?"

"내 한창때가 저물어가고 있다나."

내 말에 샘은 자기 귀를 의심한다는 듯 내 얼굴을 빤히 쳐다보았다.

"우리 엄마도 뭐 사실 완전히 막무가내는 아니셔."

샘의 그런 표정 때문이었는지 나도 모르게 엄마를 변호하는 듯한 말을 내뱉어버렸다.

"내 말은, 내가 지금 하고 있는 일에 먼저 충실히, 성의를 다해 임하고 싶다고 한다면 엄마도 순순히 물러나실 거라는 거야. 내가 이번 진급 건에 대해 갑자기 이렇게 절실한 마음을 가지게 된 것도 사실 바로 그 때문이야."

샘이 얼굴을 찡그렸다. 그녀는 다시 말보로 라이트에 손을 뻗어 담뱃불을 붙여 물었다. 이번에는 나도 한 개비를 받아들었다. 어차피 샘 덕분에 이미 냄새는 다 배었을 테니까.

"너한테 그냥 자리를 달라는 게 아니야. 나도 분명 열심히, 최선을 다해 일할 거라고. 다만 네가 일에 대해 한 수 가르쳐줬으면 해서 말이지."

"내 말은 그런 뜻이 아니야." 샘이 말했다.

"네가 그저 제일 가까이 있는 것부터 일단 붙잡고 보자는 생각인 것 같아 걱정이 돼서 그래. 잘 생각해봐. 그건 패션 분야에 진정한 열정을 가진 어떤 다른 사람으로부터 자리를 뺏는 일이 될 수도 있단 말이야."

"다코타는 젊으니까 좀 더 기다릴 수 있을 거야."

샘은 입을 씰룩거렸다.

"네가 내 어시스턴트 자리에 너무 오래 머물러 있었다는 건 나도 인정해. 지금 우리는 일을 하는 데에 있어서 황금기에 있다고 할 수 있는데 넌 그걸 낭비해온 셈이니까."

"그 말 참 고맙군."

"내 말은, 진저 네가 정말 관심 있어 하는 분야로 눈을 돌려야 한다는 말이야. 너도 알다시피 내가 발은 좀 넓잖니. 원한다면 아는 사람을 소개해줄 수도 있고."

"이게 바로 내가 원하는 일이야."

뭐, 그렇게 새빨간 거짓말은 아니다. 단지 좀 과장된 말일 뿐. 그간 나는 스스로 많은 걸 해낼 수 있다는 것을 느껴왔고, 요 몇 달간 내 지난 상처를 달래는 동시에 여러 가지 가능성들을 맛보고 있는 중이었다. 그렇지만 이제 그렇게 내 멋대로 시간을 허비할 때는 지난 것 같이 느껴졌다.

"내가 대단한 관심까지야 별로 안 보였을지 모르지만, 그래도 재능은 조금 보였잖아. 안 그래?"

"그래, 네 취향도 꽤 쓸 만한 편이고……. 그간 내놓은 아이디어들도 그런대로 전부 다 괜찮긴 했지."

"게다가 난 패션을 보는 안목도 어느 정도 가지고 있다고. 패션이란 단순히 유행을 좇는 게 아니지. 패션은 일종의 자기표현의 한 방식인 거야. 하나의 예술이라고! 그건 마치 건축과도 같은 거야. 형식이 기능을 만나는……."

"흠, 내가 하는 일에 대해서 네가 그렇게까지 높이 평가하고 있었다는 건 전혀 몰랐는걸."

"그러니까 편집자란 직업은 마치 비평가와도 같아. 또한 현재 문화의……."

"됐어, 그만해. 진저 너 말하는 게 어째 점점 샨탈이랑 비슷해지는 것 같다." 샘은 웃으면서 말했다.

"……현재 문화의 전달자라고. 유혹이 그것의 유일한 목적이 되지 않는 한, 이건 정말 가치 있는 직업이란 말이야."

샘의 길고 뾰족한 손가락이 그녀의 입을 눌렀다. 그리고 나를 조용히 쳐다보았다.

"샘, 제발. 최선을 다할게. 그러니 나한테도……."

그녀는 자기의 땋은 머리를 가볍게 건드렸다.

"난 선천적 재능이라든지 단순한 노력 정도는 별로 상관하지 않아. 여기선 그런 것들이 중요하지 않으니까. 사실 다른 어디를 가도 다 마찬가지일 거야. 내가 중요하게 생각하는 건 바로 헌신적인 태도야."

"헌신? 그런 거라면 나도 자신 있어."

"내가 말하는 건 완전한 복종을 의미해. 난 네가 내 명령에 따라 그대로 움직이길 원하는 거라고."

'복종'이란 단어가 다소 불편하게 들리긴 했지만, 어쨌든 간에 난 오케이 사인을 날렸다.

"진심이야. 쓸데없는 질문도 싫고, 괜한 허튼 소린 더더욱 사절이고."

"접수!"

"또 하나, 나랑 같이 일을 한다 해도 당장은 진급이 보장되지 않을 수도 있어."

"그건 괜찮아. 엄마한테 내가 무지무지 바쁘다는 사실만 확인시켜드린다면 엄마도 포기하고 집으로 가실 테니까. 지금 상황으로서는 엄마가 연결시켜주는 남자들이랑 데이트를 해야 할지도 모르는데, 그걸 피할 핑계를 만드는 게 사실 최우선 과제라고. 엄마가 준비시킨 후보자들이 그렇게까지 많진 않겠지만."

"꽤 배고픈 다른 어시스턴트들과의 경쟁 역시 피하기 어려울 거란 점도 잊지 마."

"배가 고프다기보다는 '신경성 무식욕증'이나 '식욕 감퇴' 쪽에 더 가까운 게 아닐까?" 다코타를 떠올리며 내가 이렇게 농담을 던져보았지만 샘의 얼굴은 무척이나 진지해 보였다.

"난 그들 또한 과소평가하지 않을 거야."

"물론 나도 그래. 하지만 그들은 나처럼 샘이란 친구를 가지지 못했지, 안 그래?"

"우리 아빠가 말했던 것처럼, 일이란 전쟁과도 같은 거야."

"그쯤은 나도 감당할 수 있어. 박사 과정에 있는 학생들도 얌전한 고양이들만은 아니었다고. 심지어 도서관에 있는 책들을 일부러 다른 데다 아무렇게나 꽂아놓는 일도 다반사였는걸."

샘은 내게 강한 시선을 보냈다. 나도 지지 않고 샘을 빤히 쳐다보았다. 그제서야 샘은 만족한 듯이 살짝 웃으며 말했다.

"알았다, 알았어."

그녀를 따라 웃으면서 나는 의자 뒤로 깊숙이 앉아 편한 자세를 취했다. 자, 이제 그녀가 함께 탔으니 내 배가 가라앉을 위험성은 그만큼 줄어든 것이다. 갑자기 그간의 긴장이 풀려오는 것만 같았다. 오늘은 그녀의 전시실 방문 스케줄이 하나도 없지.

"자, 일어나. 일단 시작을 해야지."

"무슨…… 뭘 말이야?"

"내 방식대로 하던지, 아니면 다 없던 일로 하는 거야. 알고 있지?"

"그래, 물론 네 방식대로 해야지." 나는 몸을 일으키며 재빨리 대답했다.

그러고 보면 샘이 그렇게 빨리 승진을 한 것도 그리 이상한 일만은 아니다. 내가 도서관 책 더미 아래 묻혀 고생했던 지난 몇 년 동안 만일 그녀와 계속 연락을 하며 지냈다면, 나는 학위를 받든지 혹은 아예 일찍 포기하든지 양단간에 결정을 훨씬 더 빨리 내릴 수 있었을 것이다.

"지금 어디로 갈 건데?"

"아무 데도 안 가."

그녀는 종이 한 뭉치와 펜을 내게 건넸다.

"우선, 회사 내의 전쟁에 임하는 몇 가지 기본적인 것들을 짚고 넘어가도록 하자고."

"지금……, 진심이야? 아님 그냥 장난치는 거야?"

"진저!"

"알았어, 알았다고."

나는 그녀의 몽블랑 펜 뚜껑을 열고 준비 태세를 갖췄다. 그녀는 뭔가에 집중하는 듯 1분쯤 조용히 있다가는 이윽고 목을 가다듬었다.

"첫 번째, 언제나 자기 자신을 맨 앞에 내세워라. 유치할진 몰라도 자기가 한 일에 대해서는 생색을 낼 필요가 있거든. 네가 무슨 일을 했든, 그것이 네게 무엇을 줄 수 있는가 하는 점을 항상 생각하도록 해. 두 번째, 사람들에게 결코……."

그때 나는 손을 번쩍 들었다.

"손 같은 건 안 들어도 돼."

"응, 분위기상 왠지 그래야 할 것 같아서……" 나는 약간 민망해하며 손을 슬쩍 내렸다. "아무튼 질문이 있어."

"그런데 대체……. 아니다, 됐다. 그래, 질문이 뭔데?"

"그럼 그동안 내가 너한테 이렇게 저렇게 스토리 아이디어들을 제공해온 건 혹 첫 번째 룰을 어긴 거라고 할 수 있는 거니?"

샘은 질문에 대해 잠시 생각을 하는 듯 고개를 한쪽으로 비스듬히 기울였다.

"아니." 그녀는 짧은 대답과 함께 목을 바로 했다.

"날 돕는 게 바로 네 자신을 돕는 일이니까. 흠, 아까 내가 어디까지 했더라?"

"두 번째, 사람들에게 결코……." 내가 재빨리 읊어주었다.

"그래, 맞다. 사람들에게 결코 뻘뻘 땀 흘리는 모습을 보이지 않도록 하라. 네가 하는 모든 일은 힘들이지 않고 쉽게 쉽게 하는 것처럼 보여야만 하는 거야. 그러면 멍청한 사람들은 너를 자신들은 도저히 건드릴 수 없는 사람으로 생각하게 될 거고, 또 똑똑한 사람들은 또 그들대로 널 과소평가하지 못할 테고 말이야."

샘은 잠시 말을 멈추었다. 나는 잠자코 그녀가 말한 것들을 열심히 받아 적었다. 전직 해병대 출신인 그녀의 아버지는 매사에 빈틈없는 사람이었다. 샘은 그런 아버지와 정말 많이 닮은 것 같았다.

"세 번째, 내 계획이나 행한 사실을 남과 함께 이야기하지 말라. 말이란 항상 새어나가는 법이다."

나는 고개를 들어 그녀를 쳐다보았다.

"그래서 이제껏 나한테 어떻게 네가 새 직책을 따냈는지에 대해 한 번도 말해 주지 않은 거였어? 세상에, 그래도 나 정도는 믿어도 되잖……."

"네 번째, 믿음 따위는 일치감치 버려라. 사무실 안에는 믿음이란 존재가 자리 할 곳은 없다."

"설마, 우리 사이에도……?" 내가 반박했다.

"친한 친구 따윈 잊어라. 비즈니스의 세계에서 진정한 친구란 존재하지 않는다."

그녀는 내 펜을 가리켰다.

"계속 받아 적어."

나는 고개를 숙인 채 그녀의 지시에 따랐다. 샘이 자신의 '아무도 믿지 않기' 정책에 나까지 포함시킨 점에는 약간 분개했지만, 그래도 그녀가 나를 여전히 자신의 좋은 친구로 여기고 지금 이런 말을 들려주고 있다는 점을 나름의 위안으로 삼아야 했다.

"그렇다면, 나도 네게 비밀을 털어놓지 말아야 한다 이거지?" 나는 마지막 부분에 특히 힘을 주어 갈기듯 글씨를 쓰면서 말했다.

"그래서……, 결국 뭐야. 다음에 승진 기회가 있을 때는 네 등 뒤에 냅다 칼을 꽂으라고?"

"그래, 그렇지만 물론 내 지시 하에서만 말이지."

방금 내뱉은 자신의 말에 모순이 있다는 사실을 스스로도 느꼈는지, 샘은 곧 피식 웃었다.

"내 말의 요지는, 네가 나를 믿듯이 그렇게 다른 어느 누구를 지나치게 믿어서는 절대 안 된다는 뜻이야."

"그야 당연하지."

"그게 꼭 그렇지가 않아. 너한테는 가끔 꽉 막힌 구석이 느껴져. 그 점 때문에 남들한테 쉽게 속아 넘어가지 않을까 항상 걱정이 된단 말이야."

나는 '이것 보쇼' 하는 표정으로 샘을 쳐다보았다. 매디슨의 도서관에서 사라지는 책의 대부분은 페미니즘과 관련된 것들이었다. 지금 기분은 꼭 내 논문에 꼭 필요한 책이 사라졌을 때의 그것과도 같았다.

"네가 그렇게 나오면……." 샘이 뭔가 말하려고 할 때, 갑자가 전화벨이 울렸다. 발신자 표시를 보니 헬에게서 온 전화였다.

"뭐야, 미팅을 깜박했잖아. 아이디어 회의 때 쓸 브레인스토밍도 아직 못했는데."

샘이 자리에서 벌떡 일어났다. 나도 그녀를 따라 자리에서 일어섰다. 그녀는 자기 메모지철을 집어들더니 조금 전까지 내가 써내려간 종이를 북 찢어 내게 건넸다.

"자, 빨리. 아이디어 하나만 줘봐."

"음……."

내 노트를 접으면서 난 그녀의 검은색 웅가로 드레스를 쳐다보고 내 옷차림을 한 번 훑어보았다.

"나르시스코 로드리게스 어때?"

"아니, 스토리 아이디어 말이야. 그런 브랜드 뉴스 말고."

그녀의 날카로운 어조가 아이디어를 번쩍 떠오르게 만들었다.

"체포되는 장면! 어때?" 내가 말했다.

"모델들이 여러 가지 다양한 형태로 체포되는 모습을 연출하는 거야. 이를테면 벽을 보며 다리를 벌리고 서서 수색을 받는 장면이라든지, 경찰 순찰차에서 내려서는 모습, 또 수갑이 채워진 채 연행되는 모습……."

"그리고…… 유니폼을 입은 경찰들, 건장한 체구의 FBI 요원들! 야, 그거 정말 괜찮은 아이디언걸?"

샘은 이렇게 말하고 서둘러 나서더니 문득 문 앞에서 뒤를 돌아 나를 바라보았다.

"방금 떠오른 생각이 있어."

내가 샘 특유의 이런 반짝이는 눈망울을 본 건, 그녀가 코카인을 하러 함께 할렘에 가자며 나를 꼬득이던 때가 마지막이었던 것 같다. 그때는 샘이 마약을 한다는 사실에 놀라 그 제안을 거절했었지만…….

"뭔데?"

"이번 아이디어를 내는 데 진저 네가 큰 도움을 줬다고 헬한테 얘기할 작정이야."

Chapter 3

샘은 점심도 거른 채 그날 하루 종일 헬의 사무실에 머무르는 모양이었다. 샨탈은 갑자기 잡힌 표지 촬영 일정 때문에 바쁜지 계속 사무실을 들락거렸다. 나는 '내 것으로 만들 수 있는 것은 내 것으로' 라는 명제를 계속 상기하면서 다코타의 일을 몇 가지 대신 처리해주었고 오후에는 내내 아이디어를 찾아 샘의 잡지들을 열심히 뒤적이며 시간을 보냈다. 엄마가 몇 번이나 전화를 했지만, 나는 내가 얼마나 바쁘고 틈낼 시간이 없는 사람인지를 보여주기 위해 오는 전화들을 모두 음성 메시지로 넘어가게끔 내버려두면서 말이다.

이 '바쁜 진저' 라는 새로운 이미지를 계속 유지하기 위해, 퇴근 후 나는 5번가를 지그재그로 걸으며 평소 좋아하던 상점들을 여기저기 기웃거리면서 일부러 느릿느릿 집으로 향했다. 내가 뉴욕을 사랑하는 이유는 바로 이런 소음과 부산스러움 때문일지도 모른다. 사람을 정신없게 만드는 이런 환경은 오히려 잡념이

나 자기반성적인 상념을 잊게 해준다. 그리고 뉴욕이란 도시는 때때로 내가 도대체 어디에 있는 것인지 알지 못하게 하면서도 동시에 항상 어느 곳엔가 있는 것 같은 느낌을 주는 신비한 힘을 지니고 있다. 멋진 가게들이 꽉꽉 들어찬 활기찬 거리들은 언제나 나를 희망으로 가득 채워주곤 했다.

집으로 돌아오니 여느 때와는 다르게 집안이 말끔하게 치워져 있었다. 엄마가 대청소를 해놓으신 모양이었다. 깨끗해진 집안 덕분에 이제는 마룻바닥과 매디슨에서 가져온 유일한 가구인 오렌지색 중고 소파가 한눈에 들어왔다. 상자들은 복도에 죽 늘어서 있었고, 그 중 절반가량은 엄마의 컬러풀한 에르메스 스카프로 덮여 있었다. 문 옆에는 내 구두와 신발들이 마치 교회 의자에 앉아 점잖게 예배를 보는 커플들처럼 짝을 맞춰 몇 줄로 가지런히 정돈되어 있었다. 집 안으로 더 들어가기 전에, 나는 구두를 확 벗어던져 버렸다. 집에 들어오면서 그런 짓을 할 나이는 지났고, 평소 그렇게 하지도 않는 편이지만 오늘은 왠지 이런 모습을 보며 투덜거릴 엄마의 얼굴을 보고 싶단 마음이 살짝 들었던가 보다.

엄마는 조금 전 샤워를 마치고 나온 듯 촉촉한 모습으로, 번쩍이는 금색 'C' 자 로고가 박힌 단추가 소매에 달려 있고 커다란 어깨 패드가 들어간 핑크색 샤넬 실크드레스를 입고 있었다. 그 모습을 보고 있자니, 우리 엄마 같은 몇몇 한국 아줌마들이 이 땅 위에 살아가고 있는 한 1980년대풍의 이미지는 절대로 죽지 않을 것이라는 생각이 들었다. 금단추와 거대한 어깨 패드에 대한 그들의 유난스러운 애정은 정말 불가사의할 정도의 수준이다. 나는 그런 엄마의 뺨에 살짝 입을 맞추었다.

"왔구나. 네가 저녁도 못 먹는 줄 알고 걱정했다." 엄마는 내 옷을 개어 하나하나 쇼핑백 안에 집어넣으며 말했다. 그 옷들은 모두 드라이클리닝이 필요한 것들이었다.

"물론이죠. 아무렴 내가 엄마 혼자 저녁을 드시게 할까 봐요? 사무실에서 하루 종일 일이 너무 많아서 이제야 겨우 퇴근한 거지." 악의 없는 거짓말이긴 했지만, 어쩐지 웃음이 비어져 나와서 나는 얼른 손으로 입을 가려야 했다.

"그렇게 얼굴 좀 만지지 마라. 그러니까 여드름이 생기는 거야." 엄마가 꾸중하듯 말했다.

"그나저나 집에 대충 언제쯤 오는지는 엄마한테 얘기해줘야 되는 거 아니냐? 전화해도 연락도 없고."

만일 지금 엄마랑 내가 예전 내 십대 시절에 그랬던 것처럼 티격태격하던 장면을 다시 한 번 재현하려 한다면 쾅! 소리 나게 닫고 들어가 버릴 문이 있는, 훨씬 넓고 큰 아파트가 필요할 것이다. 엄마는 계속해서 내 옷들을 개어 집어넣고 있었다.

"저 여드름 같은 거 없어요." 손을 아래로 내리며 나는 말했다. 떠오르는 패션 업계의 종사자는 흠 있는 피부를 가지지 않는 법이다.

"학교 다닐 때는 여드름이 있었잖니. 그래서 한동안 학교도 빼먹고 집안에 틀어박혀 있던 때도 있었고……. 안 그래?"

"어머! 제가 학교 결석한 걸 알고 계셨어요?"

"물론, 알다마다. 엄마는 원래 모르는 게 없단다." 엄마가 혀를 끌끌 차며 대답했다.

"에이, 그래도 전부 다는 아니겠죠." 내가 반박하듯 말했다.

"정말 그렇게 생각하니? 좋아, 그렇다면 이 엄마가 모를 거라고 생각하는 일을 하나만 대봐라." 엄마가 재미있다는 듯 내게 도전장을 내밀었다.

나는 내 새로운 장래 계획에 대해서 말할까 하다가, 그건 저녁을 먹을 때까지 기다릴 수 있겠다는 생각에 일단 다른 걸 떠올려냈다.

"흐음, 엄마가 모르는 거라……. 웅, 바로 지금, 드라이클리닝을 맡길 옷들은 그렇게 곱게 개거나 접을 필요가 없다는 거! 그게 엄마가 모르는 일이다, 하하. 그거 어차피 마구 던져서 무더기로 쌓아둘 텐데 뭐 하러 그런 수고를 하시는 거예요?" 내 말에 엄마가 미소를 지었다.

"얘도 참, 순진하기는……. 없애버릴 옷들을 내가 왜 드라이클리닝 하는 데 맡기겠니? 그리고 나도 드라이 맡기는 옷들은 당연히 그냥 마구 던져놓곤 하는 사람이니 걱정 마라."

"뭐라고요? 그 옷들을 내다버린다고요?" 내가 펄쩍 뛰며 물었다.

"어떤 치마들은 길이가 너무 짧아. 어떤 것들은 또 너무 밑에까지 끌리고. 숙녀가 입기엔 어딘가 부족한 옷들만 골라 없애려는 거다."

"이 옷이 대체 어디가 어때서 그러세요?" 그 쇼핑백 가운데에서 내가 아끼는 다이안 폰 푸르스텐버그의 랩스커트를 집어 빼내며 내가 물었다.

"그냥……. 생긴 게 너무 흉하잖니."

"엄마아아!" 갑자기 숨이 넘어갈 듯한 기분을 느끼며 엄마를 길게 불러댔다.

"왜애애?" 엄마가 내 말투를 흉내 내며 대답했다.

"옷들이 너무 차고 넘쳐서 옷장에 자리가 없을 정도야."

"그게 그 옷들의 잘못은 아니잖아요! 차라리 좁아터진 옷장을 탓한다면 모를까." 들고 있던 검은 드레스를 다시 쇼핑백 안으로 던져 넣으며 내가 대답했다.

"쇼핑백이 하나 더 필요하겠는데." 엄마는 내 말은 듣는 둥 마는 둥 아무 표정도 없이 말했다.

내가 태어나 자라는 동안 엄마는 평생 이런 식이었다. 거기에 반항이라는 건 그야말로 부질없는 일이었다. 그나마 속옷 서랍은 아직 저런 식으로 뒤져놓지 않았으니, 지금은 그것만 해도 다행이라 여겨야 할까.

"처음 이 쇼핑백들을 찾았던 데 가면 더 많이 있을 텐데요, 뭘."

그 말에 엄마는 날 한 번 노려보듯 쳐다보고는 곧 부엌 쪽으로 들어가 버렸다. 나도 옷장 쪽으로 가서 식사하면서 입을 옷을 고르기 시작했다. 무엇보다 담배 냄새가 배어 있지 않은 것으로 말이다. 엄마는 날 이제 막 궤도에 오르기 시작한 고급 패션계의 커리어 우먼으로는 절대 대해주지 않지만, 적어도 나는 그런 옷을 위한 옷장 하나는 따로 가지고 있는 사람이다. 옷걸이를 이쪽에서 저쪽으로 손쉽게 밀어낼 수 있게 되어 있어서 내가 특히나 마음에 들어하는 옷장이었다.

내가 파란색 깅엄 체크무늬의 드레스를 골랐을 때, 엄마가 다시 돌아왔다.

"그건 안돼. 좀 더 비싸 보이는 걸 입어야지." 엄마가 공중에 대고 커다란 종이백을 털어내듯 펼쳐 보이면서 말했다.

"이래뵈도 이게 캘빈 클라인 거예요. 절대로 싼 게 아니라고."

"물론 비싸게 주고는 샀을 테지. 그렇지만 겉으로 보기에도 비싸 보이는 걸 입으라는 말이야, 엄마 말은."

나는 꺼냈던 옷을 다시 장롱 속으로 던져 넣고는 빈티지풍의 릴리 퓰리처 옷을 집어들었다.

40

"왜 폼 나게 차려입으라고 하는 건데요? 어디 비싼 레스토랑에라도 가기로 한 거야?"

엄마는 엄지와 검지로 그 옷의 천을 만지작거리며 재질을 확인했다.

"이 천은 나쁘진 않구나. 그렇지만 너무 오래되어 보이잖니. 엄마 눈엔 마치 창고 세일 같은 데서 하나 건져온 것 같이 보이는구나."

사실 그건 매디슨에서 창고 세일 때 산 것이 맞다. 나는 노란색이 살짝 들어간 그 흰색 드레스를 넣고 다시금 옷걸이에 걸린 옷들을 살펴야 했다. 결국 난 누가 봐도 버버리 상표임이 확실해 보이는 격자무늬의 얌전한 면 드레스를 꺼내들었다. 그제야 엄마는 고개를 끄덕여 보였다. 아, 한국의 어머니들이여!

"단정하고 예쁘게 보여야 해. 이따가 닥터 오 아저씨, 오 여사 내외랑 함께 저녁 먹기로 했으니까. 이렇게 세월이 많이 지나고 난 후에 너를 다시 보게 된다니까 그분들도 무척 들떠 하더구나."

"닥터 오 아저씨네랑요?"

엄마는 천장을 쳐다보며 '얘가 또 왜 이러나' 하는 듯한 표정을 지어 보였다.

"엄마가 아까 얘기했잖니."

"아뇨, 그런 적 없어요." 내가 말했다.

"그렇지만 뭐, 괜찮아요." 나는 엄마의 어깨를 살짝 토닥였다.

"엄마 뇌 세포도 이제 나이를 먹어가는 게지."

"분명히 했어." 엄마가 반박했다. "네 사무실 자동응답기에 남겨놓았단 말이야."

난 어깨를 으쓱해 보였다. 엄마가 남긴 음성 메시지를 하나도 듣지 않았기 때문이다.

"바비도 거기 같이 올 거란 메시지를 분명히 남겨두었단 말이다."

놀란 나는 눈썹을 치켜세웠다. 나는 내가 맡은 새로운 일에 대해 충분히 설명하고 그렇기 때문에 스케줄 내기가 얼마나 어려운지를 엄마에게 잘 인식시키려고 했다. 그리고 그것을 바탕으로 엄마와 나 사이에 몇 가지 룰을 정해두려던 참이었다. 그런데 지금 엄마는 마치 탈주 기관차처럼 이렇게 날 밀어붙이고 있는 것이다.

내가 뭐라고 반박하기도 전에 전화벨이 울려댔다.

　"오 여사가 레스토랑 때문에 전화한 걸게다." 전화기 쪽으로 손을 뻗으며 엄마가 말했다.

　전화를 받아든 엄마의 얼굴에 금세 미소가 번졌다. 그러다가 엄마는 수화기를 귀에서 조금 뗐다. 수화기 밖으로까지 목소리가 쩌렁쩌렁 울릴 정도로 오 여사 아줌마의 목소리는 여전히 컸다. 엄마는 다른 한 손으로 내게 펜이랑 종이를 가져오라는 시늉을 했다. 엄마한테 그것들을 대령한 나는 어깨너머로 레스토랑 이름과 주소를 확인했다.

　통화를 하면서 엄마는 내게 어서 욕실로 가라는 손짓을 했다. 그러고는 손목시계를 가리키며 시간이 얼마 없다는 신호를 보냈다. 그렇지만 나는 그 자리에서 움직이지 않았다. 그냥 엄마가 전화를 끊을 때까지 기다리려던 참이었다. 어차피 곧 만나기로 한 사람들이니 그다지 통화를 오래할 이유가 뭐 있겠는가 하는 판단에서였다.

　그러자 엄마는 이젠 양쪽 손을 다 써가며 '어서 빨리 나갈 준비를 하라' 는 과격한 몸짓을 해댔다. 나는 엄마에게 똑같이 손을 내저으며 약간은 단호하게 그 자리에 계속 서 있었다. 내가 거기 그러고 있는 동안 엄마는 대화의 요점인 듯한 것들을 한두 마디씩 재차 확인까지 해가면서 한국말로 계속 오 여사와 떠들어대고 있었다. 내가 이해할 수 있는 한국어란 부모가 자식한테 건네는 반말투의 몇 마디 일상적인 말이나 명령어 등에 한정되어 있는 탓에 두 분의 대화가 모두 이해되지는 않았다. 하지만 지금 대화의 주도권은 오 여사가 잡고 있는 것만은 틀림없어 보였다. 우리 엄마는 그저 중간 중간 '맞다' 는 뜻의 한국말인 "네, 네."만 계속하다가 중간 중간 '앤' 이라는 이름을 한 번씩 되뇌는 것 같았다. 엄마가 자기 친구를 영어식 이름으로 부르는 줄은 전혀 몰랐기 때문에 나는 그 말에 약간 놀랐다. 그로부터 거의 15분도 더 지나고 나서야 엄마는 겨우 전화를 끊었다. 내가 먼저 엄마께 물었다.

　"아니, 도대체 무슨 얘기가 그렇게 길어요?"

　"아무것도 아니다."

　"에, 아무것도 아닌 게 아니던데."

　"서로 안 본 지가 20년이 넘었으니 할 말이 많은 거지, 뭐."

"그건 그렇고, 아줌마한테 지금은 엄마가 가까운 데 있으니까 그렇게 소리 지르시지 않아도 다 들린다고 좀 전해주세요."

엄마는 내 말에 웃지도 않고 곧 내 손을 잡아끌며 욕실로 향했다.

"빨리 준비해라. 한 시간 안에 거기 도착해야 하니까."

나는 한국음식을 꽤나 좋아하는 편이다. 특히 한국말을 잘하는 한국사람들이 주문하는 음식이라면 더욱 그렇다. 한국식당에서는 미국인들이나 나같이 한국 전통음식에 무지해 보이는 사람들에게는 맹맹하고 싱거운 음식이나 혹은 밑바닥에 남아 있는 떨이 음식처럼 시들시들한 것들만 가져다주는 것 같았기 때문이다. 그런 이유로 난 토박이 한국사람들과 함께하게 된 오늘 저녁식사가 그리 싫지만은 않았다. 게다가 오랜만에 보게 될 오 여사 아줌마 부부의 모습이 궁금하기도 했고 말이다. 무엇보다도 이번처럼 그쪽 내외와 우리 엄마가 다 함께 모이는 자리라면 이번 '소개' 자리를 그저 '오랜 친구들과 이제는 성인이 된 그들의 배고픈 자식들의 저녁식사 회합' 정도로 적당히 넘겨버릴 수도 있겠다는 생각에 은근히 차라리 잘됐다 싶은 생각마저 들었다.

Chapter 4

우리는 택시를 잡아타고 코리아타운으로 향했다. 엠파이어스테이트 근처에 위치한 그곳은 놀랍게도 대부분이 도매상점들이었다. 처음으로 미국의 이 유명한 건물을 보았을 때, 나는 사람들이 붐비는 상점 유리창의 가짜 구찌나 펜디 가방들처럼 이것 역시 가짜가 아닐까 생각했었다. 지금이야 도심 한가운데 잡혀 있는 인질이나 볼모 정도로 보이지만 말이다. 우리가 가기로 한 '시크릿 가든' 레스토랑은 가게 문이 닫혀 있는 몇몇 상점가들과 함께, 나로서는 판독이 불가능한 간판들이 즐비한 그 동네 중심부에 있었다. 현란한 네온사인 불빛에 가려 그다지 제 몫을 다할 것 같지 않아 보이는 가로등들이 하나 둘씩 켜지기 시작했다.

"우리 둘 다 너무 지나치게 차려입고 온 것 같지 않아요?" 엄마를 위해 유리문을 열어주며 내가 말했다.

레스토랑은 그리 허름하지는 않았지만 그렇다고 대단히 정갈해 보이는 곳도 아니었다. '갈비' 라 불리는 한국식 바비큐 연기가 식당 안에 아주 가득해서 하는 말이다. 그렇지만 식당 안을 가득 메운 채 여기저기서 시끄럽게 떠들어대는 많은 한국사람들을 보니 갑자기 시장기가 마구 느껴지는 것만 같았다. 사람들이 이렇게 북적댄다는 건 일단 음식의 맛을 보장한다고 볼 수 있으니까. 엄마는 식당 안으로 성큼성큼 들어갔고, 나는 그 뒤를 졸졸 따라갔다.

카운터에 있던 젊은 여자가 엄마를 향해 몸을 깊이 숙여 인사를 했다. 그 둘은 곧 한국말로 몇 마디 말을 나누었다. 사람들의 웃고 떠드는 소리와 지글거리며 익어가는 갈비 소리 때문에 그 두 사람은 소리를 지르듯 목소리를 높여 이야기해야만 했다. 그러더니 잠시 후 카운터에 있던 여자는 중간에 숯불과 석쇠가 놓여 있고, 그 주변에는 화려한 색깔의 음식이 담긴 접시들이 가득한 테이블 몇 개를 지나 우리를 어디론가 안내했다. 우리는 그 여자를 따라 식당 맨 안쪽에 있는 대나무 틀에 얇은 창호지가 씌워진 벽까지 걸어갔고, 그녀는 곧 그때까지 내가 벽이라고 생각했던 그 문을 옆으로 스르르 밀어 열어주었다. 그 안에는 작은 방이 하나 있었다.

방 안에 앉아 있던 오 여사 아줌마는 우리를 보자마자 자리에서 벌떡 일어났다. 커다란 어깨 패드가 들어간, 프릴이 잔뜩 달린 빨간색 원피스 드레스를 입은 아줌마를 보니 저분 역시 우리 엄마처럼 꺼져가는 1980년대의 불꽃을 살리는 데 일조하고 있구나 하는 생각이 들어 순간 웃음이 날 뻔했다. 엄마는 구두를 벗어 던지다시피 하며 뭐가 그리 급한지 스타킹 신은 발로 방 안으로 뛰어 들어가 두 팔을 벌려 우리를 환영하는 오 여사 아줌마와 서로를 얼싸안았다. 두 분이 어린 여자애들처럼 그렇게 서로를 끌어안고 팔짝팔짝 뛰는 동안 나는 뭘 어찌해야 할지를 잘 몰라 그저 자리에 가만히 서 있었다. 샌들을 벗고 저 방 위로 올라가면 맨발이 보일 텐데 이를 어쩌나 고민을 해가며 말이다.

방 한가운데에는 널찍하고 높이가 낮은, 전형적인 동양 스타일의 큰 테이블이 놓여 있었다. 약간 특이한 점은 테이블 아래쪽이 깊게 파여 있어서 식사를 하는 동안 그 안으로 다리를 편하게 내려뜨려 놓을 수 있다는 것이었다. 내가 보기엔 이상한 연꽃 모양 같은, 엄마가 늘 '양반다리'라 말했던 그 불편한 자세 대신 편하게 앉을 수 있는 구조였다.

닥터 오 아저씨라 생각되는 머리가 희끗희끗한 마른 남자와 그의 아들로 보이는 남자가 자리에서 일어났다. 나처럼 그 두 사람 모두 한국사람치고는 키가 큰 편이었다. 아버지 쪽은 약간 굽어진 등만 곧추 편다면 175센티미터는 족히 넘을 듯 보였고, 아들 바비는 그보다 5~6센티미터는 더 클 것 같았다.

내 쪽으로 등을 대고 앉아 있던 노란 재킷을 입은 짧은 갈색 머리의 여자 또한 함께 자리에서 일어섰다. 분위기를 딱 보아하니, 우리 엄마에겐 어떤 미혼 남자가 결혼 상대자로 적합한지에 대한 입문서가 분명히 필요할 것 같았다. 그 갈색 머리가 내 쪽을 향해 몸을 돌렸다. 그녀는 미국인이었다.

식당 웨이트리스가 방문을 밀어 닫기 위해 빨리 들어가라는 듯 나를 재촉했다. 방문은 얇은 종이로 되어 있었지만 신기하게도 밖의 소리를 잘 차단해주었다.

"진저야, 이리 오너라." 한쪽 팔을 오 여사의 허리에 두른 채 엄마가 말했다.

비록 낸시 레이건 여사보다는 몸이 좀 뚱뚱하긴 했지만, 같은 미용실에서 한 듯한 그 부풀린 머리 모양하며 디자이너의 이름이 붙은 의상, 그리고 지나치게 크게 웃어대는 그 웃음소리 등으로 볼 때 오 여사 아줌마는 영락없는 엄마의 친자매 같아 보였다.

나도 따라 어색한 미소를 지어 보이긴 했지만 난 아줌마 쪽으로 다가가지는 못했다.

"뭐, 문제라도 있니?"

모두가 나를 쳐다보는 분위기에 당황한 나는 고개를 돌려 바비 쪽을 바라보았다. 그는 단단해 보이는 자신의 납작한 배를 문지르고 있었다. '저 정도의 몸매를 유지하려면 골프 말고도 다른 운동을 엄청나게 했을 텐데' 하는 생각이 들었다. 오 여사 아줌마는 뭔가 알겠다는 듯 고개를 끄덕이며 과장되리만치 친절한 얼굴로 앞에 놓인 슬리퍼를 가리켰다. 나보다 앞서 이 슬리퍼를 신었던 사람들은 이런 장소에 오기 전에 그들만의 뛰어난 통찰력으로 미리 양말을 신어주는 정도의 위생 관념을 지녔기를 간절히 바라면서, 나는 그 슬리퍼 한 쌍에 천천히 발을 집어넣었다.

"진저야, 너 오 박사 부부랑 아들 바비 기억하지? 그렇지?" 내가 테이블에 앉자마자 엄마가 큰 소리로 물었다.

난 갈색 머리의 미국 여자를 흘끗 한 번 쳐다본 다음, 오 박사 아저씨께 정중히 고개를 숙이며 악수를 나눴다. 내 기억에서처럼 아저씨는 굉장히 과묵한 분이었다. 아저씨는 내게 "헬로." 한 마디를 던지곤 그걸로 끝이었다. 나는 오 여사 아줌마 쪽으로 몸을 돌렸다. 아줌마는 내 손을 덥석 잡더니 갑자기 날 확 잡아당기는 것이었다.

"아유, 아줌마한테 악수가 다 뭐냐?" 아줌마는 내 어깨를 으스러지게 껴안으며 이런 비슷한 말을 던졌다.

아줌마의 영어 실력은 우리 엄마보다도 더 형편없었다. 아마도 아줌마는 집 밖에 나가 일할 기회가 없었기 때문에 더욱 그러한 듯싶었다. 척 봐도 아줌마는 오 씨 집안의 가정주부로서 일생을 살아왔다는 것이 여실히 드러나는 분이었다. 발이 테이블에 걸리는 바람에 어깨 말고 다른 부분은 아줌마에게 닿기가 어려웠다.

"이런 딸이 있어서 그래 얼마나 좋아? 딸 없는 난 그저 부럽기만 하네요."

바비가 눈알을 굴리며 뭔가 불만스러운 듯한 표정을 보였다. 그제서야 아줌마는 그를 한 번 쳐다보고는 비로소 나를 놓아주었다. 나는 테이블에 어정쩡하게 기대어 섰다가 곧 자세를 바로 했다.

"너 정말 예뻐졌구나." 오 여사 아줌마가 계속 신기한(!) 영어로 내게 말을 시키는 바람에 나는 내 나름대로 그것을 번역해 이해하느라 바빴다.

"바비야, 진저가 이렇게 예뻐졌을 줄은 몰랐지?"

바비는 그런 아줌마의 질문을 무시한 채, 먼저 우리 엄마에게 인사를 한 다음 내게 인사를 건넸다. 그러고는 자기 팔로 옆에 있던 그 미국인 여자의 어깨를 감싸 안으며 우리에게 그녀를 '앤 밀러'라고 소개했다. 앤? 나는 엄마를 쳐다보았다. 아까 통화 중에 그 이름을 들었던 것이 확실히 기억나는데도 엄마는 마치 처음 듣는 이름인 양 짐짓 놀란 척을 하는 듯했다.

"제 약혼녀예요."

나는 다시 한 번 휙 고개를 돌려 엄마의 얼굴을 쳐다보았다. 약혼녀? 예정에 없이 갑작스레 초대된 손님도 아닌 것 같고, 그렇다고 그냥 보통 여자 친구도 아닌, 약혼녀라니! 도대체 우리 엄마는 지금껏 무슨 생각을 해왔던 걸까? 엄마는 계속 내 눈을 피하려고 노력하는 것 같아 보였다.

오 여사 아줌마가 모두에게 앉으라는 시늉을 했다. 그러자 아저씨와 바비는 서로를 마주 보게 되어 있는 원래대로 다시 자리를 잡고 앉았다. 바비는 옆에 있는 앤에게 앉으라는 손짓을 했고, 엄마는 오 여사 옆에 자리를 잡았다. 남겨진 나는 자연스럽게 테이블의 비어 있는 자리를 차지하게 되었다.

세 분이 메뉴판을 들여다보며 음식을 고르느라 부산을 떠는 동안 바비와 앤, 그리고 나는 말없이 그저 조용히 앉아 있었다. 가만히 들어보고 있자니, 어른들은 뭔가 매운 음식들을 잔뜩 주문하려는 것 같았다. 상황의 어색함에도 불구하고 나는 입 안에 침이 고이는 것을 참을 수가 없었다. 크리스마스 때 집에 간 이후로는 한국음식을 한 번도 먹어본 적이 없었기 때문이다.

"진저야." 건너편 자리에 있던 오 여사 아줌마가 불필요하게 느껴질 만큼 큰 소리로 나를 불렀다.

"우리 바비랑 놀던 거 기억나지? 왜, 만날 서로의 집에 왔다 갔다 하면서 놀곤 했잖니."

기억이 난다는 듯 나는 가만히 고개를 끄덕였다. 아줌마가 무슨 이야기를 하려는 것인지는 벌써 감이 오는 듯했다. 바비에 대한 기억은 어릴 적 모습을 빼고는 별로 남아 있지 않다. 그 이후로는 그를 본 적이 없으니 사실 당연한 일이지만. 오후 무렵 내가 그 집에 놀러갈 때면 자기 엄마가 마당에서 일을 하고 있지 않은 이상 바비는 언제나 밖으로 나가는 것보다 집에서 노는 걸 훨씬 더 좋아했었다. 그래서 나는 내 인형들을 가지고 부엌에 있는 그를 바깥으로 꾀어내려고 자주 시도했었고, 그러고 나서는 날 쫓아오게 만들기 위해 그 인형을 다시 낚아채 도망쳐 버리는 일을 즐기곤 했었다.

난 이제는 완연한 어른이 된 바비의 얼굴을 가만히 바라보았다. 그 얼굴에는 예전에 내가 알고 있었던 마마보이의 흔적은 남아 있지 않았다. 갸름하던 턱은 이제 남자답게 각이 졌고, 눈썹은 더 짙어졌을 뿐 아니라 크고 동그란 눈은 어딘가 고집 센 듯한 인상마저 풍겼다. 어쨌든 미학적으로 볼 때 전체적으로 그의 얼굴은 못난 편이라고는 절대 말할 수 없었다.

"우리 바비가 뽀뽀한다고 만날 널 쫓아다녔지. 진저 너는 도망 다니느라 바빴고 말이야. 바비가 그때 얼마나 실망스러워 했었는지 아니?"

"전 기억에 없는데요." 바비가 말했다.

"그랬었어, 바비 네가." 오 여사 아줌마가 그에게 다시 한 번 강조하며 말했다.

"넌 진저를 아주 좋아했었잖니. 진저가 언제 우리 집에 다시 오느냐고 만날 묻고 말이야."

그 말에 이번에는 우리 엄마조차 눈썹을 씰룩거렸다.

바비는 앤의 어깨에 올려놓았던 손을 내려놓으며 이번에는 두 손을 모두 사용해 크게 몸짓까지 해가며 말했다.

"그땐 그저 어린애일 뿐이었으니까 그럴 수도 있었겠죠. 같이 놀 사람도 별로 없었고."

오 여사는 손을 휘휘 내저으며 그의 말을 애써 무시했다.

"그런 말 마라, 바비야. 그때 넌 진저를 아주 사랑했었단 말이야. 나랑 이 여사는⋯⋯." 오 여사 아줌마는 엄마의 손을 가져다 꼭 쥐며 말을 이었다. "너랑 진저가 결혼을 했으면 하고 언제나 바라왔단다."

나는 얼굴을 찡그렸다. 오 여사 아줌마는 분명 지금 자기 아들의 약혼을 받아들이려 하지 않는 중이었다. 그제야 비로소 난 전체적인 상황이 파악되기 시작했다. 엄마가 어젯밤 오 여사 부부네 집으로 바로 향한 것은 오늘밤의 이 자리를 계획하기 위해서였고, 아줌마는 우리 엄마로 하여금 나를 이 자리에 데려오게끔 했다는 사실을 말이다. 오 박사 아저씨와 오 여사 아줌마에게 있어 나란 존재는 자신들의 괜찮은 의사 아들을 만나려고 애쓰는 불쌍한 노처녀가 아니었다. 그보다 난 앤이란 이 미국인 아가씨에게 그녀 자신의 부족한 점이 무엇인지, 또 그녀가 이 집안에 받아들여지기가 얼마나 어려운 일인지를 바로 눈앞에서 일깨워주어 종국에는 그 커플을 깨뜨리는 역할을 위한 존재였던 것이다.

어쩌면 엄마는 예전 오빠의 하버드대 졸업식 날, 갑작스러운 오빠의 결혼 발표로 인해 파티 분위기가 완전히 깨져버렸던 그때를 떠올리며 지금 이 자리에서 뭔가 대리 위안이라도 받고 싶어 하는 것인지도 모르겠다.

나는 아줌마와 바비가 서로를 팽팽히 응시하고 있는 모습을 가만히 바라보았다. 어른들이 계획한 이 이상스런 자리에 적극 동참할 의사 따위는 내겐 전혀 없었지만, 어쨌든 오늘 이 자리에 내가 등장하게 된 배경을 알고 나니 이전보다 훨씬 더 마음이 편안해지는 것만은 부인할 수 없었다. 나는 조금씩 마음이 편안해져가기 시작했다. 이제 이것저것 생각하거나 고민할 필요 없이, 오늘은 그저 밥이나 잘 먹고 가면 되는 것 아닌가. 오늘의 주인공은 결코 내가 아니니까 말이다.

웨이트리스가 '반찬' 이라고 불리는 음식 접시들을 잔뜩 들고 방으로 들어왔다. 그건 일종의 애피타이저 같은 것들로, 대부분은 채소 종류였고 가짓수도 대단히 많았다. 테이블 위로 하나씩 올려지는 그 반찬들을 바라보고 있을 때, 앤이 갑자기 스트레이트 스카치와 물 한 잔을 주문하는 바람에 나는 그만 깜짝 놀라고 말았다. 여전히 몸을 구부린 채 서 있던 웨이트리스는 손을 등 쪽에 살짝 걸친 채 주문 내용을 잘 알아들었다는 듯 고개를 위아래로 두어 번 크게 끄덕거렸다.

입술을 축이며 그 장면을 바라보고 있던 나도 곧 과감한 결심을 하고는 용기를 내어 맥주를 주문해버렸다. 아저씨 아줌마도 분명 우리 엄마만큼이나 그걸 좋게 생각하실 리 없었지만 순간적으로 그 분위기에서라면 그 정도는 왠지 별 문젯거리가 될 것 같지 않다고 느껴졌다. 아가씨들은 술 따위는 입에 대서는 안 된다고 생각하는 어른들 앞이긴 했지만 이런 상황에서라면 왠지 내가 무슨 짓을 하더라도 그다지 큰 문제가 될 것 같지 않았다. 나는 그냥 자리를 지키기 위해 이곳에 있는 것뿐이니까 말이다. 또한 방금 전 독한 양주를 주문한 앤과는 상황이 다르지 않은가. 뭐, 순간 모두들 대화와 음식 씹기를 멈춘 채 어째 약간 썰렁해진 듯한 분위기도 좀 느껴지긴 했지만.

"큰 병요 작은 병요?" 허리를 곧게 펴며 재미있다는 듯 웨이트리스가 내게 물었다.

나는 상황을 어느 정도까지 끌고 가도 될지를 파악하느라 엄마 쪽을 흘끗 한 번 쳐다보았다. 그런 내 모습을 눈치 챘는지, 바비가 날 대신해 큰 맥주 하나와 컵 두 개를 주문해주었다. 그러자 오 박사 아저씨까지 끼어들어 컵을 세 개 가져다 달라고 다시 부탁을 했고, 오 여사 아줌마는 "그렇다면 OB 맥주로 가져다주세요." 라는 말을 덧붙였다.

이윽고 맥주와 앤이 주문한 글렌리벳 스카치가 나왔다. 나를 포함한 모든 한국 사람들은 자신의 몫을 전부 한입에 들이켰다. 두 어머니들은 트림까지 똑같이 하더니만, 곧 손등으로 입에 묻은 거품을 쓰윽 닦아냈다. 오 박사 아저씨는 다시 한 번 모두의 잔을 돌아가며 채워주셨다. 나는 아저씨의 팔이 닿지 않은 곳에 있는 컵들을 아저씨 쪽으로 전달해드렸다. 아저씨는 방을 나가려는 웨이트리스를 불러 맥주를 더 주문했다.

그 웨이트리스는 얼마 후 메인 요리들을 잔뜩 들고 다시 방 안으로 들어왔다. 두 명의 남자들이 옆에서 그녀를 도와 그 많은 음식들을 함께 날랐다. 테이블 위에는 예상했던 대로 매운 음식들이 잔뜩 서빙 되었다. 테이블은 마치 김치로 만든 음식들의 전시장을 방불케 했다. 얇게 썬 배추, 무, 오이, 심지어 사과까지도 소금이나 고춧가루, 마늘 등에 절여 시큼하고 매운맛과 함께 독특한 냄새를 풍겨 대고 있었다. 내가 여덟 살이 되기 전까지 엄마가 나를 위해 저런 김치들을 물에 한 번 헹궈서 주곤 했던 기억이 새삼 떠올랐다. 요즘 들어 내가 김치를 집에 가져 간 적은 오직 그 엄청난 냄새가 바퀴벌레를 소탕해주었으면 하는 필사적인 희망 이 들 때뿐이었다.

아까 말한 대로 상 위는 그야말로 김치들의 잔치이자 퍼레이드였다. 생김치, 튀긴 김치, 김치가 들어간 팬케이크(엄마는 그것을 '전'이라 불렀다), 김치찌개, 김치만두, 그리고 김치수프(이건 '국'이라 불리는 듯했다)까지……. 또한 김치가 들어 있지 않은 다른 몇 가지 음식들 역시 대부분 굉장히 '하드 코어'적인 것들이 었다. 살아 있는 낙지, 해삼, 소 내장 등등. 그런데 엄마는 왜 내가 좋아하는 음식 들은 하나도 주문하지 않은 거지? 이를테면 마늘과 간장으로 양념한 갈빗살이나 새우를 넣은 달걀말이, 얇게 썬 채소들을 넣어 볶은 반투명한 국수(엄마는 이것 을 '잡채'라 불렀다) 같은 것들 말이다. 그 까닭이 궁금해진 나는 엄마와 아줌마 를 번갈아 쳐다보았다. 그러나 두 분은 모두 앤을 쳐다보느라 몹시 바쁜 듯했다.

나는 눈을 돌려 약간 발그스름해진 앤의 얼굴을 쳐다보았다. 아마도 술기운 때 문인 듯했다. 오 여사 아줌마는 웬일인지 가장 '무서워 보이는' 음식들만 골라 계속해서 앤 쪽으로 밀어주고 있었다. 나는 맥주병을 향해 길게 손을 뻗었다. 사 실 이 순간 내가 진정으로 들이켜고 싶은 건 앤의 스카치였지만 말이다. 그녀의 잔에는 호박색의 누런 스카치가 엄지손톱만큼 밖에 남아 있지 않았다. 내 잔에 채워진 맥주를 마시면서 나는 다른 한 손으로 웨이트리스에게 손짓을 한 다음 앤의 잔과 빈 맥주병들을 가리켰다.

"이건 마치 무슨 파티라도 벌인 것 같은데요!" 앤이 용기를 낸 듯 불쑥 말을 꺼냈다.

그러자 오 여사 아줌마가 환하게 웃으면서 말했다.

"그래, 일종의 파티라고 할 수도 있지. 한국 왕을 위한 잔칫상 같은 거니까. 이 섬세한 전통음식들을 좀 보라고." 아줌마는 음식들 위로 손짓까지 해가며 자랑스레 말했다.

"마음껏 들도록 해요."

그러자 바비가 못마땅한 듯 끼어들었다.

"여기 있는 건 온통 다 김치들뿐이잖아! 앤은 김치를 못 먹는단 말이에……."

앤이 급히 바비의 어깨에 손을 올리며 그의 말을 가로막았다. 앤의 손가락에 아직 반지는 보이지 않았다.

"자기야, 내 걱정은 마. 어머니께서 좋아하시는 음식들이니 나도 한 번 맛보고 싶은걸."

"내가 좋아하는 음식들은 아니지." 아줌마가 갑자기 뭔가 걱정스러운 표정으로 말했다.

"이건 다 우리 닥터 오가 좋아하시는 음식들이에요."

닥터 오 아저씨가 그 '좋아하는' 음식들을 다른 이들에게 건네주기도 전에, 앤이 자기 접시 위에 음식들을 담기 시작했다. 그녀는 모든 음식들을 전부 조금씩 덜어냈다. 그런 그녀의 접시는 마치 세상에 존재하는 모든 '빨강' 색들을 연구하기 위한 실험용 재료가 아닐까 하는 의심이 들 정도였다.

계속해서 날라 내오는 알코올과 매운 음식들은 모두의 혀를 조금씩 풀어지게 만들었다. 오 박사 아저씨는 특히 더 그런 듯했다. 나는 아저씨가 하시는 한국말의 뜻을 알 수 없었지만, 어쨌든 아저씨의 말 한 마디 한 마디에 우리 엄마와 아줌마는 배꼽을 잡고 자지러질 듯 웃어댔다. 그러다 나는 앤, 바비와 함께 이런 저런 소소한 얘기들을 나누게 되었다.

들어보니, 그들은 버클리 재학 시절에 서로를 알게 되었다고 했다. 졸업 후에는 서로 연락이 끊겼다가 몇 년 전 같은 병원에서 일하게 되면서 재회하게 된 사이였다. 바비는 성형외과 의사로, 앤은 응급실 간호사로 말이다. 앤으로서는 오늘 이 저녁식사가 바비의 부모님을 처음 뵙는 자리였고, 그들은 엄마와 내가 도착하기 바로 직전에 부모님들께 약혼 사실을 처음으로 알렸다고 했다.

그 말을 듣고 보니 앤이 어떻게 오 박사 아저씨 내외 앞에서 술을 주문할 생각까지 했던 것인지에 대해 고개가 끄덕여졌다. 그러니까 그녀는 그런 것들은 삼가야 된다는 정보조차 없었던 것이다. 나는 바비가 앤에게 그런 사전 정보를 주지 않았다는 게 조금은 놀랍고 이상했다. 지금 와서 생각해보니 앤이 바비의 약혼녀라고 소개되었을 때 엄마의 놀란 표정 또한 완전히 다 연극이었던 것은 아닌 듯하다. 그렇게 생각하니 엄마에 대한 마음이 약간 누그러지는 듯도 했다. 하지만 그렇다고 엄마에 대한 내 경계 태세가 완전히 풀어진 것은 아니었다.

"결혼식 날짜는 잡았어요?" 내가 정중하게 물었다.

내 말이 떨어지기가 무섭게, 방 안은 갑자기 찬물을 끼얹은 듯 조용해졌다. 오 여사 아줌마는 갑자기 헛기침을 하더니만 곧 그것이 연극이 아니라는 듯 계속해서 기침을 해댔다. 누가 봐도 아줌마가 오버액션을 하고 있다는 걸 알아차릴 수 있는 상황이었지만, 이번엔 엄마까지 아줌마의 연기에 덩달아 동참하는 듯했다. 엄마는 아줌마 쪽으로 물 한 컵을 밀어주고는 등을 살살 두드려주는 척까지 했으니까.

"아직은요." 앤이 대답했다.

"아직 딱히 날짜를 정한 건 아니에요."

아줌마는 자기 앞에 놓인 접시 쪽으로 몸을 기울이며 물었다.

"……그래?"

"하지만 조만간 하게 될 거예요." 바비가 재빨리 끼어들어 대신 답했다.

그는 들고 있던 젓가락을 내려놓고는 팔을 다시 앤의 어깨 위로 둘렀다. 내가 보기에 바비는 앤에게 친밀감을 상당히 자주 표시하는 것 같았다.

"아직 날짜를 정한 건 아니다, 이거지?"

"어느 날이라고 정확히 정하지만 않았지, 곧 하게 될 거예요."

오 여사 아줌마는 곧 한국말로 뭔가 얘기를 했고, 그 말에 아저씨와 엄마는 다시 껄껄거리며 웃어댔다. 조금 전보다는 활력이 약간 떨어진 듯했지만, 어쨌든 그들은 다시 대화에 빠져들기 시작했다. 앤과 나는 식사가 끝날 때까지 이런 저런 잡다한 얘기를 나눴다. 살짝 보니 앤의 접시에는 입으로 들어가는 것보다 바깥쪽으로 밀어내는 음식의 양이 더 많아 보였다. 바비는 내내 별로 움직이지도 않고 조용히 앉아 있었다.

식사를 모두 마치고 나온 후에도 식당 밖에서는 감사의 말과 작별 인사가 한참 동안이나 계속되었다. 오 여사 아줌마는 급기야 나를 꽉 끌어안으며 말했다.

"진저야, 엄마 모시고 뉴저지로 놀러오렴. 아줌마가 아주 맛있는 저녁을 해주마."

나는 그제야 이 자리를 벗어날 수 있다는 사실에 기뻐하며 택시를 잡기 위해 얼른 길가 쪽으로 뛰어갔다. 그 순간, 바비와 그의 부모님 모두가 안됐다는 생각 이 문득 들었다. 바비에게도, 또 그의 부모님에게도 그것은 양쪽 모두 어쩔 수 없 는 상황이었으니까. 그때 엄마가 내게 다가와 택시를 부르던 내 팔을 밑으로 잡 아 끌어내렸다. 그러더니 엄마는 소화도 시킬 겸 좀 걷는 게 좋겠다고 했다. 작별 인사를 고한 후에도 엄마는 자꾸만 뒤를 돌아보며 오 여사 아줌마네 식구들한테 계속 인사를 하고 손을 흔들어댔다. 나는 엄마의 왼팔을 붙잡고는 앞쪽으로 끌 어당기듯 걸음을 재촉했다.

Chapter 5

"엄마랑 오 여사 아줌마랑 사이에 무슨 꿍꿍이가 있었는지 진작 나한테 말을 했어야지." 나는 엄마에게 투덜거리듯 말했다.

엄마와 나는 둘 다 앞을 바라보며 서로 팔짱을 낀 채 길을 건너가고 있었다.

"앤을 봤을 때 완전 바보가 된 느낌이었잖아요."

아마도 이젠 저녁식사 약속에 예고 없이 나타난 손님에 대해 괜스레 놀란 척을 할 필요가 없어 다행이라 여겼는지, 엄마는 미소를 지어 보이며 말했다.

"그전에 말했으면 분명히 넌 바빠서 못 가겠다고 했을 거면서 뭘."

"근데…… 제가 거기 그냥 남아 있을 거란 걸 어떻게 알았어요?"

엄마의 묵묵부답을 보니 대답은 하나인 듯했다.

"아무튼 내 배가 무지 고팠던 게 엄마한테는 다행이었던 거라고요. 뭐, 그 식당, 음식이 썩 맛있는 것도 아니었지만."

엄마가 갑자기 웃음을 터뜨렸다.

"김치 건은 오 박사 아이디어였던 거 혹시 아니? 물론 오 여사랑 난 그런 건 별 소용없을 거라 생각했었지만. 우리가 그 전에 통화를 길게 했던 이유도 다 그것 때문이었단다."

그때 휘익 하고 우리 앞 가까이로 차가 지나갔다. 나는 자칫하면 차 앞으로 나설 뻔한 엄마를 막기 위해 팔을 세게 잡아당겼다.

"그래요……. 하지만 앤이 오 여사 부부보다도 더 많이 먹던걸. 그 자리에선 뭘 주던 간에 절대 물러서지는 않을 기세던걸요."

"걔네 둘은 결혼 안 할 거다. 서로를 사랑하는 게 아니거든."

"무슨 소리야? 내 보기엔 둘이 서로 죽고 못 사는 사이 같던데."

"진저, 넌 사랑이 뭔지 아직 잘 몰라."

순간, 나는 그게 누구 잘못인지 따지고 싶었다.

"그 애들은 서로 사랑하는 사이가 아니야." 엄마가 되뇌듯 말했다.

"진정 사랑하는 사이라면 약혼 때까지 기다렸다가 그제야 부모에게 털어놓지는 않는 법이지."

'엄마 아들도 그랬잖아요' 하는 말이 목구멍까지 올라왔지만 그 말을 내뱉지는 않았다. 심지어 오빠 조지는 자기 결혼식을 제대로 알리지도 않은 채, 그런 폭탄선언을 한 지 한 달도 안 돼서 바로 식을 올려버렸다. 아마도 오빠는 엄마가 자기 결혼을 막으려 들지도 모른다는 생각에 두려웠었는가 보다.

우리는 이제 서로 손을 꼭 잡은 채 계속해서 걸었다.

"오 여사가 바비한테 진저 널 만나볼 생각이 있느냐고 2주 전인가 물은 적이 있는데, 그제야 바비가 앤 애길 꺼내더란다. 오 여사 생각에는 걔네들이 연애를 오래 한 것 같지는 않대. 데이트하기엔 너무 일이 바쁜 애잖니. 듣자 하니 그동안 주말마다 집에 올 시간도 없었다더라."

"주말에 앤이랑 데이트하느라 그랬나 보죠, 뭐."

엄마는 그럴 가능성에 대해 잠시 생각해보는 듯하더니 곧 머리를 흔들며 "아니." 하고 대답했다.

"그런 건 아닐 거야. 그렇게 심각한 사이가 아니라고. 앤이란 애는 아직 반지도 안 꼈던데 뭘. 그런 약혼이 세상에 어디 있겠니?"

비록 앤이 저녁식사 자리에서 자기의 철학을 설파하거나 하진 않았지만, 나는 그녀 역시 내가 생각하는 것처럼 '다이아몬드 반지란 잠시 동안만 고통을 잊게 만들어주는, 그저 장식적인 역할 뿐인 가부장적 낙인의 현대적인 형태'라 인식하고 있을 것이라는 생각이 문득 들었다. 엄마는 분명 이런 내 생각을 이해하지 못할 게 뻔했으므로 난 그냥 "반지는 사이즈 문제로 숍에 맡겨진 상태인가 보죠, 뭐."라고만 짧게 말했다.

"그 약혼은 깨질 게 분명해." 엄마가 내 손을 꽉 쥐며 힘주어 말했다.

"진정한 사랑의 메신저가 말하노니……."

그러자 엄마는 검지로 자신을 가리키며 '나?' 하는 표정을 지었다.

"엄마지, 그럼 누구겠어요?" 내 말에 엄마가 슬며시 미소를 지었다. 아마 빈정대는 내 말투를 못 알아들은 모양이다.

"바비가 얼마나 옷을 잘 입는지, 너도 봤지? 네가 그 점을 마음에 들어 했으리란 건 안 봐도 뻔한 일이지만."

"뭐 그냥, 입고 온 양복이 깔끔하니 꽤 괜찮긴 하더라고요. 이탈리아제 같던데?"

내가 이런 말을 마음 놓고 할 수 있는 건, 이제 그가 내게 적합한 '결혼 상대자'가 아니라는 사실을 잘 알았기 때문이다. 이렇게 하나를 넘겼으니, 앞으로 어쩌면 나머지 남자들 또한 운 좋게도 쉽게 처리(?)할 수 있을지도 모를 일이다.

"넌 항상 네 엄마를 과소평가하더구나."

"다른 때는 잘 모르겠지만 이번엔 좀 그렇긴 했죠."

"진짜니, 그 말?"

그제야 나는 엄마에게 비꼬는 말투를 이제 그만 써먹어야겠다는 생각이 들었다.

"엄마, 이제 바비 오빠는 물 건너간 사람이란 걸 뻔히 아시잖아요. 제가 무슨 몰몬교도도 아니고, 일부다처제는 법에도 어긋난다고요."

"바비는 그 앤이란 애와는 결혼 안 할 거다. 그 애는 조지 같은 일은 안 할 거라고."

오빠의 이름을 발음하는 엄마의 목소리가 굳어지는 것을 느끼며 난 엄마의 얼굴을 힐끔 바라봤다.

"특히 내가 오 여사를 돕는다면 말이야."

이 말을 내뱉는 엄마의 얼굴에는 뭔가 굳은 의지마저 서린 듯했다.

"엄마가 생각하고 있는 게 뭔데요? 말씀해보세요. 내가 어디 가서 주절주절 소문낼 것도 아닌데."

"안 돼. 넌 네가 알고 있는 사실을 숨기는 데엔 엄청 약하잖니."

엄마가 나에 대해 뭔가 잘못 알고 있는 것은 사실이었지만 그래도 차라리 그렇게 믿고 계시는 쪽이 내 편에서 볼 땐 편하겠다는 생각이 들었다. 엄마가 나를 '거짓말에 약한 아이'로 인식하는 한, 적어도 내 인생의 어느 부분에는 엄마가 모르는 면도 숨어 있다는 사실을 의심하진 않을 테니까.

그렇다고 해서 지금 당장 엄마에게 비밀을 지켜야 할 사람이 존재하는 건 아니었다. 가장 최근에 사귀었다고 할 수 있는 남자는 매디슨에서 만난 줄리안이었다. 그와 관계가 정리된 게 특별히 큰 상처를 남긴 것은 아니었지만, 그와의 이별이 내게 연애라는 것을 완전히 포기하도록 만들었다는 사실만은 부인하기 어렵다. 그냥, 연애라는 것이 무의미하게 느껴지기 시작했다고나 할까. 어차피 내가 끌리는 남자와 결혼할 수 없는 게 현실이라면, 내가 그 상대를 진정 원하는지 그렇지 않은지를 알아보기 위해 그에게 가까이 다가가는 것조차 소용없는 일이니까. 그런 식으로 내 남은 인생 동안 소소한 발전에 대한 기대와 후퇴를 계속해서 반복해야 된다고 생각하니, 연애란 게 왠지 그저 공허하고 처량 맞게만 느껴졌다. 그리하여 차라리 아무도 마음에 두지 않는 편이, 그 누구와도 관계를 엮지 않는 편이 살기에 훨씬 수월할 것이라는 생각이 들게 되었다. 결국 결혼이란 건 꿈도 꾸지 않는 편이 인생을 살아가기 훨씬 쉬울 거라는 나름의 결론이었다.

결국 엄마가 지금 내게 원하는 방식의 결혼이 나로 하여금 점점 더 수도사처럼 살아가게끔 만든다는 사실을, 옷장 속으로 점점 더 숨어들어가게 만든다는 사실을 엄마도 알아야 할 텐데…… 학창시절, 논문에 매달리던 중세 사학 전공의 레즈비언 친구가 하나 있었는데 그녀도 나처럼 자기 가족들에게는 사생활을 알리지 않았다. 그렇지만 적어도 그녀는 '친구' 라는 대외적 명분하에 자신의 연인과 한 지붕 밑에서 살 수 있지 않았던가. 게다가 그녀는 지역사회로부터 정신적, 사회적, 정치적 지원을 받을 수 있었다는 점에서 나와는 달랐다. 내가 아는 한 부모와 의절하고 노랑머리 미국인과 연애하는 한국인 딸을 후원해주는 조직은 지구상 그 어느 곳에도 없었으니까.

엄마와 나는 아무 말도 없이 한 블록을 더 걸었고, 맞잡은 우리의 손은 그에 따라 앞뒤로 계속 흔들리고 있었다. 발밑을 쳐다보니 우리는 어느 순간부터 발을 맞춰 걷고 있었다. 왼발, 오른발, 왼발. 그러고 있자니 어릴 적 등교할 때나 쇼핑몰 안에서 그렇게 엄마와 함께 발맞춰 걸었던 기억이 떠올랐다. 나는 엄마한테 아무 말도 하지 않은 채 내 걸음을 엄마에게 맞추기 위해 애썼고, 그러면 엄마는 일부러 발을 바꿔 나와 다른 스텝을 밟으며 내게 장난을 걸어오곤 했었다. 그러면 나는 일부러 깽깽이 발을 해가며 발을 바꿔 다시 엄마와 스텝을 맞추려고 했었고 말이다.

"아무튼 그 집, 음식은 정말 맛없더라. 확 그냥 던져버리고 싶더라니까." 나는 고개를 들어 엄마를 쳐다보며 말했다. 그러자 엄마는 미소를 지으며 흘기듯 곁눈으로 날 쳐다보고는 말했다. "동감!"

내가 웃으며 말을 이었다.

"맥주라도 없었다면 어땠을까 싶을 정도더라니까요."

"참, 그래 맥주." 그 말을 던지는 엄마의 말투 속에는 방금 전의 즐거운 어조가 싹 가셔 있는 듯했다.

"말 잘 했다. 안 그래도 너한테 맥주에 대해 한마디 하려던 참이었는데."

Chapter 6

쿵 하는 소리와 함께, 나는 잠도 덜 깬 상태에서 내 몸이 마룻바닥 위로 떨어졌다는 사실을 깨달았다. 부스스 뜬 눈으로 언뜻 보니 날개를 활짝 편 독수리처럼 팔을 쭉 편 엄마의 모습이 시야에 들어왔다. 엄마가 퀸 사이즈 크기의 침대 밖으로 날 밀어낸 것이었다. 창을 통해 들어오는 새벽빛을 바라보며 다시 침대 위로 기어 올라가려 했지만 엄마는 그렇게 하도록 날 내버려두지 않았다. 그렇게 이른 시간, 잠도 채 깨지 않은 상태에서 나는 아빠가 왜 엄마 곁을 떠나야 했는지 어렴풋이 알 수 있을 것도 같은 기분마저 들었다.

사실 그건 그냥 한 번 장난스레 해본 생각일 뿐이다. 나는 아빠가 왜 우리를 버렸는지를 누구보다도 더 잘 알고 있었으니까. 아빠는 자신의 첫 번째 가족의 품으로 돌아간 것이다. 이혼도 한 적 없는 그의 아내에게로, 그리고 그토록 한시도 잊지 못하던 그의 첫 자식들에게로 말이다.

소파 위로 기어올라가 다시 좀 더 자보려 했지만, 다시 잠을 청하기에는 벌써부터 날이 너무 후텁지근했다. 전기 요금을 아끼기엔 인생이란 너무 짧은 것이라는 장황한 연설까지 늘어놓으며 어젯밤 엄마가 에어컨을 켜두었는데도 말이다. 내가 다시 잠들지 못한 것은 그것 때문만은 아니었다. 잠들지 못한 이유는 사실 오빠 조지에 대한 기억 때문이었다. 어젯밤 오 여사 아줌마 가족에게 일어나는 일을 목격하고 나니 오빠 조지의 이기적이었던 행동이 바비에 의해 반복되고 재현되는 것만 같아, 그에 대한 예전 기억이 다시금 머릿속에 떠올랐던 것이다.

몸을 근질거리게 만드는 오래되고 낡은 소파에 그렇게 힘없이, 그렇지만 점차 또렷해지는 정신으로 누워 있자니, 고등학교를 졸업하고 대학을 가기 직전에 보냈던 여름날들이 머릿속을 스쳐갔다. 그때도 지금처럼 일찍 잠이 깨서는 언제쯤 일어나는 게 괜찮을까를 고민하며 침대 위에서 계속 뒹굴어대곤 했었는데……. 그렇지만 당시에 내 잠을 쫓아준 것은 미래에 대한 희망이었지, 지금과 같은 과거에 대한 후회 따위는 아니었다. 그것은 태어나 처음으로 엄마의 품을 벗어나 하나의 독립된 인간으로서 생활하게 된다는 설렘과 자유인으로서의 미래의 삶에 대한 동경이자 기대였던 것이다. 떠난다고 해봤자 사실 그렇게 멀리 가는 것도 아니었다. 엄마가 사는 그 주를 벗어나지도 않는 것이었으니까. 그렇지만 어쨌든 나는 나를 둘러싼 속박의 굴레를 벗고 집 밖으로 나가게 되는 것이었다. 바깥세상에는 내가 정복할 것들이 너무도 많았고, 나는 더 이상 기다릴 수가 없었다. 아, 그때는 시간이 너무 더디 가는 것만 같았는데…….

동트기 전의 시간을 그렇게 한가롭게 빈둥대며 보내는 동안, 나는 미래에 이루고 싶은 성공적인 내 모습을 마음속에 그려보곤 했다. 그렇다고 특별한 나만의 계획이나 어떤 특정한 직업을 마음속에 품고 있었던 것은 아니었다. 당시 내게는 내가 열정을 가지고 할 수 있는 일을 발견하고 그 가운데 내게 가장 어울리는 것을 고를 만한 시간적인 여유가 아주 많았으니까. 아직 정해지지는 않았지만 어쨌든 밝게만 펼쳐질 것 같은 미래의 내 캠퍼스 생활과 그 후에 오게 될 나의 성공시대, 그리고 그에 대한 성취감을 미리 느끼고 상상하는 것을 나는 마음껏 즐기곤 했다.

전날 밤 텔레비전에서 무슨 프로그램을 봤느냐에 따라 그 다음날 아침, 나는 각기 다른 상황을 만들어보곤 했다. 오스카 시상식이나 케네디 센터의 무대 위, 미스 유니버스 선발대회……. 그렇다고 내가 연기자나 음악가, 혹은 국가대표급 미인이나 대통령이 되고 싶었던 건 아니었다. 내가 원했던 건 단지 큰 무대와 화려한 스포트라이트, 그리고 박수갈채였다. 한때 전공으로 삼을까 고민하기도 했던 법률이나 의학 쪽은 사실 그러한 무대를 제공해주기는 힘든 분야였다. 텔레비전을 통해서라도 남들에게 성공의 결과를 보이기가 어려운 일이었다. 그래서인지 그런 분야들에 대한 내 공식적인 버전은 아마 없었던 것으로 기억된다.

철이 완전히 들기 전에 꿈꿨던 이런 내 몽상들 속엔 언제나 무대 맨 앞줄이나 무대 뒤에서 나를 기다려주는 한 남자, 남편의 모습이 존재하기는 했었다. 하지만 내 드라마 속에서, 그는 그렇게 중대한 역할을 맡지는 않았다. 그는 그저 내가 두 손으로 붙잡을 금빛 트로피와 같은 소도구, 또는 내가 키를 조절해야 할 기다란 마이크 받침대 같은 존재였을 뿐이다. 나는 그가 누구인지조차 알지 못했다. 그는 아주 가끔씩은 예전에 흠모했던 영화배우 앤드류 매카시를 닮기는 했지만 어쨌든 내가 옛날에 좋아했던 어느 소년의 모습도, 또 현실세계에 진짜로 존재하는 남자도 아니었다. 그는 그저 잘생긴 얼굴에 어느 정도 성공한 인생을 사는 내 나이 또래의 남자 정도였다. 그리고 또 한 가지, 미디어로부터 적지 않은 영향을 받아온 내게 있어 그는 분명 백인의 모습으로 비춰졌다.

나는 백인과 함께하는 내 모습을 상상하곤 했다. 물론 엄마와 한 약속과는 사뭇 다른 것이었다. 그렇지만 나는 그 약속은 어디까지나 엄마의 백일몽일 뿐이라고 치부해버렸다. 대학 시절에 백인 남자 친구와 데이트를 할 때도 나는 오늘에만 충실히 살았을 뿐, 미래에 대해서는 의식적으로라도 아무것도 생각하지 않으려 노력하곤 했었다. 그 시절의 나는 내 꿈들이 지나친 청사진이었다는 것을, 그리고 마음속에 그렸던 것들을 모두 실현할 수도 없다는 사실을 깨닫지 못했다.

일단 캠퍼스 생활에 적응하고 나자 일찍 깨어나 몽상에 잠기곤 하던 그 사치스러운 습관은 점차 사라지게 되었다. 그런 여유로움은 언제나 벅찬 전공과목 공부와 늦은 귀가, 이런 저런 이데올로기, 그리고 정열을 쏟아 붓지 못하는 일에 대한 회의감이나 권태감 등으로 바뀌어가기 시작했다.

지금까지는, 적어도 오늘 아침까지는, 나는 내가 원하지 않을 때 깨어 있는 법은 거의 없었다. 내 나이 열일곱이었을 때 나는 시간의 끊임없는 행진에 희망을 걸고 마음을 기대곤 했었다. 그렇지만 그로부터 10년이 지난 지금, 이제 시간은 잔인하리만치 브레이크 한 번 걸지 않고 쏜살같이 흘러가고만 있다.

다시 잠을 청하는 게 쓸데없는 짓이란 것을 깨달은 나는 나 자신을 미래에 투영해보며 샘의 도움을 받아 내가 건설해갈 앞으로의 멋진 모습을 상상해보기 시작했다. 그렇지만 지금 내 나이에 이뤄놓은 일들이 이렇듯 적다는 사실을 생각하니, 일종의 자괴감마저 들기도 했다.

인생의 정점에 서보기도 전에 내 황금기는 지나가고 내 인생의 꽃은 활짝 펴보지도 못한 채 이렇게 져버리는 것은 아닐까? 돌이켜보니 나는 오빠 조지를 잃었을 때부터 내 길을 잃고 헤매기 시작한 것 같다. 내겐 항상 갈 길을 이끌어주는 오빠의 손길이 있었기에 그가 갑작스레 결혼을 해 우리 곁에서 그렇게 훌쩍 떠나버렸을 때 나는 매사에 헤맬 수밖에 없었다. 나는 길가의 표지판을 보는 습관조차 지니지 못했고 지도를 자세히 보는 법도 알지 못했을 뿐더러 약도를 그리는 법 같은 건 더더욱 알지 못한 상태였다. 그때 내가 구체적으로 정할 수 있었던 유일한 목표란 오직 오빠가 하는 일을 따라 하는 것뿐이었다. 물론 오빠보다 더 낫게, 더 잘 하게끔만 말이다. SAT에서 조지는 1500점을 받았다. 그리고 같은 시험에서 나는 1560점을 획득했다. 크로스컨트리 경기에서 오빠는 준결승전까지 진출했고, 나는 결승의 문턱에까지 도달했다. 그는 하버드에 입학했고 나 역시 같은 학교에 합격했다.

나의 하버드 행은 이전에 거론된 적조차 없던 일이었다. 나는 그저 내가 그 학교에 붙을 수 있을지를 확인하기 위해 원서를 냈을 뿐이었다. 엄마는 오빠를 너무 멀리 보낸 것이 화근이었다며 아들을 잃은 것에 대해 괜히 엄한 하버드 탓을 하기도 했다. 엄마는 착한 아들을 괜히 케임브리지라는 도시의 하버드대에까지 보내, 결국 4년간 열심히 등록금을 대준 것에 대한 보상은커녕 독립적인 태도만을 배워왔다고 생각하는 것 같았다. 그래서 결국 하버드가 불복종적이고 반항적인 아들을 만들었다고 여기는 듯했다. 엄마는 오빠의 그런 반항심이 그곳에 가기 훨씬 전, 집에 머물던 아주 예전부터 시작되었다는 사실을 모르고 있었다.

나는 그것을 오래 전부터 알고 있었지만 그냥 조용히 입을 다물고 있었다. 약간은 비뚤게 나간 오빠에 대한 내 충성심으로 인해, 나는 오빠를 잃은 집안에서 그늘진 삶을 살아가야만 했다. 나는 그가 기피하고 떠나버린 책임감뿐 아니라 그에 대한 엄마의 보상심리, 그리고 내 침묵에 대한 죄책감의 짐까지 함께 짊어져야만 했다. 그렇게 내가 반쪽, 아니 3분의 1쪽이 되었는데도 나는 온전한 하나의 몫을 해내야만 했던 것이다.

엄마의 첫 번째 자식이자 하나밖에 없는 아들, 동시에 엄마가 무조건적인 사랑을 베풀었던 남자인 오빠 조지는 내가 한 번도 될 수 없었던, 아니 그런 시도조차 해볼 수 없었을 정도로 커다란 존재였다. 가끔은 내가 오빠였다면 하고 바랐을 정도로 말이다. 그런 오빠의 결혼 소식이 조그맣게 실린 〈글로브〉지가 익명으로 배달되어 우편함에 도착한 날 아침, 엄마는 집 안으로 뛰어 들어와서는 마치 폭풍이 쓸고 가듯 오빠의 모든 흔적들을 남김없이 없애버리기 시작했다. 엄마는 알루미늄으로 된 쓰레기통을 들고 다니며 오빠의 사진과 트로피, 그리고 액자에 넣어 소중히 걸어두었던 기사들까지도 모두 그 안에 처넣어버렸다. 그 당시 열네 살이었던 나는, 파자마 속에 얼굴을 파묻은 채 그런 엄마의 모습을 흘긋거리며 두려워할 수밖에 없었다. 엄마가 벌였던 한바탕 소란 탓에 나는 침대 밖으로 몰래 기어나가야 했다. 그렇지만 그때 엄마의 모습은 너무도 분노에 차 있던 터라 나는 감히 그런 엄마를 말릴 엄두조차 내지 못했던 것 같다.

나는 엄마가 잠시 정신을 잃은 것이라 여기고 다시 가만히 내 방으로 돌아왔다. 엄마가 차를 몰고 어디론가 나가는 소리를 들었을 때, 그제야 나는 아래층으로 내려와 부엌 식탁 위에 있던 난도질된 〈글로브〉지를 발견했다. 나중에야 알게 된 거지만, 그때 엄마는 오빠의 옷가지며 책들을 동네의 구호단체 같은 곳에 몽땅 가져다놓기 위해 집을 나갔던 것이었다. 당시 오빠가 약혼 발표를 한 이후 약 한 달 이상을 서로 통화조차 없이 지내던 상태이긴 했지만, 막상 그의 결혼이 그렇게 기정사실화된 것을 보니 말 그대로 나 또한 두 다리에 힘이 쫙 풀리고 말았다.

나는 〈글로브〉지를 손에 든 채 그 자리에 주저앉아버리고 말았다. '울면 못쓴다' '울면 얼굴이 못나진다' 라는 엄마의 꾸중을 자주 들으며 자라온 나는, 일곱 살 이래로 거의 울어본 적이 없었다. 그래서 나는 그때에도 차가운 부엌 바닥에 주저앉은 채 눈물은 흘리지 않고 그냥 어깨를 들썩이며 흐느끼기만 했던 것 같다. 오빠 조지가 예정대로 결혼식을 강행한다면 그와 인연을 끊겠다며 엄마가 으름장을 놓았을 때, 나는 그게 진심으로 하는 말이라는 것을 알 수가 있었다. 비록 엄마가 그 난리를 부리기 전까지는 '설마…… 아니겠지' 하고 바라는 마음이 컸지만 말이다. 난 그때 이제는 무엇으로도 대체할 수 없는, 엄마가 갈기갈기 찢어버린 오빠의 사진들을 조용히 쳐다보았다. 아빠가 떠난 후, 아빠 사진에조차도 이런 짓은 하지 않았던 엄마였는데…….

물론 엄마의 그런 행동들은 적잖은 충격과 분노에서 나온 돌출 행동이었을 뿐이었다. 그로부터 몇 년 뒤, 평소 찜해두었던 엄마의 스웨터를 빌려 입으려고 엄마 방의 옷장을 뒤지던 중 나는 맨 아래 서랍에서 비닐테이프로 덕지덕지 이어붙인 오빠의 예전 사진들을 우연히 발견하고 말았다. 그즈음 엄마는 예전 오빠의 방을 서재로 꾸미고는 저녁 내내 그 방에 틀어박혀 있거나 오빠의 오래된 이불을 덮고 소파 위에서 잠들곤 하는 모습을 자주 보여 왔었기 때문에 사실 숨겨놓은 사진을 발견한 것이 그다지 놀랍지만은 않았다.

아마도 엄마는 그 당시 오빠에 대한 감정을 제대로 추스르고 절제하는 방법을 찾지 못했던 것 같다. 그 이후에도 그건 역시 마찬가지였다. 엄마는 자신의 감정을 한 번도 누그러뜨리지 않았고, 오빠에게 먼저 연락을 취하거나 갈라진 틈을 메워보려는 노력 따위는 결코 시도하지 않았다. 엄마는 원래 그렇게 고집이 세고 완고한 사람이었다.

나는 아무 생각 없이 쳐다보고 있어도 될 만한 프로그램이 방영되길 바라며 텔레비전을 켜보려 했다. 그렇지만 혹 텔레비전 소리에 엄마가 깰까 걱정이 되었다. 차라리 책을 읽는 게 도움이 되지 않을까 하는 생각도 잠깐 해보았지만 금세 고개를 저었다. 웬일인지 박사학위 논문 과정을 관둔 후로는 도무지 책 한 페이지도 제대로 집중해 읽을 수가 없었기 때문이다. 소설 한 권을 읽을 때조차도 거기에 필요한 에너지와 정신적인 노동력을 모으는 것이 어쩐지 어렵게만 느껴졌다. 책도 읽기 힘들 만큼 나 자신이 그간 너무나 동요되고, 혹사당하고, 또 불안스러운 상태가 되어버린 것이 아닌가 걱정이 되기 시작했다. 이제 오히려 내게 필요한 것은 소음과 사람들, 약간은 소란스러운 상호작용 따위의 것들이 되어버린 듯했다.

출근을 하기 위해 난 자리에서 일어났다. 특별히 중책을 맡지도 않은 사람으로서는 비웃음을 살 정도로 이른 출근 시간이었지만, 그래서 어찌 보면 무익하게 보일지도 모르는 행동이었지만 그래도 나로서는 그것이 바로 새로운 길로 나서는 작은 움직임이자 첫걸음과도 같은 것이었다. 앞으로 그 사무실이 내게 한 줄기 미래의 빛과 같은 존재가 되어줄 것이라는 믿음에서 말이다. 그곳으로 향하는 것이 침대에 누운 채 과거사에 묶여 버둥거리는 것보다는 훨씬 나을 거라는 생각이 불쑥 들었다.

Chapter 7

"일에 대한 열정이 마구 끓어오르는 모양이지?"

어두컴컴한 사무실 책상에 내내 앉아 있다가 커피라도 한 잔 가져오는 편이 낫겠다는 생각에 막 자리에서 일어나려던 참이었다. 목이 뻣뻣하게 당기는 것으로 보아 거기 그렇게 꽤 오랫동안 앉아 있었던 모양이다.

어깨에 맨 핸드백을 흔들거리며 샹탈이 자기 사무실 문 앞에 모습을 나타냈다.

"뭐 해야 할 일이 있으면 내가 도와줄 수도 있는데."

날 자기편으로 끌어들이기 위해 저러는 걸까? 샨탈은 분명 샘의 영향력을 크게 느끼기 시작한 게 틀림없었다. 그렇지만 내 능력이나 충성심을 그런 식으로 과소평가하다니, 나는 갑작스런 그의 태도가 약간 모욕적으로 느껴졌다. '회사 내에서 샘의 가장 친한 친구가 누구인지도 모르는가 보지?' 하는 생각마저 들었다.

"뭐 좋은 아이디어라도 있는 거야?" 샨탈이 비어져 나오는 미소를 억지로 누르는 듯한 얼굴로 이렇게 내뱉었다.

"아, 그렇지. 패션 창고! 잠깐만 기다려봐."

그러고는 샨탈은 곧 자기 사무실의 블랙홀 속으로 사라졌다.

물론 내가 샘의 등 뒤에서 뭔가를 몰래 계획하거나 하는 일은 절대 없을 것이다. 사실 샨탈을 도와 뭔가를 하는 내 모습은 상상조차 되지 않았다.

"이 안이 점점 더 난장판이 돼가서 말이지……." 패션 창고 열쇠를 가지고 돌아온 샨탈이 말했다.

"반납이 안 된 물건들이 어디 한두 개라야 말이지. 그래서 내가 생각한건데 말야……."

"지금 저더러 창고 안을 치우란 말씀이신가요?"

"……누군가 그 안의 의상이며 구두들을 정리해서 직원들을 위한 세일을 기획했으면 어떨까 하거든. 괜찮은 프로젝트가 될 것 같은데, 어때? 뭐, 물건들도 대부분 다 쓸 만하고……. 게다가 수익금은 모두 자선단체에 보낼 계획이고 말이야."

뭐, 그리 나쁜 아이디어는 아니었다.

"어떤 자선단체요?" 내가 물었다.

편집자의 월급은 수많은 잡지들이 우리에게 보여주는 라이프스타일이나 고급 의상에 비하면 너무 인색한 편이므로, 어쩌면 그녀는 자신을 자선단체의 도움을 받을 빈곤층 정도로 생각하고 있을지도 모를 일이다.

"그거야 진저나 아니면 그 프로젝트를 담당하게 될 사람에게 달린 문제지. 내 생각엔 적어도 500달러 정도는 거뜬히 남길 수 있을 것 같은데?"

"여성 단체 같은 데로 보내지게 될까요?"

"진저는 어떤 곳을 마음에 두고 있는데?"

"글쎄요. 구타당하는 여성들을 위한 나눔의 집, 뭐 그런 정도?"

샨탈은 창고 열쇠에 달린 빨간 리본을 손가락으로 빙빙 돌리다가는 다시 그것을 풀면서 말했다.

"뭐, 그것도 괜찮고."

"좋아요, 그럼." 내가 곧장 일어서며 대답했다. "앞장서시죠."

샨탈은 홀을 따라 내려가며 우리가 갈 길에 놓인 라이트의 스위치를 켰다. 얼마 후, 열쇠를 이리저리 돌리던 그녀는 마침내 창고 문을 열었다. 창고 안은 생각했던 것보다 굉장히 넓어 처음 본 나로서는 놀랍기 그지없었다. 다코타로부터 이 창고의 스케일에 대해 수도 없이 많은 말을 들어오기만 했을 뿐, 지금까지 여기 들어올 만한 이유가 전혀 없었기 때문이다. 창고 안은 마치 누군가 그 안에 작은 상점 하나를 만들어내고자 애썼던 것처럼 보였다. 천장 높이까지 쌓인 박스들 사이사이마다 소매와 목도리, 벨트들이 주렁주렁 매달려 있을 뿐만 아니라 수많은 구두와 부츠, 가방들이 선반 위 자리가 부족해 아예 바닥에 떨어져 있는 상태였다. 그 외에도 어린이용 작은 고무 풀, 돌돌 말려진 양탄자, 심지어 흰 바구니가 달린 구식 자전거 따위마저 벽에 삐딱하게 기댄 채 줄줄이 세워져 있었다.

샨탈이 창고 중간에 서 있는 옷걸이를 손가락으로 가리켰다. 그것이야말로 마음만 먹으면 주문사항이 수백 개쯤 쏟아져 나올 것 같은 명령거리의 보고처럼 보였다.

"저것들은 곧 있을 촬영에 쓸 거니까 손대지 말고."

그녀는 곧 그것을 제외한 나머지 공간들에 손짓을 하며 말을 이었다.

"그 외 것들은 몽땅 진저의 몫이지."

"지금 이 많은 걸 전부 저 혼자 힘으로 끝내란 말씀이신가요?"

벌써부터 등과 어깨가 욱신욱신 결려오는 느낌이었다.

"정리가 안 되고 난장판이라서 원래보다 좀 많아 보이는 것뿐이야."

"다코타는 이리로 안 보내실 생각이세요?" 내가 굽히지 않고 물었다.

"흠, 그러면 진저한테 돌아가는 공로가 반으로 줄 텐데, 그래도 좋아?"

"어차피 그렇게 많은 실적을 혼자 내긴 힘들 것 같은데요."

샨탈은 구두들이 진열된 선반 앞을 왔다 갔다 하다가 앞부분이 뾰족한 검은색 앵클부츠 한 켤레를 집어들었다. 모양은 그저 그랬지만, 그래도 명색이 프라다 제품이었다.

"혹시 아는지 모르겠는데, 몇 년 전인가 이런 비슷한 행사를 내가 자발적으로 연 적이 있었지." 샨탈이 구두를 들여다보며 말했다.

"그게 내가 처음으로 승진을 하게 된 계기였고 말이야." 그 말이 끝나기가 무섭게 샨탈은 부츠를 원래 있던 자리에 다시 세워놓고는 내 쪽으로 슬렁슬렁 걸어 왔다.

"하루에 다 끝내라는 말이 아니야. 샘의 주문사항이 없어 짬이 생길 때마다 들러서 여기저기 조금씩만 손대면 된다고."

나는 고개를 저었다. 2류 잡지사 정도라면 창고를 정리하는 일로 진급을 노려볼 수도 있겠지만 여기 〈아 라 모드〉 잡지사라면 그보다 중요한 일들이 훨씬 더 많을 테니까. 어찌되었건 샘은 곧 패션부장이 될 것이고 그렇다면 내가 괜히 쓸데없는 부지런을 떨면서까지 샨탈을 감동시켜야 할 필요까진 없을 텐데.

"일단 힘닿는 데까지 해보긴 할게요."

그러자 샨탈은 팔짱을 낀 채 한 손을 입에 대고는 마치 무슨 연구대상을 바라보듯 나를 쳐다보았다. 그 포즈는 그녀가 모델들을 평가하다가 좀 막힌다 싶을 때 자주 보이던 것이었다.

"좋아. 그럼 진저가 이걸 어떻게 운영하고 정리할 계획인지 우선 기획 초안부터 작성해보는 게 어때? 일단 시작부터 해보자는 말이지."

이번에는 내가 그녀를 뚫어지게 쳐다볼 차례였다. 그간 나는 샨탈의 얼굴에 있는 여드름으로 인한 상처를 한 번도 이만큼 자세히 본 적이 없었다. 사실 그동안엔 그녀의 얼굴을 이렇게 오래 쳐다볼 기회가 없어서 그랬는지도 모르지만. 어쩌면 그녀는 평소 나를 눈여겨봤을지도 모른다. 내가 자기 비서인 다코타와는 달리 내 것만 잘 챙긴다거나 상사들이 자리를 비웠을 때를 내 자유 시간처럼 이용하려 들지 않는다는 점 등을 높이 샀는지도 모르겠다.

"좋아요. 그럼, 저 혼자서 어떻게든 해볼게요. 그렇지만 시간이 좀 필요할 것 같은데요."

샨탈이 희미하게 미소를 지었다. 그렇다, 이번엔 그녀가 듣고 싶어 하던 말을 그대로 들려준 게 분명했다.

"그러면 세일 행사를 다음 주 월요일 정도로 잡으면 되겠지요? 오늘이 화요일이니까, 일주일에서 하루 모자라는 기간 정도 준비할 수 있겠네요."

"그럼 나는 전 스태프들한테 이메일을 쏴줘야겠군."

그녀는 마치 '남아서 혼자 잘해보라' 는 듯 구두 굽을 휙 돌려서 창고 밖으로 뚜벅뚜벅 걸어 나가버렸다.

나는 점심을 먹기 위해 내 책상으로 돌아왔다. 일을 하는 시간 동안의 식비는 회사에 청구할 수 있는 것이 우리 회사의 방침이었다. 식사를 하면서 우리는 잡지들을 훑어보기도 하고 의상이나 영화 등에 대해 대화를 나누는 일이 많은데, 그런 것들도 보통 이쪽 계통 '일' 과 관련된 것으로 간주되기 때문에 우리는 점심 식대만큼은 항상 회사 측에 올리곤 했다. 만일 직원들 중 대다수가 다코타처럼 새 모이만큼의 식사만 하고 산다면, 이 글로시 기업은 앞으로도 파산의 위험 따위는 거의 없을 일이다.

오전 내내 창고에 있었던 나는 그간 어디 있는지를 알리기 위해 샘에게 전화를 걸어 흥분한 목소리로 크게 떠들어댔다. 모르긴 해도 샘은 귀청이 떨어져 나가겠다고 느꼈을 것이다. 디자이너의 의상은 한 벌당 20달러 정도씩, 구두는 10달러 정도씩, 그리고 그 외의 것들에는 3달러에서 5달러 정도의 가격을 책정한다면 샨탈의 기대치를 쉽게 초과할 수 있을 듯도 싶었었다. 거기에서 나오는 수익금은 정부 보조를 받는 여성들이 일자리를 구할 때 도움을 주는 비영리 단체에 보내기로 내 나름대로 벌써 결정도 내려뒀고 말이다. 샘은 평소와는 다르게 어딘가 귀찮은 듯한 목소리로 응답했지만, 그래도 시간을 내어 내가 적절한 선택을 할 수 있도록 이것저것 지시를 내려주었다.

나는 샘의 사무실 문을 열고 얼굴을 빠끔 들이밀었다가 다코타가 내 자리를 차지하고 앉아 있는 모습을 발견했다. 책상 위에는 빈 샌드위치 용기가 놓여 있었다.

"뭐야, 다들 난 기다리지도 않고 벌써 점심들 끝낸 거야?"

무슨 재미난 얘기라도 나눴는지, 다코타와 함께 배를 잡고 깔깔거리던 샘이 고개를 들어 나를 쳐다보았다.

"미안 미안! 하지만 벌써 2시가 다 되어가는 걸. 게다가 여기 다코타가 친절하게도 내 샌드위치에다가 자기 샐러드랑 원래 샨탈의 몫이었던 셰이크까지 챙겨주는 바람에……."

샘은 고갯짓으로 '그런 것도 챙길 줄 모르는 쓸모없는 어시스턴트는 저기 다른 의자에 가 앉으라'는 듯한 모션을 취했다.

하지만 난 그 상황이 그리 아쉽거나 하진 않았다. 지금쯤이면 엄마가 부엌에서 내가 진짜 좋아하는 음식들로 거한 저녁상을 차려주기 위해 한창 애를 쓰시고 있을 테니까. 나는 담배를 한 개비 꺼내들었다. 다코타는 원래 담배 피우는 걸 엄청 싫어해서, 우리가 담뱃불을 붙이려고 하기만 하면 보통 다른 할 일을 찾아 그 자리를 뜨곤 했었다. 그런데 오늘은 웬일인지 다코타가 샘의 라이터를 찾아 들고는 내 담배에까지 불을 붙여주며 말했다.

"그건 아무것도 아니었어요. 다음 호 특집 기사의 주제에 맞는 디자이너들을 일일이 다 찾아내서 인터뷰랑 편집 일까지 맡아 하라는 일에 비하면요."

"헬이 생각해낸 거야." 그들의 대화 내용이 궁금해 추켜올려진 내 눈썹을 읽은 샘이 대답해주었다. "이 일 때문에 헬이 오늘 새벽 5시부터 전화를 해왔거든."

"그렇게까지 어려운 일 같진 않는데?" 내가 다코타 쪽을 보며 말했다.

"그 사람들 홍보 요원들을 활용하면 되잖아? 전화번호도 다 확보해둔 상태고 말이야."

샘이 고개를 가로저었다.

"그 사람들을 이용하면 너무 굼떠. 헬은 가능한 한 최대한 빨리 광고부 직원에게 디자이너 명단을 알려주라고 난리였거든."

"어차피 디자이너 개개인의 집이나 휴대폰 번호까지도 다 가지고 있잖아."

그건 내가 아주 자신 있게 말할 수 있는 부분이었다. 샘의 어시스턴트로서 내가 제일 먼저 시작했던 일이 바로 여기저기 끄적여 둔 각종 전화번호들을 그녀의 두꺼운 롤로덱스 수첩에 전부 타이핑해 정리하는 일이었으니까.

"물론 그렇긴 하지. 적어도 얼마 전까진 말이야." 샘이 말했다. "문제는……, 내 롤로덱스가 행방불명됐다는 거지."

“그거 이상하네.” 그걸 마지막으로 본 게 언제였는지를 기억해내려 애쓰면서 내가 말했다.

“이상한 거 그 이상이죠.” 다코타가 끼어들었다.

“철저한 악의가 숨어 있다고나 할까.”

“설마……, 샨탈이?” 내가 믿을 수 없다는 듯 물었다.

“그렇지만 오늘 아침 샘이 그걸 급히 필요로 했다는 걸 샨탈이 어떻게 알지?” 나는 다시 물었다.

“나한테 전화를 했는데 자동응답기만 돌아가니까 헬이 그 다음엔 바로 샨탈한 테 전화를 했던 게 틀림없어. 샨탈은 내가 그쪽 담당자란 걸 알고 있었지만, 그 일을 중간에 가로채서 자신의 뛰어난 능력에 대해 칭찬을 받고 싶었던 게 분명 해.”

“그렇지만 나도 오늘 아침 일찍부터 여기 있었는데?”

“그러니까 하는 말이지. 그 마녀가 방해가 될 것 같은 널 없애느라 그 말도 안 되는 창고 세일인지 뭔지의 얘길 꺼낸 거야. 말하자면 널 창고에 데려다 가둬놓 은 셈이지.”

그때 다코타가 끼어들며 킬킬거렸다.

“뭐, 모두 빤히 드러나고야 말았지만.”

“창고 세일이 말도 안 되는 일이라 생각해?” 내가 샘에게 물었다.

“아니.” 한참을 생각하던 샘이 마침내 짧게 대답했다.

“어쨌든 좋은 목적으로 하는 일이야. 누군가를 도울 수 있는 일이라고.” 내가 말했다.

“네 자신을 포함해서?”

“진저의 창고 정리 기술을 늘리는 데 도움이 될 수도 있겠죠.” 팔짱을 낀 다코 타가 샘의 말을 받아 한 마디 덧붙였다.

“혹시 오후에 전화해둬야 할 곳들이 있지 않았나?” 샘이 눈을 동그랗게 뜨고 다코타를 쳐다보며 말했다.

“어머, 맞다. 깜박 잊을 뻔했네.”

다코타가 서둘러 자리에서 일어났다.

"어쨌든 간에 내가 널 실망시킨 것 같구나." 나는 다코타가 채 자리를 뜨기도 전에 이렇게 말했다. "샨탈이 네 롤로덱스 수첩을 훔쳐가는 걸 막지도 못했을 뿐더러 네가 그 전화번호들을 찾고 있을 때 난 내 자리에조차 없었으니……."

그때 다코타가 또다시 끼어들며 말했다.

"아마도 다음번에는 샨탈의 부름에 그렇게 신속히 응하진 않겠군요, 진저. 사실 나도 그녀의 어시스턴트 일로 월급을 받고 있긴 하지만, 될 수 있는 한 가장 최소한의 일만 하는 편이거든요."

"다코타!"

샘이 낮은 목소리로 나무라듯 다코타의 이름을 부르며 고개로 문 쪽을 가리키면서 나가라는 신호를 보냈다. 다코타는 책상에 있던 종이 한 장을 집어들고는 황급히 사무실을 빠져나갔다.

"진저, 아무튼 그런 건 걱정할 거 없어. 나한테는 객원 편집자도 있고, 또 오늘 오후에 내 롤로덱스가 마치 마법처럼 짠! 하고 나타나 주리라 믿고 있으니까."

"하지만 난 뭔가 스스로 중요한 일을 할 수 있는 기회를 놓친 거야. 게다가 이젠 다코타까지 그 공로를 나누게 될 거고."

"흐음, 그 정도면 한 사람에 대한 이미지를 끌어올릴 만한 일이긴 하지." 샘도 동감하듯 말했다.

"하지만 모를 일이지. 창고 세일로 헬의 레이더 망에 포착되어볼 수도."

"하지만 네가 말했듯이……."

"만일 그렇지 않다면, 내 접시 위로 떨어지는 다음번 프로젝트는 네 몫이야." 샘이 미소를 지으며 말했다. "내가 약속할게."

역시……. 샘은 언제나 배려 깊고 믿을 만한 나의 베스트 프렌드다웠다. 그녀는 거지들에게 동전을 던져주기보다는 대신 음식을 사주는, 그런 사람이었다. 돈을 준다 한들 그들이 그 돈을 현명하게 사용하지는 못할 거라고 의심하는 것은 어찌 보면 자식을 믿지 못하는 보통의 부모들처럼 간섭적인 면도 없지 않아 보일 수도 있다. 하지만 적어도 그녀는 그들에게 '어떤 음식이 먹고 싶으냐' 하는 것 정도는 미리 묻는 사람이었다. 또한 샘은 그들이 얼마나 사납고 지저분해 보이는가에 상관없이 그들에게 스스럼없이 가까이 다가가는 성품을 지니기도 했다.

우리가 매디슨에서 서로를 처음 알게 되었을 때 나는 그녀가 나와 친구로 지내고 싶어 한다는 사실에 조금 놀랐었다. 고등학교 때는 좋은 차를 가지고 예쁜 옷을 입고 다니는 애들 정도만큼은 나도 인기가 있던 편이긴 했지만, 그래도 샘과 나는 여러 가지 면에서 완전히 달랐으니까 말이다. 뉴욕에서 온 까닭에 북적대고 시끄러운 도시 생활에 익숙하다는 면을 빼놓고도, 그녀는 내가 아는 이들 가운데 가장 당돌하고도 당당한 사람이었다.

샘은 자기 자신과 가족들에 대한 모든 것을 얘기해주었다. 열다섯 살 때 처음 겪었던 성적인 경험에서부터, 자기 엄마의 비천한 출신 성분, 그리고 당신 나이의 절반도 안 되는 어린 여자들을 특히 좋아한다는 자기 아버지의 성적 기호에 이르기까지, 모든 것을 아주 속속들이 말이다. 그녀의 그런 거리낌 없는 솔직함은 내게까지 전염이 되었는지, 샘을 알게 된 지 한 달도 채 되기 전에 나도 그만 우리 엄마에 대한 얘기를 그녀에게 주절주절 늘어놓아 버렸다. 그때까지 살아오면서 계속해서 알고 지내온 그 누구에게도 결코 하지 않았던 이야기들을 말이다.

그렇게 샘은 나의 절친한 친구가 되었고, 종종 내 삶의 시금석 역할이 되어주곤 했다. 내가 대학원을 자퇴한 지 두 달 후쯤 되는 어느 날 그녀에게 전화를 걸었을 때 샘은 바로 그 자리에서 자기가 발 벗고 나서서 도와주겠노라는 약속을 했다.

"넌 옳은 일을 한 거야." 그녀는 수화기를 통해 이렇게 말했다.

"이제 와서 이런 말 하긴 정말 싫지만 사실 난 네가 그 박사 과정을 밟는 것에 처음부터 별로 찬성하고 싶은 마음이 없었거든."

"그래? 그동안 그런 말은 한 번도 안 했었잖아."

"넌 니네 엄마 말도 안 들었으면서, 뭘!"

그렇지 않았다. 샘의 말이었다면 나는 귀를 기울였을 것이다. 기숙사에서 처음 그녀와 한 방을 쓰게 된 날, 샘이 우리 엄마와 대화를 나누는 모습을 지켜보면서 나는 그녀의 영리함을 존경하게 되었다. 전날 밤에 그 방에 들였던 남자를 침대 아래에 숨겨놓은 상태에서도 여유 있게 엄마와 대화를 이끌어가는 그녀의 대담함과 재치, 말솜씨 등에 나는 매료되지 않을 수가 없었다.

"그래도 중퇴라는 게 말처럼 쉬운 일은 아니지. 그 학위가 네게 어떤 의미였는지 알아. 진저 네가 지금 많이 심란하겠구나."

사실 나는 몇 년간 스스로를 속이면서까지 박사학위를 하나 얻어두고자 했던 것 같다. 그렇지만 처음 나를 매디슨에 붙잡아두었던 건 어떤 타성 같은 것이었다. 대학원에 들어가는 것은 그리 어려운 일이 아니었기 때문이다.

"뭐든 도움이 필요한 게 있다면, 언제나 내가 여기 있다는 걸 잊지 마, 진저."

"고마워."

"진심으로 하는 말이야. 내가 당장 비행기라도 예약해 그쪽으로 가는 게 좋을까? 이번 주말 쯤에는 가능할 것도 같은데. 둘이서 같이 매디슨에 가서 자주 가던 단골집에도 가고……. 그럼 기분이 좀 나아지지 않겠어? 신나는 파티도 열고 말이야."

"고맙지만 매디슨은 싫어. 다시는 거기 가지 않을 거야."

"알았어."

잠시 침묵이 흐른 후, 그녀가 말을 이었다.

"그럼 네가 이리로 오지 않을래? 금요일 밤에 향수 론칭 파티가 있을 예정이고 토요일에는 발레를 보러 갈 거야. 일요일엔 아빠와 아빠의 새 여자친구랑 같이 코네티컷에서 브런치를 먹기로 했고. 사실……, 이번 주엔 좀 바빠서 어디로 가기는 좀 무리이긴 해. 아까 말했던 것처럼 널 위해서라면 뭐 과감히 포기할 수도 있지만 말이야. 아무튼 네가 온다면 언제든 대환영이야. 그러면 파티도 함께 갈 수 있고 말이야. 우리 아빠도 널 보면 무척 좋아하실 거야. 만날 때마다 네 안부를 묻곤 하시거든. 나 역시 돈만 보고 아빠를 따라다니는 그 계집애한테 '환영받지 못한 자' 라는 인상을 주는 데 네 도움을 좀 받을 수 있어 좋을 것 같고 말이야. 문제는 발레 공연인데…… 어쩌면 타티아나도 내가 널 데려오는 걸 이해해줄지 몰……."

"괜찮아."

"아니면 우리가 네 티켓을 알아볼 수도 있고. 이제 와서 좋은 자리를 얻긴 좀 힘들지도 모르겠지만……."

"아냐, 샘. 정말 괜찮아. 난 비행기 표 살 돈도 없고……."

"그 정도는 내가 내줄 수 있어."

"아냐. 그건 사양할래."

그건 딱 샘다운 제안이었다. 그녀의 따뜻한 말을 듣자마자 난 내가 그녀를 얼마나 그리워하고 있었는지를 실감할 수가 있었다.

"나 아직도 아빠의 신용카드를 가지고 있거든. 그동안 내가 못 챙겨줬던 네 생일들을 이번에 한꺼번에 만회하려는 거라 생각하면 돼. 네 생일선물을 몇 번이나 빼먹고 그냥 지나갔잖니."

"그건 나도 마찬가진걸, 뭐. 나도 네 생일을 못 챙기고 넘어간 것만 벌써 몇 번인데."

그녀의 생일 초대장은 늘 메일로 오곤 했는데 거기에 참석 못하게 될 때면 좀 속상해했던 기억이 난다. 샘의 '놀고먹자' 식의 떠들썩한 생일파티는 옛날 화려했던 로마 정복자들도 울고 갈 수준이었으니까. 그렇지만 그녀의 생일은 10월이었고 그때마다 나는 제출해야 할 과제물이나 시험 준비 등으로 언제나 눈코 뜰 새 없이 바빴다.

"그럼 생각 좀 해봐. 이번 주말이야 좀 그렇지만, 언제든 일주일 전에만 나한테 연락을 줘. 그러면 내가 무지하게 신나고 재미있는 시간을 계획해볼 테니까. 멋진 바지씨들한테 둘러싸인 채 죽도록 놀아보는 거야!"

그러고 나서 정확히 한 달 후, 샘은 일자리 얘기를 하며 내게 전화를 걸어왔다. 샘의 어시스턴트가 점심을 먹으러 간다며 나간 뒤로 영영 돌아오질 않아 자신이 상당한 곤경에 빠졌으며, 나를 대신 고용하는 일에 대해서는 이미 헬에게 허락을 받아두었다는 것이었다. 겉으로 볼 때 부탁을 하는 쪽은 샘이었지만 사실 그건 나를 많이 배려한, 정말 고마운 제안이란 걸 안다. 샘의 어시스턴트가 하는 일이란 게 이 정도로 여유 있는 일인지를 깨닫게 된 지금에 와서 생각하면 더더욱 그렇다. 사실 그렇게까지 신경을 써줄 필요는 없었는데. 그즈음 나는 그랜드 센트럴 스테이션의 화장실 청소 일만 맡겨도 감사히 여길 상황이었으니 말이다.

샘이 제안한 일자리를 맡기로 하자마자 나는 엄마가 집에 오시기 전에 당장 비행기표를 예약했다. 그날 저녁, 식사를 하는 내내 식탁에는 침묵만이 가득 흘렀지만 엄마는 반대의 목소리를 한 마디도 내지는 않았다.

내가 이곳에 온 이후로 샘에게 있어 내가 얼마나 피곤하고 또 얼마나 짐이 되는 존재였는지, 난 잘 깨달을 수가 있었다. 그러나 그녀는 결코 불평을 한 적도, 내게 냉정한 말을 퍼부은 적도 없었다. 적어도 옛날 진저의 모습이 다시 수면 위로 떠오르기 시작한 어제까지는 말이다.

나는 자리에서 일어났다. 어제 잠시 동안 샘과 함께 아이디어를 나누었던 일이 갑자기 뇌리를 스쳤기 때문이다.

"참, 어제 내가 낸 아이디어는 어떻게 됐어?"

샘은 꽉 다문 입술을 코 쪽으로 밀어 올려 보였다.

"음, 그렇게 잘되진 않았어. 헬이 말하길, 그 아이디어가 비현실적이라는 거야. FBI나 경찰, 소방대원 등은 무대에 올리기엔 힘든 아이템라나? 모델들에게 입힐 의상들도 모두 가짜처럼 보일 게 뻔하고."

"미안해. 그런 것까지 세심하게 고려했어야 했는데……."

그건 내가 제안한 아이디어들 중 처음으로 채택을 거부당한 것이었다. '강렬히 원하는 일일수록 잘 이루어지지 않는다' 라는 내 나름의 이론을 다시 한 번 확인하는 계기였다고나 할까.

"아이디어는 아주 좋았어. 나중에 언제 한 번 써먹을 때가 있겠지. 다만 어제는 샨탈이 제안한 아이디어를 헬이 너무 마음에 들어 하는 바람에……. 인종적인 특성이 강조되는 모델들을 앞세운 소수 외국계 미국인들의 스토리라나?"

"……헬이 그걸 마음에 들어 했다고?"

매달 많은 독자 편지에 항상 거론되는 의견임에도 헬은 이제껏 소수계 모델을 표지에 싣는다든지 또는 패션이나 미용 특집 기사에서 유색 인종을 다루길 거부해온 터였다. 그런 건 잡지 매출에 별 도움이 되지 않는다고 주장하면서 말이다.

샘이 약간 히죽댔다.

"물론 내가 그 제안에 대해 이러저러한 분석을 내린 다음에야 그런 결정을 내린 거지. 아니, 내가 그 제안을 좀 더 발전적으로 수정한 이후에야 비로소 마음에 들어 했다고나 할까?"

샘이 몸을 앞으로 구부렸다.

"샨탈의 주장은 말이야……."

나는 이어지는 샘의 말을 끊고 내가 되물은 것이 정확히 무슨 뜻이었는지를 설명하려고 했다. 그렇지만 곧 마음을 바꿔먹었다. 지금 샘은 누구에게든 비밀을 지킨다는 자신만의 신성한 금기를 깨고 회사에서 일어난 일에 대해 내게 조목조목 털어놓는 중이었다. 그렇다, 나는 다시금 친구로서의 내 위치로 돌아온 것이다. 순간, 난 우리가 진정한 파트너처럼 느껴졌다. 샘은 이야기를 계속 했다.

"……만국 박람회 같은 이미지로 가거나, 아니면 중부에 사는 인물들의 모습을 담아내자는 거였어. 특히 중부 쪽에선 소수민족이 사진에 담기는 일이 극히 드무니까. 그렇지만 나는, 만약 그렇게 되면 우리는 모델들에게 청바지를 입히고 운동화를 신겨야 되지 않겠느냐고 반박했지. 그런 배경에서 고급 쿠튀르 의상을 입고 있으면 대체 얼마나 우스꽝스러울지 생각이나 해봤느냐고 말이야. 그렇게 되면 스토리도 없이 옷들만 눈에 확 튀게 될 거라고."

"하지만 어쨌든 그거야말로 패션 스토리의 핵심 아닐까? 의상을 부각시키는 거 말이야."

"그렇지가 않아. 지금은 어쩌면 내 논리가 좀 빈약하게 들릴지 몰라도 현장에 나가보면 내 말이 무슨 뜻이었는지 너도 곧장 이해하게 될 거야." 샘이 다시 의자 뒤로 깊숙이 눌러앉으며 말했다.

"헬도 내 의견에 동의했어. 내 얘기를 듣더니 도회적인 느낌이 나는 장소를 섭외하는 쪽이 더 현실감이 살겠다고 결론짓더군. 그랬더니 샨탈은, 그렇게 되면 원래의 콘셉트가 전체적으로 흔들리게 될 거라며 반박하더라. 결국 헬이 절충안을 찾아냈고, 촬영은 햄프턴에서 진행하기로 결론을 내렸어. 그건 물론 내 의견이었지."

샨탈의 아이디어를 가지고 그렇게 긴 시간을 보내야 했다니 샘에겐 안된 일이다. 적어도 샘이 샨탈의 아이디어를 전부 죽이진 못했으니까.

"샨탈이 굉장히 열 받았겠는걸."

"그래서, 네 생각은 어때?" 샘이 그동안 자신의 롤로덱스를 두곤 했던 자리를 날카롭게 쳐다보며 물었다.

"너 , 헬한테 롤로덱스 사건 얘기할 작정이니?"

미팅에서 샘은 용인될 수 있는 룰 안에서만 행동했다. 그렇지만 샨탈은 지금

절도나 다름없는 죄를 저지른 것이다.

"그렇게까지 안 해도 내 선에서 충분히 해결할 수 있어."

나는 샘이 그보다 더한 일도 해낼 수 있다는 것을 확신할 수 있었다. 이건 방위 경계 태세 총 5단계 가운데 4단계 경보 정도는 충분히 울릴 만한 일일 테니까.

"뭐, 마음속에 따로 담아둔 계획이라도 있는 거야?"

샘이 손가락 관절을 꺾어 소리를 냈다.

"지금으로선 우선 샨탈이 이런 짓을 시작했다는 것을 후회하게끔 만들어주겠다는 말밖엔. 자기가 상대하는 사람이 누구인지도 모른 채 얕잡아보고 함부로 날뛰다니, 너무 큰 실수를 저지른 거지."

"점잖게 상대해주기엔 이미 상대가 도를 지나쳤다 이거지?" 내가 말했다.

"바로 그거야."

Chapter 8

"전화번호부 책을 또 읽고 있는 거야?"

엄마의 어깨너머로 시선을 던지며 내가 물었다. 엄마는 전화번호부 책의 인명부에 너무 집중해 있던 터라 내가 들어와 당신 뒤에 서 있는 줄도 모르고 있는 것 같았다. 나는 엄마에게 농담을 던졌다.

"지난번에 스토리가 너무 뻔하다며 그냥 덮어버렸던 걸로 기억하는데, 아니었어?"

놀란 듯 엄마는 책을 퍽 소리 나게 덮어버렸다. 그렇지만 난 벌써 엄마가 인명부에서 대략 어디쯤을 보고 있었는지 이미 확인하고 난 후였다.

"김?" 내가 일부러 물었다.

참고로 '김' 이란 성은 '스미스' 나 '존스' 에 맞먹을 정도로 한국에서는 가장 흔한 성씨이다.

"엄마, 대체 누구 찾고 있었던 건데요?"

난 스토브를 살피기 위해 부엌 식탁 쪽을 빙 돌아갔다. 아직 끓고 있는 건 아무것도 없었다. 아마도 엄마는 내가 이렇게 일찍 집에 오리라고는 생각도 못 했었나 보다. 하긴 아직 5시밖에 안 됐으니까. 샘은 오후 내내 약속이 있었고, 샨탈은 표지 촬영차 LA로 떠난 상태였다. 떠나기 전에 그녀는 샘의 롤로덱스를 내게 건네주며 '사정상 이걸 잠깐 빌려갔었는데, 이 일로 인해 설마 누군가에게 불편을 끼친 것은 아니리라 믿는다'는, 아주 속 보이는 말을 내뱉고는 그 길로 사라져버렸다. 다코타 또한 샨탈이 나가고 얼마 안 있어 서둘러 회사를 나가버린 상태라, 퇴근이 30분쯤 남았긴 했지만 나도 그냥 일찍 나가기로 마음먹었다.

"아무것도 아니다." 엄마가 짐짓 활기차게 대답했다.

"그냥 뉴욕에 한국사람들이 얼마나 많이 있나 궁금해서. 지금 보니까 김씨만 해도 세 장이 넘어가는데다가, 이씨는 어째 더 많은 거 같구나."

그런 엄마의 마음을 이해 못하는 것은 물론 아니다. 나 역시 지금의 엄마처럼 뉴욕에 오자마자 아빠랑 오빠의 이름을 찾아보고자 했던 적이 있었으니까. 그때 나는 인터넷을 이용해 뉴욕의 다섯 개 구들과 웨스트체스터, 뉴저지까지 샅샅이 뒤져보았다. '이승필'이란 아빠의 이름은 아무 데서도 발견할 수 없었고, 대신 '조지 리'라는 오빠 이름을 가진 사람은 총 여덟 명이 검색되었다.

"근데 엄마, '이(Lee)'라는 게 미국인이랑 중국인 이름으로도 많이 사용된다는 점도 참고하세요." 하고 내가 지적을 했다.

어린 시절, 아이들이 내게 일부러 눈을 가늘게 떠 보이며 '때놈들 나라로 돌아가라'고 놀릴 때마다 '나는 로버트 리(Robert. E. Lee, 남북전쟁 당시 남부에서 이름을 떨쳤던 장군—역주)의 직계 자손이야'라고 말하며 이 나라에 살 권리는 그들보다도 오히려 내게 더 많다는 것을 일깨워주려 노력하곤 했었다. 만약 이 나라가 어떤 원칙 위에서 세워졌는가에 대해 조금만 알았더라면, 그 애들은 아마 내게 우리 중 어느 누구에게 더 많은 권리가 있다 없다 하는 문제로 시비를 거는 일은 없었을 것이고, 오히려 로버트 리가 옳지 않은 편에 서서 싸운 사람이라는 사실을 지적해냈을 것이다. 그렇지만 불행히도 그 애들은 그러지 못했다. 그들은 아직 꼬마 애들이었으니까.

"너 혹시 그렇게 입고 회사에 갔었던 게냐?" 엄마가 날 아래위로 훑어보며 물었다.

"네, 난 이렇게 유행에 휩쓸리지 않는 패션이 좋아요." 베르사체 탱크톱을 약간 내리고 낡은 랄프 로렌의 펜슬 스커트를 툭툭 털어 주름을 펴면서 내가 대답했다.

'유행에 휩쓸리지 않는 쿨한 패션' 이란 건 롤로덱스를 돌려주면서 샨탈이 내게 던져준 공식적인 코멘트이기도 했다. 그녀의 말에 놀란 다코타와 나는 잠시 어색한 침묵을 지켜야 했다. 패션부의 책임 편집자로부터 받는 찬사란 나 같은 어시스턴트로서는 이력서(물론 그게 곧장 묘비가 될지도 모르는 일이지만)에 적어 넣고 싶을 만큼 값어치가 있는 것이 아니었던가. 비록 그것이 롤로덱스를 도둑질한 사람으로부터의 말이었다 할지라도 말이다. 다코타와 나, 우리 둘 모두 샨탈의 말에 담긴 뜻을 금세 간파하긴 했지만 사실 나로서는 그 말이 왠지 자랑스럽게 느껴지는 것을 감출 수가 없었다. '아, 내가 지금 나한테 어울리는 일을 하고 있구나' 하는 일종의 유치한 환희와 같은 느낌이라고나 할까.

"그렇지만 얘, 너무 블랙뿐이잖니. 온통 시커먼 게 꼭 강도 같구나."

"옷 가지고 엄마랑 논쟁을 벌이고 싶진 않아요."

단언컨대, 스타일리스트와 같은 패션 프로들은 옷차림을 두고 자기네 엄마와 싸우거나 하지는 않을 것이다. 게다가 우리 엄마란 사람은 이미 내 옷장에 있던 옷들 중 3분의 1은 벌써 어딘가로 처리해버린 터였다. 난 저녁을 먹기 전에 당기는 입맛을 좀 달랠 요량으로 냉장고 안을 살피기 위해 엄마에게 등을 돌리고 섰다.

"네 나이 땐 뭔가 컬러풀한 걸 걸쳐야 하는 법이다. 말했듯이, 네 한창때도 이미……."

"엄마!"

"어젯밤에 입었던 드레스는 예뻤는데. 오 여사도 그러더라. 몸매가 잘 돋보이더라고."

"흠, 그 아줌마 나름대로 친절하시네."

나는 먹던 초콜릿 푸딩을 선반 위에 올려놓았다.

"그 옷을 입으니 네 굵은 다리통도 잘 눈치 못 채겠다고 하던걸. 감쪽같더라면서……."

헉……. 이것이 바로 내가 한국인들을 멀리 하는 이유 중 하나이다. 나는 한국

사람들이 남의 생김새나 모습에 대해 마치 당연한 권리를 행사하듯이 너무나도 자신있는 투로 당당히 비평을 해대는 게 정말 싫다. 대개 그들은 처음 대면한 것이든 아니든 상관없이 묻지도 않은 자신들의 쓸데없는 의견을 면전에 대놓고 떠들어대곤 한다. 심지어 남자건 여자건, 나와 비슷한 연령대의 젊은 사람들까지도 한국사람이라면 거의 다 이런 독특하리만치 괴팍한 취미를 지니고 있는 듯하다. 나는 그들이 진정 상대방에게 도움이 되고 싶어 그러는 건지, 아니면 다른 사람의 기분 따위야 어떻든 개의치 않는 것인지 잘 파악할 수가 없다. 내가 유일하게 위안을 삼는 것은 단 한 가지, 적어도 거기에서만큼은 성차별이 없다는 점이다. 그런 말을 할 때만은 남자 여자를 가리지 않고 누구에게나 똑같이, 그리고 공평하게 자기의 느낌을 내뱉어버리곤 하니까 말이다.

말이 나와서 얘기지만 사실 내 종아리가 남들보다 좀 굵기는 하다. 고등학교 때 장거리 선수로 뛰었던 탓에 근육이 많이 붙었기 때문이다.

"오늘 내가 하루를 어떻게 보냈게요?" 대화의 주제를 바꾸어보고자 내가 말했다.

지금이야말로 엄마에게 내가 패션업계에서 자리를 잡아가고 있다는 사실을 통보하기에 아주 시기적절한 때라는 생각이 들었다.

"샤론을 적으로 만들지 마라." 내 말이 끝나자마자 엄마가 재빨리 말했다.

"사람 일은 모르는 거다. 혹시 아니, 그녀가 사장 자리에 앉게 될지."

"샘이 갑자기 심장마비를 일으켜 그 자리에서 확 죽어버린다면야 뭐, 가능할 수도 있겠죠. 그리고 엄마, 샤론이 아니고 샨탈이라니깐."

"네 말대로 샘이 그렇게 대단한 인물이라면 왜 아직도 부장이 되지 못한 거냐?"

"지금은 헬이 샨탈에게도 기회를 줘야만 하는 상황이거든요."

"왜?"

"왜냐하면요."

나는 내 인생의 철칙대로 되도록 간단명료한 버전의 설명을 하려고 머리를 굴리며 대답했다. "그냥……. 회사 방침이 그래요. 제 말 믿으세요."

"회사 방침 정도는 나도 안다. 내가 23년이나 회사에 몸담은 사람이라는 걸 모르니?"

"그렇지만 이건 좀 달라요."

"다르긴 뭐가 달라. 어디나 다 똑같은 게지. 이 엄마 말은 샘을 배신하라는 게 아니야. 다만 두 사람 모두에게 잘하라는 뜻이지. 그래야 둘 다 네 편으로 만들 수가 있는 거라고."

내 사회생활의 조언자인 샘은 아직까지도 승진에 대해 별 말이 없는 반면에 샨 탈은 자기가 어떻게 해서 처음 승진을 따냈는지에 대해 자진해서 내게 말을 해주 었다. 엄마의 제안은 마치 샘의 게임 북에 나오는 놀이 중 하나처럼 들렸다. 엄마 랑 샘은 살아온 환경이 그토록 다름에도 생각하는 것에서만큼은 놀랍도록 비슷 한 것 같다. 곁에서 지켜보는 나로서는 그 사실이 우스울 만큼 재미나게 느껴질 뿐이다.

"그러니까 엄마 말은, 그 두 사람과 일할 때 우선 내 이익부터 따져가며 일하라 는 거죠?"

"맞아. 기회를 두 배로 늘리라는 거지."

엄마는 전자레인지 위에 있는 시계를 보더니 얼굴을 찡그렸다.

"지금 어디 가시려고요?" 갑자기 전략에 대해 좀 더 얘기를 나누고 싶어진 내 가 물었다.

"뉴저지. 오 여사네 집에 가려고."

"또?"

엄마는 냉장고 쪽으로 가며 내 등을 두드렸다. 그러고는 빵과 치즈, 머스터드 등을 꺼내 식탁 위에 올려두었다.

"오 여사네 문제가 꽤 심각한가 보더라고."

"그렇지만 사실 따지고 보면 엄마랑 오 여사 아줌마랑은 그렇게 절친한 사이 도 아니잖아요. 두 분 다 몇 년 동안 별 왕래도 없었으면서." 나는 실망감을 꾹 누 르며 말했다.

엄마는 위스콘신과 뉴저지 사이의 먼 거리를 변명거리로 삼았지만 나는 그보 다 더 큰 이유를 알고 있었다. 사실 우리 엄마를 생각한다면 나는 아직까지도 오 여사네 아줌마가 자기들이 신봉(!)하는 부르주아적인 환경을 극복하고 엄마와 교류를 계속하고 있는 점이 고맙게 느껴지기까지 하다.

"안다, 그렇지만 오 여사가 자기 친구들에게도 차마 말을 못하겠나 보더라. 그래서 나한테 전화를 했었던 게야. 오 여사가 하도 우울해하기도 하고, 또 나한테 오하이오에서 온 비행기표도 아직 있고 해서 겸사겸사 내가 가겠노라고 했었지."

"여기까지 오시게 된 게 바로 그 때문이었어요?"

갑자기 내게 작지만 어떤 희망의 빛이 비치는 듯했다. 그래, 어쩌면 나를 시집보낼 때까지 이곳을 떠나지 않겠다고 한 엄마의 말은 그다지 심각하게 생각할 수준의 것이 아닐 수도 있다. 나는 엄마에게 칼과 도마를 건네며 슬쩍 물었다.

"……나 때문에 온 게 아니고?"

엄마는 치즈 포장을 벗기다 말고 나를 쳐다보았다.

"물론 너 때문에 온 것이기도 하지. 둘 다야, 둘 다."

엄마는 곧 체다 치즈를 얇게 썰기 시작했다.

"동시에 두 가지 일을 하러 온 거지. 아니, 어쩌면 운 좋게 두 가지를 한 번에 해결할 수 있을지도 모르는 거고."

난 나도 모르게 한숨을 내뱉었다. 엄마는 아직도 바비와 나 사이를 포기하지 못하고 있었던 것이다.

"바로 일석이조라는 거지. 돌멩이 하나로 두 마리의 새를 잡는 거."

"다른 건 몰라도, 적어도 자기 딸 하나는 확실히 잡고 있는 거 같네요."

"애도 참, 과장하기는."

"결혼상대자 제2호는 누구죠? 아니지, 우선 제1호는요?" 내가 따지듯 노골적으로 물었다.

"그 남자는 언제 만나게 되죠? 나도 그 전에 미리 알기는 해야 하는 거 아닌가요?"

매일 밤마다 약속을 잡든, 아님 하룻밤에 두 건을 뛰든 해서라도 나는 이 '맞선 퍼레이드'를 조금이라도 빨리 끝내버리고 싶은 마음이었다.

엄마는 손을 휘휘 내저으며 내 말을 가로막았다.

"앤 문제는 나랑 오 여사가 다 알아서 처리할 거다. 내가 저녁식사를 하러 가는 것도 그 때문이고. 우리끼리 계획도 세울 거야."

그러다 빵을 들고 있는 자신의 손에 꽂힌 내 시선을 눈치 챈 엄마가 말했다.

"이건 네 거다."

"계획이 아니라 모종의 음모를 꾸미시는 거겠죠."

엄마는 어깨를 으쓱해 보였다.

"우리한테는 달리 선택의 여지가 없어. 앤 그 당찬 것이 자긴 무슨 일이 있어도 무조건 바비랑 결혼을 하겠다잖니."

엄마는 식빵 두 쪽을 토스터 안에 집어넣곤 버튼을 세게 눌러 내렸다.

"그 애가 오 여사 마음을 무척 상하게 했더구나."

"엄마, 대부분의 세상 사람들에겐 아들의 애인이 '당신 아들과 결혼하겠다' 라는 말이 그다지 마음을 상하게 하는 일이 아니거든요?"

엄마는 고개를 저었다.

"아냐, 앤이 오 여사더러 너무 이기적이고 나쁜 엄마라면서, 바비가 착한 아들인 게 다행인 줄 알라고, 만약 자기 엄마가 그랬다면 자기는 '지옥에나 가라' 고 욕해줬을 거라고 했다는구나, 글쎄!"

"언, 언제? 어디서 그랬대요?"

"우리가 떠나자마자 그랬다더라. 아주 난리도 아니었다고 하더라고. 오 여사가 앤더러 바비랑 결혼하지 말아달라고 거의 빌다시피 했다는데, 거의 울며불며 애원한 모양이더라."

"설마……, 길거리에서?"

엄마가 서글픈 얼굴로 고개를 끄덕였다. 나는 눈살을 찌푸렸다.

"우리가 그날 모임 중 최고의 대박 이벤트를 놓친 것 같군요."

"그런 식으로 말하지 마라. 이건 농담으로 들을 얘기가 아니야."

순간, 토스터에서 빵이 튀어나오는 소리에 우리는 둘 다 화들짝 놀랐다.

"난 그 애가 왜 그렇게 고집을 부리는지 모르겠다." 엄마가 침통한 목소리로 말을 이었다.

"미국애가 뭐가 아쉬워서 한국인 남편감을 원하는 건지, 도대체 이해가 안 돼. 권위적이고, 게으르고…… 아니, 만날 밥 차리라는 말밖에 더 하냐고?"

"그럼 나한테 그런 남편감을 구해주지 못해 안달인 엄마는요?"

엄마는 수줍은 듯 미소를 지으며 대답했다.

"얘는, 그냥 해본 소리야. 그저 앤한테 화가 나서 하는 얘기다."

"그래서, 그 난리가 나는 동안 닥터 오 아저씨는 뭘 하고 계셨대요?"

"아무것도. 오 박사는 항상 지저분한 뒤치다꺼리는 전부 오 여사한테 맡기는 사람이잖니."

"바비 오빠 뭘 하고?"

"바비는 애가 착하잖니. 우선 그들을 떼어놓고 오 여사더러 나중에 전화하겠다고 했댄다. 그러곤 앤을 택시에 밀어 넣고 같이 자리를 뜬 거지."

"바비가 꼭 착하다고만은 할 수 없죠. 어쨌든 앤이 원하는 것만큼 바비도 결혼을 원하는 거잖아요."

"아무튼 남자들이란 다 바보 같아서……."

생각했던 것보다 토스트가 무척 뜨거웠던 모양인지, 놀란 엄마가 너무 힘차게 내던지는 바람에 토스트는 접시를 비껴나가 식탁 위로 미끄러지더니 결국 바닥에 떨어지고 말았다. 엄마는 떨어진 조각을 주우려고 몸을 굽히면서 한국말로 뭐라고 욕을 해댔다. 한 가지 분명한 것은, 엄마는 지금 예전에 자기 자신이 가졌던 분노와 경험을 돌이키고 있다는 점이었다. 앤에게도, 심지어 오 여사에게도 엄마가 그렇게 강한 감정을 가질 이유는 어디에도 없었으니까.

나는 남아 있는 토스트 조각을 하나 집어들고는 그 위에 머스터드와 치즈를 바르기 시작했다.

"보나마나 앤이 오 여사 얘기를 듣지 않을 게 뻔하다. 그러니 네가 그 애한테 얘기 좀 해봐라."

나는 샌드위치를 한입 베어 물며 말했다.

"왜 내가 해요? 엄마는?"

"나도 오 여사처럼 영어가 완전히 콩글리시잖니."

나는 앤이 저항하는 것은 오 여사와 엄마가 영어를 쓰는 방식에 대해서가 아니라 그들이 말하는 내용에 대해서라는 사실을 엄마에게 어떻게 설명해야 할지 생각하며 잠시 망설였다.

"오 여사는 네가 앤더러 '내 남자를 그냥 내버려두라' 고 말해주길 바라고 있다."

"뭐라고요?"

갑자기 숨이 콱 막혔다. 엄마는 그런 내게 물을 한 잔 가져다주며 식탁을 빙 둘러 돌아와 내 옆에 섰다. 그러면서 엄마는 내가 어릴 적에 그랬던 것처럼 내 머리를 부드럽게 쓰다듬어주었다. 예전에 꼬마인 내게 당신 발을 문질러주길 바랐을 때처럼 말이다.

"엄마를 봐서라도 좀 그렇게 해줘라." 엄마가 날 어르듯이 말했다.

"별것도 아니잖니. 그냥 앤을 한 번 만나서 '바비는 내 남자니까 건드리지 않는 편이 좋을 거다' 라고만 얘기하면 되는 거야."

"건드리지 않는 편이 좋을 거라니? 아니, 그럼 저더러 칼이라도 들이대라는 말씀이세요?"

"그건 당연히 아니지. 정 뭐하면 돈을 좀 쥐어주든지."

"……엄마!!"

"왜?"

엄마는 머스터드 뚜껑을 닫으며, 마치 방금 내게 그 머스터드를 건네 달라는 말 외에 다른 말은 전혀 하지 않은 사람처럼 천연덕스러운 얼굴로 대답했다.

"전 못해요. 이건 정말……."

이 순간 내가 뭐라고 말할 수 있겠는가? 정말이지 달리 할 말이 없었다.

"……싫어요."

"싫다니? 그게 무슨 뜻이냐?"

"싫다고요. 전 그런 일은 안 할 거예요."

엄마는 조금 전 바닥에 떨어졌던 토스트 조각을 베어 물다 말고 놀란 눈으로 날 쳐다봤다.

"아무튼, 확실한 건 오 여사 아줌마네가 가진 것보다 훨씬 더 많은 돈이 들 거라는 사실이에요."

토스트를 씹는 엄마의 턱이 오물오물 움직였다. 이내 입 안의 것을 삼킨 엄마가 입을 열었다.

"어쩌면 그 말이 맞을지도 몰라. 좋아, 오 여사더러 다른 방법을 생각해보라고 해야겠다."

Chapter 9

샨탈이 저지른 잠깐 동안의 '롤로덱스 납치극'은 그녀의 사악함을 그대로 드러낸 사건이었다. 그리고 다음날, 코너에 있는 사무실에서는 출판사 사주의 조언에 따라 객원 편집자가 디자이너의 역할을 대신하게끔 하려던 일에 대한 헬의 마음이 바뀌었다는 소식이 들려왔다. 그건 하나의 광고주에 대한 지나친 홍보이고 또한 불필요하게 다른 이들을 불쾌하게 만들 수 있는 일이기도 하다는 판단에서라고 했다.

연예부 부장은 이제 스타일 좋기로 소문난 섹시한 여배우를 찾느라 난리였다. 상황이 이렇게 되자 샘도 일보 후퇴를 하는 듯했고, 곧 다코타를 시켜 이미 컨택한 디자이너들에게 전화를 걸어 잡지사의 지시를 제대로 파악하지 못했던 점에 대해 설명하고 사죄하게끔 했다. 전화를 끊을 때쯤 다코타의 눈가에는 눈물이 그렁그렁했다. 샘은 그런 그녀에게 일자리를 잃지 않게 해주겠다고, 또 언젠가는 오늘에 대한 보상을 해줄 것이라는 약속을 했다.

내가 느낀 모든 두려움들에도 불구하고(물론 가장 큰 원인은 우리 엄마 때문이기는 하지만) 다행히도 이번에 채택되지 않은 아이디어로 인해 샘에 대한 헬의 신뢰가 사라지는 것 같지는 않아 보였다. 아마도 보상 차원에서였는지 몰라도, 그 후 이틀 동안 헬은 패션과 관련 없는 미팅 때에도 샘을 불러들이고 정식 오찬에 데려가거나 심지어 천 견본에 대한 그녀의 의견을 구한다며 펜트하우스에 데려가는 등 내내 샘의 스케줄을 꽉 채워주었다. 뭔가를 확실히 못 박기 위해서인지 샘 또한 자기에게 주어진 여러 기회들을 대충대충 허비하지 않으려 애를 쓰는 듯했고, 그래서인지 밖으로 돌아다니는 일이 많았다. 나는 또 나대로 그녀가 사무실 밖에 나가 있는 시간이 많아졌다는 사실에 은근히 기뻐하며 창고 세일 프로젝트를 위해 그간의 시간을 최대한 생산적으로 이용하기 시작했다. 내 나름대로는 이번 창고 세일을 이용해 뭔가를 이뤄내겠노라 스스로 큰 결심을 한 터였기 때문이다.

더불어 나는 샘의 가장 중요한 측근임과 동시에 그녀를 적절히 이용할 줄 아는 사람이 되기로 마음을 먹었다. 먼저 나는 샘이 샨탈이 출장 간 틈을 하나의 기회로 이용해야 한다고 생각했다. 그렇지만 그런 내 생각과는 달리 샘은 이상하게도 책상머리에 붙어 있는 그 얼마 되지도 않는 시간에조차 전략 구상 쪽에는 별다른 관심을 보이지 않았고 대신 남자들 얘기나 그녀의 사교 생활에 관한 잡스러운 일들로 수다를 떨거나 아니면 주말 계획을 짜느라 혼자만의 시간을 갖는 듯 보일 뿐이었다.

"진저, 널 위해서라도 네 데이트에 대신 나가줄까 생각 중인데 말이지."

목요일 아침, 샘이 내게 이런 이야기를 늘어놓기 시작했을 때 나는 창고에서 방금 돌아온 상태였다. 샘으로서도 아마 날 특별히 생각해서 그런 말을 한 것이었겠지만, 어쨌든 나는 그런 그녀의 이야기를 무시하며 버럭 성을 냈다. 막 수화기를 내려놓는 샘을 보며 그녀에게 성큼성큼 다가가 샨탈에게 대항하기 위해서는 뭔가 노력을 좀 더 기울여야 하는 게 아니냐며 나도 모르게 큰 소리를 질러버린 것이다.

"5분만이라도 남자들 생각 좀 안할 수 없어? 네 승진 문제는 대체 어떻게 할 건데?" 난 샘의 나름 친절한 제안도 무시한 채 성을 냈다.

"승진이 뭐?" 샘은 책장 안 어딘가에 표시를 하고는 그때까지 보고 있던 〈맛있는 집〉 책을 덮으며 상당히 심드렁한 말투로 대답했다. 가끔 샘은 그런 책들을 마치 에밀리 디킨스의 작품이나 되는 듯이 되풀이해 읽곤 했다. 마치 두고두고 들춰볼 만큼 깊은 아름다움을 간직한 산문체의 작품이나 되는 것처럼 말이다.

"헬이 나를 원하기 전까지는 내가 할 일이란 아무것도 없어. 그저 여기 이렇게 있으면 되는 거지. 쓸데없이 괜한 일을 벌이고 싶지는 않아."

"그렇지만 샨탈이 표지 촬영을 하는 동안 네가 한 일이 뭔데? 아무것도 없잖아!"

"지금 내 상황에서 중요한 것은 당장 뭘 하느냐가 아니라 주변의 중요한 사람들과의 관계를 어떻게 맺어나가느냐 하는 것이야. 그건 그렇고, 다음번 아이디어 미팅은 다음 주에나 있을 예정이야."

나로서는 샘의 이런 갑작스러운 게으름이 이해되지 않았지만, 어쨌든 그녀는 이 바닥에 대해서는 나보다 훨씬 더 잘 알고 있는 사람이기에 달리 더 반박할 만한 말이 생각나질 않았다. 나는 샘이 담배에 불을 붙이는 모습을 조용히 바라보고 있었다. 샘은 몸을 뒤로 젖혀 입으로 동그란 담배 연기를 만들어냈다. 전에 몇 번인가 샘이 그런 연기를 만드는 법을 가르쳐주려고 애썼지만 결국 나는 한 번도 성공하지 못했다. 그런 묘기를 샘 정도의 수준으로 해내려면 아주 어릴 적부터 연습을 해야 하는 것 같다. 샘 말에 따르면 샘 엄마의 애인이 자기가 여덟 살인가 되던 해에 그 방법을 가르쳐주었다고 하니 말이다.

"아까 말하던 거 말인데……." 샘이 입을 열었다.

"내가 네 맞선 상대자를 대신 만나는 게 어떨까 싶어서. 일단 널 위해서 말이야. 난 한국남자에 대해서 악감정 같은 건 전혀 없으니까."

그녀는 잘생긴 남자나 단지 재미로 만나는 남자들에 대해서는 언제나 특별한 악감정이 없다. 대학 다닐 때만 해도 사실 그건 우리 둘의 공통점이었다. 단지 관계가 무르익어가다가 어느 시점인가 해서 상대를 멀리하는 일에 있어서는 샘이 나보다 조금 뒤처지긴 했지만 말이다. 남자들이랑 깨질 때마다 샘은 매번 자신은 그저 정기적인 섹스에 중독되었던 것뿐이었다고 주장하곤 했다.

어쨌거나 이제 샘은 과거의 모든 것들에 은퇴를 고하기 위해 일처일부주의를 택한 듯하다. 이제 50대에 들어선 샘의 부모님은 두 분 모두 평생의 반려자를 필요로 하지 않는 분들이었지만 말이다. 샘은 훗날 자신의 인생을 뒤돌아봤을 때 뭔가 풍족하고 꽉 찬 삶을 살았다고 느끼길 원하는 것 같았다.

사실 그건 나 역시 100퍼센트 공감하는 희망사항이기도 했다. 그렇지만 나는 거기서 한걸음 더 나아가 지금보다 훨씬 둔해져 있을 노후에는 아이들한테 방해를 받고 싶지 않다는 생각을 하는 편이었다. 샘은 자기 아빠가 힘들게 번 재산이 이방인이나 혹은 '스태어 가문의 DNA를 자기보다도 적게 지닌' 누군가에게로 돌아가는 것에 반대하는 입장이었다. 샘은 결혼을 하지 않고도 충분히 스태어 가문의 아이를 낳을 수 있는 사람이긴 하다. 하지만 그녀의 과거를 돌이켜봤을 때, 그리고 사랑에 빠지는 스타일이나 혹은 이혼한 가정에서 자라난 환경에 대한 그녀의 감정 상태로 봤을 때, 나는 샘이 자기 아이들의 아빠가 될 만한 적당한 남자의 청혼에 기꺼이 '예스' 라고 말할 날이 머지않아 올 것이라는 결론을 내렸다.

"너 혹시 오늘이 '그날' 인 거 아니니?" 내가 농담을 던졌다.

"왜, 내가 평소랑 좀 달라 보이니? 내가 어젯밤 데이트 있었단 말 안 했나?" 샘은 책상 위로 다리를 쭉 뻗어 올리며 말했다. "어쨌든 나는 네가 소개받을 미혼 남자들이 그냥 그렇게 버려지는 게 안타까워서 그러는 것뿐이라고."

"샘, 미안하지만 이런 걸 한 번 생각해봐. 만약 그 남자들도 나처럼 자기네 엄마가 그런 맞선을 주선하도록 그냥 내버려두는 상황이라면 어떻겠니? 그렇다면 나 대신 네가 그 자리에 나왔을 경우 그네들은 분명 충격을 먹고 버버거릴 거라고."

"혹시 아니? 걔네들이 지금 너와 바비의 상태랑 비슷한 처지라 오히려 토종 미국인을 더 선호할는지도. 그건 아무도 모르는 일이잖아."

"난 네가 그 남자들을 만나게 된다 해도 분명 그들과는 별 관계로 발전시키고 싶어 하지 않을 거라는 데 한 표를 던질래."

맞선을 보러 나오는 한국남자가 있다면, 내가 알기로 그건 분명 그 남자에게 뭔가 문제가 있거나 혹은 치맛바람이 엄청난 기가 센 어머니를 가졌거나 그 둘 중의 하나일 것이 확실하기 때문이다. 내가 '코리아니(Korea-y)' 라고 즐겨 부르는 전통적인 한국인들의 경우엔 보통 대학교 시절에 한국인 연합 또는 협회 같은 단체에 가입해 거기서 제 짝을 찾곤 한다. 반면에 거의 완전한 미국사람으로 동화된 2세대들은 소위 말하는 '다시는 돌이킬 수 없는 선택' 을 할 때까지 자기네들에게 어떤 조치를 취하지 못하게끔 엄마들을 꼼짝 못하게 만들어두곤 한다. 바비나 우리 오빠가 그랬던 것처럼, 혹은 나 같은 생각을 가진 애들처럼 말이다.

"어제의 데이트 상대가 누구였는데?" 샘을 쓸데없는 생각에서 끌어내릴 작정으로 내가 물었다.

"이름이 '워커' 였지, 아마? 그가 무슨 사업계획서 같은 걸 들고 우리 아빠를 찾아왔는데, 아빠가 마침 우리 둘이 잘 어울리겠다는 생각이 들어 자리를 마련했대."

스코츠데일에 있는 샘네 엄마만큼이나 샘의 아버지 역시 자기 딸에게 남자들을 자주 엮어주곤 한다. 그들 역시 그들만의 조건 항목이 있긴 하다. '백인 전문직 종사자' 가 바로 그것이다. 샘네 부모님 역시 자기들 딸이 되도록 많은 남자들을 만나보기를 원했지만 그들의 그러한 맞선 주선은 내 경우처럼 결코 시대를 역행하거나 구태의연하게 보이지는 않았다. 게다가 샘이 그런 맞선에 응하는 경우에도 내 상황처럼 유별나다거나 불쌍하게 보인 적은 없었다. 추측건대 아마도 그건 그쪽 부모님이 샘에게 선보이는 독신남들은 한 여자의 인생을 구제해주기 위해 내던져지는 부류가 아니었기 때문인 것 같다.

"그래서 어떻게, 잘된 거야?"

"뭐 그냥, 남자가 꽤 괜찮더라고. 3년 전부터 출판 사업을 성공적으로 시작한 사람이었어. 지금 우리 나이 정도에 말이야."

"두 사람 사이에 공통점이 굉장히 많아 보인다."

"골프 잡지도 몇 개 출판하고 있나 보더라고. 작은 타이틀 몇 개만 있어도 일단 그 후의 성공은 보장받는 법이지."

"뉴스 속보 거리는 없어 보이는군. 하긴, 그건 샨탈이 잘하는 짓이지만."

샘은 자기 생각에 빠져 내 말에 귀를 기울이지 않는 것 같았다.

"그 남자, 아주 명석한 것 같아. 우리 아빠도 그가 굉장히 전도유망하다고 생각하고 있더라고. 들고 온 사업계획서도 꽤 쓸 만하고 말이야."

"샘, 그 남자 다시 만날 생각이야?" 나는 샘의 주의를 집중시키기 위해 손가락으로 딱 소리를 내며 말했다.

그제야 그녀는 내 쪽을 보며 "뭐?" 하고 되물었다. 나는 다시 한 번 같은 질문을 던졌다.

"뭐, 아마도." 다시금 자기만의 생각에 빠져드는 듯한 표정으로 샘이 말했다.

그제야 난 샨탈과의 경쟁에 그녀의 정열이 그렇게 쉽게 사그라진 이유를 명확히 알 수 있을 것만 같았다. 그것은 곧 그녀의, 그리고 나의 앞날에 상상 가능한 시나리오 중 가장 최악의 사태가 발생하고 있다는 것을 의미하기도 했다. 그녀는 스스로조차도 그 남자를 좋아하는지 아닌지 모르는 채로 그런 상대를 만나게 된 것이다. 그렇다고 해서 내가 여기서 일에 대한 그녀의 성실함 같은 걸 문제 삼으려는 것은 아니다. '발행인란의 윗자리를 차지하고 있는 여자들' 중 남자친구, 또는 한걸음 더 나아가 남편을 두고 있는 이들의 숫자도 만만치 않게 많으니까 말이다. 그렇지만 아무리 생각해도 지금은 이렇게 정신을 분산시켜도 될 만한 좋은 타이밍이 절대 아니지 않은가.

샘의 이런 갑작스러운 나약함은 나를 좌절시키는 동시에 또 어느 면에선 나를 흥분시키기도 했다. 덕분에 앞으로 내가 해야 할 일은 더 많아질지도 모르는 일이었지만 그 가운데 나는 샘, 그리고 내 미래의 경쟁자들이 가지지 못할 나만의 파워를 하나 발견하게 된 것이다. 남자에 대해 강한 정열을 느끼지 못한다는 점, 사랑에 대한 나의 면역성이 바로 그것이다. 이는 내가 우리 엄마의 유전자를 그대로 물려받은 딸이라는 사실에서 연유하는 가련한 결과만은 아니었다. 어찌 보면 그것은 사회생활을 하는 데 있어 내게 하나의 '자산' 이 될 수도 있는 것이니까.

Chapter 10

그날 밤, 내가 돌아온 곳은 텅 빈 썰렁한 아파트였다. 벌써 3일째, 엄마는 오 여사 일로 뉴저지에 머무르고 있었다. 엄마 없이 그렇게 며칠을 지내다보니, 어느새 나는 다시 조깅을 다녀와 다 식은 저녁밥을 먹고 텔레비전을 보다가 그 앞에서 잠드는 내 원래의 일상으로 돌아와 버렸다. 유일한 변화라면 예전처럼 소파에서 몸을 질질 끌고 내려올 필요가 없다는 것 정도일까. 엄마가 매트리스 위에서 굴러 떨어질까 걱정이 된다며 소파를 침대 옆에 붙여두었기 때문이다. 어떤 때 엄마는 '발을 씻고 자라' 며 이미 깊이 잠들어 있는 날 난데없이 흔들어 깨우기도 했다.

생각해보니 엄마가 엮어주는 남자 헌팅도 해야 하고 회사에서의 진급도 갈구해야 하는, 마치 어묵 꼬치같이 엮인 지금의 삶은, 뚜렷한 목표도 없고 항상 나른하기만 했던 대학원 중퇴 당시의 삶만큼이나 복잡하고 머리 아픈 상태인 듯 느껴지기도 했다.

엄마가 말한 그 줄줄이 데이트들이 대체 언제쯤 시작되려는지 고민하고 있을 무렵, 오 여사 아줌마네 집에 간 엄마에게서 전화가 걸려왔다. 하지만 엄마 주변에서 들려오는 흐느낌 비슷한 이상한 소리 때문에 엄마의 목소리를 제대로 알아들을 수가 없었다.

"거기 텔레비전 소리 좀 줄이면 안 돼요?"

나 역시 내 쪽 텔레비전 뉴스의 볼륨을 줄이면서 말했다. 곧 그쪽에서 엄마가 한국말로 뭐라고 중얼거리는 소리가 들리더니 이내 그 소리가 잠잠해지는 것 같았다.

"미안하다. 방금 그건 텔레비전 소리가 아니라 오 여사 소리였다. 아줌마 기분이 아주 좋지 않으셔."

"듣자하니 그런 것 같네요."

"그래서 전화를 한 건데 말이다……."

"미리 말해두는데, 저는 앤한테 전화해서 그 여자 인생을 위협하는 짓 따위는 절대로 안 할 거라는 것만 알아두세요." 나는 못을 박듯 단호히 말했다.

"안다."

"돈을 건네는 일 따위는 더더욱 안 할 거고요."

"알았다, 알았다고." 엄마 역시 못 참겠다는 듯 말했다. 그와 함께 아까 들렸던 흐느낌 소리가 점점 커지는 듯하더니 다시 초기 데시벨의 수준으로 되돌아왔다.

"대신 네가 바비네 아파트에 좀 들러주면 좋겠는데 말이다."

"제가 거길 뭐하러요?" 나는 자리에 털썩 앉아 맛있는 라이스 크리스피 하나를 커피 테이블로 옮기며 물었다.

"오 여사가 한 주 내내 바비한테 전화를 걸었는데……. 매일 밤마다 아마 다섯 번, 아니 열 번씩은 족히 걸었을 게다. 그런데 전화는 받지 않고 계속 자동응답기만 돌아간다잖니."

수화기를 통해 가만히 엄마의 말을 듣고 있자니 '요 며칠간 나와 함께있는 대신 우리 엄마란 사람이 줄기차게 해온 일이라는 게 고작 그거였다니' 하는 생각에 조금은 허무한 느낌마저 들었다. 아들한테 미친 듯이 전화질을 해대는 자기 친구를 도와주는 일 말이다.

"그게 전적으로 아들의 잘못이기만 한가요, 뭐?"

엄마는 그런 내 말을 무시하고 얘기를 계속했다.

"아무튼 그러다 보니 오 여사는 지금 바비한테 혹시 무슨 일이라도 생긴 게 아닌가 걱정이 이만저만이 아니다. 사무실에다 번호를 남겨도 응답이 없긴 마찬가지고……. 그러니까 네가 그 애 아파트에 가서 괜찮은 건지, 잘 있는 건지 확인만 좀 해다오, 응?"

"그렇지만 자기 엄마한테도 말을 안 할 정도라면 저한테 쌩뚱맞게 무슨 말을 하겠어요? 더구나 도어맨한테 말해서 날 자기 아파트까지 못 올라오게 할 게 뻔해요. 바비는 성형외과 의사니까 분명 최고급 고층 아파트에 살 거고, 그렇다면 내 갈 길을 막아설 도어맨들이 모르긴 해도 수십 명은 될 텐데."

엄마는 잠시 수화기에서 떨어져 오 여사를 달래면서 방금 내가 한 말을 그대로 전하는 듯했다. "어, 도어맨은 무시하고 그냥 거기 사는 사람처럼 곧장 엘리베이터로 가면 된단다."

"도어맨이 불러 세우면 어떡하고?"

"그럴 일 없을 게다. 그냥 자연스럽게 걸어가. 넌 할 수 있을 거야."

이상하게도, 엄마는 내가 뭔가 잘못된 일을 할 때면 오히려 우스울 만큼 나를 굳게 믿는 것 같다. 내가 하고 싶지 않아 하는 일이나 도저히 할 수 없는 일이라고 생각되는 경우, 엄마는 옳고 그름의 판단은 유보해둔 채 그냥 내게 어떤 신념 같은 걸 가지고는 그대로 믿어버리는 것이다. 대학 다닐 때, 전공을 선택하는 기로에 섰을 때에도 상황은 마찬가지였다. 내가 이공계 쪽은 잘 맞지 않는다는 사실을 깨달았을 때에도 엄마는 내가 의예과에 가기를 간절히 바랐다.

오래 전, 엄마는 전화로 내게 이렇게 말했었다.

"말도 안 된다. 넌 당연히 이공계나 과학 쪽하고 잘 맞아. 넌 한국인이잖니, 안 그러냐?"

"정확히 말하면 한국계 미국인이죠."

"그게 그거지."

"그렇지만 한국계 미국인들 중에는 과학을 잘 못하는 사람도 있는 법이라고요."

"내 딸은 자기가 노력만 한다면 그 어느 것도 잘 해낼 수 있어. 난 널 믿는다."

우리가 전화가 아닌 1대 1로 대화하는 중이었다면, 엄마는 분명 내 등을 소리나게 때려가며 얘기하고 있었을 게 분명했다.

"엄마, 저에 대한 엄마의 조건 없는 믿음은 고맙지만요. 이건 가능성이 별로 없는 일이에요. 내가 의예과에 가면 낙제할 게 불 보듯 뻔하다고요."

"너희 오빠도 예과생이었잖니." 엄마가 조금은 빈정대는 투로 말했다.

"그래서, 결국 오빠가 어떻게 됐죠?"

내가 생각해도 그 상황에서 그런 말을 던진 건 좀 치졸한 짓이었다. 그 당시 엄마는 오빠와 거의 3년도 넘게 이야기를 못 해보고 있던 상태였으니까. 우리는 오빠가 하버드 의예과를 졸업하고는 곧장 본과에 들어갔을 거라고 추측하고 있긴 했지만 정확한 상황을 아는 사람은 사실 아무도 없었다.

"그런 말로 또 엄마 마음을 찢어놓지 마라. 내 말을 좀 들어."

아무튼 그 후 나는 생물학 강의를 들었고 의도적으로 C를 받았다. 그러나 엄마는 주변 친구들로부터 법대에서 영어 전공자도 받아들인다는 것을 알고 난 후엔 계속 법대에 대한 미련을 버리지 못했다.

그런 옛일들만으로도 성에 안찬 듯, 지금 엄마는 바비의 아파트에 야간 방문까지 해줄 것을 주장하고 있는 것이다.

"그냥 가서 얘기만 좀 해봐." 엄마가 말했다.

"너희 오빠한테 얘기하듯 하면 된다. 같은 세대의 친구로서 대화를 시도해보렴."

"내 얘긴 듣지 않을 게 뻔하다고요. 어찌됐건 전 바비한테 아무것도 아닌 사람인 걸요."

내 머릿속은 아직도 내가 도어맨을 피해 들어갈 수 있을지에 대한 의문으로 가득했다. 내일 조간신문에 이런 헤드라인이 떡하니 실리지 않는다고 그 누가 장담할 수 있겠는가. '무자비한 도어맨, 아시아계 여자를 문밖으로 내동댕이치다!'

"부탁이다." 엄마가 거의 애원하듯 말했다.

"엄마를 위해 한 번만 좀 해다오. 네 오빠가 결혼했을 때 엄마 마음이 어땠는지 좀 헤아려달라고."

"엄만 지금 제가 그걸 잊어버리고 산다고 생각하시는 거예요?" 내가 중얼거리듯 말했다.

　"내 말은 엄마 입장에 서서 오 여사 기분도 좀 생각해달란 말이다. 오 여사 아줌마한테는 자기를 도와줄 이런 착한 딸도 없잖니."

　감독의 큐 사인이라도 받은 듯, 곧이어 오 여사 아줌마의 길고 불쌍한 통곡 소리가 수화기 너머로 들려오기 시작했다.

　"알았어, 알았다고요. 어디로 가면 되죠?"

　엄마가 지금 나를 마치 연주회 날을 위해 밤낮으로 훈련시킨 피아니스트처럼 다루고 있다는 걸 모르는 바는 아니었지만, 어쨌거나 엄마를 사흘 밤이나 기다리고 보니 어쩐지 엄마와 관계된 일이라면 뭔가 해줘야 할 것 같은 마음마저 드는 게 사실이었다. 좀 어색할는지는 모르겠지만……

　"갈 거야? 바비한테 가겠다고?"

　"방금 말씀드렸잖아요."

　"오 여사!!"

　엄마는 오 여사 아줌마한테 기쁜 소식을 전하느라 바빴다. 곧이어 내가 착한 딸이라는 둥, 우리 엄마는 나 같은 딸을 둬서 좋겠다는 둥 하는 오 여사 아줌마의 칭찬 소리가 수화기를 타고 들려왔다. 기분이 좋은 듯, 엄마는 아줌마더러 '오버 액션 하지 말라'며 농담까지 건네고 있었다. 곧이어 다시 수화기로 돌아온 엄마가 말했다.

　"네가 해줄 줄 알았다. 엄만 네가 실망 안 시킬 줄 알았어."

　"그러니까 어디로 가면 되냐니까요?" 내가 반복해서 물었다.

　30분 후, 나는 바비가 사는 아파트 로비의 어슴푸레한 조명 아래 어정쩡하게 서 있는 나 자신을 발견했다. 그가 사는 아파트가 걸어서 10분 정도밖에 안 걸리는 꽤 가까운 거리에 있긴 했지만 내게도 파자마를 갈아입을 시간 정도는 필요했던 까닭이다. 이런 경우에는 도대체 어떤 옷을 입어야 할지 상당히 고민스러웠다. 특히 어린 시절 이후론 딱 한 번밖에 본 적 없는 남자의 아파트로 찾아가 '너희 엄마한테 전화 좀 해라. 그리고 네 약혼녀는 포기하도록 하고, 알았어?'라는 요지의 말을 전해야만 하는 미션을 짊어진 경우에는 말이다. 매사 구구절절 친절하기만 한 패션 잡지들조차 이런 이벤트에는 뭘 입어야 하는지에 관해서는 일

언반구 언급이 없었다.

전화를 끊기 전 엄마가 서둘러 조언해주었던 컬러풀한 드레스와 빨간 립스틱을 무시하고, 대신 난 빳빳한 흰 블라우스에 베이지색의 리넨 '카타요네 아델리' 바지를 택했다. 캐주얼한 차림이긴 했지만 그다지 너저분해 보이지는 않는다고 스스로 위안을 삼으면서 말이다.

고층은 아니었지만, 어쨌든 그가 고급 빌딩에 살 거라는 내 예측은 틀리지 않았다. 센트럴 파크를 따라 5번가에 위치한 흰 벽돌로 지은 바비의 아파트는 높이가 14층밖에 되지 않았다. 흰 장갑을 낀 도어맨들이나 고급스럽게 절제된 장식, 신선한 꽃들로 꾸며진 로비 안에서는 마치 돈 냄새가 풀풀 풍겨오는 듯했다. 여기 사는 사람들은 우리네처럼 세를 내고 사는 사람들이 아니라 이 아파트의 진짜 소유자들인 것이다. 갑자기 바비가 이 아파트에 입주하기까지 얼마나 많은 사람들의 얼굴을 뜯어고쳐 주었을까 하는 점이 궁금해졌다.

어쨌든 나는 마치 필드를 가로지르는 축구선수처럼 로비를 일직선으로 가로질러 엘리베이터 앞까지 재빨리 걸어갔다. 급한 마음에 발목까지 삐끗거렸다. 바지에다 힐을 즐겨 신는 습관 때문이었다. 이제 버튼만 누르면 될 것 같다고 생각한 바로 그 순간, 내 앞을 지나던 다른 도어맨이 나를 불러 세웠다.

"무엇을 도와드릴까요, 아가씨?"

그의 말씨에서 아이리시 악센트가 묻어나왔다. 그는 하얀 턱수염과 구레나룻에 발간 코와 뺨, 반짝거리는 눈, 그리고 불룩한 배를 가진 사람이었다. (이걸 굳이 다른 말로 옮기자면 그가 그다지 위협적으로 보이지는 않았다는 뜻이다.)

"어느 분을 찾아오셨죠?"

"어느…… 분…… 요?"

그의 말을 그대로 반복하는 동안 내 마음은 적당한 대답을 찾아 쿵쾅거리며 크게 요동치고 있었다. 순간, 나는 대충 아무 이름이나 대고 도어맨이 그 이름을 찾아보는 동안 엘리베이터가 먼저 와 나를 데려갔으면 하는 생각이 들었다. 그렇지만 한눈에 척 봐도 그는 여기 사는 입주자들의 이름, 얼굴, 직업까지도 속속들이 꿰고 있는 듯한 분위기를 폴폴 풍기고 있었다.

당황해하는 나를 보며 그가 갑자기 한숨을 내쉬며 혼잣말을 중얼거리기 시작했다.

"이번에도 또 영어 못하는 분이신가? 이거 참, 당신네들도 다 나름 똑똑한 사람들인 건 알지만 여기 살려면 적어도 이 나라 말을 배울 시간 정도는 투자할 줄도 알아야지……."

그 도어맨은 곧 목을 가다듬은 후, 똑같은 질문을 이번에는 일본어로 던졌다(적어도 내가 듣기에는 그랬다). 그는 일본사람들이 하듯 허리를 꾸벅 굽히느라 하마터면 모자까지 떨어뜨릴 뻔하기도 했다.

만약 그 자리에 우리 엄마가 있었다면 엄마는 분명 불같이 화를 내며 거만하게 그의 잘못을 지적했을 것이다. 그렇지만 나는 일본인들한테 케케묵은 원한 같은 것도 없을뿐더러 오히려 그들의 문화적 감수성에 감명을 받은 적도 있었던 터였다. 경험에 비추어보았을 때 보통의 도어맨이라면 그저 내 면전에 대고 점점 더 크게 소리를 높이다가 이내 스스로 지쳐버리고 말 것이라는 생각이 들었다. 참, 언젠가 한 번은 샘네 집으로 중국집에서 싸온 음식거리를 들고 찾아갔을 때, 거만한 그 빌딩 도어맨이 손가락으로 내게 배달원들이 출입하는 문을 가리킨 적도 있었다.

그의 질문에 뭐라고 답해야 할지 몰라 여전히 헤매고 있을 때, 갑자기 엘리베이터 문이 열렸다. 그리고 서로를 알아본 우리 두 사람은 너무 놀라 뒷걸음을 치고 말았다.

"진저? 여기서 뭐 하는 거야?"

샨탈이 너무 큰 소리로 기운차게 얘기하는 바람에 만약 모르는 사람이 들었다면 아마 우리를 직장 동료 이상의 사이라고 생각했을 것이었다. 그 광경을 본 도어맨은 민망한지 모자를 고쳐 쓰더니 조용히 자기 자리로 돌아갔다.

"친구네 집에 잠깐 들렀어요." 두세 걸음 더 뒷걸음을 치며 내가 말했다.

샨탈은 나를 뒤쪽 벽으로 밀듯이 다가온 후, 나를 잡고 빙 돌아서 거꾸로 자기가 엘리베이터를 향하고 내가 엘리베이터를 등지게끔 만들었다. 그건 마치 남들이 보면 굉장히 우스꽝스러운 댄스처럼 보일 수도 있는 장면이었지만, 그 시각 거기 그렇게 서 있었던 이유를 돌이켜볼 때 내가 감히 어느 누구를 '우스꽝스럽다'고 판단할 수 있으랴?

"여기 친구가 살아? 누군데?" 다시 한 번, 나는 마땅히 대답할 말을 찾지 못해 헤매야 했다.

"아휴, 미안. 내가 좀 정신이 없지? 지금 내 정신이 아니라 말이야. 방금 전까지도 촬영을 하고 지금 비행기에서 내린 지 얼마 안 되었거든. 우리 아파트 로비에서 진저를 보다니 놀랍기도 하고……. 마침 사무실 걱정을 하던 참이었는데, 이렇게 진저를 만나다니!"

"창고 일은 거의 다 끝냈어요. 월요일이면 아마 준비가 완료될 거예요."

그녀는 내가 지금 무슨 얘길 하고 있는 것인지 몰라 잠시 기억을 더듬고 있는 듯했다.

"……아, 뭐 어쨌든 좋아. 방금 내가 얘기한 사무실 걱정이 꼭 그걸 짚어서 말한 건 아니었지만 말이야. 실은 조금 전에 나한테 온 메시지들을 확인했는데……." 그녀는 관자놀이를 눌러대며 피곤한 듯 말했다.

"글쎄, '멀티─컬티 스토리'란 제목으로 나갈 기사의 아시아계 모델이 그만 촬영을 취소해버렸지 뭐야."

"그거 이상하네요."

소수계 모델들은 원래 수요가 그리 많지 않아 촬영을 취소하는 일이 많지 않았다.

"그러게, 나도 잘 이해가 안 돼. 아무튼 애너벨은 대체할 모델을 구하지 못해 전전긍긍이고. 내가 생각할 수 있는 유일한 것은 어느 누군가가 날 계획적으로 궁지에 몰려고 한다는 정도뿐이야."

별로 믿고 싶지 않은 이야기였다.

"그녀를 대신할 아시아계 모델을 구하지 못하면 우리 스토리 하나를 죽여야 할 판이라고."

혹시 샘이……. 사실 갑작스러운 촬영 취소와 모델 부족은 단순한 우연치고는 좀 그렇다. 샨탈 역시 나와 같은 생각을 한 것이 틀림없어 보였다. 그녀는 제발 좀 도와달라는 듯한 간절한 눈길로 나를 쳐다보았다.

"그래서 말인데……."

"저는 어떤 에이전시들이 아시아계 모델들을 대행하는지조차 알지 못하는걸요." 내가 말을 끊으며 말했다.

그러자 그녀는 내게 상당히 당황스러운 눈길을 보냈다.

"그들한테 전화해달라는 게 아니야. 그건 애너벨이 벌써 했는걸. 난 지금 진저에게 모델이 되어달라고 부탁하고 있는 거라고."

그 말에 나는 얼마간 아무런 대답도 할 수가 없었다. 뭐 대단한 페미니스트나되는 것처럼 나는 내 스스로의 외모에 스스로 값을 매겨보는 일 따위는 벌써 몇년 전부터 관둔 상태였다. 내 매력이 아주 '꽝' 인 정도는 아니기 때문에 조금만더 꾸민다면 지금보다야 좀 더 예뻐 보일 순 있을 거란 생각을 안 해본 건 아니지만 말이다. 그렇다고 내가 남들의 넋을 빼어놓을 만한 굉장한 미인이라는 말은물론 아니다. 그저 동양인으로서 그럭저럭 봐줄 만한 어느 정도 균형 잡힌 이목구비를 가진 정도랄까. 그러니 샨탈의 제의란 무관심을 가장하기엔 너무도 과분하게 느껴졌다. 어쨌거나 그녀는 여자들의 아름다움을 측정하는 일에 있어서는명색이 '전문가' 가 아니던가. 그런 그녀가 나를 모델로 쓰고 싶다니! 갑자기 엄마한테 이 소식을 얼른 전하고 싶어져 입이 근질거리기 시작했다. 엄마로서도대단히 기뻐할 일이었다. 사람들은 언제나 말버릇처럼 내가 엄마를 쏙 빼닮았다고들 하니까.

"전 경험도 없고……." 약간 당황한 목소리로 내가 중얼거리듯 말을 꺼냈다. 그러자 샨탈이 빙그레 웃으며 말했다.

"걱정 마. 모델 일은 생각보다 쉬우니까. 진저라면 자연스럽게 잘 해낼 거야."

바보 같다는 생각이 들긴 했지만 얼굴이 확 달아오르는 것은 어쩔 수가 없었다. 엄마 말이 옳았다. 적어도 샨탈과 샘 사이에서 잘 처신만 한다면 내 잇속을어느 정도 챙길 수 있다는 점에 있어서는 말이다.

"그래서……, 할 거지?"

나는 생각을 정리해야 했다. 분명 샘이 기뻐할 일은 아니다. 그렇지만 그녀도내게 분명히 말하길, 아니 명령하길 '내 스스로의 이익을 좇으라' 고 하지 않았던가.

"좋아요. 안 될 거 없죠."

"잘됐군!"

"촬영 날짜는 언제죠?"

내가 급히 물었다. 속으로는 '제 시간에 맞춰 몸무게를 4~5kg 정도 뺄 수 있을까'를 계산하면서 말이다. 카메라는 실제보다 4~5kg 정도는 더 살쪄 보이게 한다고들 하질 않았던가? 샨탈은 내 질문에 곧바로 대답을 하지 않았다. 그녀는 내 어깨너머로 뭔가를 찾고 있는 듯했다. 내가 뒤를 돌아보려고 하자 갑작스레 그녀가 강한 시선으로 나를 그 자리에 고정시켜 버렸다. 그러더니 그녀는 다시 한 번 웃어 보이며 물었다.

"방금 뭐라고 했지?"

"촬영하는 날이 언제냐고요."

"목요일. 오늘부터 딱 일주일 후네. 꽤 재미있을 거야. 햄프턴 시 구석구석을 돌아다니며 찍을 예정이거든. 샘이 우리를 위해서 멋진 개인 별장을 잡아줬어. 진저가 혹시 타티아나와 아는 사이던가?"

나는 샘과 친분이 있는 그 여자를 알고는 있었다. 물론 타티아나는 나를 기억할 리 만무했지만 말이다. 한 번은 그녀가 초대장을 인쇄하러 우리 사무실에 들른 적이 있었다. 그날은 정말 난리도 아닌 하루였기에 사실 그녀는 내게 있어 잊을래야 잊을 수가 없는 인물이다. 그녀의 초대 리스트가 절반도 나오기 전에 토너 카트리지가 바닥이 나는 바람에 그걸 갈아 끼우느라 내가 하루 종일 낑낑대며 고생을 엄청나게 해야 했으니까 말이다. 그렇게 나를 혹사시킨 후에도 그 파티에 나를 초대한다거나 하는 일말의 예의조차 보여주지 않았던 여자가 바로 그녀, 타티아나였다.

그런 이름을 전해들은 난 나도 모르게 얼굴을 찌푸렸지만 다행히 샨탈은 그런 내 표정을 보지 못한 것 같았다. 그녀는 다시금 내 뒤쪽에 시선을 두고 있었기 때문이다. 그쪽에 무슨 유명인사라도 서 있나 하는 생각에 나는 내심 뒤쪽 상황이 궁금해졌다. 그녀는 지금 마치 다코타와 있을 때처럼 약간 무례해진 것 같았다. 내가 이런 샨탈과 얽혀서 일하는 것을 진정 원하고 있는 것일까? 갑작스레 약간의 회의가 밀려드는 것 같았다.

"목요일이라고 하셨나요? 사실 샘하고 먼저 얘기를 좀 해봐야 할 것 같은데……." 내가 한 발자국 물러서는 듯한 어조로 말했다.

"아시다시피, 그날 제가 자리에 없어도 괜찮을지 먼저 확인해봐야 할 것 같아서요."

"물론이지." 샨탈은 짐짓 즐거운 듯 말했다.

그녀는 나나 다코타가 어느 상사의 전화를 받든 그에 따라 점심 주문을 할 수 있다는 사실을 나만큼이나 잘 알고 있었다. 샨탈은 약간 양보하듯 말했다.

"사실 나 지금 좀 늦었거든? 그럼 나중에 알려줘."

나는 도어맨이 열어주는 문을 통해 총총히 나가 밖에서 대기 중인 차에 오르는 샨탈의 모습을 바라보았다. 나 같은 사람이 저렇게 주변 사람들이 모든 걸 다 알아서 처리해주는 삶을 살 수 있으려면 도대체 얼마나 많은 시간이 걸릴까? 그녀가 지금 받는 봉급이 저런 생활의 빵빵한 자금줄이 되어주고 있을 리는 만무해 보였다. 샨탈은 원래부터 부유한 집안의 자식으로 태어났거나 아니면 돈 많은 애인과 함께 살고 있는 것이 분명해 보였다. 그녀의 사생활에 대해서야 나도 전혀 아는 것이 없었다. 그렇지만 그녀의 스타일이나 고고한 몸가짐, 멋진 열정 같은 걸 보면 왠지 모르게 그녀가 꽤나 멋진 남자와 살고 있을 것이며, 또한 그 남자는 어쩌면 평범한 미국인이 아닌 상당히 이국적인 느낌의 다른 나라 사람일 거라는 상상마저 들곤 했다.

샨탈의 남자에 대해 상상하다보니, 불현듯 정작 내가 한바탕 일장연설을 쏟아부어야 할 남자의 얼굴이 떠올랐다. 정신을 차리고 보니 엘리베이터가 1층에 대기 중이었고, 도어맨은 아직 바깥에 있는 상태였다. 나는 닫히는 문 안으로 가까스로 들어간 후 7층 버튼을 눌렀다.

바비는 벨소리에 즉각 대답을 해왔다.

"벌써 돌아온 거야?"

이렇게 말하고 문을 열던 바비는 문밖에 서 있는 사람이 나라는 사실을 깨닫고는 곧 표정을 일그러뜨렸다.

"어엇, 난 다른 사람인 줄 알고……. 음, 사실은…… 앤인 줄 알았지."

그는 내 머리끝에서 발끝까지 한 번 죽 훑어보더니 당황한 듯 머리를 긁었다. '얘가 도대체 무슨 일 때문에 이 시간에 우리 집까지 찾아온 것일까' 하며 이리저리 머리를 굴리면서 추리를 하고 있는 게 분명해 보였다.

그는 오늘도 역시 자신의 멋진 패션 센스를 자랑이라도 하는 듯 완벽한 차림새를 하고 있었다. 바비의 오늘 패션은 프렌치 블루 컬러의 드레스 셔츠에 깔끔하게 주름을 낸 검은색 면바지였다. 샘이 이런 모습을 본다면 어쩜 그에게 푹 빠져 버렸을지도 모를 거라는 생각이 문득 들었다. 이런 바비에게 임자가 있다니, 샘에게는 안된 일이다.

나는 그가 안으로 들어오라고 말하길 기다렸지만 정작 그는 아무 말도 하지를 않았다. 그래서 할 수 없이 나는 그 자리에 서서 '비록 상황은 이렇지만 그래도 내가 무슨 스토커는 아니란 것만 알아줘라' 하는 식의 어설픈 설명을 주절주절 늘어놓기 시작했다.

"내 생각엔 우리 엄마가 진저 너를 보낸 것 같은데……." 그가 중간에 내 얘기를 잘랐다.

"우리 엄마랑 너희 어머니랑 두 분이 매일 밤마다 전화를 해대서 아예 전화선을 뽑아두고 싶었지만 내 서비스 콜 때문에 그럴 수가 없었지."

"알아요. 내가 온 것도 바로 그 때문이에요. 그분들은 바비한테 무슨 일이 생긴 게 틀림없다고 확신하고 계시거든요. 한마디로 오빠가 살아 있는지 확인하고 오라고 날 보내신 거죠. 나도 어찌나 들볶였는지…… 말론 다 못해요." 내 말에 바비가 킬킬거리며 웃었다. 얼굴을 찌푸리고 있지 않을 땐 그도 나름대로 귀여웠다.

"넌 엄마가 부탁하는 건 언제나 그렇게 들어드리는 편이니?" 바비는 문기둥에 상체를 기댄 채 팔짱을 끼며 물었다. 나는 어깨를 으쓱해 보였다.

"그건 나로선 최소한의 저항이에요. 오빠도 우리 엄마 전화 받아본 적 있잖아요. 그럼 엄마가 어떤 사람인지 잘 알 텐데 그래요."

"우리 엄마랑 비슷하신 거지, 뭐."

그는 마치 자기 인내심을 시험하는 듯한 눈길로 나를 잠시 쳐다보더니 갑자기 자기가 뭔가 바로잡아줄 만한 잘못된 점을 찾아냈다는 듯이 말했다.

"사실 널 보면 좀 헷갈려. 넌 너희 엄마가 명령하는 대로 다 따르면서도 마치 지금은 자신이 굉장히 쿨하다는 듯이 얘기하고 있잖아. 솔직히 말해서 나는 진저 네가 우리 엄마가 나한테 맞선을 보여주려는 여자들하고 같은 부류인지 아닌지도 잘 구분이 안 간다고.”

“난 맞선 보려고 한 적 없는데요.” 괜히 내가 발끈해서 답했다.

“내가 무슨 말을 하려는지 너도 잘 알잖아. 전통적이고, 온순하고, 부끄러움 많이 타는 스타일 말이야. 남자를 속눈썹 밑으로 슬쩍 쳐다보는 류의 여자들.”

그는 앞으로 몸을 구부리더니 곧 묘사에 열중하기 시작했다.

“그런 종류의 여자들은 말을 할 때나 뭘 먹을 때는 남자를 쳐다보지도 못하지. 하긴, 뭐 음식도 제대로 먹는 것 같지 않더라만.”

“적어도 그런 여자들은 데이트하기에 그다지 어렵지는 않잖아요.”

나는 내가 그런 부류의 ‘코리아니’ 여자 중 하나가 아니라는 것조차 그가 구별해내지 못한다는 사실에서 약간의 모욕감을 느끼면서도 애써 그런 사실을 감추며 한마디 했다. 때로는 나도 내 안의 진짜 나와는 모순되는 행동을 하기도 하지만 그래도 나는 우리 엄마를 제외한 다른 사람들은 나의 진짜 모습을 보거나 느낄 수 있을 것이라고 믿어왔었다. 독립적인 심리 상태를 지닌 페미니스트라는 멋진 옷을 입은 나의 모습을 말이다.

“아니야, 그렇지도 않았어. 걔들은 언제나 제일 비싼 레스토랑에 가서는 건드리지도 않을 풀코스 요리를 주문하곤 한다고. 정말 짜증나, 그런 거.”

“다음번 선을 볼 때를 대비해서 꼭 기억해둬야겠네.”

사실 난 그저 노골적인 농담을 하고 주변 사람들에 대한 쓴소리를 하거나 아니면 나 자신에 대해 주절주절 이야기를 할 작정이었다. 샘의 친구들이 그렇듯이 말이다. 그러나 지금 나는 엄마들의 명백한 결혼 방해 전략에 따라 이곳에 와 있는 것이다. 어쨌든 비록 감정이 조금 상하긴 했지만, 바비와 나누는 대화는 어떤 면에선 내게 도움이 되는 것도 같았다.

“다음번 선이라? 아까 선 보려고 한 적이 없다고 말하지 않았나?”

“맞아요.”

확실히 하기 위해 나는 황급히 대답했다. 내가 여전히 ‘쿨’ 한 사람이란 걸 그에게 인지시켜주기 위해서랄까.

“내가 다음번이라고 한 건, 다음번 맞선을 말하는 게 아니라 바로 바비 오빠와 다음번 만나게 되는 것을 뜻한 거라고요.”

"나랑?" 엄지손가락으로 스스로를 가리키며 그가 물었다.

"지난 월요일 저녁 약속은 오빠와 정식으로 만나는 자리는 아니었어요." 내가 조그맣게 말했다. 그러자 그가 눈을 가늘게 뜨며 말했다.

"그러니까……. 너도 결국 음모에 가담한 거로구나."

"그렇지 않아요." 내가 단호히 대답했다.

"나는 오빠가 약혼을 했는지 전혀 몰랐다고요."

"아무튼 나를 만나보려고 왔잖아."

"그저 엄마 기분을 망치고 싶지 않았기 때문이었죠. 그뿐이었다고요. 최소한의 저항법, 기억하죠?"

"기억해." 하지만 이렇게 말하는 그의 얼굴은 그다지 확신에 차 보이진 않았다.

"이봐요, 바비. 난 '코리아니'가 아니라고요."

바비는 이해가 안 간다는 듯이 눈썹을 치켜떴다.

"내가 말하는 '코리아니'란 미국인보다는 한국인에 더 가까운 코리안 아메리칸을 지칭하는 거예요."

내가 친절히 설명해주었다.

"오빠가 조금 전에 묘사했던 여자들처럼, 큰 소리 내며 명령하는 것을 좋아하는 남자 품에 그저 곱게 안기길 원하는 부류 말이에요."

나는 엄마의 충고를 무시하고 한국사람하고만 노는 한국인은 한국으로 돌아가야 한다고 굳게 믿으면서 그렇게 나름의 정의를 내려버렸다. 나는 바비가 '이해했다'는 신호를 보내주길 기다렸다가 곧 방어적인 태도로 이야기를 계속해나갔다.

"우리 엄마는 지금, 내가 결혼을 할 때까지는 여길 떠나질 않을 거라며 날 협박하는 중이에요. 나는 그저 엄마가 포기할 때까지 조용히 기다리는 중이고요."

난 그가 이런 내 말을 믿어주길 진심으로 바랐다.

"지난 월요일 저녁에 오죽하면 제가 맥주까지 주문했겠어요."

"그건 그랬지." 뭔가를 생각하듯 고개를 끄덕이며 그가 말했다.

조금 후, 바비는 웃음을 띠며 나를 쳐다보았다.

"네 생각엔 내가 큰 소리를 쳐대며 명령하길 좋아하는 것처럼 보여?"

그의 미소를 보니 나도 다소 안심이 되었다. 그래서 나 역시 그에게 웃음을 지어 보였다. "뭐, 코리아니 남자들이 그렇단 말이지."

"그렇지만 나도 어떻게 보면 좀 '코리아니'에 가까운 거 아닌가 싶은데? 결국 나도 맞선 자리에 몇 번 나간 적이 있으니까. 넌 안 그래? 우리의 강압적인 어머니들 생각이 어디로 향할지 모른다는 점이 바로 한국인과 미국인의 가장 근본적인 차이점 아니던가?"

"우리 두 사람도 모두 어딘가에는 '코리아니' 적인 기질을 지니고 있긴 하겠죠. 그렇지만 우리는 코리아니는 아니에요."

"그렇게 생각해? 십대 시절에 금요일 밤은 어떻게 보냈는데? 공부했어, 아니면 영화 보러 다녔어?"

"영화 보러 다녔었죠."

바비가 얼굴을 살짝 찡그려 보였다.

"좋아. 그러면 제일 좋아했던 과목은? 체육이야 수학이야?"

"영어."

"SAT에서는 몇 점 받았는데?"

"언어영역 790점, 수리 쪽은 770점."

"아하!"

그는 손가락으로 날 가리켰다.

"아하 뭐? '미국인들은 똑똑하지 않다'는 뜻?"

"아니. 뭐 그런 건 아니고. 그런데 너……, 10년 전에 시험 본 사람치곤 대답이 너무 빨리 나온 거 아냐?"

나는 웃음을 터뜨렸다.

"아무튼 그 정도면 괜찮은 점수 아녜요? 그때 나름대로 얼마나 열심히 했었는데……."

"최고 점수지!" 진짜 한국인 같은 놀람과 경외의 목소리로 그가 말했다.

"우리 아버지는 수학 숙제를 따로 내주시곤 했지. 아버지는 여기에서 가르치는 수학은 한국에선 여자애들한테나 가르칠 법한 수준이라고 말씀 하셨어. 그런

데 난 결국 너만큼 잘하지도 못한 거네."

그 이야기를 들으니 난 왠지 바비의 아버지가 별로 좋아지지 않을 것 같은 생각이 들었다.

"그럼 가서 아버지께 '여자'인 진저가 얼마나 잘했는지를 말씀드려줘요."

"그래도 당신 의견은 변하지 않으실걸. 우리 아버지는 전형적인 한국남자거든. 너희 오빠가 널 잘 가르쳐서 그런 걸 거라고 말씀하실 분이야."

"그건 틀린 말이지. 내가 대학 시험 준비에 한창일 때 이미 우리 오빠는 멀리 가버린 후였으니까요."

그때 내가 한 말이 메아리가 되어 내 귀에 울려 퍼지면서, 불현듯 오빠가 집안에 일으켰던 불화와 그 이유가 갑자기 눈앞에 펼쳐졌다. 그와 동시에 내가 지금 무슨 심부름을 하러 여기에 와 있는 것인지를 문득 깨닫게 되었다.

"오, 그렇구나."

바비가 약간 불편한 듯 고개를 돌렸다.

"너희 엄마가 남긴 메시지를 듣고 너희 오빠하고 어떤 일이 있었는지에 대해 알게 됐지. 오빠 이름이 어떻게 되지? 너도 너희 어머니도 한 번도 이름을 얘기한 적이 없어서."

"조지……요." 이민 2세대인 같은 처지의 교포와 얘기를 나누고 있다는 묘한 동질감마저 느끼며 내가 대답했다.

"조지 워싱턴에게서 따온 이름이죠. 거짓말은 절대 할 줄 모른다던 바로 그분."

"그거, 별 근거 없는 얘기라는 건 알고 있지?"

"물론요." 나는 웃으면서 말했다.

잠시 동안 조금은 어색하고 어찌 보면 애처롭기도 한 침묵의 시간이 흘렀다.

"그리고 보니 우린 공통점이 꽤 많은 것 같네." 바비가 먼저 말을 꺼냈다.

"언제 점심이든 저녁이든 함께하면서 다른 기록들도 한번 비교해서 겨루어 봐야겠는걸. 어때?"

나는 그 말에 전적으로 찬성을 표했다. 그렇지 않아도 그에게 당장 내일이라도 앤이랑 셋이서 자리를 마련해 간단히 술이라도 한잔 하자고 제의할 참이었으니까. 그때 갑자기 집 안쪽에서 스테레오를 켜는 소리가 들려왔다.

"어머, 손님이 있었나 봐? 미리 말을 하지 그랬어요?"

"괜찮아. 그냥 앤일 뿐인걸, 뭐."

앤이라니? 뭔가 잘못된 말이 아닌가?

"아까 내가 벨을 울렸을 때 앤인 줄 알았다고 했었잖아요."

"그러니까……. 사실 안에 있는 사람은 앤의 친구야. 앤은 조금 전에 맥주랑 안주거리들을 사러 나갔어. 친구는 같이 안 나가고 여기 그냥 있는 중이거든. 아, 그만 가봐야 될 것 같다. 내가 나중에 전화할게. 아래 경비실에 이름 적고 올라온 거지?"

나는 그냥 그렇다고 대답했다. 그는 급히 인사를 하더니 문을 닫고 들어가 버렸다.

집에 돌아오니 자동응답기에는 엄마로부터 온 메시지 한 개와 아무 말 없이 그냥 끊은 다섯 통의 메시지가 남아 있었다. 내 생각에는 그것들 역시 모두 엄마가 걸었다가 그대로 끊어버린 전화인 게 분명했다. 엄마는 내게 돌아오자마자 전화를 해달라는 메시지를 남겼지만, 쉬지 않고 10분마다 전화를 해댄 것으로 봐서는 지금 거느니 차라리 다음번 전화를 기다리는 편이 더 낫겠다는 판단이 들었다.

다시금 편한 티셔츠와 박스 팬티 차림으로 돌아온 나는 집 안을 어슬렁거리며 복도에 놓인 상자들 위에 덮여 있는 스카프를 잡아당겨 편편하게 펴놓는 등 괜스레 이것저것 손을 대며 돌아다녔다. 그 와중에 남아 있던 라이스 크리스피 과자 통을 하나 발견했지만, 그건 과감히 쓰레기통에 쑤셔 박아버렸다. 뚱뚱한 코리안 아메리칸 여자는 되고 싶진 않았기 때문이다. 게다가 지금 나는 돌아오는 목요일까지 4~5kg은 족히 빼야 할 상황에 처해 있지 않은가. 엄마의 전화를 기다리면서 나는 다음번에 바비를 만날 때엔 어떤 옷을 입을까를 고민하며 옷장 안을 뒤적거렸다. 옷걸이들을 이리저리 움직이는 것은 생각보다는 힘든 노동이었다. 엄마가 옷장이 꽉 차도록 당신의 옷들을 촘촘히 걸어놓았기 때문이다.

결국 나는 텔레비전을 켜고는 낡은 소파 위에서 잘 준비를 마쳤다. 어설프게 잠이 든 사이 어느 순간엔가 엄마가 현관문을 열고 들어오는 소리가 들렸고 곧이어 텔레비전 소리가 꺼지는 듯했다. 잠결이었지만, 엄마가 누워 있는 내 모습을 한참 들여다보고 있다는 느낌이 들었다. 아마도 내 발이 깨끗한지 아닌지를 검사하고 있는 것이 아니었을까 싶었다. 사실 내 발이 그다지 깨끗한 상태라고는 할 수 없었지만, 거기엔 '집안에서는 신발을 신지 말고 지내라' 고 몇 번이나 지적한 당신의 잘못도 없지 않았으므로 엄마도 내게 뭐라 할 수만은 없을 거란 생각이 스쳤다. 친절하게도 엄마는 날 깨우지 않고 그대로 잠들도록 내버려두었다.

Chapter 11

내가 다섯 살이 되던 해 여름, 엄마는 부동산 중개인 자격증을 따기 위한 8주짜리 트레이닝 프로그램을 신청했었다. 오 여사 아줌마에게 너무 자주 폐를 끼치고 싶지 않다는 이유로, 또 그 당시 열세 살이었던 오빠 조지가 날 돌본다는 사실이 영 미덥지 못하다는 이유로 엄마는 나를 그곳에 함께 데리고 갔었다. 물론 그게 엄마가 말해준 나를 데리고 가는 표면상의 이유이긴 했지만, 사실 나는 어린 그 시절에도 엄마가 그곳 어디에선가 나를 필요로 했기 때문에 그곳까지 날 데려간 것이라는 것을 눈치 챌 수가 있었다. 당시의 '어린 진저' 는 엄마에게 있어 일종의 완충 역할을 하며, 수업 뒤에 점심이나 커피를 들자는 다른 미국인 여자들의 초대를 전부 정중히 거절할 수 있게끔 도와주는 아주 훌륭한 변명거리가 되어주었던 것이다.

그럼에도 그곳의 아줌마들은 계속 대화에 엄마를 동참시키는 등, 엄마와 친해지기 위해 나름대로 노력들을 하는 듯했다. 그들은 엄마에게 최근 유행하는 집안 꾸밈에 대해 설명해주고 베이비시터 대신 텔레비전을 이용하는 건 자라나는 아이들에게 좋지 않다거나 또는 아이들의 작품을 냉장고에 걸어두는 것이 아이들의 자신감 회복에 좋다는 기사를 읽었다는 등의 이야기를 열심히 들려주기도 했다. 그러면 엄마는 조용히 그들의 얘기를 들으며 미소를 짓거나 중간 중간 예의 바르게 고갯짓을 하거나, 또는 조용히 맞장구를 치는 것으로 '동의한다' 는 뜻을 표하곤 했다. 그들의 의견에 반대를 한다거나 또는 자녀양육법에 대해 자신이 가진 생각을 주장하기엔 우리 엄마는 지나치게 부끄러움을 타는 것 같았다.

내가 보기에 우리 엄마는 다른 사람들과는 조금 다른, 특이한 자녀양육법으로 우리를 키운 것 같았다. 한 번은 내가 그림을 그려 엄마에게 보여주었는데, 엄마는 그게 우리 가족과 전혀 닮지 않았다며 내가 그린 그 그림을 곧바로 서랍 안에다 처박아버린 적도 있었으니까 말이다. 그렇지만 미국식 자녀양육법 가운데 그래도 엄마가 나름의 호의를 보이며 있는 그대로 받아들인 것이 하나 있다면, 그것은 따뜻하고 푸짐한 미국식 아침식사로 하루를 시작하는 일이었다. 아침이면 우리 가족은 팬케이크와 프렌치토스트, 오믈렛, 와플, 베이컨, 소시지 그리고 음식점 메뉴판에 오르는 기름기 많은 음식까지 모든 종류의 아침식사를 접했다. 항상 남은 음식을 데우거나 하여 대충 때우곤 하던 저녁식사에 대한 일종의 보상과 같은 것이었는지, 아니면 아침식사가 가장 만들기 쉽고 엄마가 할 수 있는 것 중 그래도 제일 잘 해낼 수 있는 종목이라서 그랬는지는 알 수 없었지만, 어쨌든 그런 모습을 보고 있자면 혹 엄마가 아침식사 시간을 하나의 종교적인 행사처럼 받아들이는 게 아닌가 싶을 정도였다.

부동산 중개업 일에서 주니어의 타이틀을 얻은 후 늦게까지 야근을 하고 난 다음날에도, 또 나랑 오빠가 함께 학교에 다니게 되었을 때까지도 엄마의 그런 푸짐한 아침식사 파티는 거르지 않고 매일 아침 계속되었다. (엄마는 나를 초등학교 1학년에 넣기 위해 내 나이를 한 살 위라고 속여 방과 후를 오빠와 함께 보낼 수 있게끔 했었다.) 그러한 우리 집의 전통 아닌 전통은 심지어 오빠가 대학에 들어갔을 때도, 열다섯이 되던 해 내가 '아침식사는 다이어트에 별로 좋지 않겠다' 는 판단을 내릴 때까지도 끊이지 않고 지속되었다.

사실 그 일에 관해서는 요 몇 년간 거의 한 번도 생각해본 적이 없었다. 그런데 웬일인지 금요일 아침에는 그런 예전의 아침식사를 떠올리며 잠에서 깨어났다. 그뿐 아니라 눈을 뜨자마자 심지어는 군침까지 마구 도는 것이었다. 자리에서 일어난 후에야 나는 비로소 그 이유를 알 수가 있었다. 그날 아침, 부엌에서 엄마가 손수 팬케이크와 계란, 소시지 요리를 하고 있었으니까 말이다.

"딱 맞춰 일어났구나."

팬케이크 두 장을 미끄러뜨리듯 접시에 담으며 엄마가 나를 쳐다보았다. 흥에 겨운 듯, 엄마는 웬일인지 콧노래까지 흥얼거리고 있었다. 팬케이크 옆에 소시지와 계란을 담은 다음, 엄마는 그 접시를 식탁 위 바로 내 앞자리에 올려놓았다. 난 의자를 잡아당겨 자리를 잡자마자 냉큼 포크를 집어들었다.

그렇게 내 앞에 놓인 팬케이크들을 반 정도 먹었을 때쯤에야 난 비로소 엄마의 콧노래가 그쳤다는 사실을 깨달았다. 나는 고개를 들어 엄마와 눈을 맞추려 했지만 이내 그러지 않는 게 나을 거라는 생각이 머리를 스쳤다. 엄마는 분명 그런 내 시선을 어떤 대화의 신호탄쯤으로 받아들일 게 분명했고, 나로서는 이 꿀맛 같은 아침식사를 끝내기 전까지는 엄마 속에 지금 무슨 꿍꿍이가 들어 있는지에 대해 별로 알고 싶지가 않았기 때문이다. 이렇게 말랑거리는 계란 요리와 육즙이 줄줄 흐르는 소시지, 그리고 버터가 잔뜩 얹어진 맛있는 팬케이크를 두고 이 자리를 뜨긴 정말이지 싫었다. 만약 부동산 중개업 일이 잘 풀리지 않는다면 엄마는 직업을 '아침식사 전문 요리사'로 바꿔도 괜찮을 듯한데……

나는 곧 가속도를 붙여 음식을 입 안으로 마구 집어넣기 시작했다. 혹시 엄마가 내 신호를 기다리기가 지쳐 그냥 곧장 본론으로 들어가지 않을까 두려워졌기 때문이었다. 그러자 금세 배가 불러왔고, 속도 좀 더부룩한 것이 뭔가 소화가 잘 안 되고 있는 것 같은 느낌이 들었다. 나는 포크를 내려놓고 엄마가 내 접시 옆에 놓아준 커피가 가득 든 머그잔으로 손을 뻗었다. 그리고 그제야 겨우 고개를 들어 엄마의 얼굴을 쳐다보았다. 역시나, 엄마는 그런 나를 빤히 쳐다보고 있었다. 엄마 앞에 놓인 접시를 보니 엄만 음식에 거의 손도 대지 않은 상태였다.

"오늘 아침엔 배가 엄청 고팠던 모양이구나. 어때, 엄마가 아침을 해주니 좋지?"

"으음……." 입 안에 커피를 머금은 채 내가 답했다.

"고마워요. 너무너무 맛있었어. 계속 이렇게 요리를 해주면 엄마를 영영 안 보내드릴지도 모르겠는데." 내 우스갯소리에 엄마는 상당히 만족스러운 미소를 지어 보였다.

"아니, 매일 아침마다 이러면 안 되지. 그러면 살이 엄청 찌게 될 걸."

엄마의 그 한 마디에 갑자기 4~5kg을 감량하겠다던 결심이 떠올라 나는 잠시 주춤거릴 수밖에 없었다.

"오늘은 엄마가 특별히 아침을 만들어준 거야. 지금 먹고 이따가 점심은 거르게 될 테니까. 오늘 하루 종일 쇼핑할 게 엄청 많거든."

방금 이렇게 맛있는 아침식사를 끝낸 참인데, 이제는 또 쇼핑이라니, 와우! 어젯밤 내가 수고를 무릅쓴 것에 대해 엄마가 지금 나한테 크게 한턱 쏘려는 것일까? 그러고 보니 이 '밥 오' 란 사람은 일단 지금까지는 내 인생에 있어 실보다는 득을 더 많이 주고 있는 것 같았다. 바비와 실로 오랜만에 재회를 한 이후, 부모님들 틈에 끼어서긴 하지만 어쨌든 레스토랑에서 저녁도 얻어먹었고 그 뒤에는 그의 아파트 로비에서 모델 제의도 받았을 뿐 아니라, 이제는 새 옷까지 얻어 입게 생겼으니 말이다. 그렇지만 쇼핑을 간다는 들뜬 마음을 잠시 가라앉히며 생각해보니, 뭔가 마음에 걸리는 게 있었다. 아아, 그렇지. 나는 엄연히 직장이 있는 사람이 아니던가. 어쨌든 나는 이 귀찮은 사실에 대해 얘기를 해야만 했다. 이 아침, 엄마랑 함께 가지 못하게 된 게 나는 진심으로 유감스러웠다.

"죄송해요. 오늘은 출근해야 해요. 하지만 내일은 어때요? 내일은 토요일이니까."

엄마는 고개를 가로저었다.

"아니야, 꼭 오늘 가야 해. 하루 정도는 결근해도 괜찮다. 몸이 좀 안 좋다고 사무실에 얼른 전화해라."

다코타와는 달리 나는 이 잡지사에 발을 담근 후 아프다는 핑계로 결근을 한 일이 단 한 번도 없었다. 그런 식으로 결근하기 시작하는 것은 마치 약발이 잘 서는 신경안정제의 뚜껑을 여는 것이나 다름없는 것임을 잘 알기 때문이었다. 일단 한 번 그 맛을 알게 되면 그 다음부터 한 알 한 알 야금야금 먹게 되는 걸 멈출 수가 없으니까.

"엄마!" 나는 일부러 화가 난 듯 말했다.

"아프다고 거짓말을 하면서까지 결근을 할 순 없어요. 아무튼 전 회사에 가야 하고, 나름대로 처리해야 할 중요한 일들이 많다고요."

"안 될 게 뭐 있냐? 고등학교 다닐 때에는 땡땡이도 곧잘 치더니만."

"진짜로 해야 할 일이 있다고요. 말씀드렸잖아요. 창고 세일!"

"그 일, 아직도 못 끝냈니?" 나는 얼른 대답하지 못했다. 사실 그거야 어차피 주말까지 회사에 나가 마무리를 할 계획이었기 때문에 오늘 일과는 별로 큰 상관은 없었기 때문이다.

"뭐가 그렇게 급한 건데? 그냥 내일 가면 되잖아요."

"안돼. 파티할 때 요리를 도와주겠노라고 오 여사한테 단단히 약속을 해뒀단 말이야. 오늘 쇼핑을 가는 것도 사실 그 때문이야. 네게 맞는 예쁜 드레스를 고르려고."

"파티? 무슨 파티요?"

"내가 얘기 안 했니? 토요일, 그러니까 내일 저녁에 오 박사 생신 파티가 있다고 분명히 말했을 텐데……. 오 박사도 올해로 벌써 예순이 되는구나. 한국에서 60세 생일은 다른 때보다도 훨씬 큰 의미를 지닌단다. 성대한 잔치를 열고 자식들은 롤렉스 시계나 캐딜락 차 같은 고급스런 선물을 준비하곤 하지. 그래도 뭐 너는 겁먹을 필요 없다. 이 엄마가 예순이 되려면 아직 반년이나 남았으니까. 게다가 진저 넌 나한테 그런 거한 잔치를 열어주거나 과한 선물을 안길 필요도 없다고. 그냥 내 첫 손자한테 내 이름을 따 붙여주면 난 그걸로 족하니까." 엄마는 나름대로 관대한 미소를 지으며 이렇게 말했다.

나는 엄마를 따라 그냥 웃어버렸다. 일주일도 안 되는 사이에 미래의 사윗감을 찾겠다며 나를 거의 협박하던 것부터 시작해서 이제는 아예 손자 이름까지 운운하시다니……. 그렇게 큰 거사를 그토록 짧은 시간 안에 해치울 생각을 하고 있는 엄마 앞에서 나는 그저 그렇게 웃음을 흘릴 밖에는 별다른 도리가 없었다. 우리 엄마가 자기 딸, 즉 나라는 존재보다 좀 더 스케일이 크고 희망적인 일에 매달렸더라면 얼마나 좋았을까 하는 생각이 불현듯 뇌리를 스쳤다. 이를테면 뭐 난민구호나 여성 문맹 퇴치 사업 같은 것 말이다.

난 다시금 미소를 지어 보였다.

"엄마가 지금 말하는 속도로 봐선 저한테 축하 전화나 한 통 받으시면 다행이겠는데요."

엄마는 몸을 앞으로 숙여 내 머리를 장난스레 헝클어뜨렸다.

"내 말하는 속도라니, 그게 무슨 소리냐. 오늘 하루만 회사를 빠지면 엄마가 널 쇼핑하는 데 데려갈 텐데. 나같이 좋은 엄마가 세상에 어디 있니?"

"그래요, 그럼. 저한테 드레스도 사주신다니."

내가 동의하듯 말했다. 솔직히 그 생신 파티라는 게, 다른 건 제쳐두고라도 맛난 한국음식들이 잔뜩 차려질 거라는 상상을 하니 귀가 좀 솔깃해지는 것도 사실이었다. 그리고 설마 거기까지 가서 엄마가 나를 누군가한테 선보이려 할 속셈은 아니지 않겠는가. 손님들이라고 해봐야 전부 엄마나 아저씨 연배의 분들 뿐일 테니까.

"넌 내가 제일 좋아하는 딸이잖니."

"어차피 딸이래야 나 하나밖에 없으면서, 뭘."

내가 괜스레 시큰둥하게 대답했다.

"참, 그리고 바비도 물론 거기 올 거야. 예쁜 드레스를 차려입은 네 모습을 바비도 보게 될거라고."

그 말에 난 나도 모르게 낮은 한숨을 내뱉고 말았다. 아니, 도대체 언제부터 우리 엄마가 저만큼이나 못 말리는 로맨티스트가 되어버린 거지? 엄마가 어디선가 마법의 지팡이를 구해와 그걸 이용해 내게 신비로운 매력을 듬뿍 선사하던지, 아니면 아름다운 천사가 나타나 나를 바비가 그리던 꿈속의 이상형으로 바꾸어놓거나 나와 사랑에 빠지도록 만들어놓지 않는 한, 우리 둘은 결코 이루어질 사람들이 아니란 사실을 엄마는 왜 모르는 걸까. 아무리 내가 불그스레하게 볼 화장을 해대고 아무리 예쁘고 멋진 드레스를 차려입고 간다 해도 결국 아닌 건 아닐 뿐인데……. 아마도 엄마는 나이를 먹어가면서 점점 극단적인 감상주의에 빠져들어가고 있는 게 아닌가 싶다. 아니면 그간 영화나 드라마, 광고들을 너무 열심히 봤던지.

"아니, 웬 놈의 한숨이냐?" 엄마가 물었다.

나는 대답 대신 그냥 손가락으로 부른 배를 가리켰다. 마치 배가 너무 불러 그런 것처럼. 엄마의 머릿속에서 춤을 추고 있는 동화 속 판타지에 일침을 가하고 싶은 마음이야 물론 굴뚝같긴 했지만, 그만큼이나 비싼 새 드레스를 놓치고 싶지 않은 마음도 사실 컸기 때문이다.

"바비가 자기 아버지 생신 파티에 온다고요?" 대화를 좀 더 안전한 쪽으로 몰고 가기 위해 내가 살짝 되물었다.

"그럼. 아까 말했듯이 한국에선 60세가 되는 생일은 '환갑'이라고 해서 여느 생일과는 다르게 꽤 성대한 잔치를 벌이거든. 바비가 그런 큰 모임에 불참을 해서 자기 아버지를 욕되게 만들 애는 아니지. 게다가 그 애가 차로 45분밖에 안 걸리는 가까운 거리에 살고 있다는 걸 모르는 사람도 없으니 말이야. 그 애는 천성이 아주 착한 아들이거든."

"그렇지만 앤은 어떡하고요?"

엄마는 앤이라는 말에 얼굴을 찡그렸다.

"착하다고 했지, 완벽하다고는 말 안 했잖니. 아무튼 바비는 꼭 참석할 거야. 오 여사네 부부가 그 애를 열심히, 잘 키웠으니까. 비싼 사립 기숙학교에 UC버클리, 컬럼비아 의대까지 보내면서 그 비용을 누가 다 대줬는데. 그런 제 부모 말을 안 들으면 그놈이 나쁜 놈이지."

"아니, 지금 제 말은 그 부모님이 앤에 대해 반대하시는 건 어떻게 하느냐는 뜻이에요. 앤도 내일 생신 파티에 함께 온대요?"

"오 박사 내외는 사실 환갑잔치 전에 그 약혼이 깨졌으면 하고 바랐지. 내가 일주일 내내 오 여사를 도운 것도 바로 그 때문이었어. 하지만 뭐, 이젠 그 약혼도 잔치를 다 치르고 난 후에나 깨야 할 상황이 되어버렸구나. 뭐, 글쎄다. 앤이 올지 안 올지는 나도 잘 모르겠다. 바비가 그 애를 데려올는지, 원……."

다 먹은 접시를 치우기 위해 자리에서 일어나며 난 고개를 흔들었다.

"제 생각엔 엄마가 바비를 너무 믿으시는 것 같아요. 바비 오빠는 내일 분명히 거기에 안 나타날 것 같은데."

"넌 바비가 자기 엄마한테 거짓말을 했다고 생각하는 거냐? 자기 입으로 분명히 오겠다고 했는데도? 그 애가 왜 거짓말을 하겠니?" 다 큰 자식이 자기 부모한테 거짓말을 할 수도 있다는 사실을 마치 태어나서 처음으로 인식한 듯한 표정으로 엄마가 물었다.

"처음에 오겠다고 했을 당시에는 자기 부모님이 설마 앤한테 그렇게 팍팍하게 구실 줄은 몰랐을 수도 있죠, 뭐. 바비가 참석하겠다고 말한 게 대체 언제였는데요?"

“어젯밤에. 어젯밤에 바비가 오 여사한테 전화를 했었다. 그 애 말로는 네가 자기를 설득했다고 하더라는데?”

아, 그러니까 엄마가 다시 나한테 전화를 걸지 않았던 게, 또 잠든 날 깨우지 않았던 게 바로 그 때문이었구나.

“전 몰랐어요. 오 여사 아줌마한테 전화할 거라는 말, 저한테는 안 했었거든요. 아무튼 자기 입으로 그렇게까지 말했다면 내일 파티엔 틀림없이 참석하겠네요.”

내 머릿속에는 혹시 그가 그 자리에서 자기와 앤의 결혼을 담판 지으려는 게 아닐까 하는 의구심이 잠깐 스치기도 했다. 일단 그 약혼이 기정사실화 된다면 거기 참석한 오 여사 내외의 친구분들은 괜찮은 의사 사윗감이 또 하나 사라진다는 사실에 자못 실망을 하면서도, 어쩌면 자기네 딸을 그렇게 부모 말에 거역하는 고약한 놈에게 떠넘기지 않았다는 사실에 나름 안도를 할지도 모를 일이었다.

엄마는 손을 뻗어 내 손을 어루만졌다.

“바비가 네 말이라면 고분고분 잘 듣는 모양이야. 그는 분명히 좋은 남편이 될 거다.”

그 말에 난 다시 한 번 한숨을 내쉬어야 했다. 순간, 낙천주의란 것은 어쩌면 ‘외곬’의 징그러운 고집스러움을 다른 말로 좋게 표현한 것인지도 모르겠다는 생각이 들었다.

엄마는 내 손에 있던 빈 접시들을 빼앗듯이 가져가며 말했다.

“넌 어서 가서 회사에 전화나 해라. 여긴 내가 치울 테니까. 너한테 맡기면 이거 몇 개 치우는 데도 한세월일 것 아니냐. 쇼핑할 시간도 오늘 딱 하루밖에 없으니까 얼른 가서 준비해라, 응?”

Chapter 12

결국 우리는 엄마가 예상했던 시간의 절반도 채 안 걸려서 쇼핑을 모두 해치우고 말았다. 엄마에게 당신 마음에 드는 드레스를 고르는 일이란 상당히 쉬운 일이어서 처음 한 방에 떡하니 해결해버렸기 때문이다. 오히려 오늘 쇼핑 여정 중 가장 난코스를 꼽으라면 택시를 타고 토요일 아침의 심한 교통 체증을 뚫으며 샤넬 부티크까지 향하는 여정 정도였다고나 할까.

우리가 안으로 들어서자마자, 샤넬 매장의 점원들이 우리 주위로 우글우글 모여들었다. 확신하건대, 그들은 우리를 돈 많은 일본인 관광객 정도로 착각한 것이 분명했다. 어쨌든 그들의 도움을 등에 업고 엄마는 매장 안을 휘젓고 다니면서 몇 가지 의상들을 이리저리 대어보며 입어본 후, 결국 사이사이에 긴 주름이 잡힌 네이비 컬러의 실크 드레스를 골랐다.

사실 거기까지는 대충 예상할 수 있는 일이었다. 놀라운 건 내 드레스 역시 우리가 들어간 첫 번째 매장에서 바로 해결해버렸다는 점이다. 정확히 그날 오전 11시경, 엄마와 나는 나선형으로 꼬인 초록색 가죽 끈이 달린 분홍색 꽃무늬의 풍성한 드레스에 의견을 모았던 것이다. 사실 내 눈에는 노출이 좀 심해 야하고 정신없어 보이는 드레스이긴 했지만 엄마는 색깔로 나를 압도해버리는 예전 습관대로 그 옷으로 결정하라며 강하게 밀어붙였다.

"넌 어떻게 된 애가 무슨 장례식 가는 애처럼 만날 까만 옷만 입어대니?"

'버그도프 굿맨' 백화점 매장의 탈의실에서 거울에 비친 내 모습을 보며 엄마가 투덜거렸다. 그냥 한 번 걸쳐본 옷이었을 뿐인데 말이다.

"빨간색이 도대체 어때서 그래? 자주색은 어떻고? 한 번이라도 좀 예쁜 색깔의 드레스를 걸쳐보는 게 어떻겠니? 그럼 사람들도 불쌍한 미망인 같이 보인다는 생각 대신 '와, 정말 젊고 화사한 예쁜 아가씨로구나' 하고 생각할 거 아니냐? 그렇게만 하면 아마 주변의 다른 여자들은 눈에 띄지도 않을 텐데, 참……. 애가 뭘 몰라도 너무 모른다니까."

"모르긴 해도 만약 그렇게 된다면 그건 아마 너무 튀는 화려한 색깔들 때문에 사람들 눈에 거슬려서 그런 거지, 엄마 딸이 눈부시게 예뻐서 그런 건 아닐 겁니다요, 네?"

'파란색은 남자답다' 거나 '분홍색은 여성스럽다' 라는 식으로 규정지어 색상에 대해 반감을 갖는 것이 바보 같은 생각이란 걸 나도 모르는 바는 아니다. 그렇지만 색깔에 프로그래밍 된 기존의 성적인 이미지를 그리 쉽게 무시해서는 안 될 일이다.

난 발끝에 온갖 힘을 모으며 그 옷을 입고 빙그르르 한 바퀴를 돌아보았다. 색깔뿐만 아니라 드레스의 끝단과 주름 장식까지도 상당히 슬림하고 소녀 취향적이었다. 순간 왠지 모르게 어딘가 약간 움츠러드는 듯했다. 뭔가 지나치게 여성스러워진 듯한 느낌도 들고, 어떻게 생각하면 발가벗겨진 것 같은 느낌마저 들었다.

"어때요, 엄마가 보기엔 너무 살을 많이 드러낸 것 같지 않아요?" 가죽으로 된 얇은 어깨 끈을 손으로 잡아 쥐고 가슴께로 드레스를 2인치 정도 바싹 끌어올리면서 내가 물었다.

"아냐, 괜찮다. 아주 예뻐 보여. 바비가 아주 좋아할 거 같은데?" 엄마가 옷을 자꾸만 끌어올리려는 내 손을 찰싹 때리며 말했다. 덕분에 드레스는 제자리로 돌아가 내 가슴 굴곡이 시작되는 부분을 완연히 드러냈다. 엄마는 그 드레스의 네크라인을 붙들고 한바탕 법석을 피워댔다.

"자자, 여기 이 정도에다 핀을 꽂으면 되겠다. 그치?"

그건 바로 '오스카 드 라 렌타' 의상이었는데, 이 값비싼 디자이너의 옷은 지금껏 한 번도 가져본 적이 없는 터였던지라 나는 엄마가 그걸 사도록 그냥 내버려두기로 마음먹었다. 그리고 그렇게 절약된 시간을 이용해, 백화점을 좀 더 둘러보며 더 살 것들이 없는지 찾아보는 게 좋겠다는 생각이 들었다. 그런 내 생각에 엄마도 동의를 표하긴 했다. 비록 결혼 예복 매장이 있는 맨 꼭대기 층부터 시작하자는 식의 절충안이긴 했지만……

"혹시나 거기서 아는 사람하고 마주치게 되면 그 자리에서 그냥 확 죽어버릴 거야."

처음에 나는 완강히 거부했다. 순수한 백색과 처녀의 순결한 면사포를 겸비한 웨딩드레스는 그 자체로는 물론 절대 나쁘다고 생각지 않는다. 그렇지만 아직 약혼조차 하지 않은 여자들이 그런 드레스들을 열심히 들여다보고 있는 장면을 보고 있자면, 왠지 모르게 굉장히 슬프고 또 어찌 보면 불쌍하고 가련해 보이는 게 사실이지 않는가.

"아무와도 절대 맞닥뜨릴 일 없을 테니 쓸데없는 걱정일랑 말아라." 엄마 역시 딱 잘라 말했다. "지금은 다들 일하고 있을 시간 아니냐."

그와 동시에 벨이 울리고 엘리베이터 문이 열리면서, 마치 시간을 역행해온 듯한 '꽉 죄는 속옷들과 코르셋의 세계'가 우리 눈앞에 펼쳐지기 시작했다. 엘리베이터를 내리자마자 곧장 우리를 에워싸는 점원들은 마치 전쟁을 앞둔 전사들 같았다.

나비처럼 사뿐사뿐한 걸음걸이의 여점원 하나는 우리 앞을 마치 나는 듯이 걸어 다니며 자기가 지나가는 길에 놓인 드레스들의 주름을 펴고 보풀을 폴폴 털어내고 있었다. 그 모습을 지켜보던 나는 손가락으로 내 귀를 막아야만 했다. 핀 떨어지는 소리까지 들릴 듯한 매장 안의 조용함이 마치 숨겨진 스테레오 스피커를 통해 소리가 마구 빠져나가고 있는 것처럼 부자연스럽게만 느껴졌기 때문이다. 아니 어쩌면 그것은 나 자신을 무기력하게 만들어버리는 것 같기도 했다. 그건 마치 병원 복도나 장례 행렬에서 느껴지는 침묵과 고요와도 같았다.

"두 분 중 어느 분이 행운의 신부님이시죠?" 여점원이 아부하듯 살짝 말을 건넸다.

엄마는 보일 듯 말듯하게 눈살을 살짝 찌푸리더니 '얘보다 좀 더 나은 점원이 없나' 하는 표정으로 다른 쪽을 둘러보고 있었다. 웬일인지 그 매장 안의 드레스 걸이들은 너무 높이 달려 있어서, 거기에 서 있자니 마치 우리가 하얀 웨딩드레스의 울창한 숲 안에 들어와 있는 것처럼 느껴졌다. 꼭 거울의 집 안에 들어가 서 있는 느낌이었다.

점원은 두 손을 자기 앞에 다소곳이 모은 채 대답을 기다리며 그 자리에 그렇게 붙박이처럼 서 있었다. 아무 생각도 없는 듯한 멍한 표정의 그녀를 보고 있자니, 내 머릿속엔 갑자기 몇 분간 자판에 손을 대지 않으면 그대로 침침한 화면으로 바뀌어버리는 컴퓨터의 배경화면이 떠올랐다. 어쩌면 그녀는 지금껏 자기에게 주어지는 모든 가능한 시간마다 그런 식으로 에너지를 절약함으로써 이곳에서 줄곧 버텨나가고 있는 것인지도 모르겠다는 생각이 들었다. 나는 그녀가 그런 포즈를 한 채 얼마나 오랫동안이나 버티는지가 몹시 궁금해졌지만, 그때 엄마가 불쑥 말을 건네는 바람에 산통이 깨져버렸다.

"애는 제 딸이에요." 엄마가 나를 가리키며 말했다. "제가 엄마 되는 사람이고요." 엄마는 이번에는 손가락으로 당신을 가리키며 말했다. 엄마의 말투는 마치 사람들이 잘 차려입은 아이에게 하듯이 느릿하면서도 친절했다.

그 점원의 얼굴은 이때다 싶은 표정으로 바뀌었다. 침침했던 배경화면이 생기 있는 화면으로 되돌아오는 듯한, 마치 그간 준비했던 작업을 이제 시작할 때라는 표정으로 말이다. 그녀의 답변 메커니즘은 한 박자씩 느리게 돌아가고 있는 듯했다. 조금 지난 후에야 그녀는 웃으며 이렇게 말했다.

"아주 자랑스러우시겠어요."

물론 그녀가 자신의 하드 드라이브에 프로그래밍 된 그런 상투적인 말들을 통해 그저 우리를 기분 좋게 해주기 위해 노력하는 중이라는 걸 모르는 바는 아니었지만, 어쩐지 난 그 말이 기분 나쁜 쪽으로만 해석되는 걸 어쩔 수가 없었다. 아니, 도대체 우리 엄마가 자랑스러워할 것이 뭐란 말인가. 딸이 예뻐서? 아니면 딸이 남편감을 하나 물어올 만큼 수완이 뛰어나서? 그렇다면 결혼을 앞둔 딸은 미혼인 딸보다 훨씬 더 자랑스럽다는 뜻인가? 먼 훗날 죽음을 맞이했을 때, 하나님 앞에 엎드려 생전에 내 유일한 성취물은 오직 결혼뿐이었노라고 소리 높여 고백이라도 해야 한다는 말인가?

"엄마, 나 지금이라도 회사에 나가봐야 될 것 같아요." 내가 엄마 쪽으로 몸을 돌리며 말했다.

"오늘 샨탈과 미팅 약속이 있다는 걸 깜박했지 뭐야. 촬영 장소로 곧장 오라고 했었는데."

모델 일을 한다고 해서 내가 노벨상을 타게 되는 것은 아니지만 그래도 나는 그것이 뭔가의 출발점이 되어줄 수 있을 거란 생각을 줄곧 가지고 있던 터였다. 그건 이 심연의 구덩이 속에서 바깥으로 탈출할 수 있도록 내게 내던져진 밧줄과도 같은 것이었다. 그래, 솔직히 말하자면 밧줄보다는 차라리 지푸라기에 가깝다고 할 수 있겠지. 그렇지만 그렇다고 해서 그게 '아무것도 아닌 것' 은 분명 아니지 않은가!

"촬영장이라니? 그 여자가 너더러 사진까지 찍으라고 하던? 촬영 기사나 사진작가들은 다 어쩌고?"

"아니, 그게 아니고 나더러 다른 모델들이랑 같이 사진을 찍으라는 거예요. 일종의 임시 모델이 되는 거라고 할 수 있죠. 전문 사진작가 역할을 하기엔 제 실력이 턱없이 부족하다는 건 말할 것도 없잖아요?"

"그러게나 말이다. 안 그래도 방금 나도 그 여자가 대체 네가 찍은 사진들을 본 적이 있는지를 물어보려던 참이었다."

아니 아무리 엄마라도 그렇지, 내 실력을 무시하는 발언을 저렇게 서슴없이 하다니. 엄마에게 내 촬영 실력이 그 정도로 형편없지는 않다고 항변을 하려던 찰나, 그 점원이 다시 끼어들었다.

"아, 지금 가셔야 한다고요? 그럼 약속 날짜를 다시 잡아보도록 할까요?"

즐거운 기분을 가장한 표정 아래 순간적으로 점원의 '진짜 감정' 의 흔적이 슬쩍 엿보이는 듯했다. 그것은 하루 동안이나마 공주 역할을 해보고 싶어 하는 다 큰 여자들의 어리석은 환상을 부추기며, 아름다운 신부의 이미지를 창출해낸다는 미명하에 비단 수의를 입히는 소름끼치는 순간에서 잠깐이라도 빠져 나올수 있다는 일종의 안도감이 아니었을까?

"약속 날짜요?" 엄마가 되물었다.

"약속을 잡을 필요는 없고, 그냥 좀 둘러보려고 하는데……. 우리 딸이 곧 약혼을 하거든요."

"엄마!" 나는 얼굴이 달아오르는 것을 느끼며 중얼거리듯 말했다. "나 진짜로 가야 하거든요?"

"그럼 예약을 하지 않으셨다는 말씀이신가요? 두 분 혹시……. 퀸 모녀 아니세요?"

"퀸이오?"

아, 정말 이 어리버리한 점원이 어떻게 안 잘리고 여기 붙어 있는 건지 의문일 뿐이다.

“에디트 퀸 부인이랑 미스 애슐리 퀸요. 11시로 약속되어 있는 분들인데…….
그런데 여기 계신 두 분이 퀸 모녀가 아니시라면 그분들은 도대체 어디에 계시는
거지? 얼른 찾아야 하는데.”

갑자기 그녀의 목과 팔다리가 문어처럼 흐느적거리는가 싶더니 이내 아주 정
신없고 산만한 사람으로 변신해버리는 듯했다. 마치 뭔가에 감전이라도 된 듯이
말이다.

“뭐 좀 늦나 보죠.” 엄마가 샐쭉하게 내뱉었다.

“늦으시면 안 되는데……. 저희 쪽 스케줄이 아주 타이트하게 짜여 있거든요.
12시 반에는 파츠 딕슨 여사와 미스 파츠 모녀의 약속이 잡혀 있고, 또 제가 그분
들 마음에 들 만한 ‘꿈속의 드레스’를 골라드리려면 최소한 90분 이상은 필요하
거든요. 입어보기 전에는 어느 누구도 어떤 드레스가 자기한테 딱 어울리는지를
알 수가 없답니다. 다시 말해, 전부 다 입어보기 전엔 누구도 자기만의 진짜 드레
스를 알 수가 없단 뜻이죠. 저희들에게 90분이란 최소의 기준 한계점이랍니다.
예약 담당자한테 적어도 2시간 이상 간격을 두어 약속 시간을 잡아야 한다고 귀
가 닳도록 얘기했지만, 마리온이 일을 그만두고 쉴라가 엉덩이뼈를 다친 후론 늘
인원 부족에 시달리는 터라……. 게다가 예비 신부님들은 쉬지 않고 전화를 해
대고, 아예 어떤 때에는 전화도 없이 이렇게 무작정 줄줄이 나타나 버리시질 않
나…….”

속사포처럼 쏘아대던 그녀는 잠시 숨을 고르며 우리를 흘끗 한 번 쳐다보았다.

“사전 약속을 하지 않고 오신 분들께서도 드레스를 입어볼 수 있도록 지금 당
장 직원을 붙여드리도록 하지요. 그렇지만 그 직원 역시 패션을 어느 정도 아는
사람이고 분명 최선을 다해 드레스를 골라드릴 테니 걱정하지 마세요. 텔레비전
뉴스에서 보니 요즘은 신부님들의 연령이 높아지고 있는 만큼 점점 더 똑똑해지
고 있다고들 하던데, 제가 보기에는 꼭 그렇지만도 않은 것 같더군요. 뭐 제가 속
은 것이라면 어쩔 수 없겠지만……. 언젠가 한번은 번쩍번쩍 빛나는 드레스를
입고 싶다던 신부님이 한 분 계셨는데, 아 글쎄 반짝이 금속 장식도 유리구슬도
박히지 않은 것으로 찾아달라고 하시더라고요. 아니 그게 말이나 됩니까? 제가
그분한테 ‘그럼 뭐가 도대체 반짝거릴 수 있느냐, 번뜩이는 신부님의 개성이겠

느냐? 하는 식으로 물었어야 했을까요? 아무튼 저는 이렇게 말씀드렸죠. '정 그런 걸 원하신다면 차라리 알몸으로 식장에 나타나시는 게 어떻겠느냐. 그러면 최소한 하객들이 눈을 깜박이며 엄청 눈부셔하지 않겠느냐'라고 말이죠."

그녀가 숨을 고르는 동안, 엄마랑 나는 큭큭거리며 웃음을 참아야 했다. 이렇게 성깔 있는 여자가 어떻게 이런 일을 하고 있는지 심히 의심스럽기도 했지만 어쩐지 갑자기 이 여인이 마음에 들기 시작했다. 그녀에겐 교육에 관계된 직업이 어울릴 듯도 싶었다. 저렇듯 상식에 기본을 두는 태도는 어떤 소녀들에게는 큰 도움이 될 수도 있을 테니까.

그때였다. 웨딩드레스를 입은 한 여자의 등장이 나를 단숨에 얼어붙게 만들었다. 우리 쪽으로 기운차게 걸어오고 있는 그 여자는 바로…… 샨탈이었다! 24시간도 채 지나지 않은 지금, 우린 벌써 두 번째 이렇게 예기치 못한 장소에서 다시금 맞부딪히게 된 것이다. 그녀는 나를 발견하자마자 우리에게서 몇 미터 떨어진 즈음에서부터 의식적으로 걸음을 늦추기 시작했다. 그녀는 마치 비상 탈출구라도 찾는 듯 뒤를 힐끔거렸다. 나 역시 무의식적으로 엄마 뒤쪽으로 걸음을 옮겼다. 직장일은 하루 정도 쉬어도 괜찮다고 말했던, 이런 시각 이런 장소에선 절대로 내가 아는 사람을 만날 일 없을 거라 호언장담을 했던, 바로 그 엄마의 뒤로 말이다.

"진저?"

"샨탈?"

"여기서 지금 뭐 하는……." 우리는 동시에 질문을 던졌다.

"저기 사실은……." 다시 한 번 우리는 동시에 말을 내뱉었다.

그녀와 나는 그만 피식 웃어버리고 말았다. 그러고 나서 곧 우리는 서로 상대방이 말을 하기를 기다렸다. 불행하게도 우리 엄마란 사람은 이런 어색한 상황에 잘 나서곤 할 뿐만 아니라 안 그래도 좋지 않은 사태를 더욱 악화시키는 데에 있어선 아주 기막힌 재주를 타고난 분이었다.

"그 드레스 입고 식장에 들어가시려고? 에이, 척 봐도 그건 별론데……."

"어……엄마!" 당황한 내가 우선 소리를 지르긴 했지만, 그 순간 사실 그나마 뭔가 할 얘기가 있다는 데 대해 순간적으로 안도감마저 느꼈던 것 역시 부인할 수 없는 일이었다.

"지금 엄마 의견을 물은 게 아니잖아요. 여긴 우리 잡지사에서 일하시는 샨탈 루이스 씨고요. 지난번에 말씀드렸던, 음, 저한테 촬영 제의를 하셨다는 바로 그분이에요."

엄마는 그녀를 한 번 더 훑어보았다.

"그래? 흐음, 이제야 이 상황이 좀 이해가 가는구나."

"엄마!" 촬영 얘기를 괜히 꺼냈나 걱정을 하며 다시 한 번 더 엄마에게 소리를 질렀다. 샨탈이 어쩌면 제안을 취소할지도 모른다는 생각이 갑작스레 들었다.

"아가씨, 어머님 말씀에 저도 동감이에요." 점원이 거들었다.

"드레스 자체로는 아주 아름답지만, 손님 체형을 보완해주진 못하네요. 이 드레스는 약간 글래머러스한 체형의 여성들에게 더 어울리는 스타일이죠. 손님께서는 이보다 좀 덜 달라붙는 스타일이 더욱 어울리실 겁니다."

그제야 난 샨탈이 입고 있는 드레스를 유심히 들여다보았다. 그건 하체 쪽이 몸에 쫙 달라붙고 흰색 반짝이 장식으로 온통 뒤덮인 드레스였다. 지느러미만 없을 뿐이지, 그 드레스를 입고 있는 그녀는 마치 한 마리의 인어처럼 보였다. 정말로 지금 샨탈이 드레스라는 것을 입고 있기는 한 건지 의심이 들 정도였다. 이는 곧 신부가 된다는 일이란 여자들로 하여금 평소에 지녔던 최소한의 센스마저 박탈해버린다는, 내 얼마 되지 않은 이론들 중 하나를 뒷받침하는 증거가 되는 것이었다.

"이 드레스를 사려는 게 아니에요." 샨탈이 얼굴을 붉히며 부인했다.

"사실 드레스를 고르려고 온 게 아니고, 그냥 어떻게 보일까 그 모습이 궁금해서 한번 입어본 것뿐이에요. 지금 밖으로 나온 건 이 지퍼 좀 내려달라는 부탁을 하려던 거고……."

당황한 표정의 샨탈은 뒤를 돌아 지퍼가 있는 등을 들이대며 머리카락을 위로 쓸어 올렸다.

그 말에 점원이 얼굴을 찡그렸다.

"그럼 손님 친구분께서도 역시 여기 드레스들을 그냥 한번 입어보러 오셨다는 뜻인가요?" 그녀는 지퍼를 신경질적으로 확 잡아 내렸다. 샨탈은 우리 쪽으로 등을 댄 채 가만히 서 있었다. 그녀는 손으로 드레스를 모으며 말했다.

"제 친구요?"

"네, 같이 오신 분 말이에요."

점원의 목소리에서 느껴지는 날카로운 가시는 당장 당근이라도 하나 아작아작 조각 내버릴 듯한 분위기였다. 샨탈이 한참을 생각해 기억해낸 문제의 그 '친구'는 저쪽 탈의실에서 그녀를 애타게 부르고 있었다.

"샨탈, 뭐가 그렇게 오래 걸려? 더 큰 사이즈는 없대?"

그런데 어쩐 일인지, 그 목소리는 분명 낯설지 않은 것이었다. 비록 누구의 목소리인지 당장 떠오르지는 않았어도 말이다. 우리 사무실 사람이던가? 그러나 얼마 지나지 않아 궁금증을 자아내던 그 미스터리는 곧 풀려버렸다. 테리 천으로 만든 흰 드레스를 입고 우리 앞에 모습을 드러낸 샨탈의 친구라는 그 사람은⋯⋯ 다름 아닌 '앤'이었다!

정신을 차리고 먼저 말을 꺼낸 사람은 우리 엄마였다.

"정말 세상 좁구나. 네 회사 상사가 바비의 피앙세와 친구라니."

"서로 아는 사이야?" 샨탈이 앤과 나를 번갈아 쳐다보며 물었다.

"이번 주 초에 바비네 부모님 모시고 함께 식사할 때 만났었지." 앤이 서둘러 대답했다.

"그럼⋯⋯ 네가 말한 그 한국여자란 사람이 바로 진저였단 말이야?"

나는 희미하게 미소를 지어 보였다. 지금은 아니지만 나중에라도, 분명 내 말에 반박을 하고 나설 엄마가 자리에 없을 때, 나는 단지 아무것도 모르는 채 그저 가벼운 저녁식사 정도로만 알고 그 자리에 참석했을 뿐이었다고 잘 설명하리라 마음속으로 다짐하면서 말이다.

"맞아요. 우리가 거기 갔었던 거." 엄마가 말했다.

"바비랑 진저는 오랫동안 알아온 사이지요. 앤, 그날 음식 맛있지 않았어? 이제 김치가 뭔지 알겠지? 한국사람들은 김치를 아주 좋아한다고. 끼니때마다 우린 김치 없이는 밥을 못 먹는다오."

그때 내 머릿속에는 차라리 우리 엄마가 지금보다도 더 영어를 못했으면 좋겠다는 말도 안 되는 바람이 들었다.

"저 김치 잘 알아요. 그전에도 바비랑 같이 먹어본 적이 있어요."

엄마는 얼굴을 찌푸렸다.

"그래서, 지금 드레스 사러 온 거예요? 결혼 날짜는 잡았고?"

"아, 그러면 어찌되었건 간에 적어도 여기 계신 분들 중에 미래의 신부님이 한 분 정도는 계신가 보군요?" 점원이 신이 난 듯 끼어들며 말했다.

"아뇨. 결혼식 날짜 같은 건 잡은 적 없고, 드레스 살 계획도 아직 없답니다." 샤탈이 날카롭게 받아쳤다. "앤이랑 저는 그저 시간을 좀 죽이려고 여기 들른 것뿐이에요."

"웨딩드레스를 사려고 오신 게 아니고요?" 점원이 물었다.

"네." 샤탈이 분명한 목소리로 대답했다.

"네에……." 앤이 그보다는 다소 힘없는 목소리로 대답했다. "지금은 아니지만……. 언젠가는 사러 오게 될 거예요. 아마도…… 아마도 말이죠."

"고객님은 어떠세요?" 점원이 내게로 고개를 돌리며 물었다.

"고객님께선 드레스를 보러 오신 거 맞나요?"

"아뇨, 저도 아닌데……."

그때 엄마가 팔꿈치로 슬쩍 내 옆구리를 찔렀다.

"지금 당장은 아니지만……." 엄마가 내 말을 정정하듯 말했다. "나중에 사러 올 거예요. 조만간에 말이죠."

나 역시 엄마가 한 것보다 두 배는 더 아프게끔 엄마의 등을 쿡 찔러주었다.

"조만간이라고는 할 수 없죠. 나중에, 아주 나……중에요. 아직 신랑감도 없는 상태고……."

그 '성깔 있는' 점원은 드디어 깊은 한숨을 내쉬기에 이르렀다.

"여러분, 요즘 젊은 여성들에게는 웨딩드레스에 빠져 정신없이 지내는 것보다 훨씬 더 나은 일이 얼마든지 있다는 사실을 여러분도 알고 계시겠죠? 결혼식 때 입을 완벽한 드레스를 꿈꾸며 지금 이 시간을 소비하신 여러분께 한마디 드릴 말씀이 있습니다. 그건 그다지 가치 있는 일이 아니라는 말씀입니다. 지금 이 웨딩드레스는 길어봐야 고작 하루 동안 입게 되는 거잖아요. 아니, 하루 동안도 아니죠. 땀으로 얼룩지게 해 드레스를 망치길 원하지 않으실 테니, 뭐 길어야 몇 시간 정도?"

그녀는 잠시 숨을 고르더니 계속해서 말을 이어갔다.

"보아하니 모두들 똑똑한 여자분들 같은데……. 이런 데서 괜히 시간 낭비 하지 마시고 다른 일거리를 찾아보시는 게 어떨까 싶네요. 약혼도 안 하셨다면서 웨딩드레스를 쳐다보고 있다는 게 참……. 제 생각엔 이보다 더 큰 시간 낭비는 없을 듯싶어서 드리는 말씀이에요. 그렇지만 제가 지금 제 시간을 빼앗긴 것 때문에 이런 말씀을 드리는 것만은 아닙니다. 그리고 손님……." 그녀가 엄마 쪽으로 몸을 돌리며 말했다.

"따님한테 너무 집착하실 필요 없어요. 아직 젊잖아요. 남편과 아이들을 위해 보낼 시간들은 앞으로도 한참 많이 남아 있다고요."

엄마는 어안이 벙벙하다는 얼굴이었다. 엄마는 한 번도 다른 누구에게 잔소리를 들은 적이 없었으니까. 적어도 내 앞에서는 말이다.

"우리 애, 직업 있어요." 엄마가 다시금 서투른 영어로 반박하듯 말했다.

"이 샤론이란 분이 바로 제 딸애의 상사시죠."

"샨탈이라니깐, 엄마는." 내가 다시금 살짝 정정해주었다.

"뭐, 다들 직업들이 있으시다니까 그나마 다행이군요. 그런데, 만약 그런 경우라면 할 일들이 꽤 많으실 텐데 금요일 아침부터 전부 여기서 뭐하시는 거죠?"

나는 몸이 움찔하는 것을 느꼈다. 사실 그때까지 나는 내가 오늘 땡땡이를 친 사실이 이 자리에서 언급되지 않기를 간절히 바라고 있던 터였다. 언뜻 보니, 멈칫거리기는 샨탈 쪽도 마찬가지인 듯했다.

"내가 LA에서 돌아왔다는 걸 아직 사무실에 말하지 않았거든요." 샨탈은 점원을 쳐다보며 얘기하고 있었지만 그건 내 이해를 돕기 위한 설명이라는 게 분명해 보였다. "사실 뭐, 애초부터 그런 얘기를 할 생각도 없었지만……."

샨탈은 시선을 다시 내 쪽으로 옮겼다. 그녀는 자기 마음 내키는 대로 출퇴근 시간을 조정하는 것이 가능한 위치에 있었으니 하루쯤 농땡이를 치는 정도야 별 문제가 되지 않을 것이다. 단지 그녀가 지금 분하게 생각하는 것은 이런 장소에서, 그것도 웨딩드레스를 입은 채 날 만났다는 사실인 게 틀림없었다. 롤로덱스 사건까지 합하면 이번까지 벌써 두 번째 내게 흠이 잡히는 꼴이었으니까. 하지만 이것으로 나 역시 그녀에게 꼬투리를 한 번 잡힌 셈이 되어버렸다.

“오늘 진저를 만난 건 없었던 일로 하지.” 샨탈이 말했다.

나는 엄마 얼굴을 흘끗 쳐다보았다.

“저도 그렇게 할게요.” 언제 내가 그런 건망증을 가질 것인지에 대해서는 명확히 하지 않은 채 나는 이렇게 응답했다. 어쩌면 그건 샘에게 얘기한 다음이 될 수도 있는 것이다.

“그럼 저까지 하면 셋이 되겠네요.” 점원이 끼어들었다.

“저도 다음번 고객이 오시기 전에 점심을 먹으러 가야 하거든요. 지금 당장 드레스를 곱게 벗으시고 원래 있던 자리에 잘 걸어놓아 주실 거라고 굳게 믿고, 그럼 전 이만 가보겠습니다.”

점원은 샨탈과 앤에게 차가운 시선을 남기고는 총총히 사라졌다.

“맞아, 우리도 이제 가야지.” 샨탈이 서둘러 말했다.

“그럼 월요일에 뵙죠!” 내가 그녀의 등 뒤에다 대고 말했다.

“창고 세일에서요. 준비가 거의 다 끝나가요. 일요일에도 출근할 생각이니까…….”

샨탈은 벌써 탈의실 쪽으로 서둘러 향해가고 있었다. 그녀는 뒤도 돌아보지 않은 채 등 뒤쪽으로 내게 손을 대충 흔들어 보였다.

“앤, 그럼 우린 내일 밤에 또 보게 되겠죠?”

“내일? 둘이 만나기로 했어?” 샨탈이 가다 말고 몸을 돌리며 물었다.

“닥터 오 아저씨 생신 파티에서요.”

대답을 하는 순간, 난 아차 싶었다. 내가 혹시 실수를 저지른 건 아닐까? 어쩌면 바비는 그녀를 데리고 오지 않을 생각이었을지도 모르니까 말이다. 그때 앤이 말했다.

“맞아요, 닥터 오의 파티. 진저 씨도 거기 참석하는 줄은 모르고 있었는데.”

엄마는 쇼핑백을 들고 있는 내 손을 확 잡고는 그걸 흔들어댔다.

“물론 애도 파티에 참석할 거라오. 자기 인생을 위해서도 절대 빠지면 안 되는 자리지.”

나는 얼른 손을 빼내려 했는데, 그 때문에 종이백이 내는 소리가 마치 천둥소리처럼 크게 들렸다.

"닥터 오 아저씨의 환갑잔치니까 예의를 갖추러 가는 것뿐이에요." 내가 말했다.

"그래요, 닥터 오네 가족과 우리 가족은 집안끼리 오랫동안 알고 지낸 절친한 사이니까. 바비는 우리 진저에게 아주 오래된 가까운 친구고. 어렸을 땐 만날 둘이 어울려 놀곤 했었는데……." 엄마는 서투른 영어로 빨리 말도 잘했다.

"네네, 그런 얘기라면 벌써 지난 월요일에 많이 들었어요."

앤은 인사를 하고는 샨탈의 뒤를 따라 황급히 사라졌다.

"엄마." 그녀가 시야에서 사라지자마자 내가 말했다.

"도대체 엄마를 믿을 수가 없어."

"날 못 믿겠다고? 난 저 앤이란 애를 못 믿겠는데? 마치 드레스를 안 살 것처럼 굴잖니. 왜 그러는지 모르겠다. 어쩌면 쟤네들, 자기네가 말한 것보다 빨리 결혼할지도 모르겠다."

그러면서 엄마는 핸드백 안을 뒤적거리기 시작했다.

"내 휴대폰이 어디로 갔지? 오 여사한테 빨리 전화해줘야 하는데."

Chapter 13

그날 밤, 뉴스를 보고 있을 때였다. 부엌으로부터 한걸음에 다가온 엄마가 갑자기 "네 전화다." 하며 내게 전화기를 불쑥 들이밀었다. 전화벨 울리는 소리를 들은 기억이 없는 나로선 내가 '내일의 날씨'에 너무 집중하고 있었나 보다 싶었다. 어, 그런데 아까 엄만 분명 오 여사 아줌마와 통화 중이었는데……. 아마도 대화 중간에 전화가 온 모양이지?

"여보세요? 여보세요?" 수화기 너머로 작은 목소리가 찍찍거리듯 들려왔다.

"누군데요?" 내가 입 모양으로 엄마에게 살짝 물었다. 엄마는 그냥 어깨만 으쓱해 보였다.

"여보세요?" 내가 다시 수화기에 대고 말했다.

“누구시죠?” 분명 내가 아는 목소리였다.

“샤탈?”

“네, 그런데요. 그쪽은 누구……시죠?”

전화를 받아든 사람한테 누구냐니? 시작이 아주 이상한 통화였다. 나는 엄마를 빤히 쳐다보았다. 엄마는 전화번호부 책을 선반 위에 다시 가져다 두는 것 같았다. 혹시 아까 낮에, 내가 회사에 있었어야 할 시간에 쇼핑을 하다가 걸린 일 때문인가. 엄마의 힘으로 그걸 어떻게든 만회해주기 위해 나름의 노력을 기울이고 있는 것일까? 그렇지만 만일 내가 샤탈에게 좀 더 해명을 할 필요가 있다고 생각했다면 엄마는 이런 식으로 전화를 바꿔주기 전에 분명 내게 뭔가 귀띔을 해줬어야 마땅했을 것 아닌가.

“저……, 저는 진저 리인데요.”

“진저? 무슨 일이야?”

그녀의 목소리는 아까보다는 아주 약간 누그러져 있었다. 나는 다시금 엄마의 얼굴을 쳐다봤다. 엄마는 입 모양으로 뭐라고 말을 하면서 내 쪽으로 다가오고 있었다. ‘뭐라고요?’ 내가 소리를 내지 않고 물었다. 엄마는 속삭이듯 말했다.

“아, 그 여자한테 물어보라고…….”

나는 엄마에게 재빨리 손으로 ‘목소리를 낮추라’는 신호를 보내며 수화기 속 샤탈에게 말을 건네기 시작했다.

“저, 이렇게 늦은 시각에 전화를 드려서 죄송한데요, 여쭤볼게 좀 있어서…….”

나는 수화기를 손으로 막으며 엄마에게 다시 한 번 입 모양으로 ‘뭐요?’ 하고 물었다.

“그 애가 언제 바비랑 도망을 갈 건지 물어보라고.” 엄마는 작게 속삭였다.

잽싸게 머리를 굴려 사태를 짐작해보건대, 엄마가 앤에게 건 전화를 아마도 샤탈이 받은 모양이었다. 물론 엄만 지금의 이 상황을 파악하지 못하고 있고 말이다. 나는 바드득 이를 갈며 엄마를 쏘아보았다. 도대체 어떻게 해야 엄마가 자기가 꾸민 계획 속으로 날 자꾸만 밀어 넣는 걸 막을 수가 있을까? 그냥 전화를 끊어버리기엔 이미 때는 너무 늦은 상태였다.

"어서 물어보라니까……."

나는 자꾸 재촉해대는 엄마에게 등을 보이며 돌아앉았다.

"저……, 촬영 건 말인데요." 나는 얼버무리듯 말했다.

"촬영에 대해 궁금한 게 있어서요."

"뭔데?"

"저기, 어떻게 생각하시는지 궁금한 게 있어서……. 저기 말이에요."

내 머리는 그럴듯한 질문거리를 찾느라 바빴고 내 심장은 그에 따라 두근거리고 있었다.

"저기, 제 눈썹을 좀 밀어도 상관없는지, 그래도 괜찮은지 한번 여쭤보려고요."

"누군데 그래?"

엄마는 이렇게 속삭이며 다가오더니 자꾸만 당신 귀를 수화기 쪽으로 들이대며 통화 내용을 엿들으려 했다. 나는 엄마를 쫓아내려 했지만 엄마는 마치 숟가락에서 잘 떨어지지 않는 끈적거리는 한 무더기의 밥알처럼 내게 꾹 들러붙어 있었다.

"샘한테 얘길 한 모양이네. 사실 나도 그게……."

"사실은 아직 말 안했어요. 그렇지만 내일 제가 약속이 있기도 하고, 또 제가 이왕 모델 일을 하기로 마음먹은 만큼 먼저 의논을 드리는 편이 좋겠다는 생각이 들어서……."

그러고 나서 나는 수화기 너머 저쪽에 있는 사람이 누구인지를 몹시도 궁금해하는 엄마를 위해 일부러 이렇게 힘주어 덧붙였다.

"샨탈은 패션부에서 현재 공동 책임자시니까 말이에요."

엄마는 미간에 주름살을 만들며 인상을 쓰더니 알았다는 듯 고개를 끄덕였다. 샨탈은 수화기 너머로 웃음을 터뜨렸다.

"눈썹이라……. 뭐, 어떻게 해도 괜찮아. 단, 너무 가늘게 밀거나 지나치게 심한 반달 모양으로만 만들지 않으면 돼."

그때 엄마가 내 팔을 확 잡았다.

"앤이 옆에 있냐고 물어봐." 속삭인다고 하기엔 너무 큰 목소리로 엄마가 다시 한 번 크게 말해버렸다. "난 앤한테 전화한 거라니깐."

나는 더 이상 말을 못하게 하려고 손으로 엄마 입을 막아버렸다.

"앤? 방금 앤을 바꿔달라고 그런 거야?" 샨탈의 목소리가 다시금 차가워졌다. "앤은 지금 집에 없어."

"아, 아니에요. 그냥 전화한 김에 앤하고 잠깐 통화나 할까 생각했죠, 뭐."

그러는 와중에 나는 엄마의 입을 더욱 더 꼭 막아야만 했다.

"지난번 저녁 일 말인데요. 사실 그 일이 너무 마음에 걸려서요. 물론 저는 그 일과 아무 상관도 없긴 하지만, 잘 아시다시피 요즘 부모님들이 좀 그렇잖아요. 컨트롤하기가 아주 힘들거든요."

답답한 내 마음속은 자유를 갈망하듯 마구 꿈틀대는 것 같았다.

"이해해."

"감사합니다. 그럼 월요일에 뵐게요."

나는 수화기를 내려놓았고 그제야 엄마의 입을 자유롭게 풀어주었다.

"엄마! 어떻게 그럴 수가 있어?"

"내가 뭘 어쨌는데?"

"뭘 어쨌냐고요?" 나는 발까지 구르며 소리쳤다.

"방금 그건 샨탈이었잖아! 그 사람은 내 직장 상사라고요!"

엄마는 별거 아니라는 듯이 손을 내저었다.

"별로 신경 안 쓸 거야."

"엄마, 사실 엄마야 좀 이상한 짓을 한다손 치더라도 어느 정도 이해받고 지나 갈 수 있을지도 몰라. 그렇지만 여기서 난 외국인이 아니잖아요. 엄마 혹시 일부 러 날 이렇게 창피하고 난처하게 만들고 있는 거 아니에요?"

"진정해라. 나도 그 샤론이란 그 여자가 전화를 받을 줄 어떻게 알았겠니."

"그렇지만 엄마도 샨탈이랑 앤이 친구 사이인 건 이미 알고 있었잖아. 날 이런 식으로 끌어들이면 어떡해요? 엄마가 앤한테 하는 짓은 그대로 다 나한테 돌아 오게 되어 있다고요!"

"샤론은 화나지 않았으니 걱정 마라. 그 여자도 앤이 바비랑 결혼하는 걸 원치 않으니까."

"뭐라고요? 앤이 드레스 고르는 걸 도와주고 있었던 모습을 엄마도 직접 봤잖아요!"

"그래." 엄마는 손가락으로 내게 뭔가 신호를 하듯 말을 이었다. "그렇지만 점원이 앤한테 드레스를 살 거냐고 물었을 때 옆에서 샤론이 아니라고 소리소리 치는 거 못 들었니?"

"엄마는 단지 지금 엄마의 생각과 느낌에 맞춰서 마음대로 해석하고 있을 뿐이라고요. 아니, 대체 샤론이 남의 결혼에 반대를 할 이유가 뭐가 있겠어요?"

"한국사람을 별로 안 좋아하는가 보지, 뭐."

"한국사람들이 매번 이런 식이라면 그럴 만도 하겠네요."

"그게 아니면……. 룸메이트를 잃고 싶지 않은 걸 수도 있지." 엄마는 내 머리를 장난스레 툭 치며 말했다.

나는 엄마가 어떻게 그런 결론에 도달한 건지 내게도 설명해주길 바라며 잠시간 기다렸다.

"앤 전화를 그 여자가 받았단 말이야. 나는 분명히 앤한테 걸었는데."

생각해볼 때, 샤론에게 룸메이트가 있을 가능성은 별로 없어 보였다. 일개 어시스턴트일 뿐인 나조차 룸메이트 없이 혼자 살고 있으니까. 게다가 그녀는 나이도 나보다 예닐곱 살이 많지 않은가. 그러나 한편으로 나는 샤론처럼 집세가 비싼 5번가에 사는 것이 아니고, 게다가 햄프턴에 가는 일에 대해 그녀가 그토록 들떠 있었던 걸 생각해보면 어쩌면 그녀는 샘처럼 유복하지는 않을 수도 있겠다는 생각도 들었다. 그렇지만 암만 생각해도 그녀가 친구의 행복에 그런 자기의 이해관계를 결부시켰을 거라는 느낌은 들지가 않았다.

"보통 사람들은 남의 삶을 그런 식으로 방해하지는 않는다고요."

엄마는 내 말에 아무런 대답을 하지 않았다. 대신 엄마는 수화기를 들더니 오여사한테 전화를 걸어 사건의 경과에 대해 또 주절주절 보고를 하기 시작했다.

Chapter 14

토요일 내내 엄마는 뉴저지에서 아저씨 생신 파티 음식을 만들고 파티 준비를 하는 오 여사를 돕느라 바빴다. 그러다가 막판에는 나한테 드레스를 입혀 그리로 데려가기 위해 급히 뉴욕으로 돌아왔다. 사실 엄마와 나는 여러 가지 막바지 준비 작업들을 돕기 위해 첫 손님들이 도착하기 전까지 오 여사 댁에 도착하기로 했었지만, 나는 그냥 엄마가 와서 재촉을 해대면 그때가 되서야 서두를 생각으로 여전히 꾸물대고 있었다.

나는 이 '앤 결사 반대' 음모의 주동자들이 어떤 계획을 세우고 있는지 궁금해졌다. 어른들이 앤을 내치려고 하는 것까지야 내 힘으로 어쩔 수 없다손 치더라도 이제 그들의 그런 적대적인 행동이 '샨탈의 친구'에게 향하는 것이라는 걸 알게 된 만큼, 나도 더 이상 그들의 꼭두각시 노릇만 해서는 안 되겠다는 판단이 들었기 때문이다.

"뭔 놈의 준비가 그렇게도 오래 걸린다냐?" 잠긴 화장실 문에 대고 엄마가 큰 소리로 외쳤다.

"지금 다리 면도 중이에요."

사실 그때 나는 젖은 머리에 수건을 두른 채 변기 뚜껑 위에 앉아 잡지를 뒤적이고 있던 중이었다.

"문 좀 열어봐라. 화장실 좀 써야겠다."

시계를 보니 샤워를 한다고 화장실에 들어온 게 벌써 20분이 넘어가고 있었다. 나는 세면대 아래에 붙은 선반을 열어 방금까지 보고 있던 잡지를 재빨리 밀어 넣고는 곧 욕실 문을 열었다.

방금까지 엄마의 머리를 돌돌 말고 있었던 클립들은 온데간데없고, 엄마는 벌써 지난 월요일에 여기 도착했을 때 입었던 것과 비슷한 엷은 노란색 샤넬 정장을 곱게 차려입고 있었다. 그런 엄마의 모습은 생일 파티에 가는 사람이라기보다는 곧 회사에 출근하려는 사람처럼 보였다. 깃이 없는 샤넬 재킷의 네크라인 아래쪽에는 9년 전 엄마의 50세 생신 때 내가 선물했던 에메랄드와 다이아몬드가 박힌 개구리 브로치가 자리를 잡고 있었다. 물론 그건 진정한 의미의 내 선물이라 하긴 어렵지만 말이다. 사실 그 개구리 브로치는 엄마의 신용카드로 긁은 것이었으니까.

"새로 산 드레스는 어쩌고요?"

"마음이 바뀌었다. 그건 너무 애들이나 입는 옷 같아서……."

무릎까지 오는 그 실크 드레스는 밀워키 엄마 집 옷장 속에 있는 옷들보다도 더 엄마를 나이 들어 보이게 만드는 것 같아서 난 엄마에게 솔직히 말해주기로 했다.

"에이, 난 그게 훨씬 더 예쁜 것 같은데……. 그냥 새로 산 걸로 입으세요."

엄마는 금방 머리를 절레절레 흔들었다.

"별로 그럴 마음이 나지 않는구나. 아무튼 내 걱정일랑 말고 너나 빨리빨리 준비해라. 시각이 이렇게 됐는데 그게 뭐냐, 머리도 젖은 그대로고……. 서둘러라. 뉴저지에 너무 늦지 않게 도착해야 해."

그런 엄마 말은 들은 체 만 체 하며 나는 손을 뻗어 다이아몬드로 된 두꺼비의 눈 사이를 만져보았다. 그 당시, 이 두꺼비 브로치랑 이것보다는 훨씬 값이 쌌던 진주 귀고리 한 쌍을 두고 상당히 고민을 했던 기억이 새삼 떠올랐다. 엄마가 당신 입으로 양서류(!)를 좋아한다는 말을 한 적은 없었지만, 어쩐지 나는 이 브로치가 예전 오빠와 함께했던 즐거운 시절을 떠오르게 해주어 조금이나마 엄마를 행복하게 해줄 수 있을 거라는 생각이 들었다. 그때 나는 어쩌면 이걸 보면서 엄마가 조지 오빠를 너무 그리워하게 된 나머지 먼저 연락을 하려들지도 모른다는 생각마저 했었다. 그건 오빠가 예전에 '토드'라는 이름의 애완용 두꺼비를 기른 적이 있었기 때문이었다. 엄마는 선물이 예쁘다며 보석 상자에 그 브로치를 담아두었다. 비록 나중에 청구서를 받아들고는 당장 나한테서 당신의 마스터카드를 뺏어가긴 했지만 말이다. 하지만 적어도 그것을 원래 구입했던 가게에 가져가 반품을 하거나 하진 않았다.

"이거 몇 년 동안 한 번도 못 봤었는데." 상념에 잠겨 브로치를 어루만지며 내가 말했다.

"그래? 사람들한테 집을 보여줄 때나 교회에 갈 땐 항상 이 두꺼비를 달곤 했었는데.”

“언제부터?”

“네가 나한테 이 두꺼비를 선물한 그때부터지, 뭐. 그땐 네가 대학생이 되고 얼마 지나지 않은 때라 바빠서 한 번도 못 본 거겠지. 보는 사람들한테마다 전부 ‘이건 우리 딸이 나한테 준 거예요’ 하고 자랑까지 했었는걸.” 그러면서 엄마는 손으로 그 두꺼비 브로치를 지그시 눌렀다.

“지난주에 오 여사가 이걸 보더니만 ‘나도 저런 말썽쟁이 아들 대신 그런 딸내미나 하나 있었으면 좋겠다’ 고 하더라.”

“바비가 자기네 엄마한테 괜찮은 선물 같은 거 안 한대요? 그래도 명색이 의사 선생님이잖아.”

“진주나 금붙이는 꽤 많이 사다 준다더라. 단지 개인적으로 의미 있는 선물이 없다는 것 같아. 앤하고 한 약혼만 깨지면 그거 바비한테 다 돌려줄 거라던데.”

“참참, 앤 얘기가 나와서 하는 말인데, 엄마랑 오 여사 아줌마네 부부랑 오늘 밤에 도대체 앤한테 무슨 짓을 할 참이죠? 어쨌든 나는 가능하면 그런 일에서 최대한 멀리 떨어져 있고 싶거든.”

나는 엄마를 빙 돌아 벽 쪽에 붙어 있는 선반 화장대 쪽으로 다가갔다. 그리고 첫 번째 서랍을 열어 속옷을 몇 개 꺼내기 위해 엄마에게 비키라는 시늉을 했다. 드레스가 너무 꽉 끼는 스타일이라 브래지어도 하기 힘든 판이었다.

엄마는 내 길을 비켜주기 위해 화장실 안으로 발을 들여놓았다. 곧 수도꼭지 트는 소리가 들렸다.

“앤한테 뭘 어떻게 할 일은 없을 게다.”

흐르는 물소리 위로 엄마의 목소리가 겹치듯 들려왔다. 잠깐이나마 혼자 있게 된 동안 나는 팬티 끈을 잡아 후딱 올려 입으며 말했다.

“……없다고요? 앤한테 매운 김치가 마구 들어간 생일 케이크를 들이댄다거나, 아무튼 뭐 그런 식으로 그녀하고 맞부딪힐 계획이 전혀 없단 말이에요? 흐음, 저한테는 솔직히 말씀해주시는 편이 좋을걸요. 엄마가 얘기 안 해주면 나도 그 자리에 참석 안 할 작정이니까.”

어느새 나는 화장실 문 앞에 가 서 있었다. 내 말에 아랑곳하지 않고 엄마는 열심히 이를 닦고 있었다. 입 안에 든 걸 퉤 하고 뱉어내고 나서 엄마가 말했다.

"김치 케이크? 그런 건 없으니까 걱정 마라. 날 믿어. 오 여사 내외는 네가 어제 앤과 마주쳐서 물어보기 전까지는 걔가 파티에 참석하는 줄도 몰랐단다. 그 사람들, 아무 짓도 안 할 테니 걱정은 붙들어 매둬라. 거기다 어차피 다른 손님들 생각하기에도 정신없을 텐데 뭘."

엄마는 내 칫솔에도 치약을 묻혔다. 나는 그걸 힐끗 보며 말했다.

"이번에도 또 시끄러운 볼거리를 제공하기는 그래도 싫으신가 보죠."

나는 칫솔을 받아들었다. 엄마는 헤어드라이어를 찾아 내가 이를 닦고 세수를 하는 동안 그걸 손에 든 채로 계속 내 옆에 서 있었다.

"오 여사가 오늘 오후에 바비한테 전화해서, 옛날 남한이랑 북한처럼 휴전 협정을 맺었단다. 이 부부는 앤한테 친절하게 대하기로 하고, 바비도 자기 아빠 환갑잔치를 망치지 않기로 말이야. 뭐, 약혼 발표 같은 건 안 하기로 했나 보더라고."

엄마는 드라이어를 내게 건네주더니 화장실을 나갔다. 나는 몸을 숙이고 목 근처의 머리카락부터 말리기 시작하면서 방금 엄마가 한 말들에 대해 곰곰이 생각해보았다. 전에 엄마는 오 여사 아줌마가 자기한테 전화한 건 아줌마가 엄마 외의 다른 친구들에게는 차마 말을 할 수가 없었기 때문이었다고 얘기한 적이 있었다. 아마도 그 친구분들이란 우리 엄마가 겪었던 일을 직접 경험해보지 못한 분들이었을 것이다. 나는 오 여사 아줌마 부부가 자기네들이 품고 있는 생각을 주변 친구들에게 알리고 싶어 하지 않는다는 사실을 미처 생각하지 못했다. 한국 부모라면 누구나 이해할 거라고 생각했던 것이다. 나는 허리를 똑바로 일으켜 세운 다음 나머지 머리카락들을 마저 말리기 시작했다. 그리고 엉킨 머리에 열심히 빗질을 하다가 문득 엄마가 한 말의 허점을 발견하고 말았다.

"그렇지만 엄마는요? 엄마의 행동도 그 휴전 협정에 포함되는 건가요? 아니면 엄마는 그냥 엄마의 자유의사대로 행동하실 건가요?"

엄마는 옷걸이에 걸려 있던 드레스를 들고 내게 왔다.

"나? 내가 무슨 이유로 일을 꾸미겠니? 바비가 내 아들도 아닌데. 난 그저 오 여사 부부를 도울 뿐이라고."

엄마는 얇은 드레스의 천 안에 두 손을 넣었다. 어찌되었건 엄마에게도 나름의 '선'이란 게 있다는 것을 알게 되니 내심 기쁜 마음마저 들었다. 다행히도 엄마가 오 여사네를 그렇게까지 친한 친구로 여기지는 않아 그네들의 뒤치다꺼리까지 맡지는 않겠다는 태도를 보이고 있으니 말이다.

"그러니까 오늘 저도 어색한 상황에 놓이게 될 일 따위는 절대 없을 거란 말이죠?"

엄마는 내 손 위로 두 겹의 실크 주름 소매를 돌려 넣어 소매 끝단을 잡아주면서 말했다.

"절대로." 엄마는 마치 내가 방금 말도 안 되는 말을 내뱉었다는 듯이 코웃음까지 치며 대답했다.

"넌 그냥 가만히 있기만 하면 된다. 내가 오 여사더러 우리 진저는 앤이랑 적이 되기엔 좀 난처한 상황이라고, 또 네가 바비랑 잘 지내는 편이 훨씬 좋을 거라고 말해뒀으니까."

결국 엄마는 어젯밤 얘기를 잘 듣고 있었던 셈이다. 엄마가 내 머리 위에서부터 드레스를 입혀줄 수 있도록 나는 고개를 엄마 쪽으로 한껏 수그렸다. 일단 옷을 입고 나서 난 팔을 번쩍 들어 엄마가 내 드레스를 쭉쭉 잡아 펼 수 있도록 했다.

"바비랑 네가 친해지면 그 애는 널 믿게 될 거고, 그렇게 되면 그 애가 가진 계획들을 이 엄마한테 말해주기가 더 쉬워질 거 아니냐."

"뭐야, 지금 저더러 스파이 노릇을 하란 말이에요?"

내 성공을 위해 샨탈을 약간 이용하는 것은 그렇다손 치더라도, 지금 엄마는 내 사생활에서마저 이중성을 가지라고 부추기고 있다. 아무래도 엄마가 오 여사 아줌마랑 너무 긴 시간을 함께 보낸 게 아닌가 걱정이 되기 시작했다.

"너, 샘한테도 그러고 있잖니."

"내가 언제요? 난 샘의 비밀은 철저히 지켜주고 있는걸."

이렇게 내뱉고 나니 드는 생각인데, 그렇다고 사실 내가 엄마의 음모에 관여하고 있는 것도 아니지 않은가.

"너 이번에 샤론을 도와서 촬영 같은 거 한다면서."

"언제는 뭐 상황에 맞게 이득을 취하며 살라면서요."

"그래서 지금 바비한테도 그렇게 하라고 말해주고 있는 거잖니."

엄마는 여기저기를 쑤셔 넣거나 반듯하게 펴주면서 내 드레스를 이리저리 손봐주었다. 나는 그런 엄마의 손을 탁 치면서 말했다. 조금은 얄밉게, 마치 내 스스로 다짐이라도 하듯 말이다.

"샘한테 내가 상처를 주는 일은 없을 거예요. 절대로."

"그래야지." 엄마는 자기 손을 한 번 바라보고는 천천히 말했다.

"그렇지만 네가 그 애를 완벽하게 도울 순 없는 거야. 그건 불가능해. 우선 네 자신을 먼저 생각해야지." 그러면서 엄마는 나를 보며 싱긋 웃어 보였다.

"그건 바비랑도 마찬가지다."

"그의 약혼을 깨는 건 엄마랑 오 여사 아줌마의 목표이지, 내 몫은 아니라고요."

"그게 그거지, 뭐가 달라?"

머리를 절레절레 흔들면서 나는 비둘기 떼를 쫓아내듯 엄마를 화장실 밖으로 휘휘 몰아냈다. 나야 언제든지 엄마의 뒤를 봐줄 생각을 가지고 있긴 하지만, 엄마가 나한테도 똑같이 그렇게 해주길 바라는지에 대해서는 사실 나 스스로도 잘 알 수가 없다.

<h1 style="text-align:center">Chapter 15</h1>

엄마는 우리가 렌트한 검은색 벤츠를 오 여사네 뒷마당에 세워진 다른 차들과 나란히 주차시켰다. 엄마는 도로를 제대로 찾아가느라, 나는 엄마와 나눈 마지막 대화에 대해 골똘히 생각하느라 차를 타고 오는 동안 우리 모녀는 거의 몇 마디도 채 나누지 못했다. 아무리 생각해봐도 샘한테 전화를 걸어 샨탈의 모델 제의에 대해 미리 말을 했어야 할 걸 그랬다는 후회가 들었다. 어쩌면 월요일에 모델 일을 취소해야 할지도 모르겠다는 생각도 들었다. 직접 모델이 되어 촬영 일

을 경험해보는 것이 어떨지 내가 궁금해 하는 만큼이나 내 친구 샘의 승진도 내겐 중요한 일인 것이다. 샨탈로 하여금 내가 그 일에 관심을 보이고 있다고 생각하게 한 것만으로도 난 벌써 샘에게 하루를 빚진 셈이다.

심한 교통 체증 때문에 우리는 심지어 내가 예상했던 시각보다도 훨씬 더 늦게 도착했다. 원래 약속한 시각보다 두세 시간 가까이나 늦었으니, 원……. 뉴저지로 향하는 인간들이 그렇게 많은지 누가 짐작이나 했으랴. 어쨌든 아저씨 댁에서 몇 미터나 떨어진 곳에서부터 벌써 사람들의 웃음소리와 떠들썩한 목소리가 들려오는 것으로 보아 파티는 한창 잘 진행되어가고 있는 듯했다.

엄마는 백미러를 들여다보며 잠시 화장을 고치고 있었다. 나는 오 박사 아저씨께 선물로 드릴 구찌 반지갑을 챙겨들고는 문손잡이로 손을 뻗었다. 그런데 갑자기 철커덩 하는 소리가 들리더니 문이 열리질 않았다. 나는 엄마 쪽을 돌아보며 말했다.

"방금 엄마가 뭐 눌렀어요? 문이 잠겨버렸어!"

"안다. 안에 들어가기 전에 너랑 할 말이 좀 있어서 그래."

나는 한시바삐 답답한 차 안을 박차고 나가고 싶었지만 그냥 잠시 동안만 참기로 했다. 그러면서 생각했다. 다른 평범한 가족들이라면 그토록 이상한 요구를 하며 그렇게 우스꽝스럽게 굴지는 않을 텐데…… 하는 생각 말이다. 만일 누군가 그 상황을 알게 되기라도 한다면 창피한 나머지 그냥 확 죽어버리고 싶을 정도의 그런 이상한 요구 사항 말이다. 갑자기 인생을 살며 그런 걱정을 절대 안 해도 될 샘이 부러워졌다. 나도 샘과 같은 인생을 살고 싶어졌다.

"오 여사가 이번 잔치에 오 박사의 제자들을 많이 초대했더구나."

흠, 대학원생들이 우글거리는 집이라……. 모르긴 해도 아마 단테가 그 모습을 봤다면 분명 '지옥계'라는 카테고리로 묶어버렸을 일이다. 지금 엄마는 그 안에서의 내 기분을 배려하며 신경을 써주고 있는 것이겠지만 오 박사 아저씨가 가르치는 분야는 엔지니어링이지, 영어가 아니지 않은가.

"알려줘서 고마워요, 엄마. 안에선 알아서 잘 있을 테니 걱정하지 마시고."

"아니, 내 말은 그게 아니라……. 학생들 대부분이 남자긴 하겠지만, 개중에는 여자들도 좀 있고 또 남학생들이 데려온 여동생들이나 친구들도 있을 거라는 말이다. 오 여사가 바비랑 만나보게 해보려고 사람들한테 젊은 아가씨들을 데려오게 한 모양이더라고."

세상에……. 절대로 포기란 걸 모르는 한국 아줌마들이 이런 절호의 기회를 그냥 지나칠 리가 없다는 사실을 미리 눈치 챘어야 했는데! 아까 엄마가 남한과 북한 사이의 휴전 협정을 운운했을 때 이미 뭔가 낌새를 알아챘어야 하는 거였다. 어찌되었건 그들은 아직 '전쟁 중'에 있는 것이니까.

"그 얘길 왜 나한테 하시는 거에요? 내가 보기에 그건 바비랑 앤한테만 관계된 얘기 같은데."

"오 여사 내외가 너를 별로 마음에 들지 않아 해서 그렇게 한 건 아니었다는 걸 미리 알려주고 싶어서 그러는 거지. 오 여사도 그러더라. 자긴 우리가 잔치에 온다는 걸 미처 알기도 전에 이미 사람들을 다 초대한 상태였다고."

"엄마가 걱정하는 게 그거였어요? 마지막으로 한 번만 더 말하겠는데 엄마, 난 바비한테 관심 없어요. 이미 약혼까지 한 사람이잖아. 그런 말이라면 앤한테나 가서 해주시라고요."

"하긴, 네 말도 틀린 건 아니다. 예쁜 한국 여자애들이 우글거릴 테니 앤도 걱정이 이만저만이 아니겠지. 있잖아, 내가 어제 앤의 얼굴을 자세히 들여다봤는데 걔가 그렇게 뭐 예쁜 얼굴은 아니더라고."

"엄마! 내가 얘기하는 건 그런 뜻이 아니잖아요! 게다가 여자한테 외모가 전부인가요? 내 생각에 앤은 굉장히 똑똑하고 재미도 있고……, 아무튼 아주 훌륭한 대화 상대인 게 확실하다고요."

지금 내 앞에서 저런 얼토당토않은 말을 하고 있는 사람이 바로 나를 낳아준 우리 엄마라니, 갑자기 내 얼굴이 다 화끈 달아오르는 것만 같았다.

"왜 그렇게 생각하는데?"

"왜냐하면……. 바비는 아무 여자나 데리고 와서 자기네 부모님한테 반항하려 들 사람이 아니니까요. 그녀가 아주 특별한 사람인 게 분명하잖아."

"그렇다면 앤이 굉장한 부잣집 딸인가 보다."

"뭐든지 간에요." 고개를 흔들며 내가 말했다.

사실 나도 앤에 대해 그런 생각을 한 번도 안 해본 것은 아니었지만, 어쨌든 지금으로선 그런 생각을 떠올리고 싶지도, 또 얘기하고 싶지도 않았다.

"이제 이런 대화는 그만 좀 하면 안 되겠어요?"

"엄마 말 아직 안 끝났다. 파티에 괜찮은 한국남자들도 많이 있으니, 너도 그들과 얘기를 나눠야 해, 알겠지? 걔네들이 오늘 비싸 보이는 옷을 안 입고 왔다고 해서 무시하거나 하면 안 돼. 지금은 비록 학생이지만 언젠가 그 애들도 괜찮은 직장을 갖고 돈도 많이 벌게 될 테니까."

"엄마가 지금 나더러 자기 남편 제자들을 꾀어보라고 이렇게 꼬드기고 있는 거, 혹시 오 여사 아줌마도 알고 계세요?"

"오 여사가 몰라도 되는 일도 있는 법이다."

기막힌 웃음이 훗 하고 터져 나왔다.

"오해는 말아라. 솔직히 아직도 일순위로 선택하고 싶은 건 여전히 바비지만, 그렇다고 해도 주어진 다른 기회들 역시 놓치진 말아야지. 네가 말한 대로 바비는 약혼을 했으니까."

아, 갑자기 희망이 저 멀리로 사라져버리는 느낌이 들었다. 나는 엄마가 내게 선을 보이려는 남자가 어쩌면 바비 하나뿐일 수도 있겠다는 생각을 했었다. 엄마가 이곳에 머무른 일주일 동안 다른 남자들 얘기는 전혀 하지 않았기 때문이다. 하지만 엄마의 생각을 쉽게 단정 짓고 안심할 수는 없다는 점을 나는 잘 알고 있었다. 어쨌든 다시금 의문이 들었다.

"그럼, 오늘 파티 이후 이제 엄마가 나한테 소개시켜줄 남자가 더 이상은 없는 거죠?"

엄마는 내 질문을 못 들은 체하고 계속 말을 이었다.

"그러니까 조신하게 굴도록 하라고. 음식 같은 거 너무 많이 먹지도 말고. 너무 큰 소리로 떠들지도 말고. 얌전한 숙녀처럼 행동해야 해, 알았지?"

나는 엄마를 약간 흘기듯 쳐다보았다.

"엄마가 진심에서 하는 말이야. 네가 대학에 들어간 이후로 페미니스트인지 뭔지 그런 거 흉내를 내면서부터 좀 이상해진 것 같더라고. 어떤 때 보면 세상의 자연스러운 이치에 딱 정반대되는 행동을 하질 않나……."

흐음, 그렇다면 얌전한 양가집 규수처럼 구는 게 세상의 가장 자연스러운 이치라는 말인가.

"레스토랑에서는 그럭저럭 괜찮게 처신했잖아요."

"그건 맞는 말이다. 대부분은 잘 해냈지. 그렇지만 그땐 이 엄마가 내내 네 건너편에 앉아 지켜보고 있었잖니. 아무튼 부탁이니 똑바로 처신해라. 그냥 나처럼만 하면 된다. 무슨 말이나 어떤 행동을 하고 싶을 땐, 네 자신한테 이렇게 물어봐. '이럴 때 엄마라면 이렇게 할까?' 하고 말이야. 엄마 말, 무슨 뜻인지 알지?"

엄마처럼 하라니…… 단언컨대 언젠가 엄마는 지금 한 말들에 대해 후회할 날이 분명 있을 것이다. 나는 대답을 회피하며 그저 어깨를 으쓱해 보였다.

"한 가지 더 있다."

나도 모르게 한숨이 흘러나왔다. 지금까지는 그저 워밍업 수준이었고 본 게임이 시작되는 건 혹시 이제부터가 아닌가 싶었기 때문이었다. 그건 또 얼마나 더 심할까, 내심 두려워졌다.

"네, 뭔데요?"

엄마는 집게손가락으로 핸들을 톡톡 두드려대기 시작했다. 당신 뜻을 확실히 전달할 만한 정확한 어구가 떠오르지 않을 때면 엄마는 항상 저렇게 골똘히 생각에 잠기며 손가락을 혹사시키는 습관이 있었다. 나는 자세를 고쳐 앉았다.

"닥터 오, 그러니까 오 박사 친구 분들 중에는 서울대나 UW 밀워키 시절부터 너희 아빠와 알고 지내던 사람들이 몇 명 있을 거다. 그 사람들이 어쩌면 너한테 네 아빠 안부를 물어올지도 몰라. 아마 개중엔 너희 아빠랑 가끔씩 통화하면서도 자세한 상황까지는 잘 모르는 사람들도 있을 거야. 어쨌거나 사람들이 그런 걸 물어보면 그냥 다들 평안하시다고만 대답해라. 집안 사정 하나하나까지 구구절절 전부 말하고 다닐 필요는 없는 거니까."

나는 무릎 위에 놓인 내 손을 내려다보았다. 물론 밀워키에는 아빠를 아는 사람들이 아직 많이 있지만 나는 그들과 연락을 하며 지내지는 않았다. 아빠가 떠나고 난 후 엄마는 아빠 친구들 모임에 참석한다거나 또는 그들을 우리 집에 초대하거나 하는 일 따위는 전혀 하지 않았기 때문이다. 그중 유일하게 예외였던 집이 오 여사 아줌마네였는데 그들마저 그해 늦여름 무렵에 다른 곳으로 이사를 가버렸던 것이다. 그 후 엄마는 우리 가족 모두 함께 다녔던 교회에 오빠나 나를 데리고 가는 일 역시 그만두었고, 부동산 일을 시작하면서 한국인 고객 유치 기반을 넓히기 위해 각기 다른 네 개의 교회를 매주 바꿔 다니곤 했다. 엄마는 또 내가 집을 떠나기 얼마 전부터 몇 개의 작은 모임들을 우리 집에서 열기 시작했었는데 손님들은 대부분 그 지역에 처음 온 사람들이라 아빠에 대해선 알지 못했고 나 또한 내 방 밖으로 나오는 일이 거의 없었다.

그런 내게 한국에 간다는 일은 극단적으로 말해 곧 죽음과도 같은 것이었다. 아빠는 우리에게 한 번도 전화를 하거나 편지를 쓴 적이 없었다. 그렇기 때문에 우리 아빠라는 사람이 사람들의 기억 속에 아직도 자리 잡고 있다거나 혹은 개중 몇몇 사람들의 생활 속에 여전히 존재하고 있다는 사실은 내게 있어선 상당한 충격으로 다가왔다. 얼마나 중요한 사람들이기에 가족조차 모른 척하고 사는 아빠가 계속 연락을 취하는 것인지, 그 중요한 친구들이란 도대체 어떤 사람들인지 몹시 궁금해질 따름이었다.

"물론 오 여사가 워낙 수다스러운 사람이라 네 아빠와 오빠 일은 여기 있는 사람들도 거의 다 알고 있을지도 몰라. 그렇게 생각하면 너를 데려온 게 좀 안된 일이기도 하지. 그렇지만 여기엔 미혼 남자들이 아주 많으니까 그들을 만나보는 게 좋지 않겠니? 엄마 나이 또래의 사람들 곁에만 가까이 안 가면 되고 말이야."

엄마는 뭔가 걱정스러운 눈빛으로 나를 바라보았다. 내가 뉴욕으로 이사를 가기 직전, 엄만 이런 눈길을 내게 자주 보내곤 했었는데. 하지만 그러다 막상 나와 시선이 마주치면 엄마는 다시 들고 있던 신문을 들여다보거나 아무 말도 없이 계속해서 저녁 준비를 하곤 했다. 나는 아빠에 대한 생각을 떨쳐버리려고 일부러 웃음을 지어 보였다.

"그러니까 젊은이들하고만 얘기하고, 늙은이들에게선 멀찌감치 떨어져 있어라. 이 말씀이죠?"

"특히 바비한테 말이다. 바비한테 말을 걸도록 해."

엄마는 잠시 머뭇거리더니 잠갔던 차 문을 열어주었다.

여름 해가 저물기 시작한 지는 벌써 꽤 시간이 지난 터였지만 공기는 여전히 뜨거웠다. 엔진 열이 채 가시지 않은 죽 늘어선 차들의 행렬을 지나 우리는 드디어 오씨 가족네 집에 들어설 수가 있었다. 흰 돌로 만들어진 외관, 예쁜 화분들, 아치로 된 입구 등은 집을 마치 오래된 이탈리아식 빌라 같아 보이게끔 만들었다. 이전에 멀리 밀워키에서 살 때 바비네는 그린 컬러의 지붕에 아담하고 예쁜 노란색 집에 살았었는데. 뉴저지의 멋진 바비네 집을 쳐다보고 있자니, 며칠 전 엄마가 오 박사 아저씨가 몇몇 잘 나가는 외과용 기기에 대한 특허권을 가지고 있다고 말했던 게 문득 떠올랐다.

돌로 된 작은 길은 상당히 울퉁불퉁해서 걷기에는 조금 불편했다. 정문은 활짝 열려 있었다. 그 열린 문을 통해서 순식간에 우리는 시끄러운 말소리들과 한국 음식 냄새의 거대한 융단폭격을 맞게 되었다. 마늘과 생강, 참기름 향과 고기 익는 냄새가 내 침샘을 자극해왔다. 이런 음식 냄새는 주변의 시끄러운 분위기와 어우러져 옛날 어린 시절, 부모님이 손님을 초대했을 때나 혹은 부모님 친구분들 집에 초대받아 갔을 때 느꼈던 기분과 향수를 불러일으켰다. 그럴 때면 나는 한 무리의 여자 아이들과 몰려다니며 놀곤 했는데, '누가누가 트림을 많이 하나' 같은 지저분한 내기를 하거나 장난이 아닌 거친 베개 싸움을 하곤 했다. 때로는 살금살금 부엌으로 잠입해 만두나 떡, 잘라놓은 오렌지들을 몰래 훔쳐오기도 했다. 안 들키고 빠져나가기에는 보통 침실문 밖에 숨어 있곤 했던 바비보다는 어른들 쪽이 차라리 더 쉽게 느껴졌다. 우리 오빠를 비롯한 다른 남자 아이들은 여자 아이들을 멀리하며 창고에서 자기네들끼리 탁구를 치거나 지하에서 텔레비전 스포츠 경기를 함께 구경하곤 했었다.

바비네 집 현관 옆에 놓인 테이블 위는 쌓인 선물들로 가득했다. 예전에 우리 집에서는 이런 테이블 위는 언제나 부동산 팸플릿과 엄마의 명함들로 뒤덮여 있곤 했는데……. 향후 가능성이 있는 '잠재적 고객' 들이 집에 오는 날이면, 엄마는 테이블 옆에 서서 빨갛고 검은 팸플릿들을 부채처럼 쫙 펼치거나 쌓아두었고 아니면 손님방에 그 팸플릿들을 잡지처럼 죽 늘어놓는 등 언제 봐도 그런 것들의 재정비에 바쁜 모습을 보였었다. 어차피 나중에 손님들이 돌아갈 때 쥐어주는 남은 음식 봉지에 그 팸플릿들을 끼워 넣을 거면서 왜 처음부터 그런 수고까지 하는지, 어린 나로서는 그 점이 항상 궁금했었다.

나는 우리가 가져온 선물을 꺼내 그 선물 무더기 위에 살짝 올려두었다. 엄마는 재킷을 이리저리 잡아당기고 툭툭 털며 옷매무새를 다시 한 번 살펴보고는 살짝 미소를 머금었다. 그 조그만 행동 하나로 이제 엄마는 '남편 없는 아내, 아들 없는 엄마'에서 밀워키라는 커다란 공동체 내에서 '성공한 한국인 브로커'로 변신을 꾀하는 것이다. 엄마가 왜 새 옷 대신 그런 정장을 고집했는지 그제야 조금 이해가 가는 듯했다.

우리의 '집안사'를 아는 오래된 지인들을 만나 자신이 간직한 옛 기억들을 환기시키는 건 엄마로서는 쉽지 않은 일일 듯싶다. 그건 마치 비무장지대인 삼팔선을 따라 걷는 기분과도 비슷할 것이다. 게다가 엇나간 엄마의 동기 또한 어찌 보면 어이없고 우습기까지 하다. 하지만 어쨌든 간에 그 기본적인 취지는 모두 나를 위한 일이 아니었던가. 순간 나는 엄마 말대로 이 안에 있는 남자들과 얘기를 한 번 해보기로 마음을 먹었다. 심지어 엄마가 날 감시하고 있지 않을 때에도 말이다.

시끄러운 소리와 냄새를 따라 집 안으로 들어가자 천장이 높고 널찍한 거실 안쪽으로 커다란 부엌이 나타났다. 부엌은 아치형으로 된 유리문들이 한쪽 벽면 전체를 장식하고 있었다. 유리문을 통해 보니 그 안에는 사람들이 엄청나게 많아서 심지어는 원래 있던 가구들조차 잘 보이지 않을 정도였다. 수수한 옷차림을 한 남자들 한 무리가 거실을 점령하고 있었고, 좀 더 나이가 든 아저씨들은 그 맨 안쪽 자리를, 그리고 실크 브라우스에 스커트, 또 약간 구식 드레스를 입은 여자들이 부엌과 식당 쪽을 꽉꽉 채우고 있었다. 마치 보이지 않는 선에 의해 일부러 성별에 따라 나눈 것처럼 보이는 젊은 남녀들이 눈에 띄었다. 그들 가운데 이성 옆에 서 있다거나 얘기를 나누고 있는 사람은 아무도 없었다.

내 시야에 들어온 사람들 중 살을 훤히 드러낸 이런 쿠튀르 파티 드레스를 입고 온 사람은 오직 나 하나뿐이었다. 나는 민망스러운 내 가죽 끈을 계속해서 고쳐 올려야 했다.

"2층에 가서 가방 좀 내려놓고서 오 여사를 찾아보고 오마." 엄마가 소리를 지르듯 큰 소리로 내게 말했다.

나는 엄마를 따라 위층으로 올라가고 싶었지만 그냥 있던 자리에 머물러 있기로 했다. 까만 머리의 바다 속에서 밝은 갈색 머리 색이 언뜻언뜻 비치는 듯했으나 그건 염색을 한 머리였을 뿐, 그들 가운데 앤은 찾아볼 수 없었다. 바비 또한 내 시야에 들어오지 않았다. 그렇게 주변을 둘러보다 난 젊은 남자애들 몇몇과 눈이 마주쳤다. '엄마를 위해' 나는 그들 쪽으로 걸어가 내 소개를 했다.

그러자 그들은 거의 머리를 땅에 박을 정도로 꾸벅 인사를 했다. 그 중 하나는 내게 한국말로 인사를 하고 친구와 자신의 이름을 말하기도 했다. 내가 듣기로는 '범영'과 '동해'라는 이름인 것 같았다.

"오 박사님을 어떻게 아시죠? 제자분들이신가요?"

그들은 서로의 얼굴을 한 번 쳐다보더니 다시 내 쪽을 바라봤다. 한 명이 목소리를 가다듬으며 이상한 영어 발음으로 내게 물었다.

"당신, 학생?"

"아뇨, 전 아닌데. 학생이세요?"

"……당신이 닥터 오라고요?"

"아, 저기……. 아무튼 만나서 반가웠습니다."

그 짧은 의사소통도 불가능한 그들을 보고 당황한 나는 손을 내저으며 그런 식으로 한국말만 하는 남자 몇 명을 더 지나쳐 겨우 그 자리를 빠져나왔다. 몇몇이 내 말에 고개를 끄덕이기는 했으나 아무도 내가 갈 길을 시원히 비켜주지는 않았다. 계속 사람들 사이를 뚫고 나가던 나는 어느 순간, 흰 머리가 송송 나 있거나 아니면 완전히 백발인 사람들 사이에 서 있는 나 자신을 발견했다. 나는 다시 부엌으로 가기 위해 몸을 돌렸다. 그때 누군가가 내 어깨를 툭툭 건드렸다.

"실례하지만 혹시 오 박사님 조카따님이신가요?"

오, 마침내 완벽한 영어와 미국식 매너로 나를 대하는 사람을 발견!

"아니요. 전 그냥 이 집안하고 잘 아는 사이인데요."

"음, 아무튼 저한테 립 한 접시 가져다주시겠어요?"

립 한 접시라……. 나는 미소를 지어 보이곤 일부러 그의 발을 한 번 꽉 밟아주고는 다시 사람들 무리 속으로 유영을 계속 해갔다. 한국남자들에게 있어서는 심지어 미국문화에 동화된 사람들마저도 자기네 엄마와 누나, 여동생들로 하여금 자신의 시중을 들게 하는 버릇만은 도저히 어쩔 수가 없는가 보다. 어쨌든 그렇게 하여 마침내 내가 다다른(?) 곳은 남녀의 밀집도가 낮은 동시에 서로서로

별 대화를 나누지 않는 분위기의 약간 어색한 장소였다. 그들의 어머니들이 발벗고 나서서 그들의 결혼을 위해 동분서주해야 하는 까닭이 눈에 선하게 보이는 듯했다.

아무튼 엄마의 부탁은 이행한 거다. 분명 나도 노력하지 않았던가.

내 앞에 있는 여자들도 나름 친근하고 괜찮은 사람들일 거란 생각은 들었다. 어찌되었든 간에 나도 그들 사이에 끼어 있는 사람들 중 하나니까. 그렇지만 그들은 바비를 만나보기 위해 거기에 있는 것이다. 그들 대열에 합류하기엔 아직 나는 준비가 덜 되어 있었다.

아무리 둘러보아도 엄마가 보이지 않아 나는 시원한 바람이나 쐴까 하고 아치로 된 문 하나를 밀어 열었다. 벌써 밖은 어둑어둑했다. 문 밖으로 나서던 나는 하마터면 그 문의 바로 바깥쪽에 앉아 휴대폰으로 통화를 하고 있는 어떤 여자의 손을 거의 밟을 뻔했다. 나는 조그만 목소리로 사과를 하고는 빈 벤치를 찾아 얼른 걸음을 재촉했다.

"거기, 멋진 드레스를 입고 있는 아가씨! 이리 좀 와 보실래요?"

나는 뒤를 돌아보았다. 그녀는 휴대폰을 닫으며 자기가 앉아 있던 계단 옆에 내가 앉을 자리를 만들어주며 옆으로 옮겨 앉았다. 그녀가 입고 있는 예쁜 검은색 정장이 눈에 쏙 들어왔다. 돌체&가바나의 신제품이었다.

그녀의 시선은 너무 깊이 파이고 정말 창피할 만큼 주름 장식이 잔뜩 달린 내 네크라인에 고정되어 있는 듯했다. 나는 내 꼴이 어떤지를 살짝 내려다보았다. 마치 커튼 뒤에서 튀어나올 때를 기다리는 배우들처럼 삐죽 튀어나온 내 가슴이 눈에 확 들어왔다. 엄마가 거기 핀을 꽂아주기로 했던 걸 깜박한 것이다. 얼결에 나는 얼른 팔짱을 끼며 가슴을 대충 가려보고자 했다.

"여기 들렀다가 어디 시내에 있는 파티라도 가시나 본데⋯⋯. 택시 같이 타고 갈래요? 나도 조금 있다가 여길 뜰 생각이라서요."

나로서는 정말 고마운 제안인데다 조금이라도 빨리 여기를 떠나고 싶은 마음은 굴뚝같았지만, 그렇다고 엄마를 혼자 두고 갈 수는 없는 일이었다.

"고맙긴 한데 엄마랑 같이 조금 전에 여기 온 터라⋯⋯. 이런 옷차림을 한 것도 실은 우리 엄마 때문이었거든요."

남 앞에서 엄마를 탓하고 있는 내 꼴이 조금 우습게 느껴지기도 했지만, 뭐 어쨌든 그게 사실이니까. 다행히도 한국인인 그 여자는 그런 날 이해하는 듯했다.

"아무래도 여기에 조금 더 머무르게 될 것 같아요."

"그럼 음식이라도 좀 들어요. 그러면 기분이 한결 나아질 테니까. 저도 좀 더 있으려고 했는데, 방금 병원에서 전화가 왔거든요. 고속도로에서 무슨 큰 추돌 사고가 있었는데 제 환자 가운데 한 명에게 간 이식 수술을 해야 할지도 모르겠다네요."

흐음, 이 여자는 의사로구나. 그녀는 똑똑하고, 세련되고, 성격까지 괜찮은, 상당히 쿨한 의사처럼 보였다. 불현듯 이 여의사가 지금 이런 안 어울리는 생일 파티에 뭐 하러 온 건지 궁금해졌다. 한 가지 더, 지금 그녀에게 내 모습이 어떻게 보일는지도 말이다.

그녀가 네게 손을 내밀어 악수를 청했다.

"참, 제 이름은 준이에요. 준 정."

나는 다시 한 번 어깨 끈을 고쳐 올리며 그녀와 악수를 나누었다.

"진저 리예요."

그러고 있자니 갑작스레 나는 이 여의사에게 내가 왕자님의 간택을 기다리며 부엌에 몰려 있는 아가씨 무리 중 하나가 아니라는 사실을 꼭 얘기하고 싶어졌다.

"원래 이런 옷은 잘 안 입는 편인데……."

"그래요? 왜요, 멋진데."

"고마워요, 그렇지만 노출이 좀 심한 것 같아서요."

"뭐, 여자가 멋진 가슴 계곡을 살짝 보여주는 것쯤은 아무한테도 해가 되진 않잖아요?"

"실은 섹시하고 안 하고 그런 걸 떠나서 이 소녀스러운 프릴이 너무 창피한걸요."

나는 그 프릴들을 손으로 찰싹 쳐댔다.

"이번 시즌에는 여성스러운 스타일이 유행이라던데……. 패션 일을 하는 제 친구가 그랬거든요. 그 애는 제 정장들을 별로 마음에 들어 하지 않더라고요."

"어머, 저도 패션 잡지 쪽에서 일을 하는데……. 그런 옷 아주 좋은데요, 왜. 적어도 지금 입고 계신 건 정말 마음에 들어요."

"패션 잡지요? 그럼 어쩌면 제 친구를 아실지도 모르겠네요."

"글쎄요. 일을 시작한 지 1년밖에 안 됐거든요." 이런 내 말에 준이란 이름의 그녀가 눈을 크게 떴다.

"네, 저도 알아요. 1년차 어시스턴트 일을 하고 있기엔 제가 나이가 너무 많아 보이죠? 우리 엄마조차도 그렇게 말하더군요. '네 한창때도 이제 얼마 남지 않았다' 고요."

"아, 전 나이가 많다는 얘길 하려던 게 아니었어요. 직장을 가진 지 1년밖에 안 된 사람치고는 너무 비싼 드레스를 입고 있다는 말을 하려던 참이었는데……. 잡지사 월급이 얼마나 짠지 저도 대충 알거든요."

"하하, 다 자비로우신 우리 엄마 덕택이죠, 뭐."

"그런가 보네요. 샘플 세일 때 사신 거 같은데 그래도 몇 백 달러는 족히 주셨을 텐데요."

"실은 소매점에서 구입했어요."

보통은 내 돈을 주고 사지 않은 옷일 경우 조금 창피스러워서 가격에 대해서는 말을 삼가는 편이지만 지금 그녀에게는 그런 것들이 별 상관없어 보였다.

"음, 아무튼……." 준이 천천히 고개를 흔들었다.

"어머니가 하시는 말씀들을 다 참아내야 한다니 그건 좀 안됐네요."

"제 한창때가 다 끝나간다는 말요? 준씨 어머니는 그런 말씀 안 하시나 보죠?" 그녀가 허리를 곧게 펴며 말했다.

"얼마 안 있으면 나도 서른한 살이 되지만 그때에도 제 한창때는 끝나지 않을 거라 생각해요."

"제 말뜻은 그게 아니라……. 한국 엄마들은 모두 다 '전성기가 지나간다' 라든지, '한창때가 저물어간다' 라는 말을 하는 줄 알았거든요. 저는 그게 한국식 속담이라고 생각했어요."

"만약 그렇다면, 저는 그런 속담은 한 번도 들어본 적이 없는데요? 어쩌면 우리 엄마가 이미 돌아가신 후라서 그런 말을 못 들어본 것일 수도 있겠죠. 우리 아버지야 절대 그런 말을 저한테 하실 분이 아니고."

"아, 그렇군요. 유감이네요."

나는 돌아가셨다는 그녀의 어머니에 대해 뭐라고 말해줘야 할지 몰라 그냥 그렇게 얼버무려야 했다. 아빠가 이혼을 하고 우리 곁을 떠났다고 말했을 때 사람들이 내게 한 말들을 떠올려보았다. 아무리 생각해도 "한국사람들도 그러는 줄은 몰랐는데요." 또는 "그러면 이제 연락이 완전히 끊긴 거예요?"라는 식의 그들이 하는 말들은 상대방을 배려하는 발언이 절대 아니었다. 여기서 내가 말을 아끼고자 하는 것도 바로 그 때문이다.

"고마워요. 그렇지만 제가 아직 아기일 때 일어난 일이라……. 엄마 얼굴도 기억이 안 나는걸요."

"우리 아빠도 거의 마찬가지예요. 아빠는 어린 시절 한국으로 돌아가셨는데 그 후로는 소식이 완전 깜깜이거든요."

준은 그저 고개만 살짝 끄덕거렸다. 아마도 이번에는 그녀가 내게 무슨 말을 해야 할지 몰라 하는 것 같았다. 나는 그녀의 예쁜 얼굴과 깨끗한 피부, 좋은 옷, 자신감 있는 스타일 등을 차근차근 살펴보았다. 그녀를 보고 있자니 왠지 나 자신을 보고 있는 듯한 느낌이 들었다. 그간 다른 사람에게는 그런 기분을 한 번도 느껴본 적이 없었는데 말이다. 재미 교포 2세로서 그간 내가 받아온 주위의 기대대로 그렇게 잘 다져진 길을 택해 의대에 진학했더라면 나는 아마 그녀와 같은 사람이 되어 있을 것이다. 그렇게 생각하니 그녀가 마치 소설 속에 나오는 나의 '도플갱어'처럼 느껴졌다.

그때 준의 휴대폰이 울렸고, 나는 그녀가 통화하는 모습을 바라보았다.

"병원이에요." 그녀가 전화를 끊으며 말했다.

"간 이식을 해야 할 것 같다는군요. 바비한테 간다고 인사해야겠네. 혹시 바비 보셨어요?"

아, 그랬군. 그녀는 바로 바비의 친구였구나. 나는 그녀에게 집 앞쪽에는 사람들이 거의 없는 것 같으니 식당이나 2층을 찾아보라고 일러줬다.

"고마워요." 그녀가 말했다.

우리는 둘 다 자리를 털고 일어났다.

"하던 얘길 계속했으면 좋겠는데. 언제 한번 시간 낼래요? 내가 친구를 통해 연락을 하면 될 것 같은데. 혹시 펜 있어요?"

나는 멋진 정장을 입은 그녀의 뒷모습이 사람들 속으로 사라지는 것을 바라보았다. 어쩌면 그녀와 여기 있는 다른 여자들 모두, 자신에게 쏟아지는 기대 이상으로 훨씬 더 잘 해내고들 있는 건지도 모른다. 우리네 부모님들은 당신과 그 자식들의 입지를 견고하게 하기 위해 이곳 낯선 미국 땅에 오셨다. 그러므로 우리들이 해야 할 일이란 그 발판을 더욱 굳건히 만드는 것이었다. 논쟁이나 반항은 미래 세대를 위한 것일 뿐이었다. 내가 지금 이 집에 와서 우리 엄마의 욕심을 만족시켜주고 있는 것처럼, 여기 있는 여자들 역시 부모들의 기대를 수용해 이곳에 자리한 것이다. 다만 그들이 나와 다른 점이라면 그와 더불어 자기들의 욕심까지 함께 채워가고 있다는 점일 것이다. 결국 우리는 모두 같은 파티에 참석하고 있지만 그들은 나와 달리 나름대로 재미있는 시간을 보내고 있는 것이다.

나는 다시 집 안으로 들어가 다른 대화 상대를 찾기 위해 파티를 즐기고 있는 여자들 속으로 파고들었다. 다행히 적어도 그 중 몇몇은 영어를 사용하고 있었다. 그 속에서 귀동냥으로 들은 얘기들을 대충 종합하면, 국내 굴지의 컴퓨터 전문가들과 과학자들이 지금 이 파티에 총출동해 있는 모양이었다. 여기 오려고 원래 있던 약속을 취소한 사람도 상당수 있는 것 같았다. 그중 확실한 사실 하나는 오 여사 아줌마의 요리 솜씨가 큰 찬사를 받고 있다는 점이었다.

마음에 드는 그룹이 있으면 그 속에 동참하려 했던 나의 계획이 또다시 실패함에 따라 나는 곧 식당 쪽으로 발길을 돌려 아직도 김이 모락모락 올라오는 향기 좋은 음식들이 놓여진 테이블 옆에 가 섰다. 오, 이것이야말로 한국음식의 정수이며, 무지개 끝에 나타난다는 금빛 항아리이자 즐거움의 지상낙원일지니! 바비큐 립인 '갈비', 채소와 섞은 투명한 국수 '잡채', 파·부추·해물을 넣어 만든 팬케이크인 '파전', 쇠고기나 돼지고기를 넣어 빚은 덤플링인 '만두'를 비롯하여 갖은 양념에 무친 오징어, 빨간 고추와 마늘에 버무린 약간 희귀한 뿌리처럼 생긴 도라지, 양념한 시금치, 채소와 함께 볶은 튀김과 굴튀김, 다섯 가지 종류도 넘는 김치들, 그리고 감자 샐러드……. 이 모든 음식들 전부가 하나하나 너무도 맛깔스럽게 보였다. 내 위장 또한 이에 동의라도 하듯 곧 우르르 꽝꽝 요동을 쳐

됐고 입 안에는 군침이 가득 돌기 시작했다. 더군다나 나는 이 꽉 끼는 드레스를
입기 위해 하루 종일 아무것도 먹지 못한 상태가 아니었던가.

하지만 조금이라도 나은 외관을 위한 나름의 희생이랄까, 그런 게 필요하다는
생각이 들었다. 게다가 샨탈의 촬영 건 역시 다음 주에 잡혀 있는 상태였다. 나는
커다란 디너용 접시를 원래 쌓여 있던 곳에 도로 올려두고는 그 대신 다른 쪽에
있던 작은 접시를 집어들었다. 순간, 다코타의 끊임없는 샐러드 다이어트 행진
이 머릿속에 떠올랐고, 그녀의 그런 놀라운 의지력에 새삼 박수라도 보내고 싶은
마음이 들었다.

시금치와 만두를 올린 접시를 들고서야 나는 수많은 여자들 사이를 겨우 빠져
나올 수가 있었다. 엄마는 아직도 내 눈에 띄지 않았다. 엄마가 이 사람들 무리에
합세하지 않을 생각이라면 나 역시 그러지 않을 작정이다. 나는 조금 전 준과 함
께 앉아 있던 빈 계단으로 다시 가서 자리를 잡고 앉았다.

어둠 속에서 내가 '이 빈 접시를 다시 채워 올 것인가 말 것인가' 하는 문제를
두고 나름대로 심각하게 고민하고 있을 때, 누군가 내 이름을 부르는 소리가 들
렸다. 집 바깥에, 그것도 계단 아래 처박히듯 앉아 있던 나는 대답을 하려고 몸을
일으키려다 이내 뭔가를 알아채고 말았다. 그것은 나를 부르는 소리가 아니라
그저 어디선가 나와 관련된 얘기가 들려오고 있는 것이었다.

"진저 아직도 여기 있어?" 이렇게 묻는 어떤 여자의 목소리가 들려왔다. 앤의
목소리 같았다.

"진저는 못 봤는데, 걔네 엄마는 여기 계셔." 바비가 대답했다.

"진저도 아마 같이 왔을 거야. 엄청 휘황찬란한 드레스를 입고 온 여자에 대해
사람들이 수근거리는 걸 들었거든."

"어제 버그도프 매장에서 진저네 엄마랑 같이 산 드레스가 틀림없을 거야. 아
무튼 간에 어제 그런 데서 그렇게 마주치다니, 정말 재수도 없지. 나는 그렇다 쳐
도, 샨탈은 완전히 패닉 상태였다고."

"샨탈이 너무 과민반응한 거야. 진저는 제대로 연관지어 생각지도 못할 거라
고. 분명히 너무 당황해서 앞뒤 생각할 겨를도 없었을 텐데 뭘. 회사도 하루 빼먹
고 간 거였다면서."

“웨딩드레스 구경하러 회사까지 빼먹다니……. 말 다했지.”

그들은 함께 소리 내어 웃었다. 그때, 나는 내 가슴에 비수가 하나 와서 박히는 느낌을 받고 말았다. 나는 당장 그 자리를 박차고 떠나거나 혹은 내가 거기 있다는 사실을 그들에게 알려줘야 했다. 그렇지만 어쩐지 내 안의 마조히즘적인 어떤 것이 아예 움직이지도 말라고 내게 명령하고 있는 듯했다.

“샨탈이 그러는데 사무실에 온통 바보 같고 천박한 여자들뿐이래. 때로는 그들한테 얘기하는 것조차 참기 어렵다던데. 그냥 확 쥐고 마구 흔들어주고만 싶대. 샨탈의 어시스턴트라는 그 다코타인지 와이오밍인지 하는 여자는 말이지…….”

아, 그래. 이 정도면 충분하다. 나는 접시와 젓가락을 조용히 내려놓고는 컴컴한 밤의 안자락으로 기어들어가 버렸다.

Chapter 16

나는 집 앞으로 향해 난 길을 따라 도로 쪽으로 내려갔다. 차 몇 대는 벌써 떠난 후였고, 조금 전까지 자동차들이 잔디밭을 향해 빽빽하게 열을 지어 주차되었던 곳은 이제 군데군데 비어 있어 마치 이가 빠진 것처럼 보였다. 나는 계속해서 걸었다. 너무 쾅쾅거리며 걸은 탓인지 샌들의 힐 부분이 꺾여 발꿈치가 거의 아스팔트에 닿을 지경이었다. 하나밖에 없는 값비싼 마놀로 블라닉 구두를 망치고 있는 게 분명했지만, 그건 아무래도 상관없었다.

현관 쪽에서 새어나오는 불빛과 자동차들에서 점차 멀어져 가던 나는 이제 완전히 칠흑같은 어둠 속에 놓인 듯했다. 하늘엔 달도 별도 보이지 않았다. 그러고 있자니 불현듯 학교에서 중퇴한 이후 몇 달 동안의 시간들이 머릿속에 떠올랐다. 지금까지는 그 시절이 내 생애 가장 암울한 시기였는데…….

그곳에 내가 속하지 않는다는 사실을 받아들이는 일이란 절대 쉽지 않은 일이었다. 그렇다고 해서 아주 견딜 수 없을 정도는 아니었다. 대학 시절, 무슨 계시

152

라도 되는 양 내게 다가왔던 스타이넘과 부비에 같은 페미니스트적인 사고는 점점 실용적인 적용이나 의미가 없는 엘렌 식수와 뤼스 이리가레이의 이론 쪽으로 넘어왔다. 처음으로 무엇인가를 끝내지 못하고 중도하차 하게 된다는 사실을 받아들이는 일은 내게 있어 무척 고통스러운 경험이었다. 하지만 그것 역시 전혀 용납할 수 없는 정도는 아니었다. 내겐 학위 논문을 완성할 수 있을 만큼의 금전적 여력은 있었다. 다만 나는 한 번도 출간되지 않을 논문에 더 이상 시간을 쏟아붓고 싶지 않았을 뿐이다. 학문의 전당 밖의 세상이 나를 향해 손짓하고 있었다. 책을 편집하는 일, 저작권 대리인으로서 그것들을 대행하는 일, 광고 카피 쓰는 일, 종군 기자가 되는 일……. 나는 이런 일들 중 그 어느 것이라도 해낼 수 있을 거라고 생각했다.

당시 나의 마음은 마치 불붙기를 거부하는 젖은 나무토막과도 같았다. 그런 마음이야말로 내가 진정 견디기 어려운 것이었다. 그런 것들이 내겐 태양의 흑점과도 같은 위기와 공포, 절망의 이유가 되었던 것이다.

나는 아무것도 원하지 않았다. 어쩌면 나는 스스로 가질 수 없는 것들에 대해서는 처음부터 아예 원하는 마음을 가지지 않았던 건지도 모른다. 어찌 보면 그건 사실 좋지 않은 것이라 할 수 있을지도 모르겠다. 두 개의 세계에 어정쩡하게 양 다리를 걸친 채로 서 있던 나는, 두 발을 모아 점프를 한다거나 하는 다소 무모해 보이는 짓을 감행하는 데에는 자유롭지 못했다. 가장자리와 표면, 기슭에 매달린 채 인생을 살아오는 동안, 또 언제나 타협하고 억제하고 참으며 살아오는 동안, 나는 정열이라는 감정을 잃어왔고 또한 열정적인 잠재력은 점점 축소되어 온 듯하다. 그건 너무 오랫동안 그대로 방치해 그냥 그렇게 말라버린 것인지도 모른다. 내가 무언가를 간절히 갈망하던 때가 언제였던가를 가만히 돌이켜보면, 그 역시 아주 어린 시절을 빼고는 기억이 가물거리는 걸 보면 말이다.

어렸을 적 언젠가, 고아 소녀들로 이루어진 무용단이 우리 동네에 왔을 때였다. 그 애들은 흰 실크로 된 아름다운 가운을 걸치고는 몸을 빙빙 돌리고 소맷자락을 흔들며 우리에게 멋진 쇼를 선보였다. 그때 나는 그들 무리에 꼭 한 번 들어가 보고 싶다는 생각을 아주 진지하게 했었다. 심지어 엄마한테서 '고아' 란 단어의 뜻에 대해 자세히 설명을 들은 후에도 말이다. 동화책 같은 데서 보면, 고아들은 대개 자신이 원하는 것을 자유롭게 할 수 있는 주인공들이었으니까.

나는 이민 2세대가 가지는 자기희생과 모순이라는 운명 혹은 숙명을 두려워했고, 언제나 혼란스러운 내 의지를 괴로워했다. 나는 원하지도 않는 남편감을 찾고 있는 여자이며, 천직을 찾아내지 못한 직업인인 동시에 엄마의 말대로 따르지 않을 수 없는 페미니스트라 할 수 있었다. 이런 모습이야말로 진정 모순덩어리 그 자체가 아닌가. 일찍이 싹이 잘려 나간 봉오리는 꽃을 피우지 못하는데도 우리 엄마는 한창때 나의 개화기가 지나갈 것에 대해 걱정을 하고 있는 것이다.

엄마는 나를 원래 내가 속해 있던 집단에서 떼어낸 채, 단지 나와 내 조상, 내 문화를 연결시켜주는 고리 역할만을 하며 나를 키워왔다. 그 점에 대해선 나는 엄마를 원망하지는 않는다. 이상한 악센트를 쓰지 않으면서 말할 수 있다는 것, 백인 집단에서도 불편함을 느끼지 않을 수 있다는 것, 나 자신을 전통적인 한국인처럼 느끼지 않는다는 것……. 그런 것들은 내가 이 나라에서 엄마보다 훨씬 앞서가며 앞으로 나아가며 사는데 큰 도움이 되어왔으니까. 그렇지만 한국사람들과 어울리지 않는다는 것이 곧 미국인이 된다는 것과 같은 의미라고는 할 수 없는 일이다. 또한 가족들을 실망시키거나 저버릴 수 없기 때문에 가족들에게 발목을 잡힌다는 건 자신의 길을 이해해주지 않는 사회에 의해 방해받거나 저지당하는 일보다 훨씬 더 뒤틀린 일이라 할 수 있는 것이었다.

나는 확실한 '미국인 진저'도 아니었고, 그렇다고 전통적인 '한국인 리'도 아니었다. 결국 나는 두 세계의 부조화에서 기인한 우연한 부가물인 그 두 개의 이름 사이에서 일어난 충돌의 결과물이라 할 수 있었다. 그리고 그것이야말로 내가 헤쳐 나가야 하는 내 삶의 운명인 것이다. 나는 마치 살아 있지도, 그렇다고 완전히 죽지도 않은 유령처럼 벌어지고 단절된 두 세계 간의 갈라진 틈 위에 위태롭게 서 있는 존재였다.

도로변에 다다른 나는 걸음을 멈추고 조용한 밤의 소리에 귀를 기울였다. 그러고 있자니 갑자기 나 자신이 한없이 초라하고 또 외롭게만 느껴지는 것을 어찌할 수가 없었다. 그렇지만 하늘이 허락하는 한 나 스스로의 존재로, 또 내가 지닌 열망으로 저 은하계를 채울 수 있다고 느끼고 싶었다. 소망의 공허한 부분들이 내 가슴을 갈망과 불확실함, 대범함과 열광적인 기쁨들로 부풀리면서 조금씩 내 안으로 파고 들어가는 듯했다. 무언가가 부재한다는 것은 반대로 그 부재가 현존한다는 것을 뜻하기도 한다. 그러니 사람은 당연히 자기가 아닌 어떤 사람이 될 수도 있는 것이다.

나는 가슴에 손을 얹고 내 가슴의 부드러운 견고함과 이상스러울 정도의 편안함을 느꼈다. 모순, 이중성, 패러독스……. 그것들은 내 주변에 온통 산재해 있었다.

Chapter 17

내가 그 집안에 다시 발을 들여놓자마자 뭔가를 참지 못하고 뛰쳐나온 듯한 모습의 오 여사가 옅은 분홍빛 칵테일 드레스를 입고 진주를 주렁주렁 매단 채로 내게 덤벼들 듯 돌진해왔다.

"진저야!" 내가 채 숨도 고르기 전에 아줌마가 큰 소리로 외쳤다. "밤새 널 찾았잖니."

그제야 아줌마는 잡았던 내 몸을 놓아주었다.

"이렇게 예쁜 드레스를 입고 대체 어디에 있었던 거냐. 혹시 바비 못 봤니?"

그러더니 아줌마는 대답할 틈도 없이 곧 자기를 따라오라는 시늉을 했다.

"네 도움이 필요하다."

난 그저 그 뒤를 졸졸 따라가는 수밖에 선택의 여지가 없었다. 젊은 여자 손님들 중에서, 내가 그래도 이 집과 가장 가족 같은 사이라 할 수 있었기 때문이다. 나는 아줌마를 따라 이제는 텅 빈 부엌으로 향했다. 이곳을 가득 메우고 있던 사람들은 이제 모두 자리를 떠난 듯했다. 지저분한 접시들을 마치 피사의 사탑처럼 아슬아슬하게 잔뜩 쌓아놓고 가버린 건 말할 것도 없었다. 나는 다른 부엌일을 하는 것이야 별로 개의치 않는 편이지만, 어쩐지 설거지를 하는 일만은 정말 싫어한다. 어릴 적, 설거지가 너무 하기 싫은 나머지 어느 날 밤 비싼 접시 몇 개를 일부러 깨뜨린 적도 있었으니까. 그 사건의 파급 효과는 한마디로 굉장했다.

그 후 지금까지 엄마는 당신의 접시를 아예 건드리지도 못하게 했으니까 말이다.

"저희 엄마는 어디 계시죠?" 내가 물었다.

아까 대화를 나눈 이후 이 집안에서 엄마를 도통 보질 못했다. 오 여사가 얼굴을 찡그렸다.

"몸이 안 좋은가 봐. 위층에 누워 계신다."

"가서 좀 봐드려야 할까요?"

이상하다. 우리 엄마는 튼튼한 탱크 같은 사람인데. 나는 혹시나 아빠의 친구들과 대면하는 것이 엄마에게 너무 큰 부담이 된 건 아니었는지 걱정이 되기 시작했다. 아줌마는 나를 안심시키려는 듯 내 팔을 꽉 잡았다.

"엄마는 괜찮다. 좀 쉬시면 될 거야."

"아까까지 괜찮았는데……. 갑자기 왜 그러시는 걸까요?"

내 질문에 아줌마는 잠시 뭔가를 골똘히 생각하는 듯 하더니 곧 손을 이마에 가져다댔다.

"두통이 생긴 모양이다." 아줌마는 이내 밝은 표정으로 말했다. "편두통인데, 곧 괜찮아지실 거야. 걱정 마."

우리 엄마는 편두통 같은 것은 앓아본 적이 없는 사람이었다.

"아무래도 엄마한테 가봐야 할 것 같아요."

"가면 안 된다."

"안 된다……고요?"

아줌마는 냉장고를 열더니 양 옆을 잡고는 커다란 흰 상자 하나를 꺼냈다. 내가 있는 자리에서 보기엔 상자 바닥이 곧 터질 것처럼 위험해 보였다. 나는 당장 아줌마 쪽으로 달려가 두 손으로 상자 바닥을 받치고는 같이 그 상자를 식탁까지 질질 끌듯이 가져다 올려놓았다.

"고맙다, 애."

뚜껑을 여니 그 안에는 반짝이는 흰 설탕을 잔뜩 입힌 기다란 케이크가 들어 있었다. 그 위에는 빨간 글씨로 '생신을 축하드립니다, 박사님' 이라고 쓰여 있었다. 나는 아줌마를 도와 케이크를 상자 밖으로 꺼내 들었다.

"왜 엄마를 보면 안 된다 하시는 거죠?"

"왜, 뭐?" 오 여사는 얼버무리듯 말하고는 양초가 담긴 작은 상자 세 개를 식탁으로 가져왔다. "아, 너희 엄마 말이로구나. 왜 볼 수 없냐고? 그게……, 엄마가 지금 주무시는 중이거든. 방해하면 안 되지. 케이크 내가고 난 다음에 가봐라. 우선은 이 초들 좀 케이크 위에 꽂아다오. 60개다."

내가 튀어나올 듯한 눈으로 '60개요?!' 라고 외치듯 쳐다보자 아줌마는 당연하다는 듯 고개를 끄덕거렸다.

"넌 재능도 있고 게다가 아티스트잖니." 아줌마가 말을 이었다. "진저 네가 예쁘게 잘 해줄 거라 믿는다."

당황한 내가 우선 양초 세 개를 설탕 표면 위에 찌르듯이 꽂자 아줌마가 말렸다.

"아냐, 한 줄로 쭉."

아줌마는 그 양초들을 빼내 다시 원래 자리에 넣었다. 아줌마는 케이크 위에 여섯 줄을 내더니 그 다음엔 직각으로 열 줄을 그어 직사각형 모양을 만들었다.

"됐다, 이 줄만 따라가면서 꽂으면 되겠다. 아줌만 금방 돌아올게."

이 일을 끝마쳐야 엄마에게 갈 수 있겠구나. 땀까지 비적비적 흘리며 마침내 마지막 초를 꽂았을 때, 오 여사가 바비를 끌듯이 데리고 들어왔다.

"음, 진저가 다 알아서 처리해놓은 것 같구나."

나는 고개를 살짝 끄덕거리는 것으로 인사를 대신했다. 그도 어정쩡한 인사를 보내왔다.

"그래." 아줌마가 신난다는 듯 말했다.

"진저가 해놓은 것 좀 봐라. 마치 무슨 예술작품 같지 않니?"

그러면서 아줌마는 몸을 구부려 초 몇 개를 바로잡았다. 얼마 지나지 않아 어차피 전부 다 뽑히고 말 양초들에 대해 저토록 요란스럽게 정성을 들이는 사람은 난생처음 본 것 같다. 내가 밖으로 빼낸 바비의 얇은 흰 셔츠를 쳐다보고 있는 동안, 그들 모자는 방금 완성한 내 수공품에 대해 찬사를 보내고 있었다.

"아, 근데 말이지, 이렇게 하지 말고 반대로 열 줄에 아래로 여섯 줄을 내렸으면 더 보기 좋았을 텐데. 아니면 사이를 좀 더 널찍널찍하게 떨어뜨리던가요."

"안다. 그게 더 보기 좋긴 하겠지. 하지만 그러면 네 아버지가 그걸 다 불어서 끄는 데 너무 힘이 들지 않겠니. 그것 때문에 소원도 빌기 힘들 거고 말이야."

아저씨의 소원이 꼭 남들의 귀에까지 들려야 할 필요는 없을 텐데 싶었다.

"제 할 일은 대충 끝난 것 같은데요." 내가 말했다. 그러자 오 여사가 갑자기 눈에 힘을 팍 주더니 강한 레이저 광선 같은 눈빛으로 내 쪽을 쏘아보았다.

"아냐, 아냐. 이제 케이크를 내가야지. 사람들이 이거 보려고 지금 가지도 못하고 기다리는 건데. 내가 카메라를 가져올 테니 너희 둘이 여기에다 촛불 좀 붙여라."

60개의 초에 일일이 다 불을 붙이는 일은 생각보다 쉽지 않았다. 불꽃에 집중을 하다 보면 바비와 내 팔이 자꾸만 부딪히곤 했다. 게다가 앞으로 몸을 숙일 때는 옷자락에 불이 붙지 않도록 각별한 주의를 기울여야 했다. 그 때문에 브래지어를 하지 않았다는 사실을 스스로 자꾸 상기하며 나는 줄곧 옷자락을 끌어다 가슴께로 모아야만 했다. 우리가 그렇게 고생을 하는 동안 아줌마는 우리를 돕기는커녕 카메라로 그런 우리 둘의 모습을 줄곧 찍어대느라 바빴다.

"오케이, 다됐다. 초가 다 녹기 전에 어서 들고 가자고." 바비가 말했다.

바비는 상자 아래로 손을 넣어 케이크를 들었다. 그의 팔 길이만큼이나 기다란 케이크의 위쪽은 마치 어마어마한 화재의 현장 같았다. 초 60개란 실로 엄청난 숫자였다.

아줌마는 내게 포크와 냅킨이 가득 들어 있는 바구니와 레모네이드 피처를 건네줬다. 나는 정확히 그 두 사람 사이에 끼어 있었다.

바비가 고개를 돌려 나를 보며 말했다.

"먼저 가서 거실 불 좀 꺼줄래?"

"아니다, 거실 불은 그대로 둬라." 오 여사가 내 어깨너머로 말했다.

아줌마는 나의 다른 쪽 어깨에 손을 올리며 말했다.

"가서 수고 좀 해다오."

그때까지도 우리 쪽을 바라보고 있던 바비는 고개를 끄덕이며 앞을 향했다. 그의 이마에선 땀방울이 송골송골 솟아나고 있었다.

"괜찮아요?" 내가 물었다.

"응, 괜찮긴 한데……. 그래, 이왕 말 나온 김에 내 눈가 좀 닦아줄래?"

오 여사의 손을 여전히 내 어깨 위에 얹어둔 채로, 나는 바구니 안에 있던 냅킨을 꺼내 바비의 눈가에 맺힌 땀을 누르듯 닦아주었다. 그의 코앞에서는 지금 수십 개의 초가 활활 타고 있었지만, 그 순간만큼은 이상스러울 정도로 평화로워 보였다. 모르는 사람의 눈에는 아마 지금 이런 우리 세 사람의 모습이 아주 이상적이고 아름다운 한 가족처럼 비쳤을 게 틀림없었다.

그 순간, 나는 갑자기 손을 홱 움직였다.

"잠깐만요! 앤은 어쩌고?"

아줌마가 내 어깨에 올렸던 손을 슬그머니 내렸다.

"앤? 지금 앤을 기다릴 시간이 없다. 빨리 가자."

"그래, 그래. 케이크가 점점 무거워지는 것 같다고."

그러면서 바비가 먼저 앞으로 걸어 나가기 시작했고, 오 여사마저 날 등 뒤에서 떠미는 바람에 나도 어쩔 수 없이 그의 뒤를 따라 나서게 되었다.

정면으로 보이는 오 박사 아저씨의 등을 향해, 우린 거실 쪽으로 마치 무슨 거창한 퍼레이드라도 하는 양 일렬 행진을 하기 시작했다. 그와 동시에 거실 쪽에 와글와글 모여 있던 사람들이 마치 사해 바다가 갈라지듯 반으로 쫙 나뉘기 시작했다. 그제야 나는 내가 바비의 앞쪽에 서서 먼저 걸어갔어야 했다는 걸 깨달았지만 때는 이미 늦었다. 그의 양편에서 정신없이 플래시가 터져왔다. 오 박사 아저씨께 가까이 다가서는 순간, 오 여사 아줌마로부터 시작된 노래가 순식간에 퍼져 거실 안은 일제히 "생일 축하합니다……" 하는 노랫소리로 가득 찼다. 아줌마는 연신 사진을 찍어대며 자기 남편 옆에 가 섰고 반대쪽에는 바비가 케이크를 들고 서 있었기 때문에, 결국 나는 오씨 패밀리와 함께 아치 모양을 이루며 서 있는 꼴이 되어버렸다. 내 자리는 바로 바비 옆이었으니까.

모든 사람들이 일제히 '쟤는 도대체 누굴까?' 하는 표정으로 쳐다보고 있는 가운데, 그들의 한 중간에 떡하니 서 있는 일이란 정말이지 고역스러운 일이 아닐 수 없었다. 민망해진 나는 혹시 또 아까처럼 가슴이 제멋대로 돌출되어 있지는 않을까 확인하기 위해 드레스를 슬그머니 내려다보았다. 바로 그 순간, 옆으로 흘긋 보인 것은 내 가슴이 아니라 바로 쏟아지기 일보 직전의 케이크였다. 자기 몸에서 멀리 밀어내듯이 케이크를 들고 가던 바비가 거의 중심을 잃어가고 있는 듯했다. 나는 순간적으로 바구니를 내동댕이치고는 케이크 촛불 위로 들고 있던 레모네이드를 쏟아 부었다. 놀란 바비는 뒤로 화들짝 물러서다 결국 들고 있던 케이크를 바닥에 떨어뜨리고 말았다.

순간, 거실을 가득 메우고 있던 생일 축하 노래가 마치 벼락이라도 맞은 듯 뚝 끊겨버렸다. 수십 개의 초가 꽂혀 있던 흰 설탕을 입힌 노란색 케이크가 바닥에 와작 뭉개진 채로 연기만 모락모락 피워대고 있는 그 모습이란, 마치 비참한 최후를 맞은 눈사람을 연상케 했다.

"왜…… 그랬니?" 오 박사가 마침내 물었다.

"저, 불이……." 이것이 내가 할 수 있는 유일한 대답이었다. 나는 말을 더듬으며 그저 와일드하게 춤을 춰대는 불꽃의 모습을 어색하게 흉내 내어 보일 수밖에 없었다.

"그래도 생일 케이크였는데." 오 박사 아저씨의 말에는 숨길 수 없는 질책의 목소리가 깃들어 있었다.

"내 생일 케이크……."

"죄……죄송해요." 나는 얼굴이 발갛게 달아오르는 것을 느끼며 웅얼거렸다.

"전 그냥……."

나는 뭔가 애원하는 듯한 얼굴로 바비 쪽을 쳐다보았다. 순간, 똑같이 당혹스러워하고 있던 그의 표정은 뭔가 '이해한다'는 듯한 쪽으로 바뀐 듯했다. 그는 자세를 고친 후 목소리를 가다듬었다.

"아버지, 촛불들이 걷잡을 수가 없었어요. 하마터면 저도 화상을 입을 뻔했다니까요."

"화상?"

아줌마가 화들짝 놀란 듯 바비에게 다가가 그의 셔츠를 걷어 올렸다.

"전 괜찮아요." 아줌마의 손을 애써 밀어내며 그가 말했다.

"아니다, 내가 봐야지."

아줌마는 다시 바비의 셔츠를 걷어 올렸고, 곧 그의 근육질 상체가 만인 앞에 공개되었다. 오 박사 아저씨가 바비에게 가까이 다가가는 바람에 내 시야는 곧 가려져버리긴 했지만……. 그때, 가는 세로줄무늬가 들어간 약간 남성스러운 정장을 입은 앤이 우리 쪽으로 급히 뛰어왔다. 그녀의 손에는 얼음 한 대접과 행주 등이 들려 있었다.

"화장실에 있느라고……." 그녀는 숨을 헐떡거리며 말했다.

"다행히 멀쩡하네." 오 여사가 바비의 배를 탁 치며 한국말로 이렇게 말했다.

"도대체 이게 무슨 우스꽝스러운 꼴이냐." 난장판에서 슬그머니 발을 빼며 오 박사 아저씨가 불만스레 중얼거렸다. "이봐, 우리끼리 브랜디나 좀 들도록 하지." 그가 제일 가까이 있는 한 떼거리의 남자들에게 말했다.

"이거 필요 없겠어?" 앤이 급히 만들어온 습포제를 들고 말했다.

그런 앤을 보고 있던 오 여사가 자기 손을 엉덩이춤에 올리고는 마치 한숨을 쉬듯 닫힌 입술 사이로 바람소리까지 쉬익 내가며 말했다. 그녀를 비웃기라도 하는 듯이 말이다.

"너무 늦었다. 다 끝났는데 이제 와서 뭘……."

아줌마는 곧 내 쪽으로 걸어오더니 내 허리에 팔을 두르며 다정히 말했다.

"우리 진저가 바비의 생명을 구했네."

"아……별것도 아니었는데요, 뭐." 대답을 하고 있는 내 볼이 또다시 상기되는 게 느껴졌다.

"바비가 너한테 큰 빚을 졌구나." 아줌마가 미소를 띠며 손가락으로 그를 가리켰다.

"너, 진저한테 빚진 거야."

"제가, 제가 진저한테 빚을 졌다고요?" 바비가 당황한 듯 내 쪽을 쳐다보며 되물었다.

"그래, 애." 아줌마가 큰 소리로 대꾸했다. 그런 아줌마는 뭔가 상당히 만족스럽다는 듯 활짝 웃고 있었다.

"앞으로 평생 동안 네가 진저의 저녁을 만들어줘야 할 거다. 저녁, 점심, 아니 아침밥까지 말이다."

"아니에요." 내가 말했다.

"얘는, 바비가 얼마나 요리를 잘하는데." 아줌마가 계속 웃으며 말했다.

"프랑스 요리학원에도 다녔는걸."

"겨우 8주였는데요, 뭘." 바비가 말했다.

"의대 가기 전에 여름 동안 잠깐."

나는 그를 쳐다보았다. 몰랐던 일이긴 하지만 그다지 놀랍지는 않았다.

"너무 겸손 떨지 마, 바비." 앤이 그의 어깨에 팔을 두르며 말했다.

"바비가 만드는 부야베스(생선 스튜)는 정말 끝내주거든요."

오 여사가 얼굴을 찡그렸다.

"우리 아들은 치킨을 더 잘 만드는데."

"말대꾸는 아닌데요, 부야베스야말로 바비의 진정한 '피에스 드 레지스탕스 (piece de resistance)' 거든요?"

"그게 무슨 뜻이지?"

"그 말은, 앤 생각엔 그 요리를 제가 정말 맛있게 만든다는 거예요." 바비가 대신 설명했다.

"사실 엄마 말도, 앤 말도 다 맞아."

"나는 그렇게 생각 안 한다." 아줌마는 자꾸 삐딱하게 대답을 하는 것 같았다. 그러자 앤도 이를 악물듯이 말했다.

"전 그렇게 생각하는데요."

"부야베스는 별것도 아니다. 그건 나도 할 수 있다고."

"글쎄요. 부야베스가 뭔지 알기나 하신 건지 모르겠네요."

아줌마는 내 허리에 얹었던 팔을 빼며 위협적인 걸음걸이로 앤에게 다가갔다. 순간 나는 아줌마를 제자리로 끌어왔다. 이번엔 반대로 내 팔을 아줌마 허리에 두르면서 말이다. 내가 무슨 오 여사의 보호자나 되는 양 자처하고픈 마음 따위야 절대 없었지만 어쨌든 누군가는 아줌마를 말려야만 하는 분위기였으니까. 또 만일 내가 지금 입이 저렇게 한참 나와 있는 앤을 이대로 집에 보내 샨탈에게 가게끔 내버려둔다면, 나에 대한 샨탈의 생각을 영원히 바꾸지 못할 일이었기도 하고 말이다.

"모르긴, 그 정도는 알지, 당연히. 그게…… 그러니까 생선 수프 일종 아니냐. 부야베스라는 게. 바비는 이미 자주, 날 위해서, 그거 너한테 해주기 전에도 그 요리를 만들어주곤 했었다고. 오케이?"

콩글리시를 쓰는 엄마를 둔 나 같은 사람이야 뭐 대강 알아들을 수는 있었지만, 흥분한 오 여사 아줌마의 영어는 미국의 네이티브 스피커로서는 정말 굉장히 이해하기 어려운 것이었다.

"뭐라고요? 도대체 지금 무슨 말을 지껄이는 건지 도저히 들어먹을 수가 없는데요."

나는 앤의 말에 당황한 나머지 숨소리를 크게 내었다가 곧 내 입을 틀어막았다. 그러자 오 여사 아줌마가 내 쪽으로 몸을 돌리며 물었다.

"얘가 지금 뭐라니?"

나는 이 싸움을 더 크게 만들고 싶지는 않았지만, 아줌마의 영어 실력에 대한 앤의 조롱은 비난을 받아 마땅한 것이었다. 지금보다 더 심한 말로 아줌마에게 비난을 퍼부은 적도 있었다는 사실을 나도 들어서 알고 있었지만, 그저 너무나 화가 치민 나머지 누군가에게 '지옥에나 떨어져라' 하는 식의 욕을 하는 것과 그 사람이 가진 영어 수준을 비웃는 것은 별개 문제라는 생각이 들었다. 나도 우리 엄마와 십여 년간 논쟁을 벌여왔고 싸움도 여러 번 해봤지만, 그런 나조차도 그렇듯 심하게 엄마의 영어 실력을 비하한 적은 단 한 번도 없었다. 심지어 철이 덜 든 어린애였을 때조차 말이다. 바비를 쳐다보니, 그 역시 나처럼 깜짝 놀란 얼굴을 하고 있었다.

"뭐야. 내 요리 솜씨를 두고 싸움을 하다니, 너무 우습잖아? 그냥 여기 진저더러 판결을 내려달라고 하는 게 좋을 것 같은데." 그가 날 쳐다보며 말했다. "언제 한번 손님으로 초대할게. 나랑 앤의 손님으로 말이야."

그제야 앤도 자세를 바로 고치며 고개를 끄덕였다. 아마 자기도 방금 스스로가 그런 말까지 내뱉었다는 사실이 순간적으로 부끄러워졌음에 틀림없다. 오 여사가 금세 의기양양한 웃음을 띠었다.

"그럼 진저가 언제쯤 가면 되겠니?"

그러자 바비가 약간 불안한 얼굴로 앤을 쳐다보았다.

"내일 밤은 어때?" 아줌마가 그 새를 못 참고 쪼르르 물었다.

"바비, 전에 말하길 당신……."

"내일은 아니고……." 바비가 앤의 말을 막았다. "나중에 내가 진저한테 전화를 할게."

앤은 방금 목구멍까지 올라왔던 말을 가까스로 참는 듯 보였다. 그녀가 어떤 취급을 받았는지를 생각한다면, 나는 그녀의 손을 들어줘야만 했다. 적어도 그녀는 나름대로 작으나마 노력을 기울이고 있지 않은가. 최소한 바비에게 자기와 가족 중 한쪽만 선택하라며 으름장을 놓는 일 따위는 하지 않으니 말이다.

"진저야, 바비한테 네 전화번호 좀 알려줘라."

"이미 알고 있어요."

"오, 그래?" 내 말에 오 여사는 입 끝이 귀에 걸릴 만큼 활짝 웃었다.

"그나저나 저희 엄마는 지금 어디 있다고 하셨죠?"

나는 아줌마의 옆구리를 슬쩍 찌르며 재촉해보았다. 그러나 아줌마는 좀처럼 그 자리를 뜨려 하지 않았다.

"엄마를 그렇게 생각하다니, 얼마나 착하고 예쁜 딸이냐 그래. 아무튼 여기서 아줌마랑 얘기나 좀 더 하자. 이렇게 분위기가 좋은데 말이야……."

더 이상 무슨 말을 해야 할지 몰라 우리 모두는 그저 서로의 얼굴을 빤히 쳐다보기만 했다.

잠시 후 그 침묵을 깬 사람은 바로 앤이었다. 그녀는 자기 손목시계를 들여다보며 말했다. "늦었네요."

"그래, 우리도 이제 그만 가봐야지."

바비가 주머니를 뒤지더니 열쇠를 꺼내 흔들어 보였다.

"너도 간다고?"

아줌마의 입술이 조금 떨리는 듯했다.

"여기서 하룻밤 자고 내일 아침에 뒤처리하는 걸 돕겠다면서."

그 말에 바비와 앤이 둘만의 시선을 교환했다.

"그렇긴 한데, 계획에 차질이 좀 생겨서요. 앤이 내일 아침 일찍 병원에 나가봐야 하거든요. 그래서 집에 데려다줘야 할 것 같은데……."

"그럼 네 차를 몰고 가라고 해. 넌 그냥 여기서 자고."

"그럼 전 어떻게 집에 가고요?"

"이 여사가 태워다 주실 게다. 두 가족 모두 푸짐하게 아침식사 다음 말이야."

아줌마는 말을 마치자마자 눈살을 찌푸렸다. 방금 당신이 한 말 중 동사가 빠졌다는 걸 깨달았기 때문이었다. 아줌마는 '아침식사를 한 다음에'라고 정정하며 똑같은 말을 다시 한 번 했다. 물론 이번에도 계속 엉터리 콩글리시이긴 마찬가지였지만.

"저도 여기서 자고 가나요?"

내가 물었다. 아줌마가 고개를 끄덕여 보였다.

"엄마는 깨우지 마라." 아줌마는 마치 뭔가 중요한 것을 알아낸 후 마치 '유레카!'라고 외치기라도 하는 것처럼 팔을 쭉 뻗으며 말했다. "내일 우린 성대한 가족 조찬을 가질 예정이니까……."

이렇게 말하는 아줌마의 두 손은 여전히 공중에 떠 있었다. 그러다 이내 뭔가 실수를 한 사람처럼 아줌마는 갑자기 불안한 표정을 지으며 두 팔을 슬쩍 내렸다. 내가 볼 때 오 여사는 그다지 훌륭한 배우는 못 되는 것 같았다. 아줌마는 예상치 못한 사태에 미리 대비를 했든지, 아니면 적어도 그 말을 그냥 한국말로 하든지 했어야만 했다. 방금 얘기한 갑작스러운 이벤트가 이 상황에서 대충 지어낸 말 같아 보이진 않았기 때문이다.

갑자기 엄마가 생각났다. 사실 이 시점에서 엄마가 뭔가 거짓말을 했다고 말할 수는 없었다. 파티 뒤에 어떤 계획들이 있는지 없는지에 대해선 엄마는 전혀 아무런 언급도 하지 않았기 때문이다.

"이렇게 늦은 시각에 앤 혼자 차를 몰고 가게 할 순 없어요. 그럼 지금 치우고 둘이 같이 떠날게요."

그러자 앤은 바비의 팔을 붙잡으며 말했다.

"아니야, 자기. 나는 괜찮아. 가족들이랑 옛 친구들이랑 여기 있도록 해."

그녀는 바비가 가지고 있는 자동차 열쇠를 달라고 했다. 바비는 그런 그녀의 눈을 들여다보며 잠시 머뭇거리더니 곧 그녀의 손바닥 위에 열쇠를 떨어뜨려주었다.

"잘됐네." 오 여사 아줌마가 말했다.

"앤, 네 핸드백을 가져다주마." 아줌마는 이렇게 말하고는 재빨리 2층으로 올라갔다.

　나는 주위를 둘러보다가 파티에 왔던 손님들이 떠나가는 장면을 보고 흠칫 놀랐다. 오 박사 아저씨가 서서 사람들과 일일이 악수를 하고 인사를 꾸벅꾸벅 하고 있는 정문 홀에는 거의 교통 체증에 가까울 정도로 많은 사람들이 한꺼번에 몰려 있었기 때문이다. 특별히 손을 보지 않았을 것 같은 주위의 전등들은 사람들이 떠남과 동시에 한결 더 밝아 보였다.

　"정말로 나한테 저녁을 만들어주거나 그럴 필요는 없어요." 아줌마가 자리에 없는 틈에 내가 말했다.

　"아냐, 당연히 그래야지." 바비가 대답했다.

　"내 생명의 은인인데 그 정도는 해드려야지." 그가 웃었다.

　"그 순간에는 정말 난 정말로 케이크가 쓰러져 불이 붙는 줄 알았거든."

　"그건 자꾸 생각할 필요 없어. 진저 네가 우리 모두를 대신해서 큰일을 해준 셈이니까. 안 그랬으면 파티는 밤새 끝날 생각도 안 했을걸."

　"바비 아버지께서 지금쯤 날 엄청 미워하고 계실 것 같아."

　"나랑 동병상련이군." 앤이 끼어들었다. "그래도 뭐 바비 어머니만큼은 진저 씨를 끔찍이 좋아하잖아요."

　"왠지 그거 칭찬은 아닌 것 같은데요." 내 말에 모두 킬킬거리며 웃어댔다.

　"언제 정말 다 같이 저녁이나 함께해요." 앤이 말했다.

　"바비가 부야베스를 해준다면 샨탈도 굉장히 오고 싶어 할 걸."

　그녀는 차 열쇠를 공중으로 높이 휙 던지더니 손목을 확 꺾으며 내려오는 열쇠를 날째게 잡아챘다.

　"닭요리보다는 그게 훨씬 맛있으니까."

　그제야 나는 바비가 앤에게서 무엇을 보는지를 조금 알 수 있을 것만 같았다. 그건 어쩌면 자기 엄마와 조금은 닮은 듯한 저런 구석 때문인지도 모른다. 나는 한 걸음 뒤로 물러나 두 손을 맞잡으며 항복하듯 말했다.

　"그 말이 맞는 것 같네요."

　앤이 웃었다.

　"미안. 내가 원래 이렇진 않은데……. 아마도 바비 엄마 같은 한국 어머니가 날 이렇게 만들어놓은 거겠죠."

그 말에 나는 어색한 미소를 지을 수밖에 없었다. 내가 한국사람들에 대해 농담을 하는 것과, 한국과는 아무런 관련도 없는 앤 같은 사람이 그러는 것과는 엄연히 다른 문제이기 때문이다.

"전 저희 엄마한테 좀 가봐야 해서 이만…… 실례 좀 할게요."

Chapter 18

2층 홀에 있는 닫힌 문들을 내가 함부로 열어보는 건 아무래도 실례일 것 같았다. 그래서 나는 아줌마가 이곳 어느 방에선가 빨리 나와주기를 기다리며 벽에 걸린 가족사진들을 들여다보았다. 가까이 다가가서 자세히 보니, 마치 어느 갤러리에서 '바비 특별전'이라도 연 듯한 착각이 들 정도로 그곳은 바비의 사진들로 가득했다. 나는 한 살을 맞는 생일날 전통 한국 의상('한복'이라고 하던가?)을 입은 채 과일이 가득한 바구니 옆에서 찍은 그의 사진을 들여다보았다. 언젠가 이와 비슷한 분위기에서 찍은 우리 오빠와 내 사진을 엄마 침실 옆 서랍에서 발견한 적이 있었다. 엄마의 서랍 안에는 그때의 사진들이 정말 잔뜩 들어 있었다. 그 옆에 걸린 사진은 디즈니 월드에서 미키와 미니 마우스 사이에서 찍은, 낯익은 그의 어릴 적 모습이었다. 그 옆에는 치열 교정기를 끼고 머리가 조금 긴 모습을 한 바비의 고등학교 시절 사진이 걸려 있었다. 사진 속에서 그는 골프복 비슷한 바지를 입고 있었다. 그 옆으로 테니스 복을 입은 채 머리 위로 트로피를 높이 처들고 있는 사진과 졸업 댄스파티에서의 사진, 그리고 대학 졸업식 날 졸업모를 쓰고 가운을 입은 사진들이 있었다. 사진들 속의 바비는 굉장히 말라 있었고, 잘생겼다기보다는 상당히 예쁘장한 모습이었다. 턱에 각이 생기고 어깨가 떡 벌어진 지금의 성숙한 모습을 갖추게 된 게 정확히 어느 즈음부터인지 구분하기가 어려웠다. 마지막에 걸린 사진들은 아주 최근, 파리의 에펠탑 앞에서 찍은 것들이었다.

　만약 바비가 앤과 결혼을 한다면 바비 부모님은 과연 이 사진들을 다 치워버릴 것인지가 문득 궁금해졌다. 엄마와 함께 살 때 집에 걸려 있던 모든 액자 사진들은, 오빠가 떠나는 동시에 흔적도 없이 사라졌기 때문이다. 그 집에 걸렸던 사진들만 본다면 사람들은 내가 우리 집의 무남독녀인 줄로만 생각했을 것이다. 그것도 여드름투성이에 뽀글뽀글 파마한 모습으로만 기억하겠지. 내 여드름이 채 가시기 전에 오빠가 그렇게 급작스레 결혼을 해야만 했다는 것 또한 그저 내 운명인 듯했다.

　그때 갑자기 방문이 열리는 바람에 나는 밝은 복도 쪽으로 화들짝 물러섰다. 가방들을 잔뜩 짊어지고 나오던 오 여사 아줌마가 나를 발견하고는 예상치 못했다는 듯 상당히 놀란 표정을 지었다. 아줌마는 문을 쾅 소리가 날 정도로 재빨리 닫았지만 나는 그 사이로 새어나오는 텔레비전 불빛을 놓치지 않고 볼 수가 있었다.

　“아유, 진저야. 너 때문에 깜짝 놀랐잖니.”

　아줌마는 지금 우리 엄마한테까지 ‘진저’ 라는 이름이 다 들리도록 일부러 어색할 정도로 큰 소리로 그렇게 말하고 있는 듯했다. 아니나 다를까. 그 말과 함께 곧 방 안의 텔레비전 소리가 꺼지더니 이제 그 방에서는 쥐죽은 듯 아무 소리도 들려오지 않았다.

　“왜 여기 있어? 혹시 바비가 가버린 거니?”

　“아니요, 아마 아직 아래층에 앤이랑 같이 있을 걸요. 앤이 지금 가방을 가져다주길 기다리고 있잖아요.” 내가 핸드백들을 가리키며 말했다.

　“맞다.” 아줌마는 가방 끈들을 어깨 위로 추커올리며 말했다.

　“우리 아들 참 잘생겼지, 안 그러냐?”

　아줌마는 바비가 파리에서 찍은 사진 쪽으로 가까이 다가서며 미소를 지었다.

　“바비가 어머니를 닮은 것 같아요.” 내 말이 상당히 흡족한 듯 아줌마는 손을 자기 뺨에 가져다 댔다.

　“나는 이제 늙은 할망구일 뿐인데 뭘. 다들 바비는 아빠를 쏙 빼닮았다고 하던데.”

　나는 ‘오 박사 아저씨도 똑같이 나이가 드셨는걸요, 뭘’ 하고 지적을 하고 넘

168

어가고 싶었지만 그 말을 입 밖에 내지는 않았다.

"여보……." 오 박사 아저씨가 아래층에서 큰 소리로 외쳤다. 아저씨는 계속 한국말로 아줌마더러 '가방을 가지고 빨리 내려오라'고 외쳐대는 것 같았다.

"알았어요……." 아줌마도 큰 소리로 대답을 하곤 계단을 내려가려다가 갑자기 걸음을 멈추고 물었다.

"지금 엄마한테 가는 길이니?" 이번에도 일부러 그러는 듯, 아줌마는 다시 한 번 어색할 정도로 큰 소리로 물었다.

"주무시는 걸 일부러 깨우진 않을게요." 내 대답은 진심이었다. 아줌마는 미소를 짓더니 다시 아래층으로 향했다.

나는 방문 손잡이를 잡았다. 홀에서 나오는 불빛이 방 안 침대 위에 누워 있는 엄마의 모습을 비췄다. 엄마는 엎드린 채 이불을 코 근처까지 뒤집어쓰고 있었다. 베개 밑으로는 리모컨이 삐죽 머리를 내밀고 있었다. 나는 안으로 들어가 방문을 닫고는 팔을 더듬이처럼 이용해 걸으며 서랍 위쪽에 놓인 텔레비전 앞까지 다가갔다. 내 예상대로 텔레비전 수상기에는 역시 아직도 따뜻한 기운이 남아 있었다. 나는 이내 침대 매트리스 위에 풀쩍 뛰어올라 앉았고, 침대는 그로 인해 한바탕 흔들렸다.

"엄마, 안 주무시는 거 다 알아요."

그런데 우습게도 엄마는 갑자기 드르렁 드르렁 코를 골기 시작했다. 나는 몸을 굽혀 옆에 있던 스탠드의 불을 켜고선 잠시 기다렸다. 곧 엄마의 눈이 번쩍 떠졌다. 엄마는 당신의 어색한 쇼가 끝났음을 알고는 픽 웃어 보였다.

"다들 갔니?"

"지금 다들 떠나고 있어요."

"그렇구나."

엄마는 몸을 일으켜 앉더니 손바닥으로 머리를 쓸어 올렸다.

"아무도 아예 갈 생각들을 안 하는 것 같더니만……."

"꼭 그 사람들을 피하고 있는 것처럼 저를 속이실 필요 없어요." 나는 팔짱을 끼며 말했다.

"엄마랑 오 여사 아줌마랑 무슨 꿍꿍이인지 다 아니까. 그냥 솔직히 털어놓으시는 게 좋을걸요."

"누가 누굴 속인다고 그러냐? 나는 진짜로 그 사람들과 마주치고 싶지 않아서 그러는 건데. 너희 아빠 친구들 얼굴 정도야 뭐 그냥 볼 수 있을 거라고 생각했는데, 그게 아니더라고. 그 사람들과 얼굴을 마주친다는 게 여간 고역이 아니더구나."

엄마는 자기 왼쪽 손을 내려다보면서 오른손 집게손가락으로 기미가 낀 왼손을 괜히 문질러대며 말을 이었다.

"그래서 이리로 올라왔지."

여기 이 방 침대에 누워 텔레비전을 보면서 저녁 내내 편안한 시간을 보냈을 게 분명한데도, 엄마의 얼굴에는 상당히 피곤한 기색이 역력했다. 쉰아홉이라는 나이 탓일까. 그 얼굴을 본 나는 엄마 말을 믿기로 했다. 꾀병을 부리기로 한 엄마의 계획은 다행스럽게도 파티에 불참할 핑계와 딱 맞아떨어졌던 것이다.

"어떻게, 오늘 밤에 멋진 남자들 좀 만나봤니?" 엄마가 기대에 찬 목소리로 물었다.

그 말을 들으니 갑자기 엄마의 희생이 헛되이 된 게 미안해졌다.

"아, 아니. 남자들이 다 한국말만 쓰고 거의 날 못 본 척하던걸."

"그랬어?" 엄마가 머리를 흔들며 말했다.

"그렇다면 그건 신경 쓸 필요 없다. 오 박사가 원래 좀 거만하고 잘난 척하는 사람들을 좋아하는 편이거든. 걔들은 그냥 잊어버려."

엄마는 팔을 뻗어 내 팔을 쓰다듬었다.

"바비와는 어땠니? 걔랑 말은 좀 잘 해본 게야?"

"바비 오빠가 속내를 털어놓았느냐고 물어보는 거라면 대답은 '노' 예요. 그리고 제 생각엔 바비는 낼 아침식사 자리에도 나타나지 않을 것 같다고요."

"뭐든지 기대가 너무 빠르면 쓰나. 우정도 다 어느 정도 시간이 필요한 거란다."

"그러니까 이제 그만 집에 가자고요. 내일 아침에 출근도 해야 한단 말이에요."

"안 돼. 오 여사가 부탁까지 했는데."

170

"그렇지만 뭐, 두 분이 그렇게 절친한 사이도 아니잖아요."

"왜, 그 정도면 친한 사이지."

앞쪽을 바라보는 엄마의 표정에서, 나는 엄마가 그 노란 벽지에 있는 푸른 꽃무늬 이상의 무언가를 생각하고 있음을 느낄 수가 있었다. 그런 엄마가 조금 안되고 측은하다고 느끼는 순간, 엄마는 혼자 고개를 끄덕이더니 침대 끄트머리로 몸을 굽혀 지갑을 꺼내들었다. 엄마는 곧 내 손에 자동차 열쇠를 쥐어주었다.

"우리 이제 집에 가는 거야?"

"아니야, 가서 차 트렁크 열고 엄마 여행용 가방 작은 것 좀 갖고 오너라. 너는 집에 오후 12시까지 도착하게 해줄 테니." 내가 뭐라고 대꾸하기도 전에 엄마가 덧붙였다. "이번 한 번만 엄마 부탁 좀 들어줘라, 내가 나중에 다 보상해줄게."

"어떻게?"

"한 번 믿어봐. 엄만 빚진 건 절대 잊지 않으니까."

Chapter 19

외로운 까마귀의 까악까악 하는 소리가 점점 내 신경을 자극해오기 시작했다. 저쪽 창문 너머로 까마귀의 모습은 보이지 않았다. 그렇지만 내가 침대를 벗어나 창문 가까이 다가가 살펴본다 해도 그 모습이 시야에 들어오지는 않을 것이다. 내 생각에 저 울음소리의 주인공은 몇 미터 밖에 있는 전선줄 위에나 앉아 있을 성싶었다. 적어도 내가 어렸을 때 차 뒷자리에 앉아 전선주들을 지나치면서 바라보곤 했던 까마귀들은 대개 그랬으니까. 차의 뒷자리는 어릴 적 내내 내가 지키던 자리이다. 내가 뭔가를 기억할 수 있었을 때부터, 그리고 오빠 조지가 하버드로 떠나기 전까지……. 그는 엄마의 오른손으로서 항상 길을 알려주는 역할을 맡곤 했었다.

아마도 내가 잠에서 깬 건 그 까마귀 울음소리 때문이었을 것이다. 해는 집의 반대편에 떠 있어 내가 머무는 방 안에는 그늘이 든 상태였다. 나는 오크로 만든 침대와 한 세트인 서랍과 책상, 그리고 조금 무거워 보이는 짙은 초록색 커튼이 드리워진, 꽤 잘 꾸며진 방 안에 누워 있었다. 오 여사 아줌마의 취향은 그런대로 상당히 괜찮은 축에 속하는 듯했다. 샘이 한국사람이 아니라는 사실이 갑자기 안타깝게 느껴지는 순간이었다. 이런 류의 취향을 가진 샘이라면 오 여사 아줌마에게 완벽한 며느리가 되어줄 수도 있을 텐데. 만약 그렇게 된다면 두 사람은 천 견본을 손에 들고 다니며 자기들끼리 하루 종일 싸돌아다니느라 바쁠 것이다. 거기까지 생각이 미치자 어쩐지 좀 우스꽝스럽다는 느낌이 불쑥 들었다. '한국사람이 아니라' 서 안타깝다니……. 하하.

바로 어젯밤 한국사람들이 엄마에게 끼친 불편을 목격한 후에도 그런 생각이 들다니, 우스운 일이 아닐 수 없다. 엄마가 한국인들과 계속 교류하는 한, 그러한 불편함은 결코 완전히 사라지지 않을 것이다. 그렇지만 요 몇 년간 엄마가 사업을 일으켜 재산을 모으고 어느 정도 지위까지 올라감에 따라 그런 것들은 지하 깊숙이 숨어버린 것 같이 느껴지는 것도 사실이었다. 밀워키에서 엄마의 사회적인 활동 범위는 대개 그 지역에 처음 온 사람들로 구성되곤 했는데, 이들이야 그저 엄마가 결혼 생활에 실패했다는 정도만 알고 있을 뿐, 처음 아빠가 우리를 버리고 떠났을 때 주변 사람들이 목도했던 엄마의 깊은 상실감까지는 알지 못했다.

엄마를 보호하거나 감싸주려는 것은 사실 나로서는 어쩌면 '무조건 반사' 와도 같은 것이었다. 모르긴 해도 자기 부모들의 통역사, 의사 전달자, 협상자 노릇을 해야만 했던 이민 2세대 아이들은 대부분 다 그러했으리라는 생각이 든다. 그것은 우리가 어릴 적, 우리네 부모에게 영향을 끼치는 것들은 어떤 형태로든 모조리 우리 자신에게 똑같이 돌아온다는 생각에서 나온 자기방어적인 사고 때문인 것 같다. 오빠 조지는 사람들이 엄마에게 무례하게 대한다거나 또는 엄마의 모자란 영어 실력을 누군가 이용하려 들라치면 그 사람에게 필요 이상으로 크게 화를 내곤 했다. 아빠가 처음 우리 곁을 떠났을 때 엄마의 영어 실력은 지금보다 훨씬 형편없었기 때문이다.

홀로 된 엄마가 일을 하느라 나름대로 무척 애를 쓰고 있는 동안, 우리 세 식구에 대한 자잘한 책임감은 모두 그 당시 십대 청소년이었던 오빠 조지의 몫으로 돌아갔다. 그러한 큰 변화는 거의 하룻밤 사이에 일어났다고 해도 과언이 아니었기 때문에, 오빠에게 있어 그것은 아주 커다란 부담으로 다가왔을 것이 틀림없다. 나야 그 당시 너무 어렸기 때문에 아빠가 우리 곁에 있을 때의 생활이 어땠는지 사실 기억조차 잘 안 나지만 집안에서 귀여움을 독차지하며 자라온 외동아들에서 하루아침에 잔뜩 근심을 짊어진 집안의 유일한 남자가 되어버린 조지는 아마도 그 변화가 가져다준 차이를 온몸으로 느껴야 했을 것이다.

이후 오빠는 나를 돌봐주기 위해 학교가 파하면 곧장 집으로 돌아와야 했고 엄마가 쇼핑을 갈 때마다 그 일을 거들어야 했으며, 펌프가 고장 나면 배관공을 부르는 일 역시 그의 몫이 되었다. 다른 무엇보다도 엄마의 성격이 변했다는 것이 그중 가장 큰 변화라고 할 수 있었다. 엄마는 몹시 딱딱하고 무뚝뚝한 엄격한 성격으로 돌변하다시피 하여 이후 몇 년간 계속 그런 상태를 유지했다. 엄마는 오빠에게 어떠한 논쟁도, 어떠한 반항도 허락하질 않았다. 물론 엄마 입으로 직접 그런 말을 내뱉은 적은 한 번도 없었지만 엄마는 자기 생각과 다른 견해를 보인다거나 불평을 하면 그것을 곧 당신에 대한 변절로 받아들였으며 나와 오빠 역시 아빠처럼 자신을 사랑하지 않는다는 증거로 치부해버리곤 했다.

오빠 조지는 그런 엄격하고도 괴로운 낯선 룰을 한마디 불평이나 논쟁 없이 받아들였다. 때때로 고개를 들곤 하는 분한 마음이나 반항심 따위는 모두 자기 안으로 삭이면서 말이다. 버려졌다는 슬픔과 수치심을 공유하고 있다는 이유로 엄마와 정신적으로 단단히 결속되었던 오빠와 나는, 대부분의 경우 엄마의 말에 잘 따르는 편이었다. 아빠가 그렇게 우리 모두를 버리고 떠나는 그 상황은 아무리 생각을 해봐도 절대 흔치 않은 너무나 이상한 일이었고, 어른이 된 후에도 나는 그것이 너무 '한국적' 인 일이었다는 생각을 줄곧 해왔다.

아빠의 부모님, 즉 나의 할아버지 할머니는 중매쟁이에게 거짓말을 했었다고 한다. 아빠는 우리 엄마 쪽 집안에 처음 소개되었던 대로 '한 번도 결혼을 한 적이 없는 총각' 이 아니었던 것이다. 심지어 아빠에겐 딸린 자식들까지 있었던 것이다. 그러나 부유한 부르주아였던 아빠의 부모님은 아빠가 대학시절에 만난 좌익 경향의 학생운동가이자 장학생이었던 아내를 못마땅하게 여겨 아빠로 하여금 아내와 자식들, 그리고 좌익 성향까지 모두 버릴 것을 강요했다고 한다. 그리고 그들은 아빠를 데려와 당시 부유하지는 않았지만 전통 있고 명망 있는 집안의 딸이자 별이 몇 개 달린 장성의 조카였던 엄마와 강제로 재혼을 시켰던 것이다.

나보다 여덟 살이나 많고 엄마 아빠의 부부싸움을 나보다 자주 지켜봤던 오빠 조지는 언젠가 아빠가 한국에서 살 때 엄마에게 이미 진실을 고백했었노라고 말한 적이 있다. 그렇지만 그건 오빠와 내가 이미 태어난 뒤라 결혼을 무르기엔 때가 너무 늦었다. 그 일로 엄마네 집안에서는 아빠네 집안사람들과 만나 최선의 방법은 결국 우리 가족을 미국 땅으로 보내는 것이라고 담판을 지었다고 한다. 그들은 아빠를 너그러이 용서해준다는 조건하에, 대학원 교환학생 프로그램의 자리를 얻어주기 위해 교직원들에게 돈까지 찔러주었다고 한다. 그렇지만 바다를 건너왔다는 그 최후의 방법 역시 결국 우리 가족을 지켜내진 못했다. 두 나라 사이의 그 머나먼 거리도 우리 아빠가 진정으로 사랑했던 아빠의 예전 가정에 대한 그리움을 없애지는 못했던 것이다.

이후 엄마는 서울로 돌아가고 싶어 했지만 '집안의 수치'를 바다 저편에 묻어두길 원했던 외할아버지는 우리의 귀국을 결사반대했다고 한다. 엄마의 엄마, 즉 우리 외할머니는 엄마가 스스로의 힘으로 충분히 우리들을 키울 수 있게끔 자리를 잡을 때까지 암거래한 달러들을 엄마에게 몰래 보내주곤 했었는데, 어느 정도 성공을 하자 엄마는 외할아버지에게 그 액수만큼 수표를 돌려보냈다고 한다. 은혜를 갚기 위해서가 아니라 우리끼리도 이렇게 잘살고 있노라고 여봐란 듯이 보여주기 위해, 그리하여 외할아버지가 엄마에게 잘못한 부분을 마음 깊숙이 느끼게 해주기 위해서 말이다.

오빠는 언젠가 내게 나와 오빠만 아니었다면 엄마는 서울로 돌아갈 수도 있었을 거라는 말을 한 적이 있다. 딸린 아이들이 없었다면, 엄마 역시 아빠가 그랬던 것처럼 결혼을 한 적이 없는 사람인 양 행세해볼 수도 있었을 것이다. 한국의 어느 작은 지방 소도시 같은 곳에서, 어쩌면 엄마는 모든 것을 다시 한 번 시작해볼 수 있었을지도 모르는 일이다. 당신이 낳은 자식들에게는 기회의 땅이었을지 몰라도, 미국이란 나라는 엄마에겐 감옥과 같은 곳이었으니까.

오빠 조지는 그러한 모든 것들을 내게 설명해준 사람이었다. 또한 오빠는 앞으로 내 몫의 의무가 커지기 시작할 것이라는 현실을 내게 알려준 사람이기도 했다. 오빠와 나누던 그 대화는 지금도 마치 한쪽 모서리를 접어둔 책장처럼 내 마음속 한구석에 깊숙이 자리 잡고 있다. 나는 아직도 그날을 생생하게 기억한다. 그건 오빠가 하버드 대학으로부터 허가장을 받아든, 우리 가족의 일생을 통틀어 가장 기쁜 날이었기 때문이다.

학교에서 돌아온 나는(당시 나는 6학년이었다) 그날도 어김없이 핑크 플로이드의 노래가 울려 퍼지는 집 안으로 들어섰다. 아마도 오빠가 함께 어울리는 불량한 친구들 중 하나와 담배를 피워대고 있으리라고 생각한 나는 닫힌 오빠의 방문을 두드리며 내가 집에 왔음을 알렸다. 집안 분위기에도 불구하고 당시 오빠는 보이스카우트 같은 모범생은 아니었다. 옷을 갈아입기 위해 곧장 내 방으로 향하고 난 후, 방 안에서 내 랄프 로렌 폴로셔츠를 벗으려는 순간 갑자기 오빠가 방문을 벌컥 열고 들어왔다.

"오빠! 노크 할 줄도 몰라?" 급한 대로 옆에 있던 베개로 가슴께를 가리며 나는 소리를 질러댔다. 당시 나는 막 브래지어를 착용하기 시작했던 때여서 특히 부끄러움을 많이 탔었다.

"어, 미안! 미안!"

오빠는 방 밖으로 뒷걸음질을 치더니 문을 닫고 나갔다.

"빨리! 빨리 갈아입으라고!" 오빠가 소리쳤다.

그런 오빠의 말에도 아랑곳하지 않고 나는 별로 서두르지 않으며 천천히 옷을 갈아입었다. 분명히 또 돈 있으면 좀 빌려달라는 거겠지. 당시 엄마는 동생인 나를 돌보는 것 외에는 주어진 모든 시간을 공부하는 데 전념해야 된다며 오빠가 아르바이트 따위를 하는 것을 허락하지 않았다.

"일할 날들은 앞으로 수십 년도 더 넘게 남아 있다."

엄마는 오빠가 아르바이트 말만 꺼내면 언제나 이렇게 말하곤 했다. 엄마는 오빠에게 일주일에 100달러씩을 주었다. 그건 베이비시터에게 주는 수준의 금액이었다. 나는 오빠가 마시는 맥주에 대해 입을 다무는 조건으로 그 돈의 10퍼센트를 챙겼고, 오빠의 친구들까지 합세하는 날이면 15퍼센트를 받곤 했다.

나는 옷을 제자리에 걸고 입술에 립글로스를 바른 후, 연필 몇 자루를 깎고 책가방을 푼 후 수학 숙제를 한두 문제 푼 후에야 비로소 방문을 열었다. 놀랍게도 오빠는 그때까지 내 방문 앞에 서 있었다.

"야, 치아교정기 아가씨! 정말 징하게도 오래 걸리는구만. 안에서 도대체 뭘 한 거야? 남자애라도 하나 숨겼냐?"

오빠는 웃으며 내 앞을 지나치더니만 정말로 내 침대 밑을 한 번 들여다보는 것이었다.

"오빠가 무슨 상관이야?"

나는 내가 치아교정기를 하고 있다는 사실이 너무 싫었고, 때문에 놀림을 당하는 것은 더더욱 싫었던 터라 샐쭉하니 벽장 쪽으로 뛰어가 문을 가리는 시늉을 했다.

"애가 오늘 되게 웃기네. 그 벽장 안에 남자애가 숨어 있지 않다는 건 나도 잘 알아. 너는 사내란 존재는 이나 벼룩을 붙이고 다니는 줄 아는 애잖아."

"마음대로 생각하셔." 나는 여전히 벽장 앞을 막아선 채로 새침하게 대답했다.

오빠는 다시 한 번 웃었다. 그렇지만 이번에는 아까처럼 자신 있는 웃음소리가 아니었다.

"그래서, 원하는 게 뭐야?" 손톱을 내려다보면서 내가 성의 없이 물었다.

"원하는 거?" 오빠는 머쓱한 듯 머리를 긁었다.

"응, 내가 원하는 건…… 너한테 굉장한 소식을 전해주는 거지. 있잖아, 나…… 하버드에 입학하게 됐어."

오빠는 내게 들고 있던 편지를 건넸지만, 내가 그걸 읽는 내내 시선을 벽장 쪽으로만 두고 있는 듯했다.

"축하해! 근데 이따가 엄마가 집에 와서 사람들한테 전화를 걸어대기 시작하면 오늘은 전화통 근처에도 못 가보겠네."

지난 1년간 엄마와 오빠의 대화는 온통 하버드에 대한 것뿐이었다. 그간 다른 수학 경시대회에서 1등을 했다는 사실을 하버드 측에 서면으로 알렸어도 4월하고도 벌써 4일째 접어든 그날까지 하버드에선 아무런 응답도 없었던 터였다. 나역시 하버드 입학이 대단히 어렵고도 명예로운 것이란 사실을 알고 있었지만, 왠지 나는 그의 여동생으로서 내가 오빠를 얼마나 자랑스러워하는지를 밖으로 표현하지 않는 것이 내 의무라고 느꼈다. 나는 편지를 오빠에게 다시 건넸다.

"애개, 그게 다야? 이 자랑스러운 오빠를 한 번 껴안아주거나, 아니면 최소한 악수라도 청해야 되는 거 아니야?"

나는 그에게 손을 내밀었지만 오빠는 곧 레슬링 자세를 취하더니 날 침대 위로 집어던져 버렸다. 그러고는 곧장 벽장으로 가 문을 쾅 열어젖혔다.

"오빠 정말 못 말린다니까." 침대에 우스꽝스러운 자세로 엎어진 채, 내가 깔깔대며 말했다. "게다가 허풍쟁이 위선자고 말이야."

"오호, 너같이 쪼그만 꼬맹이한텐 너무 거창한 단어인데. 너, 그 뜻도 잘 모르면서 쓴 거 맞지? 내기하면 10달러 건다."

"쳇, 모르긴 내가 왜 몰라. 위선자란 말이지, 오빠가 나한테는 방 안에 남자애를 들여놓으면 안 된다고 말하면서, 자기 방에는 만날 여자애들을 몰래 들여놓는 걸 말하는 거라고."

"너, 그거 알고 있었어?"

오빠는 자기도 모르게 민망한 듯 씨익 웃음을 지었다. 그러더니 이내 표정관리를 하며 날 향해 눈을 가늘게 떴다.

"요새 또 날 몰래 감시한 거냐?"

"아니, 오빠 방 벽이 얇잖아. 그 여자애들이 낄낄거리는 소리까지 다 들린다고. 나는 오빠가 도대체 케이티 펠로의 어디를 보고 좋아하는 건지 모르겠더라."

오빠는 갑자기 나를 덮치려는 자세로 기습 공격을 해왔지만 나는 그를 피해 옆쪽으로 재빨리 몸을 굴렸다. 오빠에게서 도망을 치려고 했지만 오빠는 날 붙잡으러 달려들었고, 한 손으로 내 두 손을 감싸서 꽉 잡은 뒤 간지럼을 태우기 시작했다.

"하…… 하지 마. 크크…… 그만, 그만…… 히히…… 하지 마!"

나는 두 발을 오빠 무릎 사이에 낀 채로 낄낄대며 몸부림을 쳤다.

"뭐야, 하지 말라는 거야, 그만 하지 말라는 거야? 요 이빨에 철도까지 깐 아가씨야!"

마침내 한쪽 발이 자유로워진 나는 오빠 바지의 지퍼 부분을 무릎으로 힘껏 찼다.

"아!" 오빠는 외마디 비명과 함께 뒤로 물러앉으며 그제야 날 놓아주었다.

어느새 그의 뺨에는 한 줄기 눈물마저 흘러내리고 있었다. 그까짓 거 하나 못 참고 사내가 눈물까지 보이다니, 엄살쟁이 같으니라고. 오빠는 몇 분 동안이나 힘겹게 숨을 내쉬고 나서야 겨우 한 마디를 던졌다.

"야……. 그렇게 세게 칠 필요까진 없잖아."

"미안." 나는 내 티셔츠를 잡아 펴며 말했다.

"나는 그저 내가 스스로를 얼마나 잘 보호할 수 있는지를 온몸으로 보여줬을 뿐이야. 그러니까 오빠도 남자애들 문제로 내 걱정 따윈 할 필요 없다고."

"이런……. 알았다. 요점 접수됐다, 이 꼬맹아."

오빠는 팔을 뻗어 내 머리를 마구 흐트러뜨려놓았다.

"그런데……, 우리 진지하게 얘기 좀 하자."

오빠는 침대 중간으로 몸을 던지더니 책상다리를 하고 앉았다. 그러고는 나더러 자기를 따라하라는 몸짓을 했다. 갑자기 진지해진 그의 모습에 잠시 얼이 빠진 나는 오빠처럼 허벅지 위에 발등을 얹고 앉으려 애를 썼다. 그리고 보니 다리를 꼬고 앉은 우리들 모습은 꼭 연못에 떠 있는 연꽃들 같았다.

"그건 그만 하고." 오빠는 내 머리를 살짝 쥐어박으며 말했다. "이제 내 말 좀 들어봐."

오빠의 말투에 깔린 갑작스러운 엄숙한 기운 때문에 나는 고개를 들어 오빠의 얼굴을 바라보았다.

"하버드에 입학한다는 건 곧 내가 더 이상 여기 없게 된다는 뜻이야."

"흠, 그거 참 고마운 일이군." 내가 농담조로 말했다.

"진저 너, 건성으로 듣지 말고 오빠 말 잘 들어. 지금은 내가 너를 어른 대하듯 얘기하고 있는 거니까."

나는 팔짱을 낀 채 오빠의 다음 말을 기다렸다.

"그러니까 내 말은 내가 더 이상 이 집에 있으면서 네가 사고를 안 치게끔 돌봐줄 수가 없다는……."

"어머나, 여보세요! 마리화나나 피워대고 허락도 안 받고 친구들을 집안에 끌어들이는 사람이 도대체 누군데?" 사고라는 말에 발끈한 내가 중간에 끼어들며 그의 말을 끊었다.

178

"내가 그런다고 날 따라할 생각이라면 큰 오산이야. 난 너보다 여덟 살이나 많
다고."

"그럼 나도 열여덟 살이 되면 마리화나 피우고 내 방에 남자애들을 막 끌어들
여도 된다는 뜻이야?"

"아니지. 넌 절대 마리화나 같은 데 손대면 안 돼. 그리고 남자친구는……,
음……, 안 돼. 적어도 스물다섯 살이 될 때까지는."

"위선자!"

"뭐 그럴 수도. 그렇지만 지금 내가 하고자 하는 말은, 이제부터 내가 여기에
없는 만큼 네가 지금보다 더 어른스럽게 행동해야 하고 또……."

"또 뭐, 엄마를 돌봐야 한다, 그런 말?"

나는 오빠에게 '무슨 말이 더 하고 싶은 거야?' 하는 눈빛을 날렸다.

"될 수 있으면 집에 들어와 있는 시간을 더 길게 하도록 하고 엄마 말벗도 자주
해드려. 너한테 좋으면 좋았지 나쁠 일은 없을 테니까. 그리고 엄마한테 도움이
필요할 때는 네가 나서서 돕도록 하고. 예를 들어 며칠 전에 자동차 수리공이랑
엄마랑 말싸움이 났을 때처럼 엄마한테 통역이 필요한 경우, 뭐 그럴 때 말이야.
또 하나, 햄버거나 피자가 먹고 싶다고 보통 때처럼 떼를 쓰거나 하지 말도록 하
고, 또 다른 네 친구들은 모두 집 안에서 신발을 신고 지내는데 왜 나만 안 되는
거냐는 투정도 이제 그만 부릴 것. 알았지?"

나는 그가 내 말을 엿들은 적이 있었다는 사실에 적잖이 당황하며 발가락을 꼼
지락댔다. 예전에 몇 번인가, 오빠가 그 자리에 없어 엄마 편을 들어줄 수 없을
때를 틈타 엄마에게 일부러 투정을 부린 적이 있었기 때문이다.

"너도 알겠지만, 엄마 혼자 우리 둘을 키우는 게 결코 쉬운 일이 아니었을 거
야. 엄마가 한국인들이 부동산 중개업자를 필요로 하리라는 사실을 일찍 알아내
고, 또 그 일을 아주 잘 해내셨다는 게 우리에겐 얼마나 큰 행운인지 몰라. 만약
안 그랬으면, 지금 우리가 얼마나 가난에 찌들어 있을지 누가 알겠니."

"그건 나도 알아."

"그러니까 되도록이면 엄마를 성가시게 하지 않도록 노력하고, 엄마가 어떤
영화가 연소자 관람 불가 등급인지 잘 모른다는 점, 또 네 친구들이 대부분 폴로

셔츠를 안 가지고 있다는 걸 엄마가 잘 모른다는 점을 너무 이용해먹지 말란 말이야."

"오빠가 방금 우린 가난하지 않다고 말했잖아."

"그래, 가난하진 않지. 그렇지만 엄마의 은행 잔고도 얼마만큼 한계는 있는 법이야. 게다가 너 하버드 대학이란 데가 좀 비싼 줄 아니. 엄마는 나한테 경제적인 도움을 주기 위해 벌써부터 고생을 하고 계시다고."

"그러면 차라리 매디슨으로 가시지 그래. 그리고 주말마다 집에 오면 되잖아. 오빠를 하버드에 보내기 위해서 왜 내가 옷 사는 데 돈을 덜 써야 하고 친구들과 보내는 시간을 줄여야 하는지 도무지 이해가 안 되는걸."

"그게 네 진심이 아니란 건 오빠도 알아."

오빠 말이 맞았다. 하버드라는 건 일종의 정당화 구실이 될 수 있었다. 그것은 아빠가 없다는 사실만으로 우리를 무시했던 멍청한 한국사람들보다는 우리가 훨씬 괜찮은 사람들이란 것을 증명하는, 소극적이긴 하지만 나름대로 하나의 방법이었던 것이다.

"너도 지금 네 방식대로 곧 이 오빠를 그리워할 거라는 뜻을 전하고자 노력하는 거지, 안 그래?"

"듣다 처음 듣는 소리네." 내가 나름 고집스럽게 대답했다.

"분명히 얼마 안 가 내가 보고 싶어질 때가 있을걸? 엄마를 돌보는 일 말고도 그동안 내가 엄마랑 너 사이에서 중재 역할도 많이 해줬었잖아. 지난번 엄마가 너한테 찢어진 청바지를 못 입게 했을 때 내가 편들어줬던 것처럼 말이야. 그리고 또 엄마가 도와줄 수 없는 부분, 이를테면 네 학교 숙제 같은 것도 내가 가끔 도와줬잖아. 참, 그래서 말인데, 내가 앞으로 여기 없더라도 널 돕는 일은 지금까지와 똑같이 하도록 많이 노력할게. 그냥 전화 한 통만 걸면 되니까, 뭐 그리 어려운 일은 아닐 거야."

"그러니까, 결국 내 숙제를 대신 해주겠단 말이지?" 나는 분위기를 바꿔볼 작정으로 농담을 던졌다. 오빠가 너무 무드를 잡아 분위기가 어색해지는 것 같았기 때문이다.

"아니, 대신 써주겠다는 건 아니고. 아무튼 지금까지처럼 내가 읽어보고 고쳐

주거나 할 순 있을 거야. 그러려면 너도 나한테 연락을 하거나 메일을 보낼 시간까지 계산해서 좀 더 서둘러 숙제를 해두어야겠지.”

“그러기엔 오빠가 너무 바쁘지 않을까? 하버드가 그렇게 만만한 데가 아닐 텐데.”

“흠, 어쨌든 진저 너까지 하버드에 입학해서 우리 남매가 다 거길 다녀야 해. 그래야 내가 운이 좋아서 어쩌다 하버드에 들어간 게 아니란 걸 사람들한테 보란 듯이 알려줄 수 있을 거 아니냐.”

“오빤 내가 거기 들어갈 만큼 똑똑하다고 생각해?”

사실 나도 내가 어느 정도 머리는 된다고 생각하고 있었지만, 그날은 왠지 그냥 오빠의 칭찬이 듣고 싶었다.

“아직 7년이나 남았잖아. 그리고 이 오빠의 도움으로 그때쯤이면 너도 머릿속이 빵빵해져 있을 거란 말씀!”

내가 여기 나이로 다섯 살 때 학교를 들어갔으니까 벌써 오빠보다 1년이나 앞서가고 있다는 사실을 지적하려고 하는 찰나, 아래층에서 엄마의 커다란 목소리가 들려왔다.

“……헬로? 집에 아무도 없니? 우리 하버드생 아들내미는 대체 어디 있지?”

“어, 엄마가 이 시간에 웬일이지?” 간만의 우리 대화가 여기에서 중단된 것에 약간 실망하며 내가 말했다. “아직 3시도 안 됐는데.”

대답도 없이 오빠는 한 번 구르듯 침대에서 내려가 문을 열고 방에서 나갔다. 나는 그런 오빠의 뒤를 쫓아 나갔다. 엄마는 양손에 짐을 한 보따리 든 채로 계단 아래에 서 있었다.

“이게 다 뭐예요?” 오빠가 엄마에게서 쇼핑백들을 받아들면서 물었다.

“다 우리 아들 주려고 샀지. 네가 좋아하는 음식들을 전부 다 만들어주려고 엄마가 오늘 일부러 이렇게 일찍 왔다. 자장면, 된장국, 오징어, 거기다 전복……. 우리 아들이 하버드에 들어가는 게 만날 있는 일이 아니잖니?”

방금 엄마가 늘어놓은 메뉴들을 다 만들려면 할 일이 끝내주게 많겠지만, 그런 말을 하는 엄마의 표정은 무척이나 흥분되고 즐거워만 보였다. 매일 일을 끝내고 집으로 돌아왔을 때 보이던 피로에 지치고 근심에 싸인 표정들은 전혀 찾아볼 수가 없었다. 사실 나는 오빠가 좋아하는 음식들은 별로인데다, 오빠가 편하게 앉아서 텔레비전이나 보는 동안 지금부터 껍질을 벗기고 채를 썰고 음식을 휘젓는 등 엄마를 도울 일이 많아질 거란 생각에 갑자기 우울해졌다. 하지만 그래도 입 밖으론 아무 말도 내지 않았다.

"진저야. 얼른 차에 가서 뒷자리에 놓인 것들 좀 가져오너라."

나는 귀찮은 듯 발을 질질 끌며 나갔지만 피자 상자와 아이스크림 케이크를 보는 순간, 갑자기 기분이 들뜨기 시작했다. 나는 재빨리 그 귀한(!) 음식들을 부엌으로 날라 가져왔다. 오빠가 음식 재료들을 꺼내는 동안 엄마는 하버드에서 온 편지들을 기쁜 표정으로 읽고 있었다.

"조지! 엄마가 또 뭘 사왔는지 볼 테야?"

피자랑 아이스크림 상자들을 식탁 위에 올려두고 얼른 피자 뚜껑을 열려는 순간, 오빠가 내 팔을 붙잡았다.

"식사 준비가 될 때까지 기다려, 이 돼지야."

"이거 놔. 딱 한 조각만 먹을 거란 말이야. 식으면 맛도 없다고. 안 그래, 엄마?"

우린 둘 다 엄마를 쳐다보았다.

"응?" 하고 엄마는 들고 있던 편지에서 눈을 떼며 우리를 쳐다봤다.

"응 응, 그래. 그냥 먹어라, 진저. 어차피 식으면 맛도 없으니까. 그렇지만 딱 한 조각만이다, 알았지?"

내가 '그러게 내가 뭐랬어' 하는 눈빛을 보내자 오빠는 그제야 내 팔을 놓아주었다. 이제 앞으로 엄마와 함께 보낼 시간이 많아지긴 하겠지만, 어쨌든 이렇게 오빠가 나한테 이래라저래라 하는 이런 시간들만큼은 절대 그리울 일 없을 거란 생각이 들었다. 내가 대학에 들어갈 때쯤이면 오빠도 하버드를 졸업해 있을 테니 다행이란 생각마저 들었다. 안 그러면 나는 예일 대학에 가야 할 것이다.

"손부터 먼저 씻고 와." 오빠가 명령하듯 말했다.

나는 입을 삐죽 내밀며 부엌 싱크대에서 대충 손을 씻었다. 엄마도 이번에는 내 편을 들어주지 않았다.

"서류들이 너무 많구나. 나중에 천천히 읽어봐야겠다." 엄마는 하버드에서 온 편지와 서류들을 서랍 안에 넣으며 힘차게 말했다.

"자, 이제 슬슬 요리를 시작해볼까?"

놀랍게도 그날만큼은 조지 오빠도 부엌에 남아 요리하는 것을 거들었다. 엄마랑 오빠는 앞으로 수강하게 될 강의 제목들이며 함께 사러가야 할 쇼핑거리의 목록, 오빠가 다니던 고등학교를 졸업해 하버드에 입학한 사람들이 누구누구인지 등에 대해 신나게 떠들어대고 있었다. 나는 입을 다물고 그저 그들 사이에 오가는 대화를 열심히 듣고만 있었다.

"주위에 하버드에 합격한 애들이 있는지는 아직 확인 못 해봤어요. 딱 한 명, 케이티 펠로란 여자애가 붙었다는 것만 알 뿐이지. 걔는 원서를 일찍 넣었거든요. 12월부터 합격 사실을 알고 있었으니까."

"케이티 펠로? 그게 누구냐?"

오빠 조지는 남자 고등학교에 다녔다. 엄마는 삶은 국수가 들어 있는 커다란 냄비를 싱크대로 들고 와 체 위에 들이부었다. 오빠는 엄마의 등 뒤에서 내게 뭔가 경고의 눈빛을 날리곤 말을 이었다.

"라틴어랑 수학 경시대회에서 알게 된 여자애예요. 우리 자매학교에 다니는 애거든요."

나는 피자 조각을 또 하나 집어들고는 한입을 베어 먹으며 오빠를 향해 도전적인 눈빛을 보냈다. 오빠는 슬쩍 내 눈을 피했다.

"그거 잘됐구나. 아는 척해두는 게 좋겠다. 아무래도 같은 학교에 아는 사람이 있으면 도움이 되잖니. 어차피 집에서도 멀리 떨어져 혼자 지내게 될 테니까 말이야."

"그러게요. 그럼 언제 한번 전화를 해서 방과 후에 그 애를 우리 집으로 초대해도 되겠죠? 놀면서 얘기도 하고 텔레비전도 같이 보고 하게요."

"그래라. 단, 거실에서만 논다면." 오빠한테 국수를 한 움큼 들어 보이면서 엄마는 힘주어 말했다.

"거실이 아니면 다른 데 어디서 놀겠어요?" 우리 모두의 눈은 속일 수 없다는 사실을 오빠에게 알려주기 위해 나는 목소리를 가다듬으며 이렇게 말했다.

"그 애를 언제쯤 초대할 건지나 알려다오. 그 전에 과자라도 좀 사다놓게."

그때에는 물론 오빠가 엄마로부터 케이티 팰로란 여자애를 집에 초대하는 걸 허락받았다는 사실 하나만으로 '백인 여자도 괜찮다' 는 뜻으로까지 확대 해석 했으리라고는 감히 상상도 하지 못 했다. 그 당시 엄마는 우리가 어떤 사람과 결혼할 수 있는지, 또 누구와는 결혼할 수 없는지에 대해 언급한 적이 한 번도 없었기 때문이다.

저녁식사 준비가 끝났고, 밥을 먹는 동안 엄마는 직접 만나 얼굴을 맞대고 아들의 하버드 입학 소식을 전해줄 사람들이 누구인지, 또 누구한테 얘기해야 좀 더 빨리 소문이 날지, 그리고 어떻게 얘기를 꺼내야 자랑하는 것처럼 들리지 않을지에 대해 신나게 떠들어댔다. 엄마는 다섯 개의 한국인 교회 목사님들 모두에게 사람들 앞에서 이 일에 대해 언급해주기를, 또 조지가 그들 앞에 한번 멋지게 서게 되기를 원하고 있었다. 물론 그러자면 헌금 통에 많은 기부를 해야겠지만 엄마에게 그건 그럴 만한 가치가 있었다. 오빠에게 새 양복을 사주고 엄마도 정장을 한 벌 새로 맞추기 위해 두 모자는 쇼핑을 가기로 했다. 어쩌면 엄마는 오빠를 위해 성대한 파티를 열지도 모를 일이었다. 또 하나, 한국에 계신 엄마의 부모님, 즉 외할아버지 외할머니한테 전화를 걸어 이 소식을 알리는 것도 빠뜨려서는 안 되었고 말이다.

이것저것에 대해 떠들어대는 중간 중간 엄마는 숨을 고르며 조지에게 따뜻한 눈길을 보냈다. 그때야말로 엄마에게 있어선 더없이 행복한 순간이었다. 오빠와 나는 입 안에 음식들을 마구 집어넣으며 엄마가 그 순간을 충분히 즐기도록 내버려두었다. 정말이지 엄마는 더없이 행복해 보였다. 그런 엄마를 보고 있자니, 얼른 7년이 지나가 나도 빨리 엄마를 저렇게 행복하게 만들어줘야겠다는 생각이 문득 들기도 했다. 물론 그 후, 그런 시간이 현실로 다가와 나 역시 오빠처럼 하버드에 합격했을 때 엄마는 아무에게도 나의 합격 사실을 얘기하지 않았지만 말이다. 합격을 하고도 내가 왜 하버드에 가지 않았는지에 대해 엄마는 설명하기가 싫었던 것이다.

나는 가끔 차라리 당시 엄마한테 케이티에 대한 얘기를 해서 아예 '노랑머리 파란 눈의 미국인과 결혼하는 것은 절대 안 된다' 라고 못을 박게끔 했더라면 어땠을까 하는 생각을 한다. 아니면 적어도 그때 엄마 몰래 행했던 오빠의 수많은 작은 반역(?) 행위들을 엄마한테 고자질했더라면 결과적으로는 오히려 더 낫지 않았을까 하는 생각도 한다. 그랬다면 처음이자 유일했던 그의 그런 반항이 엄마에게 그토록 큰 충격이 되지는 않았을 텐데……. 그랬다면 엄마와 오빠의 관계가 그토록 철저하게 '마지막' 이 돼버리진 않았을지도 모르는데…….

<h1 style="text-align:center">Chapter 20</h1>

엄마는 내가 갈아입을 옷은 한 벌도 챙겨오지 않았기 때문에 할 수 없이 나는 전날 입었던 드레스를 다시 입고 아래층 부엌으로 향했다. 이른 아침부터 그런 화려한 드레스라니, 아주 가관도 아닐 게 뻔했다. 부엌 쪽에서는 커피 끓는 소리와 함께 그윽한 커피향이 솔솔 퍼져 나오고 있었다. 눈부신 태양 때문에 나는 잠시 눈을 감아야 했다.

"방금 커피를 내렸는데 딱 맞춰 내려왔네." 아직 카페인을 섭취하지 않은 사람치고는 너무나 생기 있고 에너지로 충만한 듯 보이는 바비가 말을 건넸다.

나는 감았던 눈을 반쯤 뜨고는 살짝 떨리는 속눈썹 사이로 그를 쳐다보았다. 그는 태양 빛을 가로막으며 바로 내 앞에 서 있었다. 그의 머리 뒤에서 비추고 있는 햇빛은 그의 어깨선을 잘 드러내주었다. 보기 좋은 몸이었다.

그는 갑자기 웃으면서 말했다.

"전에 말했던 '코리아니' 여성을 흉내 내고 있는 거야?"

"뭐라고요?" 나는 눈을 크게 떠 보이며 내 모습을 내려다보았다.

"드레스 말하는 거예요?" 피부에 달라붙은 치맛자락을 떼어내며 내가 물었다.

"아니, 네가 방금 눈 가지고 한 거 말이야. 속눈썹 사이로 날 쳐다본 거. 기억 안 나? 언젠가 밤에 그런 것에 대해서 얘길 나눈 적이 있잖아." 나는 그를 향해 입을 삐죽 내밀어 보였다.

"나랑 같이 밖에 나가 바람 좀 쐬자." 그는 찬장에서 머그잔 두 개를 꺼내 방금 내려놓은 식탁 위의 커피메이커 쪽으로 걸어가며 말했다.

바비를 좇던 나의 시선은 부엌 안을 맴돌다 곧 어젯밤의 지저분한 접시들이 전부 치워져 있음을 깨닫게 되었다. 나는 거실이 있는 왼쪽으로 몸을 틀었다. 그곳에서도 역시 지난밤 난리법석의 흔적은 찾아볼 수가 없었다. 심지어 케이크를 떨어뜨리며 갖은 쇼를 연출했던 그 카펫마저 벌써 어디론가 다른 데로 치워진 후였다. 바비가 이미 몇 시간 전부터 깨어나 있었던 게 분명했다.

"카펫은 벌써 세탁소에 맡겼어. 그 바람에 한숨도 못 잤지만."

내 생각을 그대로 읽어낸 듯한 바비의 말에 놀란 나는 그가 있는 쪽으로 시선을 돌렸다.

"그 참에 청소도 그냥 해버리자 생각했지."

'그만해' 하고 나는 마음속으로 외쳤다. '내 생각을 그만 읽으란 말이야. 그냥 커피나 좀 주시지. 나는 블랙이 좋은데'

"우유 줄까?" 그는 내 커피에 부어줄 요량으로 우유 피처를 들고선 그걸 내 머그잔 위에 기울이며 물었다.

'흠, 방금 내가 마음속으로 한 말은 못 들은 모양이지? 다행인 듯싶었다.

"우유 싫어?" 그가 다시 한 번 물었다.

"아, 됐어요. 괜찮아."

나는 그로부터 내 머그잔을 받아들기 위해 앞으로 다가갔다. 그가 미소를 지었다.

"이쪽으로 와."

나는 마지막으로 부엌을 다시 한 번 빙 둘러보고는 곧 그를 따라갔다. 밖으로 나가자 바비는 내가 어젯밤에 보지 못했던 안뜰 쪽으로 날 데려갔다. 크고 검은 튼튼한 주석 테이블과 의자들이 집으로도, 심지어 파라솔 같은 걸로도 가려지지 않은 채 그대로 콘크리트 판 한가운데 놓여 있었다. 테이블 위에는 이미 아침식사를 위한 세팅이 거의 다 되어 있었다.

잔디밭은 시야가 뻗을 수 있는 데까지 아주 멀리, 또 넓게 펼쳐져 있었다. 잔디는 대체로 잘 정돈되어 있는 듯 보였지만 집의 앞쪽 것과 비교하면 아직 손질이 다 끝난 것 같지는 않아 보였다. 거기엔 나무도, 꽃도, 통로 같은 것도 보이지 않았다. 다만 눈에 보이는 곳에만 우선적으로 아주 최소한의 수고를 들여놓은 듯했다.

콘크리트 바닥에 금속이 긁히는 듣기 싫은 소리를 내며 바비가 의자 두 개를 끌어당겼다. 그는 내게 자기 옆자리에 앉으라는 시늉을 했지만 나는 한 자리 떨어진 옆 의자에 자리를 잡았다. 어디에 앉는다 해도 쏟아지는 햇빛을 피할 길은 없었지만 적어도 그 자리에서는 햇빛과 정면으로 부딪쳐 눈이 부시거나 하진 않았기 때문이다. 바비는 의자에 몸을 최대한 기대고는 다리를 쭉 뻗었다. 그러더니 그는 눈을 질끈 감아버렸다. 나는 커피를 한 모금 마신 다음 온통 녹색뿐인 주변을 계속 둘러보았다. 몇 분이나 지났을까, 바비가 목소리를 가다듬었다. 눈은 여전히 감은 채로 그는 이렇게 말했다.

"저녁식사 초대에 대해 생각하고 있었어. 스케줄을 한 번 확인해봐야겠지만 그게 언제든 간에 혹 데려오고 싶은 사람이 있으면 데려와도 돼. 나도 준을 초대해서 짝을 맞추거나 하면 되니까."

그가 눈을 가늘게 뜨며 곁눈으로 나를 힐끗 쳐다보았다.

"준이 그러는데 둘이 구면이라며."

"초대는 고마워요, 그런데 안 그래도 될 것 같아."

"부모님들이 오시는 자리는 아니니까 걱정 마. 당연히 얘기도 안 할 거고."

"그것 때문이 아니라……, 딱히 데려갈 만한 사람도 없고 해서요."

"없어?"

그는 눈을 완전히 뜨고는 내 쪽으로 몸을 돌렸다. 나는 방금 전 그의 말투가 마음에 들지 않았다. 내 얘기를 도마 위에 올려두고 앤과 함께 나를 비웃는 듯했던 그의 목소리가 떠올랐기 때문이다.

"그 시간에 다른 일들도 할 게 아주 많거든요."

"이를테면…… 어떤 거?"

"제가 맡은 일들이요." 내가 생각하기에도 굉장히 분하다는 듯한 말투로 내가 이렇게 대답했다. 잠깐 동안 침묵이 흐른 후 그가 말했다.

"그거 안된 일이군."

"왜요? 샨탈이 지금 내가 시간을 낭비하고 있다고 생각하기 때문에? 그녀는 날 잘 알지도 못한단 말이에요."

"아니, 그녀는 너희 사무실에서 진저 네가 유일하게 '미래가 보이는 사람' 이라고 하던걸."

"샨탈이…… 그렇게 말했다고요?"

"앤이 말해주던걸. 바로 어젯밤에 들은 얘긴데."

흐음, 내가 어젯밤 그들의 대화를 좀 더 엿들었어야 했던 걸까.

"그렇다면 뭐가 안됐다는 얘기죠?" 나는 괜히 쏘아붙이듯 물었다.

"내가 안됐다는 건, 너의 그 양자택일적인 태도에 대해 말하는 거야. 일 아니면 사랑, 이렇게 딱 둘로 완전히 구분지어 생각하는 거 말이야."

"모든 사람들이 두 가지 전부를 원하는 건 아니잖아요."

나는 이런 식의 대화가 정말 싫었다. 임신 가능한 나이의 여자가 교미할 수컷을 마다한다는 사실이 보통 사람들에게 있어서는 왜 이다지도 믿기 어려운 일이란 말인가?

"아직 너한테 딱 맞는 진정한 짝을 못 만나서 그래."

"그래요, 뭐. 오빠는 아무도 못 말릴 정도로 사랑에 푹 빠져 있는 사람이니까……."

그는 자세를 고쳐 앉으며 말했다.

"넌 우리 부모님들이 앤과 나를 멀리하실 거라 생각하는구나. 방금 말한 게 그 뜻이지?"

"아냐. 내 말은, 그건 잘 모르겠지만……."

"앤이 우리 엄마한테 사과드리기로 했어. 앤은 가족들 앞에서 화를 억누르는 데 익숙한 사람이 아니거든. 자기 생각을 그대로 말하는 성격이야. 앤의 그런 태도는……. 사실 그건 원래 내가 말하거나 밀어붙였어야 할 일들이었지."

"그런 건 분명 좋은 태도이긴 해요. 단, 한국사람이 아니라는 전제에서만 말이야. 그렇지만 내가 방금 오빠가 못 말릴 정도로 사랑에 푹 빠져 있다고 말한 건, 내가 보기에 바비 오빠는 지금 다른 사람들 역시 모두 자기처럼 사랑에 빠져 있어야 한다고 믿고 있는 것 같이 느껴졌기 때문이에요."

"음, 내가 그렇게까지 꽉 막힌 사람은 아닌데……. 내 나이도 이제 벌써 서른하나라고."

"어찌되었든 간에, 세상에는 다른 사람을 꼭 필요로 하지 않는 사람들도 있는 법이라고요. 그런 측면에서 본다면 자급자족이 가능한 사람들이 분명 있다는 거지. 어떤 사람들은, 다시 말해 어떤 여자들은 진짜로 혼자 살아가길 원한다는 말이야."

"그렇다면 너, 진짜 결혼 같은 건 절대로 하지 않겠다는 거야?"

그가 상체를 일으켰다.

"결혼이란 가부장적인 과거로부터 내려온 옛 시대의 유물일 뿐이에요. 그건 단지 사랑이라는 거대하고 로맨틱한 개념에 의해 입맛에 맞게끔 끼워 맞춘 현대적인 소유권 계약에 지나지 않는 거라고." 마치 미리 암기라도 해놓은 듯이 말이 저절로 쏟아져 나왔다.

"네가 원하는 상대와 결혼을 하게 된다 해도 계속 그런 식으로 생각할 거야?" 나는 그의 질문을 무시하고 말을 이었다.

"만일 결혼이란 게 여자들을 소유하거나 그들을 조정하기 위해서가 아니라면 머지않아 게이 커플들에게도 적용이 될 테죠. 그들에게도 결혼이 가능하게 될 때쯤이면 나도 거기에 대해 생각해볼 거고요."

"그렇다면 네가 그런 생각을 가지게 될 날도 그리 오래 남지 않았는걸. 버몬트 주에선 벌써 그런 목적으로 시민연합까지 갖춰놓은 상태니까 말이야."

"흠, 그래요? 그렇다면 미국 전역이 전부 그렇게 될 때까지 기다려야겠는걸."

그가 앞쪽으로 몸을 기울였다.

"진저, 그렇지만 말이야. 결혼제도에 반대한다고 해서 그게 사랑 자체를 하지 않아야 한다는 뜻은 아니잖아. 어떤 사람이랑 정말 오래도록 관계를 지속할 수도 있는 것이고. 게이들도 그렇게들 하잖아."

"그보다는 차라리 뭔가 오래 지속되는 다른 쪽에 시간과 에너지를 투자하는 게 낫지 않을까요?"

"마치 한 번도 사랑을 해본 적이 없는 사람같이 말하는군."

"분별력을 잃을 정도로 정신없이 빠져본 적은…… 없었다고 할 수 있죠. 그렇지만 전 로맨틱한 사랑이란 게 초월적이라거나 아니면 어떤 사람을 완전히 바꿔놓을 수 있다고는 믿지 않아요."

사실 그에 더해 '그건 파괴적이고 이기적'이란 말까지 내뱉고 싶었지만, 그냥 마음에 묻어두기로 했다. 그건 로미오와 줄리엣의 몬태큐 가문과 캐플릿 가문의 싸움만 봐도 알 수 있지 않은가.

손으로 눈가에 그늘을 만들며 그는 나를 연구라도 하듯이 말했다.

"너 정말 심각한 말투인데."

"나 자신과 약속했거든."

방금 던진 말의 말투가 꽤 경쾌하게 들린다고 생각하면서 나는 웃음을 지어 보였다.

"누군가는 그래야 하잖아요."

내가 그를 향해 계속 미소를 짓고 있을 때, 그의 엄마가 우리를 소리쳐 불렀다.

"거기, 너희 둘!"

오 여사 아줌마는 우리 쪽으로 다가오며 마치 노래를 하듯 우리를 불렀다. 바로 뒤에는 우리 엄마가 따라오고 있었다. 나는 얼굴 표정을 고쳐야 했다. 아줌마는 웃음을 띠며 우리 엄마를 쳐다보았다.

"어릴 때도 둘이 서로 좋아하더니, 다 커서도 이렇게들 서로를 좋아하는구나. 둘이서 무슨 얘길 나누고 있었니?"

아줌마는 하이힐을 신은 채로 튀어 오르듯 다가와 우리에게 물었다. 그런 아줌마 옆에서 엄마는 억지로 표정관리라도 하는 듯한 얼굴로 조용히 서 있었다.

아줌마는 아마도 지금 모든 것이 당신의 계획대로 척척 진행되어가고 있다고 생각하고 있을지도 모른다. 자기 아들과 나. 이렇게 우리 둘을 일단 붙여놓기만 하면 그가 무조건적으로 내게 사랑을 느끼고야 말 거라는, 그녀만의 이상스러운 계획 말이다. 아줌마는 나를 너무 과대평가하고 있는 듯하다. 아니면 너무 과소평가하고 있거나. 나는 아줌마의 그런 헛된 기대를 일찌감치 꺾어줄 만한 대답을 찾으며 바비를 쳐다보았다. 그는 계집애처럼 자기 손톱의 큐티클을 들여다보느라 정신이 없어 보였다.

그는 아마도 자기 엄마의 그런 생각을 고무시키는 게 두려운 건지도 모른다. 그가 말하는 것들 모두 아줌마의 신경을 예민하게 만들 수 있으니까. 유일한 해결책은 탈출뿐이었다. 그의 탈출 말이다. 사실 그가 버스를 타고 집으로 조용히 돌아가기만 한다면 여기에선 더 이상 아무런 법석도 일어나지 않을 테니 말이다. 나는 그가 이런 내 생각을 읽어내는 데 별다른 어려움을 느끼진 않을 거란 생각이 들었다. 아까부터 내 마음을 잘도 읽어냈으니까.

"저, 방금 바비 오빠가 저한테 맨해튼으로 돌아가 봐야 한다는 얘길 하고 있었어요." 내가 불쑥 말했다. "부모님을 깨우고 싶지 않았대요. 그래서 자기가 왜 아침식사를 같이 하지 못하고 먼저 떠나는지를 나중에 저더러 대신 좀 설명해달라고 부탁하던 참이었어요."

"바비가 가야 한다고?" 아줌마가 물었다.

"나 말이야?" 바비가 약간 혼란스러운 표정을 지으며 물었다. 이런, 눈치 없기는!

"가야 한다고 그랬잖아요."

"어딜 가야 하는데?" 아줌마가 다시 물었다.

"……나도 몰라요." 바비가 말했다.

"모른다고?" 옆에 있던 우리 엄마가 따지듯이 거들었다.

"그럼 별로 중요한 일도 아니었나 보네." 아줌마가 말했다.

"내 기억에는 일과 관련이 있다고 말했던 것 같은데……." 당황한 내가 바비 대신 말했다.

"일?" 여전히 눈치 없는 바비가 반복하듯 물었다.

"바비는 일요일엔 일이 없단다." 아줌마가 다시 끼어들었다.

"아니, 아파트에 가봐야 한다고 그랬던가?" 내가 말을 바꾸었다.

엄마는 손가락으로 내 어깨와 목을 연달아 매만졌다. 나는 그런 엄마를 가만히 쳐다보았다.

"어떤 거냐?" 엄마가 물었다. "일이야, 아니면 아파트 때문이야?"

"아파트요?" 바비가 말했다. 그건 대답이라기보다는 일종의 질문처럼 들렸다.

나는 엄마의 주의를 끌기 위해 갑자기 엄마의 손을 만지작거리며 물었다.

"오늘은 기분이 좀 어떠세요?"

엄마도 내가 괜스레 그런 쓸데없는 질문을 하고 있다는 걸 눈치 채고 있는 듯했지만, 지금 나로서는 별다른 방법을 생각해낼 수가 없었다.

"나는 괜찮다."

엄마는 눈을 찡긋해 보이며 자기 배를 문질렀다.

"훨씬 나아졌어."

"전 진저가 지금 무슨 말을 하고 있는 건지 잘 모르겠어요." 바비가 말했다.

그는 자기 의자를 테이블로부터 멀찌감치 밀어내며 가슴께에서 두 팔을 꼬아 팔짱을 꼈다.

머쓱해진 나는 다시 엄마를 쳐다보며 말했다.

"아줌마가 그러시는데 그게 두통이었던 것 같대요."

"오 여사가 그러셨어?"

엄마는 다른 쪽 손을 자신의 이마에 갖다 대었다.

"맞아. 배도 좀 아프고 두통도 오더라고. 열도 좀 있었고 말이야. 아마 음식 독 때문에 그랬었나 봐."

"음식 독이요?" 아줌마가 놀란 듯 큰 소리로 말했다.

"제가 설마 손님에게 독이 되는 음식을 드렸겠어요? 그냥 두통인 것 같던데……."

"그런 뜻이 아니라……." 엄마가 말을 정정했다.

"제가 음식을 너무 빨리, 또 너무 많이 먹어서 그렇다는 말인데."

아줌마가 헛기침을 하며 말했다.

"저도 그런 뜻이 아닌 줄은 알지만서도……."

"그러면 우리 지금 떠나야 하는 거지?" 엄마가 내 쪽을, 그리고 바비 쪽을 한 번씩 번갈아 쳐다보며 물었다.

"그럼 내가 어디에다 내려주면 되는 거지?"

"왜, 지금 가시려고요?" 오 여사 아줌마가 물었다. "바비는 안 가도 된다잖아요."

"그러게요." 바비가 못을 박았다. "나는 아침밥을 먹고 싶은데."

"나도 그래." 엄마가 말했다.

"이거 식욕이 마구 솟는걸. 오 여사가 원래 한 요리 하시잖니."

엄마가 주먹을 세게 쥔 채 내 등을 쿡 찔렀다.

"네……." 마지못해 내가 말했다. "훌륭한 요리사이시죠. 저도 사실 어젯밤 파티를 치르고 남은 음식들이 먹고 싶긴 해요."

아줌마가 미소를 지어 보였다.

"그럼 됐네. 다들 남아서 즐거운 아침식사를 함께 들자고요."

Chapter 21

오 여사 아줌마는 바비에게 프랑스식 닭요리를 만들어달라고 고집을 부렸다. 그런 요리는 아침 식탁에 어울리지 않을 거라는 그의 지적에도 불구하고 말이다. 마침내 양보를 한 아줌마가 프리타타(달걀 푼 것에 잘게 썬 야채 등을 섞어 기름 두른 프라이팬에서 약한 불에 서서히 익힌 이탈리아 요리—역주)와 과일 샐러드를 만들 준비를 하자 오 박사 아저씨가 배고파 죽겠다고 중얼거리며 아래층으로 내려오셨다. 아줌마는 부모들이 밖으로 나가 잠시 쉬는 동안 나더러 바비를 도우라고 하셨다. 나는 아까 내가 왜 '바비는 맨해튼으로 돌아가야 한다'는 식의 말을 했는지에 대해 설명할 기회가 생긴 것이 기뻐 흔쾌히 그러겠다고 말했다.

바비는 도마와 칼이 어디에 있는지 손가락으로 대충 가리키거나 '원한다면 바나나와 멜론을 자르라'고 할 때만 내게 말을 시키는 식으로 눈에 띄게 차갑게 굴었다. 나는 무슨 말이라도 건네고 싶었지만 아줌마가 커피를 더 따르거나 스푼을 가지러 오기 위해, 또는 오렌지 주스를 만들기 위해 계속해서 부엌을 드나드는 바람에 그저 음식이 다 맛있어 보인다거나 향이 좋다는 식의 짧은 말을 하는 것밖에 다른 도리가 없었다.

마침내 아침식사 준비가 끝났다. 우리는 식사를 밖으로 나르기 시작했다. 오 박사 아저씨는 먹고 남은 음식들을 나중에 다시 먹는 걸 혐오하며 심지어 그런 음식들은 꼴도 보기 싫다고 말씀하셨다. 덕분에 나는 내심 군침을 흘리고 있던 한국음식들을 더 이상 구경도 못 할 판이었다. 그렇지만 어떻게 생각하면 나로선 오히려 잘 된 일인지도 모르겠다. 적어도 촬영 날짜가 이제 나흘 앞으로 다가

온 이 시점에서 보면 말이다.

오 박사 아저씨는 내가 이전에 상상했던 것만큼 같이 자리하기 불쾌할 정도의 사람은 아니었다. 그는 그저 식사를 하면서 신문을 읽느라 말을 거의 하지 않을 뿐이었다. 아무튼 덕분에 다른 사람들도 모두 아저씨를 따라 말을 되도록 삼가고 소금이나 후춧가루를 달라거나 할 때에도 그저 조용히 손으로 가리키는 식이었다. 심지어 음식을 씹을 때도 가능하면 조용조용히 삼키는 분위기가 되어버렸다.

이윽고 오 박사 아저씨가 의자를 뒤로 죽 빼고는 냅킨을 자기 접시 위에 던지며 자리에서 일어났다.

"맛있게 잘 먹었다, 아들. 나는 오늘 필드 약속이 있어서 이만."

아저씨는 나름 예의바른 태도로 우리 엄마에게 한국말로 농담 몇 마디를 던지고는, 자기 아내와 내 쪽으로 고개를 끄덕여 보인 후 자리를 떴다. 그러자 오 여사가 갑자기 일어나더니 아저씨의 뒤를 급히 따라갔다.

"달걀요리 참 맛있었다, 바비야." 엄마가 말했다. "너희 둘이 아침식사 만드는 걸 구경할 걸 그랬네."

그러자 집 쪽을 바라보던 바비가 고개를 돌리며 대답했다.

"네?……아, 네. 감사합니다. 나중에 요리법을 알려드릴게요."

"그러면 좋지. 고맙다."

그러더니 바비는 다시 자기네 부모님이 사라진 방향을 가리켰다.

"아줌마는 저 두 분이 왜 저러시는 줄 아세요?"

"그게 무슨 뜻이냐?" 엄마는 얼굴을 찌푸리며 말했다.

"아버지는 손님들이 계실 때 저렇게 무례하게 구시는 분이 아니거든요. 제가 안에서 요리하고 있을 때 두 분이 다투기라도 하신 거예요?"

"얘도 참……. 너희 부모님이 뭣 때문에 싸움을 하셨겠니. 그저 네가 앤이랑 결혼을 한다니까 두 분이 그것 때문에 말다툼을 좀 하신 게지. 네 아버지가 오 여사한테 그 탓을 돌리는 바람에……."

엄마의 어설픈 영어를 기특하게도 제대로 알아들은 바비가 자리에서 벌떡 일어났다.

"아버지는 왜 매번 엄마를……."

"아니야, 그런 거 아니다, 바비야."

엄마는 예의 그 완강함으로 그를 붙잡아 앉혔다. 그때 갑자기 나는 내가 왜 아줌마를 큰 목소리로 떠들며 아등바등하는 사람으로 기억하는지, 그리고 왜 아줌마가 한밤중에 퉁퉁 부은 눈과 빨개진 코를 해가지고 우리 집으로 건너와 주무시고 가는 일이 잦았는지를 깨달았다. 그때 엄마는 그런 소란 속에서 날 달래어 내 방으로 다시 데려다주곤 했지만 나는 얇은 벽 너머로 들려오는 아줌마의 하소연하는 목소리를 몇 시간이고 들어야만 했었다.

"아줌마가 저희 아버지를 어떻게 아세요?" 바비가 물었다.

"한때 내가 거의 매일 밤 여기서 지낸 적이 있지."

"그러셨어요?"

"나는 네 아버지를 잘 안단다, 바비야."

그때 오 여사 아줌마가 갈비와 김치, 에그롤과 밥 등이 담긴 커다란 접시를 들고 돌아왔다. 아줌마는 그 음식들을 내 앞에 내려놓았다. 나는 배가 부르다고 말씀드리려고 했지만 엄마는 잠자코 그냥 먹으라는 신호를 보내왔다. 나는 할 수 없이 순순히 그 음식들을 내 접시에 덜었다.

"골프 치기에 딱 좋은 날씨라며 아빠는 급히 나가셨다."

아줌마는 앉았던 의자에 다시 앉으며 밝은 미소를 지으면서 우리들을 둘러보았다.

"다들 무슨 얘길 하고 있었던 게야?"

힐끗 보니, 바비는 아까처럼 다시 손톱을 들여다보는 데 골몰해 있었다. 엄마는 조그만 목소리로 한국말을 속사포처럼 쏘아댔다. 그 말을 들은 아줌마는 눈썹을 치켜뜨더니 갑자기 마구 웃어대기 시작했다. 아줌마는 허공에 팔까지 내저으며 말했다.

"별일 아니다. 아저씨는 케이크가 망가진 게 속상해서 그러시는 거야. 진저가 초를 그렇게 많이 꽂지 말았어야 했다면서 말이다."

나는 그에 대해 스스로를 변호하기 위해 입을 열었지만 엄마가 테이블 밑으로 가만히 있으라는 신호를 또 보내왔다.

그때 바비가 고개를 들며 말했다. "그건 맞아요." 그가 천천히 말을 이었다. "초들이 서로 너무 가까이 있다고 제가 말했었잖아요."

"그랬지, 바비 네가. 그때 네 말에 귀를 기울였어야 했는데."

그러면서 아줌마는 갈비 몇 대와 에그롤을 그의 접시 위에 올려놓아 주었다. 그는 포크를 집어들더니 자기 접시에 담긴 음식들을 먹기 시작했다. 아줌마는 손을 뻗어 그의 머리를 매만졌고, 바비는 그런 아줌마의 손을 밀쳐내거나 하진 않았다. 여전히 생글거리면서 아줌마는 내 쪽으로 고개를 돌렸다.

"진저야, 너희 둘이서 옛날 교회 연극 때 두 마리의 귀여운 새 역할을 했던 거, 기억나니?"

약간 경계의 빛을 띠며 내가 고개를 끄덕였다. 그때 바비와 나는 까마귀 역할을 맡았었다. 아빠가 떠난 지 몇 달 지나지 않은 때였으니 아마 내가 여섯 살, 바비가 열 살 때 즈음이었을 것이다. 까악까악 울지도, 남을 덮치지도 못하는 형벌을 받은 까마귀의 고통을 연기하라는 지시를 받은 우리들은, 백인 혼혈아인 샐리라는 아이가 우리를 가리키며 고함을 지르는 역을 하는 동안 팔을 펄럭펄럭 대며 무대를 가로질렀다. 사실 처음에는 샐리가 내 동료 까마귀 역을, 바비가 '예언자의 말이 실현되었다'고 외치는 샐리의 역할을 맡았었다.

"기억나? 왜, 그 미국 여자애가 원래 네 파트너였는데 네가 하도 울어대며 하기 싫다고 하는 바람에 내가 주일학교 선생인 미스 박을 찾아가서, 바비랑 역을 좀 바꿔달라고 부탁까지 했었잖니."

밝은 갈색 눈동자와 갈색 머리카락을 지닌 샐리는 심지어 미국인들과 함께 학교를 다니고 놀던 한국 아이들까지도 항상 '그 미국 여자애'로 부르곤 하던 아이였다. 아마도 자기네 부모님들의 말을 그대로 따라했던 것 같다. 이따금 샐리에 대한 얘기를 할 때 그보다 더 심한 단어들마저 아무렇지도 않게 사용하곤 하던 부모님들을 따라서 말이다. 아이들 중에서도 샐리를 좋아하는 애는 하나도 없었다. 그렇지만 연극을 할 때 그 애와 짝을 하고 싶어 하지 않은 것은 단지 대사가 있는, 보다 큰 역할을 맡고 싶었기 때문이지, 그 애가 싫어서만은 아니었다. 당시 엄마는 부동산 중개인 자격증을 준비하느라 내 얘기에 귀를 기울여주기엔 너무 바빴다. 그래서 할 수 없이 나는 오 여사 아줌마한테 가서 어린 마음에 그런 하소

연을 늘어놓았던 것이다.

"내가 바비한테 그랬지. '바비야, 진저가 저렇게 우는데, 우리가 어떻게 도와줄까?' 그랬더니 바비가 '엄마, 제가 진저의 파트너가 될게요' 하더라고."

"아, 그때 미스 박한테 갔던 분이 오 여사였어요?" 엄마가 끼어들었다.

"나는 지금까지 그게 그 여자애 엄마, 그러니까 미시즈 로저스인 줄로만 알고 있었는데."

"네, 저였어요. 제가 도와드렸죠. 아니지, 사실은 바비가 진저를 도운 거죠."

아줌마의 목소리에는 엄마가 끼어든 것에 대한 짜증이 약간 섞여 있었다. 어쩌면 미스 박한테 가서 무슨 얘기를 했는지까지는 꼬치꼬치 묻지 말아달라는 식의 뉘앙스가 묻어 있는 것 같기도 했다.

나는 아줌마가 제발 화제를 바꿔주길 바랐다. 예전 아줌마와 미스 박 선생님의 대화는 생각만 해도, 그리고 그때 내가 그 내용을 이해했다는 것만으로도 지금껏 수치심에 몸서리가 쳐질 지경이니까. 그러고 보니 내가 이제껏 제대로 된 한국말을 배우지 않은 것이 꼭 무의식적인 것만은 아니었던 것도 같다.

오 여사 아줌마는 교회 지하에서 있었던 리허설 시작 전, 바비와 나를 일찌감치 그리로 데려갔었다. 평소처럼 미스 박 선생은 '뭔가에 몹시 놀란 듯한' 얼굴을 하고 있었다. 눈을 커 보이게 하려고 눈 윗부분의 지방을 제거하는 수술을 받았기 때문이었다(어린 내 눈에도 어쩐지 실패한 수술처럼 느껴졌었다). 그렇지만 아줌마가 바비에게 더 많은 대사를 달라는 식의 부탁을 하러 온 것이 아니라 샐리와 역할을 바꿔달라고 부탁하기 위해 온 것임을 알게 되자, 이번엔 박 선생의 눈이 정말로 놀라서 커지는 듯 했다.

"저 역시 바비가 그 미국 여자애와 같이 있는 걸 원치 않아요." 아줌마가 한국말로 이렇게 또렷이 말했다.

"그렇지만 그 애는 아직 어린아이일 뿐인걸요." 박 선생이 말했다. "하나님은 모든 아이들을 사랑하신……."

"지금 저한테 성경 말씀을 가르치시려는 건 아니시겠죠."

"전 다만 크리스천으로서 드리고 싶은 말씀을……."

"박 선생님, 저한테 설교는 필요 없다고 방금 말씀드렸잖아요." 아줌마가 말했다.

"좋다 싫다 분명히 말씀해주세요. 바비랑 그 여자애랑 바꿔주실 건가요, 아닌가요?"

아줌마의 목소리가 높아지자 그에 따라 박 선생의 눈썹도 함께 올라가는 듯했다. 그녀는 뭔가를 생각하는 듯한 표정으로 나를 바라보며 말했다.

"안되겠는데요." 그러더니 결국 그녀는 이렇게 대답했다.

"로저스 부인은 친절하고 독실한 신자세요. 만일 그렇게 되면 그분이 마음에 상처를 입으실 거라고요."

"그럼 이 여사가 받을 상처는 어떻고요? 이 여사의 딸을 그런 미군 마누라쟁이의 딸과 함께 있게 하는 건 모욕적이고 부끄러운 일 아닌가요?"

"부끄럽다고요?" 박 선생이 히스테릭하게 웃었다.

"아직도 교회에 얼굴을 들이미시는 걸 보니, 이 여사야말로 부끄러움에 익숙하신 모양이죠? 하지만 적어도 로저스 부인은 결혼의 신성함은 지키시는 분이 아니던가요? 전 김 목사님께 이미 '그전에 얼마나 돈이 많았는지를 떠나서 우리 신자들 사이에 이혼한 여자를 들이는 것은 그리 좋은 생각 같진 않다' 고 말씀드린 적도 있답니다."

"그런 말씀을 김 목사님께 했다고요? 그래, 목사님은 뭐라고 하시던가요?"

박 선생은 얄미운 미소를 띠며 말했다.

"목사님께서도 동의하는 눈치시더라고요. '너희는 불의를 저지르지 말지니' 라는 말씀도 있죠? 성경에 따르면 이혼도 하나의 불의에 속하거든요. 목사님께서는 집사님이나 장로님들과 어떻게 할지에 대해 말씀을 나누시게 될 거예요. 사모님 남편과 같은 예비 집사님들께도 그렇게 하실 거고요. 아니, 도대체 어떤 여자가 자기 남편을 내친답니까?"

"그분…… 이 여사는 남편을 내친 게 아니에요." 아줌마가 흥분하듯 말했다.

"그럼요?" 박 선생은 대답을 자세히 듣기 위해서인지 몸을 앞으로 수그렸다.

"이 여사는……."

아줌마는 마음의 결정을 내리려는 듯 손가락으로 자기 입술을 두드리며 잠시 생각에 잠겼다. 그러더니 천천히, 우리 집의 치욕스러운 과거사를 차례차례 늘어놓기 시작했다. 친절하게도, 아주 '자세하게' 말이다.

박 선생은 한숨을 내쉬었다. 그녀는 아줌마의 얘기에 아주 푹 빠진 듯 보였다.

"그게…… 정말이에요?"

"네." 아줌마는 주위를 둘러보며 낮은 목소리로 말했다.

"그렇지만 이 얘긴 아무한테도 하시면 안 돼요. 비밀이니까요."

"네, 물론이죠. 누구한테도 말하지 않을게요." 아줌마는 나를 자기 앞으로 끌어당겨 내 양 어깨 위에 두 손을 올려놓으며 말했다.

"그러니까 이 아이를 좀 보세요. 제 말은, 안 그래도 이렇게 복잡한 고민들이 많은 불쌍한 이 아이한테 미군 혼혈아 문제까지 얹어주진 말자…… 바로 이 말씀이에요."

"네, 네. 물론이죠. 무슨 말씀이신지 충분히 알겠습니다. 바비랑 샐리의 역할은 물론 바꿔드리도록 하죠."

"좋습니다. 그러면 이 교회를 떠나는 문제에 대해선 이 여사에게 제가 직접 말씀드리는 걸로 하겠어요."

"……그때 바비랑 진저는 서로 너무 친해서 웃고 떠들며 온 집안을 뛰어다니곤 했지." 오 여사 아줌마는 이렇게 말하고 있었다.

"그때는 내가 일을 처음으로 시작한 때라 참 힘든 시기였지요." 엄마가 당시를 회상하는 듯 아련한 목소리로 말했다. "오 여사가 저를 많이 도와줬죠."

"진저야, 너도 그때를 한번 생각해보렴."

그날의 일요 연극 행사는 내가 참석한 한국인 교회 일 중 마지막이 되었다. 한 달 뒤에 바비네 집은 이사를 가버렸기 때문에, 나는 오 여사 아줌마가 우리 가족에 대해 진정으로 그런 식의 경멸적인 생각을 가졌는지에 대해서는 확인할 길이 없었다. 다만 그 후 아줌마가 우리 엄마와 연락을 끊은 것을 보며, 나는 그저 마음속으로 '아마 그랬었나 보다'라고 추측해볼 따름이었다. 그렇지만 지금 와서 생각해보면, 어쩌면 아줌마의 마음은 그렇지 않았을지도 모른다. 어쨌든 간에 아줌마는 바비와 나를 어떻게든 엮어보려고 했으니까.

"바비 너도 마찬가지다. 너도 지난 일을 잊지 말라고."

바비는 무표정한 얼굴로 앉아 있었다.

"이 여사네는 우리에겐 더없이 좋은 친구니까. 가족이나 다름없지. 말하자면 우리는……. 그런 걸 뭐라고 하지?" 아줌마가 손가락을 꼬며 물었다.

"흔히 '엮였다' 고들 하지요." 바비가 들릴 듯 말 듯 얘기했다.

"우리는 저쪽을 돕고, 저쪽에선 또 우리를 돕고……, 이를테면 서로에게 수호 천사 같은 존재라고나 할까." 아줌마는 바비를 향해 다시 손가락을 꼬아 보였다.

"진저네 집안은 너를 많이 생각한단다. 그리고 이 집안이야말로 너한테도, 또 우리한테도 진정 도움이 되는 사람들이라고. 앤이 아니고 말이다."

"그 일에 대해선 나중에 얘기하도록 하죠."

바비가 자리에서 일어서더니 약간 몸을 기우뚱거렸다. 그는 마치 거미줄을 손으로 쳐서 없애듯 허공을 향해 손을 내저어 보였다.

"나중에? 무슨 일에 대해서 말이냐?"

아줌마는 에그롤을 한입 베어 물고는 그대로 입을 벌린 채 씹어대며 말했다. 나는 그 자리에서 꼼짝도 안 한 채 그 모습을 바라보았다. 아줌마는 마치 자동차 앞 유리에 벌레가 붙어 있는 것처럼 시금치를 앞니에 떡하니 붙인 채로 우리 엄마를 향해 의기양양한 미소를 지어 보였다.

바비는 테이블을 치우기 시작했다.

"……앤에 대해서요. 그 애와 결혼하지 않기로 한 문제에 대해서 말이에요."

나는 자리에서 벌떡 일어나다가 그만 무릎을 테이블에 쾅 부딪히고 말았다.

"그렇지만 나중에요, 엄마."

그는 나도, 그 누구도 바라보지 않고 눈을 내리깐 채로 말했다. '엄마' 라는 그의 한국식 발음은 내가 듣기에도 상당히 어색하게 들렸다. 다시 바비가 말했다.

"우린 이제 그만 맨해튼으로 돌아가야겠어요."

"진저야, 바비 좀 도와줘라." 엄마가 내게 말했다.

엄마는 바비가 자리를 뜨기를 기다렸다가 아줌마 쪽으로 몸을 숙이더니 뭔가를 한국말로 속삭이기 시작했다. 나는 있던 자리에서 꼼짝도 않고 그대로 서 있었다. 방금 일어난 일을 믿을 수가 없었기 때문이다. 믿을 수도 있는 일이었지만,

그래도 어쩐지 믿을 수가 없었다. 아줌마는 분명 아버지에 대해 죄의식을 가지
도록 하기 위해 이번 주 내내 바비에게 전화를 해댄 게 분명해 보였고, 아마도 그
가 아줌마의 전화를 거부한 이유도 거기에 있는 듯했다. 그렇지만 그가 자기 엄
마를 저렇게나 끔찍이 생각한다면, 처음부터 앤과의 약혼은 왜 했던 것일까?

엄마는 이야기를 멈추고는 멍하니 서 있는 나를 바라보았다.

"뭐, 잘못된 거라도 있니?"

아줌마 역시 나를 쳐다보았다.

"식기세척기는 저쪽에 있잖니."

아줌마는 내가 움직이지 않고 서 있는 것에 대해 뭔가를 오해한 듯 내 쪽을 보
며 말했다. 그러더니 곧 아줌마는 바비가 앉았던 빈 의자 위에 다리를 올려놓으
며 한국말로 다시 뭐라고 중얼댔다. 나는 그 말을 '게으르다'는 뜻으로 알아들었
다. 엄마는 남아 있던 접시들을 포개어 쌓아올리더니 내게 그것들을 넘겨주었
다.

"진저는 아마 자기가 접시들을 떨어뜨려 깨뜨리지는 않을까 걱정이 되는 모양
이에요. 집에서 접시 나르는 일을 시켜보질 않았거든요." 그러더니 곧 나를 향해
말했다. "조심해라."

그러자 아줌마는 벌떡 자리에서 일어나더니 내게서 접시를 빼앗듯 받아들었다.

"바비가 요리를 했으니 이제 내가 설거지를 할 차례지. 이 여사, 우리 부엌에서
얘기 좀 합시다."

아줌마는 왠지 허둥지둥 서두르는 듯이 보였다. 엄마는 뭔가를 말하려는 듯 입
을 열었지만 아무 말도 하지 않았다. 엄마는 잠자코 은 식기들을 집어들더니 아
줌마를 따라 집 안으로 들어가 버렸다. 그와 거의 동시에 바비가 밖으로 나와 내
쪽으로 다가왔다.

"계획이 조금 바뀌었어. 우리 둘만 먼저 돌아가는 쪽으로. 너희 어머니께선 여
기 더 계시다가 나중에 우리 엄마가 차로 모셔다 드릴 거라는데. 아마도 두 분이
축하주라도 한잔 하실 모양이지."

나는 아무 말도 하지 않았다. 사실 무슨 말을 해야 할지도 알 수가 없었다. 나
는 가방을 챙기러 집 안으로 들어갔다. 내가 다시 아래층으로 내려왔을 때, 두 엄

마들은 남은 음식을 앞에 두고 실랑이를 벌이며 한창 웃고 떠드는 중이었다. 엄마는 은박지로 싼 음식들을 한사코 쇼핑백에서 꺼내려 하고, 아줌마는 계속 그걸 다시 쇼핑백 안으로 집어넣느라 정신이 없었다. 바비와 나는 한쪽에 서서 엄마들의 그런 우스꽝스러운 광경을 우두커니 지켜보고 있었다. 엄마의 그런 행동은 실로 몇 년 만에 보는 것 같았다.

"바비한테나 좀 싸주시던지요." 엄마가 한사코 말리며 말했다.

"아유, 바비는 제 아버지랑 똑같아서 남은 음식은 잘 안 먹어요."

두 분의 싸움은 결국 아줌마의 승리로 끝난 듯했다. 아줌마는 그 쇼핑백을 빼앗아 들고는 내 쪽으로 쪼르르 달려왔다. 아줌마는 등으로 엄마를 가로막고는 내 손에 그걸 억지로 쥐어주며 웃었다.

"자, 이제 가거라!"

얼떨결에 음식 봉투를 받아들긴 했지만, 나는 그 자리에 그대로 서 있었다.

"재는 그런 거 필요 없다니까요." 엄마가 아줌마의 어깨너머로 말했다. "내가 있는 동안 요리야 내가 해주면 되는 거지."

"아이고, 제가 한 음식이 더 맛있잖아요." 아줌마는 여전히 엄마로부터 음식 봉투를 사수하며 말했다.

"음식이야 나도 오 여사한테 한 수 배웠잖수."

"아, 그러니까 내 솜씨가 더 낫다는 게지."

그러다 엄마는 다른 통로를 통해 부엌을 살짝 빙 돌아 내 쪽으로 다가왔다. 엄마는 금방 내게서 쇼핑백을 뺏어 들고는 아줌마가 미처 손을 쓰기도 전에 그걸 식탁 위에 던지듯이 올려놓았다.

"이렇게 많이는 먹지도 못한다니까요."

"무슨 말씀을. 아까 보니까 아주 잘 먹던데."

"사실 너무 잘 먹어서 문제지요. 벌써 너무 많이 먹었다고요."

"뭘 그러세요, 저렇게 날씬한데."

"아니에요. 저 살찐 것 좀 보시라고요."

드디어 두 엄마들은 콩글리시 식 대화를 잠시 멈추고 나를 쳐다보았다.

"저 정도면 아직 괜찮은데요, 뭘." 한참 지난 후에야 아줌마가 이렇게 말했다.

“그럼 갈비는 좀 뺄까 봐요.”

“네. 에그롤이랑 잡채도 빼시는 게 좋겠어요.”

결국 두 사람은 음식을 골라내기 시작했는데, 엄마가 생각보다 음식을 더 빼내려고 하자 아줌마는 음식들을 쇼핑백 속으로 전부 다시 넣어버렸다. 모든 상황이 진정되고 나서도 쇼핑백은 소동이 일어나기 전과 다름없이 여전히 불룩한 모양이었고 그제야 우리는 모두 밖으로 나갈 수가 있었다.

엄마가 어제 주차해놓은 길 아래 다다르자 아줌마는 다시 한 번 갈비뼈가 으스러지도록 세게 나를 안아주었다. 그러고는 몸을 굽힌 바비의 뺨에 키스를 해주었다. 나는 엄마한테 손을 내밀어 자동차 열쇠를 달라는 제스처를 했고 엄마는 잠시 주저하는 듯하더니 결국 내 손바닥 위에 열쇠를 떨어뜨려주었다. 그러자 내가 미처 손에 꼭 쥐기도 전에 아줌마가 열쇠를 낚아채듯 가져가 버렸다.

“운전은 바비가 해라. 네가 남자니까.”

바비는 묵묵히 열쇠를 받아들고는 차를 빙 돌아 운전석 쪽으로 걸어갔다. 차를 후진시켜 나갈 때, 서로 팔짱을 낀 채 우리가 탄 차를 계속 지켜보고 있는 엄마들의 모습이 사이드 미러를 통해 보였다. 나는 그런 엄마들이 작은 점이 되어 멀리 사라질 때까지 그 모습을 계속해서 물끄러미 바라보았다.

Chapter 22

“네가 운전하고 싶으면 차를 잠깐 세우고 자리를 바꿔도 되는데.” 코너를 돈 다음 몇 블록쯤 지나자 바비가 말했다.

“아, 괜찮아요. 누가 하든 나는 상관없는데.”

바비는 라디오를 켜더니 음악 한 곡을 몇 소절씩만 듣고는 계속해서 다음 주파수로 넘겼다. 그렇게 주파수를 이리저리 바꿔 듣더니 결국 그는 오프 버튼을 눌러 라디오를 꺼버렸다. 얼마 지나지 않아 고속도로로 들어선 그는 제 속도를 내고 있는 차들을 지나쳐 속도를 높이면서 마치 라디오 주파수를 바꾸듯 차선을 이리저리 바꾸기 시작했다. 우리 차는 계속 앞차의 뒤꽁무니에 너무 바싹 붙어가고 있었다. 나는 옆 창문 쪽으로 고개를 돌렸다.

사실 앤과 헤어지는 것이 그로서는 어쩔 수 없는 결정이었을 테고 나 역시 어느 정도는 결국엔 그렇게 결론지어지리라 예상하기도 했었지만, 막상 그것이 현실로 닥치자 아무 느낌도 가질 수가 없었다. 어떤 행복감도, 만족감도 없었다. 그건 아마도 그가 앤과 헤어졌다는 사실이 나나 우리 가족에게 아무런 영향도 끼치지 않는다는 사실 때문이리라. 나는 그저 전쟁터에 나간 사람을 알고 있는 한 사람의 방관자일 따름이었다.

하지만 어떤 면에서는 그건 사실이 아니기도 했다. 어느 시점에선가, 그러니까 딱 잘라 말할 수 없는 어느 순간부터 나는 그를 '또 다른 조지 오빠'로 생각하기를 멈추고 오히려 그를 나 자신과 동일시하기 시작한 것 같다. 그래서 내 마음속 어딘가에서는 그가 포기하지 말고 버텨주기를, 자기 생각대로 계속해서 밀고 나가주기를, 여기서 도망쳐 자유를 찾기를 원하는 듯하기도 했다.

그가 작아지는 것, 즉 그가 굴복하고 포기하는 것은 곧 내가 포기하는 것과 다름없었기 때문이었다. 이런 동질 의식은 우리가 모두 같은 부류의 사람들에게 둘러싸여 있는 데서 비롯된 것 같다. 자신의 모습이 싫다거나 인생이 자기에게 부과하는 지위가 싫다면 사람은 누구나 거울 보기가 꺼려지고 싫어지게 마련이다. 내 생각엔, 바비나 나와 같은 코리안 아메리칸들이 끼리끼리 어울리기보다는 미국인들과 친구가 되려고 하는 이유는 바로 그 때문인 것 같다. 불행은 결코 불행을 동반자로 삼고 싶어 하지 않기 때문이다.

적어도 바비는 앤과 미치도록 깊은 사랑에 빠져 있는 것은 아닌 듯했다. 아니, 어쩌면 그가 그렇다고 주장하고 있을 뿐인지도 모르겠다. 비합리적인 면을 뛰어넘어 두 가지 문화와 두 가지 가치관, 두 가지 현실 사이를 왔다 갔다 하는 가운데 마음이 정신을 따르는 데 익숙해지고, 그 정신이 서로 떨어져 있던 것들을 연결시키는 데 익숙해지면 그 둘은 더 이상 그리 멀리 있지 않게 되는 법이기 때문이다. 문득 나는 바비에게 있어 앤이란 존재는 내게 있어 줄리안의 존재와 같은 것이 아닐까 하는 생각이 들었다. 그 당시에는 나 역시 마법과도 같은 초월적인 사랑의 힘에 대해 희망과 기대를 가지고 있었는데……

내가 줄리안을 만난 것은 매디슨에서의 마지막 1년을 남겨놓았을 때였다. 브래스웨이트 박사, 그러니까 줄리안의 이름은 내가 별 관심도 없었던 논문을 쓰기 위해 캠퍼스에 도착하자마자 접하게 되었다. 당시 영문학부는 특히 여성 시인들의 위대함을 강조한다고 말하는 런던에서 온 현대시 전공의 이 잘생긴 객원 교수를 놓고 한창 시끌벅적하던 터였다. 소문에 의하면 그는 치아까지도 매우 희고 가지런하다고 했다. 그렇지만 그가 왼손에 반지를 끼고 다닌다는 말이 돌면서 그 반지의 의미를 두고 주위의 이런 저런 추측이 날로 커져만 갔다. 어떤 날에는 그의 중지나 약지에 끼워져 있고 또 어떤 날에는 눈에 띄지 않기도 하는, 흑석이 박힌 그 은반지에 대해 떠도는 온갖 소문들은 '남자의 반지에 대한 기호학적 고찰' 정도의 제목을 달고 논문으로 출간되어도 충분할 정도였다. 모르긴 해도 아마 철학계의 거장 자크 데리다도 울고 갈 만한 아주 거창한 연구 결과가 발표되었을 일이었다.

대학원생과 교수들을 위한 첫 번째 다과회에서 나는 그러한 모든 난리법석의 주인공을 처음으로 보게 되었다. 검은 머리에 푸른 눈을 가진 줄리안은 키가 크고 마른 체구에 뿔테 안경을 쓰고 있었다. 그때까지 나는 그날과 같은 떨림이나 설렘, 매력을 느껴본 적이 없었다. 내 학습 연구 과정에 필요한 수업도 끝나고 구두시험도 합격한 터라 나는 몇 달간 그저 단순하고 텅 빈 생활을 즐기던 중이었다. 그렇지만 바로 그 자리에서, 내 안의 무언가에 불을 붙이는 사람을 만나게 된 것이다. 여자 남자를 떠나서 '미남 교수 줄리안에 대한 관심을 밖으로 표현하지 않는 유일한 사람'이라는 이유만으로, 사람들로부터 나는 줄리안에게 말을 걸어 현재 싱글인지 아닌지, 만약 그렇다면 혹 게이는 아닌지를 알아보라는 아주 중대한(!) 임무를 떠맡게 되었다.

싸구려 레드 와인도 한 잔 들이켠데다 내게 잔뜩 기대를 걸고 있는 열두 개의 이글거리는 눈들을 이기지 못해, 결국 나는 라운지 한쪽 구석에 서 있는 그와 엘리자베스 체임버 박사 쪽으로 떠밀리듯 다가갔다. 체임버 교수는 50대 후반의 지긋한 나이에 스타일이 특이했기 때문에 줄리안 팬클럽의 기대에는 아무런 장애도 되지 않는 인물이었다.

"……우리가 소장한 《페어리퀸(Faerie Queene)》의 최초 사본을 보면 아마 신기한 냄새를 맡게 될 거예요."

체임버 교수가 한창 이야기를 하고 있는 중이었다.

"그 책에는 아주 독특한 냄새가 있답니다. 아마도 납 성분 같은 거겠죠. 나는 그게 엘리자베스 여왕 시대의 것이 아닌가 추측합니다만……. 그 책은 지금 우리 도서관 맨 꼭대기 층의 희귀 고전들을 모아둔 특별 소장 코너에 있지요."

그녀는 내 쪽으로 팔을 뻗었다.

"여기 있는 진저가 거기까지 모셔다 드릴 거예요. 두 분이 서로 인사는 나누셨나요?"

머뭇거리던 내가 한 발자국 앞으로 나가자 체임버 교수는 우리들을 서로에게 소개시켜주었다. 그때까지 입술을 오므리고 이마에 주름을 잡은 채 체임버 교수의 말에 귀 기울이고 있던 줄리안은 이내 표정을 풀고 맑은 미소를 지어 보였다. 분명 교수님과의 지루한 대화 중에 내가 끼어들어 준 것이 반가운 눈치였다.

"제가 8층까지는 모셔다 드릴 수 있습니다만……." 내가 말했다. "유리문을 통과할 때까지 동행해드릴 수 있을는지는 잘 모르겠습니다. 마지막으로 거기 갔을 때 제가 책을 원래 있던 자리에 놓지 않고 엉뚱한 데다 놓는 것을 사서가 보고 뭐라 한마디 했었거든요. 그래서 혹시 저한테는 방문권을 안 줄지도 모르겠어요."

"흐음, 이렌이 그렇게 심하게 굴 리가 없을 텐데. 아무튼 내가 이렌한테 통과시켜주라고 말해놓을 테니 걱정 말고 다녀와요." 체임버 교수가 내 팔을 살짝 두드리며 말했다. "줄리안, 지금 올라가면 그 책의 중간 부분을 펼쳐서 이렇게 코앞에 갖다대는 걸 잊지 말아요."

그녀는 자기 손을 책처럼 펼쳐 얼굴에 가져가 눈까지 가려 보이며 거창한 시범을 보여주었다. 이때다 싶었는지 줄리안은 나를 향해 눈썹을 씰룩거려 보이더니 곧 체임버 교수를 흘기듯 쳐다보았다.

"이렇게 숨을 깊게 들이마시고……." 그녀는 정말 숨까지 크게 들이마시며 말했다. "참을 수 있는 데까지 숨을 꾹 참아보시라고요."

그녀는 천천히 숨을 내쉬고는 꿈에 잠기는 듯한 미소를 지었다.

"그게 아마 해시시(대마초로 만든 마취제 — 역주) 비슷한가 보죠?"

줄리안이 물었다. 놀란 나는 침을 꿀꺽 삼켰다. 체임버 교수가 소탈한 사람인 것은 틀림없지만 그렇다고 금요일 밤이면 '부엉이 바' 같은 데를 찾아가 전성기 때보다 더 행복해지기 위해 약에 취하려고 노력할 부류의 사람은 결코 아니었기 때문이다.

"해시시요?" 체임버 교수가 눈살을 약간 찌푸리며 말했다. "글쎄요, 해시시와는 별로 친하지 않아서…… . 그렇지만 뭐, 마리화나랑 별반 다르지는 않은 거겠죠?"

체임버 교수는 자신이 뱉은 말이 우스운지 혼자서 키득거렸다.

"자, 그럼 말씀은 다 끝나신 건가요? 저는 갈 준비가 됐는데." 줄리안이 내 쪽으로 몸을 돌리며 말했다. "그럼 우리 둘이 이제 위로 올라가볼까요?"

나는 그가 체임버 교수의 재미없는 입담에서 한시바삐 벗어나고 싶어 한다는 것을 눈치 채고는 얼른 고개를 끄덕였다. 내게 중대한 임무를 맡긴 친구들의 얼굴을 힐끗 쳐다보니 이번에 그에게 예의 질문을 던지지 않고 그대로 넘어가면 큰일이라도 날 듯한 분위기였다. 그리고 무엇보다 중요한 것은 나 역시 그와 함께 가고 싶어졌다는 사실이다!

"땅거미가 하늘에 맞서 넓게 펼쳐져갈 때면……." 드리워진 커튼을 가리키며 내가 말했다.

역시 기대에 어긋나지 않게, 그가 내 시에 화답을 해주었다.

"마치 병자처럼 테이블 위를 마취시키노니……."

그러면서 그는 내게 팔을 내밀었고, 나는 기꺼이 그 마른 팔을 붙잡았다. 그런데 막상 위로 올라가보니, 줄리안은 아직 ID 카드도 발급받지 못한 상태였고, 나 역시 관리인들을 지나쳐 그를 통과시키기엔 역부족이었다. 그래서 나는 대신 그를 부엉이 바로 안내했다. 파티가 끝날 즈음이면 저 관리인들도 제각기 흩어져 일하고 있으리라는 나름의 계산에서였다. 그러나 내 계산은 빗나갔다. 결국 우리는 미국의 정치와 위상, 그리고 시내에서 피자가 가장 맛있는 집 등에 대해 이야기하느라 가게 문을 닫는 시간까지 부엉이 바에 계속 머물러 있었다. 그는 논리 정연하고 총명한 사람이었으며, 말하는 사람이 자기가 지금 무슨 말을 하고 있는지를 정확히 알 수 있게 맥을 잘 짚어주는 재능까지 겸비하고 있었다. 그리고 또 하나, 그간 말도 많고 탈도 많던 그의 반지는 그저 순수한 액세서리일 뿐이며, 더불어 그는 게이가 아닌 이성애자라는 사실도 알게 되었다.

그로부터 며칠 뒤, 나는 그에게 괜찮은 식료품 가게를 소개해주었고, 그 즈음부터 우리는 수업 후의 거의 모든 시간을 둘이서만 보내는 사이가 되었다. 그때부터 학위 과정을 밟는 넉 달 동안, 나는 그가 가장 좋아하는 여자 시인이 엘리자베스 비숍이며 제일 좋아하는 남자 시인은 하트 크레인이라는 사실을 알게 되었다. 또한 그는 사회주의적인 경향을 지니고 있으며, 그의 아버지는 영국 성공회의 목사이고 어머니는 교사라는 사실도, 그리고 그가 1980년대의 펑키 록 밴드의 노래를 즐겨 듣는다는 것도 알게 되었다. 그는 흑맥주보다는 약한 에일 맥주를 좋아하고, 어떤 음식에든 무조건 타바스코 소스를 뿌리는 사람이었다. 심지어 프렌치프라이에도 말이다. 나는 무모할 정도로 줄리안에게 빠져 지내는 듯했지만 사실 꼭 그렇지만도 않았다. 학기 말이 되면 그가 런던으로 돌아갈 예정인 것을 이미 알고 있었기 때문이다.

암묵적인 동의하에, 우리는 서로에 대해 느끼는 감정에 대해서는 절대 한 마디도 꺼내지 않았다. 그 이유는 추측건대 아마 그는 전형적인 영국인이며, 나는 나대로 그러한 대화를 어떻게 시작해야 할지를 잘 모르는 사람이었기 때문인 것 같다. 사실 그 당시 나는 내적으로 매우 혼란스러운 상태이기도 했다. 물론 그와 함께 있을 때면 나는 나 자신을 잊곤 했다. 그렇지만 도서관이나 샤워실에서, 또는 그가 잠들고 나 혼자 깨어 있을 때처럼 혼자만의 시간을 갖게 될 때면 나는 그런 시간들이 내게 있어 얼마나 소중하고 좋은지, 얼마나 가볍고 편안한지를 뼈저리게 느끼곤 했다. 결국 그는 나를 움직일 수는 있었지만 결코 나를 변화시킬 수는 없었던 것이다.

그렇게 마냥 덮어두기만 했던 우리의 문제를 현실 밖으로 끌어내게 된 것은 그가 영국으로 돌아가기 이틀 전, 내게 함께 런던으로 가지 않겠느냐고 물었을 때였다. 그날, 내 아파트에 있는 오렌지색 소파에 등을 기댄 채 바닥에 앉아 있던 그는 갑작스럽게 그런 질문을 내게 던졌다. 그때 나는 소파의 반대편 끝에서 발을 쿠션에 올려놓고 팔로 무릎을 감싼 채 앉아 있었다. 그날은 예의 그 희귀본 냄새를 마침내 함께 맡아본 날이기도 했다. 도서관에서 막 돌아온 우리는 소파에 조용히 앉아 있었다. 그가 떠난다는 생각에, 또 뭔가에 푹 빠져 지냈던 그동안의 생활이 끝나간다는 생각에 조금 슬퍼지긴 했지만 아무렇지 않은 듯이 보이기 위해 나는 나름대로 애를 쓰고 있었다. 나는 그의 감정을 다치게 하고 싶지 않았고 그러기 위한 유일한 방법은 침묵을 지키는 일뿐이었으니까. 어디서 저녁식사를 하고 싶으냐고 묻는 그의 질문에도 내가 잠자코 있자 그 후론 그 역시 말하기를 멈췄다.

그러다 어느 순간, 그는 침묵을 깨며 갑자기 '함께 떠나자' 는 말을 건네온 것이다. 그는 나를 향해 팔을 길게 뻗었지만 내 발가락에만 겨우 손이 닿을 뿐이었다. 내가 그의 손이 닿지 않도록 일부러 자세를 고쳐 앉았기 때문이다. 나는 자리에서 벌떡 일어나 아파트 안을 걸어 다니기 시작했다. 예민해진 내 안의 에너지가 나로 하여금 복도를 지나 침실에까지 이르게 만들었다.

"진저?" 줄리안이 웃으며 나를 불렀다.

"어딜 가는 거야? 지금 이 순간 당장 런던으로 떠나자는 뜻은 아닌데."

나는 다시 있던 자리로 돌아왔지만 앉지 않고 그대로 서 있었다. 보통 때라면 조용히 묵살당했을 내 안의 진저가, 어쩐 일인지 모든 이들과 모든 것들에게 이별을 고하며 '예스' 라고 대답하기를 종용하고 있었다. 그래, 다른 건 모두 잊고 그냥 가는 거야. 떨치고 떠나는 거야. 매디슨도, 이 아파트도, 다 해진 이 오렌지색 중고 소파도 모두 버리고 떠나란 말이야!

그때 갑자기 나의 시선이 멈춘 곳은 액자 속 한 장의 사진이었다. 그것은 최근에 엄마와 함께 찍은 몇 장 안 되는 사진 중 하나였다. 우리는 함께 하와이로 휴가를 떠났다. 값비싼 카메라를 가지고 간 엄마는 낯선 사람들을 믿지 못해 좀체 그들에게 카메라를 맡기지 않았다. 때문에 그곳에서 우리 둘의 사진을 찍어줄 마땅한 사람을 찾는 일이란 그리 쉽지가 않았다. 마침내 근처를 어슬렁거리며 관광하고 있던 한 일본인 커플이 우리 사진을 한 장 찍어주게 되었다. 아무튼 그 때문에 그 휴가에서 찍은 다른 사진들은 모두 엄마 혼자 아니면 나 혼자 찍은 '독사진' 들뿐이었다.

"그렇지만 그 결과가 어떨지는……."

줄리안의 말을 끊고 내가 불쑥 말해버렸다.

"당신 지금, 나에게 원하는 게 어떤 걸 의미하는지 알고는 있는 거예요?"

"당신 논문 때문에 그러는 거야? 논문이야 어디서든 쓸 수 있는 거 아닌가?"

"아니요, 제가 당신하고 함께 떠난 뒤에 저에게 닥칠 일들 말이에요."

그제야 나는 그에게 모든 것을 털어놓기 시작했다. 내가 느끼는 두려움, 열망 그리고 엄마와의 현재 상황까지도. 그러나 그 말을 내뱉는 순간, 난 스스로 뭔가 실수를 저지르고 있다는 사실을 깨달았다. 바로 내 눈앞에 있는 그의 얼굴이 점점 굳어가고 있었기 때문이다.

그는 입술을 한 번 축인 다음 이렇게 입을 열었다.

"진저가 지금 뭔가 오해를 하는 것 같아. 나는 겨울 휴가 동안만 함께 런던에서 지내자는 뜻이었는데……. 뭐, 정 그러면 다음에 가도록 하지."

그는 자기 스웨터와 코트를 집어들었다.

"그만 가봐야겠다. 짐 싸야 할 게 아직 좀 남았거든."

그는 내 입술을 피해 코 언저리에 짧은 키스만을 남기고 떠났다. 나는 우두커니 선 채 그가 문을 나서는 모습을 지켜보았고, 문이 쾅 닫히는 소리도 들었다. 내 귀에 그건 마치 무거운 관 뚜껑이 닫히는 소리처럼 커다랗게 메아리쳐 왔다.

이틀 후 그는 작별인사를 하기 위해 공항에서 전화를 했고 서글프게도 우리는 서로에게서 얼른 전화를 끊고 싶어 하는 기색을 느낄 수 있었다. 그날의 통화가 우리에게는 마지막 대화가 되었다. 나는 그가 생각했던 모습의 진저가 아니었던 것이다. 그 역시 내가 생각했던 모습의 그가 아니었듯이. 줄리안은 단지 하나의 또 다른 사람일 뿐이었다. 남자와의 관계를 원만히 헤쳐나갈 수 있다고 믿었다니, 대체 내가 무슨 어리석은 생각을 한 것일까.

5주 후, 나는 매디슨을 영영 떠나왔다.

빵빵! 바비가 갑자기 경적을 마구 울려댔다. 놀라서 정면을 보니 우리가 탄 차가 앞에 있는 빨간색 스포츠카의 꽁무니를 빠른 속도로 바싹 뒤쫓고 있었다. 양옆 차선도 오도 가도 못할 정도로 꽉 막혀 있는 것을 보고 두려움을 느낀 나는 충돌에 대비해 문 옆의 손잡이를 꽉 움켜잡으며 거기에 몸을 의지해야 했다. 앞차와 곧 부딪히고 말겠구나 하는 생각이 든 순간, 바비가 브레이크를 세게 밟았다. 그와 동시에 앞에 있던 운전자가 속도를 내기 시작했다. 나는 목이 뒤로 살짝 꺾이는 것을 느꼈다.

"저런, 머저리 같은 여자들. 도대체 뭘 믿고 잘난 척 운전을 하는 거야?" 말 한 마디 한 마디를 할 때마다 경적을 울려대며 바비가 힘주어 욕을 해댔다.

"멍청한 여자 같으니. 지금 저 속도는 시속 50킬로미터도 안 돼 보이는데 헤매긴."

"운전자가 여자인지 아닌지 어떻게 알아요?"

앞차의 뒷유리는 선팅이 된 상태였다. 나는 손으로 목 뒤편을 문질렀다. 특별히 아픈 곳은 없었지만 근육이 뭉쳐 몹시 뻣뻣하게 느껴졌다.

"당연한 거 아냐. 저런 건 예외 없이 항상 여자니까."

"설마 그 말, 진심은 아니죠? 그럼 나도 잔소리는 안 할게요."

"설마 그 말, 진심은 아니죠? 그럼 나도 잔소리는 안 할게요."

바비가 내 말을 앵무새처럼 흉내 냈다. 그러더니 그는 갑자기 왼편으로 차선을 바꾸고는 문제의 빨간 포르셰를 따라잡은 다음 순식간에 그 차 앞으로 끼어들었다.

"뒤를 봐봐." 백미러에 시선을 둔 채 그가 말했다.

나는 움직이지 않았다.

"볼 필요 없어요. 설령 지금 뒤에 있는 운전자가 여자라고 한들 그게 뭘 증명하는 건 아니잖아."

"일단 한 번 보라니까."

"싫어요."

그러자 그는 다시 왼쪽 차선으로 끼어들더니 갑자기 속력을 늦췄다. 뒤차가 경적을 울려댔지만 그는 아랑곳하지 않고 계속해서 브레이크를 밟았다. 마침내 문제의 포르셰가 우리 차를 따라잡았고, 바비가 그 차와 어느 정도 속도를 맞추어 결국 두 차는 옆으로 나란히 달리게 되었다.

"뭘 하려는 거야 지금? 저 차를 박아버리기라도 할 건가요?"

"그냥 한 번 보라니까."

"좋아요."

결국 나는 고개를 돌렸고, 빨간 포르셰를 몰고 있는 사람이 노랗게 염색한 머리에 선글라스를 낀 중년의 여인임을 확인했다. 그녀는 운전대를 팔로 버티면서 우리에게 중지 두 개를 모두 펴 보이면서 험한 인상으로 욕을 해대고 있었다.

바비는 마치 정신 나간 사람처럼 낄낄대며 다시 차를 앞으로 부웅 몰고 나갔다. 나는 그에게서 떨어져 문 쪽에 바짝 몸을 붙였다.

"이거, 완전 하이드 씨가 따로 없군." 내가 내뱉듯이 말했다.

바비가 웃음을 멈추고 잠시 나를 쳐다보았다. 그러더니 다시 도로 앞쪽을 쳐다보며 내게 물었다.

"그게 무슨 뜻이야?" 그의 말투에 섞인 의심스러워하는 어조가 날 놀라게 했다.

"꼭 정신 나간 사람처럼 굴고 있으니까 그렇죠. 운전도 무슨 스피드광처럼 하지를 않나……."

"흐음……."

그가 약간 속력을 낮췄다.

"무슨 뜻이라고 생각했는데요?"

그는 아무 대꾸도 하지 않았고, 나도 질문을 반복하고 싶지 않았기 때문에 그때부터 우리는 서로 침묵을 지키기 시작했다. '지킬 박사와 하이드 씨' 이야기가 하나의 성격에 대한 특정한 구조를 의미한다는 점이 새삼 재미있게 느껴졌다. 문득 나는, 사람들에게 뭔가 교훈을 남기는 책이나 그냥 재미로 읽는 심심풀이 책 같은 데서라도 내 이름이 실린다면 과연 이 '진저 리' 란 인물은 어떤 성격을 대변하게 될까 하는 점이 궁금해졌다. '영원한 딸' 의 이미지는 〈워싱턴 스퀘어〉 지에서 이미 루스나 안드로메다, 코델리아, 캐서린 등에 의해 묘사된 바 있다. 곰곰이 생각해보니 지금까지는 아버지의 착한 딸들이 어머니의 충실한 딸들보다 수적으로 우세한 것 같다. 그리고 불행한 아내들, 결혼을 내키지 않아 하는 신부들, 욕구불만에 빠진 연인들, 자포자기하는 노처녀들이 점점 그 수를 불려가고 있는 것 같다.

그렇지만 내 머릿속에 떠오르는 여주인공들은 모두 여자들에게 지금보다 선택의 기회가 훨씬 적게 주어졌던 옛 시절을 산 사람들이다. 그녀들은 자신이 원하는 일을 하는 여자 친구들에게 둘러싸인 삶을 살아보지 못했다. 이민자의 딸로서 시대나 장소에 맞추어 인생을 알차게 살아가지 못하는 지금의 나 역시, 어쩌면 시대착오적 인물형인지도 모르겠다는 생각이 문득 들었다.

바비는 길에 차가 없는지를 확인하기 위해 계속 내 쪽을 힐끔거리며 맨 오른쪽 차선까지 밀고 들어갔다. 맨해튼으로 나가는 출구를 알려주는 이정표가 저만치 흐릿하게 보였다. 그때 그가 갑자기 내 눈을 쳐다보며 말했다.

"날 비난할 수 있겠니?" 그는 꽤 부드러운 목소리로 물었다.

나는 이것이 아까 그에게 정신 나간 사람처럼 군다고 말했던 것에 대한 질문인가를 생각해보기 위해 대답을 잠깐 미뤘다.

"무엇에 대해서 말이에요?" 난 생각할 시간을 벌기 위해 이렇게 물었다.

"모든 것에 대해 화가 나고, 답답해하고, 전부 다 역겨워하고 지겨워하는 것 말이야."

"앞으로 언제나 그렇게 할 건 아니잖아요. 이 세상은 혼자만 살아가는 게 아니니까."

"진저, 넌 이게 제대로 사는 거라고 생각하니?"

나는 부자들의 허영심을 충족시키는 일에까지 장단을 맞춰주고 싶지는 않았다.

"결혼하지 않고도 애정 생활이야 앞으로도 얼마든지 할 수 있는 거잖아요. 적어도 오빠는 남자니까. 완전히 새롭게 시작해야 하는 것도 아니고. 오빠 같이 능력 있는 미혼 남자들이 잘된 경우는 꽤 많잖아요."

"우리 엄마들이 그걸 영원히 받아들일 거라고 생각하니? 그렇지 않을 걸. 우리 엄마도 예전에는 그렇게 심하지 않으셨어. 그러다 내 나이가 서른이 되니까 달라지시더라고."

"그럼 나한테는 아직 3년이란 기간이 더 남아 있단 소리네."

"서른이 되면 뭘 어떻게 할 건데?"

"어쨌든 그분들은 자신이 허락하지 않는 사람과의 결혼은 막을 수 있을지 몰라도, 서로 좋아하지도 않는 사람까지 끌어들여 우리랑 결혼시키는 일까지는 할 수 없다고요. 사실 그분들이 그렇게까지 심하게 꼬인 사람들도 아니잖아요."

조지 워싱턴 대교를 알리는 이정표들이 하나 둘 보이기 시작했고, 그는 이제 그것을 따라가는 데 집중하기 시작했다. 다시 도로에 들어서자 그가 말했다.

"너도 계획을 다시 세우는 게 좋을 거다."

그건 내가 아이들을 원하지 않는다거나 하는 것과 관련된 문제가 아니었다. 아이를 갖지 않는다는 것은 어쩌면 태어나지 않은 내 자손들에게 베풀 수 있는 친절한 행위인지도 모른다. 한국인과 미국인 사이의 혼혈아이든, 진짜 코리안 아메리칸이든 말이다. 나는 샐리란 아이가 어떤 대접을 받으며 자랐는지를 직접 목격한 사람이다. 게다가 나 스스로조차도 자아정체성에 대해 이렇게 혼란스러운데, 그 애들의 경우엔 오죽하겠는가?

그때, 크기나 구조 모두에 있어 엄청난 위용을 자랑하는 조지 워싱턴 대교가 눈앞에 펼쳐졌다. 나는 잠시 호흡을 가다듬었다. 거대한 다리는 항상 나를 그렇게 만들곤 한다. 그것들의 웅장한 존재감이랄까, 공중을 가로지른 모습, 연결되어 있지 않았거나 절대 연결될 수 없을 것 같던 것들을 서로서로 이어주는 모습은 마치 인간 천재성의 근거인 것처럼 느껴질 뿐만 아니라 마천루에서조차 느끼지 못했던 어떤 새로운 경외심 같은 것으로 언제나 날 채워주곤 했다. 다리는 하나의 목적지나 영원히 머무르는 장소가 아니다. 내게 있어 그 점은 언제나 한 번쯤 생각해봐야 할 문제처럼 다가오곤 했다.

조지 워싱턴 대교를 거의 다 건너오자마자 우리는 곧바로 맨해튼의 엄청난 교통체증 속에 합류해야만 했다. 이스트사이드를 향해 가고 있는 우리의 차는 한 번에 겨우 몇 센티미터 정도밖에 움직이지 못하고 있는 듯했다.

바비가 목소리를 가다듬었다.

"결혼이란 게 너한테 아무 의미도 없다니까 하는 말인데……."

우리 차는 여전히 거북이걸음을 하고 있었다.

"그렇다면 서로 편의를 한 번 봐주는 것은 어떨까? 나랑…… 결혼하는 거 말이야. 진저, 어때? 이거야말로 유일한 장기적 대안 아니겠니?"

"네엣? 지금 그거…… 진심으로 하는 말이에요?"

그가 길에서 시선을 떼어 내 눈을 바라보았다.

"농담도 참 이상하게 하네." 나는 아예 생각하는 것조차 거부하며 말했다.

"농담 아니야. 이건 아주 합리적이고 분별 있는 생각이라고."

우리가 탄 차가 신호등의 빨간 불에 멈춰 섰다. 그는 흥분한 듯 내 쪽으로 몸을 세게 돌렸다.

"우정에 기반을 둔 최후의 보루로서의 결혼 말이야. 어쩌면 이건 결혼 제도에 하나의 좋은 본보기로 남을 수도 있다고."

차들이 우리 뒤에서 경적을 울려댔다. 그는 다시 차를 앞으로 빼며 말했다.

"나는 너랑 있는 게 좋아. 너도 그렇게 나쁘지 않을 거고. 게다가 내가 지금 사는 아파트는 굉장히 넓다는 거, 너도 알잖아. 너도 공짜로 거기서 살 수 있고 말이야."

"다른 사람한테 가서 알아보세요." 내가 머리를 내저으며 말했다.

"다른 사람…… 준……. 그래, 준한테 가서 물어보는 게 어때요?"

"벌써 물어봤어."

"정말?" 나는 너무 놀라 그쪽으로 홱 몸을 틀며 물었다.

"언제, 언제요?"

"몇 달 됐어. 우리 부모님들이 그 많은 이상한 코리아니 여자들과의 맞선을 주선해대면서 나한테 엄청난 압박을 가하기 시작했을 때 말이야. 준이 오죽하면 의대에서 사귄 내 여자 친구인 양 행세해주기까지 했겠니. 주말이나 휴일이면 우리 집에도 함께 가주고 말이야. 그렇지만 그런 그녀도 결혼이란 말을 꺼내자 어느 정도 선을 긋더라고. 그건……."

"진짜 사랑하는 여자랑 결혼을 하라는 배려겠죠." 내가 그를 대신해 말해주었다.

바비는 인상을 쓰며 말했다.

"사실 앤한테도 너나 준한테 물었던 것과 같은 이유로 나와 결혼해주길 부탁했던 거였어."

"그럼……. 오빠는 앤을 진심으로 사랑하는 게 아니었어요?"

그랬다. 놀랍게도 우리 엄마의 말이 옳았던 것이었다.

"그렇지만 그녀는 한국사람도 아니잖아요."

"2주 전만 해도 내가 네 존재를 몰랐잖니."

"가만가만! 그렇지만 저는 도무지 이해가 안 가는 걸요. 그럼 도대체 무엇 때문에 부모님이 허락도 않는데다 심지어 오빠가 사랑하지도 않는 여자를 두고 그 난리법석을 피웠던 거예요?"

그는 그가 사는 빌딩 정면의 빈 공간에 묵묵히 차를 세웠다. 그러고는 마침내 내 쪽을 보며 이렇게 말했다.

"왜냐하면……, 내겐 아직도 타협해야 할 부분들이 여전히 남아 있기 때문이지."

"뭘? 뭘 어떻게요?"

"지금껏 내가 한 말들, 다시 한 번 잘 생각해봐주기 바란다."

나는 이 모든 것을 제대로 이해하기 위해 애를 쓰며 바비를 바라보았다. 그는 대체 지금껏 어떤 타협을 하고 있었던 것인가? 집안에 받아들이지 않을 것을 뻔히 알면서도 앤에게 결혼을 제안한 까닭은 대체 무엇이었을까?

그는 참 알 수 없는 인물이었다. 그가 '모든 한국인 엄마들이 원하는 아들'의 모습인 의사라는 점에서, 난 그가 대학 때 자연스럽게 한국인들의 모임에 끼면서 거기에 있는 여자애들과 데이트를 하다가 자기 집안을 지키며 하나의 가정을 이루기 위해 의대 졸업과 동시에 그 여자들 중 하나와 결혼을 하는, 그런 평범한 남자들 가운데 하나일 거라고 줄곧 생각해왔다. 하긴, 돌이켜 생각해보면 내가 알았던 어릴 적 그는, 지금쯤은 훌쩍 커서 자기들이 다녔던 대학교 한국인 클럽의 회장직 정도를 맡았을 법한 예전의 그 시끄럽던 아이들과는 그다지 잘 어울려 놀지 않았던 건 사실이다. 그 시절 여자애들은 바비가 예쁘장하고 귀엽다는 이유로 그를 놀려대곤 했었다. 사실 어느 집안에서도 바비 정도의 사윗감이라면 무조건 환영하는 분위기였던 만큼 그가 마음만 먹었다면 그녀들 중에서 아내가 되어줄 만한 여자 하나를 골라내는 건 그리 어렵지 않은 일이었다.

그런데 바로 그 순간, 갑자기 모든 상황이 확연히 드러나기 시작했다. 그리고 지나간 일들이 주마등처럼 스쳐가며 그것들이 모두 하나의 그림으로 모여지기 시작했다. 바비가 준과 일부러 연극을 꾸몄던 것, 준과 앤에게 청혼을 했던 일, 방금 내게 한 말들, 사랑 없는 결혼 생활을 하려 드는 그의 마음 상태, 버몬트 주의 동성애 관련 법률까지 줄줄 꿰고 있던 그의 모습……, 거기에다 그 훌륭한 요리 솜씨하며 언제나 흠잡을 데 없이 잘 차려입는 그의 옷맵시까지!

"바비…… 그러니까 오빠…… 게이……였구나……."

그랬다. 그가 말한 타협이란 다름 아닌 '여자' 와의 결혼이었던 것이다.

"너희 엄마한테는 아무 말 안 하리라 믿는다."

"오빠가 게이라는 거? 물론이에요. 절대 안 해요."

그건 우리 엄마와는 아무 상관없는 일이니까. 그는 억지웃음을 지으며 다시 물었다.

"그래서 어때, 나랑 결혼해줄래?"

천천히, 나는 고개를 저었다.

"미안하지만 제 대답은 노예요."

그는 고개를 끄덕였다.

"사랑을 믿지 않는다는 이제까지의 너의 말들……. 나는 너의 그런 말들을 믿었던 거야. 바보처럼."

그가 차에서 내려섰다.

"마음이 바뀌면 언제든 전화해줘."

Chapter 23

그랬다. 바비는 게이였다.

나는 그를 존경한다. 그의 용기, 그의 강인함, 그의 인내심을. 요즘 사회적인 분위기는 물론 지금껏 이름조차 없었던 사랑을 이제는 산꼭대기에 올라가 당당히 소리치고 펼쳐 보이라며 게이들의 커밍아웃을 장려하는 쪽으로 흐르고 있기는 하다. 그렇지만 지금 바비는 자신의 일이 그저 자기 한 사람만의 문제가 아니라는 사실을 잘 알고 있는 것이다. 그는 지금 자기 자신에게 진실한 일에마저 자유롭지 못한 것이다. 어쩌면 나는 지금 그를 위한 변명거리를 만들어주고 있는지도 모른다. 아니 어쩌면 내가 더 소심한 겁쟁이일지도 모르겠다. 그렇지만 그와 나는 우리들의 집안과 우리가 누구인가에 대해 보통 사람들과는 분명 다른,

그 이상의 어떤 책임감과 의무를 떠안고 있는 것이다. 그건 우리에게 주어진 운명과도 같은 일이었다. 이민 2세대가 짊어져야 하는, 우리들만의 몫이었던 것이다. 우리 부모가 자신들이 알고 사랑했던 것과 사람들을 전부 버리고 미국으로 떠나왔다면, 태평양을 건너 여기까지 이르게 된 그들의 긴 여정을 우리는 보다 가치 있는 것으로 만들어줘야 했다. 결국 우리는 그들의 기대에 부응하기 위해 남들보다 더 많은 의무를 떠안게 된 것이다.

엄마 차를 주차시키고 아파트로 뛰어 들어가 옷을 갈아입은 후, 나는 회사로 가기 위해 지하철에 올랐다.

나는 마지막으로 남아 있던 금속 의상들을 큰 회의장으로 옮겼다. 주말에는 빌딩 안의 에어컨을 모두 끄기 때문에 나는 완전히 땀범벅이 된 채 젖은 얼굴을 티셔츠로 닦아야 했다.

생각해보니, 내가 그를 돕기를 자청했던 것만큼이나 그의 청혼 역시 정말 터무니없는 것이었다. 그저 '청혼을 받았다'는 우스운 이벤트 정도로 대충 위로하고 넘어가려고 해도 그렇게 되지가 않았다. 어쨌든 나는 엄마한테 그의 청혼 건에 대해 절대 발설하지 않을 것이다. 어쨌거나 그가 청혼했다는 사실을 알게 되면 엄마는 분명 내가 마음을 바꿔먹을 때까지 나를 끊임없이 졸라댈 것이 확실하니까. 어쩌면 상황은 더 악화되어 엄마가 바비한테 전화를 걸어 나 대신 '예스'라고 대답하고는 나 몰래 결혼식을 준비해버리는 사태에 이를지도 모르는 일이다. 그리고는 아마도 내겐 '특별 저녁 예배가 있어 우리 모두 참석해야 한다'고 둘러대며 식장으로 날 끌고 들어가겠지. 내가 아는 한, 우리 엄마는 분명 그러고도 남을 사람이다.

그렇지만 한편으로 나 역시 현재 바비의 절망적인 마음 상태와, 가능하면 모든 방법을 총동원해 그렇게라도 한국사람들 고유의 강압적인 분위기에서 빠져나오기 위해 발버둥치는 그 심정을 전혀 이해 못 하는 바는 아니었다.

나는 벽 한쪽 정도의 길이로 선반들을 옆으로 죽 늘어놓았다. 그리고 건너편 벽으로는 양말 상자, 스카프 상자 그리고 스웨터 상자들을 줄지어 놓아두었다. 테이블 위에는 구두와 벨트, 지갑, 잡다한 장신구들을 가지런히 장식했다. 내 계획은 일단 사람들이 한쪽 문으로 들어와 나갈 때는 돈을 지불하면서 반대쪽 문으로 나가게끔 하는 것이었다. 모든 것은 계획한 대로 대충 잘 정리된 듯 보였다. 나는 불을 끄고는 문을 닫고 나와 다시 내 책상으로 향했다.

한국사람들이 때와 장소에 맞는 적당한 복장과 외모에 대해 그토록 신경을 쓰고 또 그 기준에서 조금만 벗어나도 제대로 받아들이지 못하거나 두려워하는 것은, 우리들이 모두 까만 머리에 까만 눈을 가진 획일적인 모습을 하고 있기 때문일까?

지난 몇 년간, 주일 학교 박 선생과 오 여사 아줌마 사이의 대화에 대해 다시 생각해본 적도, 또 그러고자 했던 적도 거의 없지만 돌이켜 생각해보면 그것은 마치 나의 이해력이나 감정, 사고방식에 영양분을 제공하는 지하수처럼 내 의식의 표면 저 아래에 그렇게 계속 깔려 있어온 것 같다. 이제껏 우리 엄마가 이 교회 저 교회로 그렇게 옮겨 다닌 것이 꼭 엄마의 직업적 속성 때문만은 아니었다는 것을 나는 잘 알고 있다. 언제나 내게 숙녀처럼 행동하라 했던 말이 꼭 시대에 뒤처진 엄마의 구태의연함에서 나온 것이 아니라는 사실을 모르지 않은 것처럼 말이다. 엄마는 사회적 체면이란 것이 마치 구명조끼라도 되는 것처럼 거기에 집착을 보이며 그렇게 철석같이 달라붙어 있었던 것이다.

조지 오빠가 엄마의 말을 무시하고 미국여자와 결혼했을 때 엄마가 그토록 매몰차게 오빠와 인연을 끊어버린 것도 바로 그 때문이었다. 엄마에게는 오빠의 선택이 당황스럽고 충격적인 또 하나의 오점인 것이다. 훌륭한 한국인 집안은 결코 외부 사람이나 외국인들과는 결합하지 않는다는 굳은 믿음……. 오빠가 미국인과 데이트한다는 사실조차 몰랐던 엄마에게 오빠의 급작스러운 공표는 그저 놀랍기만 한 것이었다. 당시 엄마가 오빠에게 강조했던 것은 모두 공부와 관련된 것에만 국한되어 있었다. 그때 오빠는 겨우 스물두 살이었고 의사가 되기 위한 준비에 한창이었다. 그러니 당시 엄마는 아마도 자신에게 아직 시간이 충분히 남아 있다고 생각했던 게 틀림없다. 또 한편으로는 엄마가 무시무시한 최후통첩을 내렸을 때, 오빠는 오빠 나름대로 엄마가 또 괜한 엄포를 놓았을 뿐이라고 생각한 게 분명했다. 이것이야말로 내가 추측할 수 있는 유일한 설명이자 이유이다.

　어쨌든 그 일이 터지고 난 뒤, 그리고 조지 오빠가 엄마의 협박이 괜한 것이 아니었음을 깨달은 후, 나로서는 아무리 해도 도무지 이해할 수 없었던 한 가지는 왜 오빠가 이후에 한 번도 화해를 시도하지 않았느냐 하는 것이었다. 13년이 지나도록 그는 왜 단 한 번도 우리에게 연락을 하려 들지 않았던 것일까? 아니, 적어도 동생인 내게는 한 번쯤 연락을 했어야 하는 게 아닌가?

　나는 책상 서랍 밑에 둔 가방을 들어올리기 위해 몸을 구부렸다. 다시 몸을 일으키자 책상 위의 컴퓨터가 켜져 있는 게 눈에 띄었다. 나는 곧장 자리에 앉아 인터넷 접속을 시도했다.

　우리를 떠나간 사람은 분명 오빠였다. 그러므로 먼저 연락을 취해야 할 사람도 다름 아닌 오빠 쪽이었다. 어쨌든 나는 검색 창에 오빠의 이름을 쳐 넣고 클릭을 했다. 그 지역에 사는 여덟 명의 '조지 리'들의 이름이 화면에 뜰 것이라는 사실을 나는 이미 알고 있었다.

　내가 연락을 하면 그는 과연 기뻐할까? 전화를 끊어버린다면? 어쩌면 오빠는 조지 리가 아닌 듯 거짓말을 하며 다시는 내가 전화를 걸지 못하게끔 만들어버릴지도 모른다. 십수 년이 지난 지금, 과연 내가 그의 목소리를 제대로 알아들을 수 있을까 하는 의구심마저 들었다.

　망설이다가 전화기를 도로 내려놓는 순간, 갑자기 울려대는 전화벨 소리에 화들짝 놀란 나는 자리에서 벌떡 일어났다. 발신자 번호를 보니 우리 집이었다.

　"언제 들어오니?"

　엄마에게 일이 다 끝났다고 말하려던 나는, 우선 그 말은 그냥 접어두기로 했다.

　"왜요?"

　"너랑 같이 한국인 교회에 가려고."

　"오늘? 왜요?"

　내가 상상했던 대로 엄마가 벌써 결혼식 준비를 시작하기라도 한 것일까? 그렇지만 엄마가 바비의 청혼 사실에 대해 알 리는 만무하다. 그가 엄마에게 말했을 리는 더 더욱 없을 테고.

　"오 박사가 교회 장로님이시잖니. 그래서……."

"그 아저씨네랑 교회에 가려고요?"

"아냐, 그쪽 집은 벌써 교회에 가 있다. 거기 말고 그냥 이 근처 교회에서 하는 저녁 예배에 참석하려고."

"아줌마가 안 태워다주셨어요?"

"그분들이랑 같이 교회 안까지 들어가지는 않았다. 옷 꼴이 별로라서 말이야."

그건 거짓말이 분명했다. 엄마가 입었던 정장 정도면 옷차림새로서 전혀 손색이 없었기 때문이다.

"그럼 아저씨랑 아줌마가 예배 보시는 동안 엄마는 뭐 했어요? 설마 주차장 안에서 기다리고 있었던 건 아니겠지?"

"아니다. 오 여사가 버스 정류장까지 태워줬어."

"세상에, 엄마……. 그럼 내가 기다릴 걸 괜히 먼저 왔잖아요."

"괜찮다. 사실 우린 교회 가는 것도 깜박하고 있었거든. 왜냐하면……."

"승리를 자축하느라 그러셨겠지, 다들."

"맞다, 맞아. 오 여사는 운도 좋지, 그렇게 착한 아들을 뒀으니. 그렇지만 약혼도 깨졌으니 이제……."

"이제는 우리 모양새가 그리 좋지 않다…… 이 말씀이죠?"

엄마가 할 말을 내가 대신했다. 우리가 서로 엮여 있다는 아줌마의 말에도 불구하고, 그들을 돕는 것은 괜찮지만 우리가 그들 집안과 결합하기엔 좀 부족하다는 뜻이었다. 나야 이제 완전히 책임에서 벗어난 상태였지만 지금으로서는 오히려 그들 부모에게 심술을 부리는 심정에서라도 바비와 결혼을 하고 싶은 기분까지 들었다.

"그래서 하는 말이다. 그것 때문에 우리가 교회에 가야 한다는 거야."

"왜요? 신앙심이 깊은 것처럼 보이려고?"

"아니, 다른 남자들을 만나보기 위해서지. 참 내, 요렇게 맹꽁이 같은 딸을 내가 어떻게 키웠을까?"

"잠깐, 잠깐만요." 내가 급히 말했다.

"엄마가 내게 선보이려고 했던 남자는 바비 오빠가 마지막이었지, 그렇죠?"

나는 어젯밤 남자 손님들을 만나보기 위해 노력하라고 했던 엄마의 분부 사항을 잘 기억하고 있었다.

"어휴, 이 소파는 정말 불편하구나. 넌 이런 데서 어떻게 잠을 자는 거니?"

"엄마!" 화제를 돌리려는 엄마에게 내가 단호한 목소리로 말했다.

"게다가 보기에도 흉하고. 얘, 진저야. 너 한 번이라도 이 소파를 자세히 들여다본 적은 있니?"

"분명히…… 더 이상 맞선 상대는 없는 거지요, 그렇죠?"

"으응, 그래그래. 네 말이 맞아, 맞다고. 그렇지만 걱정 마라. 이제부터는 우리가 스스로 찾아 나서면 되니까."

"지금 엄마의 말뜻은 엄마 혼자서라도 그런 남자들을 찾아보겠다는 거겠지. 그런 일이라면 저는 절대 끼지 않을 테니까요."

이미 약속이 되어 있는 남자들과 그냥 한 번 만나보겠노라고 엄마의 말에 동의를 표하는 것과, 아예 발 벗고 나서서 남자들을 찾는다는 건 분명히 별개인 일이다. 이리저리 도망을 다니는 일도 이제 겨우 끝나가나 싶었는데, 자유가 저만치서 나에게 손짓하고 있었는데…….

"저는 그럴 시간 없어요." 내가 확고한 말투로 말했다.

"그럼 네가 낼 수 있는 시간이 얼마나 되는데?"

"음, 그럴 시간은……." 어쩐지 엄마한테 거짓말까지는 하고 싶지 않았다. "전 지금 오늘 밤만을 말하는 게 아니에요."

"나도 여기 일주일이나 있었던 사람이다. 내가 보니까 하는 일도 별로 없더구먼, 뭘."

"그렇지만 이제부터 달라지게 될 거라고요."

"그 모델 일 때문에 그러는 거냐? 그거라면 문제될 게 없다. 방긋거리며 웃는 거야 샤워하면서 연습하면 되고……, 또 교회에서 연습할 수도 있는 거고 말이야."

"제가 하는 일에 대해 그토록 진지하게 생각해주셔서 대단히 감사하네요. 이런 엄청난 후원이 있었으니 제가 아직도 낙제생처럼 바보 같은 조수 노릇이나 하고 있는 게 어쩜 너무나 당연한 것 같네요."

"네가 낙제를 했다고 말한 적은 없었잖니. 중퇴했다고 했지."

"그래요. 중퇴한 거 맞아요."

"그럼 누가 낙제를 했다는 거냐?"

"낙제한 사람은 아무도 없죠."

"그렇지만 네가 방금……."

"제가 낙제생이라고 말한 건 잔심부름꾼, 힘없는 조수 나부랭이, 조직에서 제일 밑바닥에 있는 하급 직원을 뜻한 거라고요!"

"……뭐라고? 그게 무슨 뜻이냐?"

사실 그동안 진짜 중요한 문제들이나 해결점을 찾기 위해 엄마에게 도움을 청하고 싶었을 때 그러지 못했던 것은 바로 이런 이유에서였다. 단어 하나하나가 무의미하게 들리지 않도록 단순화하거나 재정의를 내려서 어찌어찌 겨우 내 감정을 전달한다 해도 엄마가 알고 있는 한도에서는 그런 내 말에 대답해줄 알맞은 영어 단어가 항상 부족했기 때문이다.

"그냥 넘어가죠." 결국 나는 그렇게 말해버렸다.

"아니다, 말해봐라. 무슨 뜻이었니?"

"그 소파, 이제 생각해보니 정말 흉한 것 같네요."

"진저야!"

"정말…… 알고 싶으세요?"

"그래! 말해봐."

나는 할 수 있는 한 숨을 깊이 들이마셨다.

"엄마, 지금 제 인생은 죽도록 답답한 상태라고요, 좌절스럽기도 하고. 내가 아직도 겨우 어시스턴트에 지나지 않다는 사실이 말이에요, 아시겠어요?"

"그래서 이 엄마가 너한테 대학원은 가지 말라고 하지 않았니."

"네, 맞아요. 엄마는 분명 그렇게 말했고, 제가 실수한 거죠. 그렇지만 엄마가 그렇게 계속 '네 한창때도 다 저물고 있다' 는 등 그런 말만 자꾸 상기시키는 건 제게 아무 도움도 안 된단 말이에요."

"시간은 멈추지 않고 흘러간단다."

"엄마는 지금 제가 그걸 모른다고 생각하시는 거예요?"

우리 사이에 잠시 침묵이 흘렀지만 갑자기 울려온 다른 선의 전화벨 소리가 그 침묵을 깨뜨렸다. 전화를 걸어온 사람은 샘이 아버지로부터 소개받았다는 워커였다. 나는 엄마에게 잠깐 기다리라고 하고는 통화 중 대기 버튼을 눌렀다.

"여보세요?"

"샘?"

"아뇨, 저는 진저인데요."

"오, 그렇군요. 샘 있나요?"

"없어요, 오늘이 일요일이라. 어쨌든 샘의 사무실인 건 맞습니다."

"네, 알아요. 휴대폰으로 전화를 했더니 이쪽으로 전화를 하라는 음성이 남겨져 있기에."

"아, 그래요?"

어쩌면 샨탈의 사무실에서 무엇인가 일을 벌이기 위해 샘이 지금 이쪽으로 오는 중인지도 모르겠다.

"이따가 다시 전화해서 메시지를 남겨도 될까요?"

"지금 저한테 남기셔도 되는데요."

"음, 그냥 나중에 하는 게 나을 것 같네요."

샘과 내가 친구 사이란 걸 그는 모르는 듯했다. 나는 다시 엄마와의 통화로 돌아갔다.

"그래, 어쩌면 내가 하는 말들이 잘못된 것인지도 모르겠다. 그렇지만 엄마는 널 도우려는 것뿐이야. 내가 여기까지 온 건 다 널 돌봐주기 위해서라고."

"하지만 남편감을 찾는 게 전부는 아니잖……."

"……마지막으로 내 말 잘 들어라. 나는 네가 옳은 일을 할 때에는 언제나 널 후원한단다. 그렇지만 전공을 영어로 선택했던 일과 이번 모델 일은……."

엄마의 짧은 한숨 소리가 수화기를 통해 들려왔다.

"음…… 어떤 때 보면 넌 자신이 누구인지도 모르고 있는 것 같더구나. 네 속은 이미 미국사람일지는 모르겠다만, 어쨌든 네 겉모습은 여전히 한국사람이란 걸 잊지 마라."

"엄마가 여기 오신 뒤로 모든 게 달라졌어요. 그리고 요즘은 한국인 모델, 아시아인 모델이 뜨고 있는 분위기라고요. 뭐 어찌됐든 간에 그건 요점을 좀 벗어난 얘기인 것 같고……, 아무튼 제가 모델 일을 하겠다는 건 뭔가를 보여주기 위해서예요."

"좋다, 그렇게까지 말한다면야……. 그 일을 잘 해내려무나. 네게 목표와 계획이 있다는 걸 들으니 기쁘다. 엄마는 우리 딸이 하는 일을 지지한다고."

"이거, 고맙다고 말씀드려야 하는 건가요?"

"그렇지만 말이다……. 이 엄마랑, 또 더 많은 다른 한국사람들과 시간을 갖는 것도 그 일 못지않게 중요한 일이다. 엄마랑 같이 교회에 가자. 가서 도넛이나 좀 먹자꾸나."

사실 나는 샘을 기다렸다가 같이 나가 술이나 한잔 하면서 워커에 대한 얘기도 듣고, 샨탈에 대항해 그녀가 짜놓은 계획이 무엇인지에 대해서도 물어보고 싶은 마음이었다. 내가 이번 주말 동안 겪어야 했던 일들을 생각하면 지금 잠시나마 샘의 친한 친구 역할로 돌아가 신나게 웃고 떠들고 싶은 마음이 드는 것이 하나도 이상할 게 없었다. 그렇지만 엄마가 아까 말했던 것과는 반대로, 나는 겉모습으로 보이는 것보다 내면이 훨씬 더 한국사람에 가까웠다. 엄마의 부탁을 쉽게 저버리지 못하는, 그런 한국인 말이다.

Chapter 24

전화번호부에서 찾아낸 '우리는 하나님을 믿습니다' 라는 이름의 한국인 교회 뉴욕 지부 주소는 우리 집에서 15분 거리에 있는 커다란 세탁소 건물과 함께 등록되어 있었다.

"네가 주소를 잘못 적은 모양이다."

같은 블록을 몇 번이나 오르락내리락하며 한참을 걷고 나서 빌딩 번호를 세 번이나 확인한 후, 결국 엄마는 불만을 토로하기 시작했다. 사실 나 역시 이미 그렇게 생각하고 있었지만 만일 실수를 인정한다면 엄마는 분명 내가 일부러 그런 거라고 생각할 것 같아 그냥 입을 다물기로 마음먹었다.

"혹시 문을 닫은 건지도 모르잖아요."

밀워키에서는 한국인 교회들이 여기저기 우후죽순처럼 생겨났다가는 창립 멤버들이 이전에 다니던 교회의 목사님과 화해를 하기만 하면 곧 사라져버리는 일들이 비일비재했으니 말이다.

"아니다. 음성 메시지에서 오늘 오후에 예배가 있다고 분명히 들었거든."

엄마는 얼굴에 흐르는 땀을 손수건으로 연신 닦고 있었다.

"엄마, 그 재킷을 입고 있다간 더워서 쓰러질지도 몰라요. 제발 그것 좀 벗으세요."

옷 벗는 걸 돕기 위해 엄마의 뒤로 가 서면서 내가 말했다. 엄마는 내게서 떨어져 몇 발자국쯤 앞으로 가더니 땀에 젖은 재킷을 혼자 벗느라 애를 썼다. 안에 입고 있던 흰 블라우스 역시 땀에 흠뻑 젖어 엄마의 등은 살이 훤히 들여다보일 정도였다. 나는 목을 길게 뽑아 그 블록에 레스토랑이 있는지를 살펴보았다. 어쨌든 저녁을 해결해야 했기 때문이다. 그때, 우리가 서 있는 길 바로 건너편에서 잘 차려입은 한국여자가 어두운 세탁소 건물 안으로 들어가는 것이 눈에 띄었다.

"엄마, 저기 좀 봐요." 방금 그 여자가 간 방향으로 고갯짓을 하며 내가 말했다.

"지금 저 세탁소 문을 열고 있는 거 보이죠? 저 여자, 방금 교회에서 나온 게 틀림없어. 옷 차려입은 걸 보면 금방 알 수 있죠."

엄마는 그쪽을 보기 위해 몸을 돌렸다. 그러고는 갑자기 내 손을 움켜잡더니 텅 빈 거리를 가로질러 냅다 달리기 시작했다. 교회는 그 빌딩 안에 있는 게 분명했다. 문 앞에 다다랐을 때, 엄마는 재킷을 다시 걸쳐 입고는 손수건으로 또 한 번 얼굴의 땀을 닦더니 이내 그것으로 내 이마까지 꾹꾹 눌러대기 시작했다. 놀란 나는 손을 내저으며 뒤로 물러섰다.

나이 지긋한 한국 아저씨 한 명이 문 바로 안쪽에 서 있었다. 아저씨는 우리에게 프로그램 전단지를 나누어주면서 손가락으로 계단 아래쪽을 가리켰다. 엄마와 그 아저씨는 서로 고개를 숙여 인사를 나눴다. 나도 따라서 어색하게 고개를 숙이고는 얼른 엄마를 따라 그 아저씨가 가리킨 방향 쪽으로 향했다.

하이힐을 신은 탓에 딸까닥 딸까닥 시끄러운 소리를 내며 계단을 내려가자, 목사님의 설교 소리가 점점 크고 분명하게 들려오기 시작했다. 더불어, 뭔가 썩는 듯 고약한 냄새도 점점 강하게 코를 찔러왔다.

맨 마지막 계단을 내려서자 내가 서 있는 곳은 지하 창고같이 널따란 방의 맨 뒤쪽이었다. 접이식 의자에 약 50명쯤 되는 사람들이 줄줄이 앉아 목재 설교대 위에 서 있는 목사님을 일제히 바라보고 있었다. 아마도 실내 온도를 조금이라도 낮추기 위해서인 듯 실내 불빛은 희미한 편이었다. 그러나 커다란 플라스틱 용기에 담겨 방의 옆면과 앞면을 가득 메우고 있는 수백 송이의 꽃들이 눈길을 끌었다. 나는 엄마의 옆에 놓인 의자에 미끄러지듯 조용히 앉았다. 엄마는 조금 전에 보았던 그 여자와 함께 서로의 귀에 입을 번갈아 가져다대며 뭔가를 속삭이고 있었다.

"저 여자가 뭐래요?" 나는 둘이 귓속말을 멈추길 기다렸다가 엄마에게 물었다.

엄마가 대답도 하기 전에 우리 앞에 앉은 여자 하나가 뒤돌아 입술에 손가락을 가져다대며 우리에게 조용히 하라는 신호를 보냈다. 엄마는 내게 경고의 눈빛을 한 번 보내더니 곧 목사님의 설교에 열중하기 시작했다.

목사님은 한국말로 설교를 하고 있어 내 귀에는 성경에 나오는 이름이나 지명 같은 것들 가운데 아는 것만 간간이 들려왔으므로 난 그것으로 대충 설교의 내용을 미루어 짐작해야 했다. 그렇지만 목사님은 매우 열정적으로 설교하는 사람이었기 때문에 침이 많이 튈 것 같은 그의 격렬한 웅변조의 목소리에서 내가 제대로 이해할 수 있는 말은 거의 없었다. 지루해진 나는 눈앞에 놓인 수많은 검은 머리의 뒤통수들을 바라보았다. 수많은 상고머리들을 바라보던 나는 그들 가운데 남자의 숫자가 여자들을 앞지르고 있다는 사실을 깨달았다. 대부분 미혼인 남자들의 모임을 발견한다는 건 아마도 운이 좋은 일일 것이다. 나는 그들이 머리를 긁거나 만질 때를 이용해 그들의 왼손을 유심히 관찰해서 손가락에 반지가 끼어 있는지 없는지를 확인해보려 했지만, 안타깝게도 그들 중 머리가 가려운 사람은 없는 듯 보였다.

할 수 없이 난 의자에 깊숙이 기대앉은 채 좀 더 인내심을 발휘하기로 했다. 설교 중인 목사님은 단단히 결심이나 하고 온 듯 계속해서 장광설을 늘어놓았고, 주기적으로 오르락내리락하는 그의 어조는 곧 나를 졸리게 만들었다. 내가 막 졸기 시작했을 때, 갑작스럽게 주위를 감싸는 침묵 때문에 오히려 나는 화들짝 잠에서 깼다. 그 안에 있던 모든 사람들이 자리에서 일어나는 듯하더니 곧 그들의 "아멘!" 소리가 허공을 가득 메웠다.

마지막 찬송가가 울려 퍼지는 가운데, 엄마는 내 쪽으로 살짝 몸을 기대더니 "예배가 끝나면 곧장 이곳을 떠나야 한다."고 속삭였다. 나는 엄마를 향해 눈썹을 치켜떴지만 엄마는 내 시선을 무시하고 주변의 다른 여자들과 마찬가지로 찬송가를 가성으로 열창하기 시작했다. 그 안을 채우는 노랫소리가 너무 우렁차서, 아무도 눈치 채지 못하게 입만 벙긋거리며 노래를 따라 부르는 시늉을 할 수 있었다. 사람들이 마지막으로 "아멘!"을 외칠 때에도 역시 나는 소리를 내지 않고 무사히 넘어갈 수가 있었다.

사람들이 찬송가집을 닫는 소리가 일제히 들려왔고, 엄마는 곧 찬송가집을 원래대로 의자 밑에 내려놓은 뒤 내 손을 잡아끌며 밖으로 나가려고 했다. 그렇지만 엄마 옆에 있던 여자는 자기 옆을 헤치며 지나가도록 도와주지 않았다. 그녀는 입고 있는 블라우스와 스커트의 부적절한 조화만큼이나 목소리가 이상하고 고집도 센 여자였다. 우리 앞에 있던 엄마 나이 정도 되어 보이는 여자는 첫 번째 여자만큼이나 부자연스러운 옷차림을 하고 있었는데, 갑자기 우리 쪽으로 몸을 돌리더니 인사를 건넸다. 그 얼굴에는 뭔가 대화를 나누고자 하는 빛이 역력했다. 그곳에서 빠져나가려던 엄마의 안간힘이 그렇게 몇 차례나 무산되자 결국 엄마는 포기한 듯 내 손을 놓아버렸다.

한국어에 서투른 나는 그들이 무슨 대화를 나누는지 잘 알아듣지 못했기 때문에 그들을 뒤로하고는 꽃이 있는 쪽으로 어슬렁거리며 다가갔다. 꽃의 줄기 부분은 고무줄로 한데 묶여 있었다. 내일까지도 버티지 못하고 그저 오늘 안으로 다 시들어버리고 말 듯한 모습이었다. 꽃이 담긴 기다란 플라스틱 통은 시내 정육점에서 흔히 볼 수 있는 것들이었다.

그때, 내 나이쯤 돼 보이는 남자 하나가 나에게 한국말로 말을 걸어왔다. 그에게선 오래된 방충제 냄새 같은 게 풍겼다. 나는 도움을 요청하기 위해 엄마 쪽을

바라봤지만, 엄마는 대화에 너무 열중하고 있던 터라 이쪽 일을 중재해줄 수가
없었다.

"예쁜 장미군요." 그는 영어로 더듬더듬 말했다. '장미'라는 발음이 꽤나 이상
하게 들렸다.

"가……가지세요." 그는 장미 몇 송이를 집어들더니 그것들을 내게 불쑥 내밀
며 말했다.

나는 뒤로 한 발자국 물러서면서 두 손을 흔들며 필요 없다는 손짓을 했다.

"고맙지만, 됐어요. 교회에서 꽃을 가져가고 싶진 않아요. 하나님이 화를 내시
면 어떡해요."

순간, 내 웃음소리가 너무 크게 들렸다. 갑자기 나는 얼굴이 빨개지는 것을 느
꼈다.

"아니, 아니에요. 가지세요. 제가 드릴게요."

그는 다시 한 번 내게 꽃을 들이댔다. 줄기 끝에서 내 발끝 쪽으로 뚝뚝 물이
떨어졌다. 얼굴에는 여전히 미소를 띤 채로 나는 고개를 돌려 엄마를 찾았다. 이
번에는 엄마와 그 옆에서 대화를 나누고 있던 다른 두 여자가 일제히 나를 쳐다
보았다. 그러다 다른 두 여자는 다시 대화를 하기 시작했고, 엄마는 '혐오감'으
로밖에는 달리 표현할 수 없는 표정으로 계속해서 내 쪽에 시선을 두고 있었다.

불현듯, 엄마가 전화번호부에서 찾아낸 이런 모임들에 날 계속해서 데리고 다
닐지도 모른다는 생각이 들었다. 그래서 모든 것을 확실히 하기 위해 나는 그 자
리에서 장미를 받아들고는 그 남자에게 진심으로 고맙다는 듯이 과장된 연기를
했다. 그의 모습을 보니 옷깃은 너덜거렸고, 걸친 재킷은 도대체 그 원단이 무엇
인지 가늠조차 하기 어려웠다. 나는 받아든 꽃을 왼쪽 겨드랑이에 끼워 넣고는
오른손을 내밀어 악수를 청하며 내 소개를 했다.

그의 이름을 발음조차 하기 힘들었던 나는 그냥 '미스터 한'이라고 부르겠다
고 말했다. 사실 내 영어를 그가 한마디라도 알아들었을지 조금은 의심스러웠
다. 엄마 덕분에 잘못된 영어를 이해하는 데 상당히 강하다고 생각해온 나였지
만, 그가 하는 말들은 나로서도 아주 애를 써야 겨우 알아들을 수 있었다. 내가
듣고 이해한 바를 대충 짜맞춰보면, 그의 누나가 델리를 하나 운영 중이고 자신

은 거기에서 일하고 있다는 것 같았다. 우리는 여러 가지 제스처를 해가며 웃거나 서로에게 미소를 지어 보였다.

"이제 그만 가자, 진저야." 엄마가 우리 쪽으로 급히 오며 말했다.

"엄마, 전 지금 여기 계신 미스터 한이랑 대화를 나누고 있단 말이에요. 저한테 이 꽃을 주셨어요. 이분, 굉장히 친절하지 않아요?"

엄마는 머리를 살짝 기울이며 그 남자에게 한국말로 뭐라 뭐라 떠들어대더니 내 팔을 꽉 붙잡고는 계단 쪽으로 떠밀듯 데려갔다.

거리의 한 블록을 거의 다 지나고 나서야 엄마는 내 팔을 놓아주었다.

"휴우, 도넛 먹으러 간 거 치곤 좀 부담스러운 자리였는걸?"

내가 농담처럼 이렇게 말하자 엄마는 걷는 속도를 늦췄고, 그제야 나는 숨을 조금 고를 수가 있었다. 나는 옆에 있던 쓰레기통에 장미를 던졌다.

"여긴 아무래도 내가 생각했던 곳과는 사뭇 다르구나." 엄마가 한숨을 내쉬었다.

"저기 있는 사람들이 전부 1세대 노동자들인 줄은 몰랐다. 심지어 이 사람들은 어젯밤의 그 학생들보다도 더 영어를 못 하던걸."

오 박사 아저씨의 제자들 역시 한국에서 온 지 얼마 안 되는 사람들이었다. 세대 운운하는 말로 엄마는 자신의 계급의식을 감추려 하는 것 같았지만, 사실 나는 엄마가 나를 두고 왜 그런 쓸데없는 생각을 하는지 알 수가 없었다. 내 경우에 괜찮은 남편감을 만날 수 있는 범위는 굉장히 좁은 것이 분명한데 말이다. 상류층 출신이면서 엄마의 기준에 부합하는 사람이라면 그들은 분명 나보다 훨씬 나은 상대를 만나려고 할 게 뻔하다. 나는 도대체 왜 그런 사람들을 좇아야 하는지 회의가 들었고, 그건 정말 무익한 짓이라는 사실을 깨닫기 시작했다.

"앞에 놓인 현실을 직시해요, 엄마. 우린 우리잖아요. 우리는 지금 상태로도 그냥 괜찮다고요."

엄마는 걸음을 멈추고 머리를 치켜들며 말했다.

"정말로 결혼하고 싶은 마음이 없는 게냐?"

"엄마도 인생의 대부분을 독신으로 사셨잖아요."

"그렇지만 나에게는 네가 있잖니." 엄마가 말했다.

"저한테도 엄마가 있잖아요." 내가 대답했다.

엄마는 몸을 가까이 붙이며 나와 팔짱을 끼었고, 우리는 다시 나란히 걷기 시작했다. 그때 나는 이제 엄마의 사윗감 사냥은 끝이 났다는 것을, 또 엄마가 밀워키로 돌아갈 날이 얼마 남지 않았다는 것을 직감적으로 느낄 수가 있었다. 그 사실이 한편으로는 기쁘고 또 한편으로는 좀 슬프기도 했다. 나의 생활은 이제 앞으로 열정적으로 펼쳐나갈 나의 일과 성공 쪽으로 다시 돌아서기 시작했다.

Chapter 25

한국사람들에게 치여 지내다시피 한 주말을 지내고 찾아온 월요일은 여느 때의 월요일 같지 않을 정도로 야릇한 안도감마저 들었다. 얼른 사무실로 달려가고픈 마음이 굴뚝같았지만, 샤워를 마치고 화장실에서 나와 옷을 입고 있자니 아침식사의 입맛 당기는 향이 솔솔 풍겨와 내 코를 자극하기 시작했다. 부엌에서는 프렌치토스트와 소시지가 먹음직스럽게 담긴 접시가 엄마와 함께 나를 기다리고 있었다. 나는 뭔가 경계하는 눈초리로 식탁 쪽으로 다가갔다. 어제 엄마가 내 일을 진지하게 받아들이겠다고 한 말들은 모두 그저 립 서비스였던 것일까?

"오늘은 같이 쇼핑 못 가 드려요." 내가 재빨리 말했다. "회사에 나가봐야 하니까."

"안다. 얼른 먹고 서둘러 나가라. 지각하면 안 되지."

사실 시간이 좀 빠듯하긴 했다. 오늘 아침에도 우스울 만큼 이른 시각에 잠이 깼지만, 시간을 잘못 계산하는 바람에 좀 더 누워 있다가 그만 늦어버린 것이다. 꿈속에서 나는 '갈비를 꺼내야겠다'는 오 여사 아줌마의 말을 반복해서 들어야 했다.

나는 음식을 깨작거리며 물었다.

"오늘은 뭐 하실 거예요?"

“쇼핑하러 갈 거다.”

“또 뭘 사러?”

엄마는 들고 있던 머그 커피 잔을 내려놓았다.

“그냥 한 번 둘러보려고.”

엄마는 이제 더 이상 할 일이 없었다. 나는 내심 엄마가 이곳이 지겨워져 곧 밀워키로 돌아갈 날짜를 선포하겠구나 싶었다. 나는 남은 소시지 조각을 입에 넣은 다음 냅킨으로 입을 닦고 빈 접시를 싱크대로 가져갔다.

“그게 오늘 회사에 입고 갈 옷이니?” 엄마는 나를 위아래로 훑어보며 물었다.

“제발 엄마, 잔소리는 하지 말아주세요.” 내가 투덜거렸다.

나는 그날 아침 검은색 톱에 검은색 바지를 입고 있었다.

“다 널 도와주려고 그러는 거다. 패션부 책임자가 되고 싶다는 애가 어째 만날 그렇게 평범한 옷만 입는 거냐?”

“우리 부서 사람들은 다 이렇게들 입는다고요.”

“좀 색다르게 옷을 입는 것도 나쁘지 않아.”

엄마는 자리에서 일어나 내 옷장 쪽으로 가더니 옷걸이들을 샅샅이 뒤지기 시작했다.

“여기, 이거 한 번 입어봐라.”

엄마는 내가 샘플 세일 때 사놓고 그 후 한 번도 입은 적이 없는, 오색 빛깔의 줄무늬가 들어간 ‘도나 카란’ 드레스를 꺼내들고는 나를 향해 말했다.

“이건 작년 컬렉션 때 구입한 거라고요. 사람들이 아마 창고에서 꺼내 입고 온 걸로 생각할 거라고.”

“그뿐 아니라 이걸 입으면 네가 얼마나 예쁜지도 함께 생각해보게 되겠지. 그러면 사람들이 옷을 더 많이 사려 들 게다.”

나는 어깨를 으쓱해 보이고는 곧 입고 있던 셔츠의 단추를 풀기 시작했다.

“훨씬 낫잖니. 봐라, 얼마나 예쁘냐.” 도나 카란 드레스를 입은 나를 바라보며 엄마가 말했다.

“자, 네가 오늘 해야 할 일이 뭐니?”

“창고 세일 일 말고요?”

"미팅이 있니? 프레젠테이션? 아니면 다른 프로젝트 같은 거라도?"

나는 질문 하나하나마다 고개를 저었다.

"그럼 전화 올 데라도 있어?"

나는 다시 한 번 고개를 저었다.

"중퇴인지 낙제인지, 아무튼 그런 말을 했던 게 이해가 가기도 한다. 이렇게 아무 일도 안하고 있으니, 원."

"사람들이 아무 일도 안 준단 말이에요." 내가 방어하듯 말했다.

"세상에 너한테 일거리를 그냥 주는 사람은 없는 법이다. 네 스스로 뭔가 찾아내려는 의지를 보여야지. 학교에서는 도대체 뭘 배운 거냐?"

나는 멍한 얼굴로 엄마를 쳐다봤다.

"아니 그것보다, 도대체 나한테서는 뭘 배운 거냐? 엄마가 일하는 거 못 봤어? 고객을 모으고 집을 보러 다니는 데 엄마가 이리 뛰고 저리 뛰며 애쓰고 일하던 거 말이야."

"저도 엄마가 말한 대로 하고 있어요. 기회를 찾는 중이라고요. 이를테면, 목요일에 있는 촬영 같은 것 말이에요."

"그것만으로는 부족해. 직접 물어보고, 찾아와야지."

"예를 들어 어떤 것들 말이에요?"

"네 회사 일이라 그건 잘 모르겠다만…… 어떤 것이고 전부 다 말이야."

"다른 사람들 일을 무작정 뺏어 올 수는 없는 일이잖아요."

"남을 밟지 않고서도 방법은 많다. 일을 찾아 나서도록 해. 그런 창고 세일 같은 아이디어들을 계속 생각해내는 거야. 머리를 쓰라고, 머리를."

"알았어요."

"그리고 네가 했다는 걸 사람들에게 알리는 일도 중요하단다. 네가 하고 있는 일을 사람들에게 말해서 네 이름을 빨리 알려야 한다고."

"최선을 다해볼게요."

"엄마가 그냥 하는 말이 아니다. 샘과 샤론이 네 공을 빼앗아가도록 내버려둬선 안 되는 거야."

"그들은 저를 승진시키고 안 하고를 좌지우지하는 힘을 가진 사람들인걸요."

"눈을 크게 떠라, 진저야. 그 위에 있는 사람들은 그들보다도 더 많은 힘을 가지고 있는 법이야."

"그렇지만 그들한테 나란 사람은 시간을 소비하기에는 아까운, 하찮은 존재일 뿐이라고요."

"말도 안 돼. 만일 샘이 늙은 패션 보스 한 명한테만 의존한다면 걔가 과연 더 큰일을 할 수 있을 것 같으냐?"

"무슨 뜻인지는 알겠어요." 열쇠와 지갑을 주섬주섬 집어들며 내가 말했다.

엄마는 문까지 따라 나와 내 옷을 쫙쫙 잡아당기며 치마 주름을 펴주었다. 그러고는 내 귀밑머리를 귀 뒤로 쓸어 넘겨준 다음, 양손으로 내 두 볼을 살짝 꼬집으며 나를 정면으로 바라보았다.

"우리 진저는 내가 네 나이였을 때보다 훨씬 더 예쁘구나."

"엄마."

"내 말은 네가 지금보다도 훨씬 더 잘할 수 있다는 거야. 더 멀리, 더 높이 말이다."

"네, 엄마가 저를 여기 이렇게 붙잡아두지만 않으면요."

엄마는 웃으며 내 볼을 쥐었던 손을 놓았다.

"알았다. 우리 진저, 가서 그 사람들 코를 납작하게 눌러주고 오는 거야. 알았지, 오케이?"

Chapter 26

창고 세일은 대단한 성공을 거두었다. 창고가 열린다는 소문이 전 빌딩을 통해 다른 잡지사에까지 퍼져나가, 싸고 질 좋은 물건만 골라 찾아다니는 알뜰파 쇼핑꾼들이 떼로 몰려왔기 때문이었다. 와서 먼저 한번 훑어봐 달라는 샘의 초대에 '유행 지난 옷은 필요 없다' 며 정중히 거절했던 헬도 법인 사람들과 다른 편집장들이 들렀다 갔다는 샘의 보고를 듣고는 즉시 달려왔다. 그들은 오전 내내 내 옆에 서서는 여름 무도회 때 최고 미인으로 뽑혔던 여자와 같은 많은 VIP들과 웃고 떠들어댔다. 다코타는 그들 사이에 어떻게든 끼어보려고 했지만 헬이 자꾸만 그녀 앞을 막아섰다. 그때 샨탈이 세일의 진행 상황을 체크하러 들렀다가 다코타에게 반대쪽 문에 서서 밀려들어 오는 사람들을 정리할 것을 명령했다.

"결과가 기대 이상이네요."

헬과 샘, 그리고 그들과 얘기를 나누던 CEO들이 모두 들을 수 있을 만큼 큰 소리로 샨탈이 말했다. 그중 맥 클렘프너 사장이 거기에 와 있다는 것은 매우 드물고도 영광스러운 일이었다.

"그래, 누군가는 축하를 받아야겠지." 헬이 우리를 돌아보며 말했다.

나는 헬을 향해 웃어 보이며 곧 잔돈을 기다리는 한 여자에게로 고개를 돌렸다.

"감사합니다." 이렇게 말하는 샘의 목소리가 들렸다. 나는 고개를 돌려 그녀를 쳐다봤다.

"여보세요!" 내 앞에 있던 여자가 날카롭게 말했다.

그녀는 떨어진 계산서들을 주우려고 무릎을 굽혀 앉았다. 그때 샨탈이 몸을 구부려 자기 발 바로 앞에 떨어진 1달러짜리를 집어들었다.

"죄송합니다." 나는 다시 한 번 샘 쪽을 쳐다보면서 이렇게 말했다.

샘은 샨탈을 한 번 노려보더니 이내 내게 매서운 시선을 돌렸다. 그러더니 곧 헬과 클렘프너 사장을 향해 이렇게 말했다.

"그 가치도 잘 모르는 사람들에게 의상을 그냥 기부하는 건 큰 낭비였을 일이죠."

"아마도 그랬겠지. 그래서 우리가 이렇게 돈을 모아 기부하는 거잖아." 헬이 말했다. "세금은 쏙쏙 지워버리고 말이야."

"그 아버지에 그 딸이로군." 클렘프너 사장이 말했다. "샘을 보니 생각나는데, 지금쯤 그레이엄 회장도 또 다른 사업을 인수하느라 한창일 텐데 말이야. 그 때문인지 요즘은 클럽에도 뜸하시다고."

"샘." 샨탈이 몸을 일으키며 말했다.

"설마 이 일을 자기 공으로 돌리려는 건 아니겠지?"

"물론 아니죠."

기다렸다는 듯, 거의 질문과 동시에 샘이 대답했다.

"그렇지 않아도 지금, 이 아이디어는 내가 생각해낸 게 아니라고 말하려던 참이었어요. 다른 회사의 잡지사들도 이런 건 이미 다 해왔으니까."

헬이 클렘프너 사장에게 의미심장한 시선을 던졌다.

"그렇지만 그들이 우리처럼 많은 기금을 모으지는 못했다는 것만은 자신할 수 있어요. 디자이너들에게 빌렸던 옷을 어쩔 수 없이 편집자들이 모두 반납했을 거라는 점도 확신할 수 있고 말이죠."

"새미, 디자이너의 옷들을 될 수 있으면 아주 느지막이 돌려주도록 노력하는 거, 알고 있지?" 클렘프너 사장이 말했다.

그때 5달러짜리 지폐가 바로 내 앞으로 떨어졌다. 그것을 주울 때, 헬은 그중 공손하게 웃고 있는 유일한 사람인 샘을 향해 배꼽을 잡고 웃어대고 있었다. 지금은 그녀의 아버지조차 그녀를 '새미'라고 부르지 못하는데…….

"그러니까 내 말 뜻은," 샨탈이 말했다. "칭찬은 진저에게 해줘야 하는 거 아니냐는 거지요. 일을 도맡아 한 사람은 진저니까."

"누구요?" 헬이 물었다.

"진저요." 샘이 대신 반복하듯 말했다.

고개를 돌리자, 샘이 나를 손가락으로 가리키고 있는 모습이 시야에 들어왔다. 나는 그들 앞으로 한 발자국 나갔다.

"제 어시스턴트입니다." 샘이 말했다.

"그리고 또 그간 그토록 관심을 쏟아오신 '멀티 아메리칸 라이프 스토리'를 위해 제가 뽑아둔 모델이기도 하죠." 이번에는 샨탈이 말했다. 그러고는 내 쪽을 향해 조그맣게 속삭였다. "참, 그건 그렇고, 그 눈썹 괜찮아 보이는데."

나는 소리 없이 조용히 웃어 보였다. 샨탈이 "그리고 또……" 하면서 무언가 더 얘기하려고 하는 것 같았지만, 어찌됐건 지금 이 자리는 내가 직접 나서서 뭔가를 설명해야 할 자리는 아니었다. 샨탈을 더 거들어줄 수도 없었지만, 그렇다고 그의 말을 막으려던 것도 아니었다. 샘이 내게 야릇한 시선을 보내왔.

"샨탈, 이번에도 또 너무 정면 돌파 식으로 나가는 거 아닌가요?" 샘이 말했다.

"내 말은, 독자들이 읽었을 때 직업 모델이 아닌 보통 사람들의 이야기에 대해 재미있게 느낄 때는 오직 우리가 그들이 입고 있는 옷을 우스꽝스럽게 묘사하거나 마구 비웃을 때뿐이라고요."

"그렇지, 패션 잡지 속에 실제의 보통 인물이 존재하는 건 아니니까." 헬이 말했다. "그걸 샨탈도 모르진 않을 텐데."

"지금의 그 상태로는, 그 스토리는 팔리기 어려운 주제라고요." 샘이 말했다.

클렘프너 사장이 목소리를 가다듬으며 물었다.

"샘, 그렇다면 자네는 독자들이 그 특집 기사를 별로 안 좋아할 거라고 생각하는 건가? 그러면 굳이 그걸 실을 필요가 없지 않겠어?"

그때, 저쪽 끝에서 들려오는 외침 비슷한 소리가 내 주의를 끌었다. 어떤 두 사람이 핑크색 돌체&가바나 블라우스 하나를 두고 신경전을 벌이고 있는 모양이었다. 나는 곧장 그들을 말리기 위해 그쪽으로 달려갔다. 그건 '해체' 모드가 유행일 때 한창 잘 나갔던 블라우스였는데, 소매 양쪽이 모두 붙어 있는 특이한 의상이었다. 두 명의 경쟁자들은 그 옷을 쉽게 포기하지 않았다. 나는 그들에게 그 옷은 최고가 입찰자에게 낙찰될 것이라 설명해주었고, 결국 그중 젊은 남자에게 70달러를 받고 넘겼다. 그 남자는 자신을 소개한 것과는 달리 전혀 스포츠 잡지 쪽에서 일하는 사람 같아 보이진 않았지만 말이다.

"그렇다면 지금껏 누구도 다루지 못했던 외국계 미국인들의 문제들에 대해……."

돌아와 보니 샘이 계속해서 말을 이어가고 있었다.

"흠, 그런 시각이라면 좀 색다르긴 하겠군." 클렘프너 사장이 말했다. "그거 괜찮은데."

그때까지 입술을 내밀고 있던 헬도 고개를 끄덕였다.

"제 생각에도 그 편이 훨씬 낫겠다 싶은데요."

"그렇지만 일반 기사라면 모를까……." 샨탈이 불쑥 끼어들었다.

"패션 관련 기사에서는 아무래도 그걸 표현하기 힘들지 않겠어요?"

클렘프너 사장이 그녀를 가만히 응시하는가 싶더니 이내 동의한다는 의미로 고개를 천천히 끄덕여 보였다.

"아, 좋은 생각이 났어요!" 샘이 두 손가락으로 딱 소리를 내며 외쳤다.

"각 사진들마다 개인적인 에세이를 싣는 거예요!"

헬은 클렘프너 사장을 조심스러운 눈으로 슬쩍 쳐다보았다.

"패션 스토리 안에 말이야?" 헬이 샘에게 물었다.

"물론 짧은 글이어야겠죠." 샘이 대답했다.

"영화 자막처럼 들어가는, 말하자면 조금 긴 캡션이라고나 할까요?"

"그거 멋진 아이디어인데!" 클렘프너 사장이 말했다.

"그럼 다 된 거네요." 헬이 매듭을 짓듯 말했다.

"그렇지만 그 글을 누가 쓰죠?" 샨탈이 물었다. "모델들이야 당연히 못 할 테고. 그리고 도대체 거기다 무슨 내용을 넣는다는 거죠?"

"제가 모델들과 인터뷰를 해서 그들이 말한 것을 요약하면 어떨까 싶은데요."

나도 모르게 불쑥 말을 꺼냈다. 모두가 놀란 눈으로 내 쪽을 쳐다보았다.

"그리고 더 좋은 방법은……." 잠깐 동안의 침묵을 끝내려는 듯 마침내 샘이 말했다.

"진저에게, 제가 전에 말씀드렸던 진저 어머니의 '사윗감 사냥'에 대해 쓰게 하는 거죠. 아시안 스토리를 커버하기엔 딱 적격일 테니까."

헉! 그럼 샘이 이들에게 나에 대한 얘기를 했단 말인가? 나의 창피스러운 일들을 세상 사람들에게 그렇게 널리 알리고 싶은 마음이었다면 차라리 내 손으로 자서전을 집필했을 일이다. 내가 모든 아시아인을 대변하여 말을 해보겠다는 생각은 물론 한 번도 해본 적이 없었다. 그렇지만 만약 내가 이 에세이를 쓴다면 적어도 당장 나에 대한 헬과 클렘프너 사장의 생각 정도는 바꿀 수 있겠다는 생각이 문득 들었다.

"그렇지만 우리 회사에서 이전에 글을 써본 경험은 없지 않던가?" 헬이 말했다.

"그건 제가 보증할게요." 샘이 적극적으로 나섰다. "게다가 이건 오늘 그녀가 이토록 성공적으로 일을 잘 해낸 것에 대한 일종의 보상이 될 수도 있고요."

헬이 고개를 가로저으며 말했다.

"생각은 좋은데, 그런 위험요소를 감안하기엔 시간이 너무 촉박해."

'나도 최선을 다했다고, 진저' 나를 바라보는 샘의 눈에서 나는 그런 뜻을 읽을 수가 있었다. 헬은 계속 말을 이었다.

"진저가 더 많은 일을 원한다면 촬영 때 어시스트 일을 하면 좋겠는데……."

"그건 에린과 딜런이 벌써……." 샨탈이 말했다.

"한 사람이 더 붙으면 아무래도 일이 훨씬 더 빨리 진행되지 않겠어요?' 샘이 미소를 지으면서 클렘프너 사장을 쳐다보며 말했다. "시간은 곧 돈이니까요."

"우리 회사에서는 모델들과 사진작가들에게 일급 형식으로 급여를 지불하죠. 하루 단위로 말이에요." 샨탈이 한 마디 했다.

마치 테니스 경기를 보고 있는 사람처럼 말을 하는 사람을 따라 고개를 이쪽저쪽으로 왔다 갔다 옮기던 클렘프너 사장이, 이번에는 샘의 리시브를 기다리는 듯 그녀 쪽에 시선을 멈췄다.

"그건 저도 알아요. 그렇지만 이번 촬영은 세 군데에서 이루어지잖아요. 오버타임 되기가 쉽지 않겠어요?' 샘이 팔짱을 끼며 말했다. "그리고 그건 곧 시간당 수당으로 계산될 테고 말이죠. 아까 샨탈이 말한 대로요."

"경험도 없고 제 할 일을 잘 모르는 어시스턴트라면 한 사람 더 있어 봐야 그리 별다를 것도 없을 텐데요." 샨탈이 지지 않고 받아쳤다. 그때 헬이 끼어들었다.

"샨탈, 내가 아까 말했듯이 진저에게 기회를 주기로 했으니까, 그 얘긴 이제 그만 끝냅시다."

"아니에요, 내 생각엔 샨탈의 말도 일리가 있는데." 샨탈의 이야기에 고개를 끄덕이던 클렘프너 사장이 말했다. "만약 샨탈이 때마다 어시스턴트에게……." 그는 잠시 내게 시선을 주며 말을 이었다. "……이렇게 해라 저렇게 해라 일일이 지시해줘야 하는 상황이라면 오히려 더 시간 낭비가 될지 모르잖소."

"그렇지는 않을 겁니다." 마침내 제 목소리를 찾은 내가 나섰다. "전 뭐든 대체로 빨리 익히는 편이거든요."

"게다가 스타일링이라는 게 로켓을 만드는 일처럼 복잡한 일도 아니잖아요." 샘도 한 마디 거들어주었다. "웬만큼 옷을 입을 줄 아는 사람이라면 누구든 할 수 있는 일이죠."

"그녀는 다른 어시스턴트들이 하는 것과 다를 바 없는 일을 하게 될 겁니다." 헬이 말했다.

"그거야말로 사실 내가 제일 두려워하는 일인데……."

샨탈이 웅얼거리듯 이렇게 혼자 속삭였다. 그러자 헬이 샨탈을 매섭게 쳐다보며 말했다.

"맥, 부탁인데 별것도 아닌 이런 일 가지고 저를 시험하려 하지는 말아주세요."

클렘프너 사장이 한걸음 뒤로 물러났다.

"당신 말이 옳소. 진짜 판단이 필요한 다른 중요한 사항들도 잔뜩 쌓여 있는 판국에."

그는 손목시계를 흔들며 시각을 확인하듯 들여다보았다.

"자, 다들 점심이나 먹으러 갑시다! 아까부터 계속 이국적인 문화에 대해 얘기하다 보니 나는 갑자기 스시가 먹고 싶어지는데."

헬이 미소를 지으며 말했다.

"그거 괜찮네요."

샘도 고개를 끄덕였다.

"샨탈은?" 클렘프너 사장이 물었다. "우리랑 같이 점심할 시간이 되나?"

샨탈은 뭔가 급히 대답을 하려다가 이내 자세를 정돈하는 듯했다.

"그러고 싶지만……. 이번 촬영을 위해 확인해봐야 할 것들이 몇 개 있네요. 진저가 어시스트 일을 한다면 그를 대신할 아시안 모델도 새로 섭외해야 하고 말이죠."

클렘프너 사장은 알겠다는 듯이 고개를 끄덕였다.

"그럼 다음 기회에 함께 자리를 마련하도록 하지."

그때 샘과 헬의 얼굴에 깃든 표정에서 점심식사를 마칠 즈음에는 그들이 클렘프너 사장의 마음을 완전히 바꾸어놓으리라는 걸 나는 확신할 수가 있었다.

"엘리베이터까지는 모셔다 드리겠습니다." 샨탈이 말했다.

클렘프너 사장과 샨탈이 앞장선 채로 그들 넷은 그 자리를 떠났다. 샘은 뒤로 살짝 몸을 돌려 나에게 두 엄지손가락을 세워 보였다. 나는 매출고를 확인하기 위해 원래 자리로 되돌아왔다.

Chapter 27

"흠, 나쁘지 않구나. 아주 좋아."

엄마가 말했다. 우리는 오 여사 아줌마가 싸준 남은 음식들을 앞에 두고 오늘의 승리에 대해 자축하며 한껏 기분을 내고 있었다. 엄마는 손대지 않은 자기 앞의 갈비를 내 접시 위에 올려주었다. 목요일에 모델 일을 하지 않기로 결정이 났으니, 지금은 그동안 먹고 싶어도 그러지 못했던 걸 보충할 수 있는 절호의 기회였다.

나는 입 속에 씹고 있던 걸 다 삼키고 난 다음 입을 열었다.

"그것뿐 아니에요. 헬이 직접 저더러 촬영장에 가보라고 했다고요. 자기 상관, 그것도 사장 앞에서 제 편을 들어준 거죠. 이제 그녀가 내 미래를 내다보기 시작한 거라고요."

"아마도 그건 자기 영역을 보호하기 위해서 그랬을 뿐일 게다. 좀 더 신중할 줄 알아야 해. 앞뒤 정황을 잘 살펴야 한다고."

"저도 알아요, 안다고요." 나는 마지막 남은 김치 한 점을 밥 위에 던지듯 올려놓으며 대답했다.

"그렇지만 엄마 말대로 그녀가 날 감싸준 사실이야말로 가장 값진 수확이 아닐까요? 이제 샨탈도 자기 편할 대로, 또 자기 이익을 위해 날 마음대로 부려먹진 못할 테니까요."

"그래도 어찌됐든 간에 이번 목요일에 진저 네가 그녀를 위해 최선을 다하는 게 좋을 게다."

그렇게 말하며 엄마는 내게 참기름을 넘겨주었고, 나는 내 김치밥 위에 그걸 쏟아 부었다. "아이고, 그렇게 많이는 안 돼!"

엄마는 손바닥으로 쏟아지는 참기름을 막았다.

나는 병뚜껑을 닫으며 다짐하듯 말했다.

"지금까지 그녀의 어시스턴트들 중에서 내가 최고라는 걸 보여줄 테야."

어제까지만 해도 나는 샘이 패션부장 자리에 오른다는 쪽에 내기를 걸었을 것이다. 비록 그리 많은 액수를 걸지는 않았겠지만. 그렇지만 솔직히 지금에 와서는 어떻게 되는지 도저히 확신이 서지 않는다.

"그렇게 하도록 해라. 그렇지만 다른 어시스턴트들보다 너무 튀게 행동해서는 안 돼. 그들이 널 미워하도록 만들 필요는 없는 거니까."

"그게 무슨 상관이에요?" 내가 음식을 비벼 섞으며 물었다.

"모르겠니, 진저야? 그들도 상사만큼 중요한 사람들이다. 너의 경쟁자들이라 할 수 있지. 엄마 말은, 그들에게도 일을 망치거나 너를 짓밟을 만한 이유나 능력이 충분하다는 거야."

"알았어요."

음, 아무튼 아침에 들었던 엄마의 조언이 효과가 있었으니까, 일단 귀담아 듣기로 했다.

"친구가 되도록 노력해라."

"저랑 친구를 하려는 사람이 하나도 없었던 걸요, 뭐."

입에 밥 한 숟가락을 넣으며 나는 얼굴을 찡그려 보였다.

"그러니까 하는 말 아니냐."

나는 내 접시를 안쪽으로 밀어 넣었다.

"아무튼, 너 요즘 좀 지나치게 먹어대는 것 같다. 남자들 앞에서는 그렇게 먹으면 안 되는 거야, 알겠니? 몸무게는 요즘 얼마 나가니? 50킬로그램? 키는? 170센티미터는 안 되지?"

"어떤 남자들 말이에요?" 손가락으로 갈비를 뜯으며 내가 물었다.

"아무튼, 다른 여자들보다 더 눈에 띄는 사람이 되란 말이다, 엄마 말은." 엄마가 말했다. "뭐, 샘이랑 친한 것부터 이미 좀 그렇기는 하다만."

나와 샘 사이의 친분이 다코타 같은 주위 동료의 앞길을 가로막은 적은 없었다. 만약 있었다 하더라도 그건 오히려 촉진제의 역할을 했을 일이었다.

"그 여자들이랑 같이 저녁도 먹고 좀 그러렴. 단, 이번 금요일만 빼고 말이야. 데이트가 있으니까."

순간, 나는 씹고 있던 걸 식탁 위로 뱉어내며 캑캑댔다.

"데이트를 할 땐 그런 짓 절대로 하지 마라."

내가 반쯤 씹다 뱉은 음식물을 냅킨으로 싸서 치우며 엄마가 신신당부를 했다.

"무슨 데이트요? 누구랑? 난 지난번 교회 건이 엄마의 마지막 시도였다고 믿었는데……."

"그 일은 정말 바보 같은 실수였다. 하지만 나한테 더 좋은 계획이 생겼어."

그러더니 엄마는 주머니를 뒤져 시간과 레스토랑 이름이 적힌 작은 쪽지를 내게 건넸다. "그 사람 이름은 영록 윤이란다."

"무슨 이름이 그렇데요?"

사실 나는 그 이름에서 뭐가 성인지 뭐가 이름인지조차 구별을 할 수가 없었다. 한국말에서는 원래 성을 먼저 말하는데 엄마는 미국에서 자란 나를 위해 항상 성과 이름의 위치를 바꿔 말해주곤 했으니까.

"원래는 윤영록이야. 한국 이름이라 그렇지."

"그건 저도 안다고요. 제 말은, 그런 한국식 이름을 가진 사람이 영어를 할 줄이나 알까 싶다는 거죠."

"물론이지. 그 애는 여기서 자랐단다. 엄마도 이제는 한국에서 온 사람들은 더 이상 신경 안 쓰기로 했다."

"이 사람은 또 어디서 찾아내신 거예요?"

엄마가 어깨를 으쓱했다.

"그만두세요. 저 그럴 시간 없어요." 내가 손을 내저어 보이며 말했다. "전략회의도 해야 하고…… 할 일이 산더미라고요."

"애, 진저야. 일만 하면서 인생을 보낼 수는 없는 거다. 그건 정말 바보 같은 짓이라고."

"그렇지만 제가 지금 앞으로 나가기 위해서 해야 할 일은 바로 이거라고요. 인생의 균형이란 건 나중에 맞추면 되고요."

"언제? 얼마나 후에? 너 한창때도 이제…… 그러니까 내 말은……."

"엄마, 남편이 인생에서 하나밖에 없는 유일한 해결책은 아니라고요."

"네 생각이 그런 줄은 나도 안다. 너한테는 이 엄마가 있다고 네가 얘기하지 않았었니. 그렇지만 이 엄마도 언제까지나 영원히 살 수는 없는 일이다. 너 혼자 남는 꼴은 엄마는 정말 보고 싶지 않단 말이야."

그래, 내 곁에는 원래 엄마와 더불어 조지 오빠도 함께 있어야 했다. 내가 거의 전화를 걸 뻔했던 '조지 리' 들의 리스트들이 갑자기 머릿속을 스쳐 지나갔다.

"엄마 말고, 다른 사람들도 있잖아요."

"친구들 말이냐? 친구들한테 의존할 순 없는 거다. 그들도 다 결혼해서 애를 갖게 될 거고, 그렇게 되면 너랑 어울릴 시간도 없는 거야."

"그럼 또 새로운 친구들을 만들면 되죠."

"계속해서 말이냐? 사람들은 언젠가는 모두 정착을 하게 된단 말이야. 그게 바로 인간사라고."

"다 그런 건 아니에요." 바비를 떠올리며 내가 대답했다. 앤과 샨탈도 그렇고.

그런데, 가만 가만. 갑자기 한 줄기 짧은 생각이 뇌리를 스쳤다. 어쩌면 앤과 샨탈, 그 둘은 룸메이트 이상의 관계인지 모른다. 그렇게 되면 앤이 왜 바비와 결혼하려고 했는지가 자연스레 설명이 되니까 말이다.

"쇼핑하고, 가끔 하는 달리기랑, 책 읽는 것 빼곤 진저 너에게 딱히 다른 취미도 없잖아. 그렇지?"

"앞으로 더 찾아보면 되죠, 뭐."

그간 엄마와 함께했던 저녁식사나 파티들을 생각하니, 내 인생이 어딘가 조금 공허하게 느껴지는 건 사실이다. 막상 엄마가 가시는 걸 보면 마음 한구석이 좀 슬퍼지긴 할 것 같다. 그렇다고 뭐, 주체할 수 없이 눈물이 날 정도는 아니겠지만.

"어떤 것들 말이냐. 네가 관심 있어 하는 게 뭔데? 테니스? 포커? 아니면 농구 경기 구경하는 거?"

"뭐가 됐든, 그게 무슨 상관인데요?"

엄마는 자리에서 일어나 주섬주섬 접시들을 치우기 시작했다.

"내가 말하고 싶은 건, 뭔가 다른 사람들과 같이 할 수 있는 걸 찾아봐야 한다는 거다."

"실 바늘 찾아서 뜨개질할 건 아니니까 걱정 마세요. 제가 완전히 세속을 떠난 은둔잔가요, 뭐."

"그렇지만 넌 만날 혼자 하는 게임을 즐겨 고르곤 했잖니. 어렸을 때부터 말이다. 그림조각 맞추기, 십자말풀이 퍼즐……. 진저, 너 아직까지도 그런 걸 즐겨하니?"

"가끔은요. 그렇지만 제가 원래 그렇게 생겨먹은 걸 어떡해요. 엄마 말 듣고 있으니까 제가 꼭 사람들을 싫어하는 사람같이 느껴지네요."

"그게 싫으면 엄마가 말한 이 데이트에 나가보라고."

"그렇지만 엄마……."

"나도 네가 혼자 있길 좋아하는 걸 잘 안다. 그렇지만 그건 네가 그만큼 좋아할 만한 사람을 아직 못 만나서 그런 거야. 사람들에게도 기회를 줘보렴. 이번 데이트 상대랑 그 기회를 한 번 만들어보라고."

"엄마, 엄마는 지금 사과랑 오렌지를 한데 섞으시려는 거라고요."

"네 데이트랑 과일들이랑 대체 무슨 관계가 있는 거냐?"

엄마가 고개를 저었다.

"내가 말하고 싶은 건 네가 남자 친구를 전혀 안 사귀어봤다는 점이잖니. 그건 어쩌면 네가 관심사를 함께 나누는 사람들도 다 너랑 비슷한 부류라 그저 다들 혼자 있는 걸 더 좋아해서 그렇게 된 건지도 몰라. 그러니 새로운 관심사나 색다른 활동에도 마음을 좀 열어보도록 하란 말이야. 이번 데이트에도 나가보고."

"좋아요."

아, 배 아파가며 나를 낳아준 우리 엄마마저 날 인생의 패배자로 생각하고 있었다니……. 하긴, 내가 엄마한테 알리지 않고 숨겨온 것들이 그렇게 많았으니, 엄마가 날 저렇게 한쪽으로만 치우친 인간으로 알거나, 또 짝을 찾는 데 뭔가 도움이 필요한 사람이라고 생각하는 것도 그리 무리가 아니었다. 다만 내가 엄마의 관점에서 나 자신을 바라본 적이 없던 까닭이겠지.

"좋아요, 그 남자가 도대체 어떻게 생겼는지, 이번 주 금요일에 한번 만나보도록 할게요. 그렇지만 이건 제가 새로운 경험에 대해 마음을 닫고 있지 않고, 또 제가 사람들한테 얼마나 친근한 존재인가를 증명하기 위해서일 뿐이라고요. 제가 이성한테 얼마나 인기가 있는지도 보여드릴 겸."

"그래그래, 그게 바로 엄마가 바라는 전부다."

엄마가 내게 잔뜩 쌓은 접시들을 건네주었다.

"하나 더, 설거지도 좀 하렴. 말리고 닦는 건 내가 할 테니. 너도 곧 알게 될 게다, 두 사람이 하나보다 훨씬 낫다는 걸 말이야."

Chapter 28

내가 회사에 도착했을 때 샘은 이미 출근을 한 후였다. 그녀는 작업 중이던 서류들을 책상 서랍 안에 쑤셔 넣었지만, 그 순간을 놓치지 않고 나는 웨딩드레스에 대한 그녀의 낙서들을 힐끗 엿볼 수가 있었다. 웨딩드레스와 샘이라……음…….

"워커는 잘 지내?" 내가 의자 하나를 잡아끌어다 앉으며 물었다.

"워커?"

샘은 고개를 끄덕였다.

"일요일에 너랑 통화했다고 얘기하더라. 그는 잘 있어. 그건 그렇고, 너 또 파란 드레스를 입었구나. 어제도 요상스런 컬러풀한 옷을 걸치고 오더니만."

샘이 워커에 대해 더 이상 말을 하고 싶어 하지 않는 거라면, 그건 그녀만의 특권이라는 생각이 들었다.

"요상하다니. 말이 좀 지나친 거 아냐? 이건 우리 엄마의 제안이라는 걸 알면서 그래."

샘이 어깨를 으쓱했다.

"야심에 찬 수많은 패션 편집자들이 대개 그런 식으로 나가다 그 계통에서 좀 커서 일단 자기들에게 발언권이 주어지면 다시 블랙으로 되돌아오곤 하지. 그렇지만 충고 한마디만 할까? ……진저 네가 이쪽 패션계에서 네 앞날에 주목을 끌어보고 싶다면 말이야, 한물 간 작년 컬렉션 의상은 자제해야 하지 않겠니?"

그녀의 눈은 역시 예리했다. 사실 내가 가진 모든 '색깔 있는' 옷들은 잡지사에서 일하는 사람들은 모두 블랙 의상을 입는다는 사실을 깨닫기 이전에 구입한 오래된 것들뿐이었다.

"그러게…… 앞으로 쇼핑에 신경 좀 써야겠지, 아마?" 내가 슬쩍 웃어 보이며 말했다. "어쩐지 이 일을 좋아하게 될 것 같다는 느낌도 들고 하니 말이야."

"네가 심각하게 받아들이지 않는 한 하는 일이 재미있을 거야. 우리 일이야 어쨌든 '옷'과 관련된 거니까."

그녀는 책상 위에 놓여 있던 담뱃갑을 흔들어 담배 한 개비를 꺼내 들었다. 그때 나는 재떨이에 벌써 꽁초가 세 개나 버려져 있는 것을 보고 깜짝 놀랐다. 샘은 내가 생각했던 것보다 훨씬 일찍 사무실에 나와 있었던 모양이다. 그녀는 말보로 라이트 한 개비를 내밀었지만 나는 고개를 저으며 사양했다. 샘은 의자 뒤로 몸을 기대고 다리를 책상 위에 올려놓으며 담배에 불을 붙였다.

"그래, 그러니까 샨탈이 언제 너한테 모델 일을 제안했던 거야? 아니 그보다 더 중요한 건, 왜 나한테는 그 말을 안 한 거지?"

"지난주에. 너한테 말을 하려고 해도 기회가 없었잖니. 머리 아팠던 나의 주말 일이야 이미 잘 알 테고, 거기다 창고 세일까지 겹쳐서……."

"그래서 전화라는 게 있는 거 아니겠어?"

"음, 좀 정신이 없었어."

나는 주말의 파티와 바비의 청혼에 대해 자세히 설명을 했다. 사실 바비의 청혼이야 로맨틱하거나 서로에 대한 믿음 같은 것과는 정말이지 거리가 먼 것이었지만, 어쨌거나 내 마음 한구석에서는 나이 서른이 되기 전에 청혼이란 걸 한 번 받아보았다는 사실에 마음이 좀 놓이고 심지어는 어느 정도 기쁜 마음까지 들었다는 사실을 인정해야 했다. 주변에 남자라는 자산(!)을 많이 가지고 있는 샘은 적어도 벌써 다섯 번 이상 청혼을 받아온 터였으니 말이다.

샘은 책상 위에 올려두었던 다리를 내렸다.

"금요일에 회사에 나오지 않은 게 그 때문이었구나. 나한테까지 숨기고 있었다니 정말 믿을 수가 없다, 얘."

"그건 나도 마찬가지인데."

워커를 떠올리며 내가 맞서듯 얘기했다. 샘은 얼굴을 찌푸렸다.

"내 생각엔 바비인지 하는 그 게이 남자는 네겐 완벽한 선택인 것 같은데? 네가 그 사람 청혼을 거절했다는 게 이해가 안 갈 정도야."

“정말이야?”

정말, 한 번쯤 재고해봤어야 했던 일일까 싶은 생각이 들었다.

“아니, 진심은 아니야.” 샘이 고개를 흔들며 말했다. “약간 비꼬는 거랄까.”

“흠, 그렇군.”

바비의 청혼이 우스꽝스러운 일이라는 건 나도 이미 잘 알고 있는 일이긴 하다.

“그렇지만 그 제안에 네가 응하지 않았다니 좀 놀랍다. 엄마를 실망시키는 일이라면 그렇게 겁을 내는 애가…….”

그러면서 샘은 담배꽁초를 힘껏 비벼 껐다.

“아무튼 그건 헬이 말한 거랑 비슷하구나. 부모 자식 관계는 쓴 열매와 같다는 거 말이야. 헬이 자식을 갖지 않는 이유가 바로 그거라잖아.”

“그 말을 들으니 마침 생각이 나는데……. 내 사생활을 어제 그런 식으로 모든 사람들 앞에서 광고를 해대다니, 그거야말로 정말 믿을 수 없는 일이었다고.”

“그렇게 빡빡하게 굴 게 뭐 있니? 어차피 그 사람들이야 신경도 안 쓰는 일이라고.”

샘이 다른 담배를 또 하나 꺼내 물고 불을 붙였다.

“알다시피, 그때 무슨 말이라도 했어야 하는 상황이었잖니.” 담배연기를 길게 내뿜으며 그녀가 말했다.

“게다가 촬영지에 널 보내게 된 데 내가 한몫을 했다는 걸 잊지 말라고.”

“참, 그에 대한 인사가 늦었네. 어쨌거나, 고마워.”

“고맙긴 뭘. 우린 한 팀 아니니. 너랑 나랑.”

샘으로서는 굳이 ‘샨탈이 아니고’ 라는 말까지 덧붙일 필요를 느끼지 못한 듯했다.

“클렘프너 사장이랑 점심 같이 한 건 어땠어?”

샘이 미소를 지었다. 그러나 미처 그녀가 대답을 하기도 전에 전화벨이 울려대기 시작했다. “이건 나 혼자 받을게.” 발신자를 확인하더니 자리를 비켜달라는 투로 그녀가 말했다.

사무실을 나가려고 자리에서 일어나면서, 나는 몸을 구부려 발신자가 워커임을 확인했다. 우리가 함께 얘기했던 일 얘기는 둘째치고라도, 어떤 남자와의 대화보다 여자 친구들끼리의 대화에 훨씬 더 큰 가치를 두었던 샘의 마음에 요즘 대체 어떤 변화가 일어난 것일까?

"진저!"

샘의 다급한 외침에 내가 뒤를 돌아보았다. 샘은 손으로 수화기를 막은 채 내게 말했다.

"샨탈하고 가서 상의를 좀 하는 게 좋겠어. 촬영 일에 참여해서 네가 뭘 할 수 있을지를 물어보도록 해."

"흠, 날 그렇게 내돌려도 괜찮겠어?" 내가 농담을 던졌다.

그렇지만 샘은 벌써 등을 돌린 상태라 내 말을 듣지 못했다.

Chapter 29

그날의 나머지 시간들에 이어 다음날까지 나는 촬영과 관련한 준비 작업들로 계속 눈코 뜰 새가 없었다. 나는 다른 어시스턴트들을 도와 촬영에 쓰일 의상들을 분류해 목록을 만들고, 짐을 싸고, 또 자꾸 바뀌는 주문 사항들을 일일이 체크해야 했다. 게다가 밴 등의 촬영 차량 수배는 물론 운전자, 스태프들의 식사를 해결해줄 케이터링 담당자, 메이크업 아티스트, 헤어 스타일리스트, 사진작가들과 그밖에 보조 진행요원들의 섭외 진행 사항을 체크하는 일까지 모조리 우리의 몫이었다. 다행히 샨탈이 새로운 아시아인 모델을 구했고, 또한 내가 촬영 일에 참여하는 것을 막으려던 그녀의 반대 명목은 모두 사라지게 되었다. 그 와중에 나는 그녀에게 앤과 바비에 대한 이야기를 하려고 여러 차례 시도할 기회를 노렸지만, 어찌된 일인지 좀처럼 기회가 생기지 않았다.

어쨌든 그렇게 정신없이 바쁘게 일을 하다 보니 시간이 어떻게 흘러가는지도 알 수가 없을 정도였다. 이틀 동안 내가 사무실을 떠나 차를 끌고 집에 온 시각은 자정을 훨씬 넘어서였다. 사실 그것보다는 더 일찍 귀가할 수도 있었지만, 내가 촬영에 참여한다는 것을 알게 된 다른 어시스턴트들이 나를 돕거나 잘 대해주던 이전의 태도에서 돌변해 애를 먹인 탓에 마무리가 늦어진 것이다. 심지어 그들은 우편분류실에서 일하는 직원에게 의상 가방을 챙겨오게 할 수 있다는 정보를 일부러 내게 알려주지 않거나 촬영과 관련 없는 의상들까지 다림질하고 손보게 만드는 등 불필요한 작업들로 시간을 허비하게 만들기도 했다.

촬영 작업에 한 번도 끼지 못했던 다코타 역시 도움이 안 되기는 마찬가지였다. 내가 촬영에 참여한다는 사실을 알고 난 후부터 그녀 역시 내게 약간 쌀쌀맞게 굴기 시작한 것 같다.

그렇게 바빠 본 것도 참으로 오랜만의 경험이었다. 적어도 매디슨을 떠난 후로는 말이다. 이번에 하는 일들은 예전처럼 정신적으로 괴로운 작업은 아니었지만 집에 돌아오면 나는 육체적으로 완전히 탈진 상태였다. 마치 커다란 농장의 인부가 하루 종일 건초 나르는 일을 한 것처럼 이곳저곳 온몸이 쑤셔대는 그런 피로감이랄까. 어쨌든 덕분에 나는 집에만 오면 쉽게 잠들어버리곤 했다.

귀가 시간이 그렇게 늦어졌던 까닭에 엄마와 마주하는 시간도 그만큼 줄어들었다. 아침저녁으로 졸음에서 덜 깬 눈을 비비거나 정신을 차리면서 나눈 엄마와의 몇 마디 안 되는 대화를 통해서야 나는 엄마가 낮 시간을 관광과 쇼핑으로 소일하고 있다는 걸 겨우 알 수가 있었다. 나는 엄마가 관광이라도 제대로 즐기기를 바랐다. 집 안에 쇼핑백이 별로 없는 것으로 보아 엄마가 쇼핑은 그다지 즐기고 있지 않다는 걸 알 수가 있었기 때문이다. 엄마는 나더러 다른 어시스턴트들이 내게 못되게 구는 일에 대해 샨탈한테 가서 말하라고 했지만, 나는 왠지 그런 일에 그녀를 끼어들게 하고 싶지 않았다. 내가 다른 어시스턴트들보다 나이가 많은 것도 마음에 좀 걸렸거니와, 그런 일쯤은 내 힘으로 처리해야 한다는 생각이 들었기 때문이다. 사실 이런 일들에 대해서는 샘과 얘기를 나눠보고 싶었지만 일이 바빠 그녀를 보기가 쉽지 않았고, 또 모처럼 기회가 생기면 이번에는 그녀 쪽이 너무 바빠 보여 뜻처럼 쉽게 되질 않았다.

그런 가운데, 마침내 목요일이 도래하고야 말았다. 섭외된 프로덕션 밴이 샨탈의 편의에 따라 그녀가 사는 아파트 빌딩 앞에 정확한 시각에 맞춰 도착하기로 약속되어 있었다. 무엇보다 편한 의상을 입고 싶다는 생각에 다시 블랙 계통의 의상으로 복귀한 나는 기부하기 위해 따로 빼두었던 의상 가방에서 슬쩍 빌린 종아리를 약간 덮는 스커트와 면 스웨터 세트를 입고 만나기로 한 장소까지 열 블록이 넘는 거리를 비틀대며 걸어가야 했다. 폭이 좁은 스커트가 걷는 일을 얼마나 어렵게 만드는지를 잠시 잊고 있었던 건 내 큰 불찰이었다. 샨탈의 아파트까지 걸어가는 내내 나는 현명치 못한 선택을 저주해야 했다.

이제 막 동이 트려는 새벽하늘은 흐릿한 잿빛이었다. 그걸 바라보고 있자니 갑자기 그날 야외 수영장에서 찍기로 한 첫 번째 촬영 신이 떠올랐고, 문득 혹시 스케줄을 다시 잡아야 했던 게 아니었을까 하는 걱정이 들었다. 우리가 묘사하기로 한 '아메리칸 라이프'의 네 가지 신은 각각 사회생활, 음식 문화, 쇼핑 그리고 데이트에 관한 것이었다. 아무튼 그렇게 걷고 있으려니 나는 마치 〈우울한 나날들〉이란 흑백영화 속에 나오는 도시의 거리를 걸어가고 있는 듯한 기분이었다. 평소 내가 그토록 좋아했던 도시의 혼잡함과 활기, 시끌벅적한 소음들은 아직 채 시작되지 않았다. 새벽 5시도 안 된 시각이라 가게들도 아직 문을 열지 않은 상태였다. 내가 혹시 자기들을 필요로 하지 않는지 탐색하듯 빈 택시 몇 대가 가끔씩 속도를 늦추며 내 옆에 와서 잠시 멈추었다가 갈 뿐이었다. 길 양쪽에 있는 인도 위에는 대충 상자를 덮은 채 잠들어 있는 길거리 노숙자들과 자기의 테리어 개가 오줌을 싸는 걸 지켜보고 있는 어떤 여자 하나만 눈에 뜨일 뿐이었다.

약속 장소로 급히 발걸음을 옮기면서 나는 오늘의 내 목표들을 머릿속에서 죽 훑어보기 시작했다. 무엇보다도 나는 내가 하는 일이 무엇인지를 잘 알고 있는 사람처럼 비춰지길 바랐다. 또한 다른 어시스턴트들과 잘 어울리게 되기를, 그렇지만 그중에서도 다른 이들의 눈에 가장 유능한 어시스턴트로 비치기를 원했다. 나는 나의 당당한 태도와 능력으로 샨탈에게 깊은 인상을 남겨주고 싶었다. 촬영지에서 쫓겨나 일찌감치 집으로 돌아가는 일은, 정말이지 상상도 하기 싫었다.

한 한국인 남자가 자신의 식료품 가게 철문을 올리고 있는 모습을 보니, 문득 아까부터 담배를 사려고 했던 일이 생각났다. 촬영장에 어울리는 '액세서리'를 완벽하게 갖추기 위해서 말이다. 대부분의 어시스턴트들이 담배를 피우니까. 내가 보기에 그들은 다른 어떤 활동보다도 담배를 한 대 피우러 밖으로 나가기 위해 엘리베이터 타는 일에 가장 많은 시간을 할애하는 것 같다. 내가 회사 건물 안

으로 들어오거나 나갈 때면 항상 삼삼오오 무리를 지어 빌딩 앞을 담배연기로 가
득 메우고 있는 그들을 볼 수가 있었으니 말이다.

나는 그 남자가 가게를 열 때까지 잠시 기다렸다가 '들어오라'는 손짓을 보고
가게 안으로 들어가 말보로 레드 한 갑을 주문했다. 샘과 다른 어시스턴트들은
주로 말보로 라이트를 피운다는 것을 잘 알고 있었지만, 어쩌면 나는 담배를 차
별화하는 방법으로라도 뭔가 좀 더 튀어 보이고 싶었는지도 모른다. 레드 같은
더 센 담배는 나를 보다 터프하고 도전적이며, 어찌 보면 약간 반항적인 면모를
가진 사람으로 부각시킬 수도 있을 것 같았다. 사실 나는 학창 시절 말보로 레드
를 즐겨 피우곤 했다. 그런데, 카운터 앞에 선 나이 지긋해 보이는 그 한국남자가
나를 향해 고개를 가로저어 보였다.

"ID가 필요하신 거예요?" 가방을 열며 내가 물었다. 내게 신분증을 제시하라
는 일은 지금껏 거의 예외 없이 요구되어온 사항이었다.

그는 또다시 고개를 설레설레 저었다.

"당신 같은 젊은 아가씨에게 담배는 좋지 않아." 그가 단호하게 말했다.

나를 알지도 못하는, 백발이 성성한 이 아저씨가 내게 건강의 중요성에 대해
설파하고자 한다는 점만은 분명 감동적인 일이었다. 이분이 자기 가게에 오는
모든 손님들을 붙잡고 전부 이런 말을 하지는 않으리란 것 정도는 확실해 보였으
니까 말이다. 아마도 내가 자기 손녀를 떠오르게 만들었을지도 모른다는 생각
에, 나는 그에게 좀 더 친절해지기로 마음먹었다. 그래서 나는 '걱정해주셔서 고
맙긴 하지만, 암 발생 위험도에 대해서는 이미 잘 알고 있으니 걱정 마시라'는 내
용의 말을 건넸다. 그러나 그는 다시 한 번 고개를 저었다.

"아가씨가 담배 피우는 걸 어머니께서도 알고 계시나?"

그는 마치 당장이라도 수화기를 집어들어 엄마에게 전화라도 한 통 넣을 것처
럼 협박하는 어조로 말했다. 아주 짧은 순간이었지만, 나는 혹시나 그가 진짜 우
리 엄마를 알고 있는 것은 아닐까 하는 착각에 가슴이 두근거렸다. 그렇지만 일
전에 그 교회에서 도망치듯 급히 나왔던 전적을 생각해보면, 그건 불가능한 일이
라는 생각이 들었다. 설령 엄마가 음료수나 샌드위치 같은 걸 사러 이 가게에 들
른 적이 있었다 해도 엄마는 이 아저씨에게 그저 예의 바른 인사 이상은 하지 않

252

았을 것이기 때문이다. 또한 잘 나가고 있는 것 같은(?) 이 집 가게의 외관으로 볼 때, 그가 위스콘신의 촌구석에서 새 집을 구하려고 했을 가능성 또한 거의 희박해 보였다. 결국 내가 내린 결론이란, 내게 담배를 피우지 못하게 하고 있는 백발 아저씨는 우리 엄마와는 아무런 친분관계가 없는 사람이 분명하다는 것이었다.

이제 보니 그는 또 다른 한국인인 내게 자신의 힘을 과시하기 위해 담배를 달라는 내 주문을 거부하고 있는 것이었다. 내게 있어 그는 알지도 못하는 수많은 사람들 중에서 성공을 위해 열심히 일하는 또 하나의 아시아인 이민자가 아니었다. 내 눈에 비친 그는 그저 내 돈을 받고 물건을 파는 이름 없는 장사꾼 이상의 무엇이 되고자 원하는 사람이었다. 동시에 그는 내게 자신에 대한 존경심을 바라는 한국인 연장자이기도 했다.

"아니면 아가씨 남편도 아가씨가 담배 피우는 사실을 알고 있는 거야?"

내 남편? 흠, 이제 그가 우리 엄마를 모른다는 사실이 100퍼센트 확실해졌다.

"그냥 빨리 담배 한 갑만 주실 순 없을까요?"

그는 내 눈을 쳐다보았고, 나 역시 눈도 깜박이지 않은 채 그를 똑바로 쳐다보았다. 그냥 여기 말고 다른 가게로 가볼 수도 있는 일이었지만, 왠지 나는 이 사람으로 하여금 내가 담배를 피우고 못 피우고 하는 문제에 대해 이래라저래라 명령하도록 내버려두고 싶지가 않았다. 나라는 사람이 그 집단의 일원이기를, 또는 아니기를 자기네 멋대로 결정하고 강요하는 다른 한국인들에게 나는 이미 충분히 지쳐 있었기 때문이다.

그때 내 뒤에 있던 사람 하나가 목소리를 가다듬었다. 나는 고개를 돌려 뒤에 늘어선 줄을 보고는 그들 모두가 우리의 대화를 들었을 거라는 생각에 얼굴이 달아올랐다.

"전 한국사람이 아니에요." 내가 말했다. 그는 눈을 가늘게 뜨며 입을 오물거렸다.

"꼭 한국사람처럼 생겼는데." 의심스러운 말투로 그가 말했다.

"전 중국인이라고요, 4세대 중국인. 제 증조부께선 샌프란시스코로 건너와 철도 건설을 하셨던 분이고요."

머릿속에 방금 떠오른 거짓말이 내 입을 통해 술술 흘러나오고 있었다.

그는 고개를 살짝 끄덕이더니 담뱃갑을 카운터 위에 올려놓았다. 아마도 중국인들에게는 한국인과는 달리 자신들이 죽고 싶다면 죽을 수 있는, 그런 권리가 주어지는 모양이다. 마치 내 생이 다하는 걸 조금이라도 더 앞당겨주려는 듯 그가 내게 종이성냥까지 한 움큼 집어주었으니 말이다. 나는 10달러짜리 지폐를 그의 눈앞에 불쑥 내밀었다. 어느 책에선가, 그렇게 하는 것은 한국인들에게는 상당히 무례한 일로 받아들여진다는 글을 읽은 적이 있다. 그 글에 따르면, 무례를 범하지 않기 위해서는 돈을 카운터 위에 가만히 올려놓아야 한다고 했다. 그역시 잔돈을 카운터가 아닌 내 손 위에 직접 올려놓았고, 내가 고맙다는 말을 하기도 전에 이미 내 뒷사람에게 어서 앞으로 오라는 손짓을 하고 있었다.

담배 세 개비를 연달아 피우며 샨탈이 사는 빌딩에 도착해보니, 메이크업 아티스트, 헤어 스타일리스트 그리고 매니큐어리스트로 보이는 몇몇 사람들이 벌써 나와 프로덕션 밴 안에 자리를 잡고 앉아 있었다. 프로덕션 밴이라고 해봐야 10여 개 남짓한 자리를 갖춘 주문 제작된 트레일러 정도였지만. 진에다 헐어빠진 운동화하며, 아무튼 그들은 하나같이 놀랄 정도로 구질구질한 패션을 선보이고 있었다.

나는 개중에서 가장 친절해 보이는 얼굴의 라틴계 여자 옆에 자리를 잡았다. 그러자 그 여자가 갑자기 바깥쪽으로 뛰쳐나가며 냄새를 없애려는 듯 자기 코앞의 공기를 손으로 마구 흔들어 보였다.

"어휴!" 그녀가 외쳤다. "웬 담배냄새가 이렇게……. 아니, 밤새 나이트클럽에 있다가 곧장 이리로 오기라도 한 거유?"

"미안해요." 내가 말했다. "이른 아침부터 일이 좀 있어서요."

"이 냄새만으로도 오늘 아침뿐 아니라 당신 인생 전반에 있어서도 일이 아주 많다는 걸 알 수 있을 것 같구먼."

"뭐, 사실 좀 그렇기도 하고요."

나는 몇 자리 옆으로 물러나 앉았다. 그러자 검게 선팅한 창문을 통해 바깥 풍경이 보였다. 일본말을 할 줄 아는 그 산타 비슷하게 생긴, 예전 그날 밤의 낯익은 도어맨이 밖에 나와 서 있었다. 가는 세로 줄무늬 양복을 입고 가죽 브리프케이스를 든 멀끔한 한 남자를 위해 그가 문을 열어주면서 밝게 웃으며 "굿모닝!"이라고 말하는 모습이 눈에 들어왔다. 멀끔한 남자는 급히 문을 나서서는 답례의 인사도 없이 보도 아래쪽으로 휑하니 가버렸다. 도어맨 아저씨는 그 남자의 등 뒤에 대고 모자에 손을 살짝 대어 경례를 했다.

나는 그 도어맨의 아이리시 억양을 기억해냈다. 나는 우리 모두 그저 특별할 것 없는 평범한 한 사람일 뿐 굳이 매사에 꼭 한국인 이민자임을 드러낼 필요는 없다고 생각한다. 아까 그 식료품점의 아저씨처럼 그의 직업 역시 그냥 생계를 위한 것일 뿐이지 그것이 자기 정체성이나 자존감의 원천은 아닌 것이다. 어찌 됐든 그 아이리시 도어맨이 그리 수준 높아 보이지 않는 직업을 택했다는 것은 조금 흥미로운 일이었다. 일본어까지 구사하는 걸로 봐서는 교육도 상당히 받은 것 같아 보이는데 말이다. 그리고 무엇보다 그의 모국어는 영어가 아니던가. 언어의 장벽 같은 특별한 장애 요소가 될 만한 것도 없어 보이는데 더 좋은 직업을 택할 수는 없었을까? 이 점에 대한 그의 변명은 도대체 어떤 것일지 갑자기 궁금해졌다.

게다가 그는 백인이다. 그렇다면 그는 사람들을 좀 더 폭넓게 접할 수 있었을 텐데. 어쩌면 앵글로 이민자들이 다른 이들과 차별되는 게 바로 그 점인지도 모르겠다. 사회 안으로 자유롭게 이동해 융화될 수 있다는 것, 그 점에서 이들 이민 첫 세대가 한국인 이민 2세대와 비슷하다고 볼 수 있을 것 같았다. 또한 그 점이 바로 우리 엄마 세대의 한국인들이 미국이란 나라 안에서 왜 그토록 배타적인가를 설명해주는 것 같았다. 생김새가 다르고, 관습이나 문화가 다르며, 냄새가 다른 음식을 먹기 때문에 그들 대부분은 그렇게 자기들끼리만 뭉치려 드는 것이다. 다른 것들은 모두 불편하고 어색하게 느껴지지만 같은 부류끼리 붙어 있으면 모든 것이 훨씬 편하고 쉽게 느껴지기 때문인 것이다. 한국인 사윗감과 손주들을 바라는 것은, 외국인이나 이방인처럼만 느껴지는 이곳에서 마음의 안정을 찾고 위안을 삼으려는 생각에서 나온 것일 뿐이다.

그렇게 창밖을 바라보고 있자니 얼마 지나지 않아 바비가 문을 열고 걸어 나오는 모습이 시야에 잡혔다. 그는 환히 웃으며 잠시 걸음을 멈춰 도어맨과 얘기를 나누고 있었다. 창문이 검게 선팅되어 밖에선 내 모습이 보이지 않겠지만 그렇게 있자니 왠지 몸이 움츠러드는 것처럼 느껴졌다.

내가 바비와 결혼하지 못한다는 것이, 엄마를 위해 그 일을 하지 못한다는 것이, 또 오씨네 집안을 위해 그렇게 해주지 못한다는 것이 어찌 보면 좀 안타깝게 느껴지기도 했다. 그렇지만 내가 마음을 내어 뭔가를 하는 데에도 어쨌거나 한계점이란 게 있는 법이다. 왜 게이인 남자와 결혼을 하는 것이 아예 결혼을 하지 않는 것보다 더 나쁜 것인지 그 이유까지는 모르겠지만, 어쨌든 그건 사실이었다. 내 마음 한구석에서 본능적으로 그렇게 느끼고 있었으니까. 어쩌면 바비와 나는 계속 친구로 남을 수 있을 것도 같았다. 나는 바비나 준과 더 친해지는 일에 아무런 거리낌도 갖지 않았다. 준이 내게 전화하라고 말은 했지만, 그건 내가 바비의 청혼을 거절하기 전이었다. 난 바비의 초대가 아직도 유효한 것인지 문득 궁금해졌다.

"누구한테서 몸을 숨기고 있는 거야?"

깜짝 놀란 나는 자리에서 몸을 틀어 소리가 나는 쪽을 바라보았다. 거기엔 손을 입에 모으고 마치 메가폰에다 하는 것처럼 큰 소리를 내며 말하는 샤탈이 서 있었다. 아마도 그녀는 내가 생각에 푹 잠겨 있는 사이, 빌딩 밖으로 나온 모양이었다.

샤탈은 몸을 구부려 내가 바라보고 있던 창밖 쪽을 쳐다보았다.

"오, 미스터 오로군."

그녀는 내 옆의 빈 자리에 자기 가방을 내려놓더니 앞쪽으로 걸어갔다.

"첫 번째 밴 안에 여덟 명이 탔으니까 여기에 일곱 명이 타면 되겠군."

샤탈은 입술을 움직여 재빨리 숫자를 헤아리더니 두 명의 기사에게 신속히 움직이라는 신호를 했다. 그녀는 내 쪽으로 돌아와 자리를 잡고 앉았다.

"앤과 미스터 오가 결혼을 하지 않게 된 것이 사실 잘된 일이라고 생각하긴 하지만, 그래도 그가 절대로 나쁜 사람은 아니야."

내가 고개를 끄덕였다.

"룸메이트를 잃지 않아도 되니까 하시는 말씀이군요."

샤탈은 약간 놀라는 듯하더니 이내 대답했다.

"맞아. 진저가 우리 집에 전화를 한 적이 있었지."

그러더니 그녀는 어깨를 으쓱했다.

"앞으로 앤은 계속 나와 함께 살게 될 테지. 아마도 플라토닉 협정이라 할 수 있을 거야."

"앤이 그의 부탁을 들어준 것이었을 뿐이라는 사실은 저도 알고 있어요."

"누군가 묻는다면, 나는 그건 정말 엄청나게 부담스러운 부탁이었다고 말할 거야."

그때 불현듯, 준이 언급했던 '패션계 쪽의 친구'가 바로 샨탈이 아닐까 하는 생각이 떠올랐다.

"네, 심지어 준조차도 그를 위한 그런 식의 희생은 하려 들지 않았으니까요."

"진저가 준을 알아?"

"바비를 통해서요. 준을 어떻게 아세요?"

"우린 대학 동창이야."

"그렇군요. 준이랑 같은 대학을 나오셨구나……. 그럼 준은 바비와 같은 의대를 다녔고, 바비는 또 앤이랑 같은 대학을 나온 거로군요."

나는 갑자기 내가 한 무리의 친구들이라는 그물 안에서 이리저리 비틀거리고 있는 느낌을 받았다.

"앤과 친해져서 그렇게 같이 살게 되기까지 한 건 어떻게 보면 참 쿨한 일인 것 같네요."

나는 그들 사이의 진실을 캐기 위해 미끼를 던지듯 넌지시 이런 말을 건네보았다.

"그래, 쿨한 일이지."

샨탈은 커피를 마시고 싶다는 말 비슷한 얘기를 웅얼거리더니, 갑자기 바삐 움직이기 시작했다. 그녀는 이내 뒤쪽으로 가서 거기에 마련되어 있던 아침식사를 급히 들었다. 그리고 곧 다시 내 옆으로 와서는 '만일 햄프턴 시가 지금의 맨해튼처럼 구름이 많이 낀 상태라면 촬영 스케줄을 재조정해야 할지 생각해볼 시간이 잠시 필요하다'는 설명을 덧붙였다.

나는 자기 사생활에 대한 샨탈의 그러한 철저한 방어적 태도와 직장 내에서는 자신의 성적 취향에 관해 비밀을 지키고 싶어 하는 그녀의 바람을 존중해줄 수는 있었다. 어쨌든 그건 나와는 상관없는 일이었으니까.

그렇지만 한편으로는 그보다 좀 더 깊은 대화를 나누어보고 싶은 마음도 있었다. 나는 샤탈의 말을 이해하겠다는 미소로써 실망감을 대충 감춰야 했다.

Chapter 30

차에서 내리면서 보니, 샤탈이 몇몇 사람들 사이를 헤치며 밴을 향해 다가가고 있었다. 이곳 햄프턴의 하늘 역시 맨해튼만큼이나 구름이 잔뜩 끼어 있긴 마찬가지였고, 그래서 샤탈은 수영장에서 하기로 한 촬영을 건너뛰고 다행히 오후 늦게라도 날이 걷힌다면 오후 느지막이 해변가에서 재촬영을 시도하기로 결정을 내렸다. 우리는 먼저 '음식 문화' 장면의 촬영을 위해 타티아나의 부엌으로 이동했다.

"제길, 이번 일이 이런 바보 같은 짓이 될 거라곤 내 진작부터 알고 있었지만……."

바람같이 휑하게 내 앞을 지나 밴 안으로 올라가며 샤탈이 투덜거렸다. 그녀는 문을 쾅 소리가 나도록 세게 닫았다.

나는 주위를 둘러보았다. 집 안까지 죽 이어져 있는, 양 옆이 나무로 장식된 길가의 가장자리에 실크 드레스를 입고 슬리퍼를 신은 채 허리춤에 손을 올리고 우리를 째려보듯 쳐다보며 서 있는 이 집 주인 타티아나가 시야에 들어왔다. 나는 무의식중에 나지막이 신음소리를 내고 말았다. 그녀는 자기 집에서 촬영을 하도록 허락하는 것만으로 3천 달러를 받게 되어 있었다. 그런 연유로 어쩐지 나는 그녀의 얼굴을 보면 배가 아플 것 같아 내심 그녀가 쇼핑이나 하러 밖에 나가 집에 없기를 바랐었다. 뒤를 돌아 에린과 딜란을 보니 그들은 벌써 담배를 꺼내 물고 불을 붙이는 중이었다.

"저 여자 표정이 대체 왜 저래요?" 나 역시 담뱃갑을 찾아 가방을 뒤적이면서 옆에 있던 스태프들에게 물었다.

금발의 모델들 중 한 명이 설명하길, '루루' 라는 아시아인 모델이 한 시간이나 일찍 도착해서 단잠을 깨웠기 때문에 타티아나가 저토록 화가 나 있는 것이라고 귀띔해주었다. 루루의 남자친구가 여기서 15분 거리에 살고 있어서 그녀가 다른 스태프들보다 앞서 이곳에 먼저 와 있었다는 것이다. 타티아나를 가장 분노하게 만든 것은 우리가 예정보다 '몇 분' 정도 늦게 도착한 일로, 지금 타티아나는 모든 촬영을 취소할 거라며 방방 뛰고 있는 상황이라고 덧붙였다.

트레일러의 문이 열리고 샨탈이 밖으로 나왔다.

"누가 저 여자의 친구에게 전화 연결 좀 해줘." 그녀가 씩씩대며 말했다.

아무도 움직이려 하지 않아 내가 할 수 없이 휴대폰을 꺼내들었다. 샘의 휴대폰 신호음은 계속 울려댔지만 아무런 응답도 없었다. 음성 메일도 꽉 찬 모양이다. 회사 안내원들도 앞으로 한 시간 후에나 사무실에 출근할 예정이었다. 그보다는 오히려 샘이 사무실에 나오는 걸 기다리는 게 빠를 듯했다. 나를 빤히 바라보던 샨탈이 내 쪽으로 다가와 휴대폰을 향해 손을 내밀었다. 나는 휴대폰 폴더를 닫으며 말했다.

"아직 출근 전인데요."

"그러면 집으로 전화를 해봐. 번호는 알고 있지?"

나는 샨탈이 시키는 대로 순순히 따랐다. 그러나 이번에도 역시 샘의 자동응답기 돌아가는 소리만 계속 들려올 뿐이었다. 나는 샨탈에게 상황을 설명해주었다.

"제기랄!" 샨탈이 드디어 폭발하는가 싶었다.

"사무실로 출근하는 중인 게 틀림없어. 들어오는 대로 바로 전화하라는 메시지를 남겨. 엄청난 비상사태라고 꼭 전하고."

나는 샘의 음성 메일이 꽉 찬 상태라고 설명하려던 참이었지만, 더 좋은 방법이 없는지를 다시 한 번 생각했다. 나는 계속해서 전화를 걸어댔다. 내가 신호음 울리는 소리를 듣고 있는 동안 샨탈은 계속해서 앞뒤로 왔다 갔다 하며 씩씩대고 있었다.

"누가 담배 하나만 줘." 샨탈이 말했다.

휴대폰을 귀와 어깨 사이에 끼워둔 채로 나는 담배 한 개비를 재빨리 꺼내들어 간발의 차로 다른 어시스턴트들을 제치며(!) 그녀에게 건네는 데 성공했다. 담배를 한 모금 빨더니 그녀는 곧장 기침을 해댔다.

"켁켁……. 이건 또 뭐야?"

나는 그녀에게 조용히 말보로 레드 갑을 보여주었고, 샨탈은 아무 말 없이 다시 담배를 입에 물었다. 나는 이제껏 샨탈이 이토록 화가 나 있는 모습은 한 번도 본 적이 없었다. 물론 그간 다코타를 통해 그녀의 성질에 대해서 수없이 들어온 터였긴 하지만 말이다.

"계속 연결이 안 되는데요." 열두 번째 전화를 시도한 끝에 내가 말했다.

"이런 망할!"

샨탈은 거의 꽁초가 될 때까지 담배를 피운 후, 그걸 마시던 커피 컵 안에 비벼 껐다. 그녀는 그 컵을 내게 건넸다. 다시 입을 열 즈음 그녀의 어조는 어느 정도 냉정을 되찾은 듯 보였다.

"모두들 밴에서 내려." 이어 그녀는 나를 쳐다보며 말했다. "진저는 잠깐 나 좀 봐."

오직 내 이름만 거명되었다는 사실에 내심 기뻐하며 나는 그녀가 건네준 꽁초가 담긴 컵을 운전석 가까이에 있는 쓰레기 주머니 안에 던져 넣고는 곧 그녀를 따라 트레일러 안으로 들어갔다. 운전사는 우리를 위해 잠시 밖으로 나가주었다.

"지금 샘을 기다릴 시간이 없어." 샨탈이 말했다.

"이 날씨 꼴 하며 변경된 스케줄 때문에 시간이 너무 촉박해져 버렸다고. 진저는 타티아나와 안면이 있지, 그렇지…… 가서 그 여자랑 얘기 좀 해볼래?"

"뭐라고 하길 바라시는데요?"

내 머릿속엔 타티아나와 나 사이의 친분 범위에 대해 좀 더 분명히 할 필요가 있다는 생각이 들기 시작했다.

"사실 샘이 타티아나에게 이번 촬영을 허락하라고 얘기했던 거 아냐. 그런데 갑자기 저러니…….”

나는 혼란스러웠다.

"지금 말씀하시는 걸 들으면 꼭 샘이 타티아나한테 촬영을 취소하라고 얘기한 것처럼 들리는데요."

샨탈은 몸을 앞으로 구부려 뚫어질 듯 내 눈을 바라보았다. 정황을 제대로 이해하기 위해 나 역시 그녀를 똑바로 쳐다보았다. 샘이 내 첫 촬영을 망치려 들진 않을 것 같았다. 하지만 어쩌면 그녀가 그런 마음을 가졌을 수도 있다. 사실 완전히 불가능한 일만은 아닐지도 모른다. 누가 알겠는가? 본래 일에서는 친구란 건 애초부터 존재하지 않는 법이니까. 그렇다면 진정한 선수를 위해 지금껏 나는 꼭두각시 노릇을 해온 것일까?

나는 무표정함을 가장하기 위해 바싹 긴장을 해야 했다. 몇 분이나 흘렀을까, 결국 샨탈이 물러서며 시선을 거두었다. 그녀는 어깨를 으쓱해 보이며 말했다.

"뭐, 그냥 한번 추측해봤을 뿐이야. 내가 잘못 생각한 것일 수도 있지."

"아니, 어쩌면 옳은 생각을 하고 계신 것인지도 모르지요. 타티아나가 우리 스토리를 체크하느라 샘에게 뒤늦게 전화를 걸었을 수도 있죠. 하지만 타티아나가 거짓 핑계를 대며 촬영을 거부하는 것 같지는 않은데요? 어쨌든 지금 우린 그녀에게 뭔가를 제공해야 해요. 그녀가 거절하지 못할 만한 뭔가를 말이지요. 어쩌면 그게 그렇게 대단한 노력이 필요한 건 아니라는 생각도 들고 말이죠."

어찌됐든 타티아나는 샘의 측근이었다.

"예를 들어 어떤 것 말이야?"

엄마의 말을 떠올리며, 나는 엄마처럼 생각하려고 애를 썼다.

"예를 들자면 돈? 아, 그렇지만 지금 그녀한테 돈을 더 줄 만한 여력이 되나요?"

샨탈이 고개를 저었다.

"우린 이미 예산 초과 상태야. 샘이 타티아나한테 예산보다 2천 달러나 더 주기로 했다고."

나는 타티아나에 대해 알고 있는 것들을 떠올리며 머릿속을 온통 헤집어보았다. 십대들의 우상이었던 한 영화배우와의 짧은 불륜이 그녀의 결혼생활에 종지부를 찍게 만든 적이 있고 또…… 음, 타티아나란 여자는 원래 속물 근성이 다분한데다 허영심 또한 엄청나다는 것. 그리고 자기만 좋다고 하면 어떤 잘 빠진 여배우나 모델들도 다 가질 수 있었던 그 영화배우가 그녀를 원했다는 사실이 타티아나를 가장 흥분시킨 거라고, 샘이 언젠가 내게 설명해준 적이 있었다. 그 생각에 나는 무릎을 탁 쳤다.

“생각났어요. 그녀한테 모델이 되어달라고 하는 거에요! 어때요?”

“……말도 안 돼. 그 정도 마스크로는 불가능해. 게다가 별로 이국적이지도 않고…….”

“아니죠. 그러니까…… 그녀가 찍힌 사진들을 꼭 이용하실 필요는 없다는 거죠, 제 말씀은.” 예전에 한 번 샘이 촬영 때 사용했던 인화지를 내게 보여준 적이 있었다. 그때 수백 장도 더 되는 그 사진들 중에서 결국 진짜로 잡지에 게재된 건 달랑 여섯 장뿐이었다. 그러니까 내 계획은, 그녀의 허영심을 자극해 모델이 되어달라고 부탁해서 우선 촬영을 계속 진행시키는 것이었다. 그녀의 사진들이야 뭐 나중에 그냥 폐기해버리면 그만이고 말이다. 샨탈은 고개를 가로저었다.

“그래도 부족한 시간을 낭비하는 꼴만 될 거야.”

바로 그때, 누군가가 문을 두드리더니 채 대답도 하기 전에 문을 열고 들어왔다. 목에 카메라를 두 대나 매달고 있는 그의 얼굴은 헝클어진 검은 머리와 함께 적어도 한 번 이상 부러진 적이 있는 듯한 각진 코 덕분에 상당히 터프하게 잘생겨 보였다. 나를 제외한 다른 스태프들처럼 그 사람 역시 진바지 차림이었고, 위에는 약간 더러워진 흰색 티셔츠를 입고 있었다. 그와 눈을 마주친 것은 이번이 처음이었기 때문에 나는 그가 이곳으로 온 두 대의 밴 중 다른 하나를 타고 왔구나 생각했다. 추측건대 그는 사진작가인 탄 프리슈라는 사람임이 확실해 보였다.

그는 담배를 한 모금 빨더니 곧 그걸 던져버리고는 구두 굽으로 비벼 껐다.

“헤이, 샨탈.” 그는 내게 고갯짓으로 인사를 대신했다. “다음 차례는 뭐지?”

오, 그는 심지어 목소리조차 터프하고 멋진 듯싶었다.

“아직 잘 모르겠어. 지금 진저랑 전략회의 중이야.”

샨탈이 자리에 앉자 그는 그녀 쪽으로 다가갔다. 그는 몸을 웅크려 앉아 샨탈의 눈높이에 자기 눈높이를 맞추려고 했다.

“조명 조절하는 걸 지금 해두는 게 나을지, 아니면 좀 더 기다려보는 게 나을지를 물어보려고 왔어.”

“당신 생각엔 타티아나 저것이 자기 집안에 발을 들여놓게 할 것 같아?”

“그 라군 스타일의 수영장 옆에 조명을 설치할까 생각 중이었어. 좀 있으면 날

이 환히 밝아질 것이고, 그러면 정말 환상적일 텐데 말이야."

"그럼 그렇게 해." 샨탈이 말했다.

"그리고 다른 촬영 분을 위해서 다른 장소들도 좀 미리미리 살펴두도록 하고. 다만 한 가지, 이번 스토리는 완전히 아메리칸 스타일로 가야 한다는 것만 잊지 말라고."

탄이 몸을 일으켰다.

"이 햄프턴에서 말이야?"

"번영하고 잘 나가는 올 아메리칸 룩으로, 알겠지?"

"접수됐음!"

탄은 둘째손가락으로 권총 모양을 만든 다음 엄지손가락으로 방아쇠 당기는 시늉을 했다. 그리고는 문 쪽으로 가서 손잡이를 열려고 하다가는 곧 우리 쪽으로 다시 돌아왔다. 그는 내게 시선을 보냈다.

"어이, 아리따운 아가씨." 그가 말했다.

"같이 나가서 폴라로이드 테스트하는 것 좀 도와줄래요?"

"제가요?"

매일 전문 모델들에게 둘러싸여 작업을 하는 사람이 날더러 '아리땁다'는 말을 던지다니. 우스운 일이긴 하지만 나는 왠지 그 말이 영광스럽게 느껴졌다.

"그건 안 돼, 탄." 샨탈이 손을 내저으며 말했다.

"나는 지금 진저가 필요해. 다른 어시스턴트 중에서 하나 찾아보도록 하라고."

그가 나가고 문이 닫히자마자 그녀는 눈알을 또르르 굴려가며 말했다.

"글쎄, 탄을 만난다는 건 곧 그에게 찍히는 것과 마찬가지라니까."

"음, 그래도 여자들한테 퇴짜당할 일은 거의 없어 보이는데요."

볼이 발갛게 달아오르는 걸 느끼면서, 나는 부디 내 감정이 밖으로 티 나지 않기를 마음속으로 바라며 말했다.

"그러게. 하긴, 대부분의 여자들은 진저나 나처럼 식별력이 있거나 똑똑하진 못하니까."

그때, 내 머릿속엔 불현듯 기발한 아이디어가 떠올랐다.

“아, 샨탈. 이건 어떤지 한번 들어보세요.” 내가 급히 말했다.

“탄이 가서 타티아나를 만나 얘기를 해보도록 하는 거예요. 탄은 딱 그 여자 타입이니까 그한테는 뭔가 반응을 보일 거라고요.”

내 말이 채 끝나기도 전에 샨탈이 마치 용수철이 튀어 오르듯 자리에서 벌떡 일어나 문을 벌컥 열었다. “탄!” 그녀가 소리 높이 외쳤다. “이리 다시 와봐!”

다시 트레일러 안으로 어슬렁거리며 들어온 그는 내게 윙크를 했다. 샨탈은 그의 팔을 끌어당기며 자기의 어시스턴트들한테는 이제 그만 좀 추근거리고 그런 힘이 있거들랑 아껴뒀다가 타티아나에게 쏟아 붓기를 바란다고 말했다. 결국 탄은 타티아나에게 테스트 모델이 되어줄 것을 부탁하는 데 동의했고, 탄이 타티아나를 달래는 동안 나머지 인원은 촬영이 예정대로 진행될 수 있도록 우리만의 비밀스런(!) 계획을 짰다.

탄이 타티아나에게 작업(?)을 거는 동안 샨탈은 메이크업과 헤어 담당자들에게는 모델들을 준비시킬 것을, 다른 스태프들에게는 촬영 의상들을 준비할 것을 즉시 명령했다. 이번 촬영을 위해 여러 켤레의 구두, 핸드백, 보석류와 함께 한 사람당 열두 벌이 넘는 의상들이 공수되어온 터였다. 예정된 시나리오는 부엌에서의 ‘먹고 마시기’ 장면이었다. 나는 트렁크 한 개를 열어 그 안에 들어 있던 금속 봉이 달린 옷걸이를 꺼내 옷들을 차례대로 걸기 시작했다.

“누구, 루루 본 사람 있어?” 샨탈이 물었다.

우리가 도착한 이후 아무도 그녀를 보질 못한 터였다.

“진저, 가서 루루 좀 찾아와.” 샨탈이 큰 소리로 명령을 내렸다.

나는 나뭇잎들로 뒤덮인 진흙 길을 따라 집 주위를 둘러보기 시작했다. 두세 발자국을 걸을 때마다 힐이 진흙 속으로 쑥쑥 빠져버리곤 했다. 나는 루루와 인사를 나눠본 것은 물론, 한 번 대면해본 적조차 없지만 일단 마주치기만 하면 그녀가 루루인지 아닌지를 한눈에 알아볼 수 있으리란 확신이 들었다. 그렇지만 집 둘레를 따라 한 바퀴를 빙 도는 동안, 나는 이 비쩍 마른 홍콩 여인은커녕 누구와도 맞닥뜨리지 못했다.

루루라는 홍콩 여인을 찾는 미션에 실패했다는 것을 보고하고 난 후 함께 수고 중인 동료들 틈으로 다시 기어들어가기 전, 나는 아주 잠깐 동안이나마 꿀맛 같은 휴식을 취하기로 마음을 먹었다. 아직도 구름이 끼어 있긴 했지만 하늘은 상당히 푸르렀고, 그것은 나로 하여금 나무로 뒤덮인 그 집에서 벗어나도록 유혹하고 있었다. 이런 곳에 집을 짓고 살다니, 타티아나란 여자는 정말 행운아인 것 같았다. 주위의 고요함은 마치 센트럴 파크의 호수처럼 평화롭게만 느껴졌다. 여기에서라면 하루 종일 이대로 서서 지금의 기분을 만끽할 수도 있을 것 같았다.

그때 휴대폰이 울렸다.

"잘 되어가고 있니?"

"모델 하나가 없어지긴 했지만, 그것 말고는 뭐 대부분 괜찮아요."

엄마가 내 일에 이토록 신경을 쓰고 있다니, 적잖이 감동까지 받으며 내가 대답했다. 갑자기 내가 학교에 가던 첫날 엄마의 모습이 떠올랐다. 선생님이 이제 그만 가시라고 할 때까지 내 곁을 떠나지 않던 엄마의 모습 말이다. 나는 엄마에게 내가 벌써부터 샨탈에게 어떤 도움을 주고 있는가에 대해 자랑스레 전했다.

"그거 잘됐다. 그런데 엄마가 전화 끊기 전에 하나만 물어보자. 넌 남자를 만날 때 어떤 것들을 제일 중요하게 보니?"

"엄마! 엄마 딸이 지금 일하는 중이잖아요!"

"그래, 알았다. 그럼 나중에 얘기하자꾸나."

나는 전화를 끊으며 진흙이 잔뜩 묻은 샌들을 살짝 벗었다. 배우자를 찾는 데에는 한국인 부모를 가졌다는 것 이상의 뭔가가 필요하다는 사실을 엄마가 깨달은 것일까? 나는 길을 따라 나 있는 풀길 위를 맨발로 걸어갔다가 다시 원래 도로로 돌아와 큰길로 향한 문 쪽으로 걸어갔다. 흐음, 남자를 만날 때 어떤 것을 중요하게 보느냐⋯⋯. 애정, 지성, 유머 감각, 뭐 그런 정도가 아닐까? 오만하게 느껴지지 않을 정도의 자신감, 어느 정도의 경계가 있는 예민함, 이해력과 인내심. 이를테면 바비와 비슷하다고도 할 수 있겠다. 아니, 정확히 말하면 '탄 같은 외모를 가진 바비' 랄까? 아니면 '감수성과 깊이를 더한 탄' 이라고 해도 좋을 것이다. 그리고 내 생김새, 나의 '이국적인' 외모 때문에 호감을 갖지는 않는 사람, 아시아인이란 조건에 따라붙는 것들 때문에 사랑하는 데 방해받지 않을 사람, 나와의 수많은 차이점에도 불구하고 나를 소중히 여겨줄 사람⋯⋯.

흰 울타리가 쳐진 닫힌 문 가까이 다다랐을 때, 나는 반대편 쪽에 엔진이 헛도는 차 한 대가 서 있는 것을 발견했다. 여전히 수풀 위를 걸으며 나는 반짝이는 까만색 롤스로이스 쪽으로 조금씩 다가갔다. 루루였다. 그녀는 창문을 모두 닫고 있긴 했지만, 나는 카 스테레오에서 붕붕 울려대는 베이스 소리를 들을 수가, 아니 느낄 수가 있었다. 루루는 전화기에 대고 열심히 뭔가를 떠들어대고 있었고, 한쪽 손으로는 공중에 대고 산만할 정도로 커다란 제스처를 취하고 있었다. 그녀는 통화에 너무 열중한 나머지, 혹 내 모습을 봤다고 해도 그 사실을 인식하지 못할 것처럼 보였다.

산탈에게 루루를 찾았다는 보고를 하려고 휴대폰을 꺼내들었을 때 나는 문득 그녀의 전화번호를 저장해두지 않았다는 사실을 깨달았다. 그래서 온 길을 따라 다시 밴으로 돌아갈까 하는 생각도 했지만 혹시 그러다가 그동안 루루가 이 자리를 떠날 수도 있겠다는 염려가 들어 먼저 루루를 만나보는 것이 좋겠다는 결론을 내렸다. 만일 루루가 떠난다고 해도 이미 탄에게 타티아나와 얘기를 하도록 해둔 참이라 전체 촬영에 크게 문제되지는 않으리란 생각에 조금 마음이 놓이는 것도 사실이었다. 그나저나, 원래 촬영 일이란 게 다 이 정도 트러블은 감수해야 하는 것일까?

나는 운전석 쪽으로 걸어가 창문에 대고 노크를 했다. 통화에 열중한 루루의 주의를 끌기 위해 나는 여러 차례 계속 창문을 두드려대야 했다. 내 모습을 발견한 그녀는 수화기에 대고 뭐라고 중얼거리더니 곧 창문을 내렸다. 차 안에서 울려 나오는 터질 듯한 음악 소리에 갑자기 어안이 벙벙할 정도였다.

하려는 말이 무엇이냐는 듯한 표정으로 그녀는 나를 쳐다보았다. 이제껏 울었는지, 그녀의 눈은 빨갛게 퉁퉁 부어 있었다. 그럼에도 그녀는 내가 본 아시아계 여자 중에서 가장 아름다웠다. 어쩐지 약간의 질투심마저 일어날 정도로.

"좀 모시고 오라고 하셔서요." 내가 말했다.

루루는 손을 제 귀 뒤에 대며 물었다.

"뭐라고?" 그녀가 소리를 지르듯 물었다.

나는 저택 쪽을 손으로 가리켰다.

"사람들이 루루 양을 기다리고 있다고요!" 나는 한 단어 한 단어를 똑똑히 발음하며 크게 말했다.

"머리 손질이랑 메이크업을 빨리 해야 하거든요!"

루루는 고개를 저었다.

"나는 안 가." 그녀가 서툰 영어로 소리를 질러댔다. "저 나쁜 여자가 나보고 소리를 지르는 거야. 글쎄 나더러……."

"알아요. 일찍 도착한 것 가지고 뭐라고 했죠?"

"뭐?"

"일찍 도착했다고요." 내가 더 크게 말했다.

"뭐? 아니야!"

루루는 고개를 흔들었다.

"저것이…… 저 나쁜 것이…… 재수 없게시리……."

그녀가 내뱉는 욕 사이사이로 들리는 말들은 도저히 알아들을 수가 없었다. 차 안에서 울려 퍼지는 음악의 볼륨이 거의 귀가 먹을 정도까지 컸기 때문이다. 나는 고개를 흔들며 스테레오의 볼륨 조절 버튼을 가리켰다. 그녀가 드디어 음악 소리를 줄였다.

"고마워요." 내가 말했다.

"그런데…… 방금 뭐라고 하신 거죠?"

"저 나쁜 것…… 저 죽으려고 환장한 것, 똥이나 처먹을 저 못된 갈보! 다이 하오 까오!"

음악은 꺼졌지만 그녀는 계속해서 서투른 영어로 욕을 하며 소리를 질러대고 있었다.

나는 그녀에게 목소리를 좀 낮추라는 손짓을 했다.

"진정하세요." 내가 말했다.

타티아나가 욕을 좀 먹을 만한 사람인 건 사실이지만 이런 타입의 모델들 역시 모든 것에 지나치리만큼 과민증상을 보이는 것 또한 사실이다. 나는 방금 내가 한 말이 매우 부적절했음을 곧 깨닫게 되었다.

"나는 진정 못 해!"

루루는 거의 비명에 가까운 소리를 지르며 과장스럽게 손을 움직여댔다. 그녀는 핸들을 내리치더니 곧 괴로운 듯 신음소리를 냈다.

"나는…… 나는…….” 그녀는 적당한 영어단어가 생각나지 않는 듯 곧 중국어로 무슨 말인가를 지껄이기 시작했다. 갑자기 그녀의 휴대폰에서 빽빽 내지르는 소리가 들려왔다. 우린 둘 다 그 소리에 깜짝 놀랐고, 그녀는 휴대폰을 귀에 휙 가져다 대곤 아까처럼 또다시 고래고래 소리를 지르기 시작했다.

나는 마구잡이로 히스테리를 부려대는 그녀의 모습을 조용히 지켜보았다. 타티아나가 그녀를 무지하게 씹어댄 것만은 틀림없어 보였다. 아니, 어쩌면 그녀가 지닌 언어적인 장애 때문에 타티아나가 분노한 이유를 잘못 이해했는지도 모르겠다. 그런 생각들에 잠시 빠져 있던 나는 루루가 문을 박차고 나오는 소리에 번뜩 정신을 차렸다. 그녀는 내 옆에 서더니 휴대폰을 내게 들이밀었다.

"그들이 얘기 좀 하자는데.”

"진저, 나야 샨탈. 지금 비앙카랑 같이 있어. 루루의 에이전트 말이야.”

"안녕하세요.” 비앙카의 목소리가 들려왔다.

"루루가 진짜로 많이 열 받은 모양이네.” 샨탈이 말했다.

"말도 마세요.” 나는 루루를 흘깃 쳐다보며 조심스레 말했다. 그녀는 담뱃불을 붙이고 있었다.

"혹시 중국말 좀 할 줄 알아요?” 비앙카가 물었다.

"아뇨, 한국말도 거의 못 하는걸요.”

물론 지금 이런 걸 걸고넘어질 때가 아니라는 건 알지만, 나는 사람들이 각기 전혀 다른 아시아 언어들을 '그저 거기서 거기, 다 똑같지 않으면 비슷비슷하리라' 고 추측해버리는 게 정말 싫었다.

"내가 진저는 한국사람이라고 아까 말했잖아.” 샨탈의 목소리가 수화기 너머로 들렸다.

샨탈은 전화를 바꿔 받고는 목소리를 가다듬은 다음 말을 이었다.

"음, 우리가 들은 말들을 대략 정리해보니까, 루루가 저렇게 열 받은 이유는 타티아나가 그녀를 자기네 집에 새로 온 하녀로 착각했기 때문이래.”

나는 기가 막혀 말도 잘 나오지 않았다.

"지금 혹시 농담하시는 거 아니에요?”

"아니. 농담 아니야. 게다가 지금 분위기상 내가 타티아나에게 사과하라고 말할 수도 없는 상황이고. 그러니까 내가 진저한테 바라는 건, 우선 루루를 진정시키면서 타티아나는 잡지 일과 아무런 관련도 없는 사람이란 걸 알아듣게 잘 말해서 이리로 데리고 오라는 거야. 무슨 말인지 알겠지?"

"그렇지만 어떻게 하라는 말씀이시죠?" 내가 물었다. "그녀는 영어도 잘 못 하는데."

"어르고 달래봐야지, 뭐. 같은 아시아인이라는 점을 부각시켜서 말을 좀 해보라고. 이런 일은 가끔 일어날 수 있는 실수이고 만약 그런 일이 진저한테 일어났다면 자긴 그냥 웃고 넘겼을 것이라는 식으로 둘러대란 말이야."

"맞아요. 그리고 미국 땅에서 성공을 하고 싶다면 그 정도는 쿨하게 넘길 줄도 알아야 한다고도 말해주세요." 비앙카가 수화기 너머에서 말했다. "그리고 한 가지, 루루한테 아름답다고 칭찬을 해주세요. 메이, 메이, 메이. 그게 중국 광둥어로 아름답다는 뜻이래요."

"그렇지만 너무 오래 시간을 끌면 곤란해." 샨탈이 말했다.

"탄은 벌써 집 안에 들어가 있다고. 어때, 할 수 있겠어?"

나는 다시 한 번 루루를 쳐다보았다. 이전에 비해 한결 잠잠해진 그녀는 이제 조용히 담배를 피우며 자기 손톱을 들여다보고 있었다. 아까 핸들을 내려칠 때 손톱 한 개가 깨진 모양이었다.

"최선을 다해 볼게요."

"그래, 진저라면 잘할 수 있을 거야." 샨탈이 말했다. "진저만 믿어."

나는 루루에게 휴대폰을 되돌려주었다. 그녀는 샐쭉한 얼굴로 나를 바라보고 있었다. 나는 담배 하나를 꺼내 물었다. 성냥불이 계속해서 세 번 줄줄이 꺼져버리자 그제야 루루가 천천히 자기의 라이터를 건네주었다.

"고마워요." 라이터 뚜껑을 닫으며 내가 인사를 했다. 그건 티파니 제품의 은색 라이터였다. 샘도 예전에 똑같은 걸 가지고 있었는데.

"라이터가 참 좋네요."

"남자친구가 줬어요." 티파니 라이터를 돌려받으며 그녀가 말했다. 그러면서 그녀는 자기의 까만 셔츠 끝자락으로 라이터에 묻은 내 지문을 지웠다.

"당신도 하나 얻는 게 좋아요."

그녀의 서툰 영어를 잘 알아들을 수가 없었다. 무엇을 얻는 게 좋다고? 남자친구? 아니면 라이터? 그렇지만 그런 것을 물어볼 만한 시간이 없었다.

"루루, 내 말 좀 들어봐요." 내가 말했다.

"저 집에 사는 여자가 루루에게 어떤 대접을 했는지는 알아요. 하지만……." 나는 숨을 깊이 들이켰다. "그렇지만 이 바닥에선 그런 일들이 종종 일어나곤 해요. 그러니까 그런 일을 하나하나 개인적으로 받아들여서 좋을 건 하나도 없단 말이에요."

루루가 멍한 얼굴로 나를 쳐다보았다. 나는 앞으로 터벅터벅 걷기 시작했다.

"내 말은, 나 역시 이제껏 살아오면서 그런 일들을 수도 없이 겪었다는 뜻이죠. 어렸을 때, 제 친구네 엄마 하나는 내가 그 집에 저녁을 먹으러 갈 때마다 항상 쌀밥이랑 강낭콩 요리를 해주곤 했어요. 정말 한 번도 빼놓지 않고 말이에요. 데니 부인이라는 그 여자는 날 편안하게 해주려고 애를 썼던 모양이지만 이제 이렇게 어른이 되고 보니 그건 오히려 그녀가 얼마나 심한 인종차별주의자인지를 보여준 것뿐이었다는 걸 알게 되었죠. 그녀에게 멕시칸이나 코리안들은 모두 쌀밥만 먹는, 자기와는 다른 신기한 인종으로 비춰졌을 뿐인 거죠. 게다가 그 사람은 내가 그 집에서 식사를 하는 가장 큰 목적을 완전히 무시한 거나 다름없었어요. 내가 먹고 싶었던 건 큼직한 고깃덩어리와 으깬 감자, 볶은 완두콩 요리였거든요. 결국 나는 그녀에게 '사실 전 멕시칸 요리를 좋아하지 않습니다' 라고 얘기를 했죠. 그런 이후에 제가 그 집에 다시는 초대를 받지 못한 건 두말할 것도 없고요."

루루는 여전히 멍한 표정으로 나를 바라보고 있었다.

"아니면 이 얘긴 어때요. 고등학교 때, 수학 삼각법을 가르치는 선생님 하나는 내가 틀린 답을 말할 때마다 나를 놀리곤 했어요. 저더러 진짜 아시아인이 맞느냐고 묻거나, 혹은 반 아이들에게 이 아이는 '수학에 강한 전형적인 아시아인들과는 다르다' 고까지 말하기도 했죠. 또 교내 아카데미 퀴즈대회에 나갈 참가자를 뽑는 인터뷰 때에 그 선생은 나더러 '한국인인 네가 어떻게 학교를 대표할 수 있다고 생각하느냐? 고까지 묻더군요. 그때 그는 그 질문을 다른 세 명의 선생님들 앞에서 했는데, 그중에서 뭐라고 한마디라도 하는 사람은 아무도 없었을 뿐만 아니라, 심지어 그런 말에 불편함을 드러내며 자세를 고쳐 앉거나 하는 사람조차

단 한 명도 없었어요. 나는 너무 당황해서 아무런 대답도 못 했고, 결국 그 인터뷰에서 아주 낮은 점수를 받아 참가에 실패하기도 했답니다.”

나는 지난 몇 년간 그 리드라는 선생에 대해 단 한 번도 떠올려본 적이 없었다. 그래서인지 그 말을 하면서 지금까지도 그에 대한 분노가 이만큼 깊다는 사실에 스스로도 놀라울 정도였다.

“그런 모든 바보 같은 인종적 차별과 맞서야 하는 일은 정말이지 짜증나는 일이에요. 그건 정말 불공평할 일일 뿐 아니라, 어떤 때는 진짜 모두의 눈을 없애버리고 싶다는 생각까지 들게 만들죠. 만약 그들이 눈으로 내 모습을 볼 수 없다면, 내가 한국인이라는 사실 자체를 알 수 없을 테니까요.”

나는 물고 있던 담배를 떨어뜨린 후 발로 비벼 껐다. 모든 감정들이 불현듯 메스껍게 느껴졌다. 나의 이런 일장연설이 어찌 보면 더 역효과를 불러일으킬지도 모른다는 생각이 갑작스레 스쳤다. 그래서 나는 그런 감정들을 애써 누르며 지금 루루에게 연설을 늘어놓고 있는 내 본래 목적을 스스로 상기시켰다.

“그렇지만 그런 것들은 다 오래전 얘기지요. 지금은 모든 게 훨씬 나아진 편이라 할 수 있어요. 그 거지 같은 리드 선생에겐 요즘 같으면 당연히 비난이 쏟아졌을 게 분명하고요. 제가 지금 루루한테 그 선생이랑 데니 부인 이야기를 들먹인 건, 루루와 타티아나 사이에 있었던 일은 정말 아무것도 아닌 일이라는 얘기를 하고 싶어서예요. 적어도 당신은 자신을 방어할 힘이 없는 바보 같은 어린아이는 아니잖아요? 물론 제 얘기를 오해하지는 마세요. 루루한테 일어나는 일이 오늘날이나 또 지금 나이를 생각해볼 때 괜찮다거나 이해할 만한 일이라고 말하는 건 절대 아니니까. 그렇지만 다시 생각을 해보자면, 타티아나도 이제부터는 이와 같은 실수를 다시는 저지르지 않을 거라는, 나름의 긍정적인 면도 있지 않겠어요?”

방금 내뱉은 독백의 길이가 엄청나게 길었다는 사실에 스스로도 깜짝 놀라며 나는 숨을 깊이 들이마셨다. 루루는 내 말을 아예 듣고 있지도 않은 것 같았다. 차라리 다행인지도 몰랐다. 그 당시 나는 그 리드 선생이란 사람을 책망할 수 있기를 간절히 바랐었다. 그렇지만 어릴 적에 나는 나 한 사람 또는 우리 가족만을 대표하는 게 아니라 한국인, 심지어 모든 아시아인들을 대표하기 때문에 항상 착하고 얌전히 굴어야 한다고만 배워왔고, 그래서 차마 그렇게 하지 못했었다.

　아시아인들에게 친절하게까지는 못하더라도 예의 바르게 굴도록 만들기 위해 나는 지금까지도 웨이터나 택시 기사들에게 줄곧 팁을 후하게 주곤 했다. 그렇지만 왜 나는 그런 책임감을 느껴야 하는 것일까? 다른 '진짜 미국인'들은 그런 책임감을 느낄 필요가 없을 텐데 말이다. 똑같은 대우를 받기 위해, 왜 여기서 태어난 다른 미국인들보다 우리는 더 노력해야 하는 걸까? 이 나라 안에서 별다른 충돌 없이 잘 어울려 살아가기 위해서 우리 아시아인들이 거의 무조건 백인들을 이해해야 한다는 사실은 실로 불합리하고도 불공평한 처사이다. 새로 이주해온 자들의 어깨 위로 호의적인 환대가 쏟아지는 건 대체 언제부터 시작될 수 있을까?

　그런 면에서 나는 이곳으로 이민 온 사람들의 이해를 위해 행동해왔지만, 사실 엄밀히 말하면 내가 그 구성원들 중 하나인 것도 아니었다. 한국에서 태어나긴 했지만 나는 처음부터 내내 여기서 자라왔고, 이 땅이야말로 나의 유일한 나라였다. 그것이야말로 내가 서 있는 위치를 생각해볼 때 가장 '꼬인' 문제이기도 했다. 나는 나의 관점이나 시각을 이민자가 아닌, 백인 아메리칸의 그것과 동일시하니까 말이다. 결국 나는 동전의 양면을 동시에 보면서 그중 어느 곳에도 안착할 수 없는 존재가 된 것이다.

　루루는 자기의 깨진 손톱을 만지작대기 시작했다. 그녀는 자기가 홍콩에서 자라난 것이 얼마나 행운인지 모르고 있을 것이다. 그녀에게 나란 사람은 타티아나나 비앙카와 같이 그저 자기와는 다른 한 사람의 외국인, 이방인 정도로만 느껴질 것이다. 나보다는 다른 모델들에게서 자신과의 공통점을 더 많이 발견할 수 있을 테니까. 물론 관계도 그쪽이랑 더 깊은 것도 물론일 테고 말이다.

　"당신은 아름다워요. 아름다워요. 아름다워요." 어느덧 나는 루루를 향해 이렇게 말하고 있었다. "루루는 메이, 메이."

　그녀가 환하게 웃었다.

　"루루는 메이……." 나는 다시 한 번 말했다.

　나는 손톱이 깨진 손을 보여달라는 의미로 그녀에게 내 손을 내밀었다. 나는 그 손톱을 자세히 들여다보았다.

272

"나랑 같이 가요."

나는 손가락으로 나를 가리킨 다음, 다시 저쪽에 있는 타티아나의 집을 가리켰다.

"저 위에 가면 매니큐어 담당자가 손톱을 손질해줄 거예요."

나는 마치 연극이라도 하듯 그녀에게 손톱을 손질하는 흉내를 내 보였다. 루루는 초콜릿 아이스크림에 합의라도 본 아이처럼 머리를 힘차게 끄덕였다. 그녀는 내게서 손을 빼냈고 나는 그녀의 뒤를 따라 집 쪽으로 돌아갔다.

루루는 서 있는 밴들 가운데 하나의 안으로 급히 들어갔다. 다른 모델들은 벌써 집 안에 들어가 있는 상태였다. 샨탈 역시 집 안에 들어가 있는 터라 거기에서 내가 방금 루루를 데리고 온 일에 박수를 쳐줄 사람은 아무도 없었다. 담배를 피우면서 케이터링 담당자들이 차려놓은 점심 뷔페 상에서 뭔가를 집어먹고 있는 에린과 딜런이 날 반갑게 맞이하거나 내 존재의 필요성을 인정할 사람들은 절대 아니었으니까. 문득 탄이 일을 할 땐 어떤 모습일까 궁금해진 나는 서둘러 집 안쪽으로 향했다. 그때 마치 쌍둥이처럼 항시 분간이 어려운 에린과 딜런, 두 어시스턴트가 내 앞길을 막았다.

"타티아나가 자기 집 마룻바닥이 상할까봐 걱정이래." 쌍둥이 1호가 능글맞게 말했다.

"관계자 외에는 출입엄금이라더군." 쌍둥이 2호가 덧붙여주었다. 아주 고맙게도 말이다.

Chapter 31

우리가 두 번째 촬영지인 사우스 햄프턴의 유명한 쇼핑 골목을 떠날 즈음, 해는 벌써 지평선 위로 내려앉고 있었다. 그것은 우리가 원래 스케줄보다 3시간이나 늦게 움직이고 있다는 것을 뜻하기도 했다. 세 번째와 마지막 촬영지는, 바로 앞에 선착장이 있고 뒤로 모래사장이 있는 해변가에 인접한 곳이었다. 우리는 서둘러 호텔로 향했고 샨탈은 호텔 바에서 사진을 찍을 남자들로부터 사진에 대한 권한을 우리 측에 양도한다는 각서에 사인을 받아두도록 내게 지시했다. 그러나 일단 주차를 하고 나서 때가 얼마나 늦었는지 깨닫고 나자, 그녀는 마음을 바꿔 바에서의 장면은 시내에서 찍고 우선 해변 장면 먼저 찍기로 했다.

그렇지만 탄은 샨탈의 의견에 반대했고, 결국 그 둘은 주차장에서 매우 열띤 논쟁을 벌였다. 그들 주변에서 어슬렁거리며 언뜻언뜻 귀동냥으로 들어보니 탄은 일단 원래 스케줄대로 바 장면을 그냥 찍고 해변 야외 촬영을 다른 날로 미루자는 것이었다. 지금 상태로는 지는 태양이 긴 그림자를 남기기 때문에 그게 사진을 망칠 수도 있다는 우려에서였다.

"당신이 어디서 왔는 지는 나도 잘 알지만 말이야……."

예전에 내게도 말한 적이 있었던, '자신이 다루려고 하는 사람과의 관계를 이용하라' 라는 조언을 몸소 활용하며 샨탈이 말했다.

"그렇지만 말이지, 바야 시내에 수백 개도 더 있지만 해변은 여기 하나뿐이라고. 다시 여기까지 나올 예산도 없고 말이야. 그래서 난 지금 무리를 해서라도 해변가 촬영을 강행했으면 하는 거지. 만약 사진이 잘 나오지 않으면 그냥 스튜디오에서 다시 한 번 가는 걸로 하고 말이야."

가슴 위로 팔짱을 꽉 낀 채 탄은 머리를 가로저었다.

"누차 얘기하는 거지만, 그래봐야 좋을 건 하나도 없다고. 그건 그냥 아까운 필름이랑 시간, 돈만 낭비하는 꼴이야. 호텔에서 촬영을 할 게 아니라면 그냥 집에 가버리는 게 나아."

그는 손을 털며 팔목에 찬 시계를 들여다보았다.

"내 스태프들을 불러들여야겠어."

샨탈도 자기 시계를 들여다보며 말했다.

"당신 조수들 오버타임 수당을 지급하는 것 때문에 걱정하는 건 알겠어. 그건 같이 고민해보자고. 비용 부담은 내 쪽에서 하는 걸로 할 테니까. 일단 촬영은 계속하자."

"당신이 비용을 부담한다고?" 팔짱을 풀며 그가 물었다. "시간당 1.5배로 계산될 텐데도?"

"그래, 내가 부담하겠다니까."

"하루치를 말이야?"

샨탈이 인상을 찌푸렸다.

"아니, 탄. 하루치는 아니고 오버타임 한 만큼만 말이야."

탄은 테이블에 걸터앉아 샨탈의 제안에 대해 곰곰이 생각하는 듯했다. 그러고는 다시 고개를 저었다.

"아니야. 이건 단지 돈 문제 때문만이 아니라……, 예술적인 관점과 관련된 것이기도 해. 당신은 지금 내 관점을 그냥 무시하고 가려는 거잖아."

그 말에 샨탈이 발을 구르며 투덜거렸다.

"어둑어둑한 해변에서 촬영을 하라니!" 탄이 두 팔을 벌리며 격앙된 목소리로 말했다.

"차라리 라이트가 하나도 없는 상태에서 타지마할을 촬영해보라고 하시지? 도대체 이건 말도 안 되는 일이라고!"

샨탈은 그에게서 눈을 돌려 나를 쳐다보았다. 나는 걸음을 멈추지 않고 선박장이 있는 호텔 정면까지 계속해서 걸어갔다. 서쪽 부근에서 보니 수평선은 빨간색과 붉은 빛이 많이 도는 보라색, 핑크색, 오렌지색 줄기들이 마치 붓으로 칠해져 있는 것처럼 보였다. 이건 내가 상상해왔던 새벽녘의 하늘 빛깔과 똑같았다.

그때 시가 냄새가 어디선가 풍기기 시작하더니 결국 내 코끝에까지 와 닿았다. 냄새뿐 아니라 누군가의 끽끽대는 소리와 웃음소리까지 들려와, 나는 그쪽 방향으로 고개를 돌렸다. 방파제 아래로 네 명의 모델들과 함께 에린, 딜런이 어느 요트의 갑판 쪽을 어슬렁대고 있는 모습이 눈에 들어왔다. 그리고 구릿빛으로 그을린 중년 남자 한 명이 한 손에는 예의 냄새가 진한 시가를 들고 다른 손에는 녹색 샴페인 병을 든 채 그들 곁에 바싹 붙어 다니고 있었다.

네 명의 모델들이 다 함께 모여 있는 모습을 본 것은 이번이 처음이었다. 나는 그들이 자기 잔을 높이 들어 올려 서로 잔을 부딪치는 모습을 쳐다보고 있었다. 나는 그녀들의 외모가 서구 쪽 미(美)의 기준에 얼마나 가까운가 하는 생각에 불현듯 놀라움을 느꼈다. 루루는 아시아인치고 키가 무척 컸다. 그녀는 크고 동그란 눈에 컬이 많이 들어간 머리 스타일을 하고 있었다. 카리브에서 온 흑인 모델인 재클린은 매끈한 피부와 긴 생머리를 가지고 있었다. 아르헨티나에서 태어난 카탈리나는 금발에 파란 눈을 갖고 있었고, 외국계 미국인 혼혈아인 다이나는 라트비아 공화국 태생이었지만 전형적인 백인이었다.

'갑판 위의 상큼한 처녀들' 나는 이런 생각을 하며 혼자 키득거렸다. 이 장면에 정말 어울리는 말이 아닌가. 게다가 사실 그건 그리 나쁜 아이디어도 아닌 것 같았다. 만일 선상 위에서 일어나는 해프닝을 그리는 시나리오라면 적어도 괜찮은 자막거리 정도는 될 수 있을 테니까 말이다. 주제를 '처녀들의 즐거운 해변에서의 한때' 대신, '처녀들의 상큼한 야밤 회동'으로 대체하는 것도 생각해볼 수 있는 일 아닌가. 게다가 그렇게 되면 태양이 하늘 어디쯤에 떠 있는지는 전혀 상관할 문제도 아닐 것이다.

거기까지 생각이 미친 나는 다시 주차장 쪽으로 뛰어갔다. 샨탈과 탄은 쭈그리고 앉아 담배를 피우고 있었다. 한눈에 봐도, 내가 그 자리를 떠난 이후로도 그들의 논쟁에는 별 진전이 없었던 것 같아 보였다.

"……당신이 아티스트인 건 나도 잘 알아." 샨탈이 이렇게 말하고 있었다.

"나도 당신의 열렬한 팬 중의 하나라고. 매 촬영 때마다 거의 대부분 당신을 선택하는 게 대체 누구라고 생각하는 거야?"

"저기요!" 나는 숨을 헐떡이며 그들의 대화에 끼어들었다. 그들은 고개를 들어 거의 동시에 나를 쳐다보았다.

"저기요……." 나는 목소리를 낮추며 말을 이었다.

탄이 내 종아리를 흘끔 쳐다보는 모습을 보니 괜히 스커트를 입고 왔다는 생각이 들었다. 나는 그들과 눈높이를 맞추기 위해 몸을 구부렸으나 하이힐 때문에 그만 중심을 잃어 앞으로 고꾸라질 뻔했다. 재빨리 손으로 땅을 짚었기에 망정이지, 하마터면 그들 앞에서 큰 망신을 당할 뻔했다.

"아이쿠, 조심하세요."

그 순간 탄이 나를 잡아주려고 손을 내밀었고, 나는 괜찮다고 말하며 그 손을 살짝 뿌리쳤다.

"진저, 우리 지금 상당히 심각한 얘기를 나누던 중이었거든?" 쓸데없이 끼어들지 말라는 듯 샨탈이 말했다.

"알아요. 제가 말하려던 것이 바로 그거거든요." 나는 내 아이디어에 대해 간략하게 설명했다.

"갑판 위의 상큼한 처녀들?" 내 말이 끝나자 샨탈이 말했다. "흠, 괜찮을 것도 같은데."

"어디 가서 좀 봅시다." 탄이 말했다.

그는 자리에서 일어나 내가 제대로 일어서도록 도와주었다.

우리가 그 선착장에 도착했을 때, 하늘은 아까보다 더 빨갛게 물들어 있었다. 탄은 배경이 너무 종말론적으로 보이지 않느냐며 약간 회의적인 말을 중얼거리기도 했다. 그렇지만 탄 역시 내 생각대로 촬영을 진행시켜볼 마음이 있는 듯했다. 샨탈이야 촬영만 가능하다면 무엇에든 덤벼들 태세였고 말이다.

결국 촬영이 시작되었다. 이번에는 나도 직접 선착장 위에 올라가 촬영 장면을 구경할 수가 있었다. 탄의 카메라는 마치 기관총 같은 소리를 내고 있었고, 그는 엄청난 수의 사진을 정말 빠르게 찍어대고 있었다. 재빨리 비키니와 사롱(sarong, 말레이시아인들이 허리에 감던 천에서 유래한 것으로 허리에 둘러 입는 치마를 칭함—역주)으로 갈아입은 모델들이 탄 쪽을 향해 몇 초마다 포즈를 바꿔 취하고 있었다. 그 가운데 한 명 한 명이 움직일 때마다 샨탈이 프레임 안으로 뛰어들어 옷에 달린 끈이나 머릿결을 정돈해주었다. 그녀가 손보고 정돈하는 것들은 내가 보기에는 거의 감지하기도 어려운 미세한 변화들이었다.

열 통도 넘는 필름 롤을 다 쓴 다음, 탄은 모델들을 아래쪽에서 찍어보겠다며 내가 있는 곳으로 내려왔다. 그는 다리가 네 개 달린 스탠드를 난간에 기대어놓은 채 몸을 이리저리 움직이기 시작했다. 이쪽에서 보면 모델들의 하체는 잘 보이지 않지만 그녀들의 컬러풀한 비키니 톱과 요트의 뒤꼬리 부분, 그리고 멋진 하늘 배경까지 한눈에 들어와 내가 보기에도 정말 훌륭했다.

"아름다운데." 탄이 카메라 셔터를 닫으며 숨이 찬 듯 이렇게 내뱉었다.

"그렇죠? 정말 근사한 사진들이 나오겠어요." 내가 그의 말에 동의했다. 그러자 그는 카메라에서 눈을 떼고 내 쪽으로 몸을 돌렸다.

"아니, 당신 말이야. 난 당신을 보고 얘기한 건데."

"어머, 제가 혹시 방해라도 됐나요?" 놀란 내가 몇 발자국 물러나며 말했다.

탄은 방금 내가 물러난 만큼 다시 내 쪽으로 다가왔다.

"아니. 내가 하고픈 말은 당신도 저기 위에 올라가 있으면 좋았을 걸 싶다는 말이오." 그는 턱으로 보트 위쪽을 살짝 가리키며 이렇게 말했다.

"네, 네…… 뭐, 모델들 도와주고 의상 다림질하고, 사진 찍을 곳을 고르는 일이야 가능하죠. 모델까진 불가능하지만……." 내가 말했다.

나는 왜 저런 말에 능글맞게 맞받아치고 지나갈 수 있는 유전자를 갖고 태어나지 못한 걸까? 그의 시선에 안절부절 못하고 있는 내 자신을 발견하며 이런 생각이 들었다.

"안 될 건 또 뭐 있어요?" 그가 결국 이렇게 묻고야 말았다.

탄은 보트 쪽으로 몸을 돌렸다.

"헤이, 샨탈!" 그가 큰 소리로 외쳤다. 그러자 모델들 옆으로 샨탈이 모습을 나타냈다.

"으응? 촬영 다 끝난 거야?"

"아니, 내게 아이디어가 하나 더 떠올랐어."

탄은 내 손을 잡더니 요트까지 나를 끌고 갔다. 그러더니 곧 내 몸을 자기 앞쪽으로 잡아당겼다. 그 바람에 내가 앞으로 고꾸라질 뻔하자 그는 자기 손으로 내 허리를 휘감으며 날 붙잡아주었다.

"사람들을 더 투입해서 선상 위의 왁자지껄한 파티 장면을 찍고 싶어. 그러면 바 장면을 대체할 수도 있을 거고."

샨탈이 손목시계를 들여다보며 말했다.

"시간이 많이 지났는걸. 또 더 어두워질 거고."

탄이 내 허리에 둘렀던 손을 풀고 뭔가를 생각하는 듯 팔짱을 꼈다.

"여기 있는 동안 찍을 수 있는 건 모조리 찍어내야 한다고 조금 전까지 말하던 사람은 누구였지? 자, 가자고. 영감을 받았을 때 촬영에 바로 들어가야지."

그가 나를 한 번 바라보았다.

"진저 말이 옳았어. 이 보트야말로 정말 근사한 소품이라고. 자, 가서 조명을 설치해야겠어."

샨탈은 나를 물끄러미 바라보더니 갑판 안을 한 번 휘 둘러보았다.

"그렇지만 엑스트라도 없잖아."

"없긴 왜 없어. 여기 진저도 있고, 다른 어시스턴트들도 있고. 거기다 내 스태프들도 있잖아. 저기 보트 주인도 계시고."

"당신 스태프들 전부를 입힐 만한 의상은 없단 말이야."

"그럼, 원래 바 안에서도 찍으려고 했으니까 지금 가서 옷 잘 입은 호텔 손님 몇 명을 부족한 만큼 더 끌어오면 되겠네."

샨탈은 입술을 한 번 오므려 보이더니 선착장 쪽으로 재빨리 달려갔다. 그녀가 우리 쪽으로 몸을 돌렸을 땐 조금 전에 보였던 미소는 이미 사라지고 없었다.

"그래, 오케이야. 그렇지만 탄 당신 스태프들에게 오버타임 수당은 못해준다는 것만 알아둬."

"알았어. 좋아."

미소를 지으며 탄이 다시 한 번 시계를 들여다보았다.

"벌써 8시가 다 되어 가는군."

샨탈이 모두의 주의를 끌어들이기 위해 허공에 대고 몇 번 박수를 쳤다. 그녀의 눈에 뭐가 들어간 것뿐이었을지도 모르겠지만, 어쩐지 순간 나는 그녀가 내게 윙크를 보냈다는 생각이 들었다. 곧 에린과 딜런, 그리고 헤어 및 메이크업 담당자들이 우리 주위로 몰려들었다.

우리가 해야 할 일이 무엇인지 확실히 지시받기도 전부터, 우리 모두는 약간 흥분된 기분으로 서로를 쳐다보며 킥킥 웃어대고 있었다. 스태프가 촬영에 모델로 직접 참여한다는 건 어쨌든 전례가 없던 일이었으니까.

우리가 준비를 하는 동안 샨탈은 모델들이 이브닝드레스로 갈아입는 일을 도왔다. 우리는 이미 촬영에 쓰였던 것이 아니라면 갑판 위에 있는 어떤 의상을 골라 입어도 좋다는 지시를 받았다. 준비해온 의상을 전부 꺼내놓으니 다행히도 꽤 많은 스태프들이 입을 정도가 되었다. 거의 꼴찌로 옷을 고르게 된 나는, 결국 룸바 프릴이 달리고 한쪽 어깨가 드러난 빨간 드레스의 주인이 되었다. 그것 말고는 별다른 선택의 여지가 없었다.

우리가 준비를 마치는 동안 탄은 스태프들에게 조명을 설치하게 하고 갑판 위와 호텔 라운지 안에 있던 사람들을 더 끌어 모으느라 정신이 없었다. 심지어 그들은 턱시도를 한 웨이터 몇 명과 서빙 때 쓰는 은쟁반까지 준비한 터였다. 갑판 위에 모인 모든 이들을 보게 되었을 때, 나는 밴으로 돌아가 아까 샨탈이 지시했던 사진 양도 각서 양식을 들고 나왔다. 모두들 양식을 다 읽어보지도 않은 채 금세 사인을 해주었다. 요트 주인만 빼고 말이다. 탄이 모두에게 각자의 위치에 서라고 외칠 때까지도 요트 주인은 꼼꼼히 양식을 읽어보고 있었다.

내가 모델들 옆에 어색하게 자리를 잡고 섰을 때, 다른 어시스턴트 가운데 한 명이 갑자기 내가 모델들의 이국적인 이미지에 둔 포커스를 희석시킬 우려가 있다는 지적을 했다. 순간, 그녀가 마치 햄릿을 암살할 임무를 띠고 있던 로젠크란츠나 길덴스턴처럼 느껴졌다. 샨탈은 그 말에 동의하는 듯 나를 뒤쪽으로 뺐다. 그러자 탄은 방금 그걸 지적해낸 어시스턴트 역시 나와 함께 뒤쪽으로 빠질 것을 명했다. 프레임을 놓고 볼 때 내 옆에 대화 상대가 하나 필요할 것 같다는 것이 그 지시에 대한 설명이었다. 햄릿이 그 비겁한 로젠크란츠와 길덴스턴 2인조에게 말한 대로, 그들의 패배는 자신들의 마음속에서 자라난 교활함이 자초한 것이었다.

탄은 우리에게 아주 즐거운 시간을 보내고 있는 것처럼 보여야 한다고 말했다. 그는 그 점에 특히 노력을 기울이는 듯했다.

"편안히, 거기 예쁜이! 자, 편안하게……."

탄은 계속해서 어르고 달래는 듯한 말투로 일관했다. 나는 이 갑작스러운 특별한 관심과 주의에 약간의 짜증스러움과 기분 좋은 감정을 동시에 느꼈지만, 얼마 지나지 않아 그가 모두에게 '예쁜이' 라고 부르고 있다는 사실을 깨달았다. 심지어 시가를 피워대는 요트의 주인에게까지도 말이다.

필름 한 롤을 다 쓰고 나자 그는 카메라를 손에서 놓았다. 길게 늘어진 끈에 달린 카메라가 그의 배 윗부분에 살짝 매달려 있었다. 탄이 자기 스태프 중 한 명과 요트 주인에게 손짓을 했고, 곧 한자리에 모인 셋은 마치 작전회의라도 하듯 뭔가 이야기를 나누었다. 탄이 속닥속닥 이야기를 끝내자마자 나머지 둘은 큰 발자국 소리를 내며 재빨리 계단 쪽으로 향했다. 요트 주인은 선실 안으로, 탄의 보조 스태프는 호텔 안으로 달려 들어가는 것이 보였다.

잠시 후, 요트 주인은 대형 휴대용 카세트를, 스태프는 샴페인 병들을 양손에 가득 든 채 다시 모습을 드러냈다. 탄은 카세트의 플러그를 꽂아 라디오를 켜고는 볼륨을 높였다.

"자, 이제 진짜 파티를 벌여 보자고요!" 샴페인 코르크를 따며 그가 큰 소리로 외쳤다.

그는 병을 흔들어 카탈리나에게 넘겼고, 그녀 역시 같은 동작을 반복한 후 다음 모델에게 병을 다시 건넸다. 곧 이어 샴페인 코르크 마개 몇 개가 줄줄이 더 따졌고, 거품이 뿌려지는 소리와 함께 갑작스러운 샴페인 세례에 소리를 질러대는 사람들로 배 위는 순식간에 소란스러워졌다. 신나는 음악에 맞춰 흥겨워진 분위기 속에서 사람들은 곧 이전의 긴장을 풀고 이야기를 나누거나 웃고 떠들어 대기 시작했다. 그때 누군가 라디오 주파수를 돌려 맘보가 나오기 시작하자 사람들의 발놀림도 함께 바빠지기 시작했다. 팔과 술잔들이 허공을 채웠고, 춤을 좋아하는 사람들은 진짜 댄서들처럼 무대 한중간으로 몰려들기 시작했다.

샴페인이 터지기 시작했을 무렵부터 '대화 상대'에게 버려진 나는 그냥 자리에 서서 그 모습을 바라보고 있었다. 그때 지르박을 추던 탄이 갑자기 내 앞에 나타나 팔을 잡아끌었다. 내 손 한쪽을 잡은 채 탄은 팔을 들어 올려 나를 한 바퀴 돌린 다음 팔로 감싸 안으며 가슴께로 날 밀착시켰다. 그는 능숙한 춤 솜씨로 나를 빙그르르 돌려 밖으로 빼냈다가 다시 밀착시키는 것을 반복하면서 한 손을 내 허리춤에 올렸다. 탄은 사람들 무리 속으로 나를 인도했다. 우리는 얼굴을 마주 보며 춤을 추었고, 덕분에 그의 카메라가 계속 내 배 쪽을 찔러대었다.

루루가 내 어깨를 툭툭 두드리는 바람에 그제야 탄과 나는 서로에게서 떨어졌다. 그리고 곧 다른 모델들과 엑스트라들이 주위를 둘러싸 우리는 더욱 멀어졌다. 거의 꽉 찬 샴페인 병이 어느 사이 내 손에 쥐어져 있었다. 눈을 들어 보니 탄은 이미 시야에서 벗어나 있었다. 그렇지만 그는 프로급 미인들 사이를 뚫고 나와 다시 촬영 작업을 재개한 게 틀림없어 보였다. 어느 순간, 그의 작업용 섬광등이 눈에 띄었기 때문이었다.

또한 나는 샨탈이 파티가 벌어지는 언저리에 서서 모든 광경을 지켜보고 있다는 사실도 깨닫게 되었다. 중간 중간 그녀는 모델들에게 다가가서는 드레스의 주름을 정돈해주거나 치맛단을 잡아당겨주고 있었다. 이런 상황에서라면 모델 일도 그리 어려운 일만은 아니겠구나 하는 생각을 하며 거의 다 비워버린 샴페인 병을 옆에서 춤을 추고 있던 사람에게 넘겼다.

음악이 꺼지는 바람에 촬영은 아주 갑작스럽게 중단되었다. 샨탈은 허공에 손뼉을 쳐대며 촬영이 끝났음을 큰 소리로 외쳤다. 탄이 가지고 있던 필름이 모두 바닥이 난 모양이었다.

"그렇지만 아직 샴페인이 남아 있는 걸요!"

남자 엑스트라 중 한 명이 외쳤다. 갑판 위에는 호텔 측이 무료로 제공한 새로운 샴페인 케이스 하나가 더 놓여 있었다.

"안됐지만……." 샨탈이 말했다.

"우리를 옮겨줄 밴을 계약한 건 딱 오늘까지랍니다. 더 이상 사용하려면 돈을 더 지불해야 한다고요. 자, 어시스턴트들은 모델들이 의상을 벗고 짐을 싸는 것을 도와주세요. 여러분들 의상은 가는 길에 차 안에서 갈아입는 걸로 하고 말이죠. 20분 안에 이곳을 빠져나가도록 합시다."

남은 트렁크들과 잡다한 설비와 소품들을 내가 탄 밴에 싣는 동안, 뉴욕에 사는 세 명의 모델을 태운 밴은 먼저 출발을 했다. 탄이 먼저 가지 않고 뒤에 남은 걸 보니 왠지 기분이 약간 좋아지는 느낌이 들었다.

요트 주인으로부터 사진 양도 각서를 수거하는 것을 끝으로 내 일을 모두 마친 나는 그제야 밴에 올라 창가 옆에 자리를 잡고 앉았다. 창밖으로 탄이 남은 샴페인이 들어 있는 상자를 옮기며 내가 방금 올라탄 문 쪽으로 오고 있는 것이 보였다. 나는 옆자리에 있던 내 가방과 종이 뭉치들을 얼른 치워 자리를 비워두었다. 그렇지만 내가 다시 창밖을 쳐다보았을 때 샨탈이 그의 앞을 가로막고 있었다. 그녀의 손가락이 가리키는 쪽으로 눈을 돌리자, 저만치 떨어진 곳에서 자신의 롤스로이스 옆에 서 있는 루루가 눈에 들어왔다. 그녀는 한쪽으로 기대어 선 채 차키를 손가락에 걸고 빙글빙글 돌리며 샨탈과 탄을 쳐다보고 있었다. 탄은 샴페인 박스를 샨탈에게 넘기고 루루가 있는 쪽으로 터벅터벅 걸어가 그녀가 롤스로이스의 조수석에 타는 것을 도와주었다.

샨탈이 밴 앞쪽으로 다가가자 운전사가 운전석에서 내려 그녀 쪽으로 다가왔다. 샴페인 박스를 옆구리에 낀 채 샨탈은 밴에 타고 있는 사람들의 수를 센 다음 운전사에게 떠날 준비가 끝났노라고 말했다. 밴이 움직이려고 할 즈음, 샨탈이 내가 앉아 있는 자리까지 다가왔다. 그녀는 샴페인 상자를 내가 가방을 치운 바로 그 자리에 올려놓았다.

"이건 탄 거야." 샨탈이 말했다.

"수요일에 있을 스튜디오 촬영 때 그에게 줘야 하니까 신경 써서 기억하도록 해."

"네, 잊지 않으시도록 제가 다시 한 번 말씀드릴게요."

"아니야, 이걸 진저가 직접 챙기도록 하라고. 진저도 수요일에 함께 가는 거야. 탄이 그걸 원해."

나는 목구멍으로 침을 삼키며 물었다. "탄이 절요?"

"사실 가고 말고 하는 거야 진저 마음에 달린 일이지만, 아무튼 나도 탄의 말에 동의해. 오늘 진저가 끝내주게 일을 잘 해냈으니까."

그녀는 내게서 양도 각서를 받아들며 미소를 지어 보였다.

Chapter 32

자정이 조금 지났을 무렵 아파트 안으로 들어설 때까지, 나는 촬영 때 마신 샴페인과 샨탈의 찬사로 인해 여전히 들뜬 기분이었다. 집 안에서 흘러나오는 불빛을 보고, 엄마가 아직 깨어 있다는 사실에 기분이 좋아졌다. 그런데 집 안으로 들어와 몇 발자국을 옮기던 나는 갑자기 걸음을 멈춰야만 했다. 창문에는 레이스가 달린 흰색 커튼이 드리워져 있는데다, 내 오래된 오렌지색 소파가 있었던 자리에는 눈부시게 새하얀 소파 하나가 놓여 있는 것이 아닌가! 게다가 그 옆에는 카나리아 빛깔의 샛노란 안락의자까지 하나 놓여 있었다. 이건 내 아파트가 분명한데? 흘깃 보니 한쪽에 책과 가방이 가득 담긴 상자들과 옷가지들로 반쯤 채워진 상자가 놓여 있었다.

그때, 파자마 차림의 엄마가 욕실에서 나오며 나를 쳐다보았다.

“어떻게 됐니?”

“잘됐어요.” 믿기지 않는다는 듯한 눈으로 새 가구들을 바라보며 내가 대답했다. 물론 그것들이 좋아 보이는 건 사실이었다. 그렇지만 내 오래된 소파는 도대체 어디로 가버린 것일까? 엄마는 자신의 값비싼 선물에 대해 내게 뭔가 근사한 고마움의 표시나 감탄사를 기대하는 것이 확실한 표정을 지으며 날 바라보고 있었다. 예전의 그 오렌지색 소파가 낡아빠지고 약간은 성가시기도 한 오래된 구닥다리 물건이라는 건 분명한 사실이었다. 그렇지만 엄마가 적어도 내게 먼저 상의를 했었다면 좋았을 것을 하는 기분만은 쉽게 떨칠 수가 없었다.

“이렇게 큰돈을 들일 필요까진 없었는데.” 나도 모르게 이렇게 말했다.

“별거 아니야.” 엄마가 말했다.

“성공한 딸한테 주는 것치고는 그렇게 대단한 것도 아니지, 안 그래? 이제 성공한 사람에게 알맞게, 그렇게 살아야지.”

성공? 이제 막 그렇게 되려고 움직이기 시작한 정도라면 모를까. 만일 내가 내 진짜 위치나 버는 수준에 맞게 살았다면, 나는 지금쯤 길거리에 버려진 상자 안에 살고 있었을 것이다. 하지만 어쩌면 값비싼 드레스와 새로운 가구 등으로 나를 입혀주고 재워주는 엄마가 없었더라면 나는 지금의 자리까지 좀 더 빨리 올라왔을지도 모른다는 생각이 갑자기 들었다. 그리고 그런 식으로 계속해서 앞으로 나아가게 되었을지도 모를 일이다. 지금만 보더라도 2주 전과 비교해 뭔가를 앞서 달성해가고 있지 않은가. 뭔가를 이루어냈다는 성취감에서 느껴지는 자신감이나 내게 능력과 힘이 있다는 기분만큼 좋은 건 없을 것이다. 성공, 독립, 미래……, 바로 그 기로에 내가 서 있는 것이다.

“마음에 드니?” 내 귀에 그건 질문이라기보다는 차라리 명령에 가깝게 들렸다.

“아주 좋은데요.”

나는 엄마가 마음을 써준 것에 대해서는 진심으로 고마운 마음이 들었다. 엄마는 절대로 인색한 사람이 아니었다. 친구인 샘은 이미 부자인데다 발행인 란에도 이름이 오르는 높은 자리를 차지하고 있었지만 내 늦은 출발에 대해 엄마를 탓할 수는 없는 일이었다.

"그런데 엄마, 오늘 있었던 일에 대해 좀 들어보실래요?"

나는 소파 쪽으로 가려 했지만 이상하게도 몸이 움직여지지 않았다. 뒤를 돌아보니 엄마가 내 셔츠의 끝자락을 잡아당기고 있었던 것이다. 엄마는 다른 손가락으로 내 구두를 가리켰다. 그래서 나는 엄마가 거실로 향할 때 다시 문 쪽으로 되돌아가야 했다. 내가 내던진 첫 번째 샌들은 문에 맞아 떨어졌고, 다른 한 짝은 구두들 사이에 떨어져 마치 볼링 핀으로 친 것처럼 다른 구두들을 뒤죽박죽으로 만들어놓고 있었다. 나는 정리를 포기하고 그냥 그대로 둔 채 안으로 들어왔다.

엄마는 팔을 뒤로 축 늘어뜨린 채 새로 산 소파 위에 앉아 있었다. 나는 엄마 바로 옆자리에 앉아 부드러운 솜으로 속이 가득 찬 쿠션 안으로 푹 파묻혀버렸다. 엄마의 부드러운 어깨에 머리를 기댄 나는 눈을 감고 잠시 평화로움을 즐겼다.

"애, 다 큰 애가 왜 이래. 저리 좀 비켜."

나는 눈을 번쩍 뜨고 몸을 움직이며 피식 웃었다.

"미안, 좀 피곤해서요."

엄마는 내 쪽으로 몸을 구부리더니 냄새를 맡듯 킁킁거렸다.

"너 혹시 바에 갔었니? 술이랑 담배 냄새가 심한데."

"네. 아, 아뇨. 그러니까 제 말은, 그런 뜻이 아니라…… 집으로 곧장 온 건 맞아요. 근데 일하는 동안 샴페인을 조금씩 마셨거든."

엄마는 얼굴을 찌푸렸다.

"일하면서 술을 먹다니, 별 웃기는 직업도 다 있구나."

"그건 단지 우리들의 긴장을 풀어주기 위해서였다고요. 어시스턴트들도 다 옷을 차려입고 마치 진짜 파티에 온 것인 양 연기를 해야 했거든요."

나는 엄마에게 촬영에 대해 설명하기 시작했다. 5분쯤 지났을까, 엄마가 내 말을 끊으며 말했다.

"일을 그렇게 잘해냈다니, 나도 기분이 좋다. 그런데 네 자랑을 계속 듣고 있기엔 엄마가 너무 졸립구나." 엄마는 크게 하품을 했다.

"너한테 새 가구들을 보여주려고 안 자고 기다리고 있었거든. 이번 주 내내 이것들 때문에 쇼핑하느라 바빴다고."

"흐음, 엄마가 요새 열중하고 있던 일이 바로 이거였구나!"

나는 엄마에게 손가락을 흔들어 보였다. 엄마는 만족한 듯한 얼굴로 미소를 지었고, 난 몸을 굽혀 엄마의 뺨에 살짝 키스를 했다. 그러자 엄마는 인상을 찌푸리고 손등으로 내가 키스한 곳을 닦아내며 투덜거렸다.

"아휴, 너 정말 냄새가 아주 고약하다."

"그래요?"

나는 내 손에 숨을 훅훅 불어대며 냄새를 맡아보려고 했다.

"담배 때문에 그런가 봐요."

"너 담배 피우니?" 엄마가 눈을 동그랗게 뜨며 물었다.

"가끔……요." 내가 조그맣게 대답했다.

나는 이쯤에서 입을 다무는 편이 좋겠다고 생각했다. 그렇지 않으면 얼마 안 있어 탄이란 남자에 대해서까지 이것저것 떠들어댈 것이 분명했으니까.

엄마는 인상을 쓰며 말했다.

"그런 나쁜 습관을 가지고 있다니. 참한 아가씨라면 그런 건 절대 하지 않는 법인데!"

"패션부서에 있는 사람은 전부 담배를 피워요, 엄마. 엄마가 말했던 것처럼 저도 그들 사이에서 잘 맞춰 지내보려고 노력하려던 것뿐이었고요."

"아니, 사람들이 다 담배를 피운단 말이냐?" 엄마는 고개를 저으며 말을 이었다.

"아무튼 그 직업에 대해선 나도 잘 모르겠다. 어쩌면 그런 쪽에 몸담고 있다는 게 그리 좋은 생각이 아닐지도 모르겠단 생각도 들고 말이야."

"그런 식으로 말씀하지 마세요." 갑자기 술이 깨고 정신이 말똥말똥해진 내가 반격했다.

"제 일도 존경받을 만한, 괜찮은 직업이라고요."

"그렇지만 거기 있는 사람들 중 아무도 괜찮지가 않잖니. 담배를 피우질 않나, 뻔한 거짓말을 하질 않나, 다른 사람의 사무실에 몰래 들어가질 않나……. 그 샤론인가 하는 여자도 영 마음에 들지 않고 말이야. 게다가 아무래도 그 여자는 레즈비언인 것 같다니까."

"뭐라고요?" 나는 엄마가 그런 단어를 알고 있는지조차 몰랐다.

"레즈비언 말이야. 여자가 여자를 좋아하는……."

"레즈비언이 무슨 뜻인지는 저도 알아요."

엄마가 샤탈이 레즈비언인 것을 알아챘다면, 혹시 바비에 대해서도 이미 알고 있는 것은 아닐까? 아무래도 화제를 바꾸는 쪽이 좋을 성싶었다.

"그건 저랑 상관없는 일인걸요."

"그건 샤론인가 하는 그 여자한테 도덕관념이 없다는 뜻이야. 난 그 여자가 당최 마음에 들지 않는다."

나는 입술을 깨물며 곤혹스러움과 답답한 기분이 씻겨 내려가길 기다렸다. 지금 만약 한국인이 아닌 다른 사람들의 편에 서서 이야기를 한다면 엄마와 벌이는 페미니즘 논쟁에서 질 것이 분명했다. 나는 동성연애자들에 대한 엄마의 편견을 바꾸려고 노력할 생각을 해보지 않았다. 엄마는 그저 그 세대와 시대가 낳은 산물일 뿐이니까 말이다.

"샤탈은 괜찮은 사람이에요." 내가 말했다. "회사에 있는 사람들 다 괜찮아요. 그저 일의 특성상 좀 경쟁적일 뿐이에요. 그 정도는 감수해야지요."

엄마는 믿지 못하겠다는 표정으로 내 옆구리를 쿡쿡 찔러댔다.

"왜, 내가 그렇게 못할 거 같아요?"

엄마는 날 달래듯 내 팔에 손을 살짝 올렸다.

"물론 넌 할 수 있지. 내 딸은 자기가 원하는 거라면 뭐든지 해낼 수가 있다고. 그렇지만 내가 궁금한 건 네가 왜 꼭 이 일을 원하는가 하는 거다. 또 그게 그만큼 값어치 있는 일인지도 말이야."

"물론 가치 있는 일이죠." 나는 몹시 흥분한 목소리로 대답했다.

어쩌면 내가 정말 그저 '어쩌다가' 이 패션계 쪽으로 빠지게 된 것인지도 모르겠다. 그렇지만 내가 옷을 좋아하는 것만은 확실하고, 또 이제 작으나마 뭔가 진전을 보이고 있지 않은가.

"의대는 어떠냐? 의사가 되는 것 말이다. 준처럼 말이야."

"그러기엔 나이가 너무 많아요." 내가 대답했다. "엄마가 늘 하는 말씀대로, 제 한창때도 이제 다 저물고 있잖아요. 뇌세포가 꽉 차서 이젠 더 들어갈 자리도 없다고요."

"그건 말도 안 된다. 그런 식으로 생각한다면 아무것도 이룰 수 없는 법이야."

"왜 엄마가 또다시 제 직업을 두고 이러쿵저러쿵 하는지 이해가 안 돼요. 그 얘기 이제 끝난 줄 알았는데."

엄마가 어깨를 으쓱해 보였다.

"내가 이렇게 널 도우려고 하는 것은 진저 네가 내 딸이기 때문이야. 지금 네가 하는 일은 그저 그런 직업일 뿐이라고. 다달이 월급 받으며 하는 일 말이다. 난 집에서 내 아이들과 함께 시간을 보내는 편이 훨씬 좋더구먼." 엄마는 한숨까지 내쉬며 말했다.

"어떨 때엔 우리가 한국을 떠나지 않았었더라면 얼마나 좋았을까 하는 생각이 들기도 한다."

나는 엄마가 이런 말을 내뱉는 것을 그동안 한 번도 들어본 적이 없었다. 심지어 조지 오빠가 엄마에게 등을 돌렸을 때에도 말이다. 엄마는 당신의 일을 사랑했고 자신의 자율적인 면모와 자유스러움을 사랑했었다. 그런데 이제껏 한 집안의 가장으로서 그토록 씩씩하게 살아왔던 엄마가 지금 자신의 삶에 대해 확신하지 못하고 있는 것이다. 자신의 정체성에 대한 끝없는 투쟁에도 불구하고, 그래도 나는 우리가 이 땅으로 건너왔다는 것에 대한 불만은 가지고 있지 않았다.

"설마 진심은 아니겠죠?"

"진심으로 하는 말이야."

"언제부터 그런 생각을 하신 건데요?"

"한참 됐다. 만약 그랬으면 널 좀 더 잘 키울 수 있었을지도 모르는데."

"엄마는 우리 남매 둘을 모두 잘 키워내셨는걸요."

"대부분은 괜찮았지."

엄마는 자리를 고쳐 앉았다.

"그렇지만 우린 완벽한 대화를 나누지 못하잖니. 네가 한국말을 한다면 훨씬 나은 대화를 나눌 수 있었을 텐데."

"우리 대화가 뭐 어때서요."

"아니다. 어떨 때엔 우리 대화가 그리 괜찮지만은 않아. 엄마가 딸한테 하는 대화로는 말이야."

한쪽 머리가 헝클어진 채로 그렇게 말하는 엄마의 모습은 꽤 슬퍼 보였다.

"음, 그렇다면 다시 한 번 말씀해보세요. 제가 엄마 말을 잘 이해하지 못하는 게 뭐죠? 뭘 이해하길 원하시는 건데요?"

엄마는 적당한 단어가 생각나지 않는 듯 잠시 말을 멈췄다.

"내가 말하고자 하는 건 자식들이야말로 여자의 인생에서 유일한 보상이란 거야. 일이야 누구나 한때 하는 거니까, 그건 그리 중요한 게 아니지. 밀워키 사람들도 딸들이 모두 학교를 졸업하고는 직장을 구하지 않았니. 김 여사 딸 제니는 회계사가 되었고, 윤 여사 딸 글로리아랑 그레이스는 모두 변호사 일을 했지. 그렇지만 걔들도 모두 결혼을 해서 결국 아이들을 낳고는 일을 관두거나 아니면 파트타임 일을 하고 있단 말이야. 여자는 다들 결혼을 하고 자식을 낳고 집안일을 한다고."

"그렇지만 그건 내 인생에서 바라는 바가 아닌걸요."

"진저야, 넌 네가 하고 있는 일에서 너무 많은 것을 바라고 있는 것 같구나. 그래, 뭐 지금 하고 있는 일에서 성공을 한다면 자신감이나 자부심 같은 건 어느 정도 얻게 되겠지. 그렇지만 그걸로 인생을 전부 채울 수는 없는 거야. 독신의 삶이란 외로운 거라고. 엄마 말을 좀 들으렴. 그런 거라면 이 엄마가 누구보다도 잘 알고 있잖니?"

나는 손을 뻗어 엄마의 머리를 매만져주었다.

"그리고 너하고 맞는 사람이란……, 그렇게 많지 않은 법이다. 어쩌면 딱 한 사람밖에 없을지도 몰라. 그렇지만 그 사람이 네가 준비가 되었을 때 나타나주는 건 아니야. 그가 언제 나타날지는 아무도 모르는 거라고."

"그 운명의 남자를 내일 만나게 될지도 모르는 거고요."

"그래." 엄마가 말했다.

"또 하나, 그래도 바비를 잊지 말아라."

엄마는 날 혼란스럽게 만들었다.

"바비 오빠 얘기는 끝난 걸로 알고 있었는데요. 바비네 부모님도 절 원하지 않고 말이에요."

"그 점은 크게 걱정할 것 없다." 그러더니 엄마는 마치 수줍은 듯한 미소를 지으며 말했다.

"바비가 저녁 때 전화를 했더라. 디너파티에 널 초대하겠다나."

"엄마, 바비랑 전 그냥 친구 사이일 뿐이라고요."

"네가 그렇게 말한다면야 뭐……."

엄마는 길게 하품을 하며 자리에서 일어났다.

"바비한테 내일 네가 괜찮은 한국남자랑 데이트를 할 거라고 말해줬다. 네가 그리 호락호락한 상대가 아니라는 걸 일깨워주려고 말이야. 남자들은 손쉽게 아무 때나 만날 수 있는 여자들은 좋아하지 않는 법이다. 밀고 당기는 게 없으면 그만큼 재미도 없는 거야."

잡지에나 나올 듯한 엄마의 말에 약간 당황스럽기도 하고, 그걸 바비에게 써먹었다는 사실에 어쩐지 피식 웃음이 나와 버렸다. 그렇지만 긍정적으로 생각하면 적어도 엄마는 바비가 게이라는 사실에 대해 의심을 하고 있지는 않은 터였다.

"뒤쫓는 사람이 없으면 추격전이란 것도 없는 거고요."

"물론이지." 이마에 주름을 지어 보이며 엄마가 말했다.

"선을 보인다는 건 요즘 젊은이들에게는 너무 구식 방법일 테지?" 엄마는 주름졌던 미간을 풀며 미소를 지었다.

"그러니 일요일까지는 그에게 회답 전화를 하지 말도록 해라. 이럴 땐 약간 뜸을 들여줘야 한다고."

"안 할게요." 진심을 담아 내가 대답했다.

엄마는 침실 쪽으로 향하다 갑자기 걸음을 멈추더니 뒤를 돌아 나를 바라보았다.

"또 하나 더, 제발 부탁인데 술이랑 담배는 그만 끊도록 해라."

Chapter 33

"크랜리 미팅(cranley meeting) 있습니다!"

헬의 어시스턴트인 니나가 복도를 지나가며 큰 소리로 외쳤다. 그때 나는 다코타의 스커트 뒤에 찍힌 스테이플러 철심 조각을 떼어주고 있는 중이었다. 나는 그녀에게 떼어낸 철심을 건네주며, 앞으로 사무실 물품을 몸에 걸치고 다닐 작정이라면 스테이플러 철심에다 보석을 박아두는 게 좋겠다는 농담을 던졌다.

샘과 샨탈이 지난달 잡지와 색연필을 손에 든 채 각자의 사무실 문 앞에 모습을 드러냈다. 크랜리 미팅이란, 영향력 있는 이름난 시장조사 업체에서 나온 사람이 잡지의 각 장마다 세세히 짚어가며 관련 소비자 그룹에서 각각의 사진과 기사들을 어떻게 점수 매김을 했는지에 대해 발표하고 그에 대해 토론하는 회의를 말했다. 샘은 그것이 시간 낭비일 뿐이라고 말했지만, 헬은 모든 편집자들이 소비자 그룹 채점단이 매긴 점수에 대해 알고 있어야 한다고 항상 주장해왔다. 오전 내내 전화기를 붙들고 있었던 샘은 좋은 자리를 차지하기 위해 복도에 있는 사람들을 밀치며 급히 걸어갔다. 샨탈도 곧 그녀의 뒤를 따라가기 시작했으나 얼마 안 가 걸음을 멈추고는 뒤를 돌아 나를 쳐다보았다.

"진저는 안 가?"

"저요?" 내가 물었다. 앞서가던 샘도 갑자기 몸을 틀어 나를 돌아보았다.

"진저도 초대되었다고 니나가 전해주기로 되어 있었는데……. 내가 오늘 아침 엘리베이터 안에서 헬한테 그렇게 하면 어떻겠느냐고 제안했거든."

다코타의 시선이 집중되는 걸 느끼며 나는 입가에 떠오르는 미소를 애써 참으며 지난달 잡지를 하나 집어들었다. 내 손은 펜을 찾아 주변을 더듬고 있었다.

"자, 여기."

샨탈이 자기가 가지고 있던 색연필을 반으로 부러뜨려 반쪽을 내게 건네며 말했다.

우리는 어깨를 나란히 하며 샘과 함께 다시 복도를 지나 미팅 장소로 향했다. 샘과 샨탈, 그들 사이에 끼인 상태로 있자니 대체 어떤 말을 해야 할지 머뭇거려졌다. 물론 그 두 사람 중 누구도 한마디 말을 꺼내는 사람이 없었다.

구석에 있는 외진 헬의 사무실은 이미 사람들로 가득 차 있었다. 샘은 한쪽에 쌓여 있는 접는 의자를 하나 꺼내 제일 앞줄에 펼쳐놓고 앉았는데, 그건 곧 통로를 막아버리는 꼴이 되었다. 샨탈과 나는 그 바로 뒤에 새로운 줄을 하나 만들어 앉았다. 패션부 카피라이터인 페이지가 내 바로 옆에 의자를 놓고 앉았다.

이전에 헬의 사무실에 와본 것은 샘이 새로 나온 패딩 브래지어를 헬에게 선물로 가져다주라고 했을 때 딱 한 번뿐이었다. 한쪽 벽에는 1년 동안 발행되었던 잡지들이 줄지어 진열돼 있었고, 잡지마다 표지 모델의 얼굴 위에는 그달의 가판대 판매부수가 색연필로 크게 씌어 있었다. 경쟁사의 잡지들도 세일즈 실적에 따라 우리 회사 잡지의 위나 아래쪽에 걸려 있었다.

우리 회사 잡지 〈아 라 모드〉는 언제나 잡지 더미의 맨 윗자리를 모두 차지하고 있었다. 하지만 지난 3개월간 우리 잡지는 중간 자리를 차지했는데 이 기간 동안 가장 높은 판매부수를 가진 것은 〈보그〉지로, 그 위에는 수염과 굵은 눈썹이 장난스레 그려져 있었다.

컴퓨터가 올려져 있지 않다는 점이 눈에 띄는 참나무 책상 하나가 방 맨 앞쪽의 창가 쪽 구석에 있었고, 그 옆에는 커다란 둥근 테이블이 놓여 있었다. 잡지의 총괄 책임자이자 아트 디렉터, 그리고 발행인 란의 최고 자리를 차지하는 편집장 헬이 자주색 정장에 포도주색 프레임의 안경을 낀 여자를 따라 테이블 앞에 앉았다. 이제 빈 자리가 딱 하나 남게 되었다. 그러자 아까부터 니나에게 자리 배치에 대해 이의를 제기하던 샘이 벌떡 일어서더니 곧 그 자리를 차지해버렸다. 니나는 샘이 방금 전까지 앉아 있던 의자를 접어 다시 의자 더미 위로 가져다 쌓았다.

나는 곁눈질로 샨탈 쪽을 슬쩍 처다보았지만 그녀는 몸을 구부린 채 자기 앞에 앉아 있는 여자와 대화에 열중한 상태였다. 대충 들려오는 바를 종합해보면, 그녀는 샨탈에게 '대빵'의 기분을 맞춰주기 위해 여기 와 있는 거라고 말하는 듯했다. 헬은 오늘 특히 기분이 좋지 않은 상태였다. 니나의 말에 따르면, 그것은 클렘프너 사장이 위층으로 오라고 헬에게 호출을 해서 미팅이 예정보다 지연되었기 때문이라고 했다.

"맨 마지막으로 들어오신 분은 문을 좀 닫아주십시오."

헬이 입을 열자 곧 사무실을 메우던 작은 웅성거림이 사그라졌다. 모두들 마치 자신은 마지막에 들어온 사람이 아니라는 사실을 말하려는 듯 주위를 두리번거리고 있었다. 페이지는 몸을 움직이지 않았다.

헬이 작게 한숨을 내쉬더니 말했다.

"샨탈?"

그러고 보니 샨탈이 문에서 가장 가까운 자리에 앉아 있었다. 헬은 문을 닫으라는 시늉을 했다. 샨탈이 다시 제자리에 돌아와 앉자 드디어 미팅이 시작되었다.

지난달 잡지의 표지에는 꽤 높은 점수가 매겨져 있긴 했지만, 실상은 그 전달보다 실적이 더 좋지 않은 상태였다. 마케팅 컨설턴트가 그 좋지 않은 소식을 전하고 직원들이 각자의 색연필로 숫자를 적어 넣는 동안, 헬은 팔짱을 끼고 앉아 인상을 찌푸리고 있었다. 사진이나 기사에 대해서는 리서치 담당인 주디스가 내가 생각했던 것보다 훨씬 더 강하고 깊은 목소리로 '매우 흥미롭다/흥미롭다/그저 그렇다/흥미롭지 못하다' 로 점수를 매긴 사람들 각각의 퍼센트를 발표했다. 그런 카테고리는 사실 내가 듣기엔 너무 비과학적인 분류인 듯했다.

주디스가 지루한 숫자들을 계속해서 발표해가는 동안, 방 안에는 먹구름이 슬슬 내리우는 듯한 기운이 감돌기 시작했다.

무엇이건 '매우 흥미롭다' 라는 항목에서 50퍼센트 이하가 나올 때마다 헬은 주디스의 말을 끊고는 그 기사에 관여했던 사람들에게 대체 뭐가 잘못되었던 것인지에 대해 추궁하려고 했다. 그리고 결국에는 헬이 "불치병에 대한 스토리는 이제 그만!' 이라거나 "주근깨 이야기는 더 이상 듣고 싶지 않아." 등의 말을 하는 것으로 대화의 끝이 맺어지곤 했다. 그 기사와 관련된 기자들이나 편집 디자이너들은 고개를 끄덕이며 지침사항 같은 것들을 무섭게 받아 적어 내려갔다.

나는 고개를 돌려 샨탈이 향수 광고에 등장한 모델의 얼굴에 쓰인 뭔가를 닦아내고 있는 것을 발견했다. 그녀와 카피라이터인 페이지는 지금 이곳에서 오가는 말들을 반 정도는 그냥 흘려듣는 것 같았다. 그렇지만 최신 유행 관련 기사에 이르자, 그들 둘은 모두 방금 전까지 하던 일을 한쪽으로 살짝 밀어두고 미팅에 집중하기 시작했다.

나는 줄곧 우리 잡지가 유행 관련 부문에 있어서는 적어도 80~90퍼센트의 호응도를 얻고 있을 거라고 생각하고 있었다. 그도 그럴 것이, 우리 책은 거의 패션북에 가깝다고 할 수 있었기 때문이다. 그러나 그런 내 생각은 그만 빗나가고 말았다. 그에 관한 기사들은 모두 호응도가 10~20퍼센트대에 머무르는 상황이었다. 이때 헬은 주디스를 저지하지 않았는데, 처음에 보기에는 그것이 매우 정상적인 것처럼 보였다. 적어도 화이트와 블랙이 섞인 체크무늬가 '좀 더 남성다워 보이기 위해' 라는 이유로 완전히 '까만' 쪽으로 바뀌는 것이 새 유행으로 떠오른다는 기사에 이르렀을 때까지는 말이다. 그 기사에 대한 반응은 9퍼센트를 기록하고 있었다.

"이게 대체 무슨 의미지?"

방 안은 찬물이라도 끼얹은 듯 조용했다. 헬은 주디스가 나누어준 두꺼운 리포트에서 눈을 떼며 그것을 테이블 위로 내던졌고, 그것은 원래 낸의 자리지만 현재는 샘이 앉아 있는 자리까지 밀려갔다.

샘은 목소리를 가다듬으며 대답했다.

"음……, 저희 독자들이 체스를 그다지 좋아하지 않는 것처럼 보이는데요."

"체스는 남자들 게임이니까요." 누군가 끼어들었다.

"맞아, 난 한 번도 남동생을 이겨본 적이 없다니까."

"차라리 체커 게임이 나은 것 같아요. 아니면 철자 바꾸기 게임이든지." 페이지도 한 마디 덧붙였다.

"자, 그렇다면 우리가 왜 이런 스토리를 기사로 다루고 있는 거지?" 헬이 손가락으로 테이블을 두드리며 큰 소리로 물었다. "이건 누구 아이디어였나요?"

샘이 다시 한 번 목소리를 가다듬었다.

"쇼에서는 큰 히트를 쳤었거든요. 모두들 자리에서 일어나고 난리였는데." 샘이 어깨를 으쓱해 보이며 말을 이었다. "취향이란 건 각자 다 다른 거니까요."

"만일 그게 정답이라면, 당신은 월급을 대체 왜 받는 거지?"

순간, 방 안에 있는 사람들 모두가 단체로 숨을 들이마시는 듯 느껴졌다. 샘의 등이 뻣뻣하게 굳어지는 것처럼 보였다. 마치 영원처럼 길게만 느껴지는 시간이 지난 뒤, 샘이 대답했다.

"제 소견에는, 편집장님은 제 취향 때문에 월급이 낭비된다고 보시는 것 같습니다만……. 제가 생각하는 우리의 일이란 바로 독자들에게 '과연 당신은 무엇을 좋아해야 하는가' 하는 것을 말해주는 것이라고 믿고 있습니다."

"그건 아니지!" 헬이 소리를 지르며 가지고 있던 펜을 샘 쪽으로 내동댕이치듯 던지는 바람에 하마터면 샘은 거기에 맞을 뻔했다. "그거야말로 내가 절대적으

로 혐오하는, 아주 권위적이고 엘리트주의적인 태도라고!'

샘이 당하는 모습을 더 이상 바라볼 수가 없어 나는 고개를 숙여 내 무릎 위에 놓인 잡지를 들여다보았다. 그들이 논쟁을 벌이고 있는 기사가 있는 페이지가 내 시야에 확 들어왔다. 나는 유행 관련 기사의 제목들을 한 번도 눈여겨 읽어본 적이 없었다. 그리고 그건 대부분의 독자들도 마찬가지일 거라고 생각해왔다. 이번 것은 다음 단에 놓인 다른 두 개의 제목들과 마찬가지로, 거의 내가 카피라이터인 페이지에게 써주었던 것의 축약판이라고 할 만한 것들이었다. 그리고 그 때, 헬은 내가 제목 카피 쓰는 일에 관여하는 것을 달가워하지 않았었다.

"전 그 무늬와 의상이 마음에 들었었어요." 샘이 말했다. "그 이상 제게 뭘 더 바라시는 거지요?"

"그렇다면 어쩌면 당신은 지금 하고 있는 일에 적합한 사람이 아닐지도 모른다는 거지. 내가 필요로 하는 건 보다 더 평범하고 일반적인 취향을 가지고 있는 사람이야. 우린 평범한 중서부 쪽의 취향을 가진 사람을 원한다고."

그리고 나서 헬은 방 안을 죽 둘러보는 듯했다. 그런 그녀의 눈이 내게서 멈췄다.

"샘의 어시스턴트가 중서부 쪽에서 왔다지?" 그녀는 날 가리키며 말했다. "어때, 당신이라면 저런 옷들을 입을 것 같은가?"

모두들 자기 자리에서 고개를 돌려 날 쳐다보았다. 나는 입을 열었지만 아무런 대답도 할 수가 없었다. 그 패턴은 너무 정신이 없고 또 너무 튀는 무늬였긴 했지만 그렇다고 내가 샘에게 면박을 주는 데 한몫을 할 수는 없는 일 아닌가. 나는 잠시 입술을 닫았다가 조금 후 다시 입을 열었다.

"제 생각에는 여기 있는 의상들에 대해 분석하는 대신, 먼저 이 평가 방식에 대해 관심을 가져봐야 할 것 같습니다."

그러자 사람들이 갑자기 '거기까지 가면 안 돼' 하는 표정들로 일제히 나를 쳐다보기 시작했다. 그렇지만 이미 때는 늦었다.

"제 말씀은, 주디스의 말을 빌리자면 9퍼센트의 사람들이 이 특별한 의상을 '매우 흥미롭다'고 여겼다는데, 그렇다면 '매우 흥미롭다'는 기준이 과연 뭘까 하는 것입니다. 혹시, 나머지 91퍼센트의 사람들이 '이거는 전부터 마음에 들던 것이어서 이미 구매할 의사가 있었으니 이건 그냥 넘어가고 다음 페이지를 보자' 하고 생각했을 가능성은 없을까요?"

"가능한 일입니다." 주디스가 대답했다.

"흐음……." 주디스의 말에 헬이 뭔가를 생각하는 듯했다.

그때 샨탈이 잘했다는 듯이 내 팔을 살짝 두드려주었다. 잠시 후 헬이 주디스를 향해 물었다.

"그렇다면 대체 우리가 이런 회의를 하는 이유는 뭐지요? 그런 관점에서 보면 이런 조사들은 다 쓸모없는 일이지 않습니까?"

"이건 일반적이며 모든 일에 공통적으로 적용되는 사항을 단편적으로 말씀드리는 것뿐입니다. '지방제거 수술' 이나 '데이트 강간 후의 처방약' 에 대한 기사는 관심도는 높아도 재미있게 읽었다고 대답할 사람은 아무도 없는 법이지요. 뭐, 비용은 좀 더 들겠지만 원하신다면 각 기사마다 그것을 평가하는 단어들을 좀 더 현실적이고 구체적으로 바꿔드릴 수는 있습니다."

"좋아요. 그렇다면 앞으로는 그렇게 합시다. 여기 계신 각 부서의 팀장들과 함께 의논해서 말이지요."

헬은 의자를 당겨 테이블 앞으로 바싹 다가갔다. 그녀는 우리들에게 손을 내저으며 말했다. "이제 다 나가봐도 좋아요."

"진저가 자랑스러워할 만한 일을 해줄 줄 알았어." 앞에 있는 사람들 사이로 섞여 들어가기 전, 샨탈이 내게 말했다. 내 옆을 스쳐 지나던 페이지는 이렇게 말했다.

"사람 하나 구했네."

"흠, 그 말, 카피 문구로 좋겠네요." 내가 콕 짚듯 날카롭게 응수했다.

페이지는 미소를 지어 보였는데, 아마도 비아냥거리는 그녀의 태도를 달가워하지 않은 내 뜻을 이해하지 못한 것 같았다.

복도에 서서 샘을 기다리고 있는 동안, 지나가는 많은 이들은 내게 두 엄지손가락을 치켜 올려 보이거나 미팅을 짧게 끝나게 해줘서 고맙다는 인사들을 해댔다.

"자, 제일 먼저 점심이나 주문하자." 거의 맨 마지막으로 나온 샘이 내게 다가

오며 말했다.

"배고파서 죽을 거 같아."

"지금 뭔가가 먹고 싶다는 생각이 들어?"

우리는 밖에 놓인 니나의 책상 앞에 멈춰 섰다.

"뭐야, 그 말은?" 샘은 헬이 있는 쪽을 향해 엄지를 바닥으로 향해 보이며 말했다. "이런 건 아무것도 아니야." 그러면서 샘은 자기 팔을 내 어깨에 두르며 말을 이었다.

"저건 헬이 강인한 사람들 가운데서 약해빠진 사람들을 솎아내는 방법이지."

"치이……."

"모두들 거기에 빨리 적응하는 편이 좋을 거야. 안 그래요, 니나?"

"맞는 말씀이에요." 니나가 대답했다. 그녀는 스케줄 수첩을 확 펼쳐 보이며 물었다.

"오늘 오후에 잡혀 있는 헬과의 미팅은…… 예정대로 하시겠어요, 아니면 오늘은 그냥 이걸로 끝내도록 할까요?"

샘이 숨을 길게 내쉬었다.

"예정대로 가죠. 꿀꿀한 기분은 주말 전에 없애는 게 상책이니까."

"그리고 내일은 영국 사우스 햄프턴 동물 보호를 위한 기금 모금 행사가 있고……."

니나가 손가락 끝에 침을 발라 다음 페이지로 넘기며 고개를 끄덕였다.

"네가 지난번에 나한테 같이 가자고 했던 거창한 모임이란 게 그거야?" 내가 물었다.

그게 벌써 내일로 다가왔다는 사실을 나는 미처 깨닫지 못하고 있었다. 그러자 샘이 얼굴을 찌푸리며 말했다.

"근데 어쩌니. 넌 너희 엄마 때문에 바쁠 거라 생각하고 그냥 헬한테 같이 가자고 부탁해버렸는데. 이제 와서 무르기는 좀 그렇네. 이번엔 그냥 헬이랑 가야 할 것 같아. 다음번에는 꼭 같이 가자. 약속할게."

"그래, 알았어."

내가 대답했다. 엄마에 대한 샘의 생각은 틀리지 않았다. 게다가, 헬의 가차 없

는 언행에 대해 샘이 신경을 끄려 하는 모습에도 불구하고 난 내가 헬의 마음속
에서 계속 그녀와 연관 지어질 것을 원하는지조차 알 수가 없었다.

우리는 복도를 천천히 걸어 내려왔다. 나를 계속해서 두르고 있는 샘의 팔이
어쩐지 굉장히 무겁게 느껴졌다.

Chapter 34

하루 종일 촬영 때 사용했던 의상들을 반납하는 일로 바빴던 나는 사무실에서
나와 곧장 레스토랑으로 향했다. 약속보다 한 시간이나 일찍 도착한 나는 최근
은퇴했다는 프로 풋볼 선수와 잡담을 나누며, 비는 시간을 그럭저럭 재미있게 보
낼 수가 있었다. 잠시 동안 내가 누구인가를 잊을 때에는 그렇게 남녀가 시시덕
거리는 것도 상당히 즐거운 일이 될 수가 있다. 그렇지만 그가 생각보다 나이가
한참 많았던지라, 한 15분 정도 지나 그의 이름이 무엇인지 등의 말들이 오가게
될 무렵에는 왠지 슬며시 자리를 뜨고 싶어졌다.

마침 그때, 자기 덩치에 비해 너무 큰 듯한 스포츠 재킷을 입은 키 작은 한국남
자가 모자걸이 근처에서 두리번거리는 모습이 시야에 들어왔다. 그 모습은 정말
바보 같았고, 불행히도 그가 오늘 나의 데이트 상대라는 사실이 너무도 확실해
보였다. 잠깐 동안이나마 나는 이대로 몰래 그곳을 빠져나가 엄마한테는 그가
나를 바람 맞혔노라고 말하고 싶은 생각이 들기도 했다. 하지만 그때 나는 축제
라도 있는 듯 기분이 좋은 상태였기 때문에 하루 데이트 상대쯤으로는 뭐가 어떠
랴 하는 생각으로 마음을 고쳐먹었다.

나는 그에게 손짓을 보냈고, 잠시 당황한 표정을 짓던 그도 곧 내게 손을 흔들
어 보였다. 그가 내 쪽으로 걸어오는 걸 보며 나는 옆에 앉아 있던 나의 대화 상
대에게 만나기로 한 사람이 오고 있다는 걸 알렸다. 검은색 터틀넥 상의를 입고
있던 그 덩치 큰 남자는 좀 더 얘기를 나누고 싶어 했고, 그 때문에 '인연이 되면
다음에 다시 보자' 는 말을 하며 잡아끄는 그에게서 손을 빼내는 데 몇 분은 족히

걸린 듯했다. 손을 겨우 빼냈을 때 오늘의 주인공은 미소를 지으며 내 옆에 와 서 있었다. 하이힐까지 신은 까닭에, 내 키는 그보다 적어도 10센티미터는 더 커보였다. 앞으로는 엄마에게 키가 큰 남자를 더 선호한다는 말을 해둬야겠다는 생각이 들었다.

"영록 윤 씨 맞죠……? 아니면 윤영록 씨가 맞는 이름인가요?"

방금 전 대화 상대에게서 겨우 빼낸 손을 그에게 내밀며 내가 말했다. 그는 덩치 큰 그 남자에게서 눈을 떼지 않으면서 내 손을 으스러져라 세게 잡았다.

"친구들은 편하게 그냥 '록'이라고 부릅니다."

미국식으로 들으면 '바위'라는 뜻의 그의 이름은 처음엔 우스울 정도로 지나치게 남성다운 것처럼 들렸다. 하지만 뭐, 적어도 그건 그의 진짜 한국 이름에 기초한 것이니까, 그리 우스워할 일은 아닌 것도 같았다. 그는 몸을 구부려 내 귀에 대고 속삭였다.

"저 남자, 혹시 제가 지금 생각하는 그 사람이 맞나요?"

앞서 대화를 나눌 때 그 남자가 내게 거짓말을 하는지도 모른다는 생각이 잠깐 들기도 했었는데, 지금 보니 어쩌면 진짜 풋볼 선수일지도 모른다는 생각이 들었다.

"혹시 존 존슨을 말씀하시는 거라면……."

"세상에!" 미스터 록은 갑자기 그 남자를 보며 손뼉을 치며 외쳤다.

"존 존슨! 전 당신의 열렬한 팬입니다! 와우 세상에, 이렇게 반가울 수가!"

미스터 존슨의 얼굴은 미스터 록의 과장된 몸짓에 잠시 어리둥절한 듯 보였다. 그러나 미스터 록이 자신의 긴 선수 생활 동안 세웠던 기록들을 거침없이 줄줄 읊어감에 따라 점차 부드러운 표정으로 바뀌어갔다. 나는 내 가방을 만지작거리며 레스토랑 안을 둘러보았다. 이 광팬의 짝사랑이 빨리 끝나기만을 기다리면서 말이다.

별 네 개짜리 '미셸 제라르'라는 이 비싼 식당은 오늘이 처음이었다. 위엄 있어 보이는 대리석 기둥하며 크리스털로 된 정교한 샹들리에 하며, 눈부시게 흰 리넨 테이블클로스하며……. 왠지 모피 코트와 다이아몬드를 걸치고 와야 어울릴 법할, 그런 장소였다.

"이분하고 만나기로 하신 건가요?"

존 존슨이 내 쪽으로 고개를 갸우뚱하며 물었다. 그러자 미스터 록은 조금 당황한 기색을 보이며 말했다.

"네에…… 하지만 여기 바 의자에 앉아서 저랑 같이 얘기나 좀 더 하시는 게……."

"허, 이분, 영 정신이 없으신가 보네. 저랑 무슨 얘기를 하며 시간을 낭비하려고 하십니까? 얼른 테이블 잡아서 이 숙녀분이랑 저녁식사와 와인 한 잔 할 생각은 안 하시고……."

"아, 그렇군요." 얼버무리듯 대답한 미스터 록은 숨을 한껏 들이마시더니 크게 웃으며 다시 한 번 말했다. "하지만 숙녀분도 괜찮다고 생각할 것 같은데……."

나는 어이없이 눈동자를 굴려야만 했다. 이 남자는 혹시 내가 지금 자기가 하는 말을 못 알아듣는다고 생각하고 있는 걸까?

결국 그들은 남자들만의 세계를 강조하는 듯한 힘찬 악수를 나누고 헤어졌다. 그리고 아까부터 미스터 록을 쳐다보고 있던 지배인은 존 존슨이 작은 손짓으로 신호를 보내주자 곧 우리 쪽으로 와서 따라오라는 손짓을 했다.

"존 존슨이라니! NFL 역사상 가장 위대한 선수와 악수를 나누다니, 정말 믿을 수가 없어요." 미스터 록은 자기 손을 모아 올리며 그 손을 존경하듯 바라보았다.

"지금 상태라면 앞으로 그 손은 절대 안 씻을 것 같아 보이시네요."

내가 웃음을 터뜨렸다. 누군가가 어떤 일에 저토록 열정을 가진 모습을 보는 일은 기분을 꽤 새롭게 만들어주는 일이기도 한 것 같다. 그 모습을 보고 있자니, 만약 도나 카란이나 미우치아 프라다 같은 유명 디자이너나 여권운동의 선봉자 글로리아 스타이넘 같은 사람을 만나게 된다면 나도 저 사람과 같은 모습을 하게 될지 갑자기 궁금해졌다.

미스터 록은 마치 어린 소년처럼 나를 향해 활짝 웃어 보였다.

"설마요. 제가 그렇게까지야 하겠어요?"

말은 그렇게 했지만 테이블로 다가와 날 위해 의자를 뒤로 빼줄 때, 그는 다른 쪽 손을 이용하고 있었다.

대개 나는 남자들이 의자를 빼준다든지 하는 일을 별로 달가워하지 않는 편이다. 그리고 그런 것을 거부하면 남자들이 좋아하지 않는다는 것도 알고 있었다. 그러나 어쨌든 이번만은 아무런 대꾸 없이 그저 공손하게 그가 내어준 자리에 앉기로 했다.

"와, 이 가격대 좀 보세요!" 메뉴판에 거의 코를 박은 채, 미스터 록이 놀란 듯이 외쳤다.

정면으로 보이는 고개 숙인 그의 머리가 눈에 들어오는 순간, 정수리 부분의 숱이 그리 많지 않다는 것을 알 수가 있었다. 머리를 약간 부풀린 스타일을 한 것 역시 아마도 그런 이유에서였을지 모르겠다.

"여기 요리 한 접시 값이면 열 명쯤 되는 가족 전부를 먹일 수도 있겠군요."

"그럼 다른 데로 자릴 옮길까요?" 난 다른 테이블을 의식하며 조심스레 물었다. 다행인지 모르겠지만 그에게 주의를 기울이는 사람은 아무도 없었다.

"아니에요, 여기 이렇게 와 있는걸요. 한 번 먹어보죠, 뭐. 이 근방에서 가장 괜찮은 프랑스 식당이라고들 하던데, 아마 그만큼 값을 하겠죠."

"프랑스 요리에 일가견이 있으신가 보네요." 메뉴판을 펼쳐보며 겉표지를 두른 검은 가죽의 질에 감탄하면서 내가 말했다. 메뉴 리스트는 딱 한 장밖에 없었고, 모두 프랑스어로 쓰어 있었다. 내 외국어 실력은 독일어와 라틴어 정도에 한정되어 있었으니, 우리 둘은 작은 난관에 부딪힌 듯했다.

"제가 그렇게 보여요?"

그는 자세를 고쳐 앉으며 상의와 넥타이를 바로 했다.

"사실 전 스테이크랑 감자 요리를 더 좋아하는 타입이거든요. 카운터에 계셨던 여자 분이 여기를 추천해줬지요."

"카운터요?"

"네, 티파니 보석상 카운터요. 진저 씨 어머니를 만났던 곳 말이에요. 그때 저희 어머니한테 선물할 브로치를 고르고 있었는데, 제게 큰 도움을 주셨지요. 아, 저희 어머니가 지난주에 환갑을 맞으셨거든요."

"잘하셨네요."

우리 엄마의 오지랖은 정말이지 못 말리겠다는 생각을 하며, 나는 그를 향해 미소를 지었다. 그를 어디서 만나게 된 것인지에 대해 그 전에 먼저 엄마한테 캐물어봤어야 했는데…….

"어머님께 저희 어머니가 그 브로치를 무척 마음에 들어 하셨다고 전해주세요."

웨이터가 지나가자 미스터 록은 엄지와 검지를 말아 입에 가져다 대며 휘파람 신호를 보내려는 듯이 보였다. 나는 급히 유리잔과 은 식기 위로 몸을 구부리며 그의 소매를 잡아당겼다.

"웨이터가 이리로 올 때까지 그냥 기다리는 게 낫지 않을까요?"

그는 자기 손목을 잡고 있는 내 손을 쳐다보았다. 그제야 나는 소매를 놓고 바로 앉았다. 얼굴이 조금 달아오르는 것 같았다. 그때 포도주 전문가인 소믈리에가 와인 리스트를 가지고 우리 테이블로 왔다. 미스터 록은 가장 싼 와인 한 병을 주문했다.

"어떤 일을 하시죠?" 다시 우리끼리만 있게 되었을 때 내가 물었다.

"제가 회계사라는 거, 어머니께서 말씀 안 하셨어요? 그때 마치 KGB처럼 꼬치꼬치 심문하셨는데."

"저희 엄마가 좀 그런 분이세요. 그렇지만 저한테 아무 정보도 안 주셨는데……."

"어머니께서 진저 씨 사진을 보여주셨어요. 처음에는 뭔가 사기성이 있는 게 아닌가 하는 생각이 들기도 했지만, 곧 그러면 어때? 하는 생각이 들더군요. 만일 이 여자가 진짜 폭탄이라면 그냥 화장실 간다면서 도망을 쳐버리지 뭐……, 그랬죠."

"그럼 이따 화장실에 가셔서 오랫동안 안 돌아오시면 제가 계산하고 나가면 되겠군요."

"하하, 아니에요. 이렇게 실제로 뵈니까 아주 괜찮은 분인걸요."

그가 내 손을 살짝 두드려주었다.

"그렇지만 좀 듣고 싶은 얘기도 있는 건 사실이에요. 왜 어머니가 나서서 데이트 상대를 물색해주시는 거죠? 제가 보기에 진저 씨 같은 여자라면 혼자서도 얼마든지 조달할 수 있을 것 같은데."

"뭐, 대충 아실 텐데요. 저희 엄마는 제가 한국남자하고 결혼하길 원하시거든
요."

갑자기 미스터 록은 몸을 뒤로 젖히며 두 손을 모아 위로 들어 올려 보였다.

"엇, 어머니께서 결혼 얘기는 꺼내신 적 없었는데. 저도 단지 데이트라는 말에
만 오케이 한 것이었고요."

"괜찮아요. 신경 쓰지 마세요." 내가 웃으며 말했다. 내 말에 그가 상당히 긴장
한 듯 보였기 때문이었다.

"저도 결혼을 목적으로 나온 건 절대 아니니까 걱정 마세요. 저도 엄마 때문에
이렇게 나오게 됐어요."

그는 다소 안도한 듯한 얼굴로 손을 내려놓았다.

"대개 여자들은 항상 저를 묶어놓으려고 하지만 바위, 그러니까 이 '록' 은 굴
러가야만 하는 거 아니겠어요?"

그는 이런 농담을 던지며 자기가 한 말이 굉장히 재미있지 않느냐는 표정을 지
었다. 그때 머리를 뒤로 넘긴 깡마른 웨이터가 주문을 받으러 왔다.

"결정의 시간이 왔군요, 가르송!"

그가 말했다. 그러더니 내 쪽으로 몸을 기울여 입을 손으로 가리며 '가르송은
프랑스어로 소년이라는 뜻' 이라고 내게 살짝 귀띔을 했다. 그러고는 곧 웨이터
에게 몸을 돌려 물었다.

"성함이 어떻게 되시죠?"

"제 이름이요?" 웨이터가 되물었다.

"네. 그쪽 분 성함." 미스터 록이 재차 말했다.

"제 이름을…… 꼭 아셔야 하는 이유라도 있으십니까? 혹시 무슨 문제가 있다
면 지배인님을 불러다 드릴 수 있는데요."

"아, 문제가 있는 건 아니고요. 그저 좀 알고 지내고 싶어서요. 제 음식을 맡아
서빙해주시는 분이니까, 성함 정도는 좀 알고 싶어서 그런 겁니다. 제 이름은 록
이고 이분은 진저."

나는 억지웃음을 지어 보였다. 그가 분위기를 당황스럽게 만들고 있었지만, 어
쩔 수 없이 그와 보조를 맞춰야 하는 상황이었다. 그야말로 내가 만난 사람들 중

가장 미국인 같은 한국인이었다.

"네, 친구가 되고 싶다는 말씀이신 것 같군요. 저는 자크라고 합니다."

미스터 록이 힘차게 손을 내밀었고, 자크는 가녀린 손목을 내밀어 악수를 나누었다.

"제 생각에 손님께서 괜찮은 프랑스 요리를 경험하시는 게 이번이 처음이 아니신가 싶네요. 그렇다면 제가 어떤 요리를 추천해드리면 좋을까요?"

"잭, 여기 계신 숙녀분과 함께 육즙이 줄줄 흐르는 맛있는 스테이크를 주문하고 싶은데요."

"저도 말이에요?" 내가 당황한 듯 묻자 웨이터가 말했다.

"아, 그렇지만 저희 레스토랑에는 아주 훌륭한 요리들이 다양하게 준비되어 있습니다."

갑작스러운 상황에 짜증이 난 게 역력해 보이는 웨이터 자크는 메뉴판을 확 열어 보였다.

"그냥 저희는 스테이크로 주문할게요. 저는 웰던으로 붉은 기운이 전혀 보이지 않게 잘 익혀주세요." 내가 말했다.

"붉은 기운이 전혀 없게 말씀입니까?"

자크가 내 말을 끊으며 끼어들었다. 그는 마치 '당신 영국인이냐? 정도의 생뚱맞은 질문을 받은 듯한 표정이었다.

"혹시 케첩도 원하시진 않으십니까?"

"케첩이오? 스테이크에다가?" 미스터 록이 어깨를 으쓱해 보였다.

"뭐, 한 번 그렇게 먹어보도록 하죠." 그는 내게 윙크를 하며 말을 이었다. "로마에 왔으면 로마법을 따라야지."

"손님, 죄송하지만 손님께서 주문하신 내용은 저희 주방장을 모욕하는 일밖엔 안 될 것 같습니다. 차라리 저 길 아래로 내려가시면 스테이크 하우스가 있는데, 아마 거기가 더 마음에 드시지 않을까 싶네요."

자크는 손을 허리춤에 올려놓으며 약간 거만한 태도를 보였다. 그러자 미스터 록은 냅킨을 테이블 위로 던지며 일어날 준비를 했다. 나는 황급히 그의 팔을 붙잡으며 자크 쪽으로 몸을 돌려 허둥지둥 말했다.

"다시 생각해보니, 그쪽 분께서 추천하시는 메뉴를 주문하는 것도 괜찮을 것 같네요."

나야말로 누구보다도 더 그 자리를 떠나고 싶은 사람이었지만 지금에 와서 여길 나간다는 건 너무 창피스러운 일이 될 듯 싶었다. 다른 테이블에 있는 사람들은 분명 우리를 이곳의 고급스러운 분위기에 적응 못한 불쌍한 한 쌍의 아시아인 커플로 볼 것이 틀림없었다.

자크는 미스터 록을 한 번 흘끗 쳐다보고는 나를 향해 몸을 깊이 숙였다.

"잘 알겠습니다, 마드모아젤."

그러더니 그는 다시 자기의 추천 메뉴를 줄줄 읊어댔고 나는 듣지도 않고 무조건 고개를 끄덕여주었다. 그는 곧 우리 앞에서 총총히 사라졌다.

"시건방진 놈 같으니라고." 미스터 록은 아까 내던진 냅킨을 다시 자기 무릎 위에 올려놓으며 씩씩댔다. "틀림없이 저놈은 여기 메뉴 중에서 제일 비싼 요리를 들고 나타날 거라고요."

"여기가 원래 좀 비싼 레스토랑이잖아요." 와인 한 모금으로 목을 축이며 내가 말했다. "뭘 가져오든 괜찮은 음식이 나올 거예요. 너무 걱정 말죠, 우리."

결국 난 내 잔을 깨끗이 비워버렸다. 그러자 마치 마법처럼 소믈리에가 어느새인가 내 옆쪽으로 나타나 빈 잔을 채워주었다.

"그렇지 않다면 절대 팁은 주지 않을 거예요." 미스터 록이 말했다.

얼마 지나지 않아 호박 수프와 밤이 든 라비올리가 나왔고, 10분 정도는 충분히 우리가 바쁠 수 있도록 만들어주었다. 나는 마치 강한 압력이라도 받은 사람처럼 빨리 다음 식사가 나올 수 있게끔 상당한 속도를 가해 음식을 삼켰다. 처음에는 수프 안에서 숟가락을 깨작거리던 미스터 록도 맛을 보고난 후에는 먹는 속도를 높여갔다. 우리는 서로 아무 말 없이 계속 식사를 했다.

첫 번째 코스로는 사탕무와 양배추가 든 로크포르 치즈 샐러드가 나왔다. 양배추 크기가 너무 큰 까닭에 식사가 더뎌지면서, 우리는 자연스레 약간의 대화를 시작하게 되었다. 우리는 뉴욕의 생활과 더위, 그리고 그의 여름휴가 등에 대한 얘기들을 나누었다. 다른 웨이터가 우리의 빈 접시들을 깨끗이 치웠을 때쯤 우리의 대화는 상당한 안정을 찾아가고 있었다.

　"여기에선 오래 사셨어요?" 뉴욕 곳곳에 대한 그의 해박한 지식에 놀라며 내가 물었다.
　"아마 맨해튼에서만 10년째일걸요. 원래는 롱아일랜드에 살았지만."
　"그럼 이민 3세대?"
　"제가요? 아뇨. 전 여섯 살 되던 해에 여기 미국으로 건너왔는걸요."
　"참, 맞다. 이름이 한국식이었지. 그런데 이름은 왜 안 바꾸신 거죠?"
　"제 이름에 뭐 잘못된 거라도 있나요?"
　"전혀요. 제 생각엔, 이름 때문에 놀림을 좀 받으셨을 것 같아서 드린 말씀이에요."
　그는 주먹을 불끈 쥐어 마치 그게 축구공이라도 되는 듯 테이블을 쾅 내리쳐 보였다.
　"어느 누구도 절 두 번 이상 놀리진 못했답니다."
　"그렇지만 사회생활을 하는 동안에 이름 때문에 불편을 겪진 않으셨나요?"
　"요즘 시대에 아시아 이름 때문에 불편을 겪는 사람들은 거의 없다고 봐요. 특히 비즈니스에 있어서는 더욱 그렇죠. 영록, 록, 록키……. 전 제 이름이 마음에 들어요. 진저 씨도 틀림없이 한국 이름을 하나 가지고 계시긴 할 텐데요."
　"저도 하나 있긴 있어요. 제 미들네임, 그러니까 중간 이름이죠."
　사실 나는 그 이름은 말해주고 싶지 않았다.
　"예전엔 중간 이름이 아니라 그냥 원래 이름이었겠죠."
　"자라서 뭔가를 스스로 인식하게 된 이후부터는 한 번도 그 이름을 쓰지 않았어요."
　아빠의 품에 안겨 비행기에 오른 것은 진저가 아니라 '미숙'이라는 이름의 아기였다. 지금 나와는 상관없는 이름이지만.
　"그 이름이 뭐였는데요?" 그가 물었다. 난 고개를 설레설레 가로 저었다.
　"에이, 그러지 말고 말해줘요. 내 이름은 알면서 그래요."
　"그건 당신이 쓰는 이름이니까 그렇죠."
　"좋아요, 그럼 대충 어떤 운율인지, 어떤 단어와 소리가 비슷한지만 가르쳐줘요."

난 그에게 답을 해주기 위해 알파벳을 더듬어보기 시작했지만 그게 별 뜻도 없
는 쪽으로 나간다는 사실을 깨닫고는 곧 멈췄다.

"영어로요? 흠…… 비슷한 게 아무것도 없는데."

"아니요, 영어로 말고 한국어로요."

그는 마치 한심하다는 눈으로 날 바라보는 것 같았다.

재미있는 건, 내가 한국말을 가지고 그런 운을 생각해본 적이 단 한 번도 없었
다는 사실이었다. 내게 한국어란 그저 어떤 소리의 흐름일 뿐이었다. 사실 난 한
국말 문장에서는 어디서 한 단어가 끝나고 어디서 다른 단어가 시작되는지도 구
별해낼 수가 없는 수준이었으니까.

"모르겠어요."

"지금 내가 혹시 추측해낼까 봐 얘기 안 하려고 그러는 거죠?"

"아니에요. 진짜 잘 모르겠어요."

"알았어요."

내 말을 믿지 않는 그의 모습을 보니 갑자기 나 자신이 이상하게 느껴졌다. 내
이름이 어떤 한국말 소리와 비슷하게 들리는지도 모른다면 그건 내게 뭔가 결점
이 있다는 뜻이 되는 걸까? 게다가 이건 어린아이도 알 수 있는 문제인 것을. 어
렸을 때도 '진저' 란 영어 이름은 어떤 단어들과 음률이 같은지를 확실히 알고 있
지 않았는가. '핑거', '링거', '싱어', '징거', '딩거' …… 따위와 같이 말이다.

마치 거위 간 요리인 푸아그라처럼 안이 꽉 채워진 치킨 요리가 서빙되었다.
미스터 록은 치킨 요리의 속을 파고 들어가기 시작했다. 나는 그가 도구를 이리
저리 사용하는 모습과 능숙하게 고기를 자른 다음 나이프를 이용해 치킨과 크랜
베리, 시금치를 포크로 옮기는 전문가 같은 모습에 경탄하지 않을 수 없었다. 나
도 포크를 사용하면서 자라오긴 했지만 미국인들은 음식을 먹을 때 포크에 입을
대지는 않는다는 사실을 대학에 들어온 이후에야 깨달았다. 또 엄마에게 스테이
크용 나이프 세트를 사게 하긴 했었지만 샘이 만들어내는 동그란 담배 연기와 마
찬가지로 그것들을 자유자재로 사용기엔 그 시작이 너무 늦은 것이었다.

그는 고개를 들어 나를 보며 웃음을 지었다. 입은 계속해서 오물거리는 채로
그는 갖은 도구들을 내려놓고는 와인을 꿀꺽꿀꺽 마셔댔다.

"어머님 생신이 지난 주였다고 하셨던가요?"

여전히 입 안에 음식을 가득 문 채로 그가 고개를 끄덕였다.

"그래서 맨해튼 전체를 한 바퀴 도는 보트를 하나 빌렸죠. 배 안에 한 200명은 족히 태운 것 같았어요."

"재미있으셨겠네요."

"저희 어머니는 그 정도는 충분히 받으셔야 할 분이죠." 그는 계속 음식을 씹으며 말했다.

"여동생이랑 그 애 신랑이 500달러 정도를 냈지만 나머지는 다 제가 부담해야 했어요."

"여동생이 있으세요?" 그가 얼마를 부담했는지 채 말하기도 전에 내가 물었다.

"이름은 '패러' 예요." 그가 고개를 끄덕이며 말했다.

"여동생 분은 미국 이름을 가졌네요."

"그 애는 놀림당하는 걸 못 견뎌 했거든요." 그가 어깨를 으쓱하며 말했다.

"어릴 때 '찰리스 엔젤' 이라는 드라마를 좋아해서 거기서 따온 이름이죠."

"여동생 분 스스로 자기 이름을 지었다는 말씀이세요?"

"진저 씨는 안 그랬어요?"

"글쎄요, 자기 이름을 자기 스스로 짓는다는 게 그리 평범한 일은 아니지 않을까요?"

만일 내가 스스로에게 이름을 지어줬다면 나는 지금보다 덜 여성스럽고 덜 이국적인 이름을 붙였을 것이다. 로빈이나 크리스, 아니면 키이스 정도? 매디슨에 있을 때 키이스라는 이름을 가진 여자애를 본 적이 있었다. 그렇지만 누구도 그녀에게 그 이유를 묻거나 이름에 대해 뭐라고 하는 사람은 없었다.

"부모님들이 영어를 거의 못하시는 경우에는 그런 일들도 종종 생긴답니다."

십대 시절, 영어를 하지 못하는 엄마를 대신해 자동차 수리공과 직접 내가 담판을 짓거나 엄마의 세금 계산에 관련된 일을 내가 나서서 처리해야 했던 일들을 떠올리며 나는 이해할 수 있다는 듯 고개를 끄덕여 보였다. 어쩌면 자기 이름을 스스로 짓는다는 것은 그리 멋진 일은 아닐지도 모르겠다는 생각이 들었다. 그

럼, 적어도 나는 그런 일을 할 필요까지는 없었으니 다행이라고 생각해야 하는
걸까.

"그러니까 여동생 분은 벌써 결혼을 하셨군요. 애들은 있나요?"

"네." 갑자기 그의 눈빛이 반짝였다. "보실래요?"

내가 대답도 하기 전 그는 지갑을 꺼내 보였다.

"얘가 마돈나고요, 이제 세 살이 되었답니다. 그리고 얘는 사이먼. 한 살이죠."

밝은 갈색 머리와 갈색 눈의 그 아이들은 마치 어린 시절 교회 연극에 나왔던
샐리라는 소녀와 닮은 모습이었다. 나는 사진을 들여다보며 예의 바르게 웃어주
었다. 아이들은 물론 귀여웠지만, 그들 앞에 놓인 정체성의 혼란과 갈등에 대해
생각하니 왠지 안됐다는 마음을 감출 수가 없었다. 저 맑은 아이들이 커서 그렇
게 마음속 깊은 곳까지 철저히 고민을 해야 하다니…….

"애들 아빠는 백인이네요. 부모님께서 달가워하지 않으셨겠어요."

"우리 부모님이오? 아뇨, 부모님들은 브랜든을 좋아하시는걸요. 그쪽 부모야
좀 그랬지만……. 뭐, 그래도 그분들도 나중에는 다 받아들이게 되었고요."

"그쪽 가족 분들은 좀 특이하시네요."

"현실적인 편이죠. 어쨌든 간에 부모님이 우리를 이리로 데려온 이상, 그분들
이 뭘 더 기대할 수 있겠어요?"

어쩌면 그쪽 부모님들은 패러가 무얼 하든 별 신경을 쓰지 않는 사람들인지도
모르겠다. 패러는 혈통을 잇는 남자가 아니니까. 아마도 그건 우리 엄마가 죄의
식을 갖지 않는 이중적 잣대이자 성차별주의적인 관점하고도 비슷할 것이다. 불
현듯 오빠 조지에게는 아이들, 그러니까 내 조카들이 있는지, 있다면 패러의 아
이들처럼 생겼을지 궁금해졌다.

"음식이 별로 맛이 없나 봐요?"

미스터 록이 거의 손대지 않은 채로 남겨진 내 닭가슴살을 가리켰다. 그의 접
시는 깨끗하게 비워져 있었다.

"별로 생각이 없었거든요."

점심 때 샌드위치를 반쪽밖에는 먹지 못했지만 웬일인지 지금도 그렇게 식욕
이 당기진 않았다. 그가 나를 물끄러미 쳐다보았다.

"진저 씨도 살찌는 걸 죽기보다 싫어하는, 그런 부류의 여자인가요?"

"제가요?" 내가 놀라서 되물었다. "아니요!"

그는 빵으로 접시를 닦아내듯 남은 소스를 묻히며 입을 약간 씰룩거렸다.

"만약 그렇다 해도 뭐, 저한테 얘기는 안 하시겠지만."

"저 정말 안 그래요."

내가 다이어트를 시도한 것은 겨우 지난 주말 동안뿐이었고, 그것도 모델이 되어 촬영을 한다는 특정한 목적 때문이었지 않은가. 심지어 내가 언제 체중계 위에 올라가 봤었는지조차 잘 생각이 나질 않는데.

"잘 알겠지만, 대부분의 남자들은 깡마른 여자들을 섹시하다고 생각하진 않는다고요." 그가 자기 잔을 들어 나를 보며 말했다. "우린 뭔가 만져지는 게 있는 쪽을 좋아하죠."

"제게 강의를 하실 필요는 없어요." 내가 웃었다. "비만이 페미니스트들의 이슈라는 건 저도 잘 알고 있으니까."

"그러면서 당신은 지금 전혀 먹질 않고 있잖아요."

"저 굉장히 잘 먹어요. 먹는 걸 아주 좋아해요. 진짜라니까요."

난 바게트 빵을 집어들고 그 위에 남은 버터를 잔뜩 발랐다. 그러곤 한입 크게 베어 물었다.

"훨씬 낫군요." 그가 미소 지으며 말했다.

"디저트를 시켜드려야겠군."

사실 달짝지근한 건 별로 원하지 않았지만, 웨이터가 왔을 때 나는 그의 생각이 잘못되었다는 걸 증명하기 위해서라도 어쩔 수 없이 초콜릿 무스를 주문해야 했다. 그는 애플파이를 시켰다.

"그런데요, 어떻게 그렇게 열린 사고를 가지게 된 거죠?" 웨이터가 자리를 뜨길 기다렸다 내가 질문을 던졌다.

"그냥 제가 원래 21세기형 인간인가 보죠, 뭐."

"좀 독특하신 것 같아요."

사실 난 풋볼 광팬들은 좀 바보 같다고 생각했었다.

"진저 씨는 한국적인 것에 대해 콤플렉스 같은 게 심한 것 같아요."

"안 그래요."

"한국인들이 전부 성차별을 다반사로 하는 케케묵은 구식주의자들인 건 아니라고요."

"저도 알아요." 당황한 내가 말했다.

"안다고요? 사실 전 진저 씨를 만난 지 얼마 되지 않았지만……, 제 말을 오해하진 마세요. 그렇지만 진저 씨는 우리 한국인들에 대해 어떤 편견을 가지고 있는 사람 같아요."

"전 한국사람들에 대한 편견 같은 건 가지고 있지 않아요."

지금 이 사람, 그런 말을 어떻게 오해하지 말고 들으라는 것일까?

미스터 록은 어깨를 으쓱했다.

"당신을 보니 내가 대학교 때 알고 지내던 여자들이 생각나네요."

그때 디저트가 나왔고, 난 자크가 떠나길 기다렸다가 물었다.

"왜요?"

그는 내 질문은 듣는 둥 마는 둥 페이스트리를 자르느라 바빠 보였다.

"와, 이 집 애플파이 하나는 정말 끝내주는군요."

그가 한 조각을 떼어 내게 권했지만 나는 고개를 가로저었다.

"어떤 면에서 그렇다는 거죠?"

"네?…… 아, 맞다." 그는 입가를 닦으며 말했다.

"당신의 자기혐오적인 면이 그 여자들과 닮았다는 거죠." 그는 다시 포크로 애플파이 한 조각을 집어 올리더니 그걸로 날 가리키며 말했다.

"내 장담하는데, 진저 씨는 분명 백인으로 태어났기를 바랐을 거예요."

"뭐라고요? 절대 그렇지 않아요. 전 한국인인 게 자랑스러운걸요."

여태껏 그런 감정을 한 번도 밖으로 표출하거나 또는 그렇게 깊이 생각해본 적이 없었던 건 사실이다. 하지만, 그런 식으로 궁지에 몰리자 그 순간 나는 그걸 가슴 깊이 진심으로 느낄 수가 있었다.

"절 바보로 만드시는군요."

나는 냅킨을 테이블 위로 던지듯 올려놓았다. 나는 내 중간 이름도 별로 달갑지 않았고, 또 그게 어떤 한국어 단어와 비슷한 음을 내는지도 모를 뿐더러, 한국

남자들도 별로 좋아하지 않고, 사는 동안 되도록 한국사람들과 어울리지 않으려고 하긴 했었지만, 그렇다고 해서 그게 내가 백인이 되고 싶다거나 지금의 내가 아닌 다른 사람이 되고 싶다는 뜻은 아니지 않은가.

"제가 한국사람을 싫어한다면 지금 이렇게 록 씨랑 마주앉아 저녁을 먹고 있겠어요?"

"엄마 때문에 할 수 없이 나오신 거라면서요."

"제가 그랬나요?"

나는 점점 더 혼란스러워지는 것만 같았다. 내 인종적, 민족적 자긍심을 방어하는 일에는 익숙지 않았기 때문이다.

"사실 저희 엄마는 제가 한국남자와 결혼하기를 완강히 주장하시는데요, 보아하니 그쪽 부모님은 그러시진 않은 것 같네요. 그렇게 보면 어쩜 록 씨랑 록 씨네 가족이 더 자기혐오적인 게 아닌가요?"

"아니요. 우리 집안은 굉장히 개방적이에요. 동등한 기회를 존중하는 사람들이죠."

"혹은 더 큰 자기혐오증을 가진 건지도 모르죠. 만일 진정 자신을 사랑하는 사람이라면 자기랑 닮은 사람과 같이 있고 싶어 하는 게 순리 아닐까요? 자기를 닮은 아이들을 가지고 싶어 해야 하는 거 아니냐고요."

마지막 파이 조각을 입에 반쯤 문 채, 그는 눈썹을 찡그렸다.

"그게 무슨 뜻이죠? 혹시 제 조카들에 대해 뭐 감정이라도 있으시다는 건가요?"

"어머, 아뇨." 내가 움찔했다.

"제 말 뜻은, 제가 순수 혈통의 한국인이란 게 다행이라는 것뿐이에요."

"세상에, 지금 제가 이런 말을 듣고 있다는 사실이 좀처럼 믿어지지가 않네요. 국제결혼이나 다른 인종 간의 결혼에 대한 편견이 우리 세대에는 적용되지 않는다는 걸 잘 알고 계실 텐데. 제 조카 마돈나와 사이먼을 보면서 걔네들 아빠가 우리랑은 다른 미국인이구나 하는 생각을 하는 사람은 아무도 없다고요."

"알아요."

"그렇지만 지금 진저 씨는 그들을 무시하고 있는 거잖아요."

"무시하는 게 아니에요. 그들이 가엾다는 거지. 록 씨와 전 문화적으로만 서로 다른 배경에서 자란 거잖아요. 그렇지만 그 애들은 외관적으로도, 유전적으로 완전히 다른 배경에서 자라게 되는 거라고요."

"그게 뭐 어쨌단 말입니까?"

"적어도 우린 어디 가서도 '한국인'으로 통할 순 있잖아요."

"진저 씨는 분명 한국에 한 번도 가 본 적이 없는 것 같군요. 한국에 가면, 사람들은 당신이 내 조카들을 대하는 만큼 똑같이 부당하게 진저 씨를 대할 거라고요. 아니, 오히려 진저 씨를 더 형편없이 대할는지도 모르죠. 적어도 우리 조카들은 2개 국어를 할 줄 아니까."

"지금 제가 한국 얘기를 하는 게 아니잖아요. 전 지금 여기, 미국이란 곳에서 일어날 일을 말하는 거예요."

"여기서 제 조카들은 그저 두 개의 서로 다른 문화를 타고났을 뿐, 둘 다 평범하고 행복한 아이들로 자랄 수 있어요. 그들은 뭔가 분리되어진 것이 아니라 그저 섞인 것뿐이라고요. 그리고 혹시 진저 씨가 묻는다면 전 차라리 그쪽이 훨씬 더 낫다고 대답할 겁니다. 적어도 그 애 부모들은 영어를 할 줄 알고 또 여기서 자라난 사람들이니까."

난 한 번도 그런 식의 생각을 해본 적이 없었다.

"좀 문제가 있으신 것 같군요."

"그러는 당신은 없고요?"

미스터 록은 빈 접시를 한쪽으로 치우고는 의자 뒤로 몸을 젖히면서 물었다.

"내가 문제가 있어 보여요?"

아니다, 그는 그렇게 보이지 않았다. 그는 잘 적응된 행복하고 만족스러운 2세대 코리안 아메리칸이었다. 그는 내가 보기에 실로 의외의 경우라 할 수 있었다.

"그렇지 않다면 어떻게 그렇게 모든 걸 편하게 생각할 수 있는지 저한테도 좀 가르쳐주세요."

난 의자를 당겨 테이블에 가까이 다가앉으면서 물었다. 미스터 록은 나를 재미있다는 듯한 표정으로 쳐다보았다. 그는 어깨를 으쓱하며 이렇게 말했다.

"글쎄, 그런 생각은 한 번도 해본 적이 없어서요."

"그럼 지금 한 번 생각해보세요."

"음……, 이제껏 난 한 번도 내가 가진 한국인적인 면이나 미국인적인 면모를 두고 고민하거나 괴로워해보질 않았어요. 난 그저 이대로의 나일뿐이니까."

"단 한 번도요? 학교에서 애들이랑 싸움이 붙었을 때조차 말인가요?"

"제가 아주 어릴 적엔 물론 좀 그랬죠. 그렇지만 나이가 들면서부터는 더 중요한 문제들이 더 많이 생겨나기 시작했으니까."

"어떤 것들이 더 중요한 문제라는 거죠?"

그는 자기의 바지 지퍼 쪽을 한 번 내려다보더니 나를 향해 씨익 웃었다.

"이런 문제 같은 거요."

난 그에게서 멀어지도록 의자를 뒤로 밀어냈다. 그런 삶이 답이 될 순 없었다. 난 웨이터를 찾아 식당 안을 이리저리 둘러보았다.

"……풋볼 입단 테스트도 있었고 그런 다음에는 훈련 생활이, 그러곤 시합들이 뒤따랐죠. 제가 플로리다 주에서 전액 장학생이었단 말을 했던가요?"

"아니요, 그런 말씀은 안 하셨는데. 풋볼을 했다는 한국인은 처음이라서……, 그렇지만 그렇게 놀랍지는 않네요."

그때 자크와 눈이 마주쳤고 나는 곧 계산서를 부탁한다는 눈빛을 보냈다.

"풋볼에 어울리시는 분 같아서 말이죠."

"고마워요. 풋볼이 지금의 저를 만들어줬죠."

그러면서 그는 손가락으로 나를 가리켰다.

"어쩌면 그게 당신 질문에 대한 답이 될 수도 있겠군요. 제가 별다른 고민 없이 그렇게 편안한 마음을 가질 수 있는 게 팀 스포츠의 덕이기도 했다는 거. 혹시 진저 씨도 운동 하는 거 있어요?"

"저요? 아뇨."

"그럴 것 같았어요. 그렇지만 하나쯤 운동은 해두는 게 좋을걸요. 제 친구 하나는, 참 그 친구도 한국인이에요. 아무튼 그 친구는 매주 토요일마다 프로스펙트 공원에 가서 필드하키를 즐긴답니다. 그녀라면 진저 씨를 도와줄 수도 있을 텐데."

"고맙지만 괜찮아요."

그는 알겠다는 듯이 고개를 끄덕였다.

"근육이 생기는 게 싫으신 거군요."

"아니요, 그런 것보다는……, 그저 제가 필드하키 같은 걸 좋아하는 타입이 아닐 뿐이죠."

"그럼 진저 씨는 어떤 타입인데요?"

그는 역시 제2세대 코리안 아메리칸이었다. 할 수 있는 일과 할 수 없는 일을 구분 짓지 못하는 것을 보니 말이다.

"그냥……, 제가 좀 바빠서요." 결국엔 이렇게 대답하는 수밖에 없었다.

계산서가 미스터 록의 손에 쥐어졌다. 그가 영수증을 들여다보는 동안 나는 지갑을 무릎 위에 꺼내놓으며 그 자리를 뜰 준비를 마쳤다. 그와의 시간은 나의 잠자고 있던 부분을 일깨우기도 했고 또 나름대로 재미있기도 했지만 다시 반복하고 싶지는 않은 경험이었다. 미스터 록은 계산서가 들어 있는 까만 책자를 탁 소리 나게 접어 닫고는 뭔가를 공모하려는 사람처럼 내 쪽으로 몸을 기울였다.

"저, 우리 둘 사이가 그렇게 잘될 것 같지는 않군요." 그가 말했다.

"그래요?"

"예, 왜냐하면 진저 씨는 운동하는 것도 별로 좋아하지 않는 것 같고……, 또 저한테는 어쩐지 신세대같이 느껴지지가 않아서요. 비싼 음식을 주문해놓고 거의 들지도 않는 것이나, 어머니가 진저 씨 데이트를 주선하는 거나……, 뭐 그런 것들을 고려해볼 때 말이죠."

"흐음……." 나는 계산서를 냉큼 집어들며 말했다.

"이건 제가 계산할게요."

그의 눈이 동그래졌다. "정말요?"

"네, 그렇게 해주세요." 나는 엄마의 신용카드를 내려놓으며 대답했다.

Chapter 35

　토요일 아침, 조깅을 끝내고 느지막이 집에 돌아왔을 무렵, 엄마는 통화 중이던 전화를 황급히 내려놓고 있었다. 허둥지둥 서두르느라 처음에는 수화기를 제대로 내려놓지도 못하는 것 같았다. 나는 그런 엄마를 향해 의심스럽다는 듯이 눈썹을 치켜 올려 보였지만, 엄마는 그런 날 외면해버렸다. 아마도 집으로 돌아갈 비행기를 예약한 모양이었다. 나는 엄마에게 키스를 하려고 몸을 구부렸다. 아침에 눈뜰 때에는 두통이 조금 있었는데, 조깅을 하고 나니 한결 나은 듯했다. 근육도 많이 풀리고 몸도 가볍고, 또 왠지 힘도 솟아나는 느낌이었다.

　먼지가 풀풀 나는 길 위를 뛰어가며 반짝반짝 빛나는 호수를 따라 돌고 있자니 마음속에 미스터 록이 한 말들이 주마등처럼 스쳐갔다. 아마도 나는 조상이나 집안 내력 등에 관해서 스스로 생각해왔던 것 이상으로 내 안에서 갈등과 투쟁이 더 컸었던가 보다. 그건 어쩌면 '미국인은 이러저러하게 세련되고 한국인들은 그렇지 못하다' 라고 생각했던 어린 시절의 기억들이 아직도 가슴속에 자리하기 때문인지 모르겠다. 그래, 어쩌면 내가 이민 2세대라는 사실에 스스로 혐오감을 느끼고 있을지도 모른다는 건 인정한다. 하지만 그렇다고 해서 나 자신이나 우리 엄마를 싫어한다는 뜻은 아니다. 그리고 사실 사람은 누구나 자기 자신에 대해 좋아하지 않는 부분이 있게 마련 아닌가. 누구나 자기모순적인 부분을 갖고 있으니까 말이다. 전혀 그런 면이 없다면 자기기만에 빠졌거나 아니면 아주 따분한 사람일 것이다.

　고요한 아침 공기와 짙은 침묵에 휩싸인 높다란 건물들……. 그 속에서 나는 외로움이 아닌, 오히려 누군가와 함께하는 듯한 편안한 느낌이 들었다. 여러 갈래로 나뉜 복잡한 감정에도 불구하고 근본적인 소속감 같은 걸 느낄 수가 있었다.

　엄마는 팔을 뻗어 키스를 하려는 나를 밀어냈다.

　"땀범벅이잖니. 그런 꼴을 하고 나돌아 다니면 안 된다."

　"방금 조깅을 하고 왔으니 그렇죠, 뭐." 티셔츠 자락으로 얼굴에 흐르는 땀을 닦으며 내가 말했다.

"좀 더 숙녀처럼 하고 뛰면 어디 덧나니? 그리고, 운동은 무슨 운동이냐. 괜스레 다리만 굵어지잖니."

"튼튼해지기도 하죠."

"그게 운동하는 이유야?" 엄마는 다시 의심 어린 눈길을 보냈다.

"아뇨, 꼭 그렇지만은 않죠. 그냥 뛰고 싶어서 뛰는 거예요. 기분도 상쾌해지고, 또 머릿속도 맑아지거든요."

엄마는 아랫입술을 뒤집어 보이며 내 대답에 대해 뭔가 골똘히 생각해보는 듯했다. 잠시 후 엄마는 알겠다는 듯 천천히 고개를 끄덕였다.

"그래, 데이트는 어땠니?" 미소를 띠며 엄마가 물었다.

나는 부엌 식탁 옆에 있던 의자 하나를 끌어당겼다.

"음, 진척되기 힘든 데이트였다고나 할까. 여러 가지 면에서 둘이 같은 곳을 바라보는 게 좀처럼 쉽지가 않았거든요."

"우선 앉아봐라. 그 남자 키가 좀 작은 건 안다만은, 그건 네가 서 있을 때에나……."

"아, 그 남자 키는 정말 작더라고요." 내가 웃었다. "그렇지만 제 말뜻은 그게 아니라, 제가 어떤 면에서는 한국적인 성향이 너무 강하고, 또 다른 면에서는 한국인다운 게 좀 부족하고…… 그랬기 때문이에요. 우린 서로가 너무도 달랐다고요."

"그렇지만 너희 둘 다 여기서 자라나지 않았니. 그러면 둘 다 같은 배경을 가진 거 아니냐?"

"형제자매들도 다를 수 있는데요 뭐."

"나도 안다." 엄마가 눈을 내리깔며 말했다.

"그렇지만 난 이해가 안 가. 영어도 완벽하게 하고, 자기 엄마를 위해 선물도 고르는 아주 자상한 남자던데."

"맞다, 그 남자가 어떻게 하다 엄마를 만나게 되었는지에 대해서도 얘기해주더라고요." 약간 비꼬는 듯한 목소리로 내가 말했다.

"아무튼 그 얘긴 그만해요, 엄마."

"알았다. 그만 하마." 엄마가 알겠다는 듯 고개를 끄덕였다.

"그런 건 요즘 젊은 사람들한테는 안 통하는 모양이구나."

엄마는 마치 문명생활의 종말이 코앞에 닥치기나 한 듯이 깊은 한숨을 내쉬었다.

"요즘 젊은 사람들은 너무 까다로워."

그러면서 엄마는 식탁 위에 있던 한국 신문을 하나 집어들고는 구인광고란 면을 펼쳐 들었다.

"닉스 팬을 원하고, 마음씨 착한 사람을 찾고, 영원의 반려자를 필요로 하고……. 서로를 모르고 살아온 두 사람이 커플이 된다는 건 정말 기적에 가까운 일이지."

"구인광고는 왜……, 그런 건 대체 왜 읽고 계시는 거죠?"

"다음 단계라고 할 수 있지."

엄마는 신문 여기저기를 들여다보느라 바빴다.

"민 여사네 딸은 신랑감을 바로 여기서……."

"세상에, 엄마. 나는 구인광고 따위와는 절대 관련되고 싶지 않은 사람이니까 알아서 하세요. 제가 그렇게까지 할 정도로 심각한 상황에 놓여 있는 건 아니라고요."

엄마는 '대체 누구한테 농담을 하는 거니' 하는 눈으로 날 쳐다보며 신문을 다시 자세히 들여다보기 시작했다. 그러고는 신문을 천천히 내려놓고 말했다.

"물론 우리가 남자들한테 전화를 해서는 안 되지. 우리는 그저 광고만 하고, 그들이 우릴 찾도록 해야 하지 않겠니?"

"엄마!"

"왜?"

"될 리가 없어요. 난……, 한글을 읽을 줄도 모르는걸요."

하마터면 난 한국남자들에게는 절대 끌리지 않는다는 말을 할 뻔하다 가까스로 참았다.

"엄마가 번역해주마."

"그렇지만 그들이 한글을 못 읽는다면 그들도 똑같이……."

“걱정 마라. 그 엄마들이 아들들을 위해 번역해줄 테니까. 자, 그럼 널 어떻게 묘사하면 되지? 벌써 조금 시작하긴 했다만.”

엄마는 팔을 뻗어 종이뭉치를 가져왔다.

“엄마. 사윗감을 찾는 대신, 차라리 진짜 아들을 찾는 데 그 에너지를 쏟아 붓는 게 어때요?”

엄마가 고개를 들었다.

“조지 말이냐? ……그애는 이제 나와는 아무런 상관도 없다. 아주 오래 전에 잃어버린 애야.”

엄마의 말투를 들으니 도저히 내가 도울 수 있을 것 같지 않은 분위기였다. 그 벌어진 틈은 우리가 한국인이라는 것에서 연유한 결과였지만, 계속되는 생이별은 그렇지가 않았다. 조깅을 하며 호수 근처를 마지막으로 돌면서 나는 엄마가 예전에 나한테 했던 것처럼 그렇게 자기 손자들을 꼭 껴안고 있는 모습을 상상해 보았다. 아이들에게 김치를 물에 헹궈주고 또 예의 재미있는 표정을 지어 보이며 ‘올드 맥도날드’ 라는 동요의 후렴구를 읊조려주는 모습을 말이다. 아마도 조지 오빠에겐 분명 아이들이 생겼을 것이다. 그가 결혼을 한 지 벌써 13년이나 흘렀으니까.

엄마는 뭔가 생각에 잠긴 듯 잠시 동안 조용히 앉아 있었다.

“조지 애긴 왜 꺼낸 거냐? 그 애가 전화라도 했니?”

“아니요.” 나는 조용히 대답했다.

“그렇지만 우리가 오빠한테 먼저 전화를 할 수도 있었는데.”

나는 엄마가 왜 오빠한테 한 번도 연락을 하지 않았는지를 알고 있었다. 엄마는 혹시라도 내가 오빠를 따라 하게 되는 것을 원치 않으셨던 것이다. 그렇지만 이미 나는 누군가를 따라 할 나이는 지난 어른이다.

“좋은 생각이 아니다.” 한참 후에 엄마가 말했다.

“저는 오빠가 했던 대로 따라 하진 않을 거예요.”

갑자기 엄마가 자리에서 일어섰다.

“형제는 남편이랑 다른 거야. 지금 너한테는 오빠가 아니라 남편이 필요하다고.” 엄마는 이마에 손을 올리며 말했다.

“나도 차라리 미스터 공의 프러포즈에 예스라고 대답해줄 걸…….” 엄마는 미간을 찡그리며 말했다. “그랬다면 너도 독신이 그렇게 좋은 건 아니라는 걸 깨달았을지도 모를 일이지.”

“미스터 공이 엄마더러 결혼하자고 했었다고요?”

그가 누구인지는 몰랐지만, 어쨌든 누군가 우리 엄마를 좋아했었다는 생각을 하니 왠지 놀랍고 당혹스러운 기분이 들었다.

“언제요?”

엄마는 아차 싶었는지 얼굴을 붉혔다.

“옛날 일이야. 네가 초등학교 2학년 때였나? 나도 그의 말을 심각하게 받아들이지 않았고. 또 조지도 그를 별로 마음에 들어 하지 않았고 말이야.”

와, 그때 오빠가 그 일을 말려줘서 얼마나 다행인지! 우리에게 계부가 있다는, 아니 계부가 생길 뻔했다는 생각만으로도 오싹 소름이 돋는 것 같았다. 그러고 보니 배우자에 대한 간섭은 부모 자식 간에 쌍방향으로 이루어지는 것 같아 갑자기 웃음이 날 뻔했다.

“그 일은 절대 후회할 일이 아닌 것 같네요.”

나는 엄마의 머릿속에 그 남자를 찬 것이 절대 실수가 아니었음을 각인시켜주고 싶은 마음에 이런 말로 엄마를 안심시켰다. 어쩌면 어린아이처럼 구는 것인지도 모르겠지만, 어쨌든 내 약속이나 결심 따위는 모두 엄마 역시 독신이라는 사실에 의존하고 있었던 터였으니까.

“앞으로도 전 계속 이런 모습일 거예요. 아마도 제가 한국남자들을 더욱더 좋아하지 않게 될 거라는 것만 빼고는요.”

엄마가 갑자기 고개를 획 들어올렸다.

“한국남자들을 좋아하지 않는다고?”

나는 침을 꿀꺽 삼켰다. 아침 내내 조깅을 하며 깊은 반성과 숙고를 했음에도 그것만큼은 타협점을 찾지 못했다.

“그래! 나도 그런 생각했었다니까. 네가 한국남자를 좋아하지 않는 것 같다고 말이야. 바비와 록 같은 남자를 처음부터 거부했으니.”

“그렇지 않아요. 그들을 무조건 거부한 게 아니라고요. 그리고 관심이 없었던 건 그쪽도 피차일반이었어요."

"그래도 전화는 왔었다."

"누구? 록?"

"아니, 바비 말이다. 오늘 아침에 또 전화했더라."

엄마는 나를 향해 손가락을 흔들어 보였다.

"엄마가 말했지? 그 앤 널 좋아한다니까."

"엄마가 생각하는 그런 게 아니에요. 그는 친구로 지내주길 바라는 거라니까요."

"처음엔 친구로 시작했다가 나중에 남자 친구 삼으면 되지. 오히려 그쪽이 더 나을지도 몰라. 요즘 젊은 애들은 다 그런 식이니까."

계속해서 이상한 영어를 구사하고 있는 엄마는 모든 일에 달관한 사람처럼 미소를 지었다. 만일 엄마가 젊은 사람들의 마음을 이해하기 위해 진작 이 정도만 노력했어도 오빠와 그렇게 되지는 않았을 텐데……

"엄마, 바비 오빠랑 저랑은 절대 잘되지 않을 거란 걸 엄마도 빨리 아셔야 돼요. 그는 절 좋아하지 않아요. 앞으로도 계속 그럴 거고요."

"그걸 네가 어떻게 아니?"

"왜냐하면 바비는…….."

비밀의 폭로가 임박한 듯했다. 그렇지만 그건 바비 스스로가 밝혀야 할 비밀인 것이다.

"……왜냐하면 엄마가 말씀하신 대로 제가 좀 이상하잖아요."

"그건 바비도 마찬가지지."

"그게 무슨 뜻이에요?"

나는 엄마가 뭔가 진실을 의심하기 시작했나 싶어 얼른 물었다. 엄마는 어깨를 으쓱해 보이며 말했다.

"글쎄, 각기 한 짝인 두 개의 양말을 합치려니 어려운 거지. 어쨌든 합치면 한 쌍이 되는 거 아니겠니."

"그렇지만 그건 잘못 짝지어진 한 쌍이 될 거라고요."

"어쨌든 간에 적어도 한 쌍이 되는 거잖아. 그에게도 기회를 줘봐. 엄마가 영원히 사는 게 아니라고." 엄마는 마치 협박을 하는 듯한 어조로 말했다.

"나처럼 되진 말아야지. 엄마의 목소리가 약간 갈라지는 것 같았다.

"걱정 마세요." 난 다시 한 번 오빠 조지를 떠올리며 대답했다.

"저 이만 사무실 가봐야 해요."

Chapter 36

"진저?"

내 이름을 부르는 전화 목소리 뒤로 찢어질 듯한 아기 울음소리가 들려왔다.

"조지는 지금 집에 없고 나도 통화하기가 좀 그러네요. 그렇지만 이렇게 전화 해줘서 너무 반가워요. 정말, 정말 반가워요."

순간 나는 무슨 말을 해야 할지 몰라 당황스러웠다. 아무 생각 없이 조지를 찾는 전화를 한 성급한 내 행동이 후회스러웠다. 이번 통화가 꼭 일곱 번째 시도였는데 내가 준비한 말이라고는 겨우 '난 오빠 조지를 찾고 있는 진저라는 사람이다' 라는 인사말 정도였으니 말이다. 그때까지 남자 두세 명 정도가 장난스레 자신이 진짜 내 오빠라고 말했고, 한 여자가 의심 어린 목소리로 이것저것 심문을 해댔지만, 결국 얼마 안 가서 내가 전혀 다른 '조지 리' 들과 통화를 하고 있다는 사실을 알게 되었다. 그리하여 일곱 번째로 차파쿠아에 위치한 전화번호의 다이얼을 누르면서는 사실 나는 거의 포기한 상태나 다름없었다. 그렇지만 결국 나는 그를 찾아냈고, 그 사실을 깨닫게 되자마자 온몸이 얼어붙는 듯한 느낌이 들었다. 나는 사무실 의자 뒤로 깊숙이 눌러앉았다.

"……그런데 전화를 끊기가 어렵네요. 진저가 이렇게 직접 전화를 해줬다는 게 도무지 믿기지가 않아요. 그동안 조지한테 당신을 찾아보자는 말을 몇 번이나 했는지 몰라요. 특히 아기가 태어나고는 더욱 그랬죠. 그렇지만 조지는 너무 오랫동안 연락이 끊겼다는 것 때문에 주저하더라고요. 진저가 자기랑 얘기하려 들지 않을 거라면서 우울해했죠. 그건 잘못된 생각이라고 말해줬지만……. 진저

322

를 한 번도 본 적은 없지만, 그래도 조지를 보고 싶어 할 거라고 확신하고 있었어요. 진저 사진을 본 적이 있어요. 아, 물론 어릴 때 사진이지만……. 아무튼 하루라도 빨리 얼굴을 보고 싶네요."

흥분한 채 쉴 새 없이 쏟아내는 그녀의 정신없는 말들은 떠나갈 듯한 아기의 울음소리로 잠시 중단되었다.

"쉬이…… 진저, 쉬잇!"

나는 방금 들은 말에 내 귀를 의심하며 잠시 혼란스러웠다.

"전 아무 말도 안 했는데요."

나의 어리둥절한 대답에 그녀가 웃음을 터뜨렸고, 그러자 아기는 더욱 크게 울었다.

"아니요, 지금 내가 그쪽 진저한테 말한 게 아니에요. 우리 아기 이름이 진저거든요. 당신 이름을 따서 붙여줬죠."

갑자기 나는 온몸에 힘이 쫙 빠지는 걸 느꼈고, 곧 의자에서 몸이 미끄러지는 것을 막기 위해 한 손으로 의자 팔걸이를 꼭 붙잡아야만 했다. 오빠가 떠난 이후 나는 줄곧 그는 이제 날 잊었을 거라고 생각해왔는데……, 그런데 그는 자신의 딸에게 내 이름을 붙여주고 이제껏 그 이름을 부르며 살아왔던 것이다. 이제야 겨우 오빠를 찾기 위한 작은 노력을 시작했다는 사실이 갑작스레 슬프게 느껴졌다. 그것도 남편감이나 찾고 있는 이상한 때에 말이다.

"보통 땐 이렇게까지 심하게 울지 않는데, 오늘은 왜 이러는지 모르겠네요." 오빠의 아내가 이렇게 말했다. 왠지 그녀의 이름을 묻기란 그리 쉽지가 않았다.

"나한테…… 조카……가 하나 있었군요." 약간 쉰 목소리로 내가 가까스로 한 마디를 던졌다.

"네, 정확히 둘이죠. 딸이 또 하나 있어요. 베티라고, 어머니 이름을 따서 붙였죠. 우린 그렇게 하는 게 어머니와 화해를 하는 데 도움이 될 거라고 생각했지만…… 결국 출생 신고를 할 때조차 아무런 반응이 없으셨으니……. 아무튼 베스는 이제 열두 살이고 곧 열세 살이 된답니다. 베티, 우린 그 애를 베스라고 불러요."

"벌써 십대라고요?"

내 조카가 벌써 그 나이라니. 그건 내가 오빠를 마지막으로 봤을 때의 내 나이 또래였다. 대충 계산해보니, 그들은 내가 초등학교 4학년 때 이미 아이를 가진 게 틀림없었다. 어쩐지 그녀가 조금 부럽기도 하고, 한편으로 화가 나기도 했다.

"진저는 몰랐나 봐요?"

당시 엄마는 분명 내게 그런 말을 하기에는 내가 너무 어리다고 생각한 게 틀림없었다. 오빠가 왜 그때 결혼을 꼭 해야만 했는지 내게도 말해줬더라면 좋았을 텐데.

이제 아기는 거의 숨이 넘어갈 듯이 큰 소리로 울어대고 있었다.

"아무래도 그만 끊어야겠네요. 그렇지만 그쪽 전화번호는 하나 남겨주세요. 조지가 돌아오는 대로 바로 당신한테 전화하라고 할게요. 오늘밤 베이비시터한테 줄 간식거리를 사러 가게에 잠깐 나갔거든요. 30분 후쯤이면 아마 돌아올 거예요. 진저한테 전화가 왔었다고 하면 틀림없이 무척 흥분할 거예요."

나는 사무실 전화번호를 알려주었다.

"지금 뉴욕에 있어요? 세상에, 우린 열차로 50분밖에 안 되는 거리에 살고 있었네요! 그럼 지금 당장 이리로 오는 게 어때요? 참, 참. 오늘 저녁엔 러셀 씨네 저녁 초대를 받았지. 아무튼 조지더러 알아서 하라고 할게요."

우리는 전화를 끊었다. 뭘 어떻게 해야 할지 감이 오지 않았다. 담배나 한 대 피우며 흥분을 가라앉히기 위해 나는 샘의 사무실로 향했다.

잠시 멍하고 있던 나는 웃고 떠드는 사람들의 목소리에 정신을 가다듬고 소리가 들리는 쪽으로 향했다. 그때 책상 재떨이 안에는 다섯 개의 꽁초가 버려져 있었다. 목소리의 주인공은 다름 아닌 앤과 준이었다.

"여긴…… 웬일이세요?" 내가 물었다.

준은 약간 놀라는 눈치였지만 그래도 나를 보며 매우 반갑게 인사를 했다. 앤은 어쩐지 좀 경계하는 듯한 눈치였다.

"진저 씨, 안녕!" 준이 말했다.

"우린 지금…… 음, 샨탈을 기다리는 중이에요. 지금 잠깐 밥한테 남자 화장실이 어디 있는지 가르쳐주러 갔죠."

“바비도 여기 왔어요?”

“다 같이 양탄자 세일하는 데 가기로 했죠. 그런데 샨탈이 주소 적은 것을 사무실에 놓고 왔지 뭐야.” 준이 대답했다.

“진저 씨도 같이 갈래요?”

그러자 앤이 준의 옆구리를 쿡 찌르며 별로 내키지 않는다는 듯한 표정을 지었다.

“아, 말씀은 고맙지만 사양할게요.” 내가 재빨리 대답했다.

“전화 올 데가 좀 있어서요.”

그러고 보니 괜스레 숨길 필요도 없겠다 싶었다.

“오빠 전화를 기다리고 있거든요.”

“조지 말이야?”

그 소리에 뒤를 돌아보니 바비와 샨탈이 나를 쳐다보고 있었다. 나는 그들 둘을 향해 함박웃음을 지으며 인사를 건넸다.

“진저랑 너희 어머니는 조지와 연락 안 하고 지내는 줄 알았는데.”

“왜 연락을 안 해요?” 준이 물었다.

“미국사람이랑 결혼을 했거든요.” 이렇게 대답한 나는 갑자기 내가 지금 같이 있는 사람들이 어떤 인물들인지를 인식하고 나서 얼른 이렇게 덧붙였다. “미국 ‘여자’ 요.”

적어도 우리 오빠가 게이라는 오해만은 갖게 하지 말아야 할 텐데 하는 마음으로 말이다.

준은 알겠다는 듯이 고개를 끄덕이며 말했다.

“그로서는 잘된 일이군요.”

“미국에 1점 추가!”

앤은 마치 자기네 팀이 방금 터치다운이라도 해낸 듯 팔을 들어 올리며 소리쳤다. 오 여사 부부에게 맺힌 게 많은 앤은 지금 그 분노를 밖으로 드러내는 것이 분명했다. 그때 앤 옆으로 가서 선 샨탈이 앤의 발을 살짝 밟으며 말했다.

“앤 말에 신경 쓰지 말아요.”

그러자 준이 덧붙였다.

"조금 전에 블러디 메리를 두 잔이나 마셔서 그래요."

"게다가 내 것도 조금 마셨거든." 바비도 한 마디 거들었다.

"오, 그랬지." 앤이 히죽 웃었다.

"우린 그만 가봐야지." 샨탈이 앤의 팔짱을 끼고 그녀를 홀 쪽으로 끌고 가려고 애쓰며 말했다. 그러면서 어깨너머로 이렇게 말했다.

"만난 김에 하는 말인데, 다코타 책상에 가면 사진 복사를 해야 하는 잡지들이 잔뜩 있거든? 알겠지?"

촬영장에서야 기꺼이 그녀의 착실한 심부름꾼이 되어줄 마음이 있긴 하지만 사무실에서까지 이런 잔심부름이라니. 이건 아니다 싶었다. 게다가 지금은 주말 아닌가!

"하지만 난 지금 진저랑 얘기 중인데!" 앤이 움직이길 거부하면서 이렇게 말했다.

"바비를 훔쳐간 일에 대해 축하를 해줘야 할 거 아냐? 나보다 훨씬 '여자다운' 진저한테 말이야."

그녀는 한쪽 가슴을 손으로 받쳐 보이며 내게 입술을 삐죽 내밀어 키스를 보내는 시늉을 했다. 당황한 나는 얼굴을 찡그렸다.

"앤 말은 무시해." 바비가 조용히 말했다.

"난 바비를 훔친 적이 없어요. 그리고 두 사람, 진짜 커플도 아니었잖아."

"흠, 바비는 지금 그런 식으로라도 양심의 가책을 덜겠다는 거라고." 바비에게 입을 내밀어 보이며 앤이 말했다. 그녀는 마치 골이 난 아이처럼 발을 굴러댔다.

"난 아름다운 백색의 드레스를 입고 사람들이 던지는 김치 쪼가리들을 맞으면서 식장을 걸어가는 내 모습을 기대하고 있었단 말이야."

"그만 해. 이제 그만 가자."

샨탈이 다시 그녀를 데리고 나가려고 시도했다.

"아냐, 끝난 게 아냐. 여전히 그렇게 할 수 있다고." 준이 끼어들었다. "지금이라도 흰 웨딩드레스를 입으라고. 샨탈이랑 함께 말이야."

샨탈은 화가 난 듯 입술을 깨물었다. 앤도 자기 가슴을 만지작대는 짓을 멈췄다. 바비는 괜스레 벽에 걸린 달력을 응시하고 있었다.

"야, 괜찮아, 괜찮아." 준이 침묵을 깼다.

"진저도 너희 둘이 커플인 걸 이미 알고 있는데 뭘. 둘이서 웨딩드레스 고르는 것도 봤겠다, 둘이 같이 사는 것도 알겠다, 게다가 둘 다 싱글이잖아! 그렇지 않으면 왜 앤이 바비의 그런 엄청난 부탁을 들어줬겠니?"

그래, 역시 내 추측이 옳았던 것이다.

"하긴, 전에 혹시 몰랐다 하더라도 지금쯤은 다 눈치를 챘겠지." 앤이 웅얼거리듯 말했다.

샨탈은 엄청나게 화가 난 것이 분명해 보였지만 애써 침착함을 유지하고 있었다. 준은 그 둘을 번갈아 쳐다보았다.

"걱정하지 마세요, 샨탈. 이 얘기는 아무한테도 하지 않을 거니까. 샘한테도 비밀로 할게요." 내 말을 들은 샨탈이 눈을 가늘게 떴다. 그 모습을 보자 그녀가 혹시 내 말을 은근한 협박 정도로 생각하지 않을까 갑자기 걱정이 되었다. 뭐, 그렇게까지 생각하지는 않을 테지.

"샨탈, 그냥 진저를 믿어. 당신이 바보짓을 하는 사람이 아니란 걸 그녀도 잘 알잖아." 바비가 거들었다. 나는 그에게 고맙다는 눈인사를 보내며 덧붙였다.

"나도 지난 얼마간 그런 의심을 안 해본 건 아니지만, 누구한테도 얘기를 꺼낸 적은 없어요. 엄마도 뭔가 의심을 하더라고요."

"진저네 어머님이 그랬어?" 바비가 놀란 듯 되물었다.

"그렇다면 어머니께서도 다 알고 계시는 거야? 이번 일에 대해서도?"

"아뇨, 아뇨." 내가 말했다.

"엄마는 전혀 모르고 계세요. 엄마는 아직도 우리 둘 사이에 희망이 있다고 믿고 계신걸요."

준이 그것 보란 듯 팔꿈치로 바비를 툭 쳤다.

"참 내, 도대체 문제가 뭐야?" 앤이 큰 소리로 물었다.

"바비, 넌 그냥 부모님께 커밍아웃하면 되는 거 아니야? 샨탈, 너는 사무실 사람들에게 고백하면 되는 거고. 이렇게 쉬쉬거리며 비밀을 지키는 일이라면 나도 이제 신물이 난다고."

"그럼 난 이제 버몬트 주로 가야겠네, 안 그래?" 샨탈이 반박하듯 말했다.

"우리 부모님은 절대로 이해 못 하실 거야. 절대로. 그분들은 미국사람이 아니니까."

샤탈의 말과 거의 동시에 바비도 이렇게 말했다.

"넌 오직 내가 다른 사람하고 결혼하는 걸 막기 위해서 바비와 결혼하는 것을 찬성한 거잖아." 앤이 샤탈에게 말했다.

그러면서 앤은 샤탈이 뭐라고 대답하기도 전에 손을 뻗어 그녀의 입을 막아버렸다. 그리고 바비 쪽으로 몸을 돌렸다.

"그리고 바비, 네가 말하는 걸 보면 마치 한국에는 게이가 하나도 없는 것같이 들리는데 말이야. 너도 알겠지만 지금 이런 꼴을 당하는 이유는 여기가 미국이어서가 아니야. 한국에 가더라도 그곳에서 네가 유일한 동성애자는 아니잖아."

"맞아. 그리고 또 혹시 아니, 너희 집안에 게이가 더 많이 숨어 있을지." 준이 덧붙였다.

"만약 그랬다면 그들은 전부 부모 자식의 연을 끊었을 거야."

"그럼 끊으면 되지! 의절하라고." 앤이 말했다.

"그런 널 받아들이지 않겠다는 사람들한테 뭘 원해? 너도 그냥 똑같이 해버리는 거야."

"그게 그렇게 간단한 문제가 아니라고. 그 얘기라면 지금까지 골백번도 넘게 했잖니."

"뭐가 그렇게 어려운 건데?"

"그게…… 아무튼 그렇게 쉬운 일이 아니야."

나는 내가 알고 있는 것을 그들이 모르고 있다는 데 대해 약간 놀랐다. 자기 아버지가 어머니를 탓하지 않을까 바비가 걱정하고 있다는 사실 말이다.

"적어도 시도는 해봐야 하잖아." 앤이 굽히지 않고 말했다.

"샤탈의 부모님을 봐. 그분들은 샤탈이랑 연락하고 사시잖아."

"그게 무슨 뜻이야? 우리 부모님들은 항상 널 좋아했잖아." 샤탈이 말했다.

"그건 너희 부모님이 날 보아오신 몇 년 동안 내내 나를 그냥 네 친구인 줄로만 아셨기 때문이지."

"그렇지만 사실을 알게 된 지금에도 결혼식에 오겠노라고 말씀하셨잖니."

"아, 그 얘긴 나중에 하자."

그러면서 앤은 갑자기 샨탈에게서 뚝 떨어져 서는 바람에 샨탈은 잠시 균형을 잃고 휘청거렸다. 앤은 바비에게 대뜸 이렇게 물었다.

"그래서 넌 계속 그렇게 진실을 감춘 채로 진저를 가지고 눈 가리고 아웅하겠다는 거야?'

나도 모르게 눈이 휘둥그레졌다. 난 그에게 흥미가 없다는 사실을 분명히 해둔 줄로 알았는데.

"처음에는 나도 기꺼이 널 도울 작정이었어." 앤이 계속해서 말했다. "그런데 막상 너의 부모님들을 보고 나니……, 아무래도 그들 역시 이젠 뭔가 깨달으셔야 할 것 같다는 생각이 들어. 아주 따끔한 맛을 보셔야겠더라고."

"바비 좀 그만 내버려둬." 준이 끼어들었다.

나도 그 말에 마음속으로는 동의했지만 아무런 말도 하지 않았다. 왠지 이들이 지금 마치 결혼한 지 오래된 네 명의 기혼 커플들처럼 영원히 결론이 나지 않을 말씨름을 하며 서로 으르렁대고 있는 것 같다는 느낌을 받았다. 그들은 서로간의 우정에 대해 진정한 자신감이 필요한 것 같았다. 나는 잠시 샘과 나 사이를 생각해보았다. 우리 사이에서 이러한 다툼은 한 번도 없었던 것 같다.

"준, 너는 바비가 자기 부모님한테 커밍아웃하는 걸 바라는 줄 알았는데." 앤이 말했다.

"그건 맞아. 그렇지만 바비는 그렇게 하지 않을 거야." 준이 대답했다.

"바비네 엄마는 계속해서 여자를 소개시켜줄 것이고, 그렇게 되면 바비도 결국엔 모든 걸 포기하고 우리 중 아무도 참아내기 어려운 어떤 이상한 여자랑 결혼하게 될 거라고. 그럴 바에야 차라리 진저 씨랑 결혼했으면 하는 거야. 뭐, 진저도 바비만큼 얻는 게 있을 것이고 말이야."

"참 감동스럽군요." 내가 말했다.

"난 진저가 좋아. 우리 모두 진저를 좋아한다고요. 어때, 우리랑 같은 가족이 되지 않을래요?' 준이 바비와 샨탈의 어깨에 팔을 두르며 말했다. 그러자 앤이 말했다.

"그러지 마, 준! 진저, 저런 달콤한 말에 속지 말아요. 그리고 바비 때문에 당신 생각이 헷갈려선 안 돼. 그렇지 않으면 미처 깨닫기도 전에 당신은 유부녀가 되어 있을 거라고."

"하지만 바비는 진짜 굉장한 아파트도 가지고 있는걸." 앤의 말에 준이 다시 어르듯 말했다.

"미안하지만 내 마음은 조금도 바뀌지 않았거든요? 제 대답은 여전히 '노' 예요." 내가 말했다.

"여기 있는 바비는 여자가 '노' 라고 말할 때 그 말이 '어쩌면' 을 의미하지 않을 수도 있다는 걸 잘 이해 못 하는 것 같아." 샤탈이 이렇게 말하자 바비가 씩 웃음을 지으며 대답했다.

"이제껏 그런 상황을 겪어본 적이 별로 없었거든."

"흠, 아무튼 여기 있는 이 여자가 '노' 라고 말하는 건 진짜 '노' 를 의미하거든!' 샤탈은 나를 가리키며 말했다. 그 말에 나는 더욱 비꼬듯이 말했다.

"어쨌든 청혼해준 건 고마워요. 내게 청혼을 한 건 바비뿐이었으니까."

"그렇다면 '노' 라고 대답하지 말아요." 준이 말했다.

"좀 생각해보겠다고 말해주면 안 돼? 그렇게 되면 너희 어머니가 얼마나 즐거워하실지 한번 생각해보라고. 어머니는 날 좋아하시잖아." 바비가 거들었다.

"엄마를 위해선 다른 계획들을 세워놓았어요."

내 말을 들은 바비는 몹시 궁금하다는 표정을 지었다.

"우리 오빠 조지 말이에요. 지금 깜짝 회합 날을 잡으려고 오빠 전화를 기다리는 중이거든요."

그 말을 하고 나서야 비로소 내가 거기 왜 있는지 그 이유가 떠올랐다. 나는 전화벨 소리를 잘 듣기 위해 몇 발자국 뒤로 물러났다.

"진짜 그걸 원하는 거예요? 어머니를 갑자기 깜짝 놀라게 해드리는 거?" 준이 물었다.

"그래, 우선 어머니께 말씀을 드리는 편이 낫지 않을까? 조지를 진짜 보고 싶어 하시는 건지 확실히 여쭤보는 게 좋을 것 같은데 말이야." 바비가 말했다.

그래. 어쩌면 나는 엄마에게 '노' 라는 거절의 말을 들을 만한 기회조차 제공하고 싶지 않았는지도 모른다.

"엄마는 분명 오빠를 보고 싶어 하실 거예요." 나의 말에 바비가 고개를 끄덕였다.

"맞아, 한국 엄마들은 인생 자체보다도 자기 아들들을 더 사랑하곤 하지."

"한국인들만 그런가, 뭐." 샨탈이 중얼거리듯이 말했다.

"그러니까, 지금 어떻게 엄마를 놀라게 하겠다는 거죠?" 홍미롭다는 듯, 앤이 자기의 두 손바닥을 비벼대며 물었다.

"그냥 오빠를 한 레스토랑에 기다리게 하고선 엄마를 그곳으로 모셔갈 작정이에요."

"어머니의 인생이라는 책에서 잘못된 한 페이지를 뜯어내는 방법이라……. 그거 멋진데." 앤이 말했다.

"그렇지만 진저네 어머니는 꽤 예리하신 분인데. 분명 뭔가가 있는 것 같다고 의심하진 않으실 것 같아?" 바비가 끼어들었다.

생각해보니 나는 이미 엄마한테 조지 오빠한테 전화해보라는 등 하며 의심받을 만한 말을 해버린 것 같기도 했다.

"음, 그럼 바비랑 같이 저녁식사를 하기로 한 것처럼 얘기하면 어떨까요? 어때요, 그래도 되겠어요, 바비?" 내가 바비를 쳐다보며 말했다.

"그럼. 그런데 어떻게 할 건데?" 바비가 물었다.

"내가 집에 없을 때 바비가 우리 집에 전화를 해서는 저녁식사 시간을 확인하는 메시지를 남기는 거지요. 물론 그 전에 나와 날짜를 정해야겠지만."

"진저는 생각했던 것보다 훨씬 영악한걸!"

샨탈이 말했다. 나는 그걸 그냥 칭찬의 말로 받아들이기로 했다. 바비가 고개를 끄덕였다.

"그 정도야 해줄 수 있지. 나중에 날짜만 알려줘."

"오늘 밤에 전화할게요. 아마 이번 주 중이 될 것 같은데."

"진짜 무슨 대단한 프로젝트처럼 들리는데? 궁금하니까 나중에 결과가 어떻게 되었는지 꼭 알려줘야 해요, 진저. 그리고 언제 바비네 아파트에 저녁 먹으러 가게 될 때 우리한테도 알려주고." 준이 미소를 지으며 말했다.

"벌써 다음 주에 저녁 먹으러 오라고 전화로 메시지를 남겼지……. 진저네 어머니한테 말이야." 바비가 웃으면서 말했다.

"오, 또 부야베스를 만들어주려는 거지?" 앤이 물었다.

"그렇겠죠, 뭐." 내가 바비를 보며 대답했다. 그때 내 전화벨이 울렸다.

"전화 좀 받고 올게요."

나는 그간 떨어져 살아왔던 오빠와 13년 만에 처음으로 무슨 말을 어떻게 해야 할지 생각하며 밖으로 뛰어나갔다.

"자, 우리는 빨리 양탄자 세일하는 데로 가 봐야지." 바비가 홀 쪽으로 그들을 몰고 나가며 말했다.

"금요일에 다 함께 저녁 먹는 것 어때요?" 준이 나가면서 소리치듯 말했다.

"좋아요. 그때 모여서 내가 즐거운 소식을 전해줄 수 있었으면 좋겠는데."

그렇게 대답하며 난 수화기를 귀에 가져다 댔다.

Chapter 37

"나도 하버드에 합격했지만, SAT 시험에선 내가 60점 차로 오빠를 보기 좋게 눌렀다고!" 내가 자랑스럽게 말했다.

서로의 목소리를 듣게 되어 얼마나 기쁜지, 또 얼마나 많은 시간이 흘러갔는지 도무지 믿기지 않는다는 등 서로 한참 동안 호들갑을 떤 후, 우리의 대화는 비로소 지난 이야기들로 점점 축소되어갔다. 그리고 대화 사이사이에 침묵하는 시간 또한 점점 길어지기 시작했다. 이건 내가 상상해왔던 '미칠 듯이 기쁜' 행복한 재회는 아니었다. 나는 마치 첫 번째 데이트에 나온 사람처럼 긴장하고 있었다.

"정말? 그거 멋지군. 그럼 우리 서로 비긴 셈인데. 사실 네가 신입생이 되던 그 해에 내가 그쪽 교환실에 전화를 해봤거든? 그런데 리스트에 네 이름이 없다고 하더라고."

"내가 매디슨으로 갔기 때문이지. 엄마는 내가 그 주를 벗어나는 걸 싫어했거든."

"오, 그랬군."

나는 아차 싶었다. 혹여 내가 엄마의 말을 잘 따랐다는 게 마치 오빠에 대한 비난의 말처럼 들리지 않았을까 싶은 우려에서였다.

"근데 오빠, 나를 찾아보려고 했었다고?"

"음, 네가 하버드에 들어갔는지 알아보려고 했지. 사실, 너한테 직접 전화를 하려고 했었는지는 잘 모르겠다. 넌 그때까지도 아직 엄마의 품에 있었구나."

이번엔 내가 '오, 그랬군' 이라고 말할 차례였다. 나는 오빠한테 내가 '아직도 엄마 품에 있다' 는 사실을 말하지 않았다. 지난 6년 동안 대학 캠퍼스는 밟지도 않은 채 지내고 있다는 것도 말이다.

잠깐의 침묵이 또 흐른 후, 오빠가 말했다.

"아무튼 잘살고 있는 것 같네. 뉴욕에서는 무슨 일을 하는 거지?"

나는 잡지사 일에 대해 짤막하게 설명하며, 5년 동안이나 공부 때문에 허송세월한 덕에 이 나이에 아직도 신입사원 수준이라는 말도 덧붙였다.

"어머니가 법대나 의대에 가란 소리는 안 하셨던 거야?"

이 말을 하는 오빠의 목소리는 마치 화가 난 사람처럼 들렸다.

"물론 그랬지. 그렇지만 결국 포기하셨어."

"그건 정말 엄마답지 않은데."

"흠, 뭐 오빠도 알겠지만, 엄마도 어떤 면에선 조금씩 변해가고 있다고."

또 한 번의 긴 침묵이 흐른 뒤, 수화기 저쪽에서 차분한 목소리가 들려왔다.

"아무튼 오빠는 전부 다 미안한 마음뿐이다, 진저야."

아, 이 한 마디야말로 내가 얼마나 오랫동안 진정 듣고 싶어 했던 말이었던가. 그렇지만 그 말을 마치 무방비 상태에서 너무 갑작스레 듣게 된 것 같은 느낌이었다. 오래 묵은 상처가 가슴속 깊이 소용돌이치듯 일어나 내 목구멍을 마구 훑어대는 것 같았다. 나는 잠시 동안 그런 느낌이 가라앉기를 기다렸다가 가까스로 말을 이었다.

"뭐가 미안해? 오빠는 해야 할 일을 한 것뿐이잖아."

오빠의 상황을 대충 알게 된 지금, 어쩐지 정말 그렇게 느껴졌다. 그들은 불행한 연인이 아니라 그저 준비가 철저하지 못했던 커플이었을 뿐이다.

"지금도 내게 가장 큰 문제는 진저 너보다는 엄마야. 어쨌든 진저 너랑은 계속 연락을 취했어야 했는데……. 그렇지만 그때 너는 너무 어렸고, 나는 또 의대에 가야 했기 때문에 정신이 없었고, 게다가 카렌까지 좋지 않은 상황이었거든. 베스를 임신 중이었으니까."

"다 지난 일인데, 뭐. 아무튼 고마워." 나는 목소리를 가다듬으며 말했다.

"언제나 나는 왜 오빠가 나한테 한 번도 전화를 하지 않을까 궁금했어. 작별 인사라도 한마디쯤 해줘야 하는 거 아닐까…… 하면서 말이야."

"그때는 정말 정신이 없었지. 그리고 그런 상태가 이렇게 오래가리라곤 정말 상상도 못 했던 것 같아. 그 다음부터는 시간이 정말 빠르게 흘러가버렸고……. 그럴수록 너와 연락을 한다는 건 점점 더 어려워졌지. 그렇지만 한 번도 네 생각을 하지 않은 적은 없었단다. 우리 둘째딸도 네 이름을 따서……."

"응, 오빠 아내…… 카렌한테 들었어."

"둘째를 보면 네가 아직 어린 아기였을 때가 떠올라. 간지럼도 잘 타고 까르르 웃기도 잘하지. 네가 빨리 그 애를 봐야 할 텐데. 물론 우리 모두 말이야."

"응, 응. 그래, 우리 다 같이 한번 만나야지."

내 계획대로 되어가고 있다는 사실에 나는 가슴이 뛰었다.

"오빠 오늘 밤에는 약속이 있다면서. 그럼 혹시 내일 밤은 어때?"

"으음, 내 생각엔 뭔가 스케줄이 있었던 것 같은데. 잠시만, 카렌한테 물어볼게."

카렌은 오빠 바로 옆에 있는 것 같았고, 오빠가 그녀에게 뭔가를 소곤거리는 소리가 수화기를 타고 들려왔다.

"수요일은 어떠니?" 수화기에 입을 가져다 대며 그가 물었다.

"더 일찍은 안 돼?"

또다시 수화기를 손으로 가린 채 소곤대는 소리가 들려왔다.

"아, 미안하지만 그 전에는 좀 곤란할 것 같은데……."

하긴 13년이 흐른 지금, 4일 정도 더 못 기다릴 게 뭐 있겠는가.

"너를 만나게 되다니, 지금도 믿기지가 않는다." 오빠가 약간 떨리는 목소리로 말했다.

"진저가 지금은 어떻게 생겼을까?"

"뭐, 그냥 옛날이랑 비슷하겠지. 참, 키는 더 컸을 거야."

내 말에 오빠가 웃어댔다. 나는 오빠에게 내가 어떤 모습을 하고 있는지 더 정확히 알려주고 싶었다.

"내 생각엔 엄마랑 많이 닮은 거 같아. 주변 사람들도 그렇게들 말하고."

"그건 안됐네."

"무슨 소리야? 엄마는 미인 축에 끼잖아."

"알지. 그렇지만 엄마는……. 하긴, 엄마를 닮은 게 그냥 외모뿐이라면야, 뭐……."

이건 필시 좋지 않은 징조 같았다. 이렇게 오빠와 연락을 취하는 일이 우리 모두의 묵은 감정들을 푸는 데 큰 도움이 될 거라고 생각해왔는데, 지금 분명해 보이는 사실은 오빠는 아직도 엄마에게 맺힌 분노가 풀리지 않은 상태라는 것이다. 사실 내가 준비한 건 엄마를 위한 깜짝 파티였는데, 이제 보니 엄마나 오빠 두 쪽 모두를 놀라게 할 회합이 될 것 같다.

"수요일에 보면 내가 엄마를 조금 닮았는지, 아니면 많이 닮았는지 알게 될 텐데 뭘. 그런데 어디서 몇 시쯤에 볼까?"

오빠가 아파트로 전화를 거는 일이 없도록 지금 약속을 정확히 정하는 게 필요하다는 생각이 들었다. 잠시 생각을 하는 듯 잠잠하더니 오빠는 상당히 비싼 레스토랑 이름 몇 개를 댔다. 시내에 나오는 일이 거의 없는 교외 거주자다운 선택이었다.

"음, 아냐, 아냐."

내가 고개를 저었다. 게다가, 엄마는 뭔가 한국적인 분위기가 나는 장소라야 좀 더 편안해할 것 같았다. 하지만 그런 나 역시 한식당은 아는 데가 별로 없는지라, 나는 오 여사 아줌마가 자주 가는 '시크릿 가든'을 추천했다. 한참의 침묵이 흐른 후 (내 생각엔 카렌이 한식당을 내켜 하지 않아 조지 오빠가 설득 중인 것 같았다) 오빠는 다시 수화기에 입을 가져다 대며 자기네는 거기도 좋다고 말했다. 그러면서 오빠는 마지막으로 김치를 먹어본 지가 언제인지 기억도 안 난다고 덧붙였다. 예약은 내가 하겠노라고 말했고, 곧 우리는 작별 인사를 나누었다.

나는 끊긴 전화기를 한참 동안이나 바라보고 있다가 결국 다시 수화기를 들어

'시크릿 가든'에 예약 전화를 하고는 바비에게 메시지를 남겼다. 나만의 작은 프로젝트가 슬슬 진행되어가고 있는 것이다.

Chapter 38

마침내 월요일 아침이 밝았다. 빌딩들 앞에 줄줄이 늘어선 애연가들의 행렬을 지나 홀의 벽에 걸려 있는 반쯤 벗은 여자들의 여러 가지 다양한 포즈들을 지나치며 사무실로 걸어 들어가는 발걸음이 그토록 가벼웠던 적도 별로 없었던 것 같다. 주말의 나머지 시간들을 엄마와 함께 보내면서 오빠랑 통화했다는 얘기를 참고 있기란 그리 쉬운 일이 아니었기 때문이다.

일요일 저녁, 드디어 엄마는 '시크릿 가든'에 저녁식사를 하러 가는 게 어떻겠느냐고 물어왔다. 상자 안에서 꺼낸 〈워싱턴 스퀘어〉를 오랜만에 펼쳐보며 (이제 내 일상도 다시금 안정을 찾았으니 뭐라도 좀 읽어야겠다는 생각이 들어서였다.) 한참을 몰두해 읽고 있던 나는, 엄마의 말을 듣고 "수요일쯤 가는 게 어때요?"라고 하며 슬쩍 운을 뗴었다.

"왜? 어느 수요일 말이야?" 엄마가 물었다.

"나중에 말씀드릴게요. 깜짝 회동이라서요."

"진저야." 엄마는 나와 전등 사이에 서서 허리에 손을 얹고 희미한 웃음을 보이며 말했다.

"네가 아직도 잘 모르는구나. 엄마는 뭐든지 다 알아내는 수가 있다는걸."

'설마, 정말 뭐든지 다는 아니기를!' 하며 나는 속으로 외쳤다.

엘리베이터 문이 열리고 얼마 안 있어 로지의 모습이 눈에 들어왔다. 통화 중이던 그녀는 계속 수화기를 든 채로 펜을 내려놓고는 메시지 한 다발을 내게 쑥 내밀었다. 그러면서 손가락으로 자기의 전화기를 가리켰다. 샘과 내 라인의 불이 번쩍거리고 있었다. 나는 재빨리 내 책상 쪽으로 다가갔다. 전화가 마치 교회 종소리처럼 계속해서 정신없이 울려대고 있었다. 엄마가 벌써 신문에 구인광고를 내보냈을 리는 없을 텐데. 나는 수화기를 집어들었다. 다른 라인의 전화벨도 계속해서 울려대고 있었다.

어떤 남자가 목소리를 가다듬으며 말했다.

"어, 진저?"

나는 전화기를 다시 내려다보았다. 그때까지 발신자 번호에 신경을 쓰고 있지 않았던 것이다.

"네, 그런데요?"

이제는 내가 서 있는 곳에서 몇 미터 떨어져 있는 다코타의 전화마저 울려대기 시작했다. 아무리 둘러봐도 다코타의 모습은 보이지 않았고 샘 또한 아직 출근 전이었다. 샨탈의 사무실 문도 굳게 닫혀 있었다.

"탄이에요. 보아하니 별로 좋지 않은 타이밍에 전화를 한 것 같군요."

나는 자리에 털썩 앉았다.

"괜찮아요. 전화 받을 수 있어요." 의자를 홱 돌려 전화기 쪽에 등을 대고 말했다.

다른 전화기들이 요란하게 울려대고 있었지만 '뭐, 아쉬우면 다시 전화를 걸 겠지' 하며 나는 탄의 말을 기다렸다.

"그냥 지난번 당신을 만났던 게 즐거웠다는 말을 하려고 전화했어요."

"저도요. 그러니까 제 말은, 저도 탄을 만나서 반가웠다고요."

어설픈 말을 내뱉고 나서, 나는 뺨이 달아오르는 것을 느꼈다. 탄의 웃음소리 가 들려왔다.

"샨탈한테 수요일에 스튜디오로 당신과 함께 오라고 말했어요. 진저가 일을 깔끔히 잘 해내서요. 뭐, 그게 유일한 이유는 아니지만."

살짝 숨을 들이마셨다.

"수요일에 오는 거, 진저 씨도 알고 있었어요?"

"네, 샨탈한테 들었어요."

"좋아요. 일 끝내고 나서 같이 한잔 하도록 하죠."

"사진들에 대해 토론하게요?" 나는 짐짓 모른 척하며 이렇게 물었다.

짧은 침묵이 흐른 뒤 그가 대답했다.

"물론이죠. 잡지에 대해서도 얘기하고요. 잡지 쪽 일에 대해서 말이죠. 당신하고 연결시켜줄 패션부장과 패션 디렉터들을 꽤 많이 알고 있거든요."

나는 다시 책상 쪽으로 몸을 돌려 전화기를 쳐다보았다. 샘에게 오던 다른 전화들은 다 끊긴 상태였지만, 아까 꺼졌던 한 라인이 다시 반짝거리고 있었다. 무슨 일이지?

"저도 좋아요. 그럼 수요일에 뵐게요."

그가 인사를 하자마자 전화를 바로 샘의 라인으로 돌렸지만 곧 찰칵 끊기는 소리가 났다. 그래서 나는 또다시 다른 라인을 연결했다.

"샘 스태어의 사무실이 맞나요?" 친근한 남자의 목소리가 이렇게 물어왔다.

"네, 그렇습니다만……." 나는 핑크빛 메모지 위에 펜 끝을 세워 잡으며 대답했다.

"그럼 전화를 받을 때 그렇게 얘기를 하셔야죠. 지금은 꼭 가정집에서 전화를 받는 분위기잖아요."

"그분은 아직 출근 전이신데요."

원치 않는 그의 충고를 무시하며 내가 심드렁하게 대답했다.

"그러면 샘에게 워커한테서 전화 왔었다고 좀 전해주시죠. 워커 프레스콧."

자기는 남의 사무실에 개인적인 전화를 하는 주제에 전화 예절에 대해 설교를 늘어놓다니, 참 웃기는 사람이다.

"그냥 그렇게만 전하면 무슨 내용인지 아실까요?" 내가 나름 날카롭게 지적했다.

"네."

다른 라인 두 개가 계속해서 울려댔다. 지금 이러고 있을 시간이 없다.

"그럼 샘에게 메시지를 전해드리겠습니다."

그가 뭔가 얘기를 더 하려고 했지만 나는 이내 전화를 끊어버렸다. 좀 무례한 행동이긴 했지만 만약 그가 샘에게 이른다고 해도 (분위기를 보니 분명 그러고도 남을 사람인 듯싶었다) 그녀는 날 이해해줄 것이다. 나는 곧 다른 라인을 연결했다.

"여보세요?"

"샘?"

어떤 여자의 목소리였다.

"지금 안 계신데요. 메시지를 남겨드릴까요?"

"네, 엘라 프리차드한테서 전화 왔었다고 전해주세요."

예전에 샘의 파티에서 몇 차례 이 엘라라는 여자와 얘기를 나눈 기억이 있지만, 그녀도 나를 기억하고 있는지에 대해서는 확신이 서지 않았다. 타티아나처럼 〈뷰티풀 브라이드(Beautiful Bride)〉의 편집부장인 그녀는 날 만났던 일을 결코 기억하지 못하는 듯했다. 그녀는 아마도 기금 모금을 위한 또 다른 자선파티 이벤트 건들 때문에 전화를 한 것이리라.

나는 메시지를 받아 적은 후 그것을 워커의 메모와 함께 샘의 책상 위에 올려두었다. 이 아침의 '전화 메모 받아 적기' 대프로젝트(!)는 그제야 끝이 난 듯했다.

마침내 내 자리로 돌아왔을 때, 다코타가 내 책상 위로 몸을 구부려 뭔가를 휘갈겨 쓰고 있었다. 내가 의자를 움직이자 그녀는 그 소리에 뒤를 돌아 나를 쳐다보았다.

"어머, 진저! 아침 내내 진저를 찾았지 뭐야. 지금 이따가 있을 브런치 파티를 준비하느라 얼이 빠질 지경이거든. 있잖아, 아래층으로 내려가서 케이크 좀 받아다 줄래? 케이크 배달하는 애가 지금 15분째 아래서 기다리고 있다고."

나는 한숨을 내쉬었다. 정말이지 이런 저런 더러운 꼴 안 보려면 빨리 승진을 하는 수밖에 없겠다 싶어졌다. 어시스턴트만 벗어나도 적어도 다른 사람들 전화를 대신 받아주거나 매월 열리는 파티를 준비하는 걸 거드느라 허둥대는 일은 없을 것 아닌가.

"서둘러, 진저. 시간이 별로 없다고."

그녀는 내 손을 잡더니 돈을 덥석 쥐어주었다.

"케이크랑 팁까지 230달러야. 아무도 못 보게 화물용 엘리베이터를 이용하도록 해. 서프라이즈 파티거든."

나는 손에 쥐어진 돈뭉치를 슬그머니 내려다보았다. 우리 회사 파티에 쓰이는 케이크가 이 정도 비싼 가격대인 것은 좀처럼 드문 일이었다.

"굉장한 특별 이벤트가 있나 보지? 누구를 위한 서프라이즈 파티인데?"

깜짝 놀라기라도 한 듯 다코타는 눈을 동그랗게 떴다.

"샘이 진저 너한테 전화 안 했어?"

"왜? 샘한테 무슨 일 있어?"

바로 그때, 니나가 노크를 하듯 유리벽을 몇 번 때리더니 시간이 없다는 듯 자기 손목시계를 가리켰다.

"샘이 오고 있다고! 방금 아래층에서 엘리베이터를 탔대."

"가봐야겠다." 다코타가 말했다.

"빨리 케이크 받아 와, 알았지!"

그녀는 니나와 함께 복도를 빠져나갔다.

나는 항상 삐거덕거리는 화물용 엘리베이터 대신 계단을 이용해 3개 층을 뛰어 내려가기로 마음먹었다. 껄렁껄렁해 보이는 배달원들이 벽에 몸을 삐딱하게 기댄 채 죽 늘어서서는 '이거 건네받고 빨리 돈이나 주쇼' 하는 표정을 하고 있었다. 그중 길고 커다란 케이크 상자를 들고 있는 남자아이가 눈에 딱 띄었다. 자기가 거기서 얼마나 오래 서 있었는지에 대해 어찌나 불만에 차 투덜대던지, 짜증이 난 나는 그에게 줄 팁 값을 반으로 확 깎아버렸다.

엘리베이터를 기다리는 동안, 으깬 아몬드 조각들로 '축하합니다' 라고 써서 장식해놓은 3단 화이트 케이크 안을 슬쩍 들여다보았다. 마치 웨딩케이크처럼 보였다. 샘이 결혼이라도 하는 걸까? 누구랑? 혹시…… 그 워커란 남자? 웨딩드레스 때문에 한동안 시끄러웠던 일이 갑자기 떠올랐다. 그렇지만 그건 거의 믿기 어려운 가정이었다. 아무리 요즘 샘과 대화가 뜸했다고는 하지만, 우리가 서로 결혼을 한다는 것조차 이야기를 안 하고 넘어갈 정도의 사이는 아니지 않은가. 아마 그녀가 유명인사 친구의 결혼식에 참석하려는 것인지도 모르겠다. 어느 나라 공주라든지 아니면 공작부부의 딸이라든지 말이다. 이놈의 사무실 바닥에서는 그간 그보다 더 바보 같은 이유로도 성대한 파티를 줄기차게 열어왔기 때문이다.

우리 사무실 층에 내린 나는 연결되어 있는 부엌 통로를 통해 회의실로 들어가 카운터 위에 케이크를 내려놓았다. 흰 리넨 천을 늘어뜨린 두 개의 연회 테이블이 눈에 들어왔다. 한 테이블 위에는 커다란 은색 서빙 접시들이 알코올램프 위에 올려진 채 데워지고 있었고, 다른 테이블 위에는 과일 접시와 빵이 가득 담긴 바구니, 커피와 차 용품들, 자기로 만든 접시와 컵, 그리고 은 식기들이 잔뜩 놓여 있었다.

그때 꽃과 풍선들로 한껏 장식해놓은 홀 앞쪽에서 박수갈채 소리가 들려왔다. 시선을 돌려 보니 모두가 자리에서 일어나 한쪽에는 편집장 헬을, 다른 쪽에는 샨탈을 대동하고 희색이 만면해 있는 샘을 바라보고 있었다. 헬이 혹 샨탈과 샘 사이의 콘테스트를 단축시켜 곧장 샘을 패션부장으로 내정해버린 것일까? 아닌 데, 만약 그렇다면 샨탈이 저 위에 올라가 있을 리 없는데……. 직원들의 사인으로 뒤덮인 현수막이 그들 위로 길게 걸려 있었다. 정신을 차리고 들여다보니 현수막 위의 글귀는 다름 아닌…… '축하해요, 샘! 보고 싶을 거예요!' 였다.

내 친구 샘이 드디어 원래 타고난 대로 자신의 '여유롭고 한가로운 인생' 으로 되돌아가기 위해 일을 그만두기로 한 것일까? 나는 혹시 이 안에 있는 사람 중 누군가가 지난 몇 년간 지속되어오던 비밀 내기에서 크게 한몫을 챙기게 된 것은 아닌지 궁금해졌다. 언젠가 '샘이 자기 일에 싫증을 내고 아름다운 날씨와 경치를 따라 세상 곳곳을 다니며 유유자적 여행이나 즐기는 삶을 살기로 결정을 내리는 게 몇 년 몇 월쯤일까' 하면서 다들 5달러씩을 걸곤 했었으니까 말이다. 다코타가 말하길, 그 내기를 시작한 것은 다름 아닌 샘의 첫 상사였다고 한다. 그것도 샘이 일을 시작하자마자 바로 말이다.

나는 고개를 설레설레 흔들었다. 그 역시 말이 되지 않는다. 그렇다면 사람들이 그렇게 축하 메시지를 건네지는 않을 테니까.

"……말할 수 없이 감동적입니다." 샘이 입을 열었다. "진심으로, 여러분……, 이건 정말 과분한 배려로군요." 그녀는 주변의 장식과 음식들을 과장된 손짓으로 가리키며 말했다.

눈을 돌리니 이번 일로 샘의 신임을 톡톡히 얻은 듯한 다코타와, 그에 발맞춰 직원들을 지휘하느라 정신이 없는 니나의 모습이 들어왔다. 다코타는 한쪽 옆에서 사람들이 바글바글한 가장자리 쪽에 서 있는 까닭에 내 쪽에서는 그녀의 옆모습만 간간이 보일 뿐이었다. 그렇지만 그녀가 샘에게 눈을 떼지 않은 채 미소를 짓고 있는 것만은 확실하게 눈에 들어왔다.

"오늘의 이 환대는 절대 잊지 못할 거예요." 샘이 말을 이었다. "그리고 여러분 역시 절대 잊지 못할 거고요."

　난 샘이 저렇게 이곳을 떠나가면서도 그 일에 대해 내게 말 한마디 하지 않았다는 사실을 도무지 받아들일 수가 없었다. 어쩌면 샘은 다른 곳에서 스카우트 제의를 받았다며 주말 내내 헬을 닦달했고, 그에 맞서 헬은 샘에게 마음대로 하라고 으름장을 놓았을지도 모른다. 어찌되었든 나는 마치 무거운 공으로 가슴을 강타당한 것 같은 느낌을 받았다.

　"우리도 같이 데려가 주세요!"

　에린인지 딜런인지, 아무튼 둘 중 하나가 이렇게 소리쳤다. 그녀 가까이에 있던 여자들이 동시에 그녀로부터 조금 멀어졌다. 약간 신경질적인 웃음소리가 산발적으로 들려왔다.

　"흠, 저도 그럴 수 있었으면 좋겠네요. 여러분 모두를 낚아채가고 싶은 마음이 굴뚝같지만, 그러면 헬이 절대로 용서하지 않을걸요."

　헬이 그녀의 말에 동의한다는 듯이 웃으며 고개를 끄덕여 보였다.

　"그렇다면 우리 중에 몇 명이라도 데려가 주세요!"

　가장 어린 금발의 어시스턴트가 큰 소리로 외쳤다.

　샘이 대답 대신 약간 찡그린 듯한 미소를 보냈다. 자, 이제 샘이 다른 일자리를 구했다는 것이 확실해졌다. 그러니 만일 그녀가 누굴 데려간다면 그건 분명 내가 될 것이다.

　헬이 목소리를 가다듬었다.

　"분위기를 보아하니 여기 있는 우리 직원들이 모두 샘을 따라 나서기 전에 내가 정리를 좀 해야 할 시간이 된 것 같군요. 샘, 이건 나로서는 매우 시원섭섭한 자리예요. 샘이 지휘관으로서의 삶을 시작한다는 것은 나로서도 매우 기쁜 일이지만 한편으로는 그것을 위해 이곳을 떠나야 한다니 더없이 섭섭하기도 하고. 내게 샘은 그저 괜찮은 패션 편집자, 그 이상의 사람이지요."

　새 지휘관? 나는 사람들을 헤치며 다코타 옆으로 다가갔다.

　"샘 당신은 훌륭한 편집인일 뿐 아니라……." 헬이 계속해서 말을 이었다. "기분 좋은 대화 상대이며 멋진 친구이기도 했습니다. 앞으로 그 지루한 패션쇼나 미팅 때 누가 내 옆에 앉게 될지, 벌써부터 걱정이 앞서는군요."

두 손을 깍지 긴 채 등 뒤로 하고 있던 샨탈이 자신의 발밑을 내려다보고 있었다.

"샘이 도대체 어디로 가는 거지?" 내가 속삭이듯 물었다.

"……저기 써 있듯이, 나는 정말 앞으로 샘을 그리워하게 될 겁니다."

이어 샘과 헬이 포옹을 나누었다. 그들에게서 눈을 떼지 않은 채 다코타가 내 쪽으로 몸을 구부렸다.

"그래서, 나는 오늘 이 자리에서 샘에 대한 우리의 영원한 애정을 표시하는 의미에서 이 선물을 샘에게 선사하고 싶습니다."

곧 헬은 몸을 구부려 커다란 바니스 쇼핑백을 집어들었다. 그러고는 그 검은 쇼핑백을 샘에게 건네주었다.

"포장이 제대로 되지 않은 점은 미안하게 생각해요. 니나가 시간이 충분치 않았다고 엄청 투덜대던걸."

"샘은 편집장이 됐다고." 다코타가 입을 한쪽으로 모으며 조용히 말했다.

"이건 우리 모두의 정성입니다. 부디 마음에 들기를……."

이어 기침소리가 콜록콜록 들려왔다.

"마음에 드셨으면 좋겠어요." 니나가 말했다.

샘이 쇼핑백을 받아들어 열어보았다. 자기들의 돈을 모아 샘에게 주는 선물이 무얼까 궁금해 하는 사람들이 까치발까지 해가며 웅성거렸다.

"그 정도는 나도 눈치로 알아." 내가 말했다. "어디 편집장을 말하는 건데?"

다코타의 대답이 사람들의 감탄사들에 묻혀버렸다. 샘이 들어 올린 것은 올 시즌의 유행으로 손꼽히는 루이 비통의 '닥터스 백'이었다. 하지만 저건 샘이 이미 가지고 있는 건데…….

"어머머, 스키에는 고작 파일로팩스 수첩 하나 받은 게 다였는데."

우리 옆에 있던 준편집자 한 명이 큰 소리로 말했다. 예전에 스키에의 어시스턴트였던 그웬이었다. 붉은 머리가 인상적인 그웬은 낸이 승진되었을 때 스키에의 일을 상당히 잘 처리해 인정을 받았었다.

"스키에와는 다르죠. 샘은 그런 경쟁에는 끼지도 않을 거예요. 게다가 스키에는 그저 일개 편집자였을 뿐이고 말이에요."

다코타가 빨간 머리의 불평꾼에게 들릴 만큼 일부러 큰 소리로 말했다. 둘 사이에 뭔가 팽팽한 신경전이 벌어지는 것 같았다.

"스키에 얘기는 상관없고, 샘이 어디로 가는지나 말해달라고." 내가 말했다. 그때였다.

"자, 이제 다들 먹으러 갑시다!"

샘의 말 한 마디에 사무실 안은 갑자기 시끌벅적해졌다. 마치 방금 휴식시간을 알리는 종소리를 들은 학생들처럼 사람들은 연회 테이블로 우르르 몰려갔다.

내 질문에 대답도 하지 않은 채 다코타는 금세 샘이 있는 쪽으로 쪼르르 달려 갔다. 샘은 개인적인 축하 인사말을 전하려는 직원들에게 둘러싸여 무척 정신이 없어 보였다. 내 눈엔 그들은 분명 자신들의 이력서를 샘의 손에 쥐어주고 싶어 안달인 것처럼 보였다. 나는 다코타가 사람들을 이리저리 밀쳐내며 그 야심에 불타는 발걸음을 샘 쪽으로 옮겨가는 모습을 지켜보고 있었다.

"진저는 앞날을 보는 눈이 있는 것 같아. 벌써 무슨 통지를 받은 거 아냐?"

에린인지 딜런인지가 내게 말했다. 하루빨리 그 둘 가운데 누가 누구인지를 구별해야 할 텐데…….

"우리한테 비밀로 할 생각은 말아줘." 에린이 웃으며 말했다. 나는 얼굴을 찡그렸다.

"샘이 진저를 데려갈 거라는 건 누구나 다 아는 사실이잖아. 진저를 처음 고용한 것도 샘이었으니까 말이야."

그러면서 에린은 옆에 있던 준편집자인 그웬의 어깨를 탁탁 쳤다. 그러자 놀란 그웬이 우리 쪽으로 몸을 돌렸다.

"그웬, 샘이 진저를 데리고 같이 갈 거라고 생각해?"

"당연하지. 두 사람은 둘도 없는 친구 사이잖아?"

"그런데 여기 진저가 입을 열어야 말이지. 뭐, 수줍어서 우리한테 말을 안 하는 건지, 아니면 일부러 말을 아끼는 건지 모르겠어."

"그럴 필요 뭐 있어? 지금 분위기로는 만약 진저를 안 데리고 간다면 오히려 그게 더 놀랄 일일 텐데."

두 사람의 대화 사이로 한 번도 본 적이 없던 누군가가 끼어들며 물었다.

"그래, 새로운 직책은 뭐래요? 준편집자? 아니면 혹시 편집자?"

344

"편집자는 아니올시다지." 그웬이 코웃음을 치듯 말했다.

"진저는 아직 준편집자도 못 지냈는걸."

"맞아, 그렇지만 우린 지금 웨딩 잡지 얘길 하고 있는 거잖아. 패션 쪽보다는 훨씬 규모도 작고 편한 자리니까, 뭐 그럴 수도 있지 않겠어?"

그때 언뜻 엘라와의 통화 내용이 뇌리를 스치고 지나갔다. 그러고 보니 그녀마저 이 사실을 나보다 먼저 알고 있었던 것이다.

"웨딩드레스랑 신부 들러리 드레스 정도 커버하는 게 뭐 그리 어렵겠어?"

나는 이 대화가 계속되길 바랐다. 그러다 보면 샘이 옮겨가는 잡지사 이름이라도 알아낼 수 있지 않을까 하는 마음에서였다.

"그래서, 결국 뭐야? 준편집자야 편집자야?" 그웬이 포기하지 않고 계속 물어왔다.

모두가 내 얼굴만 빤히 쳐다보는 분위기였다. 그렇지만 지금 이들에게 차마 아직 샘하고 애기조차 못 해봤노라고 말할 수는 없는 상황이었다.

"혹시 샘의 어시스턴트로 가는 건 아니겠지?" 한 번도 본 적이 없는 여자가 미심쩍은 얼굴로 물었다. 그녀는 밝은 색 립스틱과 파란색 아이섀도를 하고 있었다. 분명 메이크업 부서에서 쓰다 버린 화장품인 듯했다. 보아하니 그녀는 프리랜서로 뛰는 카피라이터인 것 같았다. 그들이 메이크업 담당부서에서 가장 가까운 자리를 차지하고 있기 때문이다.

만일 샘이 또다시 내게 자리를 준다 해도 나는 그걸 덥석 받아들이진 않을 것이다. 같은 패션 계통이긴 하지만 아무리 그래도 웨딩 잡지라니……. 물론 웨딩 잡지를 폄하하는 것은 아니다. 단지 나는 여자들의 결혼식을 그들이 꿈꾸는 대로 만들어주는 일에 나의 에너지를 몽땅 쏟아 붓고 싶지는 않았다. 어쩌면 나도 그웬처럼 샨탈이 샘을 대신할 사람을 찾는 동안 그녀의 일을 훌륭히 처리하고 돕는 일을 잘 해낼 수 있을지도 모른다. 그렇게 샨탈에게 점수를 따면 새로운 누군가를 고용하기 전에 날 승진시켜줄지도 모르는 일이다. 어쨌든 간에 지금 상황에서는 샨탈이 우리 회사의 새로운 패션부장이 되는 건 분명한 일인 것 같으니까.

나는 날 둘러싸고 있는 사람들을 피할 구실을 찾아 사방을 둘러보았다. 마침 근처에 서 있던 샨탈이 눈에 들어왔다. 샨탈이 미소를 지으며 우리 쪽으로 다가

왔다.

"여러분, 여러분도 조만간 모든 걸 알게 될 거예요."

그녀는 몸을 약간 굽히더니 내 팔을 잡았다.

"진저 좀 데려가도 되겠죠?"

그네들은 양쪽으로 갈라지며 나를 위해 길을 터주었다. 그 모습이 마치 자기네가 잡은 사냥감을 더 힘센 놈에게 힘없이 빼앗기는 동네 강아지들 같았다. 나는 샨탈을 따라 홀을 빠져나갔다.

"축하드려요, 샨탈! 승진하게 된 거 말이에요."

나는 이렇게 말하면서 혹시 샨탈이 지금 나 역시 승진이 되었다는 말을 전하려고 일부러 날 사람들이 없는 쪽으로 데려가고 있는 것은 아닐까 생각했다.

우리는 회의실 문의 바로 바깥쪽에 섰다. 물컵이나 빵이 가득 담긴 냅킨을 든 사람들이 드문드문 눈에 띄었다. 샨탈이 다시 내 손을 잡아끌며 엘리베이터 쪽으로 자리를 옮겼다.

"고마워. 헬이 내일 중으로 공표를 할 거야." 그녀가 손을 바쁘게 움직이며 말했다.

"그보다 중요한 건, 촬영장에서 말이야. 그 요트 주인한테서 촬영지 임대허가서도 확실히 받은 거야? 요트 주인에 대해서는 사진 양도 각서만 있고 다른 양도 각서들을 아무리 찾아봐도 그게 없어서 하는 말인데……."

Chapter 39

"제기랄!"

내가 기대고 있던 벽 쪽으로 샨탈이 주먹을 세게 날렸다.

"널 믿고 있었는데!"

"그렇……지만…… 그 일에 관해선…… 언급이 없으셔서……."

"내가 일일이 다 챙겨줘야 해? 이래서 내가 촬영장엔 신참들을 안 데리고 다닌

다니까. 도대체 이제 와서 그 사람을 어떻게 찾을 거냐고!"

"그래도 다른 서류에 그 사람 이름이 있으니……."

샤탈은 냉정히 손을 내저었다.

"그건 다 소용없어. 자, 이제 그 보트 위에서 찍은 사진들은 전부 쓸데없는 쓰레기가 되어버렸다고. 그나마 불행 중 다행인 건 수요일에 탄하고 약속을 해놓았다는 거지. 이번 촬영엔 남자 모델들을 쓸 계획이야. '처녀들의 즐거운 한때'인지 뭔지, 아무튼 그 사진은 아예 잊어버려야 하게 됐다고."

문제가 심각한 사태에 이르렀고 나 역시 정말 어려운 상황에 처했지만, 그래도 그렇게 되는 것만은 정말이지 싫었다. '여자 친구들끼리의 시간'이라는 주제가 무엇보다 우선시되고 먼저여야 하니까 말이다. 실제 삶에서도 그렇고, 또 그것이 기사로 꾸며질 때도 물론 마찬가지이고…….

"그렇지만 어쨌든 스튜디오에서 촬영을 하게 된다면, 양쪽을 모두 해볼 수 있지 않을까요?"

샤탈이 고개를 저었다.

"수영복들 전부 반납한 거, 기억나지? 게다가 그걸 다시 가져올 시간은 더더욱 없단 말이야."

"그럼 대신 파티복을 입은 친구들로 가면 어떨까요? 제 생각엔 그렇게 어려울 것 같지 않은……."

"난 두 가지 주제를 모두 담길 원해." 샤탈이 마른 입술을 적시며 말했다. "그런데 사실 스튜디오는 주제를 다 소화 못할 거고."

갑자기 그녀는 공중에 대고 손을 히스테릭하게 흔들어댔다.

"젠장, 좋아, 좋아. 아무튼 이제 우리한테 필요한 건 바(bar)라고."

"그거라면 그리 어렵지 않을 거예요. 제가 여기저기 전화를 해보면……."

"아냐. 내가 직접 할 거야. 진저는 애너벨한테 가서 모델들한테 다른, 아직 확실히 정해지진 않았지만 어쨌든 다른 로케이션에 와줘야겠다고 급히 알리라고 전해. 그런 다음 내 사무실로 빨리 돌아와. 무슨 말인지 알겠지?"

그런 다음 샤탈은 금세 자리를 옮기려 하다가 내가 움직이지 않고 잠자코 있자 다시 걸음을 멈추고 얼굴을 찌푸리며 말했다.

"뭘 기다리고 서 있는 거야? 당신, 아직까지는 이 잡지사의 직원이라고!"

"그게 아니고요, 애너벨 자리가 어디인지를 잘 몰라서요."

"여기에서 일한 지 얼마나 됐어? 참, 내……." 그녀는 손가락으로 허공을 찌르며 말했다. "이쪽으로 가서 왼쪽 세 번째에 있는 사무실 아니야!"

나는 홀을 따라 내려가 애너벨에게 샨탈의 지시사항을 전했다. 그녀는 전화를 여기저기 돌려야 하는 일이 추가로 생긴 것 때문에 잠시 얼굴을 찌푸렸지만, 곧 그러겠노라 대답했다. 나는 다시 내 사무실로 돌아왔고, 샨탈의 사무실 문이 닫혀 있는 걸 보았다. 그녀가 수화기에 대고 질러대는 소리가 문밖까지 들려왔다. 나는 통화가 끝날 때까지 노크를 하지 않기로 했다. 귀를 쫑긋 세워 샨탈의 사무실에 바싹 갖다 댄 채 나는 내 책상 쪽으로 눈을 돌렸다. 내가 없는 동안 그 주변은 하나의 작은 온실로 변해 있었다. 비싼 꽃다발들이 책상을 뒤덮었고, 그것도 모자라 내 의자 위와 책상 위에 달린 선반 위에까지 꽃다발들이 거의 찌그러진 채 놓여 있었다. 누군가는 꽃다발을 놓기 위해 몇 가지 물건들을 일부러 다른 곳으로 옮겨놓기까지 한 것 같았다.

"진저?" 샘이 나를 부르는 소리가 들려왔다.

나는 어찌해야 할지를 정하지 못한 채 잠시 머뭇거렸다. 분명 샨탈이 즉시 자기 사무실로 돌아오라고 말을 한데다, 더 이상 그녀를 화나게 하기도 싫었다. 그렇지만 지금 샨탈은 한창 통화 중인데다, 무엇보다도 나는 지금 샘이랑 얘기를 좀 나눌 필요가 있었다. 어려운 상황이 닥치자 갑작스레 웨딩 잡지 일이라는 데에 어쩐지 마음이 끌리는 듯도 했다.

"진저?" 샘이 다시 한 번 나를 불렀다.

나는 그녀의 사무실에 발을 들여놓았다. 그 방에는 더 많은 꽃다발로 넘쳐나고 있었다. 창문턱에, 소파 위에, 또 책상 위에……. 다코타가 샘과 정확히 대각선 방향인 자리에 앉아 있었다. 그녀는 나를 보고도 자리에서 조금도 움직이지 않았다.

"뭐가 그렇게 오래 걸렸어?"

"샨탈을 기다리던 중이었어. 촬영 장소로 쓰일 바가 필요하거든."

나는 뭐가 잘못되었는지를 샘에게 짧게 설명했다.

내 얘기를 듣는 샘의 얼굴에는 재미있다는 표정이 스쳐 지나갔다.

"웃을 일이 아니야." 내가 말했다.

"샨탈이 지금 나를 엄청 탓하고 있단 말이야."

"걱정 마." 샘이 뭔가를 생각하듯 입술을 삐죽 내밀어 보이며 말했다.

"대런이라고, 마케팅 쪽에서 일하는 내 친구가 있거든. 그 친구가 얼마 전에 데카당스라는 바를 열었어. 홍보차원에서 말이지. 기다려봐."

그녀는 수화기를 집어들며 내게 앉으라는 시늉을 했다.

"수요일이라고 했나?"

나는 고개를 끄덕이고는 소파 위에 있던 난초 화분을 바닥으로 옮기고 그 자리에 앉았다. 샘이 통화를 하는 동안 나는 그녀에게서 눈을 떼지 못하고 기다렸다. 다코타 쪽은 한 번도 쳐다보지 않으면서 말이다.

"……됐어. 다 됐다고. 여기 연락할 사람 이름이랑 전화번호야. 샨탈이 허락하면 이 사람한테 바로 전화를 해." 샘은 뭔가를 마구 갈겨쓴 다음, 그 종이를 내게 건네며 말했다.

"고마워. 뭐, 뭐라고 말을 해야 할지 모르겠다."

"별 말을 다하는구나, 진저. 그냥 내가 여기를 떠나는 기념으로 주는 선물이라고 생각해줘."

"참, 참. 그래서 말인데, 내 친구 샘이 떠나는데 아직 나는 축하 인사도 못 했다니, 이게 대체 말이나 되니?"

나는 자리에서 벌떡 일어나 두 팔을 크게 벌리며 그녀 쪽으로 다가갔다.

"편집장이라니…… 편집장을 꼭 해보겠다고 하더니, 벌써 그걸 이뤄냈구나." 샘을 꼭 껴안으며 내가 말했다.

그녀도 그런 나를 꼭 끌어안았고, 우리는 서로 얼굴을 마주보며 어린아이처럼 껑충껑충 뛰었다. 우리는 실로 오랜만에 예전으로 돌아간 느낌이었다. 샘이 미적분 시험에서 우려했던 F 대신 D를 받은 걸 알아냈을 때나 그녀의 스물한 번째 생일날 샘의 아빠가 BMW 컨버터블을 선물했을 때처럼 말이다. 옆에서 다코타가 목소리를 가다듬는 바람에 그제야 우리는 껴안았던 팔을 풀며 서로에게서 떨어졌다.

"그런데, 샘. 사실 나는 지금 네가 어디로 가는지조차 모르고 있어." 내가 셔츠를 아래로 잡아당기며 말했다.

"〈섹시 브라이드(Sexy Bride)〉라고, 〈뷰티풀 브라이드(Beautiful Bride)〉에서 새로 생긴 자회사야. 잡지 이름은 아직 시장 실험 중이라 확실히 결정된 건 아니고 말이야. 네가 듣기엔 어때?"

나는 할 수 있는 한 가장 힘찬 목소리로 말했다.

"좋아. 아주 좋아."

"그래? 그럼 워커한테 구독자가 한 명 더 생겼다고 얘기해야겠는걸." 샘이 웃으며 말했다.

"워커?"

"그쪽 발행인이야." 다코타가 샘을 대신해서 대답해주었다.

아, 그랬구나. 샘이 그도 같은 계통의 일을 한다고 얘기한 적이 있었지. 그가 당연히 샘의 애인일 것이라고 생각했던 것이 상당히 민망하게 느껴졌다. 내가 그토록 신랑감이니 결혼이니 하는 것들로만 신경을 썼던 것을 보면 아마도 그간 내 두뇌가 그런 쪽으로만 엄청 스트레스를 받고 있었던 게 분명한 것 같다.

"안 그래도 그가 오늘 아침에 전화를 했더라고." 내가 전혀 모르고 있던 일이 아니라는 걸 다코타에게 알리기 나는 일부러 힘을 주어 말했다.

샘이 입술을 한 번 축이고 대답했다.

"응, 나도 알아. 이미 통화했어. 내가 〈포스트〉지의 기자인 오 헨리한테 자기네 잡지 창간 소식을 흘렸다고 상당히 짜증을 내던걸."

"헬한테도 그 소식을 진작 알려야 했던 것 아냐? 여기 있는 누군가가 그에게 말을 해줬어야 했던 것 아닌가 싶다."

"어쨌든 내일이면 나는 여길 뜨게 돼. 그건 회사 정책이야. 회사 기밀을 훔쳐가지 못하도록 바로 나가게 하는 것 말이지."

정말이지 일이 이렇게 빨리 진행될 줄은 몰랐다. 마음속으로 나는 다코타가 자리를 떠서 우리가 좀 더 속을 터놓고 대화를 나눌 수 있기를 바랐다. 샘이 그런 내 생각을 읽었는지 다코타를 처다보며 헛기침을 했다.

"다코타, 가서 차량 좀 체크해주면 좋겠는데……."

다코타는 마지못해 자리를 비켰다.

"갈 때 문 좀 닫아주고."

그럼에도 다코타는 문을 살짝 열어둔 채로 나가, 샘이 자리에서 일어나 다시 한 번 문을 완전히 닫아야 했다.

"다코타를 준편집자로 데려가기로 한 내 결정에 후회가 안 생겼으면 좋겠는데." 샘이 다시 의자에 자리를 잡으며 말했다. "미즈 웨스트는 벌써 약간 후회가 되는 모양이던데."

"다코타를 데려간다고?"

다코타라니? 그때 갑자기, 그 정도는 미리 알았어야 했다는 생각이 머릿속을 스쳤다. 샘이 얼굴을 약간 찡그리며 대답했다.

"다코타한테는 지난번에 신세를 졌잖니."

"디자이너랑 계약한 건에 대해 자기가 대신 욕 먹어준 일에 대해서 말이야?"

"그것도 그렇고, 다른 것도 좀 있고." 샘이 입술을 잘근잘근 깨물며 말했다.

"이런 말 하면 네가 믿을지는 모르겠지만, 아무튼 나는 너를 안 데려가는 게 너한테 훨씬 도움이 되리라고 판단했어."

"날 안 데려간다고?"

"내가 데려갈 수 있는 건 준편집자 딱 한 자리뿐인데, 너는 아직 그 자리로 갈 만큼 경험을 쌓지 못했잖니."

"네 어시스턴트 자격으로도 안 되는 거야?"

"그건 너도 원하지 않는 일일걸. 워커도 어느 정도 경력이 있는 사람이 필요하다고 했고 말이야."

샘이 자기 책상 쪽으로 몸을 구부렸다.

"얘, 웨딩 관련 책들은 잡지들 가운데서도 겉만 번지르르한 게, 빛 좋은 개살구나 마찬가지라고. 너도 잘 알잖아."

"다른 어시스턴트들은 그렇게 생각하는 것 같지 않던데."

"걔네들이야 전부 눈앞의 진급에만 목을 매고 있어서 그럴 뿐이고. 내 말 믿어, 네가 만약 지금 나랑 함께 간다면 패션 계통 일로 다시 돌아오는 데 어려움을 겪게 될 거란 말이야."

"그렇지만 너는? 넌 그쪽으로 간다는 거잖아, 지금."

"나는 좀 다르지. 편집장 정도 지위면 최고의 경험자로 쳐주니까 그런 것에 크게 구애받지 않는다고. 나는 지금 패션부장이 되려고 그쪽으로 가는 게 아니야, 진저."

나는 손가락으로 머리를 쓸어 올렸다.

"그런데…… 그런 생각을 하고 있다는 말을 어떻게 이제껏 한마디도 하지 않을 수 있는 거니?"

"너도 알잖아. 내 방침은 항상……."

"그렇지만 우리는 친구잖아!"

우리는 서로의 얼굴을 빤히 쳐다보았다. 그녀는 약간 슬픈 표정을 지어 보였다.

"우리 우정을 위해선 어쩌면 너를 이쪽으로 채용한 게 최선의 일이 아니었을지도 모른다는 생각이 든다."

샘은 책상 맞은편에 있는 내게 손을 쭉 뻗었다.

"그동안 나는 너를 다른 어시스턴트들을 대하듯이 하지는 않으려고 나름대로 많이 노력해왔어. 그렇지만 아마도 그것만으로는 충분하지 않았나 보다." 샘은 난처하다는 듯 어깨를 으쓱하며 말했다.

"주말에 어디 놀러 가자는 너의 초대에 응했어야 했는데." 내가 말했다.

"그러게. 나도 너를 더 확실히 꼬여야 했는데 말이다."

샘은 펜을 하나 집어들더니 엄지의 관절 위로 빙빙 돌리기 시작했다. 그건 예전에 내가 젓가락을 가지고 처음 그녀에게 가르쳐줬던 것이다.

"그렇지만 너도 알다시피 오래된 내 예전 친구들이랑 네가 같이 있는 걸 보면 어쩐지 좀 어색하거든. 너한테 걔들은 바보 같고 좀 천박해 보일 게 분명하니까 말이야." 샘이 말했다.

"무슨 소리야. 그들은 멋진 뉴요커잖니."

"나처럼 말이지. 그래, 하지만 어쩌면 그것 때문인지도 모르겠다. 네 앞에 있으면 어쩐지 나 자신이 사기꾼처럼 느껴지기도 해. 이 신부가 어쩌고 웨딩이 어쩌고 하는 잡지까지도 말이야."

"아무튼 너는 위를 향하고 있어. 정상을 향해 쭉쭉 올라가고 있다고. 나는 네가 자랑스럽기만 한걸." 내 말에 샘은 냉소적인 표정을 지으며 대답했다.

"솔직히 전적으로 완전히 내 힘만으로 이룬 건 아니잖아. 우리 아빠가 잡지사의 돈줄이니까……. 워커로서도 어쩔 수 없는 선택이었겠지."

"그게 뭐가 어때서? 어쨌든 너는 우리 회사에서 유력한 차기 패션부장이었잖아. 너희 아빠는 헬하고는 아무 상관도 없었는데 말이야."

"꼭 그렇지만도 않아. 주말에 헬이 말하길, 맥 클렘프너 사장이 샨탈을 원했다는 거야. 클렘프너 사장 생각엔 자기 마티니에서 올리브나 슬쩍 해가곤 하던 이 어린 새미가 그 일에 적합할 거라는 생각이 안 들었던 게지."

샘은 갑자기 뭔가 불쌍한 표정을 지었다.

"때로는 연줄이란 것이 오히려 스스로에겐 짐이나 속박이 될 수도 있는 거야."

"어쨌든 이번 일은 정말 커다란 도약이라고."

"그래, 네 말이 맞아." 샘은 고개를 흔들며 말했다.

"내 일에 대해선 그 정도면 충분해. 이제 너에 대해서 좀 얘기해보자. 내 생각에 너는 이쪽 권력의 핵심이 될 샨탈을 따라 패션부장 사무실 쪽으로 가야 한다고 보는데."

"그래서, 샨탈의 어시스턴트가 되라고?"

"내 후임자의 어시스턴트가 되는 것보다는 그 편이 훨씬 나을 거야. 적어도 샨탈은 자기 일 하나는 확실하게 하니까. 샨탈과 있으면 이것저것 일을 많이 배우게 될 거라고."

나는 가볍게 숨을 내뱉었다.

"샨탈이랑 일하는 게 그렇게 나쁜 것만도 아니잖니. 그녀의 좋은 면들만 생각해보라고."

나는 고개를 끄덕였다.

"생각난 김에 얼른 가서 바를 구했다고 전해야겠다." 나는 방금 전까지 만지작거리던 종이를 집어들며 말했다. "이거…… 고마워."

"천만에."

나는 곧장 문 쪽으로 향했다.

"진저?" 샘이 부르는 소리에 뒤를 돌아보았다.

"오늘 밤 아빠가 '레인보우 룸'에서 파티를 열어주시겠대. 9시부터야." 샘이 생긋 미소를 보내며 말했다. "'노'라는 대답은 정중히 거절하겠어, 무슨 말인지 알지?"

Chapter 40

샨탈에게 데카당스 바에 관련된 정보를 전해주었다. 그녀가 혹시 샘을 의심해 예약을 취소할지 모른다는 생각이 들어 나는 어떻게 그쪽과 연결이 되었는지에 대해서는 입을 다물었다. 또, 솔직히 그녀에게 내 '능력'을 보여주고픈 마음도 있었고 말이다. 어쨌거나 그렇게 시간을 절약하게 되자 이 작은 일이 분명 그녀의 마음을 조금은 달래준 것 같았다. '나'라고 하는 대신 즉각 '우리'라는 표현을 쓰기 시작한 걸 보면 말이다.

샘의 전화가 계속해서 울려대고 꽃다발들이 계속해서 배달되어오는 가운데, 나는 그 후 몇 시간 동안 샨탈의 지시에 따라 갖은 일들을 도맡아 해내야 했다. 의상을 알아보고, 메이크업과 헤어 담당자들을 섭외하고, 애너벨이 진행하는 일을 점검하고, 또 그밖에 다른 것들을 챙기느라 정말 눈코 뜰 새가 없었다. 그러는 중간 중간 나는 샨탈에게 온 전화에 일일이 응답도 해야 했다. 점심시간 때쯤 다코타가 오늘은 다시 들어오지 않을 거라고 말하며 샘과 함께 사무실을 나갔기 때문이다.

하루가 저물어갈 무렵, 샨탈이 뭔가 손으로 갈겨쓴 종이들과 잡지에서 뜯어낸 페이지 한 뭉치를 내 책상 위에 던져놓았다.

"전부 복사할 것들인가요?" 의자에서 일어나며 내가 물었다.

"아니." 어깨에 걸친 대만제 핸드백을 흔들어 보이며 샨탈이 대답했다.

"패션부장이 되었다고 다음 주에 텔레비전 출연을 하게 생겼지 뭐야."

그때 내 전화가 울렸다. 발신자가 엄마여서 우선 그냥 무시해버렸다. 벨소리는 이내 끊어지는가 싶더니 다시 울려대기 시작했다.

"전화 안 받을 거야?"

"네……." 마지못해 수화기를 들며 내가 말했다. "패션부입니다."

"진저야, 한국사람을 소개해주는 그 데이트 서비스 회사에서 전화가 왔는데 말이다……."

"됐어요, 엄마."

"얘, 그래도……."

"저 지금 일하는 중이에요."

나는 의도했던 것보다도 훨씬 세게 수화기를 내려놓았다.

"네, 어디까지 말씀하셨죠?" 다시 샨탈을 바라보며 물었다.

샨탈은 잠시 나를 쳐다보더니 얘기를 계속했다.

"이 직업은 이런 면이 싫다고 얘기하려던 참이었지."

"제가 뭔가 도와드릴 게 있을지……."

나는 진심에서 우러나 말했다. 그래봐야 아침 6시 30분쯤에 시작하는 모닝 토크쇼에 잠깐 스쳐가는 정도겠지만, 어쨌든 텔레비전은 텔레비전 아닌가.

"그래. 나 대신 이것들 좀 싹 정리해서 깨끗이 타이핑하고 지난번 쇼에 썼던 이 의상들 슬라이드를 전부 찾아놓도록 해. 내일 아침 제일 먼저 내 책상 위에 올려두도록."

"다음에 하면 안 될까요……." 그녀의 등에 대고 나는 들리지도 않을 혼잣말을 중얼거렸다.

몇 시간이나 정신없이 일에 빠져 있었을까…… 잠시 멍하니 앉아 있는데 그웬과 에린, 딜런이 사무실 앞을 지나갔다. 나는 내가 사무실에 남은 마지막 사람이라는 생각이 들어 그들에게 손을 흔들어 보였다. 하지만 자기들의 대화에 흠뻑 빠졌는지 그들은 답례도 없이 그냥 지나가더니 얼마 후 다시 모습을 나타냈다.

"안녕, 진저." 그웬이 인사를 건넸다.

"샘이랑 같이 안 간다는 소식 들었어. 정말 안된 일이네."

'소문 한번 정말 빠르다' 는 생각이 들었다.

"다코타가 그러는데, 샨탈의 어시스턴트가 될 거라며?" 동정심이 물씬 풍기는 목소리로 그웬이 말했다.

하긴, 어쨌든 간에 오늘까지 나는 공식적으로 샘의 어시스턴트임에도 샨탈은
마치 다코타에게 하듯 내게 무지막지하게 굴어댔으니……. 하지만 나는 긍정적
으로 생각하기로 했다.

"경력을 쌓기에는 좋은 일이지요, 뭐. 샘은 그간 촬영 일에는 직접 나서지 않았
으니까. 나는 스타일리스트 일이 하고 싶거든요."

"그게 샘이랑 함께 가지 않는 이유야?"

나는 보일 듯 말 듯 살짝 고개를 끄덕였다. 어쨌든 100퍼센트 거짓말은 아니었
으니까.

"그렇다 해도 여기 머무르는 것이 그리 좋지만은 않을 텐데."

아직도 에린인지 딜런인지 모를, 앞니가 살짝 깨져 있는 쪽이 말했다. 그 말에
나는 아무런 대답도 하지 않았다.

"있잖아, 우리 지금 FD 미팅에 가는 길이거든. 같이 갈 테야?" 그웬이 말했다.

"FD 미팅이 뭐죠? 패션부(Fashion Department) 미팅? 아니면, 반페미니스트
(Feminist Dissenters) 모임?"

"아니. '지독한 불평분자(Fucking Disgruntled)들의 모임' 이란 뜻이야. 한마디
로 엿 먹은 자들의 열 받는 미팅이라 할 수 있지." 앞니가 안 깨진 쪽이 재미있다
는 듯이 설명해주었다.

"잡지 계통에서 일하는 사람 중 자기 상사가 죽도록 싫은 사람들이 모여 만든
클럽이야."

"그것뿐만 아니지." 그웬이 끼어들었다.

"네트워킹을 통한 정보 공유나 직업적인 어드바이스, 또 서로 정신적으로 도
움을 주고받자는 취지에서 만들어진 프로페셔널한 모임이라고."

"특히 정신적인 도움에 포커스를 맞추고 있어. 모두 흥청망청 술에 취해서 우
리가 지금 하고 있는 일이 얼마나 거지발싸개 같은 일인지에 대해 서로 떠들어대
는 게 우리가 하는 일이지."

"가끔 바에서 자기네들한테 술을 사달라는 머저리 같은 놈들한테 붙잡히기도
하고 말이야."

"상황이 그렇게까지 안 좋은가?" 내가 말했다.

"진저는 우주선 타고 내려온 거야? 딜런이랑 나는 어시스턴트로 지낸 지 벌써 2년도 넘었다고."

다른 하나를 가리키며 딜런이라고 하는 걸 보니 그녀가 에린임이 확실했다.

"승진을 하려면 연줄이 있거나, 아니면 운이 엄청 좋아서 괜찮은 상사를 두거나 하는 수밖에 없다고."

"자, 자. 여러분. 여러분이 계속 그런 식으로 밀고 나가면 모두들 여기 가입하고 싶게 될 겁니다." 그웬이 내 쪽으로 몸을 돌리며 말했다.

"다른 기회들도 많이 찾아낼 수 있게끔 다른 잡지사들 쪽으로도 이 클럽을 확장해나가는 게 필요한 거 같아서 말이지."

"여기 있는 세 명이 멤버의 전부인가 보죠?"

"지금으로선 우리가 하는 일을 어떻게든 최대한 활용해서 다른 쪽에 기회가 있을 때 거기에 자격 조건이 되게끔 하는 데 포커스를 맞추고 있지."

"그렇지만 그웬은 이미 준편집자 자리를 맡고 있잖아요." 내가 말했다.

"나는 여전히 자기 신발 끈도 제대로 매지 못하는 편집자의 시중을 들어주는, 약간 더 높은 이름으로 불리는 똑같은 어시스턴트일 뿐이라고. 맹세컨대, 우리 편집자는 택시를 타지 않으면 자기 사무실도 절대 찾아오지 못할 사람이라고. 생각해보면 뭐 그게 그리 나쁜 것만도 아니지만."

"옛날 상사였던 스키에가 그웬에게 도움을 줄 수는 없는 건가요?" 내가 물었다.

"아니, 진저는 소식을 못 들은 모양이군. 스키에는 결혼해서 런던으로 이사 갔어."

"그건 내가 정말 원하는 일인데." 딜런이 부러운 듯 말했다.

이가 깨지고 안 깨진 것으로 이제 확실히 에린과 딜런이 구별되었다.

"부자 남자랑 결혼해서 유럽으로 떠나는 거 말이야. 스키에는 한 디자이너 소개로 그 남편감을 만났다고 하더라고."

"그렇게 생각하면 진저도 가능성이 없지는 않겠다." 에린이 말했다.

"샘을 통해 온갖 종류의 멋진 남자들을 수없이 소개받았을 테니까."

"에린, 그렇게 말하면 꼭 우리가 연줄 때문에 진저를 원하는 것처럼 들리잖아."

"그렇지만 지난번에……."

"내가 말한 건 잊어버려." 그웬이 목소리를 낮게 깔며 조그맣게 말했다.

그녀는 입 꼬리를 삐죽거리다가 내 쪽으로 얼굴을 홱 돌렸다.

"어때, 그래서 진저는 한잔 하러 가는데 같이 안 갈 테야?"

나는 마치 뇌 전두엽을 없애버리는 것처럼 그네들과 같이 나가 아무 생각 없이 시간을 보내고 싶기도 했다. 사실 누가 누구인지 몰랐을 때라면 그렇게 하는 게 좋았을지도 모른다.

"정말 그러고 싶은데, 오늘은 안 되겠네요."

그웬은 그것 보라는 듯 에린을 날카롭게 흘겨보았다.

"그럼 우리 둘이서만 조용히 얘길 나눠보는 건 어때? 이 클럽에 대해 좀 더 설명해줄 수도 있고……."

"죄송하지만 오늘 끝내야 할 일이 좀 있어서요."

"그렇다면 일 다 끝내고 오도록 해."

나는 손목시계를 들여다보며 말했다.

"그런 다음에는 약속이 있는데요."

"샘이 여는 파티 말이야?"

그들 역시 파티에 대해 알고 있다는 데 깜짝 놀랐다.

"모두들 거기 참석하나요?"

"글쎄, 우리 바람이지." 그웬이 심드렁하게 대답했다.

"우리도 진저랑 함께 가면 안 될까?" 에린이 갑작스레 물었다.

"에린!" 나머지 두 사람이 동시에 그녀에게 소리를 질렀다.

Chapter 41

파티는 샘의 이름으로 여는 것치고는 굉장히 얌전한 편이었다. 쿵쾅거리는 음악에도 불구하고 사람들은 둥근 원을 그리며 서 있거나 앉아 있을 뿐이었다. 마치 철야 근무라도 한 사람처럼 피곤했던 나는 어두운 룸 안을 들여다보며 샘을 찾아 나섰다. 어느 곳에도 샘이 없는 걸 보니, 왜 아무도 춤을 추지 않는지에 대한 의문이 풀렸다. 적어도 다코타 역시 거기 없다는 걸 알 수 있었다.

나는 바 쪽으로 다가가 와인 한 잔을 단숨에 들이켰다. 저 많은 사람들 속으로 다이빙을 해 들어가기 전에 한 잔을 더 마실 요량으로 나는 팔을 쭉 뻗어 바텐더에게 빈 잔을 내밀었다.

사람들 중 몇몇은 뭔가 화가 난 듯한 눈빛으로 날 쳐다보기도 했지만, 어쨌든 내가 들어갈 수 있게끔 길을 터주었다. 그렇지만 어느 누구도 나를 자기들 그룹에 끼워주려고는 하지 않았다. 사람들 사이를 비집고 들어가 대화에 끼었을 때, 나는 문득 오 여사 아줌마네 파티가 생각났다. 적어도 그때는 거기 있는 사람들 모두가 내가 잘 알아들을 수 없는 한국말을 하고 있다는 사실을 핑계나 변명으로 삼아볼 수 있었는데…….

다시 한 번 사람들의 가장자리에 서서 나는 와인을 홀짝거리고 있었다. 짙은 남색 블레이저코트를 입고 맨발에 로퍼를 신은 남자가 나를 쳐다보고 있었다. 그의 머리는 벗겨져 있었다. 그런데 이건 또 뭔가. 나와 눈이 마주치자마자 그는 어슬렁거리며 이쪽으로 다가오기 시작했다.

그는 샘이나 여기 파티에 있는 어느 누구의 친구도 아니었다. 메인 바에 있다가 목이 말라 온 것이라고 밝혔다. 그는 공짜 술을 너무 많이 마신 것 같았지만 취하지 않은 말짱한 정신이었다고 해도 뭐 그다지 재미있거나 똑똑할 것 같지 않은 남자였다. 나는 그가 베트남에 세 번 다녀온 이야기를 횡설수설 하도록 내버려둔 채 더 흥미로운 대화 상대가 없는지를 찾아 군중 속을 훑어보았다. 우리나라 한국을 위해 얼마나 열심히 싸웠는지를 내게 말해준 베트남전의 베테랑 군인들 중에서 이 대머리 남자가 처음이 아니었기 때문이다.

결국은 모든 수고를 포기하고 자리를 뜨려는 순간, 어디선가 내 이름을 부르는 소리가 들렸다. 건강한 구릿빛 피부에 백발, 큰 키가 멋진 샘의 아버지 그레이엄이 맞은편에서 나를 향해 손을 흔들었다.

"진저야, 네가 와줘서 무척 반갑구나."

그는 내 뺨에 키스를 하며 요란스럽게 반겼다.

"나랑 같이 좀 가자. 네게 소개해줄 사람들이 있단다." 그는 베트남 용사에게 살짝 머리를 숙이며 말했다. "실례하겠습니다."

“고맙습니다.” 그를 따라 걸음을 옮기며 내가 중얼거리듯 말했다.

나는 그레이엄 아저씨가 좋았고, 그간 젊은 여자들과의 많은 애정 편력에도 불구하고 그와 함께 있을 때면 편안한 느낌이 들곤 했다. 우리 엄마와는 다르게 그는 나를 어른처럼 대해줬기 때문일까.

“너 들어오는 걸 못 봤다고 혼이 났지 뭐냐. 샘이 자기가 돌아올 때까지 널 찾아 잘 지키고 있으라며 단단히 약속을 해두고 갔거든.”

“샘은 나가 있나요, 지금?”

“음, 한 시간 정도면 돌아올 게다. 저녁을 못 먹어 어질어질하다기에 내가 레스토랑으로 보냈다. 괜찮다면 너도 샘한테 가보면 좋겠다만, 내 생각엔 이미 돌아오는 길이 아닐까 싶어서…….”

“전 그냥 여기 있을게요. 어쨌든 감사해요.”

샘의 뒤를 쫓아다니는 건 아무래도 좀 여학생 같은 짓일 듯싶었다. 나는 와인을 한 모금 더 마시며 그가 말을 꺼내길 기다렸다. 스태어 가문의 매력은 바로 이 점인 것 같았다. 대화를 시작할 때 항상 그들에게 의존할 수가 있다는 점 말이다.

“그래, 진저야, 요즘은 어떻게 지내니? 베티도 잘 있고? 지금 뉴욕 쪽에 계시다고 새미가 그러던데.”

그가 말하는 사람이 바로 우리 엄마라는 사실을 깨닫는 데에는 나로서도 얼마간 시간이 필요했다. ‘미숙’이라는 내 한국 이름만큼이나 엄마에게도 베티라는 이름은 영 어색하게만 느껴졌기 때문이다.

“둘 다 잘 지내요.”

“새미의 말이, 베티가 너한테 데이트 상대를 잔뜩 물색해주느라 난리라던데.”

“뭐, ‘잔뜩’까지는 아니고요…….” 나는 얼굴을 붉히며 이렇게 대답했다. 샘이 자기 아빠한테 그런 말을 했다는 것에 그렇게까지 놀랄 필요도 없는데 말이다.

“당황할 필요 없다. 그 방면이라면 나도 네게 큰 도움을 줄 수 있을 것 같아서 말이다.”

“샘이 설명을 충분히 하지 않은 모양이네요, 그게 아니라…….”

“굳이 내게까지 설명할 필요 없다.”

“그렇지만…….”

"샘의 데이트 상대들도 항상 내가 연결해주곤 했으니까. 아쉽게도 샘은 내가 그런 주선을 하기엔 너무 늙었다고 생각하는 모양이지만……."

"네, 샘이 어떻게 워커를 만났는지는 저도 들었어요." 나는 그의 말을 끊으며 일부러 큰 소리로 말했다.

"너는 워커가 샘을 스카우트하는 게 아니라 그 애에게 구애하는 것으로 생각했던 모양이구나."

그레이엄은 잠시 말을 멈췄다가 갑자기 혼자 킬킬거리며 웃기 시작했다.

"너희 세대는 정말 이해하기 어렵다는 말을 해야겠구나. 너희들은 데이트에서 진정 가장 재미난 부분들을 쏙 빼버리니, 원."

"내 파티를 지금 어떻게 하고 계신 거예요?" 샘이 뒤에서 자기 아빠를 껴안으며 말했다.

얇은 어깨 끈이 달린 홀터넥 톱에 검은 가죽바지를 입은 샘은 엉덩이로 그레이엄을 장난스레 밀어내며 자리를 비집고 들어와 우리 둘 사이에 섰다.

"아빠, 무슨 일이에요?"

그녀는 음악에 맞춰 몸을 흔들다 팔꿈치로 나를 찔러가며 물었다.

"겨우 한 시간 나갔다 왔을 뿐인데 파티가 어떻게 흘러가고 있는지 짐작도 못하겠네."

그레이엄은 반쯤 항복했다는 듯 손을 위로 올리며 어깨를 으쓱했다.

"네가 와줘서 너무 기쁘다, 애." 샘이 내 귀에 대고 이렇게 속삭이곤 자기 아빠에게 물었다.

"진저는 우연히 찾으신 건가요?"

그러면서 샘은 내게 와인 잔을 비우라는 시늉을 했다. 나는 순순히 잔을 비웠고, 그녀는 빈 잔을 그레이엄에게 건네며 말했다.

"실례 좀 할게요. 저희도 파티를 즐기러 가야 하니까."

우리가 댄스 플로어의 중앙으로 나가는 동안 샘은 여기저기를 돌아다니며 열 명도 넘는 사람들을 모아 함께 나아갔다. 디제이는 디스코풍의 노래를 틀기 시작했고, 더 많은 사람들이 자리에서 일어섰다.

"아빠에 대해선 신경 쓸 거 없어. 또 어떤 애인이랑 끝낸 지 얼마 안 됐거든."

“난 상관없어.”

“뭐라고?” 샘이 자기 귀에 손을 갖다 대며 내게 물었다.

나는 방금 한 말을 반복했지만 그녀는 안 들린다는 듯 고개를 저으며 ‘내가 댄싱 퀸’ 이라는 입 모양을 해 보이고는 곧 활짝 웃었다. 한 곡이 끝나자 어떤 남자가 그녀에게 다가와 손을 잡고는 어디론가 데려가 버렸다.

나는 뒤로 몇 발자국 물러나 눈을 감고 계속해서 음악에 맞춰 스텝을 밟아대고 있었다. 다른 사람들의 시야에서 벗어난 채, 나는 한껏 몸을 흔들어댔다. 그것은 마치 비트 있는 음악이 내 안의 깊은 곳에서부터 뿜어져 나와 그에 맞춰 몸이 저절로 움직이는 것 같은 느낌이었다. 통제받지 않는 멋진 감정의 움직임이라고나 할까. 팔은 위를 향하고 머리는 이쪽저쪽으로 고갯짓을 했다. 감각적인 불빛이 내 눈꺼풀 위에서 계속 깜박대고 있었다.

바로 그때, 마치 무거운 무언가가 내 몸 위로 떨어진 것처럼 누군가 나를 부르는 소리에 눈을 번쩍 떴다. 순간 발끝이 미끄러지는 느낌이 들었고 나는 넘어지지 않기 위해 마구 팔을 내젓다가 그런 나를 받아주는 한 남자의 팔에 거의 안기다시피 하는 꼴이 되었다. ‘어머나!’ 나는 내가 얼마나 땀범벅이 되어 있는지를 순간적으로 깨닫고 머쓱해지며 정신을 차렸다.

“진저?”

두 손으로 나를 지탱하던 그가 힘겹게 상체를 바로 세우는 틈에 나는 뒤를 돌아 그의 얼굴을 볼 수가 있었다.

“탄?”

몸의 긴장이 한순간 풀리는 것 같았다.

“안 그래도 혹시 당신이랑 이곳에서 우연히 부딪치지 않을까 했는데…… 이거 진짜로 부딪쳐버렸네요. 하하.”

“제대로 찾으셨네요.” 나는 그가 내 몸에서 떨어지기를 기다리며 말했다.

“어때요, 내 품이. 꽤 편안하지 않아요?”

따뜻한 그의 숨결에는 이미 술 냄새가 강하게 배어 있었다.

“이 상태로 조금만 더 있었으면 좋겠는데.”

그의 진한 갈색 눈을 들여다보는 순간, 나는 심장박동이 빨라지며 뭔가 그에

순응해 움직이고 싶다는 생각이 드는 것을 피할 수가 없었다. 그는 그런 나의 눈빛을 읽은 것인지, 내가 몸을 일으켜 세우자 다시금 내 쪽으로 가까이 다가왔다. 순간적으로 나는 눈을 감고 기다렸다. 그의 입술이 내 입술 위에 포개졌다. 누군가의 입술에 이렇게 가까이 닿아 있는 건 실로 오랜만의 일인 것 같았다.

"아예 방을 하나 잡지 그래!"

누군가가 웃으며 크게 외치는 소리가 들렸다. 얼마 지나지 않아 나는 입술을 그에게서 떼어냈지만 탄은 계속해서 내 목에 키스를 퍼부었다. 나는 어색한 몸짓으로 꿈틀거리다 결국 그를 내게서 떼어내고는 몸을 추스르며 자세를 바로 했다. 우리를 바라보고 있던 사람들이 어색한 미소를 지으며 고개를 돌렸다.

"좀 더 조용한 장소로 갈까나, 예쁜이?" 탄이 말했다.

내가 미처 뭐라고 대답을 하기도 전에 빨간 머리 여자 하나가 우리 쪽으로 뛰어들 듯 다가와 탄 앞에 머리를 들이댔다.

"여기 있었군!" 타티아나는 이렇게 소릴 지르며 탄의 티셔츠 자락을 잡아당겨 그를 마구 흔들었다. 그들의 움직임은 마치 겁 많은 댄스 파트너들 같았다.

"같이 있다가 없어지고는 이런 데나 와 있다니. 나는 또 당신이 나한테 보드카 토닉 한 잔 더 가져다주러 간 줄 알았지 뭐야."

그녀는 탄이 쳐다보고 있던 여자가 누구인지를 보기 위해 내 쪽으로 몸을 홱 돌렸다. 그녀의 눈이 아래위로 나를 훑어댔다.

"이 여자랑 함께예요?"

커다란 내 목소리에 나 스스로도 깜짝 놀랐다. 오랫동안 잊고 있던 기억과 느낌들이 한순간 머릿속에 떠올랐다. 친구와 함께 필드에 나갔을 때, 체육 선생님으로부터 가능한 한 멀리 떨어진 자리에서 소리 지르고 욕을 해대던 그때의 기분이 말이다.

"당신, 도대체 뭐가 문제인 거야?" 타티아나가 말했다.

다른 여자랑 함께 있으면서 내게 키스를 했다는 사실 때문이었을까, 아니면 그의 여자 고르는 취향이 형편없다는 점 때문이었을까. 나는 스스로에게조차 왜 그렇게 화가 나는지를 이해시킬 수가 없었다.

탄은 무슨 말을 하려고 입을 열었다가 곧 닫아버리곤 잠자코 서 있었다. 타티아나가 그를 한 번 쳐다보더니 다시 내게로 눈을 돌리며 탄에게 물었다.

"대체 무슨 일이야?" 그녀가 탄에게 손가락을 흔들며 말을 이었다. "탄, 당신 지금 도우미 따위랑 놀아나는 거야?"

나는 지금 그녀가 뭐라고 지껄였는지를 다시 한 번 머릿속에 떠올려야 했다. 다시 생각해도 내가 들은 말이 확실했다.

"당신!"

나는 숨과 분노를 한곳으로 모았다.

"이 바보 같고 천박한 인종차별주의자야! 이 헛바람만 잔뜩 든 병신, 머저리, 천치 같은 역겨운 계집 같으니. 모르긴 해도 완두콩보다도 작은 네 뇌보다는 차라리 내 이 작은 손가락이 교육을 더 많이 받았을 거다! 어쨌든 내가 너보다는 예의범절이란 걸 좀 더 아는 사람이니까, 지난주에 했어야 할 얘기지만 지금이라도 짚고 넘어가야겠다. 루루는 네 하녀가 아니야. 나도 네 도우미가 아니고 말이야. 모두 네가 생각하듯 아시아인들이 무슨 하급 일꾼들밖에 안 되는 사람들은 아니라고!"

말을 끝냈을 때, 내 가슴은 두 근 반 세 근 반 요동을 치고 있었다. 타티아나와 탄 모두 놀란 얼굴로 아무 대답도 못 하고 그저 내 얼굴만 바라보고 있었다. 음악은 계속해서 쿵쾅거리고 있었지만 실내에 있는 모든 사람들이 일시에 조용해진 듯이 느껴졌다. 주변에 있던 이들은 너무 놀란 나머지 억지웃음조차 짓지 못하는 것 같았다. 샘이 고개를 돌렸다.

아까 그 대머리 베테랑을 찾아 '여기, 바로 이게 내 나라' 라고 소리라도 지르고 싶었지만, 나는 서둘러 그 자리를 떠나야 했다.

Chapter 42

"진저야, 일어나라."

엄마의 계속되는 목소리가 꿈결 속에서 들려오는 것 같았다. 지금 귓가에 맴도는 것은 학교 종소리가 아니라 바로 알람 소리였다. 나는 팔을 마구 휘저어 알람을 꺼버렸다.

누운 채로 지금 나를 감싸고 있는 이 기분 나쁜 안개가 걷히길 바라고 있었다. 분명 학교 시험 시간에 늦은 것은 아닌데, 뭐지 이 찜찜한 기분은……. 아, 그렇다! 순간 나는 타티아나를 향해 소리를 질렀던 일이 생각났다. 나는 머리를 베개 속에 파묻었다.

"진저야, 너 일어났니? 진저야!"

"네, 네. 일어났어요."

몸을 이끌며 침대 밖으로 나오는데 근육이 온통 당기고 머리는 몹시 지끈거렸다. 두 알의 아스피린과 샤워가 그나마 좀 도움이 되는 듯했다. 나는 어떻게든 몸을 추스르고 일단 사무실로 향했다.

회사에 다니거나 직업을 가졌다는 게 바로 이런 거지, 가방을 책상의 맨 아래 서랍에 넣으며 생각했다. 몇 분 후, 커피를 손에 든 샘이 모습을 나타냈다. 오늘은 꽤 캐주얼한 차림으로, 카발리 진과 뒤를 묶은 평범한 민무늬 블라우스를 입고 있었다. 머리카락은 뒤로 넘겨 하나로 단정히 묶어 매었다.

어젯밤 타티아나에게 한 얘기에 대해 솔직히 나는 후회가 없었다. 그녀는 언젠가 한 번은 그런 이야기를 들을 필요가 있는 사람이었으니까. 내가 후회스러운 것은 그런 분노의 폭발이 하필 그런 자리에서 일어나 한바탕 소동을 벌이고 말았다는 사실이었다. 술이 깨어가는 지금에 와서 생각해보니 그녀의 발언이 나를 한순간 그렇게 돌게 만들 정도로 심한 건 아니었다는 생각이 들어 어쩐지 얼굴이 좀 달아오르는 것 같았다. 나는 조용히 샘에게 인사를 건넸다.

"벌써 9시네? 아직 이른 시각인 줄 알았는데."

그녀는 자기 사무실 쪽으로 향하면서 나를 보고 따라오라는 시늉을 했다.

지금 그녀가 어젯밤 일에 대해 얘기하고 싶지 않은 심정이라면 나도 기꺼이 그렇게 할 마음이었다. 벌써 시들어가기 시작한 어제의 꽃다발들과 이사용 박스들로 정신없는 주변을 헤치며 나는 샘의 사무실로 들어갔다. 휴지통은 그녀의 예전 파일들과 지난 잡지들로 넘쳐나고 있었다. 나는 구두와 가방들로 꽉 찬 박스 하나를 아래로 내려놓고는 그 위에 앉았다.

샘은 자리에 털썩 앉더니 흘러내린 머리카락 몇 가닥을 정돈하며 말했다.

"짐 싸는 건 정말이지 너무 귀찮아. 그래서 어지간한 건 다 그냥 버리기로 했지 뭐야. 사실 이런 걸 언제 한 번 쓸 일이나 있겠어?"

그녀는 사전 하나를 집어 올려 휴지통 안으로 던져버렸다. 나는 그 주변에 떨어진 쓰레기들을 줍기 위해 몸을 굽히며 말했다.

"도와줄게."

"그럴래? 고마워."

"네 어시스턴트로서 마지막 날인데, 이 정도는 해야지."

그녀는 라이터를 집어들었고 계속 딱딱 소리만 내다가 세 번 만에야 겨우 담배에 불을 붙였다. 그녀는 곧 내게도 담뱃갑을 들이댔지만 나는 고개를 저었다.

"왜 옛날에, 머핀 4세가 죽고 그 때문에 엄마가 나더러 스코츠데일로 오라고 했을 때 기억나니? 그때 여성심리학 시간에 제출할 리포트 때문에 내가 무척 고민했잖아."

"그럼. 그때 내가 그걸 대신 써줘서 넌 거기 갈 수 있었잖아." 샘과 나누는 가벼운 대화에서 왠지 모르게 마음이 놓이는 걸 느끼며 내가 대답했다. 그래, 술 취한 하룻저녁 일로 금이 가기엔 우리 둘의 우정은 너무나 오래되고 진한 것이었다.

"결국 넌 A를 받았고, 그리스월드 박사는 거기에 너무도 감명을 받은 나머지 네게 대학원에 진학하길 권했지."

"맞아." 샘은 담배연기를 길게 뿜으며 대꾸했다. "심지어 그리스월드 박사는 나더러 그 원고를 〈페미니스트 스터디(Feminist Study)〉란 저널에 보내보라고까지 했지. 너는 그건 옳지 않다고 생각했고 말이야. 그렇지만 너는 내게 직접 그런 말을 하는 대신, 아무 말 없이 서랍이랑 책, 문 따위만 괜히 쾅 소리 나게 닫았어."

"내가 그랬었나?"

내가 기억하는 건 샘에게서 부탁받은 원고를 써준 것과 그리스월드 박사가 샘 대신 써준 내 작품에 대해 칭찬을 아끼지 않았다는 사실뿐이었다. 그 수업이 대학원 수준에까지 이를 만큼 어려웠다는 것과 내가 그때까지 여성학 과목을 한 번도 수강한 적이 없었다는 점 때문에 우리는 그의 칭찬에 한바탕 배를 잡고 웃어댔었다.

"분명히 그랬어. 그 리포트의 주제가 여성의 침묵에 관한 것이었는데 그게 꽤나 아이러니컬하게 보였지."

나는 샘의 은색 티파니 라이터를 집으려고 책상 위로 손을 뻗었다. 그런 내 모습을 본 샘이 라이터를 집어서 내게 건네주었다.

"어쨌든 너희 아빠가 리포트가 실린 저널을 어디 가면 더 구할 수 있느냐고 묻는 메시지를 남기시는 바람에 그때 너랑 나랑 한참 얘기를 나누었던 것 같다."

샘의 아버지가 아니었다면 나는 샘이 내가 쓴 리포트를 자기 이름으로 발간한 사실을 절대 알 수 없었을 것이다.

"우리 그때 서로 약속했잖아, 기억나? 서로에게서 도덕적으로 비난할 만한 사실을 발견하면 얘기해주기로 했던 것 말이야."

나는 머리를 긁으며 그녀가 지금 무슨 일을 가지고 그러는지를 알아내려고 애쓰며 말했다.

"오, 너 지금 혹시 햄프턴 촬영 건에 대해 말하는 거야? 네가 타티아나를 이용해 촬영을 방해하려고 했던 거? 별로 관계없다고 생각했기 때문에 얘기를 안 꺼낸 것이니까 신경 쓰지 마." 나는 손을 내저으며 말했다.

"뭐라고?" 샘은 믿을 수 없다는 얼굴로 날 쳐다보았다.

"뭐, 내가 생각하는 한은……."

"대체 지금 무슨 소릴 하고 있는 거야, 진저? 그래, 내가 그 모델을 고용한 건 네가 관계되기 전의 일이야. 그렇지만 네가 그 일에 참여한 걸 알았을 때 나는 네가 쓴 모델을 과감히 넘겼다고."

"난 지금 타티아나에게 촬영을 취소하게끔 만든 일에 대해 얘기하고 있는 거야."

"나는 그런 일 한 적 없어." 샘이 묶은 머리를 뒤로 젖히며 단호하게 말했다.

"지금 얘기가 필요하다고 한 건 바로 네 행동에 대해서라고."

"어젯밤 일 말이야? ……그래, 사실 내가 잠깐 이성을 잃었던 건 사실이야. 그렇지만 그건 단순히 실수로 그런 것만은 아니라……."

"남자랑 자는 게 네 앞날을 발전시키는 방법은 아니야."

"뭐?"

“네가 탄한테 무슨 꿍꿍이로 그러는지 나는 다 알고 있다고.”

“내가 그한테 끌린 건 그의 연줄 때문이 아니야.”

“제발, 진저. 나는 지금까지 네가 남자한테 그토록 공을 들이는 걸 한 번도 본 적이 없어. 남자한테 매달리는 것보다는 더 큰 걸 노려야지.”

“진심으로 하는 말인데 샘, 난…….”

“나한테 너무 방어적인 자세를 취할 필요는 없어. 남자가 우리랑 비슷한 나이 대인데다 바람기도 다분하고 나름대로 멋진 구석도 있다면 그건 분명 거부하기 어려운 일이긴 하지. 그렇지만 아는 사람으로부터 그를 빼앗는 거라면 너는 분명히 나중에 그 일을 후회하게 될 거라고.”

“너 혹시 탄이랑 잔거야?”

“아니. 내가 같이 잔 남자는 한 디자이너 밑에서 일하는 홍보 담당자였지. 그렇지만 그는 나를 위해 어떤 일도 하지 않았어. 또 그게 내가 지금 얘기하고자 하는 것이기도 하고. 탄은 샨탈이 가장 아끼는 사진작가일는지는 모르지만 그가 너를 도와줄 수는 없단 말이야.”

난 메슥거리는 속이 가라앉기를 기다리며 아무 말 없이 앉아 있었다. 그녀가 잡지사에서의 승진 건에 대해 지금껏 그토록 비밀을 지켜온 것도 어쩌면 당연해 보였다.

“한다 해도 그는 오직 네게 상처만 주게 될 뿐이라고.”

그녀는 담뱃갑을 흔들어 담배 한 개비를 또 하나 꺼낸 후 라이터를 달라는 듯 손바닥을 내 쪽으로 향했다. 나는 라이터를 건네는 대신 그녀 쪽으로 불을 내밀었다. 그녀는 자기 의자로 다시 털썩 물러나 앉으며 말을 이었다.

“너를 해고할 기회를 엿보고 있는 샨탈에게서 그가 널 지켜줄 수는 없단 말이야.”

“……날 해고한다고?”

“그녀는 너를 그냥 놓아버리길 원해. 대학을 갓 졸업한 사람만큼 네가 열정적이거나 열심히 일하지는 않을 거라고 말해왔다고.”

“그 말은, 내가 너무 나이가 들었다는 뜻이야?”

나의 꽉 쥔 주먹 안에서 순은으로 된 샘의 티파니 라이터가 뜨겁게 달구어지는 듯했다.

"내가 좀 더 강하게 나갔어야 하는데. 나를 위해서가 아니었다면 헬도 샹탈에게 너를 어시스턴트로 데려가라고 지시하지는 않았을 테고."

샘은 담배를 비벼 끄며 자리에서 일어났다.

"짐 싸는 일을 마저 끝내야겠어. 보라보라로 가는 비행기가 오늘 오후에 뜨거든."

샘은 뒤쪽에 있던 캐비닛을 열었다 닫았다 하며 까치발을 들어 꼭대기의 빈 선반 위를 확인했다.

"자, 내가 돌아오거든……." 그녀가 내 쪽으로 몸을 돌리며 말했다.

"너랑 나랑 타티아나, 이렇게 셋이서 한번 모여 술 한잔 하면서 화해를 하는 게 좋겠어."

"나는 내가 그녀에게 한 말을 취소하거나 사과할 생각은 없어."

"취소하라는 말이 아니야."

"누군가는 그녀의 인종차별주의적인 건방진 사고를 고쳐줄 필요가 있어. 아시아인들이 자기를 돌봐주거나 각종 서비스를 제공해주기 위해 이 땅에 태어난 게 아니라는 것을 한 번쯤은 따끔하게 지적해줘야 한다고."

"그녀도 그쯤은 알고 있어. 타티아나가 엄청난 대가를 치르고 산 이혼담당 변호사도 필리핀 사람이거든."

"어쨌든 그 변호사도 그녀에게 봉사를 하고 있는 거잖아. 차라리 그 변호사가 엄청 무능한데 그냥 돈만 엄청나게 많이 받은 거였으면 좋겠다."

샘이 희미하게 웃으며 말했다.

"그런 말 하지 마, 애. 그 변호사 비용 때문에 내가 타티아나한테 돈도 꿔줬었단 말이야."

그녀는 발밑에 있는 박스 안으로 한 줌의 펜을 떨어뜨려 넣으며 말했다.

"들어봐, 그녀가 널 촬영 도우미 정도로 생각했다는 데 대해서는 나 역시 너만큼 기분이 상한 건 사실이야. 하지만 그녀는 지금 굉장히 어려운 시기를 겪고 있다는 사실을 감안해주었으면 해. 이혼한데다, 돈도 별로 없고 말이야. 그게 타티아나의 머릿속을 엉망으로 만들어놓은 거라고."

"그 여자의 머릿속은 원래부터 엉망이었다고."

"맞는 말이긴 해. 그렇지만 그녀가 완전히 나쁜 사람인 건 아니야. 그걸 커버

할 다른 장점들도 가지고 있다고. 만일 그렇지 않았다면 내가 왜 그녀랑 알고 지내겠니. 또 글로리아 스타이넘은 어떻고."

"타티아나가…… 스타이넘과 친구 사이란 말이야?"

"뭐, 스타이넘이 자기 결혼식에 초대했으니까."

"스타이넘이…… 결혼을 한단 말이야?"

"오늘 신문에 대문짝만 하게 났는걸."

샘이 내 쪽으로 〈포스트〉지의 가십난을 펼쳐 보이며 말했다. 심지어 스타이넘의 파트너 선택은 전혀 인습타파적이지도 않은 것이었다. 남자는 스타이넘보다 돈도 더 많고 나이도 더 많은데다, 파파라치가 오래 전에 찍었다는 사진을 보니 스타이넘보다 키가 작은 것도 아니었다.

처음에는 샘, 그 다음에는 샨탈, 이제는 스타이넘까지. 아, 내 위로 쏟아지고 있는 나의 역할 모델들이여……!

"그래, 촬영장에서 정확히 타티아나가 뭘 어떻게 했는데 그래?"

자기 의자를 캐비닛 쪽으로 굴려 그것을 밟고 올라서며 샘이 물었다. 그녀는 의자 위에서 균형을 잡느라 불안하게 비틀거리며 위쪽으로 손을 더듬거리고 있었다. 누구든 재빨리 의자를 잡아줘야 했다.

잠시 후 나는 의자를 잡고 있던 자리에서 일어나 문을 열고 밖으로 나갔다.

Chapter 43

빌딩을 빠져나와 거리로 내려온 뒤 몇 블록인가를 걸어 공원 근처에 이르렀다. 분수 밑 계단 위에는 버려진 신문지들이 어지럽게 놓여 있었다. 나는 신문지 위에 자리를 잡고는 한참 동안 세상의 풍경과 삶의 소리를 느끼며 앉아 있었다.

카메라를 메고 지도를 든 관광객들, 백인 아기들을 데리고 나온 흑인, 인디언 보모들의 모습이 눈에 많이 띄었다. 아무 걱정 없어 보이는 스케이트보드를 탄 한 무리의 십대 소년들이 웃고 떠들며 내 앞을 지나갔다. 사륜마차에 매여 있는 한 마리의 말이 마부가 자판기에서 커피 한 잔을 뽑는 동안 콧김을 내뿜으며 앞발을 차대는 모습도 보였다. 지저분한 노숙자 한 명이 내 옆을 지나 분수대로 올라가 그 속의 더러운 물로 자기 옷을 빨기 시작했다. 그는 노래까지 흥얼거렸다.

비둘기 한 마리가 내 발밑으로 날아들어 피자 부스러기를 쪼아대기 시작했다. 더러운 회색빛 비둘기 세 마리가 그 녀석을 따라 내려앉았고, 그러자 처음의 비둘기는 자기 먹을거리를 물고 다른 곳으로 피하려 했다. 그러나 뒤늦게 온 세 마리 새들이 그를 도망가게 놓아두지 않고 계속해서 그 뒤를 쫓으며 피자 쪼가리를 탐냈다. 하지만 세 마리의 새들은 그저 녀석의 목만 쪼아댈 뿐이었다. 자기 목을 쪼아대자 놀란 비둘기는 내 쪽으로 황급히 도망쳐왔고, 그 비열한 나머지 세 마리 새들도 함께 내 쪽으로 다가왔다. 나는 그 쪽을 향해 발차기 하는 시늉을 했고 그들은 이내 푸드덕 날개 소리를 내며 모조리 저만치 날아가 버렸다.

내 안의 수많은 잡념들도 저렇게 쉽사리 날아가 버릴 수만 있다면 얼마나 좋을까. 나는 마치 물기를 털어내는 강아지처럼 머리를 흔들어댔다. 마음속은 여전히 뒤엉킨 채 혼란스럽고 괴롭게만 느껴졌다.

샘이나, 또는 내 나이가 많아서가 아니라 자신이 레즈비언이라는 사실을 내가 알고 있다는 점 때문에 나를 해고하려는 게 분명한 샨탈보다 내가 더 나을 것도 없다는 생각이 들었다. 나야말로 담 이쪽저쪽을 오가며 그때그때 내게 도움이 되는 사람에게 충성을 다했으니까. 난 타티아나의 허영심에 굴복하다시피 한 채, 불쌍한 루루의 편을 들어주기는커녕 그저 그녀가 너무 과민한 반응을 보이는 것뿐이란 식의 분위기로 대충 넘어가려 했고, 그래서 결국은 촬영이 무사히 진행될 수 있도록 했다. 창고 세일의 성공적인 결과에 대한 찬사 역시 누구와도 나누려 하지 않았다. 탄과 자겠다는 생각까지는 안 해봤지만, 그렇다고 그가 잡지사들과 연줄이 좀 있다고 했던 말에 전혀 관심이 없었던 것도 아니다. 어쩌면 내 마음속 깊은 곳 어딘가에는, 성공을 위해서는 그 무엇이라도 할 수 있다는 생각이 자리 잡고 있는지도 모른다.

하지만 다들 그렇게 하지 않을까? 나만 자신의 이익을 찾는 건 아니지 않을까? 혹시 나는 어떤 정체성을 꾸며내기 위해 노력했던 것일까? 다른 누군가가 되기 위해?

어쩌면 미스터 록이 옳았는지도 모른다. 어쩌면 나는 생각을 덜 하고 그때그때

닥치는 일들을 그대로 받아들여야 하는지도 모른다. 어쩌면 내가 데이트를 너무 심각하게 받아들인다는 그레이엄 아저씨의 말이 옳은지도 모른다. 어쩌면 내가 일에서 너무 많은 것을 기대한다는 엄마의 말이 맞는지도 모른다. 내가 아는 주변의 어떤 사람들보다 훨씬 더 아등바등하는 것만은 확실한 것 같다. 그렇다면 나는 스스로 내 삶을 더 힘겹게 만들어가고 있는 것일까?

그렇지만 사고란 존재의 방식이라고 하지 않았던가. 생각이란 것에는 어떤 필요와 바람이 포함되어 있고, 그것은 바로 '진저'라는 내 존재를 나타내는 것이다. 또한 늘 다른 누군가가 되고 싶어 하는 그 '진저'는, 성공과 박수갈채를 갈망하고 바라는 그 '진저'라는 존재는 매사에 심사숙고하는 자신의 태도와 그에 따른 삶의 항해 없이는 존재할 수 없다는 생각이 든다.

사실 나는 지금 내가 무슨 말을 하고 있는지조차 확신이 잘 서지 않는다. 그렇다고 해서 그게 아무런 의미도 없다는 뜻은 아니다. 나라는 사람은 원래 내가 지닌 이중성과 내가 지닌 차이점, 그리고 내가 지닌 분열에 기초해 만들어졌으니까. 내가 모든 부조리와 모순점들을 전부 풀어내고 녹여낼 필요는 없는 것이다. 때로는 그저 그런 것들이 거기에 있다는 것을 아는 것만으로도 충분하다. 왜냐하면 나 자신 속 미지의 핵심이자, 눈에 보이지는 않지만 마음으로 느껴지는 부분이란 언제나 변하지 않기 때문이다.

내 나이에, 나는 이미 내가 된 것이다. 다른 누군가가 되고 싶다는 바람은 뭔가 더 꽉 찬 사람이 되고자 하는 것일 뿐, 완전히 다른 사람으로 변신하고자 하는 건 아니다. 어쩌면 모든 게 난센스일 수도 있다. 그렇지만 그것은 놀랍고도 분명하며, 스릴 있으면서도 지루하기도 하고, 위안이 되는 동시에 자유로운 것이다.

"모든 것은 다 장미로 끝나는 것!"

내 뒤에 있던 남자가 목청 높여 노래를 불렀다. 나이 든 그의 몸은 운동으로 다져진 듯 보이는 근육들 덕분에 여전히 아름다웠다. 그때 나는 문득 지금 지고 있는 꽃들이야말로 자신의 생에서 가장 아름다운 '한창때'를 보내고 있는 것이라는 사실을 깨달았다.

Chapter 44

"이게 다 뭐예요?"

아파트 안으로 들어서며 내가 물었다. 거실과 부엌의 식탁 위는 온통 한국 식료품점에서 사온 봉투들로 뒤덮여 있었다.

"여기 있는 음식들이면 굶어 죽어가는 북한 동포들을 전부 먹이고도 남겠는데!"

나는 아주 길고 긴 오후를 보내고 귀가하는 길이었다. 내가 사무실로 돌아왔을 때 샘은 이미 떠났고, 그 후 다섯 시간 동안 나는 샨탈의 공식적인 노예로서 생활했다. 다코타가 여전히 있긴 했지만 샨탈은 사무실을 옮기라는 상부의 지시에 따라 낸의 옛날 사무실로 옮겨가는 데 필요한 파일을 정리하고 옮기는 일을 모두 내게 시켰다. 그뿐 아니라 수선공으로부터 그녀의 구두를 찾아오는 일과 치과에 예약을 넣는 일까지도 모두 내가 도맡아 해야 했다. 그녀는 자신의 텔레비전 인터뷰용 노트를 훨씬 더 깔끔하고 일목요연하게 정리해준 내 노력에 대해 전혀 감사의 빛을 보이지 않았을 뿐더러, 심지어 내게 그것들을 다시 타이핑하라고 지시하기까지 했다. 나는 그녀가 일부러 내게 그토록 심하게 굴고 있다는 사실을 알았다. 그렇지만 촬영장에 갈 수만 있다면 이 정도는 감수할 수 있다는 생각이 들었다.

엄마는 흥얼거리던 허밍을 멈추고는 활짝 웃으며 싱크대에서 몸을 돌려 나를 쳐다보았다.

"가서 손 씻고 와라. 이 엄마가 요리하는 법을 가르쳐줄 테니!"

그 말은 우리 둘 사이에 잘 쓰는 농담으로, 내가 마치 독신 남자처럼 요리한다는 뜻이었다. 내가 엄마의 부엌에 들어가 뭔가를 썰고 다지고 튀기기 시작했을 때부터 지금껏 할 줄 아는 것이라곤 두부튀김이나 콩볶음 같은 아주 단순한 요리들뿐이었으니까. 세 가지 이상의 재료가 들어가는 음식은 할 줄 아는 게 전혀 없다고 봐도 좋을 정도였다. 지금 와서 생각하니 엄마가 그토록 중시하는 아내의 의무 중 가장 기본적인 부분에 대해 좀 더 일찍 내게 트레이닝을 시키려 들지 않았다는 사실이 갑자기 이상하게 느껴졌다. 엄마가 항상 바쁘기도 했고 나 역시 전혀 배우려고 들지 않았지만, 그토록 한국인 사윗감을 원하는 엄마의 입장에서라면 일부러 시간을 만들어서라도 더 강하게 밀어붙였어야 할 일인데 말이다.

갑자기 오래된 저항 정신이 마치 위산처럼 부글부글 거품을 냈다. 그토록 많은 식당들이 존재하는 한, 또 엄마가 살아 계신 한 내가 꼭 요리를 배울 필요는 없는 것 아닌가. 그렇지만 이제 '눈을 뜬' 새로운 나에게 그건 좋은 생각이라고 여겨졌다. 요리를 한다는 것은 반(反)페미니스트적인 것이 아닌, 오히려 친(親)독립적인 일이니까.

"좋아요."

나는 스타이넘의 결혼 건에 대해 너무 무심하게 흘려 말한 것에 대한 사과의 쪽지와 함께 샘이 내게 남기고 간 루이 비통 가방을 내려놓으며 말했다. 그녀는 내가 그 소식을 그렇게까지 크게 받아들일 거라고는 생각지 못했던 것 같았다.

"오늘 너 쇼핑 했니?" 엄마가 가방을 쳐다보며 물었다. 엄마는 마른 수건에 손을 닦으며 식탁을 돌아 내 쪽으로 오시더니 가방을 들어 올리며 말했다.

"루이 비통이네. 비싸지 않더냐?" 엄마는 가방을 다시 내려놓으며 중얼거렸다.

"좋긴 좋아 보이는구나."

나는 그때 자신의 과분한 후원에 대한 대가로 뭘 요구할 수 있을지를 계산하는 엄마의 마음을 들여다볼 수 있었다.

"샘이 선물로 준 거예요." 화장실 쪽으로 가면서 내가 대답했다.

보통 때라면 나는 루이 비통 가방을 갖는 것에 대해 가책을 좀 받았을 것이다. 그도 그럴 것이, 루이 비통 백을 든 한국사람을 볼 때마다 나조차 으레 그것이 가짜일 거라 생각하곤 했기 때문이다. 그렇지만 사실 지금은 별로 상관하지 않는다. 게다가 샘이 그 가방을 내게 준 것이 다코타의 마음을 상하게 만들었다는 사실 하나는 분명하니까.

엄마가 내게 뭐라고 말을 하는 것 같았지만 욕조 안의 흐르는 물소리 때문에 잘 들리지 않았다. 나는 발에 묻은 도시의 먼지를 씻어내고 있는 중이었다.

"뭐라고요?" 내가 소리쳤다.

나는 물기를 대충 닦아내고 부엌으로 다시 돌아왔다.

374

"그게 사과의 선물이냐고 물었다."

엄마는 비닐 안에서 양파들을 꺼내고 있었다.

"너한테 일자리를 주지 않은 데 대한 사과의 선물이냐고."

엄마는 양파 다섯 개와 칼을 내게 건넸다.

"어쩌면 뭐 조금은 그런 뜻도 있겠죠, 뭐. 그렇지만 우리 사이는 변함없어요. 앞으로는 일도 같이 안 하게 되니까 둘이 사적으로 뭉칠 기회는 그만큼 더 잦을 거고요." 내가 제일 작은 양파의 껍질을 벗기기 시작하며 대답했다.

"잘됐구나. 너에게 언제 신부 들러리가 필요할지는 아무도 모르니까."

나는 양파의 껍질을 계속해서 벗기고 또 벗겨냈다. 그러자 한가운데 있던 작은 녹색 구근이 드러났다. 나는 웃으며 그것을 들어 올렸다. 작가 입센이 즐겨 쓰던 은유가 지금 그 모습을 한껏 드러낸 것이다.

"아이고, 지금 뭘 한 거야, 너? 껍질만 벗겨야지."

"앗, 미안……." 내가 수줍게 대답했다.

엄마가 저 '아이고' 라는 소릴 낼 때는 뭔가 정말 잘못된 때라는 걸 알기 때문이다. 나는 양파 껍질들을 식탁 한쪽에 대충 밀어놓은 후 다른 양파를 집었다.

엄마가 목소리를 가다듬었다.

"바비가 오늘 전화했더라." 엄마는 저민 고기가 들어 있는 포장의 비닐을 벗겨내면서 말했다.

어쩌면 엄마가 이렇게 갑자기 내게 요리를 가르쳐주고 싶어 하는 건 바로 그를 위해서인지도 모른다. 어쨌거나 계획은 계속 진행되고 있으니까, 엄마가 조지 오빠가 좋아하는 요리들을 만들게 될 날도 그리 머지않았다는 생각이 문득 들었다.

"그래요?" 나는 일부러 별 관심 없다는 투로 대답했다.

"그래, 뭐라는데요?"

"전화는 내가 못 받았다. 욕실에 있었거든."

너무나 무덤덤하게 엄마는 들고 있던 칼로 자동응답기를 가리켰다.

"음성 메시지 남겼더라."

"네, 나중에 들어볼게요."

"한국사람은 한국사람들끼리 뭉쳐야 하는 거야."

"그러면 여기 이 나라엔 뭐 하러 오셨어요?"

"여기 오기 전까지는 미국사람들이 웃기는 사람들이라는 걸 몰랐지. 이 사람들은 오직 네가 보는 앞에서만 친절하다고."

"한국사람들은 뭐 안 그렇고요?"

"미국사람들은 편견이 심해. 그 사람들은 절대 널 자기네 무리의 하나로는 안 봐준다고. 제2차 세계대전 때엔 일본의 민간인들까지 죽이기도 했다고."

"엄마, 그건 오래전 일이잖아요! 지금은 그런 일 따위는 없다고요."

나는 다른 양파 하나를 더 집어 들었다.

"뭐 때문에 갑자기 반미국적인 사고를 갖게 되신 거죠?"

"앤이 오 여사한테 너무 심하게 굴었잖니." 엄마는 주먹만 한 생강 뿌리의 껍질을 박박 긁어내며 말했다.

"아줌마가 그럴 만하게 행동하셨잖아요. 그건 앤이 백인이라 그랬던 게 아니라고요."

엄마는 들고 있던 칼을 미끄러뜨렸지만 다행히 상처를 입지는 않았다. 엄마는 다시 더 좋은 각도로 칼을 쥐며 말했다.

"게다가 앤은 레즈비언이야."

"그녀가 레즈비언인 건 그녀의 성격이나 국적과는 아무 상관도 없다고요."

엄마는 생강을 내려놓고는 손을 마른 수건에 닦았다.

"블렌더는 어디 있니?"

"이 집에 블렌더 없는데."

"블렌더가 없다고? 그럼 블렌더도 없이 불고기 소스를 어떻게 만들란 말이냐? 아이고……."

"아직 한 번도 필요한 적이 없었거든요." 내가 양파를 가리키며 물었다.

"그만 할까요?" 엄마는 고개를 저으며 말했다.

"아니다. 그냥 이것들을 전부 내가 다지는 수밖에."

엄마는 음식물이 든 비닐봉투들을 마루나 싱크대 쪽으로 옮겨 식탁 위에 도마 놓을 자리를 만들었다.

"한국 요리사에게는 너무 좁은 부엌이구나."

"끝!" 내가 마지막 양파를 내려놓으며 소리쳤다.

"이제 전 뭘 하죠?"

양파들을 내려다보더니 엄마가 말했다.

"두 개 더 벗겨라."

"더요? 또 뭘 만드는데요?"

"오늘은 불고기랑 만두, 파전을 할 거다."

"우와, 할 일이 엄청 많겠는데요."

나는 양파를 찾아 비닐봉지들을 하나씩 들춰보았다.

"너는 배워둘 게 많다. 엄마가 토요일에 떠나니까."

"어머, 그렇게 빨리요?"

나는 엄마의 비행기 티켓이 변경할 수 있는 것이기를 바랐다. 난 엄마가 조지 오빠와 재회하게 되면, 오빠와 또 그 가족들과 더 잘 알고 친해지기 위해 이곳에 좀 더 머무르고 싶어 할 것임을 확신했기 때문이다.

"여기 온 지도 벌써 3주째야." 엄마가 숨을 길게 내쉬었다.

"안 여사가 내 고객들을 몽땅 훔쳐가기 전에 얼른 돌아가야 하지 않겠니?" 나는 비닐봉투에서 엄마 쪽으로 눈을 돌리며 말했다.

"흠, 방금 전 한국사람들이 착하고 친절한 것처럼 말씀하셨던 것과는 좀 다르게 들리네요."

"그건 다른 얘기다. 사업은 사업인 게지."

"안 여사도 엄마를 따라할 작정으로 부동산업에 뛰어들기 전까지는 엄마 친구였잖아요."

엄마는 뭔가를 생각하는 듯 아랫입술을 쑤욱 내민 채 나를 바라보았다. 그러더니 곧 미소를 지으며 말했다.

"하긴, 한국사람들이 더하면 더했지."

나는 쌀로 만든 크래커 봉지를 하나 찾아 들었다. 봉지 뜯는 소리에 뭔가를 썰고 있던 엄마가 내 쪽을 쳐다보았다. 엄마는 곧 입 벌리는 시늉을 했고 나는 크래커를 엄마 입 속으로 넣었다.

“엄마가 여기 안 계시면 기분이 이상할 것 같아요. 집에 와서 엄마와 마주치는 일에 이제 어느 정도 익숙해졌는데.”

엄마는 여전히 칼질에 열심이었지만 그 말 한 마디에 한결 기분이 좋아진 듯 보였다.

“전화 한 통이면 곧장 달려올 수 있는 거리에 있는데, 뭘. 게다가 오 여사도 가까운 뉴저지에 살고 말이야. 대신 오 여사네 집을 자주 들락거리렴.”

“오 여사 아줌마는 엄마 대신으로는 너무 별로다, 뭐.”

내가 들이미는 크래커에 엄마는 다시 입을 크게 벌렸다. 엄마는 열심히 씹고 삼키며 말했다.

“그래도 바비한테는 무척 좋은 엄마 아니더냐.”

“아줌마가 바비 엄마니까 그건 당연하죠.” 입에 크래커를 가득 문 채 내가 대답했다.

“그 아줌마 영어는 알아듣기가 너무 힘들어. 엄마만큼 잘하질 못하시잖아요.”

엄마는 칼끝을 이용해 생강 조각들을 한쪽으로 모은 다음 그것들을 커다란 그릇 안에 미끄러뜨리듯 담았다.

“엄마가 쓰는 영어에 네가 익숙해져서 그런 게지. 모르긴 해도 아마 바비도 나에 대해 너와 비슷한 생각을 하고 있을 거다.”

엄마는 다시 봉지들을 뒤지더니 곧 마늘 한 움큼을 내게 주었다. 나는 크래커 한 줌을 더 입 안에 넣고는 손바닥을 탁탁 털었다.

“양파부터 손을 봐야 하나?”

“아니, 마늘부터 해라. 불고기를 먼저 만들자. 엄마 배고프다.”

마늘 껍질을 손톱으로 이리저리 벗겨내느라 고생을 하는 동안, 엄마는 그런 나를 계속해서 쳐다보고 있었다.

“자, 이렇게 한번 해봐라.”

엄마는 다른 마늘 한 통을 꺼내들더니 그 끝을 벗겨 보였다.

“이렇게 하면 좀 쉽거든.”

그러더니 곧 마늘을 두 쪽으로 가른 다음, 하나하나의 끝을 쳐 내고는 다시 양파로 손을 가져갔다.

"그런데, 네 귀엔 오 여사의 영어가 그렇게 별로더냐?"

"딱 브로큰잉글리시의 전형 같아요."

엄마는 고개를 끄덕였다.

"나랑 둘이 영어 수업을 같이 들었는데……. 오 여사는 자기가 여기 이렇게 오래 머물게 되리라곤 한 번도 생각을 안 했던 모양이야. 오 박사가 은퇴하면 한국으로 돌아갈 생각이었으니까."

"정말요? 바비도 그걸 아나요?"

"아마도."

"바비네 부모님은 그럼 바비를 두고 가신대요? 이 나라에 바비 혼자만 남겨두고?"

손등으로 눈을 비비며 내가 물었다. 양파와 마늘 향 때문에 눈이 따가웠다.

"바비가 한국여자랑 결혼만 한다면 혼자는 아니지."

"그분들이 앤을 반대하시는 이유가 바로 그거였어요? 만약 그가 앤이랑 결혼하면 바비만 남겨두고 갈 수가 없어서? 흠, 그건 어쩐지 좀 이기적인 얘기처럼 들리는데."

생강 위에 더 얹어 넣은 양파 때문에 엄마 역시 눈이 따가운 듯했다. 엄마는 곧 마늘을 다지기 시작했다. 그런 엄마의 모습을 물끄러미 쳐다보고 있으려니, 갑자기 엄마를 꼭 껴안아주고 싶은 마음이 들었다. 엄마는 절대 한국으로 돌아가지 않을 것이다. 엄마는 나를 절대로 혼자 내버려두지 않을 테니, 어쩌면 나는 행운아인지도 모른다.

"오 여사는 바비를 여기 살게 해주기 위해 고국을 등진 거야."

엄마는 나머지 마늘을 큰 그릇 안에 담고는 나무 숟가락을 꺼내들었다.

"하지만 어쩌면 오 여사가 실수한 건지도 모르지. 어쩜 우리 모두 실수한 건지도 모르고 말이다."

"그 말에 동의 안 해요. 바비도 아마 그럴 것이고." 내가 마늘의 마지막 껍질을 벗겨내며 말했다.

"……다 했다! 이젠 뭘 하죠?"

"간장이랑 참기름을 좀 꺼내 오거라." 엄마가 중얼거리듯 말했다.

나는 찬장을 열기 위해 식탁 옆의 엄마 쪽으로 다가갔다. 내가 찬장 문을 열고 닫기 쉽도록 내 움직임에 따라 엄마가 고개를 이리저리 돌렸다. 나는 엄마가 주문한 병들을 건네주고 내 자리로 돌아왔다. 엄마는 간장 뚜껑을 열더니 곧 쾅 소리 나게 다시 닫았다.

"내가 너를 이리로 데려오지만 않았다면 네가 남자를 만나는 일이 그렇게 어렵지도 않았을 테니 하는 말이다."

어쩌면 엄마의 눈을 따갑게 만든 건 양파와 마늘만은 아닌지도 모르겠다.

"엄마." 마음이 짠해진 나는 서투른 발음으로 조그맣게 한국말 '엄마'를 불러보았다. 나는 엄마에게 다가가 어깨에 손을 올렸지만 엄마는 어깨를 으쓱해 보이며 내 손을 떨쳐냈다.

"여기서 아이들을 기르는 게 이렇게 힘들고 복잡하다는 말을 아무도 내게 해준 적이 없었다. 이 모든 어려운 문제들에 대해 누구 하나 말해주지를 않았다고. 게다가 아무도 거기에 어떻게 대처해야 하는지도 가르쳐주지 않았고 말이야."

"엄마는 지금껏 아주 잘 해오셨잖아요."

엄마는 두세 개쯤 되는 조각들을 빈 도마에 올려놓은 다음, 칼 뒤 끝으로 문지르고 다지기 시작했다.

"아니다. 그렇지가 않아." 얼마 지난 후 엄마가 대답했다.

"뭔가 잘못됐어. 네가 데이트하는 걸 본 적이 없다는 사실만 봐도 그렇잖니. 그래서 여기까지 널 도우러 왔던 건데, 역시 그것도 실패하고 말았고 말이야."

"저 데이트, 해봤어요."

"미스터 록과의 데이트라면 그건 빼야지. 게다가 별로 잘 되지도 않았잖니."

"아니요, 저 연애한 적 있다고요." 엄마는 짐짓 놀란 듯 내 얼굴을 빤히 쳐다보았다.

"언제? 누구랑?"

그런 엄마를 보고 있자니, 왠지 엄마도 이제는 진실을 받아들일 수 있겠다는 생각이 언뜻 들었다. 그러고 보니 대체 나는 언제부터 엄마가 현실을 있는 그대로 받아들일 수 없을 거라고 생각하기 시작한 걸까? 생각해보면, 그건 아마도 조지 오빠가 엄마를 돌보고 보호해야 할 사람은 이제 나라고 말했던 바로 그때부터였던 것 같다.

"대학 다닐 때요. 대학원 때도 그렇고."

"그런데 왜 한 번도 나한테 말을 안 했니? 와, 엄마로선 거의 혁명 같은 말이로구나!"

지금 엄마의 눈가에서 반짝이는 건 웃음에서 나오는 것이었다. 엄마는 손등으로 눈물을 훔치며 웃었다.

"왜냐하면…… 그들이 한국사람이 아니었기 때문이죠. 엄마가 허락 안 했을 테니까."

"그걸 네가 어떻게 알아? 내가 그 남자들을 만난 적도 없는데……."

"그렇지만 조지 오빠는……."

"그건 내 실수였다. 당시엔 전혀 생각도 못했던 일이니까. 어떻게 해야 할지를 몰랐어. 그땐 아무것도, 아무것도 몰랐다고."

"그러면 지금은 미국남자도 괜찮다는 뜻이에요?"

"너도 계속 나이를 먹어가고 있으니……."

엄마는 팔꿈치로 약간 나를 밀쳐내듯 하면서 자리를 옆으로 옮겨갔다.

"부추 껍질 좀 벗겨라. 봉투 안에 두 단쯤 들어 있을 거다. 씻는 게 먼저고."

나는 부추 단을 꺼내들다가 잠시 멈칫하며 내려놓으며 물었다.

"그건 '예스'란 뜻이야, 아니면 '노'란 뜻이에요?"

"그야 그가 어떤 사람이냐에 달린 문제지."

나는 식탁을 빙 돌아 엄마 가까이로 다가갔다. 간장을 그릇에 붓고 있던 엄마가 고개를 들어 나를 바라보았다.

"간장을 얼마나 넣는 건지 보러 온 거예요. 얼마 정도 넣어야 되는 거지?"

"안 보이니? 이만큼이지 뭐."

"그러니까 그게 대체 얼마만큼이나 되냐고요. 한 컵?"

"나도 모르겠다." 웃음을 참는 듯한 얼굴로 엄마가 말했다. "대충 이만큼이라니까."

엄마는 간장을 조금 더 부은 다음 참기름 병 쪽으로 손을 옮겼다. 나는 엄마의 팔을 손으로 잡으며 말했다.

“이번엔 계량컵에 담아서 따르면 안 돼요? 대충 어느 정도인지 저도 좀 보게요.”

“그렇게 하면 더 귀찮아져. 그냥 보면 되지, 뭘 그러냐.”

그러더니 엄마는 한 티스푼 정도 되는 양의 참기름을 떨어뜨리고는 그릇 안에 있던 것들을 모두 한데 섞기 시작했다. 그러고는 그 소스 안에 손가락을 담가 맛을 보고 나서 참기름을 약간 더 붓더니 다시금 맛을 보았다.

“뭔가 빠진 것 같은데.” 엄마는 갑자기 눈을 크게 뜨며 말했다.

“설탕! 진저야, 설탕 좀 가져와라. 물도.”

나는 다시 식탁 뒤쪽으로 걸어갔다. 엄마한테 설탕을 건넨 후 나는 싱크대 쪽으로 가며 물었다.

“물은 얼마나요?”

“한 컵 정도.”

“한 컵이요?”

나는 캐비닛 안을 들여다보며 계량컵을 찾기 시작했다.

“응. 찬물로 가져오렴.”

나는 수도꼭지를 튼 다음, ‘1컵’이라고 표시된 눈금까지 정확히 물을 채웠다. 그걸 건네주기 위해 몸을 틀었을 때 엄마는 설탕 봉지를 거꾸로 잡고서 그릇에 쏟아 붓고 있었다.

“방금 설탕은 얼마나 넣으신 거예요?”

까만 간장 소스 안에 녹아들고 있는 설탕을 바라보며 내가 물었다. 물을 받아들며 엄마는 그저 어깨를 으쓱했을 뿐이었다. 엄마는 찡그리듯 계량컵을 바라보더니 한 번 흔들고는 주둥이가 없는 쪽에 입을 대고 그대로 물을 다 마셔버렸다.

“아이고, 아까 먹은 크래커가 좀 짜더라고.”

나는 너무나 황당한 나머지 기막힌 얼굴로 엄마를 노려보았다.

“뭐, 잘못됐니?” 빈 컵을 내려놓으며 엄마가 물었다.

“아무래도 이건 도무지 요리 레슨 같지가 않은데요.”

엄마는 숟가락을 집어들고 그릇 안을 휘젓기 시작했다.

“네가 원하는 맛이 날 때까지 조금씩 계속 첨가하면 되는 거지, 뭐.”

그러면서 엄마는 내 손가락을 끌어다 그릇 바닥에 푹 담가버리는 것이었다. 그걸 다시 꺼냈을 때 내 손가락은 다진 마늘, 생강, 양파 조각들로 온통 적셔 있었다. 엄마는 그런 손가락을 내 입 안에 강제로 넣었다. 나는 얼굴을 찡그렸다.

"맛이 너무 진한 것 같은데."

그 말에 엄마도 다시 직접 소스 맛을 보았다.

"음……마늘이 너무 많이 들어갔군." 그러면서 엄마는 간장과 설탕을 더 부었다.

"엄마, 솔직히 말해봐. 사실 요리할 줄 모르시는 거 아니에요?" 쌀 크래커를 또 꺼내들며 내가 살짝 물었다.

"무슨 소리야. 잘 알지." 크래커를 한 움큼 가져가며 엄마가 씩 웃었다.

"들어가는 재료들은 잘 알고 있으니까. 사실 중요한 건 그거 아니냐."

"휴, 이럴 거라면 차라리 오 여사 아줌마한테 전화를 거는 게 빠르겠는데요."

"그럴 필요 없다."

엄마는 다시 손을 닦더니 당신만의 그 요상한 혼합물(!)에 간장을 더 넣고 설탕 몇 스푼을 더 넣었다. 그렇다. 맛을 내는 데 저렇듯 되는 대로 무모하게 밀고 나가는 것이 엄마의 요리법인 동시에 이곳에서 살아온 하나의 방법이었다. 어쩌면 엄마는 모든 일에 완벽하지는 못했을지 모르지만, 나 역시 그런 엄마의 경험을 받아들이거나 충고를 구하지 못한 바보였을지도 모른다는 생각이 들었다. 지난 세월 동안 나는 '반쪽은 한국인이고 반쪽은 미국인'인 나 자신 속의 균형을 이뤄가기 위해 고생해왔던 것 같다. 그것들은 내 안에서 항상 뒤엉켜 섞여 있었다.

"한동안 불고기를 안 해봤더니 이제 실력이 녹슬었나 보다."

엄마는 다시 한 번 소스 맛을 보았다. "생강이 너무 많이 들어간 건가."

"녹이 슬었다니, 무슨 소리예요? 엄마는 바로 작년 크리스마스 때도 불고기를 만들어주셨잖아요."

설탕 봉지가 꽝 소리를 내며 식탁 위로 떨어졌다.

"그랬었지, 참." 엄마는 손을 이마에 갖다 대며 미간을 찡그렸다. "엄마도 이제 늙었나 보다."

내가 놀리듯 말했다.

"나이 들면 정신이 제일 먼저 가기 시작한다잖아요."

그 말에 엄마는 입을 삐죽거리더니 눈을 흘기듯 나를 노려보다가 곧 씩 웃었

다. 무슨 생각을 하는지는 몰라도, 어쨌든 엄마는 뭔가 결심이라도 한 듯 얼굴을
펴며 말했다.

"네 혁명 같은 발언에 이어 이번에는 내가 비밀을 털어놓을 차례구나."

"무슨 소리예요?" 궁금해진 내가 얼른 물었다.

"불고기를 만들어본 적이 없다는 것 말이야."

"그게 무슨 말이에요? 엄마가 불고기 만드는 걸 내가 많이 봤는데…… 갈비도
해주셨잖아요."

엄마가 부끄러운 듯 웃었다.

"소스를 붓고 굽기는 했지. 그렇지만 소스를 직접 만들어본 적은 없단다. 소스
는 박 여사네 가게에서 사왔지."

"흠, 그렇지만 맛은 항상 비슷비슷했는데요?"

"항상 그 집에서 소스를 사왔으니까 그렇지. 박 여사는 음식을 아주 잘하거
든."

나는 멍하니 엄마를 바라보다 반은 놀라서, 또 반은 재미있어서 크게 소리 내
어 웃어버리고 말았다. 이렇게 오랫동안 엄마가 날 속였다는 것을, 아니 그러려
고 노력해왔다는 사실을 도무지 믿을 수가 없었다.

"시간이 없었잖니. 게다가 껍질을 벗겨내고 자르고 다지고…… 아무튼 음식을
만드는 데 그다지 취미가 없어서 말이야. 실은 요리하는 거 너무 귀찮아."

오랫동안 감춰온 커다란 비밀을 털어놓아 속이 시원한 듯, 엄마는 굉장히 행복
해 보이기까지 했다.

"일부러 그러실 필요까지 없었는데……."

"진저 네가 한국음식들을 그리워하는 것 같아서 그랬지."

"그거야 뭐 한국식당에 가도 되는 일이었고……. 그나저나 그 아줌마네 가게
에서 다른 건 또 뭘 사셨죠?"

엄마는 뭔가 생각났다는 표정으로 마치 마술사처럼 허공에 손가락질을 하면
서 갑자기 길을 비키라는 시늉을 하고는 앞으로 나아갔다. 그러더니 곧 두 팔 가
득 피넛 버터와 젤리, 빵 등을 한 아름 안고 식탁으로 돌아왔다.

"뭐 그냥 작은 것들이지…… 그 집 만두랑 파전, 잡채……."

"흠, 그러니까 기본적으로 내가 만들 줄 모르는 음식들 거의 전부로군요." 고개를 절레절레 흔들며 내가 말했다.

"김치만 빼고. 김치만은 슈퍼마켓에서 샀지." 엄마는 빵 한 조각에 피넛 버터와 젤리를 고루 발라 반으로 접은 후 내 앞에 들이댔다.

우리는 서로를 위해 할 수 있는 최선을 다하고 있었다. 결국 우리 두 사람 모두에게 중요한 건 바로 그 점이었던 것이다.

"충격받았니?"

"아니요, 전 괜찮아요." 나는 진심으로 그렇게 대답했다.

나는 엄마가 내민 샌드위치를 받아들고는 한입 베어 물며 말했다.

"진짜 혁명 같은 일처럼 느껴지긴 하지만."

"엄마도 마찬가지다, 우리 막내야. 나도 마찬가지라고."

Chapter 45

데카당스 바에서의 촬영을 위해 다운타운으로 가는 지하철을 탄 이후, 속이 계속해서 울렁거리기 시작했다. 아침 내내 거의 한 주전자의 커피를 마시고 담배도 반 갑 이상을 피워대긴 했지만, 그건 지금 내 신경을 건드리는 요인이 아니라 오히려 치료제였다. 나는 가족 회동이 될 저녁식사 때문에 상당히 신경이 날카로워져 있었다. 하지만 그것은 아직 몇 시간 뒤의 일이라 그것 때문에 날카로워졌다고 할 수만은 없었다.

데카당스 바의 주인이 매니저에게 일찍 오라는 말을 깜박 잊고 하지 않은 탓에 우리는 그녀가 잠에서 깨서 부스스한 모습으로 문을 열어주기 전까지 두 시간이나 그녀를 기다려야 했다. 하지만 다행히 샨탈은 그 시간을 밴 안에서 모델들을 준비시키는 시간으로 이용해 웬만한 준비는 미리 다 끝내놓을 수 있었다. 우리는 벌써 모델들을 세 번이나 교체했다. 탄은 나와 어느 정도 거리를 유지하고 있는 듯했지만 나는 별로 개의치 않았다.

내가 한 남자 모델의 셔츠 버튼을 풀고 있을 때 루루가 자수가 놓인 프린세스 칼라의 차이니스 실크 드레스를 입고 나타났다. 잠시 멈칫한 나는 샨탈에게 가서 그건 별로 좋은 생각이 아니라고 말하고 싶었다. 밝은 빨간색 옷을 입은 루루의 모습이 여느 때보다 더 멋져 보이는 건 사실이었다. 파리에서 찍은 패션쇼 사진들에서도 많이 봐왔던 대로 저런 중국풍 취향이 최근 유행인 것도 사실이고 말이다. 그렇지만 저 드레스가 얼마나 트렌디하고 또 얼마나 잘 어울리는지를 떠나서, '문화적인 동화' 에 대한 스토리에 저런 식의 '누가 봐도 중국 여자' 인 모델을 넣는다는 건 어딘가 불편하고 너무나 모순적인 것처럼 느껴졌다. 진홍색 입술과 머리를 뒤로 모두 넘겨 동그랗게 말아 올린 그 모습은 영락없이 서유럽 사회에서 본 중국 여인의 전형적인 이미지 자체였으니까.

"이거 참…… 내가 아는 열다섯 먹은 여자애도 이것보다는 훨씬 빨리 내 셔츠를 벗기던데."

금발의 남자 모델이 자기 가슴께에 있던 내 손을 탁 쳐냈다.

"그랬겠지. 안 봐도 뻔하다." 허리춤에 손을 올린 채 자기 차례를 기다리며 재클린이 말했다. 힐까지 신고 있으니 그녀의 키는 이 남자 모델보다도 훨씬 커 보였다.

"재키, 네가 그런 말 할 처지는 아니지. 너도 걔들 중 하나였으니까."

"꿈 깨시지."

나는 그에게 미안하다는 표정을 지어 보이며 몇 발자국 뒤로 물러섰다. 밴 앞에는 샨탈이 무릎까지 꿇은 채 다른 남자 모델의 바지 밑단을 줄이고 있었다. 그녀의 입에는 수많은 핀들이 물려 있었다. 보아하니, 지금은 루루의 의상에 대한 내 의견을 피력하기에 그다지 적절한 타이밍은 아닌 듯싶었다.

"저기요." 내 모델이 자기 셔츠를 내 손에 던지듯 건네며 말했다. "이제 나는 뭘 입죠?"

나는 그에게 흰색의 헬무트 랭 티셔츠를 입혀주고는 곧 그의 바지를 벗겨주기 위해 단추 하나를 잡았다. 그러자 그가 자기 손으로 내 손을 덮으며 말했다.

"이건 나 혼자도 할 수 있다고요."

"어머, 미안해요. 제가 아무 생각 없이……." 얼굴을 붉히며 내가 대답했다.

그 모습을 지켜보던 재클린이 배를 잡고 웃어댔다.

"왜, 계속하지 그래요?"

샤탈이 자기 모델들이 탄 밴의 문을 쾅 소리 나게 닫고는 곧 우리 쪽으로 끼어들었다.

"여긴 무슨 일이야?"

"글쎄, 진저가 브래드의 바지 속으로 들어가려고 했지 뭐예요."

"그게 아니라…… 전 그냥 단지 모델이 바지 벗는 걸 도와주려고…….'"

"처음엔 누구나 다 그렇게 시작하곤 하지."

금발의 브래드는 마치 그런 일을 수없이 봐왔다는 듯 고개를 설레설레 흔들어댔다. 그때 갑자기 재클린이 그의 속옷을 가리키며 소리를 질렀다.

"세상에, 아침에 속옷 안 갈아입나 보지? 도무지 하얗지가 않잖아."

"왜 이래, 이거 깨끗한 거야. 색깔 있는 것들이랑 같이 빨아서 그런가 보지."

"그럼 되게 뜨거운 물에 빨았나 보다. 심지어 확 쪼그라든 것 같아 보이기까지 하니."

"어디, 그럼 깨끗하고 안 줄어든 네 팬티나 좀 보여주시지."

그렇게 말하며 브래드가 재클린이 입고 있던 드레스에 손을 뻗었지만, 중간에서 샤탈이 그의 손을 확 낚아챘다.

"지금 쓸데없는 장난칠 시간 없어."

샤탈은 눈으로 대충 그의 사이즈를 재더니 곧 그에게 진 한 벌을 던져주었다.

"이거 입고 다시 바 쪽으로 돌아가. 자, 모두들 이제 움직이자고!"

브래드는 받아든 바지를 허공에 툭툭 털더니 그걸 입기 시작했다.

"자, 어디 보자. 재키 너한테는 무슨 옷이 어울릴까."

샤탈은 재빨리 의상들이 걸려 있는 옷걸이들을 훑기 시작했다.

"진저, 재키가 옷 벗는 것 좀 도와줘."

지금 역시 루루의 드레스에 대한 반대 의견을 표명하기에는 여전히 좋은 타이밍이 아닌 듯싶었다. 재클린이 왼팔을 들어 올리자 겨드랑이 밑에 달린 지퍼가 약간 내려가 있는 게 눈에 띄었다. 드레스가 너무 타이트한 감이 없지 않았다.

"등 쪽에 핀을 찔러놓아서 그래요." 그녀는 내게 등을 보이며 돌아서서 긴 가

발을 위로 들어 올리며 말했다.

"브래드, 아직도 문을 못 열고 있는 거야 뭐야?" 브래드가 아직 자리를 뜨지 않은 걸 보고는 재클린이 마땅치 않은 듯 한마디 던졌다. 그러자 그는 괜스레 재클린에게 못마땅한 표정을 지어 보이고는 좀 전에 신었던 브라운 구두를 들어 올리며 말했다.

"샨탈, 다시 이걸 신으란 소리예요?"

나는 재클린의 드레스를 벗기기 전에 그가 자리를 떠날 때까지 기다리려던 참이었지만, 그녀가 두 팔을 들어 올리는 바람에 얼떨결에 나도 그녀의 머리 위로 드레스를 벗겨냈다. 그러고 나서도 재클린은 두 손을 그저 옆으로 내려뜨리고 있어 하얀 그녀의 젖가슴이 그대로 드러났다. 브래드는 눈 하나 깜짝 하지 않았다.

"아니, 그 브라운 구두는 말고." 샨탈이 말했다.

"카우보이 부츠를 신도록 해. 저쪽에 있는 거." 샨탈은 브래드 가까이 바닥에 있는 부츠를 가리켰다.

브래드는 그 부츠들을 잡아채서는 까만 가죽 의자들 중 하나에 큰 소리를 내며 앉았다. 그러고는 고개를 돌려 재클린을 한 번 쳐다보고는 씩 미소를 지었다.

"그러는 네 팬티는 보라색이네!"

재클린은 한쪽 발로 무게중심을 옮기고는 툭 튀어나온 엉덩이 위로 한 손을 올리며 대꾸했다.

"그렇지만 적어도 내 팬티는 깨끗하잖아?"

샨탈이 리본처럼 보이는 노란 가로줄무늬가 들어간 흰색 프라다 드레스 한 벌을 손에 들고 우리 쪽으로 왔다. 그녀는 옷걸이째 재클린에게 그걸 들이대며 말했다.

"너는 이거 입으면 어울릴 것 같다."

"와, 이 드레스 괜찮네." 그 얇은 천을 만지작거리며 재클린이 말했다.

"그래, 그럼 이 의상으로……."

갑자기 샨탈이 말을 멈추며 얼굴을 찡그렸다.

"그런데 지금 재키 너, 보라색 팬티를 입고 있는 거야?"

재클린이 힐을 신은 채 몸을 꼬아댔다.

"아, 네…… 그게, 오늘 아침에 살구색 끈팬티가 안 보이는 바람에 말이죠……."

"재클린의 팬티는 보라색이라네……." 브래드가 어린아이처럼 노래를 불러댔다.

"너!"

화가 난 샨탈이 그에게 손가락을 들이대며 말했다.

"아직도 안 가고 여기서 뭐 하는 거야?"

"부츠 신는 거 도와줄 사람을 기다리고 있죠."

샨탈은 다시 그 손가락을 내 쪽으로 들이댔다.

"진저, 뭐 하고 있는 거야?"

"혼자 할 수 있을 줄 알고……."

그쪽으로 황급히 다가가며 내가 변명하듯 중얼거렸다. 나는 지퍼가 달리지 않은 민무늬 부츠 안으로 그의 발을 가능한 한 깊숙이 집어넣고는 그에게 일어서보라는 시늉을 했다. 발이 반쯤밖에 들어가지 않은 그 긴 부츠 위로 무게중심을 갑자기 옮기는 바람에 그는 바보같이 휘청거리다 급기야 내 머리 정수리 부분을 움켜잡았다.

"미끄러지듯 발을 앞으로 밀어 넣어봐요."

한 손으로는 부츠가 움직이지 않도록 꽉 잡은 채 나는 다른 손으로 내 눈을 찌를 듯한 그의 손가락을 밀어 치우려 노력하며 말했다.

"안 되겠어." 그가 투덜거리며 말했다. "부츠가 너무 작잖아."

"작지 않아." 샨탈이 말했다. "여기 있는 것들은 모두 12사이즈란 말이야."

"하지만……."

샨탈과 말씨름을 하느니 가만히 있는 게 낫겠다고 생각했는지 그는 이내 자리에 앉더니 부츠를 벗어던졌다. 갑자기 그는 내게 툴툴거리기 시작했다.

"나는 발볼이 넓단 말이야."

"그럼 아예 팬티를 벗어버릴게요. 저는 상관없어요." 그때 재클린이 말했다.

"안 돼. 이건 시스루 드레스란 말이야. 전부 완전히 다 비친다고."

"이번엔 발끝으로 서봐요."

브래드의 발은 이번에도 발등 이상 들어가지 않았다.

"그럼, 어떻게 하죠, 샨탈?" 재클린이 말했다.

"일어서서 발을 세게 굴러봐요. 이렇게."

시범을 보이며 말하는 나를 거의 밀치다시피 하며 브래드가 자리에서 겨우 일어났다.

"진저!"

그의 부츠를 잡아주느라 몸을 구부린 채로 있던 나는 샨탈이 부르는 소리에 얼른 그쪽으로 고개를 돌렸고, 순간 힘껏 구르는 브래드의 발에 그만 손가락을 밟히고 말았다.

"아악! 제기랄!"

나는 소리를 지르며 재빨리 그 손가락들을 입에 물었다.

"저런…… 입 조심을 해야지." 재클린이 비웃듯 한 마디 했다.

"미안. 손이 거기 있는 줄 몰랐어요. 괜찮아요?"

"괜찮아요."

나는 중얼거리듯 대답하며 얼른 뒤를 돌아 샨탈과 재클린을 쳐다보았다. 그들의 얼굴에 나타난 재미있다는 듯한 표정이 채 가시기도 전에 말이다. 샨탈은 금세 표정 관리를 하고 목소리를 가다듬으며 말했다.

"진저, 지금 입고 있는 팬티가 무슨 색이지?"

나는 허리끈을 뒤집어 안쪽을 슬쩍 들여다보곤 대답했다. "베이지색인데요."

샨탈이 손을 내밀며 말했다. "이리 줘봐."

"……네?"

그건 불쾌함 이상의 주문이었다.

"제대로 알아들었으면서 뭘. 시원하게 얼른 벗어주라고." 브래드가 손뼉까지 쳐가며 즐거운 듯 말했다.

나는 아직도 얼얼한 손가락들을 다시 입 안에 넣으며 뒤를 돌아 그를 쏘아보았다. 갑자기 머쓱해하던 그가 다른 부츠 한 짝을 찾아 신기 시작했다.

"그렇게 팍팍하게 굴지 말라고." 샨탈이 말했다.

"애초에 진저 탓에 일이 이렇게 지연된 거 아니었어?"

"절대 진저의 속옷에 오줌 같은 건 지리지 않을게. 약속……."

"그게 아니라…… 그건, 그건……."

"그건 어시스턴트가 해야 할 일이지." 고맙게도 샨탈이 날 위해 말을 끝내주었다. 그런 그녀의 얼굴엔 상당히 근엄한 표정이 어려 있었다.

"좋아요." 화장실 쪽으로 걸어가며 내가 대답했다.

그 일이 왜 패션부장이 해야 할 일은 아닌지 물어보고 싶은 마음이 굴뚝같았지만, 입 밖으로 내지 않으면서 말이다.

"어우, 뭐야. 우리 둘이 벗은 것은 다 봐놓고서." 내가 문을 닫고 들어가자 브래드가 외쳤다.

"브래드, 여기서 아직도 뭐 하는 거지? 어서 나가. 꺼지라고!"

안에서 진과 속옷을 벗고 다시 진만을 입는 동안 밖에서 계속 브래드의 항의하는 목소리가 들려왔다. 속옷 없이 달랑 청바지만 입는다는 건 절대 편안한 기분은 아니었지만, 그냥 꾹 참기로 했다. 샨탈이 속옷 한 벌 때문에 날 해고시키는 걸 없었던 일로 하진 않겠지만……. 화장실을 나가자 문이 쾅 닫히는 소리가 들렸다. 재클린은 벌써 그 드레스를 입고 있었다.

"그는 어디로 갔죠?" 나는 짐짓 실망한 듯한 말투로 말했다. "면전에다가 이걸 던져줄 참이었는데."

나는 마치 공처럼 동그랗게 만 문제의 팬티를 들어 보였다. 그걸 받아들며 재클린이 싱긋 웃었다.

"그렇게 해봐야 소용없을 걸요. 브래드라면 그걸 입 안에 집어넣어 물고 있던지, 뭐 그렇게 하고도 남았을 테니까."

그녀는 내 베이지색 팬티를 걸쳐 입기 시작했다.

"됐어." 샨탈이 드레스를 아래로 잡아당기며 말했다.

베이지는 재클린의 피부색보다 약간 더 밝은 정도였다.

"자, 다들 바 안으로 들어가자고." 샨탈이 문을 활짝 열며 말했다.

샨탈이 계단을 내려오기를 기다리는 동안, 나는 재클린이 보도를 가로질러 바의 문 뒤로 사라지는 것을 지켜보았다.

"도와줘서 고마워."

샨탈이 내 어깨를 두드렸다.

"내 것을 줄 수도 있었는데, 지금 좀 초조한 상태라서 말이야."

"괜찮아요." 그 사적인(!) 정보에 이상하리만큼 기분이 풀리는 느낌을 받으며 내가 대답했다.

"하라면 해야죠, 뭐. 안 그래요?" 나는 두꺼운 솔기 부분이 피부에 닿지 않도록 청바지를 아래로 끌어내리면서 말했다.

"그래, 바로 그런 태도야."

샨탈이 앞서 걷기 시작했다. 그때, 갑자기 루루의 드레스 건이 떠올랐다. 지금이 아니면 기회가 없을 듯했다.

"샨탈." 내가 손을 뻗어 그녀의 발걸음을 멈춰 세웠다. "저, 드릴 말씀이 좀 있는데요."

손목시계를 들여다본 샨탈이 말했다.

"좀 더 있다가 들으면 안 될까? 4시까지 여기서 촬영을 마치고 나가야 하는데 이제 겨우 두 시간밖에 안 남았다고. 그리고 내 평생 처음으로 제 시간에 모든 걸 좀 끝내고 싶기도 하고 말이야."

"기다리면 너무 늦거든요." 나는 숨을 깊게 들이마셨다. "루루에 대한 얘긴데요. 사실은 그녀가 입고 있는 드레스 때문에 그런데……. 제 생각엔 그녀가 그 드레스를 입지 말아야 할 것 같아서요."

"루루가 입은 드레스?" 그녀는 문제의 드레스를 머릿속에 떠올리려는 듯 허공을 응시하며 대답했다.

"빨간색 중국 드레스 말이야? 루루한테 너무나 잘 어울리던데, 왜. 도대체 뭐가 문제인데?"

"잘 어울리긴 정말 잘 어울리죠. 그렇지만 그걸 입고 있으면 전혀 주위와 동화되어 보이지 않잖아요."

샨탈이 뭔가를 떨쳐버리려는 듯한 얼굴로 고개를 저었다.

"그건 굉장히 현대적이고 굉장히 스타일리시한 거라고. 대체 무슨 소리를 하고 있는 건지 모르겠네."

"네, 저도 그게 굉장히 트렌디한 의상이라는 건 알아요. 그렇지만 그건 백인들 입장에서죠. 루루 쪽에서 보면 그렇지가 않거든요." 샨탈이 다시 고개를 저으며 말했다.

"그건 비비안 톰의 작품이라고. 루루가 그걸 입은 건 아이러니컬한 느낌을 주자는 거야."

아이러니컬한 느낌? 아이러니란 말을 듣고 나오면 일단 할 말이 없어지는 건 사실이다. 뭐든지 '아이러니컬한 것일 뿐이다' 라고 설명하고 나면 그것으로 끝이니까 말이다. 어쨌든 그냥 지나쳐버려야 했는데, 이왕 여기까지 온 김에 나는 그냥 넘어가질 못했다.

"뭐랄까, 그건 내가 '동성애자' 라고 쓰여 있는 티셔츠를 입고 다니는 것과 같은 거지."

샨탈이 계속해서 설명을 하려 했다.

"그건 샨탈이 레즈비언이라는 사실을 알고 있는 사람들한테만 국한된 거죠. 모르는 사람들 눈에는 불쾌하게 비쳐질 수도 있다고요."

"지금 그 드레스가 불쾌하다는 뜻이야? 거기에 불쾌할 게 뭐가 있어? 나는 오히려 서방 세계에 대한 동방의 영향력을 보고 기뻐할 것이라고 생각했는데."

"제가 하고 싶은 말은, 진짜 아시아 여자들은 실생활에서 저런 옷을 입지 않는다는 거예요. 물론 저부터도 입지 않을 거고요."

"비비안 톰이라면 입고도 남지. 한 번은 자기 쇼에 입고 나타났었고, 지난번 〈타임스〉지의 '선데이 스타일' 섹션에 동물 서식지 보호를 위한 기금 마련인가 때문에 나왔을 때도 그 옷을 입고 있었다고. 그 사진에서 헬레나랑 샘 못 봤어? 그들도 같은 스타일의 옷을 입었는데. 똑같은 옷을 입고 있으니까 둘이 완전 쌍둥이 같던데."

그 말을 들으니 샘의 초대를 거절하는 일은 다시는 없어야겠다는 생각이 들었다. 패션 쪽에 관련된 일을 하는 사람에게 〈타임스〉지에 실렸다는 사실은 이력서에 써넣고 싶을 만큼 굉장한 일이니까.

"자, 그 일은 이쯤에서 마무리됐을 거라고 봐." 샨탈이 약간 억지웃음을 띠며 말했다.

다른 한편으로 생각하니, 내가 만약 그 페이지에 모습을 나타낸다면 샨탈과 헬레나가 날 미워할 거란 생각도 들었다. 가만, 지금 내가 무슨 생각을 하고 있었던 거지?

"비비안은 자기 작품이니까 그걸 입는 거죠. 자신의 드레스니까. 모두들 그녀가 말하고자 하는 아이러니는 이해하니까요."

"나는 그녀가 아이러니컬한 느낌을 내려 하고 있다고는 생각지 않아. 그녀는 그저 그걸 대중에게 광고하고 있는 거지."

"맞아요! 그게 바로 제가 말하고자 하는 바라고요."

"뭐가? 나는 이해가 안 되는데?"

샤탈은 이제 슬슬 짜증을 내기 시작했다.

"아이러니라는 게 없을 때는 그걸 그대로 받아들이고, 또 있을 때는 이해하지 못하기 때문에 '아이러니' 라는 개념을 추측할 수 없다는 점 말이에요."

"그냥 드레스일 뿐이야." 샤탈이 귀찮다는 듯 말했다.

"게다가 그건 루루한테 너무나 잘 어울리는 게 사실이고. 그러니 이제 이 얘기는 끝내도록 하자고. 어서 촬영장으로 가자."

"제 생각엔 지금 뭔가 실수를 하고 계시는 것 같아서요."

그 말에 그녀는 고개를 돌려 나를 쳐다보았다.

"그만 끝내자고 분명히 말했을 텐데."

"그 의상은 재클린한테도 똑같이 잘 어울릴 것 같은데요. 게다가 바꿔 입는 데 몇 분 정도밖에 안 걸릴 텐데."

"혹시 속옷을 되돌려 받겠다는 마음에서 이러는 거야?"

"아뇨! 무슨 말씀을. 절대 아니죠."

깜짝 놀란 내가 대답했다. 만약 당장 내 손에 그 팬티를 쥐어준다고 해도 그걸 다시 걸칠 생각은 전혀 없었다.

"지난주에 룸바 러플을 쳐다보지도 않았던 게 분명하군."

"모델들이 그 옷을 입지 않은 것은 샤탈이 그걸 카탈리나한테 입히지 않았기 때문이었어요. 그래서 그 옷은 제가 입었다고요. 들어보세요, 지금 저는 진짜 걱정이 돼서, 진정 도움이 되고 싶어서 이러는 거예요. 뭔가 눈에 거슬리는 게 있어도 샤탈한테 말을 하지 못한다면, 대체 아시아인의 시각을 가진 스태프를 둘 필요가 뭐가 있죠?"

샨탈은 두 팔을 가슴께에서 팔짱을 끼며 말했다.

"진저가 그런 식으로 생각하고 있는지는 몰랐군."

어쩌면 내가 너무 일을 크게 벌인 건지도 모르겠다. 샨탈 말대로 그저 단지 하나의 드레스일 뿐인데.

"그러니까 제 말은…… 전에는 그런 일이 없었기 때문에 그런 식으로 생각한 적이 없었을 뿐이었어요."

"그게 그렇게 눈에 거슬렸다 이거지." 샨탈은 팔짱을 풀며 말했다.

"좋아. 그러면 그건 루루한테 맡기자고. 그녀도 그 드레스가 도무지 마음에 들지 않는다고 하면 그땐 바꾸도록 할게."

나는 박수를 치듯 두 손을 조용히 모으며 미소를 지어 보였다. 샨탈이 그런 나를 손으로 가리키며 말했다.

"단, 루루도 똑같은 불평을 할 때에만 말이야. 여기서 기다려. 가서 루루를 데려올 테니까."

그녀는 곧 햄 샌드위치를 손에 든 채 루루와 탄을 대동하고 나타났다.

"탄, 이 일에는 당신이 필요 없을 것 같네요." 자신을 따라온 탄을 보자마자 샨탈이 이렇게 말했다.

"돌아가서 점심이나 먹도록 해요."

"오후 내내 계속 군것질하느라 입이 아파 죽겠는걸."

루루가 손으로 입을 가리며 키득키득 웃어댔다. 그녀에겐 탄의 발음이 굉장히 재미있게 들렸나 보다. 아니, 어쩌면 그 둘 사이에 뭔가가 있는지도 모르겠다. 어쨌든 지금 그가 나를 보러 온 것은 아닐 테니까.

탄은 루루를 한 번 쳐다보더니 다시 샨탈 쪽으로 눈을 돌렸다.

"요기는 충분히 했어요. 담배나 한 대 피우려고 나온 겁니다."

그러면서 그는 진 앞주머니에서 담뱃갑을 꺼내들었다. 저렇게 타이트한 옷을 입고 있으면 자리에 앉을 때 주머니 속의 담뱃갑이 찌그러지거나 하진 않을지 갑자기 궁금해졌다.

"여긴 바야. 담배는 안에서도 피울 수 있는걸."

"알아요, 알아. 하지만 신선한 공기가 그리워져서 나왔지."

"담배를 피우기 위해 신선한 공기가 필요하시다?"

샨탈이 치켜들었던 눈초리를 이내 내렸다.

"마음대로 해."

그러더니 그녀는 들고 있던 샌드위치를 한입 베어 물며 루루 쪽으로 몸을 돌렸다. 입에 문 것을 씹어 넘긴 후, 샨탈은 천천히 또박또박 발음하기 시작했다.

"루루한테 물어볼 게 있는데."

"네." 하고 흥미로운 듯 루루가 곧장 대답했다. 그리고 또다시 "네?" 하고 루루가 되묻자 샨탈이 고개를 홱 돌려 나를 쳐다보았다. 나는 그녀에게 드레스에 대해 아직 아무 말도 안 했다는 표시로 고개를 설레설레 저어 보였다.

루루는 다시 "네." 하고 반복해 대답하고는 예의 서투른 영어로 말했다.

"저는 나중에 스튜디오에서 사진을 더 찍기로 했어요."

담배를 피우던 탄이 그 말에 당황스러운 듯 갑자기 캑캑거렸다.

"아냐, 예쁜이. 지금 그 얘기를 하는 게 아니라고. 이건 좀 다른 일이야."

탄은 몸을 추스른 뒤 별일 아니라는 듯 샨탈을 쳐다보며 말했다.

"으흠." 나는 나도 모르게 이런 소리를 내고 말았다. 무게중심을 다른 발로 옮기는 것으로 보아 탄도 내 소리를 들은 것 같았다.

"그 일이 뭔지는 알고 싶지도 않지만, 어쨌든 루루. 그게 뭐든 간에 먼저 에이전트랑 상의하고 가는 게 좋을 거야."

샨탈의 말에 루루는 자기 머리를 손가락으로 비비 꼬면서 아무 생각 없이 멍하게 웃으며 그녀를 쳐다보았다.

"내가 루루에게 물어보려고 하는 것은 드레스에 대한 거야. 그 드레스, 마음에 들어?"

루루는 도움을 청하는 듯 탄과 나를 번갈아 쳐다보았다. 나는 고개를 저으려는 내 머리에 일부러 힘을 주며 뻣뻣하게 서 있었다. 탄은 어리둥절한 표정을 하고 있었다.

"네." 그녀가 신중을 기하듯 조그맣게 대답했다.

"아주 좋아. 내가 원하던 대답은 그거야."

샨탈은 기분이 좋은 듯 나를 향해 웃어 보였다.

"이제 촬영하러 다시 가자고." 그녀는 남아 있던 샌드위치를 한입에 넣으며 말했다.

"이 옷은 내 할머니가 입어요. 오래된 스타일, 아주아주 오래된 스타일입니다." 그녀는 드레스의 배 쪽을 두드리며 더듬더듬 말했다. "나 우리 할머니와 비슷해요."

그녀가 귀엽게 웃었다.

샨탈이 입에 씹고 있던 걸 꿀꺽 삼켰다. 내가 앞으로 한 발자국 다가서며 물었다.

"다른 거 입고 싶지는 않아요? 혹시 다른 드레스로 갈아입고 싶은 생각, 있어요?" 그러자 루루는 눈을 몇 번이나 깜박거리더니 천천히 고개를 끄덕이며 말했다.

"그럴 수 있다면야……."

그 말에 힘을 얻어, 나는 그것 보란 듯 샨탈을 쳐다보았다. 샨탈은 곧 입술을 굳게 모았다.

"좋아. 옷을 갈아입히자고. 진저, 가서 재키를 데려와."

탄은 재빨리 물고 있던 담배를 버린 뒤 내 앞으로 나서서 문을 열어주었다.

"도무지 이해가 안 돼." 내 존재가 거기에 없는 듯이 굴려던 마음이 호기심에 굴복이라도 한 듯 탄이 말했다.

"저 드레스에 대체 뭐가 문제야? 내가 보기엔 완벽하게 예쁜 중국인형 같아만 보이는데."

"바로 그게 문제죠." 그를 지나쳐 가며 내가 무심하게 대답했다.

나는 뷔페 테이블 옆에 브래드와 함께 있는 재클린을 금세 찾아낼 수가 있었다. 그들은 포도 알을 공중에 던지며 입으로 받아먹는 놀이를 하고 있었다. 재클린은 가발이 떨어지지 않게 하랴 포도를 받아먹으랴 정신없는 모습이었다. 나는 브라우니를 하나 집어서 먹으며 그들 가까이 다가갔다.

"재키, 밴으로 다시 돌아가야겠어요."

"왜요?" 그녀는 포도 알 하나를 또다시 공중에 띄우며 물었다.

브래드가 그것을 낚아채기 위해 그녀를 밀쳐냈지만 재클린은 교묘히 그를 속여 중간쯤 내려온 포도 알을 탁 쳐내버렸다. 그러고는 스스로가 몹시 대견한 듯 자랑스레 웃었다. 나는 그녀에게 짤막하게 설명을 해줬다.

"루루가 자기 드레스가 마음에 들지 않는대서 재키랑 바꿔 입어야겠어요."

재클린은 브래드를 쳐다보며 말했다.

"그녀 탓이 아니에요. 옷이 안 예쁜 탓이지, 뭐. 나도 그 옷은 사양할래요."

"그럼 가서 샨탈하고 얘기를 해요. 지금 재키를 기다리고 있으니까."

"쳇, 갑자기 이게 말이나 돼? 말이 되느냐고!" 무척 화가 나는 듯 재클린이 브래드를 보며 말했다.

브래드는 포도 알이 주사위나 되는 것처럼 손에 들고 흔들어댔다.

"언제 우리가 입는 옷에 대해 우리가 좋다 싫다 의견을 낸 적이나 있었나, 뭐?"

"이건 좀 특별한 상황이에요." 상황을 아예 처음부터 차근차근 설명해야 했나 하는 생각을 하며 내가 말했다.

"그나저나 발이 아픈데. 진저 생각엔 이 부츠도 바꿔줄 만큼 샨탈이 나를 특별 취급해줄 것 같아요?"

나는 탄의 얼굴을 쳐다보았다. 잡지에 나오는 사진들은 사실 무릎 위까지만 나오는 게 보통이다.

"부츠 때문에 혈액순환이 안 되는 것 같아요?"

브래드는 포도 알을 가지고 계속 장난을 치는가 싶더니 급기야 손바닥 위에 올려놓고는 마치 무게라도 재는 양 그것들을 위아래로 흔들어댔다.

"샨탈한테 가서 직접 말을 해야겠어."

죄는 발에도 불구하고 그는 내가 막아서기도 전에 벌써 방의 중간쯤까지 가 있는 상태였다. 몰려드는 허탈감과 함께, 나는 그가 다른 모델들을 모두 몰고 문밖으로 나가는 모습을 바라볼 수밖에 없었다. 탄도 그들 사이에 끼어 함께 사라져버렸다. 메이크업 담당과 헤어스타일리스트들도 곧 그들의 뒤를 따라갔다. 이제 그곳에 남은 건 나와 사진 스태프 몇 명, 그리고 빵이 담긴 접시들뿐이었다. 나는 브라우니 몇 개를 더 집어들고는 그곳을 빠져나왔다. 허기진 속을 그것들로 충분히 달래지는 못하리란 건 알았지만 말이다.

"오렌지는 저랑 정말 안 어울리는 컬러거든요."

"이 바지는 입고 있으면 막 간지러워요. 바꿔주세요."

"전 머리를 길게 내려뜨리고 싶은데요. 제 귀가 좀 못생겼거든요."

모델들의 이 갑작스러운 작은 폭동에 맞서며 샨탈은 밴 앞에 서 있었다. 루루는 샨탈의 어깨너머로 모델들을 힐끔거리며 쳐다보고 있었다. 탄은 주머니에 두 손을 꽂은 채 한쪽에 서서 눈덩이처럼 불어만 가는 보행자들과 인근 가게의 점원들과 함께 이 웃지 못할 광경을 구경하고 있었다.

이 모든 일이 빨간 드레스 한 벌 때문에 일어난 일이었다. 샨탈과 단둘이 남게 되었을 때 그녀가 내게 뭐라고 할지를 생각하니 새삼 두려운 마음에 몸서리가 쳐졌다. 그렇지만 다른 한편으론 약간 대견한 느낌마저 드는 내 자신에 대해 놀라운 생각이 들기도 했다. 이러한 반란을 일으킨 주체가 바로 나라는 사실에 말이다. 훗날의 폴 리비어(독립전쟁 시 영국으로부터 미국을 구해낸 영웅―역주)가 될지도 모르는 이 진저가! 아니 밴 프랭클린 쪽이 가까울까? 아니면 존 애덤스? 혹시 자니 트리메인? 뭐, 어쨌든 보스턴 티파티(1773년, 당시 영국의 식민지하에 있던 미국민들이 영국의 조세정책에 반발하여 엄청난 양의 티를 바다에 던져버린 사건으로 후에 독립전쟁의 불씨가 됨―역주)를 이끌었던 사람이 누구였든 간에, 어쨌든 지금 이 순간 나는 바로 내가 그 승리자인 것처럼 느껴졌다. 그리고 내가 이 반역의 주인공이 된 것이 좀 안된 일이긴 하지만, 그래도 이건 결국 좋은 취지에서 나온 것이 아니었던가. 무엇보다도, 나는 내가 할 말을 당당히 했던 것이다.

그 와중에 나를 발견한 샨탈이 팔을 있는 힘껏 쭉 뻗어 내게 오라는 손짓을 했다.

Chapter 46

나는 레스토랑 안에 있는 여자 화장실로 가서 얼굴을 열심히 씻었다. 엄마나 조지와 그의 가족들이 도착하기 전에 다시 메이크업을 할 시간은 충분했다. 물론 집에 가서 샤워를 한바탕하고 옷을 갈아입으려던 원래 계획은 아쉽게도 물거품이 되었지만 말이다. 나는 촬영이 거의 끝나갈 무렵인 약속 시간 두 시간 전쯤 엄마한테 전화를 걸어 급하게 속옷을 가지고 와달라는 부탁을 빌미로 엄마를 여기에 오게 만들었다. 엄마가 속옷 건은 대체 무슨 일이냐며 궁금해 했지만 나는 그것까지 주절주절 설명하고 싶지는 않았다.

샤탈은 예의 단호한 어투로 꽤 빨리 모델들을 다시 컨트롤하기 시작했다. 그녀는 심지어 모델들의 요구를 들어보려고 하지도 않았다. 어쨌거나 우리는 한 시간 정도 이미 시간을 오버한 상태였기 때문에, 그녀 역시 내키지는 않았겠지만 할 수 없이 나를 계속 바 안에 있도록 했다. 촬영을 진행하는 내내 그녀는 가까스로 분을 삭이며 용케도 화를 참아냈다. 그렇지만 탄은 카메라들을 챙기는 데 시간을 꽤 잡아먹었고, 결국 그녀는 탄이 있는 앞에서 내게 분통을 터뜨리고 말았다.

"이 머저리 같은 년!" 샤탈은 나를 향해 이렇게 내뱉고 말았다. 그러고는 계속 흥분한 채 말했다. "도대체 재키한테 무슨 말을 어떻게 한 거야?"

나는 이미 몇 시간 전부터 이런 상황이 올 것을 짐작하고 마음속으로 사과할 준비를 하고 있었다. 촬영 허가양식 건과는 달리 이건 분명 내 잘못이었으니까. 그렇지만 내 능력에 대한 저런 모욕과 욕설, 그리고 탄의 존재 등이 이내 그런 내 마음을 바꿔놓았다. 나 역시 매우 화가 나버린 것이다. 결과적으로 모든 것이 좋게 끝났음에도 저렇게 오버를 해대는 건 분명 나를 해고할 건수를 잡았다는 생각에서 그러는 게 분명해 보였으니까.

그렇지만 다시금 고약한 장면을 연출하고 싶지는 않다는 생각에 나는 그녀에게 등을 보이며 못 들은 척 뒤돌아섰다. 장비를 다 챙겨 든 탄은 몇 미터 떨어진 곳에서 우리 쪽을 보며 긴장한 듯 똑바로 서 있었다. 샤탈은 내 어깨를 붙들고는 나를 자신 쪽으로 홱 돌려세웠다.

"감히 내게 등을 보이다니, 대체 네가 뭐 대단한 인물이나 되는 줄 아는가 보지? 내 참, 기도 안 막혀서…… 지금 너한테 얘기하고 있잖아!"

나는 싸늘한 얼굴로 그녀의 눈을 들여다보았다.

"그러셨어요? 전 '머저리 같은 년'을 찾고 있었지 뭐예요." 그러고는 곧 내 어깨에 올려진 그녀의 손을 쳐다보며 말했다. "좋은 말로 할 때 이 손 좀 치워주시죠."

그녀는 놀란 얼굴로 뒤로 몇 발자국 물러서더니 뭔가 대단한 욕지거리를 쏟아낼 듯한 입 모양을 했다. 나는 당연히 그렇게 생각하고 있었다.

하지만 그러는 대신, 샤탈은 갑자기 웃음을 터뜨리기 시작했다. 그건 거의 미친 듯이 몸까지 뒤로 젖힌 채 배를 잡고 웃는 웃음이었다. 탄과 나는 어리둥절한 얼굴로 서로를 바라보았다.

"방금 뭐라 그랬어? '머저리 같은 년' 을 찾고 있었다고?' 그녀는 숨까지 헐떡거리며 겨우 말을 했다. "당신, 그러고는 곧바로 탄을 쳐다봤잖아."

나는 그녀와 함께 웃어주려고 노력했다. 어쩌면 그녀에게는 내가 한 말이 꽤 재미있게 들렸는지도 모르겠다.

"헤이." 탄이 앞으로 몇 발자국 나서며 말했다.

샨탈은 계속 웃어대면서 손으로 그를 저지하는 시늉을 했다. 우리는 그녀의 웃음이 멎기를 기다렸다. 그렇게 한참 웃다가 가까스로 말을 할 수 있게 되었을 즈음, 샨탈은 다시 통제력을 잃고 말았다. "모델들이⋯⋯."라는 한 마디가 그녀가 할 수 있는 전부였다.

탄이 먼저 여기에 합류해 같이 웃기 시작했다. '모델들의 반란' 이라니, 탄이 보기에도 그건 정말 웃기지도 않는 광경처럼 보였을 것이다. 나도 조금씩 따라서 킬킬대기 시작했다. 샨탈이 계속 콧방귀 뀌는 소리를 내는 바람에 내 웃음은 곧 주체할 수 없게 되었고, 탄도 덩달아 크게 웃기 시작했다. 그러자 이번에는 또다시 샨탈이 참던 웃음을 터뜨렸다.

"손⋯⋯ 손 좀 치워주시죠⋯⋯."

탄이 나를 흉내 내며 이렇게 중얼거리자 우리들의 웃음은 또다시 파도를 타게 되었다. 우리는 계속되는 웃음의 소용돌이에 말려든 것만 같았다. 결국 우리가 할 수 있는 일이란 서로의 얼굴을 쳐다보면서 숨을 돌리느라 콩콩거리며 헐떡이는 소리를 내는 것뿐이었다.

"한 가지 확실한 건⋯⋯." 샨탈이 배를 움켜잡고는 이렇게 말했다. "이제 너는 촬영장에 올 일이 다시는 없을 거란 사실이지."

처음에 나는 힘이 다 빠졌다고 생각했는데, 이젠 거의 기절 직전이었다.

"샨탈!" 탄이 말했다.

샨탈은 탄의 말을 무시한 채 고개를 가로저으며 나를 향해 이렇게 말했다.

"내가 널 해고 안 하는 걸 행운으로 생각해."

그러고는 곧 탄 쪽으로 고개를 돌렸다.

"내일 아침 제일 먼저 인화지부터 뽑으라고. 진저가 메신저를 하나 보낼 거야."

그녀는 힐을 축 삼아 홱 몸을 돌리더니 문 쪽으로 성큼성큼 걸어갔다.

탄은 그녀가 떠난 의자에 자리를 잡았다. 그는 한 잔씩 하자며 진 두 잔을 주문했다. 그가 '진'이라는 게 원래 진저에서 나온 이름이 아니냐는 등의 말을 중얼거리는 동안, 나는 방금 내게 일어난 일들을 되짚어보며 진을 한 모금 넘겼다.

시간은 흘러갔다……. 벽에 걸려 있는 시계 바늘은 3시에 멈춰 있었지만 그래도 째깍거리는 소리만은 계속해서 들려왔다. 갑자기 내가 포장을 풀어 정리를 해야 할 옷 가방들과 책 상자들이 떠올랐다. 우선 남은 술을 길게 한 모금 넘겼다. 그 모습을 본 탄은 대화를 시작할 구실을 만난 듯, 자기가 샨탈의 마음을 바꿀 수 있다는 걸 내게 확신시키며 그녀를 만나 이야기해보겠다고 했다.

나는 그가 그 자리에 있었다는 사실에 깊이 감사했다. 만약 그가 없었다면 아까 샨탈과의 대화가 어디까지 갔을지 누가 알겠는가. 그렇지만 나는 지난번 그의 행동과 키스, 샘의 경고를 잊지 않고 기억하고 있던 터다.

"고마워요. 그렇지만 전 괜찮은걸요."

"정말로 내가 그러고 싶어서 그러는 거예요. 진저를 위해 샨탈한테 한마디 하려고요."

나는 고개를 가로저었다.

"저도 어른이잖아요. 제 일에 대해선 제가 얘기할 수 있어요."

"물론 그렇다는 건 잘 알지만……."

나는 내 유리잔의 가장자리 너머로 그를 흘끔 쳐다보며 말했다.

"지금 지난밤 타티아나와의 일을 말씀하시는 건가요? 그건 정말……."

"아니에요, 진저. 변명이나 사과 같은 건 할 필요 없어요. 나도 화끈한 걸 좋아하는 편이니까."

그가 카운터를 탕탕 쳐 바텐더에게 한 잔을 더 주문했다.

나에 대한 그런 그의 표현은 어찌된 일인지 나를 기쁘게 했다. 어쩌면 내게도 '화끈한' 면이 숨어 있을지도 모른다는 사실에, 아니 적어도 자기의 마음속을 시원하게 보일 줄 아는 사람으로 보였다는 데서 오는 즐거움인 것도 같았다.

"탄, 할 말이 있어요."

"진저는 백인 남자와는 데이트 안 하죠, 그렇죠?" 새로 가져온 술잔을 받아들고 바텐더에게 가볍게 목례를 날리자마자 그가 대뜸 말했다. "키스는 하지만 데이트는 안 하는 거겠죠. 맞죠?"

"무슨 근거로 그런 생각을 하시는 건데요?"

"그렇지 않고서야 왜 나를 그런 식으로 거부했겠어요?" 그가 내 쪽으로 몸을 구부리며 말했다.

"남자 모델들이 전부 백인이어서 진저 씨는 굉장히 불편했겠어요. 내 말이 틀리지 않죠?"

내가 들고 있던 잔을 내려놓으며 대답했다.

"사실 거기에 대해선 생각도 안 해본걸요. 그렇지만 틀린 말은 아니군요. 이 문화에 동화된다는 게 백인들하고만 데이트한다는 뜻은 아닐 테니까."

"엄청나게 실망인 걸요, 이거." 그가 과장되게 한숨까지 쉬어 보이며 말했다.

"진저 씨는 지금쯤이면 내가 정신을 차렸을 거라 생각하겠죠. 그렇지만 아시아 여자들한테 끌리는 건 아무래도 어쩔 수가 없어요. 묘하게 속을 잘 알 수 없고 이국적인 신비한 매력 같은 게 있단 말이에요. 암만 해도 나한테 무슨 콤플렉스 같은 게 있나 봐요."

"아니면 이 기회에 일을 통해서 알게 된 여자들에게 작업 거는 횟수를 좀 줄여 보는 건 어때요?"

그는 내 말뜻을 이해하지 못했다는 듯 내 얼굴을 쳐다보았다.

"사실 아까 저는 '일 때문에 만나는 남자들과는 데이트하지 않는다' 는 말을 하려고 했어요. 저, 사실 백인들하고도 연애 많이 해봤는걸요."

"그게 정말이에요? 그렇다면 진저 씨한테 이거 말고 다른 일거리를 알아봐줘야겠는데!"

"탄!"

"좋아요, 좋아." 그가 씩 웃으며 말했다.

"그렇지만 혹시라도 언젠가 직업을 바꾸게 된다면 나한테 꼭 연락해줘요."

"훗, 그럴게요."

“사람 일이란 모르는 거니까.”

그는 잔돈을 주머니에 넣으며 내게 다시 한 번 미소를 던졌다.

“진정 세상에는 시간이라는 게 존재하니까. 그리고 그 시간에는 수없는……”

그는 머릿속에 있던 자신의 생각을 밖으로 꺼내려는 듯 머리를 긁적이느라 말을 잠시 멈췄다.

“그리고 그 시간에는 수많은 망설임이 동반되죠. 그리고 뭔가를 느끼고 또다시 깨닫고……”

나는 그를 위해 뒷부분을 마저 끝내주었다. 어쩐지 그의 중얼거림이 귀에 익숙하다 싶었다. 남자들은 어떻게 하나같이 가수 프루프록의 러브송을 달달 외워 여자들 앞에서 그걸 써먹고들 한단 말인가?

그가 겸연쩍은 듯 시계를 가리키며 말했다.

“특히 이 시계에 따르면 말이죠.”

나는 다시 거울에 비친 내 모습을 들여다보았다. 화장을 마친 내 얼굴은 아까보다는 한결 나아진 듯 느껴졌다. 몇 분이면 엄마와 조지 오빠가 도착할 것이다. 나는 화장품 가방의 지퍼를 힘차게 닫았다. 자, 이제는 가서 그들의 만남을 지켜볼 시간이다.

Chapter 47

손님 대기석 옆에 서 있는 조지 오빠의 모습이 눈에 들어왔다. 그는 엄마의 장롱 안쪽 깊숙한 곳에 감춰져 있는 빛바랜 사진 속의 아빠처럼 키가 크고 잘생긴 모습이었다. 하지만 내가 그를 처음 알아본 것은 바로 그의 아내와 딸들 때문이었다. 큰 키, 예쁘장한 외모에 부드러운 금발을 가진 카렌은 랄프 로렌의 격자무늬 스커트와 핑크색 버튼다운 셔츠를 입고 있었다. 그들의 큰딸 베스는 한국인과 백인의 유전자가 마치 페인트처럼 혼합된 듯 밝은 갈색 머리카락에 갈색 눈을 갖고 있었다. 엄마 카렌의 품속에서 꼼지락거리는 둘째아기의 머리카락 색깔은 자기 언니의 것보다도 더 밝은 빛을 띠고 있었다.

"조지."

나는 큰 소리로 오빠의 이름을 부르리라 마음먹었지만, 내 귀에 들려온 내 가느다란 목소리는 스스로를 실망시킬 정도였다. 그에게 가까이 다가가려는 순간, 나는 다리가 후들거리고 있음을 깨달았다.

"조지!"

나는 가까스로 좀 더 크게 그의 이름을 불러볼 수 있었다. 나는 그를 향해 힘이 빠져버린 손을 간신히 약간 흔들어댈 수 있을 뿐이었다. 주위 사람들의 얼굴을 열심히 둘러보던 카렌이 오빠보다 먼저 나를 알아보고 팔꿈치로 그를 살짝 찔렀다. 그리고는 밝게 웃으며 턱으로 나를 가리켰다. 그녀는 또 안고 있던 아기를 아래쪽으로 낮춘 다음 베스의 어깨를 살짝 두드려주었다. 나를 보자마자 조지는 성큼성큼 몇 미터를 걸어와 마치 납치를 하듯 갑자기 나를 공중으로 번쩍 들어올렸다.

"진저, 진저, 진저!"

그는 갈비뼈가 아려올 만큼 나를 꼭 끌어안으며 내 머리카락에 코를 문지르면서 울먹이는 목소리로 내 이름을 불러댔다. 나 역시 좀 더 편한 자세를 취하기 위해 움직이거나 하지 않고, 그저 오빠가 하는 대로 가만히 내버려두었다.

한참만에야 오빠는 나를 바닥에 내려놓았다. 오빠 조지는 자신의 감정을 표현하는 것에 어렸을 때와 다를 바 없이 여전히 매우 솔직하고 직선적인 듯했다. 그는 커다란 손바닥으로 눈물을 훔치기 시작하더니 이내 소맷자락의 도움까지 받아야 할 정도에 이르렀다. 지금 내 앞에 서 있는 내 친오빠의 존재에 그저 놀랍기만 한 나는 할 말을 잃은 채 두 손으로 내 입을 가렸다. 그제야 나는 내 얼굴 또한 오빠만큼이나 촉촉이 젖어 있음을 깨달을 수 있었다. 내 얼굴은 마치 폭풍우 속에 놓인 징검돌 같았다. 나 자신도 모르게 울고 있었던 것을 깨닫게 되자마자 갑자기 안에 있던 서러움 같은 것이 북받쳐 올라, 나는 더 큰 눈물을 쏟아내기 시작했다. 내 눈물샘이 하나의 거대한 폭포수가 되어버린 것 같았다.

여기 이 자리에 오기까지 모든 일들이 머릿속에 한 편의 파노라마처럼 지나가는 듯했다. 나는 슬프게 고개를 저으며 계속해서 흘러내리는 눈물을 닦아내기 위해 손바닥, 손등도 모자라 결국엔 셔츠의 칼라까지 적셔야 했다.

"진저야, 결국 이렇게 우리 다시 보게 되는구나. 이게 너라니, 정말 믿어지지가 않는다. 이게 너라니, 이게 우리라니…… 말할 수 없이 반갑다, 진저."

나는 눈물을 닦으며 힘차게 고개를 끄덕여 동감이라는 표시를 했다.

"키도 훌쩍 크고…… 이제 어른이 되었구나. 더 예뻐지고 말이야."

나는 그를 향해 밝게 웃어 보였다. 그 와중에도 눈물은 뺨을 타고 쉴 새 없이 흘러내렸다.

"엄마랑 많이 닮았다고 내가 얘기했잖아."

오빠가 어깨를 으쓱해 보였다.

"치열 교정기도 뺐고……. 이제 다시는 널 '철도 이빨'이라고 놀릴 수가 없겠는걸. 그럼 앞으로는 진저 널 뭐라고 부르지?"

눈물을 멈추느라 계속 훌쩍거리면서 내가 큰 소리로 말했다.

"이제부터는 울보 아니면 수도꼭지라고 부르면 되겠네, 뭘."

"예전엔 한 번도 울보가 아니었는걸. 자, 이제 이리로 와서 카렌하고 우리 딸들이랑 인사를 해야지."

오빠는 내 허리에 다정하게 팔을 둘렀고 우리는 그렇게 가족들이 기다리는 쪽으로 나란히 걸어갔다. 나는 카렌에게 손을 내밀었지만 그녀는 그런 내 손을 잡는 대신 한쪽 팔을 내밀어 내 목에 둘러서 자신의 풍만한 가슴 쪽으로 나를 힘껏 끌어안았다. 다른 팔에 있던 아기가 칭얼대기 시작하자 그제야 그녀는 그 팔을 놓아주었다.

"이렇게 보게 되다니, 너무 기쁘네요. 우리가 만나는 데 이토록 오랜 시간이 걸렸다는 게 마음 아파요. 그동안 내가 조지에게……."

"여보……."

"어쨌거나 가장 중요한 건 우리가 만나게 되었다는 사실이잖아요? 마침내 말이죠."

"네, 그래요." 내가 오빠를 쳐다보며 대답했다.

이 여자가 바로 그녀인 것이다. 그 많은 세월 동안 우리 가족을 갈라놓았던 바로 그 침입자. 그렇지만 지금 여기를 보라. 이제는 내가 훼방꾼이자 이방인이 된 듯한 기분이다.

엄마와 아빠 사이에 끼어 있던 베스가 갑자기 그들 앞으로 튀어나왔다. 베스는 눈을 동그랗게 뜬 채 입을 벌리고 있어 반짝이는 치열 교정기가 눈에 띄었다. 그 동안 내 오빠의 딸이 이만큼이나 자랐구나 하는 생각에 그저 놀라울 따름이었다.

"얘가 베스예요." 카렌이 말했다.

"베스야, 이분이 진저 고모란다."

"안녕, 베스." 달리 무슨 말을 해야 할지 몰라 나는 손을 살짝 흔들며 이렇게 말했다. 그 애는 눈을 한 번 깜박거리더니 곧 자기 엄마를 돌아보며 말했다.

"어, 고모가 영어로 말을 하네요!" 카렌이 한바탕 웃고는 말했다.

"그럼, 당연히 영어로 말을 하지."

"그렇지만 한국사람이잖아요."

"진저 고모는 아빠 같은 한국사람이야." 조지가 끼어들었다.

"그렇지만 아빠가 말씀하시길 진저 고모는 한국에 살기 때문에 우리가 오랫동안 못 만난 거라고……."

"지금은 뉴욕에 산단다." 조지가 뭔가 불편한 듯한 얼굴로 나를 보며 대답했다.

"그래, 지금은 뉴욕에 살아."

나는 한국식 악센트를 꾸며내야 하는 걸까 싶어 잠시 머뭇거리다 그냥 대답해 버렸다. 어린 베스가 진저 고모를 만나는 데 왜 이렇게 오랜 시간이 필요했는지를 설명하는 데 오빠에게 어떤 변명거리가 필요했으리란 생각을 나는 한 번도 해본 적이 없었던 것이다.

"한국음식 좋아하니?" 뭔가 한 마디라도 해야겠다는 생각에 나는 베스에게 이렇게 물었다. 베스는 어깨를 으쓱했다.

"아, 베스는 한 번도 한국음식을 먹어본 적이 없어요." 카렌이 대신 대답해주었다.

"오늘 저녁은 그 애에겐 아마 큰 모험이 될 거예요."

나는 놀란 얼굴로 오빠를 쳐다보았다. 조지가 그간 한국음식 말고 다른 음식을 먹는 모습은 상상할 수가 없었기 때문이다. 우리는 그렇게 선 채로 서로를 쳐다보며 어색하게 미소 짓고 있었다. 그 침묵의 시간을 깬 것은 카렌이었다.

"아, 그리고 진저. 얘가 바로 진저 이름을 딴 주인공이에요."

그녀는 칭얼대는 아이를 고쳐 안으며 토닥거렸다. 아기는 베스를 많이 닮은 얼굴이었다. 나는 이 아이들이 우리 집안사람들의 생김새와는 거의 닮은 구석이 없고 오히려 예전 교회 연극 시절의 샐리나 미스터 록의 조카들과 많이 닮았다는 사실에 매우 놀랐다. 나는 아기의 작은 손 하나를 살짝 잡아 흔들어보았다. 아기는 나를 쳐다보더니 꽤 겁을 먹은 듯했고 곧 식당이 떠나갈 정도로 큰 소리를 지르며 울기 시작했다. 아기 진저는 내게서 손을 빼더니 제 엄마의 가슴속에 얼굴을 묻어버렸다.

"미안해요." 아이를 어깨쯤으로 올려 안고 어르면서 카렌이 말했다.

"얘가 평소에는 이렇게 낯을 안 가리는 편인데……. 아마 여기까지 오느라 피곤해서 그런 것 같아요. 저녁 먹일 시간도 좀 지났고요."

그러면서 그녀는 혹시나 하는 얼굴로 아기의 기저귀를 체크해보았다.

"우리 테이블로 가도록 하지. 그래야 애한테 우유도 먹이지."

조지가 아이를 받아 안으려고 두 팔을 내밀었다.

"아이는 내가 안을게, 여보. 계속 안고 있어서 팔도 아플 텐데."

그들은 아기 진저를 주고받고는 짧은 키스를 교환했다. 오빠가 조심스레 흔들어 달래자, 아기는 이내 울음을 멈추고 훌쩍이는 소리로 잦아들었다.

"예약은 했지?"

아이를 달래는 그의 손을 멍하니 바라보고 있던 나는 그 소리에 고개를 들어 그의 눈을 쳐다보았다.

"응. 진저란 이름으로 예약돼 있을 거야."

그는 두리번거리며 종업원을 찾기 시작했다.

"그런데…… 한 명이 더…… 오게 될 거야."

도대체 엄마는 어디 있는 거지? 그제야 난 초조하게 손목시계를 들여다보았다. 조지는 궁금하다는 듯 눈을 동그랗게 떴다. 나는 지금 곧장 그에게 이야기를 해야 할지 아니면 엄마가 도착할 때까지 기다릴 것인지 쉽사리 결정을 내릴 수가 없었다.

"아빠." 베스가 자기 아빠의 손을 잡아끌며 말했다.

"나 배고파요."

"안다, 애야. 그렇게 오래 걸리지 않을 테니 조금만 참아."

베스는 얼굴을 찡그리더니 어른들이 모인 자리에서 몇 걸음 뒤로 물러섰다. 곁에 있던 나뭇잎을 떼어내며 그것이 진짜 식물인지를 확인하는 베스의 모습을 바라보고 있자니, 저런 혼혈 아이들은 앞으로 내가 겪어온 것보다 훨씬 큰 어려움을 겪게 될 것이라며 항상 그 애들을 가엾게 여기곤 했던 것이 어쩌면 나만의 잘못된 판단일지 모른다는 생각이 불현듯 스쳤다. 베스는 건강하고 가끔씩 뾰로통해지기도 하는, 그야말로 그 나이 또래의 전형적인 미국아이였기 때문이다. 게다가 저 애 앞에 닥칠 일이 무엇이든, 그 뒤에는 언제나 그녀를 도울 조지와 카렌이 존재할 것이다. 미스터 록의 말이 맞는지도 모른다. 어쩌면 나는 이제껏 우리 엄마가 게이나 미국인들을 향해 가졌던 선입견과 같은 검증되지도 않은 편견을 지닌 채 살아왔는지도 모르겠다.

"진저!"

누군가 등 뒤에서 내 이름을 큰 소리로 외쳤다. 그러자 조지가 고개를 들고는 미소를 지었다. 그 모습을 보자마자 놀란 나는 자리를 박차고 일어나 문 쪽으로 다가갔다.

"바비!" 내가 놀란 목소리로 외쳤다.

그는 단지 여기에 올 것처럼 행동하라고만 했던 나의 말을 잘못 이해하고 진짜로 이곳에 나타난 것일까? 어찌되었건 이상하게도 나는 그의 출현이 꽤 반갑게 느껴졌다. 아마도 그가 나타나는 바람에 잠시 동안의 내 복잡한 생각이 날아갔기 때문이리라. 그는 내 뺨에 짧게 입을 맞추고는 기대에 찬 얼굴로 주변 사람들에게 미소를 지어 보였다.

"조지는 알죠? 우리 오빠…… 그리고 이분은 오빠의 아내 카렌이에요. 이 아이들은 내 조카들이고."

바비는 오빠 부부와 차례로 힘찬 악수를 나누었다.

"그런데 방금 진저가…… 우리가 서로 아는 사이라고 말한 건가요?" 조지가 약간 어리둥절한 얼굴로 물었다.

"네, 어릴 적 이야기죠. 밀워키에 살 때 우리 부모님들이 서로 친한 사이셨죠. 오 박사네…… 기억하시죠? 제가 바로 그 밥 오입니다."

조지가 천천히 고개를 끄덕이며 말했다.

"아, 그럼요. 기억납니다. 밥 오."

그는 미소를 지으며 나를 살짝 쳐다보았다. 그도 어릴 적 우리끼리 그의 이름을 가지고 '바보'라고 놀려대며 낄낄대던 기억을 떠올린 것이 분명했다.

"이렇게 긴 시간이 지나도록 쭉 연락들을 하고 지냈다니, 대단들 하시네요. 부럽기도 하고."

"실은 저희도 최근에야 다시 얼굴을 보게 됐습니다." 바비가 말했다.

"어머니들을 통해서 말이죠."

"말하자면 좀 길어요." 내가 끼어들며 말했다.

"아빠." 어느 틈엔가 다시 우리 쪽으로 온 베스가 말했다.

"이분은 고모부인가요?"

맙소사, 베스까지도? 정말 우리 둘이 결혼하는 것이 주변의 모든 사람들이 바라는 바일까? 몇 초가 흘렀을까, 조지의 표정을 보았을 때에야 비로소 나는 그가 내 대답을 기다리고 있다는 사실을 깨달았다.

"아, 아니야. 우리 둘은 그냥 친구 사이란다." 내가 웃으면서 바비 쪽을 쳐다보며 대답했다.

"지금으로선 그렇겠죠." 뭔가 알겠다는 듯 고개를 천천히 끄덕이며 카렌이 말했다.

그들은 분명 조금 전 내가 말한 다른 손님 하나가 바로 바비였다고 생각하는 것이 분명했다. 하긴, 이렇게 중대한 자리에 나타났다는 사실만 가지고 판단한다면 그는 분명 나의 피앙세쯤으로 생각되고도 남을 일이다. 나는 모든 상황을 명확히 해주고자 말을 꺼낼 참으로 목을 가다듬었다.

그러나 바로 그때, 엄마가 문을 열고 황급히 레스토랑 안으로 들어섰다.

"바비, 진저. 늦어서 미안하다. 택시가 좀처럼 안 잡히는 바람에……."

그 순간, 조지의 얼굴을 본 엄마는 그 자리에서 얼어붙고 말았다. 엄마는 가방 안에 집어넣으려던 지갑을 땅바닥에 떨어뜨리고 말았다. 조지도 얼굴을 찡그리며 엄마를 바라보았다.

"서, 서프라이즈!" 내가 황급히 말했다.

그러고 나서 나는 팔을 높이 들어 올렸지만 이내 주춤거리며 다시 내리고 말았다. 내 계획대로라면 두 사람은 흥분해서 큰 소리를 지르며 서로의 품에 안겨 펄떡거리고 있어야 했다. 저렇게 침묵 속에서 뻣뻣하게 서 있는 모습은 내 시나리오 상에는 없는 장면이었는데.

"오빠, 엄마잖아."

물론 그럴 일이야 없겠지만 놀란 나는 혹시나 오빠가 엄마를 못 알아보는 건 아닐까 하는 바보 같은 생각에 조심스레 이렇게 말했다. 엄마야 오빠를 단박에 알아본 것이 분명해 보였으니까.

"카렌, 베스를 데려와." 조지가 모질게 내뱉었다. "우린 이만 가야겠다."

그는 아기를 더 꼭 끌어안고는 엄마의 앞을 횡하니 지나가 버렸다. 엄마는 그런 오빠에게 길을 비켜주기 위해 바비 쪽으로 몇 걸음 물러서야 했다. 그는 벌써 문 쪽으로 다가갔다.

"잠깐만! 지금 어딜 가는 거야, 오빠?" 나는 도와달라는 눈길로 카렌을 쳐다보았다. "오빠가 지금 어디로 가는 거죠?"

카렌은 베스의 손을 힘껏 잡더니 숨을 크게 내쉬며 고개를 흔들었다.

"진저, 이런 식으로 해서는 안 되는 일이었어요. 먼저 우리한테 물어봤어야 했는데……."

"그렇지만 전…… 저는 오빠도 옛일은 털어버리고 다시 예전의 가족으로 돌아가길 바라고 있는 줄 알았어요."

"진저 씨하곤 그렇죠." 그녀의 시선이 엄마 쪽으로 차갑게 향했다. "저분하고는 아니에요."

"왜 아니죠?"

"저분이 우리에게 어떻게 했는지……." 그녀의 눈가엔 어느새 눈물이 그렁그렁했다. "저, 이만 가봐야겠어요. 베스야, 가자."

카렌이 발을 옮기자마자 나는 그녀의 다른 손을 붙잡았다.

“제발 가지 마세요.” 내가 애원하듯 말했다.

그녀가 고개를 돌려 나를 보며 말했다.

“아이들을 봐서라도 내가 조지한테 말은 해볼게요. 그렇지만 과연 그게 도움이 될는지는 나도 모르겠네요.”

나는 베스의 손을 잡아끌며 문 쪽으로 총총히 사라지는 카렌의 뒷모습을 그저 힘없이 바라볼 수밖에 어쩔 도리가 없었다. 베스는 아직도 어리둥절한 듯 뒤를 돌아 우리를 바라보았다.

“그냥 가게 둬라.” 엄마가 조용히 입을 열었다. 엄마는 곧 실신이라도 할 듯한 창백한 얼굴로 바비에게 몸을 기대고 있었다.

“어떻게 그렇게 말씀하실 수가 있어요?” 내가 물었다.

“바로 엄마의 가족이에요.” 나는 손가락으로 문 쪽을 가리켰다.

“우리 가족이라고요!” 내가 반복해서 외쳤다.

“그들이 원하지 않잖니. 그냥 가게 내버려두는 수밖에.”

“그건 바로 옛날에 제가 했던 짓이에요.”

나는 눈물이 볼을 타고 흘러내리는 걸 느끼고는 얼른 손으로 얼굴을 닦았다.

“하지만 이제 다시는 그냥 가버리도록, 그렇게 놓아두고 싶지는 않아요. 아니, 적어도 저는 노력은 해볼 거라고요!”

그러고서 나는 카렌의 뒤를 따라 무작정 문 쪽으로 뛰어가 길거리로 나섰다. 저만치 반 블록쯤 아래, 베스의 연한 초록색 스커트 자락이 사라지는 것이 언뜻 보였다. 나는 그쪽으로 달려가 베스의 모습이 사라진 건물의 회전문을 열고 들어갔다. 그곳은 또 다른 자그마한 레스토랑이었다.

“……세 명이고요, 아기용 의자가 있으면 하나 주세요.”

카운터에 대고 이야기하고 있는 조지의 목소리가 들려왔다. 그곳에 들어선 나를 제일 처음 본 건 베스였다. 그 애는 잡고 있던 엄마의 손을 흔들어 나의 존재를 알렸다.

“진저!” 카렌이 놀란 듯 소리쳤다.

“조지!” 내가 그를 불렀다. 이건 분명 그와 나 사이의 문제였으니까.

오빠는 몸을 돌려 나를 바라보았다.

"뭐하는 거야, 지금?" 나는 오빠의 눈을 똑바로 쳐다보며 물었다. 턱 주변의 근육이 약간 씰룩거릴 뿐, 그는 여전히 냉담한 얼굴로 나를 바라보고만 서 있었다.

"우린…… 음, 그러니까 그냥 여기서 저녁을 먹고 가기로 했어요." 카렌이 대신 설명하려고 했다. "베스가 무척 배고파하고…… 또 우리들도 허기진 상태여서요. 게다가 차파쿠아행 다음 열차는 앞으로 한 시간 정도 더 기다려야 해서 말이죠. 괜찮다면 진저도 함께 들고 가요." 그녀는 조지의 어깨를 주물러주며 말했다.

"그렇죠, 여보? 진저가 우리랑 같이 식사하는 거 좋죠?"

조지의 씰룩거리던 뺨은 그제야 겨우 멈추는 듯했다.

"그래. 너는 같이 먹고 가라."

"그럼 엄마는?"

"그건 진저 너의 엄마일 뿐이야. 게다가 그분은 초대받지 않은 사람이고."

"하지만 엄마는 바로 요 옆 건물에 있잖아. 내가 가서 엄마를……."

"우리 가족은 거기 계신 그분과는 아무 관련도 없단 말이다."

"그렇지만 오빠가 말하는 '그분'이란 다름 아닌 바로 우리들의 엄마잖아!"

"말했잖니. 그 사람이 우리에게 했던 말을 생각하면……."

"조지." 카렌이 그의 말을 가로막았다.

"애들이 있잖아요."

"쳇, 나는 애가 아니란 말이에요." 베스가 언짢은 듯한 목소리로 삐죽 끼어들었다.

조지는 베스를 한 번 쳐다보더니 곧 카렌을 한참 동안 응시했다.

"그분은 자기만의 결정을 내렸고, 그랬으니 이제 거기에 따라 살아가야 하는 거야. 그분이 조금만 마음을 써줬다면 모든 것이 잘될 수 있었는데도 그렇게 해주지 않아서 우리 인생은 한때 너무나 힘들고 처참했다고. 만일 카렌 부모님의 도움이 없었다면 우리가 어떻게 살아남을 수 있었을지 나는 도저히 상상조차 할 수가 없다. 의대를 제대로 졸업이나 할 수 있었을는지도 의문이야."

"엄마가 돈을 주지 않았다고 해서 그렇게 원한을 품고 사는 거야?"

"물론 돈 이상의 것 때문이지. 너희 엄마는 내 선택을 받아들이는 걸 완강히 거부하고 우리와 인연을 완전히 끊어버렸어. 도저히 상상도 못 했던 일이지."

"나는 그 일 이후에 오빠에게 이해심이 좀 더 많아질 거라고 생각했어. 그렇지만 오빠는 엄마의 한 번 잘못을 계속 붙잡고 늘어진 거야. 엄마도 자기의 잘못을 깊이 후회하고 있어. 엄마는, 엄만 오빠를 사랑한단 말이야. 그렇게 떠나버린 후 오빠 역시 엄마에게 오빠가 필요할 때 곁에서 지켜주지 못했어. 그런 집안에서 살아간다는 일은……, 오빠는 아마 상상도 할 수 없을 거야."

"너 역시 자기 친엄마한테서 없는 자식 취급을 받게 된 기분은 상상도 할 수 없을 거야. 엄마가 우리에게 한 모든 일들은 정말이지……."

얼마 후 그는 더더욱 낮고 침착한 목소리로 말을 이었다.

"엄마는 아버지와도 그랬고, 그 이후엔 바로 내가 그렇게 된 거지. 너와는 연락을 끊지 않고 지내는 게 기적일 정도야. 내 딸들만큼은 절대 그 앞에 보이지 않을……."

"그렇지만 엄마는 그 애들의……."

"상관없어. 이젠 나도 나의 가족을 가졌으니까. 나는 진저 너도 우리 가족의 일부가 되기를 원해. 그렇지만 만약 네가 우리 가족이 된다면 그분 얘기는 두 번 다시 듣고 싶지 않다는 걸 꼭 알아주길 바란다."

"그렇지만 엄마와 나는 뗄래야 뗄 수 없는 사이인 걸 잘 알잖아." 내가 언성을 높였다. "우리들 중 어느 한쪽을 떼어놓고 다른 한쪽을 가질 수는 없다고!"

조지가 침울한 표정으로 어깨를 으쓱했다.

"그건 네가 선택할 문제지."

그렇게 느끼지 않으려고 노력했지만, 그의 냉정한 말투와 마음은 내게 큰 상처로 다가왔다. 오빠는 어린아이였던 예전의 진저는 사랑했지만, 어쩌면 지금 어른이 된 진저에겐 그럴 기회조차 주지 않는지도 모르겠다. 그는 엄마로부터 떼어놓고는 생각할 수 없는 나라는 사람을 절대 이해하지 못할지도 모른다. 나는 조지와 그의 백인 아내 그리고 혼혈아인 그의 아이들을 차례로 쳐다보았다. 그러자 갑자기 그가 진정 누구인지 혼란스러워졌다. 어릴 적 내가 알던 그 소년은 이제 하나의 독립적인 남자가 되기 위해 자기의 친엄마 그 이상의 것들까지 잘라내고 있는 것이다.

"나 배고프단 말이에요." 베스가 계속해서 보채듯 말했다.

"그래, 너는 뭘 좀 먹어야겠다."

나는 이렇게 말하고는 조용히 일어섰다. 조지는 실수를 저지르고 있는 것이다. 그곳에서 걸어 나오는 나 역시 어쩌면 또 다른 실수를 하는 것인지도 모를 일이다. 어쨌든 나는 조용히 한 마디를 남기고 그곳을 빠져나왔다.

"그래, 오빠를 이대로 놓아줄게."

Chapter 48

회전문을 밀고 밖으로 나가려던 나는 한 바퀴 빙 돌아 다시 식당 안으로 들어왔다. 조지와 카렌이 서로 논쟁을 벌이고 있었다. 그들은 나를 보자마자 곧 말을 멈췄다.

"정말이지 이건 바보 같은 짓이야." 그들 앞에 가까이 다가가서 내가 말했다.

"여기 이 아이들에게는 할머니와 고모가 필요하다고."

나는 베스에게 손을 내밀었다. 아이는 잠깐 뭔가를 생각하는 듯하더니 곧 그 손을 잡았다. 나는 베스를 내 쪽으로 조심스레 잡아당겼다.

"아니, 필요 없어." 조지가 베스의 다른 쪽 손을 잡고 자기 쪽으로 잡아끌며 말했다.

아이는 몇 발자국 끌려가다가 걸음을 멈춰 섰다. 베스는 그렇게 우리 둘 사이에 서 있었고, 우리는 그 아이를 사이에 둔 채 서로 연결되어 있었다.

"필요해."

"대체 무슨 이유로?"

"왜냐하면…… 이 아이들은 자기 핏줄의 다른 한쪽에 대해서 알 수 있어야 하기 때문이지. 자기네 조상이나 전통에 대해서. 그래야 비로소 하나의 완전한 인간이 될 수 있는 거 아니겠어?"

"어차피 너한테서는 그런 걸 배울 수도 없을 텐데. 네가 할 수 있는 한국말이란 기껏해야 음식 이름 정도잖아."

“그러니까 같이 배워나가면 되지.”

그 말과 함께 미래 우리들의 모습이 잠시 뇌리를 스치고 지나갔다. 베스, 아기 진저, 우리 엄마 그리고 내가 다 함께 서울에서 쇼핑을 하는 장면이었다. 잠시였지만 참으로 정겹고 재미있을 것 같다는 생각이 들었다.

“쟤네들 머릿속엔 그런 쓸데없는 것들까지 집어넣어 혼란스럽게 만들 자리가 없어. 우리 아이들은 앞으로 그저 ‘미국인’으로만 자라날 거라고.”

“자기네들의 다른 한쪽에 대해선 아무것도 모른 채로? 이곳으로 입양된 한국 아이들조차 자기 뿌리를 알고 문화를 배우기 위해 다른 한국인들과 함께 문화 탐방을 하겠다고 한국과 관련된 이곳저곳을 찾는 판국에?”

카렌이 목소리를 가다듬었다.

“여러 가지 상황을 고려할 때 우리는 그러는 편이 애들을 위한 최선이란 결론을 내렸어요.” 그녀는 마치 사과라도 하는 말투로 이렇게 설명했다.

“언젠가는 저 애들도 한국에 대해 알고 싶어 할 텐데요.” 내가 계속해서 주장을 굽히지 않으며 말했다. “생김새가 다르다고 놀림을 당할 때, 자신들이 과연 누구인지에 대해 알고 왜 그에 대해 자랑스러워해야 하는지를, 저 애들도 분명히 알아야 한다고요.”

“그 애들은 내 딸이야. 그것만으로도 충분히 자랑스러운 일이라고.”

아버지에게 버림받고 그 후엔 다시 자기 엄마로부터도 똑같은 상황을 겪고 난 뒤, 그는 분명 자신을 하늘에서 뚝 떨어져 혼자 힘으로 태어난 인간쯤으로 생각하는 모양이었다. 어쩌면 자기의 배꼽도 태어날 때 얻은 상처가 아닌, 특이한 자국 정도로 생각하는 것은 아닐까? 어쨌든 조지의 오만함은 점점 더 깊어져 가는 듯했다.

“좋아. 그렇다면 내 생각엔, 이 아이들에게 정말로 할머니와 내가 필요한 이유는 한국사람들이 모두 오빠처럼 잘난 체하는 머저리가 아니라는 걸 보여주기 위해서인 것 같군.”

내 말에 베스가 큭큭거리며 웃어댔다. 그것은 내 말이 웃겨서가 아니라 ‘어른들도 별수 없이 저런 상스런 말을 하는구나’ 하는 데서 오는, 그들만의 비밀스러운 기쁨의 감정에서 나오는 것이었다. 베스도 분명 친구들과 함께 그런 말을 한 번쯤 써봤을 법한 나이니까.

"진저." 카렌이 쏘아붙이듯 말했다.

"실례했어요." 내가 말했다.

"그러니까 내 말은, 이 아이들이 한국사람들이 전부 자기네 아빠처럼 고집 세고 남을 용서할 줄 모르는 사람이 아니라는 걸 알게 하기 위해서라도 우리가 필요하단 말이지."

"엄마한테서는 그런 것을 배우긴 힘들걸." 조지가 맞받아쳤다.

"아니, 배울 수 있을 거야. 내가 말했잖아, 엄마는 예전의 엄마가 아니라고."

나도 사실 어느 정도 엄마를 내가 가고 싶지 않은 방향을 가리키고 서 있는 신호등이나 길거리 장애물 정도로 생각해왔다. 그렇지만 어쩌면 엄마가 거기에 세워둔 장벽들은 그저 살짝 바람만 불어도 뒤로 넘어가고 말 얇은 판지였고, 그간의 신호 또한 그저 경고성일 뿐이었을지도 모른다는 생각이 드는 것은 왜일까. 어쨌든 오빠나 나나 항상 결국에는 우리가 원하는 대로 해왔으니까.

"네가 전공을 정하거나 쓸데없는 과목 같은 걸 공부하는 것은 네 스스로 선택하도록 내버려두었을지 모르겠지만, 그래도 중대한 일에는 지금도 엄마는 한 발자국도 물러서지 않을걸. 예를 들어 네가 결혼할 상대 같은 거 말이야."

"그걸 오빠가 어떻게 알아? 엄마가……."

"만약 엄마가 변했다면……." 그가 내 말을 가로막으며 말했.

"네가 계집애같이 간들거리는 저 바비 녀석이랑 어울릴 리 없잖아."

"계집애같이……? 간들거리는?"

어떻게 이런 발언을 하다니, 언제부터 조지가 동성애 혐오자가 된 거지? 아니, 어쩌면 오빠는 예전부터 죽 게이들을 싫어했을지도 모르는 일이다. 조지는 내 말을 잘못 이해한 모양이었다.

"진저, 진짜 모르고 있는 거야? 밀워키에서도 바비는 계집애처럼 인형이나 가지고 노는 녀석이었다고. 누가 봐도 게이인 게 분명하잖아."

"그건 아무것도 증명할 수 없어. 오빠도 내 인형들을 가지고 놀곤 했잖아."

"딱 한 번뿐이었어. 그것도 그냥 한 번 보려고 했을 뿐이라고." 그는 잠시 베스를 힐끗 쳐다보곤 말했다. "……그 인형들이 해부학적으로 옳은 구조를 가지고 있는지 확인하려고 말이야."

"결국엔 내 인형들에게 치근덕거렸잖아! 내가 보기엔 그게 더 역겨운데."

나는 두 팔로 팔짱을 낀 채 카렌 쪽을 쳐다보았다. 아마도 집에 자기 딸들이 가지고 노는 인형들과 조지만 남겨뒀던 때를 떠올리는 모양인지, 그녀는 얼굴을 찌푸리고 있었다.

"그건 그 당시 한창 의학적인 지식을 쌓아가고 있을 때였기 때문이라고."

내 시선을 따라가 자기 아내를 쳐다보며 그가 궁색하게 변명을 해댔다.

"의학적인 지식, 좋아하시네." 그를 놀려먹던 어린 시절의 기쁨을 회상하며 내가 말했다. "자기 어린 여동생의 인형들을 가지고 요상한 장난이나 치던 성욕 넘치는 십대일 뿐이었지, 뭘."

"조용히 안 할래?" 그가 으르렁대듯 말했다.

분위기를 조금이라도 바꿔보려고 노력하는 중이라는 것을 그가 전혀 이해하지 못하고 있다는 점에 놀란 나는 한 발짝 물러섰다.

"조지." 카렌이 경고하듯 말했다. "여기 어린애들이……."

"난 어린아이가 아니라니까." 베스가 또 반복해서 투덜댔다.

"그러니까, 엄마 말은 여기에 꼬마 숙녀들이 있다는 거지."

조지는 내게서 시선을 떼지 않으면서 고개를 끄덕였다.

"돌아가." 그는 거리 쪽을 향해 손을 내저어 보이며 귀찮다는 듯이 말했다.

"너 없이도 우린 잘 해왔어. 그리고 오늘 밤의 기억만 지워진다면 우리는 앞으로도 계속 잘 해나갈 것이고. 너는 너희 엄마에게 돌아가." 그는 마치 비웃는 듯한 말투로 계속 말을 이었다. "너의 그 게이 남자 친구한테 돌아가란 말이야."

그런 그를 보니 이제는 유감이란 생각마저 들기 시작했다. 그가 내 곁을 떠났다는 사실이 오히려 잘된 일이었다는 생각이 드는 게 유감이란 생각 말이다. 충분히 그의 영향을 받을 만한 어린 나이에 역할 모델이 되기 전에 내 곁을 떠나준 게 천만다행이란 생각까지 드니, 정말 유감스러운 일이 아니지 않은가.

"아빠." 베스가 말했다. "만약 그 아저씨가 게이라면 어떻게 고모의 남자 친구가 될 수 있죠?"

카렌이 엔진이 그르렁대는 듯한 소리로 목을 가다듬으며 말했다.

"베스, 그런 말은……."

"아주 좋은 지적이야." 내가 카렌의 말을 막으며 베스를 향해 웃어 보였다. 그러자 조지가 이렇게 말했다.

"그는 지금 사실을 부정하고 있는 거야. 너랑 너희 엄마처럼 말이지."

"엄마?" 내가 반문했다.

"엄마는 그 사실을 모르고 계시……."

"말도 안 돼." 조지가 내 말을 끊으며 말했다.

"엄마는 그를 계집애 같은 애라고 부르곤 했어. 또 오 여사가 언제나 원했던 딸을 키우듯 그렇게 자기 아들을 키우고 있다는 농담도 자주 했단 말이야."

"그럼 그 아저씨 엄마가 그를 게이로 만든 거예요? 잘 이해가 안 가는데……." 베스가 의심스러운 목소리로 물었다.

"지금은 끼어들지 마." 조지가 매섭게 쏘아붙였다.

조지는 베스의 어깨를 거칠게 붙잡고는 자기 쪽으로 거의 끌어가다시피 했다. 베스는 자기 아빠의 얼굴을 올려다보더니 슬그머니 엄마 쪽으로 뒷걸음질쳐 다가갔다.

"엄마가 나중에 설명해줄게." 카렌이 속삭이는 듯한 목소리로 말했다.

나는 베스에게 안됐다는 눈길을 보냈다.

"뭘 기다리는 거야?" 답답해진 나는 두 팔을 높이 올려 보이며 물었다.

"왜 지금 베스에게 얘기해주지 않는 거지? 자기네 아빠가 거만하고 자기혐오적이며 동성애자 기피증을 가진 추잡한 자식이란 걸 어서 알려주라고."

"진저!" 카렌이 이번에는 거의 협박하는 듯한 어투로 말했다. 그녀는 손으로 베스의 한쪽 귀를 가렸다.

"미안해요, 카렌."

처음엔 그냥 기계적으로 이렇게 얘기했지만, 베스가 눈을 돌리는 모습을 보니 정말 미안한 마음이 들었다. 아무리 나이가 든 척을 한다 해도 아직까지 베스는 순진한 어린애가 아닌가. 조지가 엄마랑 싸움을 시작했을 때 나는 저 애보다 거우 조금 더 컸을 때였고, 그때야말로 내가 우리 엄마가 항상 합리적이고 옳은 것만은 아니라는 사실을 처음으로 깨달았던 때였다. 하지만 적어도 그때 나는 조지의 욕설을 듣지는 않았다.

“미안해, 미안해요.”

나는 베스와 카렌에게 차례로 사과했다. 이번에는 제대로 이별을 고할 수 있을 것 같았다. 나는 어린 베스에게 작별의 키스를 했다.

“가시는 거예요?” 아이의 목소리는 정말로 실망한 듯이 들렸다.

“세상일이 전부 우리가 원하는 방식으로 되지는 않는 것이고, 또 거기에 대해선 우리도 어쩔 수 없는 부분이 존재하는 법이란다.” 내가 말했다. “하지만 네가 자라서 어른이 되면, 사실 처음부터 다른 방식은 원하지 않았을 수도 있다는 걸 깨닫게 될 거야.”

그리고 나는 카렌 쪽으로 몸을 돌렸다. 그녀는 내가 기대했던 것보다 훨씬 더 꽉 나를 안아주었다. 우리 사이에 낀 아기 진저가 걱정될 정도로 말이다. 카렌의 손이 내 팔을 타고 미끄러지듯 내려와 내 손을 잡았다. 그녀는 그 손을 세 번이나 힘 있게 꽉 쥔 후에야 비로소 놓아주었다.

돌아서서 내 갈 길을 가려고 할 때, 지금까지 이상하리만큼 조용히 있던 아기 진저가 다시금 식당이 떠나갈 듯 울어대는 소리가 등 뒤로 들려왔다.

Chapter 49

엄마랑 바비는 한국말로 뭐라고 속삭이면서 빨간 의자 위에 나란히 앉아 있었다. 그는 두 손으로 엄마의 손을 꼬옥 붙잡고 있었다.

“음, 서프라이즈는 이만 끝내야 할 것 같은데.”

나는 바비 옆에 놓인 빈 의자를 끌어당겨 앉으며 웨이터가 대부분 빨간 빛깔을 띤 음식들을 나르는 것을 구경했다.

뭔가를 사심 없이 내주거나 용서하는 데 인색하지 않은 게 가족보다는 오히려 핏줄이 아닌 친구나 동료들이라는 사실은 어찌 생각하면 참 우습기도 한 것 같다. 친척들과는 그 틈새가 더 커진다는 것 또한 그렇다. 하지만 과연 왜 그럴 수밖에 없는 것일까? 왜 나는 내 삶 속으로 들어오지 않을 것을 선택한 사람에게서 그렇지 않은 사람한테서보다 더 많은 것을 기대해온 것일까?

"그들이 돌아오지 않으리란 걸 알고 있었다." 엄마가 말했다.

엄마는 크게 한숨을 내쉬었다. 나는 엄마가 다른 곳으로 시선을 돌릴 때까지 그런 엄마의 얼굴을 바라보고 있었다.

"죄송해요." 내가 말했다.

"나도…… 미안하다."

나는 엄마 쪽으로 가까이 다가가 내 두 손으로 그들이 잡고 있는 손 위를 감쌌다. 지글지글 익어가는 불고기의 냄새가 코를 찔러왔다. 각각의 이유로 사회로부터 버림받은 세 사람의 손은 그렇게 포개져 꼭 쥐어 있었다.

한국인 사회의 일원이란 건 분명 선택할 수 있는 문제가 아니다. 그것은 핏줄이란 것에 의해, 확장된 혈연에 의해 결정되는 것이다. 한국인이 아닌 사람들은 우리를 동족으로 본다. 나 역시 우리를 하나로 보아왔다. 그리고 나는 그것에서, 그들에게서 더 많은 것을 기대해왔다. 그렇지만 만일 내가 한국에 있었다면 이방인들로부터 이해를 구하려 하거나 동족에 대한 책임감을 짊어지지는 않았을 것이다. 나는 그들과 똑같이 생겼기 때문이다. 미국인들은 다른 미국인들과 함께 파티에 가서 어떤 이와 잘 맞지 않았다 하더라도 자신의 정체성을 해명하려고 하지는 않는다. 한 미국인이 다른 이에게 호감을 느끼지 않는다 해도 누구 하나 그가 자기네 민족에 대해 인종차별적인 사고를 가지고 있다고 생각하지는 않는다는 뜻이다. 그것이야말로 미국에 사는 한국인, 혹은 미국에 사는 다른 소수 민족이 느끼는 차이점일 것이다. 우리는 하나로 묶인 채로 한 세트처럼 취급당하고, 또 우리 역시 그 하나의 덩어리를 운명처럼 받아들인다.

어쩌면 나 스스로가 한국인이 아닌 사람들과 어울리기를 바라는 것 또한 자기혐오의 한 형식이 아니라 내가 가진 차이점에도 불구하고 있는 그대로의 자신에 대해 자신감을 느끼고 싶어 하는 무의식적인 욕망의 표현일지도 모른다. 서로 혈연관계가 없는 두 사람 사이에 주어지는 특별한 지위가 이제야 이해가 되기 시작했다. 선택받는다는 것, 그리고 선택한다는 것…… 그것은 특별한 무엇인 것이다.

"적어도 바비가 여기 있으니 다행이다." 엄마가 입을 열었다.

"내가 바비한테 전화를 걸어 약속을 상기시켜줬던 게 얼마나 다행인지. 뭐, 바비도 원래부터 여기 올 생각은 없었지만 말이다."

바비가 내 쪽을 쳐다보았다.

"원래 계획엔 내가 나타나지 않는 거란 것은 알고 있었지만……. 어머니가 떠나시기 전 마지막 자리가 될 것 같다고 하시기에 잠깐 들러서 인사나 드리려고 했던 것뿐이야."

"와줘서 기뻐요."

조지는 바비의 남자답지 못한 부분을 비웃었지만, 지금 내가 볼 때는 오히려 바비가 훨씬 더 남자다운 사람이었다. 적어도 그는 남자가 되기 위해 가족의 품을 떠나야겠다고 생각하지는 않았다. 그는 자신의 의무를 저버리려고 하지도 않았다. 그는 자신의 의무를 스스로 떠맡고자 기꺼이 노력했던 것이다. 나 역시 그랬다.

그것은 헌신적인 게 아니었다. 오히려 그것은 이기적인 것이었다. 모든 것을 원하기 때문에 그렇게 하는 것이니까. 나는 언제나 내가 절반은 미국인, 절반은 한국인이라고 생각해왔는데, 그건 바로 내가 선택해야 했던 나만의 구별되는 특징이자 정체성, 즉 나만의 아이덴티티였던 것이다. 나는 자신의 일부를 포기해야 하기도 했다. 그러나 완전한 하나로의 통합이란 자신과의 타협이 아니라 바로 자신에 대한 승리인 것이었다.

만족이란 것은 내가 원하는 대로 하기 위해 자유로워지는 것만을 의미하지는 않는다. 그것은 후회에서 벗어나기 위한 것이다. 내 주위의 사람들, 그리고 그들이 높이 평가하는 가치를 내버리지 않으면서 그 사이의 거리를 차차 메워가려고 노력하는 것, 그러면서 내가 원하는 길을 걸어가기 위해 최선을 다하는 것, 그것이야말로 진정 중요한 일인 것이다.

바비가 자기 배를 문지르며 자리에서 일어났다.

"자, 이제 슬슬 최선의 길을 찾아야 할 때 아닌가?" 그가 미소를 지으며 물었다.

나는 위로 말려 올라간 진을 끌어내리며 함께 일어섰다. 그의 말이 저녁식사를 들자는 뜻이란 것쯤은 알고 있었지만, 나는 그보다는 앞으로 다가올 내 인생을 생각하며 "그러죠."라는 대답을 툭 내던졌다.

Chapter 50

"멋쟁이 요리사를 위하여!" 크리스털 와인 잔을 높이 들어 올리며 바비가 외쳤다.

"요리사를 위하여!" 샨탈과 앤 그리고 준 역시 그들의 잔을 들며 메아리치듯 외쳤다.

바비의 집으로 이사를 온 후 처음으로 맞는 디너파티이니만큼, 나는 평소 특별 이벤트를 위해 아껴두었던 바비의 비싼 사기그릇들을 꺼내 정성스레 세팅을 했다. 테이블 위는 내가 좋아하는 한국음식들로 가득 채워져 있었다. A3, A7, S5, S10, S12, T2, V1 그리고 V11이 바로 그 요리들의 이름이다. 이는 사실 엄마의 요리책에서 찢어낸 페이지들에 붙여진 일련의 번호들로, 이름을 잘 알 수 없는 까닭에 그냥 그렇게 부르는 수밖에 없었다.

"그 요리사가 여자든 남자든, 그 누구든 간에!" 잔을 부딪치며 나도 이렇게 한 마디 거들었다.

"와, 요리들이 전부 너무 먹음직스러워 보이는데!"

다채로운 색을 띤 음식들과 은으로 된 촛대, 그리고 노란 장미로 채워진 테이블 중간의 꽃병을 차례로 훑어보며 샨탈이 탄성을 질렀다. 그리고 그녀는 곧 자기 포크를 접시 왼쪽에, 나이프와 스푼은 접시 오른쪽에 가져다놓았다. 그 모습을 보면서 항상 그 위치를 헷갈려 했던 내 모습을 생각하며 혼자 미소를 지어보았다. 나는 이내 모두에게 음식을 들라는 손짓을 했다.

"어디서부터 시작해야 하는 거지?"

앤이 홀치기 염색이 되어 있는 나비 모양의 소맷자락이 고추장 소스에 스치는 줄도 모르고 이렇게 말했다. 그동안 내가 지켜본 바에 따르면, 그녀는 자기 파트너의 앞서가는 패션 감각에 발맞추기 위해 의상을 선택하는 데 상당히 많은 고민과 수고를 아끼지 않는 편이었다.

엄마가 이곳을 떠난 지 벌써 두 달이 되어간다. 나는 여전히 샨탈의 어시스턴트로 일하고 있으며, 또 촬영 현장에 참여하는 것은 여전히 금지된 상태긴 하지만, 다음번 특집 기사와 관련된 '편집 어시스턴트 현장' 기사에 참여할 기회를 약속 받아둔 상황이다. 외국계 귀화 미국인에 대한 개인적인 에세이를 써오라는 과제를 부여받은 카피라이터 페이지는 자주 내게 도움을 청하러 왔다. 나는 그에 대한 공로가 어느 정도 내 이름으로 돌아온다는 조건하에 그 기사 쓰는 것을 도와주는 데 동의했다. 그게 뭐 퓰리처상 감은 아니었지만, 편집과 교열 과정 그리고 카피를 제한된 공간 안에 적당히 잘라 넣어 붙이는 일 등을 해가는 동안 나는 스스로 맞지 않는 부서에 몸담고 있다는 사실을 깨닫게 되었고, 그래서 샨탈의 후원을 받아 회사에 다른 부서로 옮겨줄 것을 요청했다.

비록 한참 지난 일이긴 하지만 어쨌든 나와 비슷한 영문과 대학원 중퇴자인 편집 전무는 앞으로 몇 달간, 길게는 1년 정도는 부서를 옮기지 않는 편이 좋을 거라고 충고했고, 요즘 전화로 나와 대화를 나누는 데 기꺼이 충분한 시간을 내주고 있는 샘은 내게 다른 몇몇 잡지사에 이력서를 보내보라는 조언을 해주었다. 물론 큰 도움이 되는 충고들이긴 했지만, 어시스턴트 하나가 홍콩에 있는 자기 은행가 애인을 따라 그쪽으로 가려는 계획 중이라는 소문을 접한 터인지라 현재로서는 일단 그냥 머물러 있는 게 좋겠다는 나름의 결론을 내렸다.

오늘 모인 멤버가 홀수인 것은 샘의 새 잡지 견본 수송이 오늘 밤에 이루어져 샘이 참석할 수 없기 때문이었다. 바로 지난 주, 샘의 새 표지 촬영을 담당했던 사람은 다름 아닌 샨탈이었다. 워커는 계속해서 샘이 예전에 촬영해두었던 아시아 모델들의 사진을 게재할 것을 주장했지만(내 기억으로도 그때 들어간 비용이 정말 만만치 않았다), 샘은 초판의 표지는 좀 더 정통적인 분위기로 가야 한다는 말로 그를 설득시켰다. 나는 샘이 선택한 객원 스타일리스트가 샨탈이라는 데에 대해 적잖이 놀랐지만, 샘은 '그 방면에선 샨탈이 최고' 라고 딱 잘라 말했다. 그녀에게 있어 비즈니스는 어디까지나 비즈니스였던 것이다. 샨탈도 그 점에서는 전적으로 동의하는 듯했다.

샨탈과 나는 거의 매일 아침마다 지하철로 함께 출근하는 사이지만, 일단 회사 안에 발을 들여놓는 순간부터 샨탈은 쌀쌀맞은 상사로 돌변하곤 했다. 그러나 한 가지 변한 점이 있다면 말 뒷머리에 언제나 깍듯이 '부탁한다' 또는 '고맙다'는 말을 덧붙이는 걸 잊지 않는다는 것이다. 오늘 이 자리에서처럼 사무실 밖에서 친구들과 함께할 때도 사실 퉁명스럽긴 마찬가지이지만, 나는 그것이 샨탈의 타고난 성격이라는 것을 서서히 알게 되었다. 앤과 준 그리고 바비를 지켜보면서, 나는 그녀를 대할 때는 약간의 장난스러움과 맞받아치는 재치가 최선의 방법이라는 사실 또한 발견할 수가 있었다. 아직은 그러한 공격과 방어 수단을 제대로 갖추지 못한 상태이고, 또 그렇게 되려면 앞으로 몇 년이 더 걸릴지도 모르는 일이지만, 어쨌든 나도 그렇게 되려고 한창 노력 중이다.

그리고 앤은 그저 남들보다 술을 좀 더 많이 마실 뿐, 다행히 알코올 중독은 아니었다. 그녀는 만약 우리들도 자기처럼 응급실에서 일어나는 갖가지 일들을 겪다 보면 그렇게 되지 않을 수 없을 거라고 장담했다. 하지만 그 말은 기회가 있을 때마다 샨탈을 붙들고 앤과의 사이에서 중재를 해주곤 하는 준에게는 별로 큰 호응을 얻지 못하는 듯했다.

준은 주위사람들에게 언제나 '이렇게 해야 한다' '저렇게 해야 한다'를 끊임없이 충고해주는 스타일이었다. 나에 대해서는 담배 끊을 것을 계속 종용했다. 그리고 또 카렌의 전화에 응할 것을 재촉하기도 했다. 그녀를 조금씩 알기 시작한 이후, 나는 그녀가 나보다 우리 엄마랑 더 비슷하다는 사실을 깨닫게 되었다.

그렇다고 그녀의 그런 면이 그다지 귀찮게 느껴지는 것만은 아니었다. 어찌됐건 이렇게 바비네 집으로 이사 오게 된 것 역시 그녀의 제안이었으니까. 참고로 바비는 적지 않은 대출금과 매달 나오는 관리 유지비 때문에 앞으로 당분간 더 이상의 무료 상담은 할 수가 없게 되었다. 나로 말하자면, 이제 식당과 테라스뿐 아니라 거실과 분리된 어엿한 침실과 부엌, 거기다 도어맨까지 두고 살게 되었고, 멋진 호수에서 겨우 몇 분 떨어진 거리에 살게 되었다. 바비는 격주 금요일마다 브롱스에 있는 퀴퀴한 클리닉에서 주말을 지내다 오곤 했다. 그의 부모님과 우리 엄마는 그것이 우리 둘의 연애사에 좋지 않은 영향을 끼칠 거라 주장하며 우리들의 이상적인 동거 생활을 반대해오고 있다.

"진저, 아무래도 나랑 평생을 같이 살아야 할 것 같은 분위기인데!"

맞선 자리를 더 이상 소개해주지 않겠다고 협박조로 말하는 자기 엄마와의 전화를 끊으면서 바비는 내게 웃으며 말했다.

불행하게도 오 여사 아줌마는 그 말을 실천하지 못했고, 어찌할 바를 몰라 하던 바비는 며칠 전 우리 엄마한테까지 도움을 청하기에 이르렀다. 엄마는 오 여사에게 우리 젊은이들의 의견을 대변해주겠노라 공언한 바 있었기 때문이다. 그는 아직 우리 엄마한테 커밍아웃을 하지 않은 상태이기 때문에 조지가 말한 대로 엄마가 바비를 게이로 의심하고 있는지에 대해서는 전혀 알 수가 없다. 최근 들어 엄마랑 긴 통화를 할 기회가 별로 없기도 했고 말이다. 바비는 우리 엄마를 '작은엄마'라는 호칭으로 부르기를 좋아했는데, 이 '작은엄마'께서는 여전히 내게 전화를 자주 하는 편이지만 그보다는 보통 수화기를 먼저 드는 바비 오빠 쪽과 더 많은 대화를 나누는 것 같았다. 엄마는 그를 '바비야'라는 애칭으로 부르기를 좋아했다. '야'라는 말을 붙이는 것이 정확히 어떤 의미를 지니는지는 잘 모르겠지만 아무튼 애정의 표현이 담긴 호칭인 듯 느껴졌다.

어쨌거나 결국 엄마도 그와 내가 그냥 친구 사이라는 것을 이해해주기 시작했다. 어느 날인가 내가 엄마에게 '내가 결혼을 안 했기에 망정이지, 그렇지 않았다면 엄마가 바비랑 이렇게 친해질 수 있었겠느냐'는 식의 농담을 던진 적이 있는데, 엄마는 비록 '바비야'가 사윗감 명단에서 멀어지긴 했지만 다른 사윗감들조차 포기할 생각은 전혀 없다고 힘주어 말했다.

그 점에 관련해서 덧붙이자면, 준이 의대에서 알고 지내는 의사들 두어 명을 내게 소개시켜준 적도 있었다. 하지만 바비가 내게 경고한 그대로, 그들은 진짜 공부만 할 줄 아는 '범생이'과였다. 나는 준에게, 바비와 내가 우리 엄마의 예순번째 생신 파티 준비를 끝낼 때까지만이라도 더 이상 소개팅은 정중히 사양하겠노라 공언했다. 우리는 엄마에게 유럽행 여행권을 선물하는 깜짝 이벤트를 준비 중이다. 물론 바비가 동행하는 것은 아니지만, 그의 신용카드가 나를 어느 정도 도와줄 것이다.

여행 브로슈어를 훑어보지 않을 때면 바비와 나는 쿵푸 영화(나는 순전히 바비 때문에 이런 류의 영화를 거의 처음으로 접하게 되었다)를 보거나 보드 게임을 하러 가기도 했다. 전체적으로 봤을 때, 우리는 정말 훌륭한 룸메이트였다. 그는 냉장실 안에 김치가 없고 냉동실 안에 초콜릿 아이스크림이 없는 집은 집도 아니라고 굳게 믿는 사람이었다.

"진저, 음식을 왜 하나도 안 먹는 거야?" 준의 물음에 갑자기 정신이 번쩍 드는 듯했다.

"어디, 속이 안 좋기라도 한 거야?"

그러자 갑자기 모든 대화가 끊기면서 모두들 내 얼굴만 멀뚱히 쳐다보고 있는 분위기가 되어버렸다. 향기로운 꽃과 맛있는 음식 그리고 정겨운 친구들. 이는 내 패션 스토리에서 빼놓을 수 없는 장면이었다. 나는 고개를 저으며 내 젓가락을 힘 있게 집어들었다.

이것이야말로 평범하지만 즐거운 해피엔드가 아닐까. 아, 결국 멋들어진 결혼식이야 빠지고 말았지만 말이다.

　인터넷 사이트에 올라와 있는 대다수의 서평들에 나타나 있는 의견들과 마찬가지로, 『스물일곱, 내 청춘이 수상하다』의 중심이 되는 이야기는 이민 2세대가 겪는 '뿌리' 와 '환경' 의 차이에서 오는 갈등과 혼돈이다. 그러나 이 책은 자칫 무거울 수도 있는 이러한 주제를 '엄마와 딸' 이라는, 어찌 보면 가장 가까운 관계를 통해 오히려 밝고 유쾌하게 발전시켜나가고 있다.

　한국인도 아닌, 그렇다고 완전한 벽안의 외국인도 아닌, '한국인 부모에게서 태어나 미국인의 사고를 배우면서 자라난 코리안-아메리칸' 인 진저의 눈으로 보는 세계가 참으로 독특하면서도 재미있게 읽혀진다는 점이 이 책이 지니는 가장 큰 미덕(!)이 아닌가 한다. 한국인의 눈으로 보자면 그저 평범하고 일상적인 생각과 생활 패턴으로 이해하고 넘어갈 만한 것들도, 진저의 눈에 비쳐졌을 때에는 때로는 우스꽝스럽게, 때로는 도저히 이해할 수 없는 일들로, 또 때로는 이국적(아이러니컬하게도)이고 신비로운 것으로 받아들여지는 점 말이다.

　특히 한국 아줌마들의 촌스러운 패션 감각이나 그들만의 특이한 호들갑, 약간의 오버 액션(?)들을 바라보는 '반(半)미국인' 진저의 시각이 눈에 띈다. 또한 서툰 콩글리시로 인한 고단한 타지 생활과 그에 따른 고국에 대한 진한 그리움 등으로 인해 자기들끼리만 똘똘 뭉쳐 지내려는가 하면 때로는 오히려 같은 한국인들끼리 더 극한 반목과 악감정을 내보이기도 하는, 신기한 '연구 대상' 인 이민 1세대들의 생활상이 유머러스하게 그려져 있는 점이 흥겹다.

　앞서 언급했지만 완벽히 객관적인 타인의 입장이 될 수는 없는, 분명 한국인의 뿌리에서 출발한 이민 2세대라는 점에서 진저의 그러한 시각들은 우리에게 한층

428

깊이 와 닿고 흥미를 유발시키는 동시에, 이 책으로 하여금 비슷한 부류의 다른 가벼운 소설들과 차별성을 지니게끔 해준다.

『스물일곱, 내 청춘이 수상하다』는 전체적으로 볼 때 어렵지 않게 술술 잘 읽히는 작품으로, 특히나 이제 혼기가 슬슬 차가는 여성들이 흥미롭게 읽어볼 수 있는 작품인 것 같다(적어도 주변 사람들의 입을 빌리자면 그렇다). 또 평균보다 늦은 결혼을 선호하는 여성이나 독신을 고집하는 사람들이 '내 인생에서 가장 중요한 것은 과연 무엇일까'에 대해 한 번쯤 반추하게 만들어주기도 하고 말이다.

최근 국제화 시대에 발맞추어 외국 친구들도 많고 재미 교포 등과도 접하는 기회가 많아진 만큼, 주인공인 재미 교포 '진저 리'라는 인물에 다가가는 데에 있어, 그녀의 생각을 함께 공유해 나가는 데 있어 별다른 거리감 없이 많은 부분에서 동세대로서의 공감을 느껴가며 쉽게 읽혀지리라 생각된다.

책 속 진저의 어머니 말에 따르자면 이제 '이미 한물 가버린' 많은 여성들의 황금기, 그 안에서 우리는 과연 무엇으로서 우리네 인생에 있어 또 다른 전성기를 구가해 볼 수 있을까. 무척이나 궁금해진다.

2005년 가을
박무영

캐롤라인 황(Caroline Hwang)의 데뷔작 『스물일곱, 내 청춘이 수상하다』에서 용기 있고 활기찬 재미 교포 한국인 2세로 등장하는 여주인공 '진저'는 어느 날 엄마가 뉴욕에 있는 자신의 아파트 문 앞에 나타나 "네 인생을 바꿔주러 왔지!" 하고 큰 소리를 치기 전까지 자기의 인생이 고장나고 비뚤어져 있었다는 사실을 깨닫지 못하고 살아왔다. 대단히 한국적인 진저의 엄마는, 알고 지내는 집안들 가운데 괜찮은 재미 교포 신랑감을 아들로 둔 집안의 명단을 가지고 와서는, 이제 스물일곱 살에 접어든 진저가 '안전하게' 결혼에 골인할 때까지는 절대로 돌아가지 않겠노라 호언장담을 한다. 딸 진저에게 "네 전성기도 이미 거의 다 지나갔다."며 기까지 죽여가면서 말이다.

박사 과정을 밟다가 중도에 포기하고 현재는 〈아 라 모드(A la Mode)〉란 잡지사에 별다른 의욕도 없으면서 그저 나이만 많은 패션 어시스턴트로 대충 눌러앉아 있던 진저는 이때부터 갑작스러운 혼란에 빠지기 시작한다. 지금은 결혼할 의사가 전혀 없다는 것을, 더욱이 상대가 고지식하고 남자만 최고로 아는 한국인이라면 더더욱 싫다는 말을 엄마에게 차마 털어놓지 못하는 진저는, 엄마의 그런 계획을 방해하기 위해 갑자기 없던 회사 일까지 만들어 거기에 매달리는 등 극단적인 수단까지 동원하지만 결국 모두 실패로 돌아가고 만다.

작가 캐롤라인 황은 이 작품에서 이십대 후반에 흔히 느낄 수 있는 전형적인 갈등, 즉 로맨틱한 생활의 부재나 시시한 동료들 때문에 속을 끓이는 일들은 물론, 미묘한 형태의 인종 차별의식을 지닌 주변 사람들의 모습이나 어머니의 높은 기대치에 따른 정신적인 부담감 같은 진지한 문제들을 유쾌하고 세련된 말투로 이야기 하고 있다. 또한 작가는 진저의 어머니 이 여사가 속한 낡고 오래된 한국 아줌마들의 세계에 대해 유머러스하면서도 깔끔하게 그려내고 있는데, 특히 그녀들의 패션 센스에 대해서는 이렇게 묘사했다.

'우리 엄마 같은 몇몇 한국 아줌마들이 이 땅 위에 존재하는 한, '1980년대' 는 절대로 죽지 않을 것이다. 번쩍거리는 금단추와 거대한 어깨 패드에 대한 그들의 유난스러운 애정은 거의 불가사의하다 싶을 정도로 깊은 것이니까.'

이야기의 끝 부분에 이르러서는 작가가 다소 활력을 잃은 듯, 조금은 힘이 빠진 것 같은 결말을 보이기도 하지만, 이 책이 매력적인 장면들과 장난스럽고 귀여운 유머로 가득한 작품이라는 점에 있어서는 큰 이견이 없어 보인다. 조금만 더 정교하게 다듬는다면, 신인 작가 캐롤라인 황이 수많은 대중을 사로잡은 유명한 이야기꾼이 될 날도 그리 머지않아 보인다.

〈Publishers Weekly〉